What We Cannot Know

Marcus du Sautoy

知の果てへの旅

マーカス・デュ・ソートイ
冨永 星 訳

CREST BOOKS
Shinchosha

わが父と母へ。
二人のおかげで、
知の最果てへの旅を始めることができた。

WHAT WE CANNOT KNOW

by

Marcus du Sautoy

Photograph by Moment/Getty Images

Design by Shinchosha Book Design Division

知の果てへの旅　目次

知の果てへの旅

最果ての地　その〇
知らないということがわかっているもの

人は誰でも、生来の知りたがり屋である。

アリストテレス『形而上学』

科学は王様である。

じっさい毎週のように、宇宙に関する知見にまたしても新たな進展が見られたとか、地球環境を変えるような新たな技術が開発されたとか、この度の医学における新たな展開によってわれわれの寿命は延びるであろう、といった話が新聞の紙面を賑わせている。科学はこのところ、人類が問いを発するようになってからずっと難問とされてきたいくつかの大きな謎に関する未だかつてない洞察を、次々にもたらしている。わたしたちはどこから来たのか。けっきょくのところ宇宙はどうなるのか。物質世界の構成要素、基本単位はいったい何なのか。細胞の集まりはどうやって意識を持つようになるのか。

ここ一〇年に限っても、科学の力によって彗星に探査機が着陸し、自分で言語を作り出せるロボットが誕生し、幹細胞を用いた糖尿病患者の膵臓の治療が可能になり、人間の思考の力だけでロボットの腕を操る方法が見つかり、五万年前に洞窟で暮らしていた少女のＤＮＡ配列が明らかになった。科学雑誌は文字通り、世界中の研究室で得られた素晴らしい知見ではち切れそうだ。わたしたちには、こんなにたくさんのことがわかっているんだ！　まったく、科学の進展にはうっとりしてしまう。

科学は、運命に抗おうとするわたしたちに最良の武器を提供してきた。病気や自然災害による被害にも屈することなく、ポリオやエボラ出血熱といった致命的なウィルスに有効なワクチンを作り出してきたのである。世界の人口がどんどん増えていくという現実を目の前にして、それでも二〇五〇年にこの地球上で暮らしているであろう九六億の人々が、ひょっとしたら飢えずにすむかもしれないと思えるのは、科学が前進しているからだ。すべてが手遅れになる前に、ヒトが環境に甚大な影響を与えているという警告を発して対処する時間を与えてくれるのも、科学なのだ。かつて、小惑星が地球上の恐竜を一掃したとされている。しかし人間は科学を発展させることによって、今後地球に衝突するかもしれない小惑星に対する最良の盾を作り上げた。死との不断の戦いにおいて、科学は人類の最良の協力者なのである。

科学は、人類の生存を賭した戦いはもちろんのこと、生活の質を向上させるうえでも大いに力を発揮している。わたしたちは遠く離れた友や家族と連絡を取りあうことができ、何世代にもわたる研究によって蓄積された知のデータベースに、かつてないほど簡単にアクセスすることができる。あるいは、暇なときに逃げ込むことができる仮想世界を作りあげた。居間でボタンをひとつ押すだけで、モーツァルトの楽曲やジャズのマイルス・デイヴィス、ヘビメタのメタリカの演奏を再現することができるのだ。

知りたいという欲求は、人間の心理にあらかじめ組み込まれている。知識に飢えた大昔の人々は、同時に、生き延びて環境に適応し、自ら環境を変えてきた人々でもあった。これに対してそのような渇望に突き動かされなかった人々は、取り残されることとなった。進化は、宇宙の成り立ちの謎を知ろうとする精神を好んだのだ。何か新しいことを発見したときにアドレナリンが噴出するのは、自然が、知識欲が生殖への本能的な欲求と同じくらい重要であるということを教えようとしているからなのだ。アリストテレスがその著書『形而上学』の冒頭で述べているように、この世界の成り立ちを理解することは、人間の基本的要求なのである。

　科学は小学生だったわたしを、大きく広げたその腕に素早く誘い込んだ。わたしは、科学の並外れた威力、宇宙に関してかくも多くのことを教えてくれる力に惚れこんだ。理科の教師たちが教えてくれる奇妙な物語は、そのころ家で読んでいた作り物のお話よりずっと風変わりに感じられた。科学にすっかり魅せられたわたしは、科学に関する記事や番組などを手当たり次第にむさぼるようになった。

　両親に頼んで、週刊科学雑誌「ニューサイエンティスト」をとってもらうことにした。近所の図書館では、一般向けの科学雑誌「サイエンティフィック・アメリカン」に読みふける。さらに、毎週のようにわが家のテレビを独り占めにして、お気に入りのBBCの科学番組を見た。科学と哲学のドキュメンタリー「ホライゾン」シリーズに、科学技術の進展を取り上げた「トゥモローズ・ワールド」シリーズ。わたしは、数学者で科学史家だったジェイコブ・ブロノフスキーの「人間の進歩 *Ascent of Man*」や、天文学者だったカール・セーガン（一九三四―九六）の「コスモス」、そして医師で舞台監督でもあったジョナサン・ミラー（一九三四―）の「ボディー・イン・クエスチョン」といった番組に夢中だった。毎年クリスマスには、家でおいしく七面鳥をいただくだけでなく、王立研究所《ロイヤル・インスティチューション》のクリスマス・レクチャー（一八二五年から第二次大戦中の四年間を除いて毎年行われている科学啓蒙のための連続講座）で上等な科学をちょっぴり味わうのだった。クリスマス・プレゼントを入れる靴下には、理論物理学者ジョージ・ガモフや物理学者リチャード・ファインマンの書いた本が詰まっていた。あの頃は実にめくるめく科学の時代で、毎週のように新たな大発見が報告されていたのだ。

これらの既に成されてきた発見の物語を読むうちに、わたしはむしろ語られない物語に思いを馳せるようになった。わかったことは過去のもの、だが、まだわかっていないことは未来――わたし自身の未来――のものなのだ。わたしは、数学の教師からもらったマーティン・ガードナー（一九一四―二〇一〇）というアメリカの数学者のパズルの本に魅入られた格好だった。難問に取り組んでいるときのわくわくする気持ちと、その謎を解いたときに突然訪れる強烈な高揚感が癖になり、発見というドラッグの中毒になったのだ。それらのパズルはわたしにとって、本の後ろに答えが載っていない問題に取り組む、というさらに大きな挑戦のための訓練の場となった。そして、まだ解けていない問題、誰も解明していない数学の秘密や科学の謎こそが、科学者としてのわが人生の燃料となったのだ。

わたしたちが知っていること

まだ学校の生徒だった七〇年代を振り返り、あの当時わかっていたことと今わかっていることを比べてみると、わたしが生まれてからの約半世紀だけでも、実に多くの宇宙を巡る事実が明らかになった。さまざまな技術によってヒトの感覚が押し広げられ、幼少期にわたしが憧れていた科学者たちの理解をはるかに超えた事実をも理解できるようになったのだ。

夜空を見張る新たなタイプの望遠鏡のおかげで、知的な生命体が暮らしているかもしれない地球と似た惑星が見つかり、この宇宙の総年齢の四分の三あたりのところで宇宙の膨張速度が増した、という驚くべき事実が明らかになった。わたしはまだ小さい頃に、やがてビッグクランチが起きるだろうという記事を読んだ覚えがあるのだが、今や、まったく別の未来がわたしたちを待ち受けているらしい。

ＣＥＲＮ（スイスにある欧州原子核研究機構の略称）の大型ハドロン衝突型加速器（スイスとフランスの国境をまたいで設置されている世界最大の衝突型円形加速器）のような衝突型粒子加速器のおかげで、物質自体の内部の仕組みを垣間見ることができるようになり、新たな粒子の——たとえば一九九四年にはトップクォークの、二〇一二年にはヒッグス粒子の——存在が明らかになった。これらの粒子は、わたしが学校で「ニューサイエンティスト」誌を読んでいた頃は、数学に基づく理論上の存在でしかなかったのに……。

さらに九〇年代初頭になると、fMRI（機能的磁気共鳴画像法）スキャナーで脳の内部を見ることができるようになり、七〇年代には、実のところ科学者が検討すべき事柄とは考えられていなかったことが、明らかになりはじめた。それまでは、脳といえば哲学者や神学者の領分だったのが、今や科学技術の力によって、あなたがいつアメリカの人気女優ジェニファー・アニストンのことを考えたのかがわかり、本人が意識する前に、次に何をしようとしているのかを予測できるようになったのだ。

生物学では、次々に大発見が報告され、二〇〇三年には、三〇億の遺伝子コードからなる人間のＤＮＡ配列を丸々解読することに成功したという発表があった。二〇一一年には、モデル生物としてよく使われるＣ．エレガンス（カエノラブディティス・エレガンス）という線虫の全神経回路網が公表されて、この線虫の三〇二個のニューロンがどのようにつながっているのかが、すべて明らかになった。

化学者たちもまた、新たな版図を切り開いてきた。一九八五年には、まったく新たな形態の炭素——六〇個の炭素原子からなるサッカーボールのような構造のC_{60}フラーレンと呼ばれる同素体——が発見された。さらに二〇〇三年にはグラフェンの生成にはじめて成功し、炭素原子一つ分の厚さの蜂の巣状の格子を作れる、ということを明らかにして、みんなをあっといわせた。

そして、わたしが己を捧げることになった数学という学問においても、わたしが生まれてからこれまでのあいだに、ついにいくつかの大きな謎——具体的には、何世代にもわたって数学者の攻撃をかわし続けてきた難問、フェルマーの最終定理とポアンカレ予想——が解かれたのだった。新たな数学の手法や洞察が生み出されて、数学の宇宙を漕ぎわたる秘密の航路が開かれたのだ。

このような進展に貢献するのはもちろんのこと、あらゆる展開について行くだけでも、たいへんなことだ。

教授は何でも知っている

数年前、わたしはオクスフォード大学の数学の教授とは別に、新たな職名を得ることとなった。思わず笑ってしまうのだが、「一般への科学啓蒙のためのシモニー教授職」というポストである。どうやらこのような肩書きを持っている人間は、科学に関するすべてを知っているはずだと思われているらしく、いろいろな人から電話がかかってくる。科学については、当然、何でもご存じなんですよね、というわけだ。わたしがシモニー職に就いた直後に、その年のノーベル医学賞が発表された。すると、あるジャーナリストが電話をかけてよこし、医学賞の授賞理由になった「テロメアの発見」とかいう大発見について解説していただきたい、という。

生物学はかつて一度としてわたしの得意分野ではなかったのだが、ちょうどその時、わたしの目の前にはコンピュータの画面があった。そこで恥ずかしながら、すぐにウィキペディアの「テロメア」の項目のページを開いてざっと斜めに読むと、いかにも大家然とした口調で、テロメアというのはヒトの染色体の端にくっついている遺伝子コードの断片で、この部分には老化の制御という機能があると説いて聞かせた。さまざまな科学技術がごく身近にあるおかげで、自分たちはすべてを知りうる、というわたしたちの感覚はますます強まっている。検索エンジンの窓に質問を打ち込みさえすれば――まだ打ち込んでいる最中から――マシンがこちらの知りたがっていそうなことを推測するようで、答えが見つかるサイトの一覧を提供してくる。

しかし、事実の一覧が手に入ったからといって、理解できたことにはならない。はたして科学者は、すべてを知りうるのか。たとえば、あらゆる非線型偏微分方程式の解き方を知りうるのか？三次元の特殊ユニタリ群SU(3)が素粒子の結合にどう影響しているのかを知ることができるのか。宇宙論の分野でいえば、どのようにしてインフレーションから宇宙の状態が生じたのかを知りうるのか？アインシュタイン（一八七九―一九五五）の一般相対性理論の方程式、あるいはシュレーディンガーの波動方程式の解き方がわかるのか。ニューロンやシナプスがどうやって思考を誘発するかを知りうるのか？ニュートンやライプニッツやガリレオは、その時代に知られていたことすべてを知っている最後の科学者だったのだろう。

実は、若気の至りとでもいおうか、かつてわたしは人類が知っているほどの事柄はすべて自分にも理解できる、と偉そうに信じていた。どこかの誰かの脳みそが、新たな知識へと続く道を見つけたのなら、その人たちの脳内で機能した立証手段はわたしの脳内でも必ず機能するはずだ。十分な時間がありさえすれば、自分にだって数学や宇宙の謎が解ける、あるいは少なくとも、数学や宇宙論の現状に精通できるはずだ、と考えていたのだ。しかしこの信念には次第に影が差し、ひょっとすると、金輪際わたしの手が届かない知識があるのかもしれない、と思えてきた。わたしの脳にとって、今わかっている科学の世界を漕ぎわたるだけでも四苦八苦ということが多いのだ。どうやら、すべてを知る時間は残されていないらしい。

わたし自身の数学の研究も、すでに我が脳が理解できると感じられる限界に達しようとしている。ここ一〇年以上ある予想を研究してきたのだが、どんなに頑張ってみても、その予想は頑として秘密を明かそうとしない。ところが「科学啓蒙のための教授」という新たな役割によって、わたしは数学という快適な居場所から押し出され、神経科学の入り組んだ概念や、哲学のつかみ所のない着想や、物理のまだ確立されていない理論のまっただ中に放り込まれた。その結果、自分が数学する際の思考方法――数学では確かさと厳密さと証明を扱う――とはまったく別の思考法が必要になった。そしてわたしは、現在科学の知識とされているものすべてを理解しようとしたために、自分自身の理解力の限界を容赦なく試されることとなったのだった。

知識を得るには、巨人の肩に立たなくてはならない。ニュートンが己の大発見を巡ってこう述べたことはよく知られている。したがってわたし自身の知の最果てへの旅でも、知の現状に関するさまざまな人の記述に目を通し、自分が理解したいと思う分野にどっぷり浸っている人々の講演やセミナーを聴講し、知の境界を押し広げようとしている人々と直接話をして相反する物語についての疑問をぶつけ、さまざまな理論を支える証拠やデータの記録を求めて科学雑誌をめくり、時にはウィキペディアで概念について調べることになった。わたしは学生に、グーグルで検索して得た情報は何によらず疑ってかかれ、と教えているが、ある調査によると、ウィキペディアの科学分野のさほど異論がないトピック――たとえば一般相対性理論――に関する記述は、科学論文の記述と比べても遜色がないという。もっともこれが気候変動のような異論の多い話題になると、その項目をいつ見たかによって、記述内容が変わる。

こうなると、そこに書かれていることをどれくらい信用できるものなのか、という疑問が生じる。科学者のコミュニティーが、ある物語を今のところもっともよく適合するものとして受け入れているからといって、その物語が正しいとは限らない。科学の歴史を見れば、それとは正反対のことが繰り返し起きてきたことがわかる。したがって常にこの事実を、現時点での科学の知識が暫定的なものでしかない、という警告として肝に銘じるべきなのだろう。数学の場合は少し話が違うが、この点に関しては、最後の二つの章で論じたい。数学では、証明を行うことでより永続的な知識を打ち立てられるのだ。とはいえここで、わたし自身が新たな数学を作り出している時でさえ、同僚の数学者が得た結果をチェックしないで引用する場合がままあるということを明らかにしておくべきだろう。他の数学者の証明をすべてチェックするとなると、今ここに留まるために全速力で走る羽目に陥ることになる。

どの科学者にとっても、既知の事柄が織りなす安全な庭園に留まるのではなく、あえて未知の荒野に打って出ることこそが真の挑戦なのだ。そしてそれが、本書の核心となる課題でもある。

わたしたちが知らないこと

科学は何百年もの間にさまざまな飛躍的発展を成し遂げてきたが、それでも今なお人間に解かれるのを待っている深遠な謎がたくさん残っている。わたしたちが知らないこと。科学がもたらす大発見が増えれば増えるほど、それを上回るスピードで、自分たちにわかっていないことの一覧が伸びていく。わからないことに気付いている事柄が、わかっている事柄を凌駕するのだ。そしてこれらの未知なるものが、科学を前進させているのだ。科学者は、既に語り口がわかっている物語を伝えることよりも、自分が理解できていないもののほうに興味を持つ。科学が生きた学問たりうるのは、そのような答えられない問いがあるからなのだ。

たとえば、この物理的宇宙を構成しているもののうちでわたしたち人間と相互作用できる〔＝人間が何らかの形で観測できる〕ものは、宇宙全体の質量の四・九パーセントにすぎない。それなら残りの九五・一パーセントを占めるいわゆるダークマターやダークエネルギーは、いったい何からできているのか。宇宙の膨張が加速しているとして、そのような加速を引き起こすエネルギーはどこから来ているのか。

この宇宙は無限なのか。はたしてこの宇宙とは別に、われわれの宇宙と並行する無限宇宙が無数に存在するのか。もしそうだとしたら、それらの宇宙における物理法則は、この宇宙の物理法則と違うのか。ビッグバンでこの宇宙ができる前に、ほかの宇宙が存在していたのか。「時間」はビッグバンの前にも存在したのか。そもそも時間はほんとうに存在するのか。それとも、より基本的な概念から生じたものでしかないのか。

なぜ素粒子は、素粒子の三世代と呼ばれるように、一つの層と、その層とほぼ同じで質量だけが大きいふたつの層で構成されているのか。それとも、ほかにも粒子が存在して、やがて発見されることになるのか。素粒子は、実は一一次元空間で振動する小さな弦なのか。

アインシュタインの一般相対性理論というひじょうに大きなものについての物理学と、量子論というひじょうに小さなものについての物理学を統一する方法は、はたして存在するのか。そのためには、量子重力なるものを探す必要があるのだが……。宇宙が量子レベルにまで圧縮されていたというビッグバンを理解するには、なんとしても量子重力が必要だ。

さらに、量子論ですら高校の練習問題のように見えてしまうほど複雑なもの、わたしたちの人体についてはどうか。われわれは今なお、遺伝子発現と環境との複雑な相互作用を理解しようとしている最中なのだが……。はたして癌の治療法が見つかるのか。加齢に打ち勝つことはできるのか。現在生きている人々のなかから、一〇〇〇歳まで生きられる人が出てくるのか。

あるいは、ヒトはどこから来たのか、という謎についてはどうだろう。進化がランダムな突然変異の過程であるとして、進化のサイコロで別の目が出たとしても、やはり眼のような有機的組織ができるものなのか。進化を巻き戻しておいて「再生」ボタンを押したら、それでも知的生命体が得られるのか。それとも、サイコロで幸運な目が出たからこそ今のようなわたしたちが存在するのか。この宇宙のどこか別の場所にも別の知的な生命体が存在するのか。わたしたちはどんな技術を作り出そうとしているのか。コンピュータは意識を持ちうるのか。ついには、自分の意識をダウンロードできるようになって、身体が死んでも生き続けられるようになるのか。

数学も、とうてい終わったとはいえない。フェルマーの最終定理が世間で最後の定理だと思われていたとしても、決して最後の定理でない。数学でも、わからないことはたくさんある。素数にも何かパターンがあるのか、それとも見掛け通りランダムなのか。はたして乱流の数式は解けるものなのか。そのうちに、大きな数を効率的に因数分解する方法が見つかるのか。

わからないことがまだこんなにたくさんあるというのに、科学者たちは、これらの謎もやがては解明できると考えている。ここ数十年の様子を見るにつけ、おそらく今が科学の黄金時代なのだろう。科学における発見のスピードは倍々で上がってきているらしく、科学雑誌「ネイチャー」は二〇一四年に、第二次大戦後に発表された論文の数が九年ごとに倍になっている、という報告を発表した。コンピュータもまた、倍々の勢いで発展している。観察に基づくムーアの法則によると、コンピュータの処理能力は二年で倍になる。人工知能研究の世界的な権威である技術者のレイ・カーツワイルは、技術の発展についても同じことがいえるとしている。すなわち、今後一〇〇年間の技術変化の速度は、過去二万年間にヒトが経験した変化に匹敵するというのである。

それにしても、科学における発見は、はたしてこの倍々の伸びを維持することができるのか。カーツワイルは、シンギュラリティ（技術的特異点とも）について語っている。シンギュラリティとは、わたしたちが生み出した技術の知性が人間の知性をしのぐ瞬間のことである。科学の進展は、それ自身のシンギュラリティに向かうよう運命付けられているのか。わたしたちがすべてを知る瞬間がいつか必ずやってくるのか。きっとどこかの時点で、宇宙がどのように機能しているのかを記述する根本的な方程式が実際に発見されるのだろう。物理的宇宙の構成要素を形作る粒子とそれらの粒子の相互作用を示した一覧がついに出来上がるのだ。なかには、科学が今の調子で進展していけば、必ずやあらゆるものの理論が見つかる瞬間が訪れる、と信じる科学者もいて、その理論に、「万物の理論（ＴｏＥ）」という名前までつけている。

スティーヴン・ホーキングは『ホーキング、宇宙を語る』（邦訳は早川書房、一九八九年）で、「思うに、われわれが究極の自然の法則を探す作業も終わりに近づいているという慎重な楽観主義には根拠がある」と断言したうえで、劇的な締めくくりとして、「われわれは神の心を知るであろう」という問題含みの申し立てを行っている。

そんなことが可能なのか。すべてを知る、などということが。はたしてわたしたちは、すべてを知りたいと考えているのか。そうなったら、科学は生気を失ってこわばった骨と化すはずだ。科学者たちと未知のものとの関係は、奇妙に分裂している。いっぽうで、未知のものがあればこそ魅力を感じて心を躍らせているのに、科学者としての成功の徴《しるし》はといえば、未知のものを既知にする覚悟であり、知識なのだ。

どんなに探究しても決して答えが得られない問いが、はたして存在するのだろうか。この物理的宇宙について、人間が発見しうるものに限りはあるのか。科学や数学の予知能力を超える未来があるのか。ビッグバンの前の時間は立ち入ることのできない領域なのか。ヒトの脳の限りある概念形成力では追いつかないくらい複雑な概念が存在するのか。脳が自分自身を調べることができるのか。それともそのような解析作業は、けっきょくは入ったが最後二度と出ることのできない無限ループにはまり込んでしまうのか。正しいのに正しいということを決して証明できない数学の予想が、はたして存在するのか。

わたしたちには決してわからないこと

今かりに決して解けない科学の謎があったとしたらどうだろう。そのような問題があるかもしれない、ということを認めること自体が敗北主義のように――もっといえば危険に――思える。まだわかっていないことがあればこそ、科学は前進するのだが、その一方で、不可知は科学の思い上がりを罰する女神、ネメシスでもある。科学者のコミュニティーのれっきとした一員であるわたしとしては、大きな未解決問題もけっきょくは解決できると思いたい。となると、自分も参加しているこの探検隊が、いずれ何らかの境界に行き当ってその先に進めなくなるものなのか、決して解き明かせない謎が存在するか否かを知ることは、おそらく重要なのだ。

これが、わたしが本書で自分に課した仕事である。その本来の性質からいってわたしたちが決して知りえないものがはたして存在するのか、そこが知りたい。知の限界を超えたところに永遠に留まり続けるものが、はたして存在するのか。科学が侵略と見まがう勢いで発展しているにもかかわらず、偉大な科学者を以てしても力の及ばないものがあるのかどうか。宇宙へと向けられたわたしたちの目、その眼差しを遮っているベールをなんとかしてめくろうとする試みに抵抗しつづける謎が、はたして存在するのか。

歴史のどの時点においても、自分たちが知りえないものについて語ることは、きわめて危険である。いつ何時、新たな洞察によって、突然知りえなかったものが知りうるものに変わることがないとも限らない。ひとつにはそれもあって、現在自分たちが知っていることをどのようにして知るに至ったのか、という歴史に注目することが有効なのだ。なぜなら科学の歴史を振り返ってみると、自分たちはもう限界だと思っていたのにけっきょくは何かしら道が見つかる、というケースがいかに多かったかがよくわかるからだ。

ここで、実証主義の始祖であるフランスの哲学者オーギュスト・コントが一八三五年に星を巡って公にした次のような言明を見てみよう。「われわれは金輪際、どんなやり方でも、恒星の化学組成や星の鉱物学的な構造を研究することはできない」人間がその星を訪れない限り、恒星の組成を知ることはできないと考えれば、これは実に公正な言明である。しかしコントは、星がわたしたちの下を訪れるという可能性——正確には、星が発した光の光子からその化学組成が明らかになる可能性——を考えていなかった。

コントの予言の数十年後、科学者たちはわれらが恒星、すなわち太陽が発する光のスペクトルを解析して、太陽の化学組成を突きとめた。天文写真のパイオニアである一九世紀イギリスの天文学者ウォーレン・デ・ラ・ルー（一八一五—一八八九）が高らかに宣言したように、「たとえ太陽に赴いてその一部を持ち帰り、実験室で分析したとしても、この新たなスペクトル解析という手法による結果以上に正確な結果は出せなかったはず」なのだ。

科学者たちはその後も、とうていヒトが訪れそうにない恒星の化学組成を、次々に突きとめていった。こうして一九世紀の科学によって宇宙の謎がどんどん解明されていくと、結局は宇宙の完全な描像が手に入るはずだ、という思いが兆しはじめた。

多くの人々に当代随一の偉大な科学者と目されていた熱力学の開拓者の一人、ウィリアム・トムソン・ケルヴィン卿（一八二四—一九〇七）は一九〇〇年に開かれた英国科学振興協会の会合で、時は来たれりとの思いを込めて、次のように宣言した。「もはや物理学が発見すべき新しいものは何もない。残されているのは、さらに厳密な測定だけなのだ」光速度の研究で有名なアメリカの物理学者アルバート・アブラハム・マイケルソンも同じ意見だった。これからの科学に残されているのは、既に得られている数値をさらに数桁先まで求めることだけだ、と考えたのである。「物理学の重要な基本法則や事実はすべて発見されているのだから……今後発見されるのは、小数点以下六桁の値であるはずだ」

その五年後、アインシュタインは今までにない驚くべき時空間の概念を発表し、ほどなく量子物理学が登場する。未だに発見されていない新たな物理学を巡るケルヴィン卿やマイケルソンの予想は、まったくの見当外れだったのだ。

新たな洞察がどれだけ加わったとしても決してわかりえない、ということを証明できる問題がはたして存在するかどうか、わたしはそれを調べたい。たぶん、そんなものは存在しないのだろう。科学者としてのわたしは、存在しないことを望んでいる。現時点で答えが出ていない問題に直面したときに陥りやすい危険の一つに、かんたんには知りえない、と考えてしまうことがある。しかし今、かりに答えられない問いがあったとして、それは具体的にどのような状況にあるのか。答えの候補が幾つもあって、どれを選んでもかまわないということなのか。

知りえないということがわかっているものに関する議論は、別に科学者の専売特許ではない。アメリカの政治家ドナルド・ラムズフェルド（一九三二― 元アメリカ合衆国大統領首席補佐官）は有名な宣言によって、知の哲学へと迷い込んだ。

知っていることを知っているものがある。自分がそれを知っているということがわかっているのだ。そしてまた、知らないということを知っているものがある。つまり、自分たちの知らないことがあるということがわかっている。ところがさらに、知らないということを知らないものがある。つまり、それを知らないということがわからないのだ。

ラムズフェルドは、国防総省の記者会見において、イラク政府と大量破壊兵器との関連を示す証拠は存在しないのでは？　という質問に対してこの謎めいた答えを返したというので、さんざんに叩かれた。蜂の巣をつついたような大騒ぎになり、ついにはジャーナリストやブロガーたちが、プレイン・イングリッシュ・キャンペーン（一九七九年に設立された「明確さと簡潔さを強調し専門用語を回避するコミュニケーション」を推進する英国の団体）の「失言賞」をラムズフェルドに授与することとなったのだ。しかしこの発言を細かく見ていくと、ラムズフェルドが異なるタイプの知をきわめて明快に要約していることがわかる。あと一つ、知っていることを知らないもの、という興味深いタイプの知には言及しそびれているようだが……。このカテゴリーに属するのは、知っていながら知っていることを認めようとしないもので、ラカン派精神分析学の適用で有名な哲学者のスラヴォイ・ジジェク（一九四九─）によると、このタイプの知識は──特に政治力のある人間が有していると──もっとも危険なものになる。つまりこれは、だましの範疇に入るものなのだ。知っていることを知らないものとは、抑え込まれた思考であり、フロイトのいう無意識なのである。

「知らないということを知らないもの」についても喜んでお話ししたいところだが、それができたら知っていることになってしまう！『ブラック・スワン』（邦訳はダイヤモンド社、二〇〇九年）の著者で認識論者のナシム・タレブ（一九六〇─）は、「知らないということを知らないもの」が登場したために、社会は最大級の変化を経験することになったと考えている。ケルヴィン卿の場合、本人が気づかなかった「知らないということを知らないもの」は、相対性理論であり量子物理学だった。したがって本書でも、「知らないということがわかっているもの」について述べ、未来永劫知らないままで終わるものがあるかどうかを問うくらいが精一杯となる。その性質からいって、知がどんなに発展しようと答えられずに終る問いが、はたして存在するのだろうか。

わたしはこれらの知らないことを「最果て」と呼ぶことにした。それはつまり、その先を見ることができない地平線なのだ。知の最果てへと向かって「知らないということがわかっているもの」をはっきりさせようと試みるこの旅では、「知っていることがわかっているもの」を経験することによって、ヒトがそれまで知識の限界だと思われてきたものをどうやって乗り越えて旅してきたのかを見ていく。しかもこの旅では、わたし自身の知る能力自体が試されることになる。なぜなら、一科学者として既知の事柄を知ることでさえ、どんどん難しくなってきているからだ。

本書では、わたしたちが知りえないものを取り上げるが、わたしたちが何を知っているのか、どうやってそれを知りえたのかを理解することも、同じくらい重要だ。知の最果てを目指すこの旅では、科学者たちが既に地図に書き込んだ場所を経て、今日の知の最前線における大発見の間際に迫る。その道すがら、時折歩みを止めては、科学者たちが壁にぶち当たってこれ以上先には行けないと考えた瞬間や、それでも次の世代が道を見つけた瞬間に思いを巡らすことにしよう。そうすれば、今日わたしたちが「知りえない」と考えがちな問題を巡る重要な展望が得られるはずだ。そしてこの旅が終わる頃には、本書を通して、自分たちが知りえないものだけでなく、知っているものをも含む広大な知の展望を得た、とみなさんに感じてもらえればと思っている。

わたし自身が快適に過ごしてきた数学という居場所を出て科学の領域を進むにあたって、各分野の専門家の助けを借りた。それぞれの分野の「最果ての地」へと導いてもらって、自分が取り組んでいる問題がわからないのは自分自身の限界のせいなのか、それともその問いに固有の限界があるのかを吟味してもらったのだ。

わたしたちが答えられない問題に遭遇したとき、いったい何が起きるのか。ヒトはどのようにして、知らないという事実を克服するのか。未来永劫自分の手が届かないものが存在することを、あえて認めるのか。種としてのヒトは、無知にどのように対処するのか。この難問に対して、ヒトは何千年ものあいだにいくつかの興味深い対応手段を編み出してきた。そのひとつに、神と呼ばれる概念の創造がある。

超越性

わたしが、決して知ることができないものについて調べようと思い立ったのには、もう一つ別の理由がある。これまた新しい仕事と関係があるのだが、「一般への科学啓蒙のためのシモニー教授職」のわたしの前任者は、進化生物学者のリチャード・ドーキンスという人物だった。わたしはこのポストを引き継ぐにあたって、科学ではなく宗教に関する質問攻めにあうことを覚悟した。『神は妄想である』（邦訳は早川書房、二〇〇七年）という著作を発表したために、特殊創造説（万物は全能の創造主によって本質的に現在の姿で作られており、進化などしていないという説）を信じる人々とけんか腰でやりあうことになったドーキンスは、終身教授としての後半生の多くの時間を、宗教や神の問題に関する論争に費やしてきた。

したがってわたしがその職を引き継ぐことが決まると、当然わたしが宗教上どのような立場をとっているのかに関心が集まった。わたし自身はまず、神に関する議論と自分との間にある程度の距離を置くことにした。シモニー教授の職務は、科学の発展を促進することと、一般の人々と身の回りで起きている発展をつなぐこと、の二つだった。そこでわたしはなんとかして、議論を宗教ではなく科学の問題に戻そうとした。

神に関する質問を逸らすための方便として、まず自分が信心深い人間であることを認めた。ただし、ジャーナリストたちが熱くなる前に、わたしの宗教ではアーセナル（プレミアリーグに所属するロンドンのサッカーチーム）を奉っている、と付け加えた。神殿はロンドン北部にあるエミレーツ・スタジアム（その前はハイベリーのアーセナル・スタジアム）で、毎週土曜日にそこに集って我が偶像を崇拝し、彼らのために歌を歌う。そして各シーズンの始まりに、今年こそついにわがチームが銀の優勝杯を勝ち取る、という自分の信仰を改めて新たにする。ロンドンのような都市では、これまで宗教が果たしてきた、共同体を結束させてともに分かち合うことができる儀式を提供するという社会的な役割を、サッカーが引き継いでいるのだ。

わたしの場合、子どもの頃に持っていたぼんやりした宗教的な考えは、一〇代で学び始めた科学によってみごとに排除された。近所の教会の聖歌隊の一員だったわたしは、キリスト教が宇宙を理解するために提示するさまざまな概念に触れていた。それに、七〇年代英国の学校教育は、いささか宗教色を帯びていた。英国の作曲家ジョン・ラターが作った賛美歌「素晴らしきものすべてを」が演奏され、集会では「主の祈り」が捧げられ……。しかし、宗教はあらゆるものを単純化しすぎているように感じられ、中学の実験室で学び始めた科学の洗練された力強い物語にはとうてい太刀打ちできなかった。かくして宗教はわたしのなかからさっさと追い出された。科学……とサッカー……のほうがはるかに魅力的だったのだ。

もちろん宗教を巡る自分の立場を正面切って問われたときには、そんな浮ついた答えでごまかすわけにいかなかった。BBC北アイルランド局の日曜日の朝のラジオ・インタビューで、神の存在に関する問題の考察に次第に引き込まれていったときのことを、今もはっきり覚えている。たぶんそこに、警告を見て取るべきだったのだろう。日曜日の朝の北アイルランドでは、多くの視聴者が神を身近に感じているのだ。

数学者であるわたしは、かつてない構造が存在することを証明するとか、なぜそのような構造が存在しえないかを示す論拠をひねり出す、といった難題に直面することが多い。数学の言語を使うと論理的な推論が展開できることから、さまざまな時代のさまざまな哲学者が、数学を使って神の存在を証明しようとしてきた。しかしわたしは常日頃、そのようなアプローチに疑問を感じている。数学を使って何かが存在すること、あるいは存在しないことを証明するには、存在を証明しようとしている対象が何なのかを、ごく明快に定義しなくてはならない。

そんなわけでわたしは、そのインタビュアーが、神の存在を巡るわたしの立場についてくどくどと質問を繰り返したのを受けて、それならあなたにとって神とは何なのかを定義してみてください、そうすればわたしも数学用の頭を使えるから、と切り返した。「それは、何か人間の理解を超越したものです」という答えを聞いたわたしは、まず、なんという言い訳だと感じた。きみは今、神をその性質からいって取り扱うことができないものと定義したんだよ、と。だがそれから、定義としては悪くないぞ、と思い始めた。結局のところ、言い訳ではないのかもしれない。

今かりに神を、わたしたちが知りえないものと定義したらどうなるか。古代の多くの文化では常に、自分たちに説明できない、あるいは理解できないものを神で置き換えてきた。わたしたちの祖先は火山の爆発や日食といった現象をひどく不思議がり、神の御業とした。やがて科学によってこれらの現象が説明されると、これらの神は退場することになった。

この定義には、広く「隙間の神《ゴッド・オブ・ザ・ギャップス》」と呼ばれる神に通じるものがある。隙間の神とは、宗教思想家たちが概して相手を蔑むときに使う言葉で、この神が科学的な知識の猛攻撃に直面して後じさりしつつあるのを見て取った彼らは、このような神を排斥しようと声を上げたのだった。「隙間の神」という言い回しを作ったのは、オクスフォードの数学者でメソジスト教会の指導者でもあったチャールズ・コールソン（一九一〇－七四）で、コールソンは「科学が失敗した要衝の地で成功する『隙間の神』は存在しない」と断言した。

ところがこの言い回しは、論理的に間違った「神は存在する」という主張とも関係がある。リチャード・ドーキンスはその著書『神は妄想である』で、たっぷり時間をかけてこの主張を論破しているが、それによると、人間が説明できない、あるいは知りえないものがあるとしたら、その隙間を神が埋めているはずだという。しかしわたしにすれば、その隙間を神の存在で埋めることよりも、自分たちが知りえないものという抽象的概念と神を同等に見ることのほうに興味をひかれる。それは、現時点で知らないものではなく、その性質からいって自分たちが決して知りえないもの、常に超越的であり続けるものなのだ。

宗教は、現代社会がしばしば提示する単純な紋切り型のイメージとは程遠い複雑なものなのだ。インド、中国、中東といった地域の多くの古代文明では、宗教は超自然的な知性への崇拝ではなく、まさに自分たちの理解と言語の限界が意味するところを理解しようとする試みだった。神学者で哲学者でもあるハーバート・マッケイブが力説したように、「神が存在すると主張することは、宇宙に関して答えられない問いがあると主張すること」なのだ。科学はそれらの限界をぐいぐいと押し広げてきた。その結果、何かが残っているのだろう。常にその限界の向こうにあり続けるものが、はたして存在するのか。マッケイブの神は、存在するのだろうか。

これこそが、本書の核となる探究目標なのだ。どこまでいっても知の及ばないところに残り続ける謎、ないし物理現象を確認することができるのか。かりに知の隙間に存在し続けるものが確認できたとして、それはどのようなタイプの神なのか。このような概念に、どのような可能性があるのか。わたしたちが知りえないものがこの世界に働きかけ、未来に影響を及ぼすことがありうるのか。それらは、崇めるに値するものなのか。

だがまず手始めに、宇宙に関する決して答えることのできない問いがあるかどうかを知る必要がある。わたしたちが知りえないものが、ほんとうに存在するのだろうか。

第一章

最果ての地　その一
カジノで手に入れたサイコロ

予測できないものとあらかじめ決められているものが、ともに発展して、今あるすべてを形作っている。自然はあらゆる規模で――雪の結晶も吹雪も――そのようにして自分自身を生みだしている。そう考えると嬉しくなる。再び始まりに立っていながら、ほとんど何も知らないのだから。

トム・ストッパード「アルカディア」

目の前の机に、赤いサイコロがひとつ転がっている。ラスベガスのカジノで手に入れたサイコロだ。クラップス（二つのサイコロの目の出方を競うゲーム）と呼ばれるサイコロ賭博のテーブルでこのサイコロを見た瞬間、わたしは恋に落ちた。実に見事な作りだったから。細くまっすぐな縁が、立方体の角の一点で交わっている。面はごくなめらかで、触っても何の目なのかわからない。サイコロの目を彫り込んでから、本体の素材であるプラスチックと同じ密度の塗料で埋めてあるのだ。そのため目が六つの面とその反対側の目が一つの面を比べてみても、重さはまったく変わらない。手ざわりにもまったく文句の付けようがなく、実に美しい品だ。

それなのに、わたしはこのサイコロが大嫌いだ。
今、目の前のサイコロは3の目が出ている。ところが、このサイコロを手に取ってぽろりと落としたときに、どの目が出るのかを知る術はない。サイコロは、知りえないものの究極の象徴なのだ。サイコロの未来は、その未来が過去になったときにはじめてわかるものらしい。

　知りえないもの、答えを出せないものに出くわすと、わたしは決まってひどく不安になる。最終的に何が起きているのかを計算する方法がありさえすれば、今すぐわからなくても大丈夫。たっぷり時間をかければいいだけの話なのだから。それにしても、このサイコロはほんとうに、「決して知りえないもの」なのか。それとも十分な情報がありさえすれば、次の動きを推理することができるのか。物理法則を正しく応用して適切な数式を解きさえすればいいだけのことで、それならまちがいなく、このわたしにもわかるはずだ。

　わたしの専門である数学は、これから起ころうとしていることを垣間見るために考案された。未来を覗き見るため、そして運命の僕《しもべ》ではなく主人になるために。思うに、宇宙はさまざまな法則に従って展開している。それらの法則を理解すれば、宇宙がわかるはずだ。ヒトはパターンに注目することで、環境を制御するひじょうに強力な方法を手に入れた。パターンが存在すれば、未来を予測するチャンスが生まれて、知りえないことがわかるかもしれない。太陽の動きにパターンがあるからこそ、明日も確実に日が昇るといえるし、月が再び満ちるまでに日の出が二八回あるといえる。数学は、そうやって発展してきた。数学は、パターンの科学なのだ。パターンを見分ける能力は、生き残りを懸けた進化の戦いにおいて、強力なツールとなりうる。先史時代の壁画で有名なフランスのラスコーの洞窟には、「すばる」が冬空に最初にあがってから月の弦の期間（月の公転期間の四分の一）にして一三回分が経つ頃に、馬が仔を孕み、狩りが楽になる季節になることが示されている。未来を予測できるか否かが、生き残るうえでの鍵となるのだ。

しかしなかには、パターンが皆無のように見えたり、パターンが複雑すぎたり目に見えなかったりして手に負えないものもある。サイコロを転がしたときの毎回の目の出方は、日の出とは違う。ついにサイコロが止まったときに、六つある面のうちのどれが出るかを知る方法は、どうやらないらしい。だからこそサイコロは、大昔から争いごとに決着を付けたり、ゲームをしたり、金を賭けたりするのに使われてきた。

それにしても、この赤地に白い目がついた美しいサイコロの振る舞いは、ほんとうに予測不可能なのだろうか。わたしの前にも、このサイコロの動態《ダイナミクス》に惹かれもし苛立ちもした人間がいたことは確かだ。

神の意志を知る

最近イスラエルに旅行したときに、わたしは子どもたちを、古代ローマ時代の遺跡で世界遺産でもあるベト・グヴリンの考古学発掘現場に連れていった。このあたりは昔から人気の居住地だったらしく、町が何層にも積み重なっている。地中に埋まっている品があまりに多いので、考古学者たちは喜んで、わたしやうちの子どもたちのような素人を発掘作業に参加させてくれる。壺が一個や二個割れたところで、どうということもないのだ。案の定、わたしたちは陶器のかけらをたくさん掘り出した。ところがそれだけでなく、動物の骨が次々に見つかった。きっと夕飯の残りなんだな、と思っていると、ガイドに、それは最古のサイコロだといわれた。

新石器時代にすでに人類が住みついていた場所を発掘すると、そういった場所で通常見つかる割れた陶器や石器に混じって、とんでもない数の羊をはじめとする動物の踵骨《しょうこつ》が見つかることがある。これらの骨は、実はわたしがカジノで手に入れたサイコロの祖先なのだ。踵骨を投げると、当然、四つある面のいずれかを下にして落ちる。これらの骨には数字や文字が刻んであることが多く、どうやら賭博ではなく占いに使われていたらしい。そして、このようなサイコロの目と神のご意志との関係は、その後何百年も残ることとなった。サイコロのどの目が出るかは、人間の理解を超えた知識だとされ、サイコロ投げの結果は、神のみが知っているのだ。

やがてこれらのサイコロは、より世俗的な人々の娯楽世界の一角を占めるようになった。わたしのサイコロと同じ立方体のサイコロのなかで最古のものは、現北東パキスタンにあるインダス文明のハラッパーの遺跡で見つかった。ここは、最古の都市文化の一つが展開した場所で、その起源は紀元前三〇〇〇年に遡る。また、古代メソポタミアではこれと同じ頃に面が四つのピラミッド形のサイコロを用いたゲームが行われていて、実際にそのゲーム一式が、ウルという都市の遺跡で見つかっている。

ローマ人やギリシャ人はサイコロ・ゲームにはまり、中世の十字軍から戻った兵士たちも、サイコロを意味するアラビア語の al-zahr という言葉にちなんだ hazard（ハザード＝不確かさ）という名前の新手のゲームに夢中になった。これはクラップスの祖先ともいうべきもので、クラップス自体は、今もラスベガスのカジノで行われている。

もしもサイコロの目の出方を予測することができたなら、サイコロの目を使ったゲームは決して流行らなかったはずだ。バックギャモンやハザードやクラップスではらはらどきどきするのは、サイコロのどの目が出るかがわからないからだ。したがって、サイコロの目を予測しようとしたからといって、ゲームをする人々にありがたがられることは、まずない。

何百年ものあいだ、誰もサイコロの目の出方を予測できるとは考えていなかった。古代ギリシャの人々は、自分たちを取り囲む環境を調べるツールとして、もっとも早くに数学を発展させたが、そのギリシャ人をもってしても、このようなダイナミックな問題にどう取り組んだらよいのか皆目見当がつかなかった。彼らの数学は動かないものを対象とする厳格な幾何学の世界であって、床を転がるサイコロを扱えるようなものではなかったのだ。幾何学を用いてサイコロの輪郭を記述する式は作れても、いったんサイコロが動き始めたが最後、彼らは途方に暮れたにちがいない。

では、サイコロを転がした結果がどうなるか、その感触を得るために実験をしてみたらどうだろう。古代ギリシャの人々は経験主義を否定していたから、実験で得られたデータを分析して、サイコロのどの目が出るかを予測する科学を作ろうとは、考えもしなかったはずだ。結局のところ、今出た目と次に出る目とは、まったく関係がない。サイコロの目の出方はランダムで、古代ギリシャの人々にとって不可知なものだったのだ。

アリストテレスは、この世界の出来事は本質的に三つの範疇に分類できるとした。自然の法則に従って必然的に起きる「確かな出来事」と、二、三例外があるにしてもたいていは起きる「ありそうな出来事」と、最後にまったくの偶然で起きる「不可知な出来事」である。そしてアリストテレスはサイコロの目の出方をきっぱりと、三つ目の範疇に入れた。

キリスト教の神学が哲学に影響を与えるようになると、事態はますます悪化した。サイコロの目の出方は神の手に委ねられているのだから、ヒトはそれを知りたいなどと思ってはならない。聖アウグスティヌス(三五四―四三〇)がいうように、「偶然によるとされる原因は、存在しないのではなく隠されているのであって、われわれはそれらの原因を、真の神の意志に帰する」のだ。

この世には偶然などなく、自由意志も存在しない。神はわたしたちが知りえないものも知っていて、神がサイコロの目の出方を決めている。目の出方を予想する試みは、すべて異端者の行い、神の意志を知ることができると考える厚かましい者たちの仕業なのだ。フランスのルイ一一世などは、偶然性に頼るゲームは神を汚すことになると考えて、サイコロを作ることまで禁じたという。しかしそのサイコロも、ついに己の秘密を白状するときがやってきた。一六世紀になるとようやく、サイコロは神の手から奪い返され、その運命が人の手に——そして人の精神に——ゆだねられることとなった。

サイコロのなかの数を見つける

ラスベガス産の美しいサイコロの傍らに、さらに二つサイコロを置いてみる。すると次のような疑問が生じる。この三つのサイコロを同時に投げたとして、三つの目の和が九になるほうに賭けたほうがよいか、それとも一〇になるほうに賭けたほうがよいか。一六世紀に入るまで、これらの問いに答えるためのツールは皆無だった。それでも、長いあいだサイコロをいじってきた人間なら、サイコロを二つだけ投げる場合は目の和でいえば一〇より九に賭けたほうがよい、ということを知っていたかもしれない。けっきょくのところ、経験を多少積むだけで、和が九になる可能性の平均が、一〇になる可能性の平均の一・三倍になることがわかったはずだから。とはいえ投げるサイコロが三つになると、どちらに賭けるべきなのかは微妙になる。なぜなら和が九になる可能性と一〇になる可能性がほぼ同じのように思えるからだ。でも、ほんとうに同じなのだろうか。

サイコロの目の出方にパターンがあり、賭に役立つということに最初に気づいたのは、一六世紀イタリアの賭博常習者にして医者で数学者のジェロラモ〔ジロラモとも〕・カルダーノ（一五〇一—一五七六）だった。ただしそれは、一回一回のサイコロ投げでは役に立たないパターンだった。カルダーノのように何時間もサイコロを投げて過ごすばくち打ちにとって有益な、長い目で見たときに現れるパターンだったのだ。不可知であるはずの現象を予測する研究にすっかり魅せられたカルダーノは、とうとうチップを調達するために妻の持ち物を売り払ったりもしたという。

やがてカルダーノは、サイコロの目にどんな出方があるのかを数える賢い方法を考えついた。二

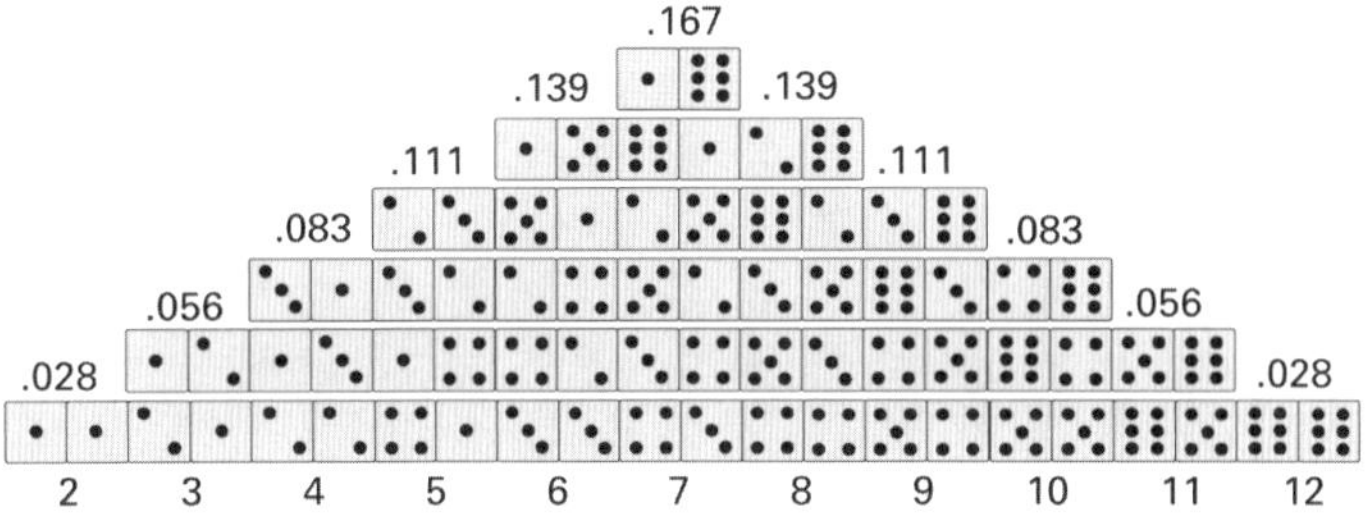

つのサイコロを転がすと、異なる目の出方は計三六通りになる。その出方を示したのが、上の図だ。

　合計が一〇になるのはこのうちの三通りだけだが、合計が九になる出方は四通りある。したがって二つのサイコロを転がした場合は、一〇ではなく九に賭けるほうが理に適っている、とカルダーノは結論した。この数学にしがみついていれば、一回一回のゲームの結果はさておき、長い目で見て一番になれる、というわけだ。残念ながら、カルダーノは数学の訓練こそ十分受けていたが、賭博の修業はさほど積んでいなかった。父の遺産をすべてすってしまい、思い通りの目が出ないと、賭の相手と短剣で戦うこともあったという。

　それでもカルダーノは、ある予言をなんとしても当ててみせようと、かたく心に決めていた。どうやら本人は、自分が一五七六年九月二一日に死ぬと予言していたらしく、この賭に勝つために、自分にできることをした。その当日に、自殺したのである。いくら知識を渇望していたからといって、これはさすがにやり過ぎだ。実際、自分が死ぬ日を知るなんて、たいていの人はごめん被りたいと思うだろう。しかしカルダーノは、死に神と賭をするときも勝ちにこだわったのだった。

　カルダーノは自ら命を絶つ前に、テーブルを転がるサイコロの振る舞いの予測に関する一冊の先駆的著作をまとめていた。『偶然ゲーム（サイコロ遊び）について *Liber de Ludo Aleae*』というその著作は、一五六四年に書かれたもののすぐには日の目を見ず、本人の死後、一六六三年になってようやく刊行された。

実は、偉大なるイタリアの物理学者ガリレオ・ガリレイ（一五六四－一六四二）も、カルダーノがサイコロを三つ投げたときに目の和は九と一〇のどちらになりやすいかをつきとめるのに用いたのと同じ分析を行っていた。そして、可能性のあるサイコロの目の出方は6×6×6＝216通りだと推論した。そのうちの二五通りでは目の合計が九になり、二七通りでは目の合計が一〇になる。この差はあまりに小さく、実験データから拾うのも難しいくらいだが、その程度の差でも、長い目で見たときには一〇に賭けたほうが有利になるのだ。

中断されたゲーム

一七世紀半ばになるとイタリアではなくフランスで、サイコロ投げの数学的な研究の成果が上がりはじめた。偉大なる二人のスター、ブレーズ・パスカル（一六二三－一六六二）とピエール・ド・フェルマー（一六〇七－一六六五）が、転がる立方体の未来を予測すべく、頭をひねり始めたのだ。自然哲学者で思想家でもあったパスカルは、一流の賭博師シュヴァリエ・ド・メレに出会ったことがきっかけで、サイコロの目の出方を解明したいと考えるようになった。ド・メレはパスカルに、いくつかの興味深い筋書きを示した。うち一つはガリレオがすでに解決済みだったが、そのほかにも、サイコロを四回振ったときに6の目が少なくとも一回出るほうに賭けろと助言したほうがよいのかという問題や、かの有名な「点の問題」が含まれていた。

パスカルは、偉大なる数学者であり高等法院の参事官でもあったピエール・ド・フェルマーと頻繁に手紙をやりとりしはじめ、二人はド・メレが出した問題を解こうとした。四つのサイコロを振ると、6×6×6×6＝1296通りの結果が考えられ、むろんそのうちの6が一つだけ出る場合の数を数えることもできるのだが、この作業はかなり面倒くさい。

そこでパスカルはその代わりに、一回投げたときに6が出ない確率は5/6だと考えた。サイコロを投げる行為はすべて互いに独立だから、四つのサイコロを投げたときにまったく6の目が出ない確率は5/6×5/6×5/6×5/6＝625/1296＝48.2％となる。したがって、6の目が一つでも出る確率は51.8％になるが、これは半々より少し大きな値だから、賭けるに値する。

ところが「点の問題」は、これよりさらに手強かった。二人のプレイヤー——ここではフェルマーとパスカルとする——がサイコロを振っている。フェルマーにはサイコロの目が4以上なら得点が入り、そのほかの目が出たらパスカルに得点が入る。したがって、二人がサイコロを投げて得点する可能性は五分五分になる。今、二人は六四フランを賭けていて、最初に三点を取った者がこの金を手にすることになっていたとしよう。ところが、フェルマーが二点、パスカルが一点取ったところでゲームが中断し、そのまま中止となった。さて、二人はこの六四フランをどのように分けるべきなのか。

この問題を解くための昔ながらのやり方として、中断の時点まで起きたことに注目する、という方法がある。フェルマーはパスカルの二倍勝っているんだから、賞金も二倍手に入れるべきだ。ところが中断する前にフェルマーだけが一回勝っている場合は、この論法が成り立たない。その場合はパスカルの取り分はゼロになるが、それでもパスカルが勝つチャンスはちゃんと残っているのである。カルダーノと同時代のニコロ・フォンタナ・タルタリア（一四九九—一五五七）はさんざん考えたあげく、この問題には解がない、という結論に達した。「この問いの答えは公正性によって決まるのであって、数学によって決まるわけではない。したがって、どんな分け方をしても議論の余地が残る」

しかし、みんながみんなこの問題に白旗をあげたわけではなかった。過去に目を向けるかわりに、将来どのようなことが起こりうるかを考えたのだ。ほかの問題と違って、この問題の場合はサイコロの目の出方を予測するのではなく、その後の筋書きをすべて列挙して、どの筋書きがどのプレーヤーに恩恵をもたらすかに基づいて賞金を分ける必要があるのでは？

ところがここに、ひとつ落とし穴がある。というのも一見、筋書きが三つあるように思われるのだ。ひとつ目は、フェルマーが次の勝負でも勝って六四フランを手に入れる場合、もうひとつは、パスカルが次の勝負で勝って最後の勝負が行われることになる場合で、その場合、最後の勝負では二人のうちのどちらかが勝つ。今挙げた三つの筋書きのうちの二つでフェルマーが勝つのだから、賞金の三分の二をフェルマーに渡すべきだろう。ド・メレは、見事にこの罠にはまった。「シュヴァリエ・ド・メレは才能豊かではあったが、数学者ではなかった。ご存じの通り、これは大きな欠陥だった」まさに大きな欠陥だ！

これに対して数学に詳しかったパスカルは、その分け方は間違っていると主張した。フェルマーが次の勝負で勝つ確率は五分五分で、勝てば六四フランが手に入る。だがパスカルが次の勝負で勝てば、最後の勝負で勝つ確率は二人とも同じだから、賞金は三二フランずつに分けられる。どちらにしてもフェルマーには三二フランが入るのだから、残りの三二フランを等分して、フェルマーに計四八フラン渡せばよい。

フェルマーがトゥールーズ近くの自宅から寄越した手紙には、パスカルの分析に同意する、とあり、さらに「これであなたにも、パリでもトゥールーズでも真実は同じであることがおわかりですね」と書かれていたという。

パスカルとフェルマーによる「点の問題」の分析は、もっと複雑な筋書きにも応用することができた。そしてパスカルは、賭の賞金の分配率の決め手が、今日パスカルの三角形と呼ばれている図に潜んでいることに気がついた。

					1					
				1		1				
			1		2		1			
		1		3		3		1		
	1		4		6		4		1	
1		5		10		10		5		1

この三角形を作るには、各々の数がすぐ上の段の二つの数の和になるようにすればよい。ところがこうして得られた数が、実は「点の問題」のゲームが中断されたときの賞金分配の鍵になる。たとえば、フェルマーが勝つには二点必要で、いっぽうパスカルが勝つには四点必要だとすると、この三角形の2＋4＝6行目を参照して、最初の四つの数を足しておいて、それとは別に最後の二つの数を足すと、この二つの値がそのまま賞金分配の比率になる。この場合、1＋5＋10＋10＝26対1＋5＝6。したがってフェルマーの取り分は26/32×64＝52フランで、パスカルは6/32×64＝12フランとなる。一般に、フェルマーが勝つのにn点、パスカルが勝つのにm点取る必要がある場合は、パスカルの三角形の（$n＋m$）番目の行を見ればよい。

ところが、この二人のフランス人の数千年前に、すでに偶然が支配するゲームの結果とこの三角形とのつながりが発見されていたという証拠がある。中国の人々は、未来を予言する際に、決まってサイコロや易のようなランダムな方法を使っていた。三〇〇〇年ほど前の『易経』という文書を見ると、六十四卦をランダムに選ぶ道具として、パスカルがコイン・トスの結果を分析するために作ったのと同じ表が載っている。この三角形を用いて六十四卦を選び、その意味を分析して未来を占っていたのである。ところが今では、この三角形を作ったのは中国人ではなく、パスカルだということになっている。

パスカルが関心を持ったのは、サイコロだけではなかった。パスカルが確率に関するこの新たな数学を偉大なる不可知の一つである神の存在の確率に応用したというのは、有名な話である。

「神はいるか、いないか」のいずれかである。だとすれば、どちらの側に傾くべきなのか。この場合、理性は何も決められない。なぜならわたしたちは無限の渾沌によって隔てられているからだ。その無限の先で、あるゲームが行われて表か裏が出る……（中略）……では、あなたはどちらを選ぶのか。それを考えてみよう。いずれにしても選ばなければならないのだから、どちらのほうが得るものが少ないのかを見てみる。失う可能性があるものは真実と善の二つであり、得られる可能性があるのは、理性と意思、つまり知識と幸せの二つである。さらに人は、その性質からいって過ちと悲惨を避けようとする。どちらを選んでも、あなたの理性が受けるショックの量は変わらない。なぜなら、いずれにしても選ばなければならないから……しかし、あなたの幸せはどうだろう。神がいることに賭けたときに得られるものと、失うものを天秤にかけてみると……勝てばすべてが手に入り、負けたとしても失うものは何もない。だからためらうことなく、神がいるというほうに賭けたまえ。

これが「パスカルの賭」と呼ばれるもので、パスカルは、神を信じるほうを選んだほうが得られるものはずっと大きい、と主張した。たとえ間違っていても失うものはほとんどなく、当たっていれば永遠の命を得ることができる。これに対して神がいないというほうに賭けると、負ければ地獄に落ちたきりになり、そのうえたとえ勝ったとしても、得られるのは神がいないという知識だけだ。神が存在する確率が実際にゼロならそもそも議論は成り立たず、ゼロでないとすると、神が存在する可能性がないと信じる代償が高くなりすぎる、というのである。

フェルマーやパスカルなどの数学者が不確かさを扱うために開発した確率の技法は、きわめて強力だった。こうして人間は、人知を超えるとされてきた現象——神の現れとされてきた現象——に知性の手をのばせるようになった。これらの確率論的手法は、今や気体のなかの粒子の振る舞いから株式市況の上下動に至る、ありとあらゆる事柄を扱う際の最良の武器となっている。実際、物質の性質自体もどうやら確率の数学に支配されているということが、この先の「最果ての地　その三」で明らかになる。「最果ての地　その三」では量子力学を用いて、人間の観察下における素粒子の振る舞いを予測する。だが確実さを求める人にとって、確率を用いたこの手法はいらだたしい妥協でしかない。

フェルマーやパスカルをはじめとする人々が達成してきた知の大躍進は、むろん高く評価すべきだが、そのおかげで、次にサイコロを投げたときにいくつの目が出るのかがわかる、というわけではない。わたし自身は、確率の数学をいくら学んでも、絶えずなんとなく満たされない感じが残っていた。確率に関するどの講座をとっても、決まって6の目が何度連続して出てもまったく問題ないという事実をたたき込まれる。6の目が続けて出たとしても、次にサイコロを投げたときの目の出方には影響しないのだ。

だったら、わがサイコロの実際の目の出方を知る方法ははたして存在するのか。それとも、そのような知識は絶対にわたしたちの手が届かぬものであり続けるのか。海の向こうの科学者たちによると、その答えは「否」だった。

自然の数学

アイザック・ニュートン（一六四三―一七二七）は、わたし自身の不可知との戦いにおける永遠のヒーローだ。宇宙に関するすべてを知ることができる、と考えられるのは、元を正せばニュートンの革命的な著書『自然哲学の数学的諸原理《プリンキピア》』のおかげなのだ。ニュートンは一六八七年に発表されたこの著作で、宇宙の振る舞いの謎を解くためのツールになりそうな新たな数学的言語をひたむきに展開している。それは、科学の方法の未だかつてない劇的なモデルだった。フランスの物理学者アレクシス・クレロー（一七一三―一七六五）は一七四七年に、この著作によって、「それまで推測と仮説の闇に留まっていた科学に、広く数学の光が当てられた」と述べている。

これはまた、大きなものと小さなもの、つまり天空と地球の記述を統合する理論を作り出そうとする試みでもあった。ケプラー（一五七一―一六三〇）はすでに、惑星の動きを記述する法則を考え出していた。データにあてはまる方程式を見つけることで経験的に開発された、過去を再現できる法則である。いっぽうガリレオは、空中を飛んでいく球の軌跡を記述していた。ニュートンの天才たるゆえんは、この二つがともに重力という一つの現象に起因している、ということを見抜いた点にある。

一六四二年のクリスマスにリンカーンシャーのウールスソープの町で生まれたニュートンは、常に物理的世界を手懐けようとしていた。時計や日時計を作り、ネズミの力で動くミニチュアの製粉所を作り、建物や船の設計図を何枚も描き、動物の精密な図を描く。ある日一家の飼い猫が姿を消したのも、実はニュートンが作った熱気球に乗せられたからだった。しかし学校の成績には「不注意で怠け者」とあり、とうていその素晴らしい将来をうかがい知ることはできなかった。

数学者にとって、怠惰は必ずしも悪い性質ではない。なぜなら問題を解く際に、厳しい重労働に頼らずに巧みな近道を見つけようとする強い動機になるからだ。しかしこの性質は、概して教師に受けが悪い。

案の定ニュートンの学校の成績はひどいもので、母親は、この子を学校に通わせるのは時間の無駄で、ウールスソープにある一家の農場の経営を教えたほうがましだ、と判断した。残念ながらニュートンには、一家の農園を管理する才能もまるでなく、再び学校に戻されることとなった。おそらく作り話なのだろうが、ニュートンが学業に目覚めた時期と、いじめっ子に頭をぽかんと殴られた時期とは一致しているという。真偽のほどはさておき、学校の成績はぐんと上がり、突然優等生になったニュートンは、とうとうケンブリッジ大学に入った。

一六六五年にイギリスじゅうで腺ペストが猛威をふるいはじめると、ケンブリッジ大学は予防措置として閉鎖され、ニュートンはウールスソープの実家に避難した。孤独はしばしば、新たな着想を得るうえでの重要な要素となる。ニュートンは、自室にこもって考えた。

真実は沈黙と瞑想から生じる。わたしは常に問題を目の前に置き、最初の明かりがゆっくりと兆し、やがてはっきりと輝きはじめるのを待った。

リンカーンシャーで一人思索にふけったニュートンは、変化する世界の問題を扱うことができる新たな言語、微分積分学を生み出した。この数学的なツールは、宇宙がどのように振る舞うかを前もって知るための鍵となった。わたしがサイコロの目の出方に関して情報を収集できるかもしれないと思えるのも、この言語があるからなのだ。

数学スナップショット

微分積分学では、ゼロ分のゼロという一見無意味に思える量の意味を理解しようとする。手の平のサイコロを落としたときに、空中を落ちていくサイコロの瞬間速度を突きとめるには、このような量を計算する必要があるのだ。

サイコロは重力で地面に引っ張られているので、速度は絶えず大きくなる。ではある特定の時間を指定されたときに、その瞬間のサイコロの速度はどうすれば計算できるのか。たとえば、一秒後のサイコロの速さはどれくらいになるのか。速度は道のり割る経過時間で得られるから、次の一秒間で進む距離を記録すれば、その一秒間の平均速度を得ることができる。だがここでは、正確な速度が知りたい。二分の一秒、四分の一秒というふうにもっと短い時間で移動した距離を記録することは可能だ。そして、時間の幅が狭ければ狭いほど、速度の計算は正確になる。最終的に、無限に小さな時間幅を考えれば、正しい速度が得られるはずだ。ところがそうなると、ゼロ割るゼロを計算することになる。

微分積分学：ゼロでゼロを割ることの意味を理解する

停まっていた車が走り出したとしよう。ストップウォッチが押されると同時に、運転者はアクセルを踏み込む。今、t秒後に運転者が$t \times t$メートル進んでいたとする。では、10秒後には車の速度はどれくらいになっているのか。10秒後から11秒後までの1秒間に進んだ道のりを調べれば、その速度を近似することができて、この1秒間の平均速度は、$(11 \times 11 - 10 \times 10)/1 = 21$メートル毎秒になる。

ところが時間幅をもっと狭くして、たとえば0.5秒間の平均速度を見ると、(10.5×10.5−10×10)/0.5＝20.5メートル毎秒になる。

速度が少し遅くなっているのは、よく考えれば当然で、車はどんどん加速しているから、10秒から11秒までの1秒間の前半と後半では後半の1/2秒のほうが車は速くなっているはずなのだ。そこで、さらに短いスナップショットを撮ってみる。たとえば、時間幅をさらに半分にするとどうなるか。(10.25×10.25−10×10)/0.25＝20.25メートル毎秒という値が得られる。

このあたりで、そろそろあるパターンに気づかれた方がおいでかもしれない。時間の幅をx秒とすると、その時間内の平均速度は20＋xメートル毎秒になっているのだ。時間幅を狭くすると、平均速度はどんどん毎秒20メートルに近づく。というわけで、一見ゼロ割るゼロという計算を行わなければ10秒後の速度を計算できないように思われるが、実は微分積分学を使うと、この式の意味するところがわかるのである。

ニュートンの微分積分学によって、ゼロ割るゼロという計算の結果の意味が明確になった。ニュートンは、時間の幅をどんどん狭くしていったときに、速度が向かう先を算出する方法を突きとめたのだった。これは、変化する動的な世界を捉えることを可能にする、かつてない革命的な言語だった。古代ギリシャの幾何学は、動かない世界の凍り付いた画像を扱うには完璧だった。これに対してニュートンは、動く世界を記述することができる言葉を作って、当時の数学の現状を打破したのだった。こうして数学は、静物を記述するレベルから動く像を捉えるレベルへと移行した。ちょうどその頃美術の世界では、静的なルネッサンス美術から動的なバロック芸術が花開こうとしていたが、いわばこのような変化の科学版が起きたのである。

ニュートンは当時を振り返って、生涯でもっとも生産的な時期、自分にとっての驚異の年《アヌス・ミラビリス》だったと述べている。「(当時) わたしはわが創造の絶頂期にあった。数学や哲学についてあそこまで考えたことは、絶えてない」

わたしたちの周囲のあらゆるものが変動していることを思えば、この数学が絶大な影響を及ぼしたのも当然といえよう。けれどもニュートンにすれば、この微分積分学は自分をある科学的な結論へと導いてくれる私的なツールだった。その結論をまとめたのが、『プリンキピア』で、一六八七年に発表されたこの大論文には、重力と運動の法則を巡るニュートンの着想が記述されている。

ニュートンは第三者の視点に立って、この著作に含まれる科学的な発見の鍵は微分積分学にある、と述べている。「ニュートン氏は、この新たな『解析』の助けを借りて、『プリンキピア』に含まれる主張の大半を発見した」しかし、この「新たな『解析』」に関する説明はいっさい発表されることがなかった。ニュートンはこれらの概念を友人たちに密かに広めただけで、ほかの人々にその真価を伝えるために公表しなくては、などとは思いもしなかったのだ。

幸いなことにこの『微分積分学』という言語は、今やどこでも手に入る。わたし自身も数学者見習い時代に、長い時間をかけてこの言語を習得した。だがわがサイコロの振る舞いを理解するには、ニュートンの数学における業績と物理への偉大なる貢献――著書『プリンキピア』の冒頭にあるかの有名な運動の法則――をつきまぜる必要がある。

ゲームのルール

ニュートンは『プリンキピア』で三つの単純な法則を説明していて、そこからは、じつにたくさんの宇宙の動力学に関する事柄が展開される。

まず、ニュートンの運動の第一法則によると、「物体はそれに働く力によってその状態を変えさせられない限り、停止し続けているか、直線上で一定の動きをし続ける」

アリストテレスをはじめとする人々にとって、これはさほど自明なことではなかった。平らなところでボールを転がすと、やがてボールは止まる。したがって、物を動かし続けるには力が必要なように思える。ところがこの場合は、摩擦と呼ばれる目に見えない力が働いて速度を変えているのであって、すべての重力場から遠く離れた惑星間宇宙でサイコロを投げると、サイコロは一定の速度でまっすぐ飛び続けるはずだ。

物体の速度や方向を変えるには、力が必要なのだ。そこで次なるニュートンの第二法則では、その力によって動きがどのように変わるのかが述べられる。さらにこの法則からは、変化を明確に表現するためにニュートンが開発した新たなツールが生まれることとなった。微分積分学のおかげで、サイコロがテーブルに向かって加速していくときの速度はすでに明確に表現できるようになっている。そこでさらにもう一度微分積分学を用いると、今度はその速度の変化する割合がわかる。このときニュートンの第二法則によれば、物体に働く力と速度の変化率は直接関係しているのだ。

ニュートンの運動の第二法則は、「動きの変化の割合、つまり加速の割合はその物体に働く力に比例し、物体の質量に反比例する」と述べている。

テーブルに向かって落ちていくサイコロのような物体の動きを理解するには、その物体にどんな力が働いているのかを理解する必要がある。ニュートンの万有引力の法則によって、「ニュートンの落ちるリンゴ」や「太陽系を移動する惑星」に働く主な力のうちのひとつが確認された。この法則によると、質量m_2の物体が距離rだけ離れた処にある質量m_1の物体に及ぼす力は、

$$\frac{G \times m_1 \times m_2}{r^2}$$

となる。ただしGは経験から得られた物理定数で、この宇宙における重力の強さを表す。

これらの法則を使えば、空中を飛ぶボールや太陽系の惑星や手から落ちるサイコロの軌跡を記述することができる。ところがサイコロがテーブルに当たると、さらに新たな問いが生まれるのだ。いったいその先はどうなるのか。そのヒントは、ニュートンの三番目の法則にある。

ニュートンの運動の第三法則によると、「第一の物体が第二の物体に力を及ぼすと同時に、第二の物体も第一の物体に、大きさが同じで方向が逆の力を及ぼす」

ニュートン自身はこれらの法則を用いて推論を行い、太陽系に関する一連のすばらしい結果を導き出した。本人の言葉にもあるように「今度こそ世界の成り立ちを実証」したのである。ニュートンは自分の着想を惑星の軌跡に当てはめるために、まず、各惑星を縮めて重心の位置に存在する一つの点とみなし、惑星全体の質量がこの点に集中していると仮定した。そのうえで運動法則と自ら編み出した新たな数学を用いて、ケプラーの惑星の運動に関する法則をみごとに導き出してみせた。

さらにニュートンは、質量が大きい天体――具体的には地球と太陽――の相対質量を計算することにも成功した。そして、月がいろいろと奇妙で不規則な動きを見せるのが、太陽の引力のせいであることを明らかにした。さらに、地球は完璧な球ではないはずだ、という結論に達した。地球は回転しているので遠心力が生まれ、その結果、極と極の間で押しつぶされた形をしているはずだ、というのである。これに対してフランスの人々は、その逆だと考えていた。地球は極のところで尖っているにちがいないというのだ。けっきょく、一七三三年に探検隊が組織されて、ニュートン

——とその数学——が正しいことが証明された。

ニュートンの万物の理論

これはまさに、並外れた偉業だった。この三つの法則は、この宇宙のすべての粒子の動きを推定することを可能にする「種」となった。まさに、万物の理論という名にふさわしい理論だったのだ。ここで、「種」という言葉を使ったのは、これらの法則をほかの科学者たちが育ててはじめて、質量が一点に集まった粒子からなるニュートンの太陽系よりも複雑な状況を記述することが可能になったからだ。これらの法則をそのまま使っただけでは、たとえばあまり硬くない物体や形が変わる物体の動きを記述することは不可能だった。ニュートンの法則を一般化した方程式を導いたのは、一八世紀スイスの偉大な数学者レオンハルト・オイラー（一七〇七―八三）で、オイラーの方程式は、振動する弦や揺れる振り子にも広く適用することができた。

こうして次々に、さまざまな自然現象を支配する方程式が登場した。オイラーは、粘性がない液体の方程式を作り出した。一九世紀初頭にはフランスの数学者ジョゼフ・フーリエ（一七六八―一八三〇）が、熱の流れを記述する方程式を発見した。同時代のこれまたフランスの数学者であるピエール＝シモン・ラプラス（一七四九―一八二七）とシメオン・ドニ・ポアソン（一七八一―一八四〇）は、ニュートンの方程式に基づき、流体力学や静電学の現象を司っていると思われるより一般的な重力の方程式を導き出した。粘性がある流体の振る舞いはナビエ＝ストークスの方程式によって、また、電磁気の振る舞いはマクスウェルの方程式によって記述された。

ニュートンは、微分積分学と運動の法則を発見することによって、宇宙を数式で制御される決定論的時計仕掛けの装置に変えたようだった。じっさい、科学者たちは万物の理論を発見したと思い込んだ。ピエール＝シモン・ラプラスは一八一二年に発表した『確率の哲学的試論』(邦訳は岩波文庫、一九九七年)のなかで、数学には並外れた力があって、物理宇宙に関するすべてを教えてくれる、という大方の科学者たちの信念をまとめて、次のように述べている。

われわれは現在の宇宙の状態を、それに先立つ状態の結果であり、その先の状態の原因と見なすべきである。ある時点において自然を動かすすべての力と自然を構成するすべてのものの位置を知る知性が存在し、この巨大な知性がこれらすべてのデータを分析できるとしたら、宇宙のなかのもっとも大きい物体の動きからもっとも小さな原子の動きまで、すべてを一本の式にまとめることができるはずだ。そのような知性にとって、不確かなことはひとつもなく、未来は過去と同じように目の前にあるのだ。

理論的には宇宙の過去も未来もすべてを知りうるはずだというこの見方は、ニュートンの偉大な著作が世に出てからというもの、じょじょに科学者たちのあいだで力を得ていった。世界に働きかける神という概念は、完璧に排除されたようだった。物事を始動させる時点では神が関わっていたにしても、次の瞬間に数学や物理学の式が取って代わったのだ。

では、わたしのちっぽけなサイコロはどうなのか。運動法則はわかっているのだから、立方体の幾何学と落下運動の最初の向きと、やがて生じるテーブルとの相互作用を組み合わせれば結果を予想できるはず……だよね？　そこでためしにメモ用紙に式を書いてみると、なんとも恐ろしげな代物になることがわかった。

ニュートンもまた、サイコロの目の出方を予測しようと考えた。なぜこの問題に興味を持ったかというと、詳細な日記で有名な英国官僚サミュエル・ピープス(一六三三―一七〇三)から一通の手紙が届いたからだった。ピープスはその手紙で、ニュートンの助言を求めていた。友達と賭をしようと思うのですが、次のどれに賭ければよいと思いますか。

1　六個のサイコロを振って、少なくともひとつは6の目が出る。
2　一二個のサイコロを振って、少なくともふたつは6の目が出る。
3　一八個のサイコロを振って、少なくとも三つは6の目が出る。

その手紙には、一〇ポンド——今日の金額で一〇〇〇ポンド（二〇一八年現在の為替レートで約一五万円）——賭けるつもりなので、ぜひとも良いご助言を、とあった。ピープスは直観的に、三番目に賭けるのがいちばん良さそうだったと考えていたのだが、ニュートンの返事には、数学を使うと、まったく逆の一番目に賭けるべしという結果が出る、とあった。ただしこの問題を解くためにニュートンが用いたのは、運動の法則や微分積分学ではなく、フェルマーとパスカルが展開した概念だった。

ところが、たとえサイコロの軌跡を記述するためにわたしが書き下した方程式をニュートンが解けたとしても、もうひとつ別の問題があって、そのためわがサイコロの未来を知る可能性がゼロになるかもしれないことが明らかになった。神を巡る賭に関する分析について語るパスカルの文章には興味深い一節があり、それによって未来を知ろうとする作業が台無しになるのだ。曰く、「この場合、理性では何も決められない。無限のカオス《渾沌》がわたしたちを隔てているから」

太陽系の運命

ニュートンがわが未来予見の旅の英雄だとすれば、一九世紀末のフランスの数学者アンリ・ポアンカレ（一八五四―一九一二）は、さしずめ悪党といったところだろう。もっとも、次に何が起こるのかを知りたいと願うすべての人を激しく打ちのめす現象が存在することを明らかにしたからといって、ポアンカレを責める気にはなれない。なぜなら、この発見のせいで本人も大金をフイにしてしまったわけで、ポアンカレにとっても決して心躍る出来事ではなかったはずだから。

ラプラスの一〇〇年後にやはりフランスに生まれたポアンカレは、ラプラス同様、時計仕掛けの宇宙を信じていた。この宇宙は数学的な法則に支配されていて、けっきょくは予測可能だと考えていたのである。「自然の法則と最初の瞬間の宇宙の状況が正確にわかれば、同じ宇宙の次の瞬間の状況を正確に予見することができる」

ポアンカレを数学の研究に駆り立てていたのは、この世界を理解したいという思いだった。「研究するに値する数学的事実とは、ほかの事実との類比《アナロジー》を通して、われわれを物理法則の理解へ導くことができる事実である」

たしかに、ニュートンの運動法則から物理世界の進化を記述する一連の数式が生み出されはしたものの、ほとんどの式は複雑すぎて解けなかった。気体の方程式を見てみよう。気体が小さなビリヤードの球のようにぶつかりあう分子で構成されていると考えると、理屈からいって、その気体の今後の振る舞いはニュートンの運動法則によってがんじがらめになっているはずだ。ところが球の数が膨大であるために、正確な解を求めることはとうてい不可能だ。何十億個もの分子の振る舞いを理解するためのツールとしては、やはり統計的手法や確率的手法のほうがはるかに優れているのである。

ところが、ビリヤードの球の数がかなり少なく、解も手に負えるのではないかと思われる状況が、ひとつあった。太陽系だ。ポアンカレは、太陽系の惑星が未来へ向かって踊り続けるなかでいったい何が起こるのかを予測する、という問題の虜になった。

惑星などの天体は、離れた所にある別の天体を重力で引っ張っているが、その値は、天体のすべての質量がその重心に集中していると考えても変わらない。したがって太陽系の最終的な運命を調べる際も、ニュートンのように天体を空間の点と見なしてよい。つまり太陽系の進化を、各天体の空間内における重心の位置を示す三つの座標と三次元空間における速度を示す三つの座標で記述することができるのだ。一つの天体に及ぶ力としてはそのほかに、残りの天体が各々その天体に及ぼす重力がある。これらすべての情報があれば、後はニュートンの第二法則を用いて、その天体がはるかな未来に向けてたどるであろう経路を正確に記述することができる。

それでもなお、ひとつ問題が残る。というのも、この数学はひどく扱いが難しいのだ。ニュートンが解明したのは、二つの惑星（あるいは一つの惑星と太陽）の振る舞いだった。天体が二つの場合は楕円軌道になって、共通重心と焦点が一致する。そしてこの運動が、時の終わりがくるまで周期的に繰り返される。ところがニュートンは、三つ目の天体を導入しようとして、つまずいた。たとえば太陽と地球と月からなる太陽系の振る舞いを計算するのはわりと簡単に思われたが、それでも位置を表す変数が九つに天体の速度を表す変数が九つだから、変数が計一八個の方程式と向き合うことになる。ニュートンは「これらすべての運動の原因を同時に考えて、これらの運動を簡単な計算ですむような正確な法則で定義することは、わたしの思い違いでなければ、人間の精神力の限界を超えている」と述べて、敗北を認めた。

やがて、ノルウェーおよびスウェーデンの王オスカル二世が六〇歳の誕生日を記念して数学の問題を出し、それを解いた者に賞金を提供すると決めたことから、この問題を解決しようという気運が一気に高まる。地球広しといえども、自分の誕生日を数学の問題で祝おうという王はそう多くないが、オスカル二世はウプサラ大学の学生だった頃から数学に優れ、常々数学を愉しんでいた。

オスカル二世国王陛下は、ご自身の数理科学の発展への関心を改めて示すために、一八八九年一月二一日に、高等な数理解析の分野における重要な発見に対して、賞を与えることを決めた。与えられるのは、陛下の肖像が刻印された一〇〇〇フランの価値がある八号（直径約三一ミリ）の金のメダルと、二五〇〇クローネの賞金である。

三人の著名な数学者がこの賞にふさわしい数学の課題をいくつか選び、応募論文の判定にあたることになったのだが、そのなかに、太陽系が安定しているかどうかを数学的に確認せよ、という問題があった。太陽系は時計のようにいつまでも回り続けるのか、それとも未来のある時点で、地球は螺旋を描いて宇宙に飛び出して、太陽系から姿を消すことになるのか。

この問いに答えるには、ニュートンがつまずいた方程式を解く必要があった。ポアンカレは、自分の能力をもってすれば、まちがいなく賞を獲得できると考えた。数学者がよく使う手のひとつに、問題を単純にしておいて手に負えるかどうか探ってみる、という方法がある。そこでポアンカレは、まず三体問題に着手した。ところがそれでも難しくて手に負えなかったことから、問題をさらに単純にしてみた。太陽と地球と月がだめなら、惑星二つと塵一粒でやってみよう。埃の粒は二つの惑星にまったく影響を及ぼさないから、ニュートンの解によって、この二つは楕円を描いて回り続けるはずだ。いっぽう埃は二つの惑星の重力を受けるはずだ。ポアンカレは、ちっぽけな埃がたどる経路を記述し始めた。この軌道を理解することができれば、もともとの問題に関しても興味深い考察が得られるはずだ。

けっきょく問題を完全に解くところまではいかなかったが、ポアンカレが提出した論文は、国王の賞に十二分に値する優れたものだった。ポアンカレは、それ自身を繰り返すある興味深い経路の類、いわゆる周期経路が存在することを証明してみせたのだ。周期軌道はその性質からいって安定している。なぜなら何度でも自分自身に戻ってくるからで、その点は、惑星が二つの場合に必ず起ころことが保証されている楕円運動と同じだ。

フランスの権威筋は、この賞が自国の仲間の手に渡るというので大喜びだった。フランスの数学が一九世紀にドイツの数学に追い越されていたこともあって、ポアンカレの勝利をフランス数学界の復活の証と見たフランスのアカデミー会員たちは、大いに興奮し、歓迎もしたのである。フランス科学アカデミーの終身会長だった数学者のガストン・ダルブー（一八四二―一九一七）は、次のように宣言している。

その瞬間から、アンリ・ポアンカレの名は一般大衆にも知れわたるようになり、彼らは我らが同僚を、特に前途が嘱望される数学者としてではなく、フランスの誇るべき偉大な学者と見るようになっていった。

小さなミスの大きな影響

ポアンカレの論文を、スウェーデン王立科学アカデミーの雑誌「アクタ・マテマティカ *Acta Mathematica*」の特別号に載せる準備が始まった。そして、すべての数学者が恐れるあの瞬間がやってきた。あらゆる数学者にとっていちばん避けたい悪夢。ポアンカレは、自分の論文にはなんの問題もないと考えていた。証明のすべての段階を自らチェックしたことでもあり……。ところが雑誌を刊行する直前になって、編集者のひとりが、ポアンカレの数学的な主張のある段階に疑問がある、といいだした。

ポアンカレは、惑星の位置をちょっと変えても――つまり、そこここで少しくらい数値を丸めても――予測される軌道の変化はたかがしれているから、そのような変更は許されると考えていた。

これはもっともな仮定のように思われた。ところが、なぜたいした変化が起きないといえるのかは、きちんと示されていなかった。数学の証明では、すべての段階、すべての過程が、厳密な数学の論理で裏付けられている必要がある。

その編集者は手紙でポアンカレに、証明のこのギャップを解消するよう求めた。ところがこの仮定が正しいことを示そうとしたポアンカレは、自分が重大なミスをしていたことに気がついた。そこで、自分の評判への傷を極力浅いものに留めようと、賞の委員会の長を務めていたヨースタ・ミッタク＝レフラー（一八四六—一九二七）に手紙を書いた。

> このミスの結果は、当初考えていたより深刻です。この発見で自分が窮地に立たされていることを、隠すつもりはありません……それでもなお自分の得た結果が、みなさんの与えてくださった大きな褒美に値するとお考えかどうか、わたしにはわかりません（いずれにしても、誠実な友であるあなたにこうして告白するくらいが、関の山なのです）。事態がもっとはっきりしたら、改めて詳細な手紙を差し上げるつもりです。

ミッタク＝レフラーは、ほかの判定員にも伝えなくては、と考えた。

> ポアンカレの論文はまれに見る深いもので、豊かな創造力が表れており、解析の観点からいっても、また、天文学における重要性からいっても、まちがいなく科学の新たな時代を開くはずだ。しかし、きわめて広範な説明が必要となっていて、現在あの著名な著者に、いくつかの重要な点について教えてくれるよう、依頼しているところである。

この問題に取り組みはじめたポアンカレは、すぐに自分が間違っていたことに気がついた。初期条件をすこし変えただけで、まるで違う軌跡になることがあるのだ。自分が提案したような近似を行うことはできない。仮定が間違っていたのである。

ポアンカレはミッタク＝レフラーに電報を打ち、この悪い知らせを告げた。そして、論文の印刷を止めようとした。恥じ入ったポアンカレは、次のように記している。

初期条件の小さな違いが、ときには最終的な現象に大きな違いを引き起こすのです。前者の小さな誤差が、後者の大きな誤差を生み出す。このとき予測は不可能となります。

ミッタク＝レフラーはこの知らせを聞いて、「すっかり当惑」した。

あなたの論文が、いずれにしても大方の幾何学者によって天才の業績とされ、天体力学の今後の研究の出発点となることを、疑っているわけではありません。ですから、わたしが賞の出し惜しみをしているとは思わないでいただきたい……しかし今回は、最悪の結果となりました。あなたの手紙が届いた時点で、すでに論文は配布されていた。手遅れだったのです。

論文のまちがいに気づかずにポアンカレを公に顕彰してしまったとなると、ミッタク＝レフラー自身の評判にも傷がつく。こんな形で国王の誕生日を祝うわけにはいかない！「どうか、この嘆かわしい話はどなたにもご内密に。詳細はすべて、明日お知らせします」

その後数週間にわたって、誰にも疑われないようにこっそりと印刷物を回収する作業が続いた。ミッタク＝レフラーはポアンカレに、問題の論文の印刷費用を払ったほうがいい、といった。ポア

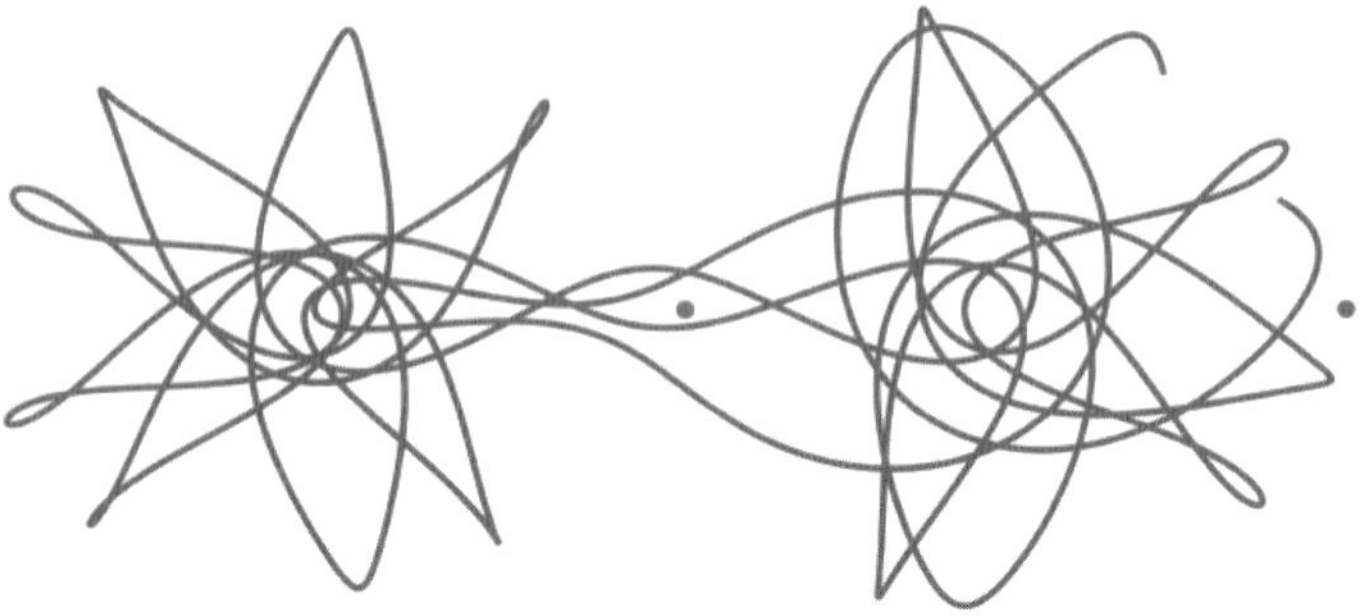

ふたつの太陽のまわりを回るひとつの惑星が描く、カオス的な経路

ンカレは悔しさに堪えてこの意見に従ったが、その請求額は、もともとの賞金を一〇〇〇クローネも超える三五〇〇クローネに上ったという。

ポアンカレは事態を収拾するためにも、自分の過ちをきちんと整理しようとした。なぜどこで間違えたのかを突きとめようとしたのだ。そして翌一八九〇年に、より詳細な二本目の論文を発表した。そこには、きわめて小さな変化によって、一見安定した系が突然ばらばらになる可能性がある、と書かれていた。

ポアンカレが思い違いのおかげで発見したこの事実から、やがて二〇世紀のもっとも重要な数学概念の一つが生まれた。カオスと呼ばれる概念だ。この発見によって、わたしたち人類が知りうるものは、大きく制限されることとなった。かりにサイコロの動きに関する方程式をすべて書き下したとしても、そのサイコロが太陽系のなかの惑星のように振る舞ったとしたら？　ポアンカレが発見した事実によると、サイコロの出発点を記録する際にわずかなミスがひとつ紛れ込んだだけで、その誤差が拡大して、テーブルに落ちる瞬間のサイコロの状況が大きく変わる可能性がある。ということはつまり、わがラスベガス産のサイコロの未来は、カオスの数学の後ろに隠されている、ということなのだろうか。

第二章

もしも自然が美しくなかったなら、わざわざ知るには値せず、人生を経験するにも及ばない。

アンリ・ポアンカレ『科学と方法』

大学時代のわたしは、学生向けの談話室でビリヤードをして、さんざん時間を浪費した。すべては球を打ち込む角度などを調べるための作業である、というふりもできなくはなかったが、実は、自分のなすべきことを先延ばしにしていただけだった。ビリヤードは、その週の課題に取り組まなくては、という状況を棚上げにするよい方法だったのだ。ところがビリヤード台の輪郭には、実はさまざまな興味深い数学――サイコロの振る舞いを理解したいというわたしの気持ちと直結する数学――が潜んでいる。

ごく普通の長方形のビリヤード台に球を打ち込んでその経路を記録し、さらにもう一つ別の球をほぼ同じ方向に打ち込むと、二つ目の球は最初の球とかなりよく似た経路をたどる。ポアンカレは、太陽系の場合にも同じ原理が成り立つと考えていた。惑星を発射する方向をほんの少し変えたとしても、太陽系は前と同じようなパターンで展開するにちがいない。ほとんどの人が、直観的にそう考えるはずだ。惑星の軌道の初期条件を多少変えたところで、惑星の経路はそう大きくは変わるまい。ところが太陽系は、わが学生時代のあのビリヤード・ゲームよりほんのすこし興味深いゲームをしているようなのだ。

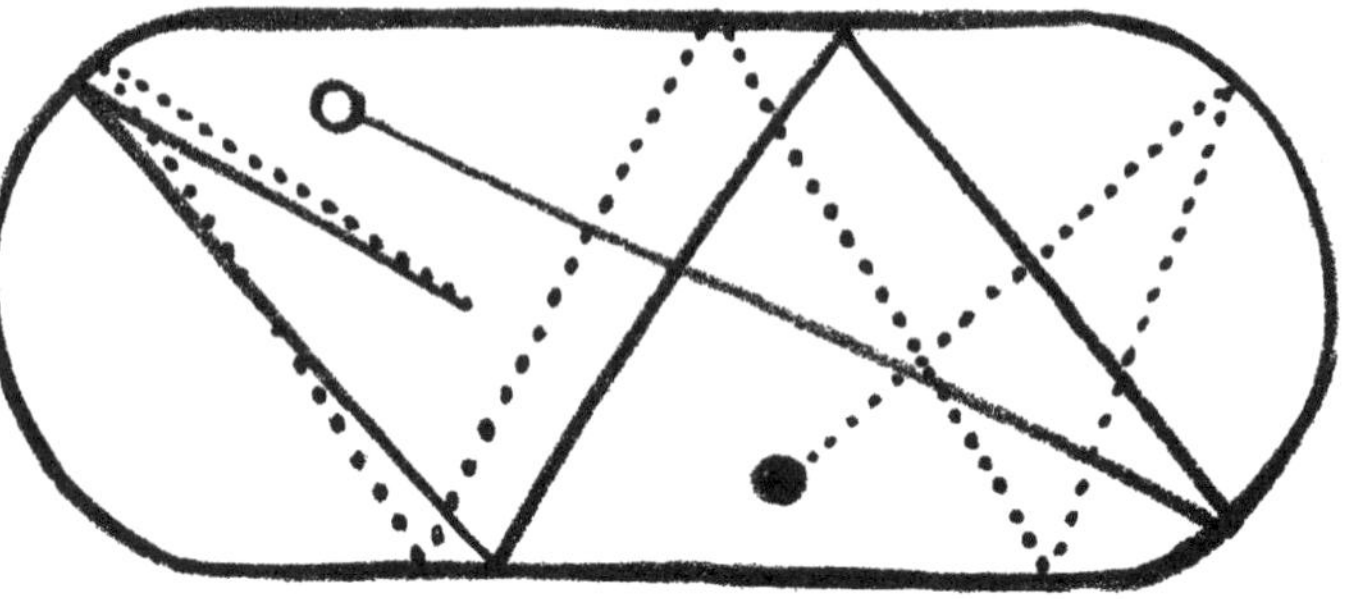

スタジアムの形をしたビリヤード台に打ち込まれた球の経路は、急速にばらける

意外なことに、ビリヤード台の形を変えると、この直観が間違っていることが明らかになる。たとえば、両側が半円でその間が直線になっているスタジアムのような形の台では、球をほぼ同じ方向に打ち込んだとしても、経路が劇的に変わるのだ。これがカオスの特徴で、カオスは、初期条件のごくわずかな変化に鋭敏に反応する。

こうなると、わがサイコロがテーブルに落ちるときの様子が、従来のビリヤード・ゲームのように予想可能なのか、それともカオス的なビリヤード・ゲームのように予想不可能なのかを突きとめる必要が出てくる。

小数に潜む悪魔

ポアンカレがカオスの父とされているにもかかわらず、二〇世紀も半ばを過ぎるまでは、さまざまな力学系が些細な変化に対して鋭敏に反応するという事実があまり知られていなかったというのは、実に印象深い話である。じっさいカオスという概念は、エドワード・ローレンツ（一九一七―二〇〇八）という科学者が一九六三年にこの現象を再発見したことで、広く知られるようになったのだった。しかもそのローレンツもポアンカレ同様、自分がなにかミスをしたと思った。

その当時マサチューセッツ工科大学で気象を研究していたローレンツは、ある動的流体の温度変化を表す式をコンピュータに実行させていた。そして、自分が作ったあるモデルをもう一度、さらに長い時間幅で実行させてみなくては、と考え、それまでに得られていたいくつかのデータをそのままそのモデルに再入力することにした。こうすれば、そのデータの時点からモデルを再スタートしたことになるはずだった。

しかし休憩から戻ったローレンツを待っていたのは、意外な事実だった。再入力した時点以降の温度変化としてコンピュータが打ち出した値は、前と同じデータどころか、前の予測とは似ても似つかないものだったのだ。初めのうちは、何が起きているのかまるで理解できなかった。方程式に同じ値を入れたのに、違う結果が得られるなんて、そんなことはありえない。しばらくしてようやく、何が起きているのかがわかった。ローレンツが使った値は、完全に同じではなかった。コンピュータ自体は小数点以下第六位までの値を使って計算を行っていたのだが、再入力したデータは、コンピュータからプリントアウトした小数点以下第三位までのものだったのだ。

たしかに入力した値が異なってはいたが、その差はたかだか小数点以下第四位のレベルで、その程度の差から大きな違いが生まれるとは考えにくい。しかしローレンツは、ここまで微小な値の差がこれほど大きく結果に影響するという事実にショックを受けた。次頁の図は、同じ式にほんの少し異なる値を入れた場合のふたつのグラフである。一方のグラフは0.506127という値を入れたものので、もう一方のグラフはこの値の近似値として0.506を入れたものだ。二つのグラフは初めのうちは同じような経路をたどっているが、じきにまったく異なる振る舞いを見せはじめる。

ローレンツが実行させていたのは、空気の流れが温度の違いにさらされたときにどう振る舞うかを分析するための気象モデルを単純化したものだった。ローレンツが、系の初めのほうにわずかな違いがあるだけで結果が大きく違ってくる現象を再発見したことによって、数式を用いて未来を予

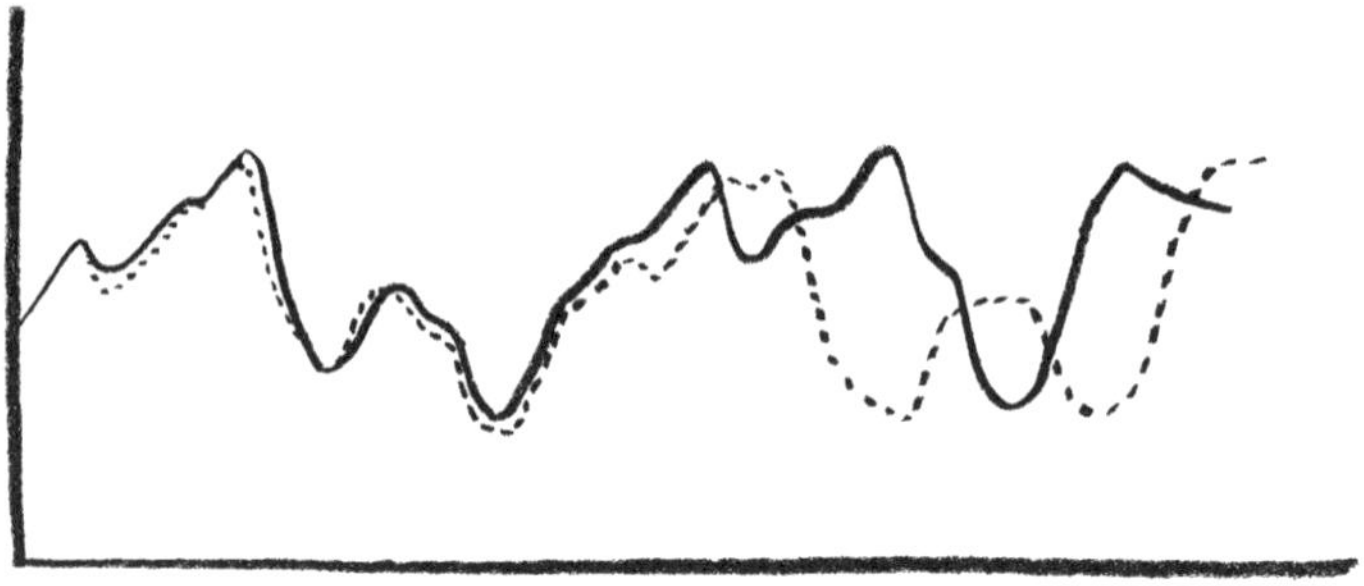

測しようとする人々の試みの様相はがらりと変わることになった。ローレンツ自身は次のように述べている。

感知できないくらい小さな差しかないふたつの状態が、かなり異なるふたつの状況へと発展する可能性がある。現在の状況を観察する際に生じる任意の誤差——現実の系のなかでは、このような誤差は避けられないと思われる——が、遠い未来の状態の許容可能な予測を不可能にするのかもしれない。

バッタの復讐

ローレンツがある同僚にこの発見を説明すると、次のような反応が返ってきた。「エドワード、もしきみの理論が正しかったら、カモメが一回羽ばたいただけで、歴史の流れが永遠に変わるってことになるんだぜ」

けっきょくカモメは（今やたいへん有名な）蝶に置き換えられ、ローレンツは一九七二年にアメリカ科学振興協会で、「予測可能性：ブラジルで蝶が羽ばたくと、テキサス州でトルネードが起きるのか」と題する論文を発表した。

面白いことに、実はカモメや蝶より前に、バッタが登場していた可能性がある。というのも、英国のW・S・フランクリン教授がすでに一八九八年に、昆虫の群れが天気に破滅的な影響を及ぼすかもしれないということに気づいていたようなのだ。フランクリンはある著作の書評で、次のように述べている。

無限小の原因が有限の結果を生み出す。したがって詳細な長期予報は不可能であり、初期の段階から観察してきた嵐の最終的な特徴と動向を推定して予測することしかできない。しかもこの予測の精度は、モンタナ州のバッタがぴょんと跳んだだけでフィラデルフィアに向かうはずの嵐が逸れてニューヨークに向かうといった程度なのだ！

なんとまあ、とんでもないことになったものだ。科学が発見してきた方程式のおかげで、気象をはじめとするさまざまな力学系（一定の規則に従って時間経過とともに状態が変化する系）の進展を決定論的に完璧に記述することができるようになったというのに、位置や粒子の速度といった量がどうしても真の状況の近似になってしまうために、それらの式を元に予想を立てることは不可能な場合が多い、というのだから。

このためイギリス気象庁が天気を予報する際には、全国の気象台が記録したデータを取り込んだ後に、それらのデータをそのまま方程式に入れるのではなく、元データをある程度の幅で変えた数値を式に入れて、何千回も計算を実行させる。すると、しばらくはどれも似たり寄ったりの予想になるが、五日くらい経ったあたりから、結果がひどくばらけはじめる。あるデータセットからは熱波が英国を襲うという予報が得られ、かと思うと小数点以下の位を二、三カ所いじったデータからは、全国で大雨が降るという予報が得られるのだ。

一九世紀スコットランドの偉大なる科学者ジェームズ・クラーク・マクスウェル（一八三一—一八七九）は、一八七七年に発表した『物質と運動 *Matter and Motion*』という著書で、決定論的だが知り尽くすことができない系の間の差の重要性について、はっきりと述べている。「よく引用される格言に、『同

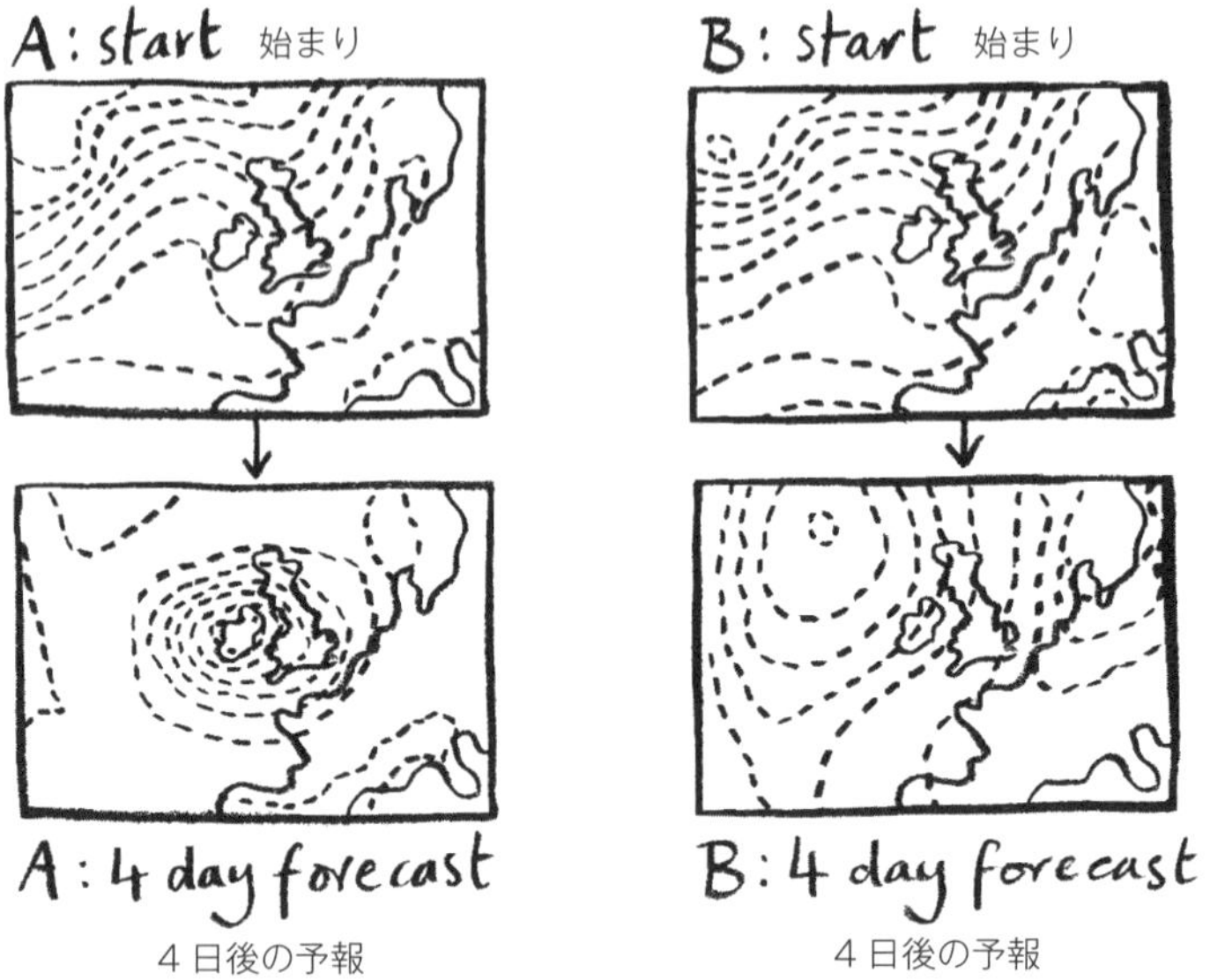

ほぼ同じ条件からはじめて、予報Aでは4日のうちにブリテン諸島全体が強い風と雨に曝されることが予測され、いっぽう予報Bでは大西洋から高気圧が張り出すことが予測される。

じ原因は常に同じ結果をもたらす』というものがある」力学系を記述する数式に関して、この格言は確かに正しい。方程式に同じ値を入れてみても、あっと驚くようなことは起きない。ところが、とマクスウェルは続ける。「もう一つ、決してこれと混同してはならない格言がある。曰く、『似たような原因からは似たような結果が得られる』。そういえるのは、最初の状況の小さな変化が系の最終的な状況にほんの少しの変化しか引き起こさないときに限られるのだ」やがて二〇世紀にカオス理論が発見されたことで、この二番目の格言がまちがっていることが明らかになった。

　サイコロの振る舞いが、このような初期条件の些細な変化に敏感に反応するのであれば、方程式を用いてサイコロ投げの結果を予測しようというのは無駄な努力なのだろう。結果を予測するための方程式はすでに手元にあるが、立方体が手を離れるときの角度やサイコロが回る速度やテーブルまでの距離を正確に記録した、という絶対の確信は持つことができそうにない。

むろん、すべてが絶望的だとは言い切れない。場合によっては、ありふれた長方形のビリヤード台に打ち出された球の経路のように、小さな変化が方程式の流れにさして影響を与えないこともあるのだから。こうなると、どのような場合に予測不可能なのかを知っておくことが重要になる。しかるに、ここから先は何が起きるのかがわからなくなる、という点が明確なすばらしい例を見つけたのは、数学者のロバート・メイ（一九三六－）だった。メイがその例を発見したのは、人口増加に関する方程式を解析していたときのことだった。

どのようなときに知りえないのかを知る

一九三六年にオーストラリアで生まれたメイは、まず物理学者として超伝導を研究するための訓練を受けた。ところが一九六〇年代後半に、ちょうどその頃始まった科学の社会責任を問う運動に触れたことから、研究の方向を大きく変えることになった。関心の対象が、それまでの電子の集団としての振る舞いから、より逼迫した問題である動物の個体群のダイナミクスの振る舞いに移ったのだ。当時の生物学は、決して数学的思考をする人間がのびのびと活動できる場ではなかったが、メイ自身の仕事によって、この状況も大きく変わった。物理学者見習いとして受けてきた徹底的な数学の訓練に、新たに育んだ生物の問題への感受性が加わったことで、メイは大きな成果を上げることとなった。

一九七六年に「ネイチャー」誌に発表されたメイの「きわめて複雑なダイナミクスを持つ単純な

数学モデル Simple Mathematical Models with Very Complicated Dynamics」と題する論文では、あるシーズンから次のシーズンへの個体群の成長を記述する数式のダイナミクスに関する研究が紹介されている。メイはこの研究で、まったく無害に思われる数式ですら、その値がきわめて複雑な振る舞いをする可能性があることを明らかにした。この論文で個体群ダイナミクスに関する方程式として取り上げられているのは複雑な微分方程式ではなく、単純で離散的なフィードバックのある方程式なので、誰でも計算機を使ってその振る舞いを調べることができる。

個体群のダイナミクスに関するフィードバック方程式

今、その数が0と仮想の最大値（をNとする）のあいだで変動する動物の個体群を考える。この最大値に対する割合の値Y（0から1の間の値）が与えられたとき、次のシーズンには、繁殖や餌の取り合いを経て生き延びた頭数の割合がどう修正されるかを決める方程式を考える。今、各々のシーズンの繁殖率がrだとしよう。このとき、そのシーズンの最後に生き残る頭数が最大頭数に占める割合をYとすると、次の世代の頭数は$r \times Y \times N$になる。

しかし、新世代のこれらの個体すべてがそのシーズンを生き延びられるわけではない。この方程式では、生き残れない者の割合もまたYとする［＊］。つまりシーズンの頭に$r \times Y \times N$頭だった動物のうちの$Y \times (r \times Y \times N)$が死ぬのだ。よってそのシーズンの終わりに残る動物の総数は、$(r \times Y \times N) - (r \times Y^2 \times N) = [r \times Y \times (1 - Y)] \times N$になる。これはつまり、このシーズンの個体群の大きさが最大頭数の$r \times Y \times (1 - Y)$倍であることを示している。

＊常識的に考えて、最初のシーズンの終わりの頭数YNが少ないということは、個体密度が低く、餌を巡る競争が激しくない、ということである。したがってYが小さければ死亡率も小さくなるので、

ここでは単純化して死亡率をYとしている。

このモデルによると、早い話が各シーズンの終わりまで生き延びた頭数にある定数――繁殖率（この場合はr）――をかければ、次のシーズンの始まりの頭数が得られる。ところが全員が生き延びるだけの餌はない。そこでこの式は、これらの動物のうちのどれくらいがシーズンの終わりまで生き延びられるかを計算する。その上で、生き延びた動物の頭数に再び次の世代のための因子rをかけるのだ。この式には実に素晴らしい性質があって、実は総人口の振る舞いが、rで表される繁殖率の選択ひとつで決まる。rの選び方によっては振る舞いを簡単に予測することができ、頭数がどう増えるかが正確にわかるのだ。ところがこのrの値にはある閾値《いきち》があって、その値を超えたとたんにコントロールが利かなくなる。動物が一頭増えただけで、個体群のダイナミクスが劇的に変わって、頭数の変化を予測することが不可能になるのだ。

たとえば、メイはrが1から3の間の値なら、最終的に頭数が安定することをつきとめた。その場合は初期条件がなんであろうと、頭数はrによって決まる定数に徐々に近づいていく。ちょうど、真ん中に吸い込み口が開いている台でビリヤードをするようなもので、球をどう打っても、けっきょくは吸い込み口に落ちることになる。

rが3より大きくても、ある範囲まではあいかわらず予測可能な振る舞いをするのだが、それでもその性質は少し変わる。rが3と$1+\sqrt{6}$（約3.44949）の間にある場合は、頭数のダイナミクスは最終的にrによって決まるふたつの値の間を行ったり来たりする。さらに、rが$1+\sqrt{6}$を超えたとたんに頭数のダイナミクスは再び性質を変えて、$1+\sqrt{6}$と3.54409（より正確にいうと、一二次方程式の解）の間では、四個の値の間を周期的に行ったり来たりする。さらにrが大きくなってい

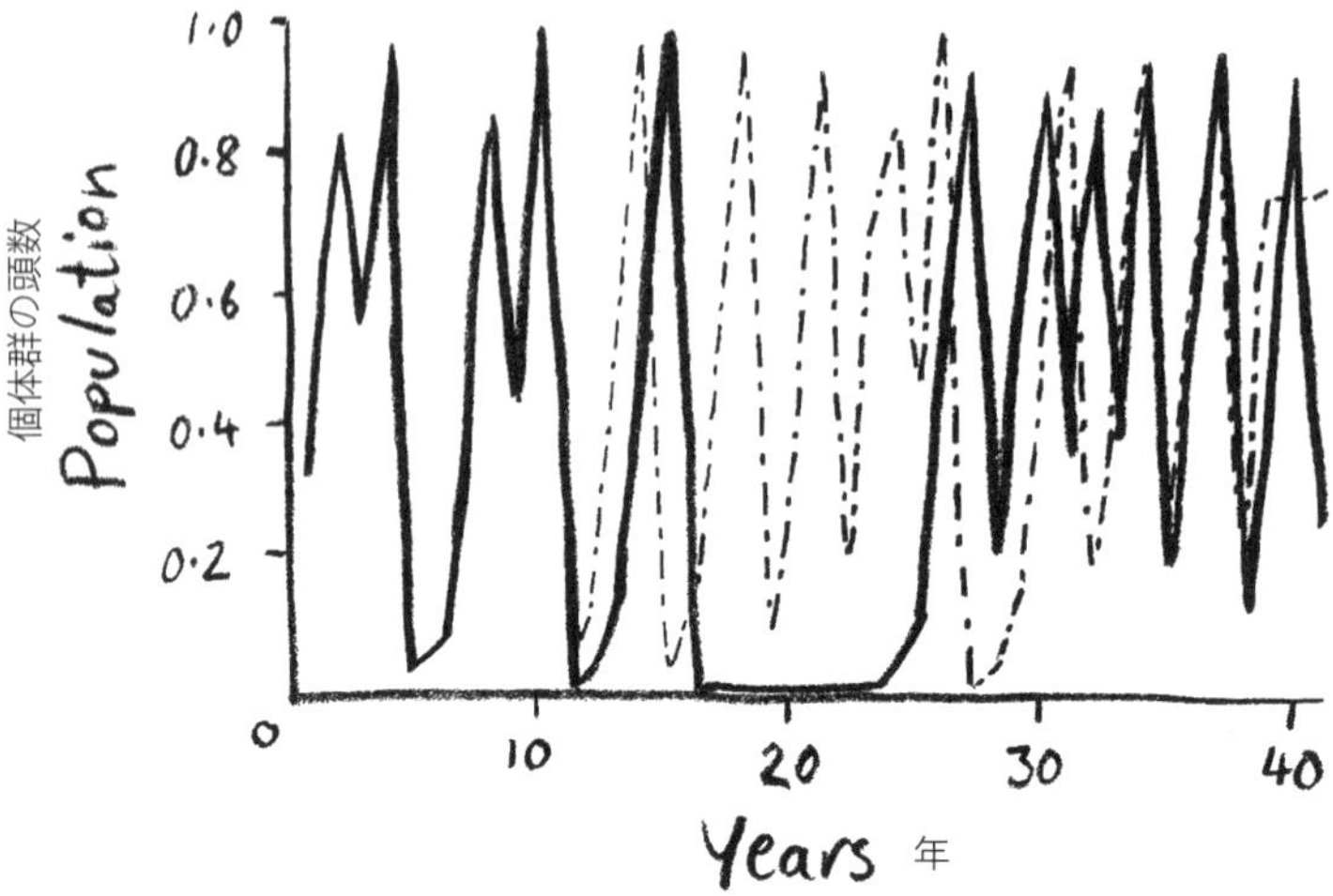

r=4として、1000頭あたり1頭の差で始まった二つの個体群の頭数の振る舞い。はじめは同じように振る舞っていたのが、15年後からはまったく異なる振る舞いになる。

くと、八個の値のあいだ、一六個の値のあいだというふうに周期的にとる値が増えていく。そうやって、rが増えるにつれて頭数がとる値の数が倍々で増えていくのだが、ある閾値に達すると、それまで周期的だったダイナミズムが突然カオスに変わる。

これはメイ自身も認めていることなのだが、最初にこの式を調べたときは、正直いってその点の先で何が起きているのか、皆目見当がつかなかった。そこでメイはシドニーの研究室の外に置いてある黒板に、「この振る舞いを説明できた人に一〇オーストラリアドルを提供する」と書き、さらに、「めちゃくちゃに見える」と付け加えた。

メイがその答えを得たのは、アメリカのメリーランド――ここは、「カオス」という言葉が生み出された場所でもある――を訪れたときのことだった。メイはそこでのセミナーで、グラフが周期的になる領域について説明したうえで、ある値より先で何が起きているのかまるで見当がつかない、と告白した。ところがそのセミナーに参加していた数学者のなかに、何が起きているのかを知っている人物がいた。ジェームズ・ヨーク（一九四一—）は、周期が倍々で増える部分は見たことがなかったが、その先の領域で何が起きているのかを正確に知っていた。それこそヨークがカオスと呼ぶ現象だったのだ。

$r=3.56995$（より正確には、次数が増えていく連立方程式の解の極限点）を超えると、このグラフの振る舞いは、最初の個体群の状況に対してきわめて敏感になる。最初の個体数をほんの少し変えただけで、まったく異なる結果が得られるのだ。

ところがrの値をさらに細かく見ていくと、あちこちに規則正しい振る舞いをする小さな領域が存在することがわかる。この現象にはヨークも気づいていて、たとえば$r=3.627$とすると、個体群は再び周期的に変化しはじめ、異なる六つの値の間をうろうろする。さらにrの値を上げていくと六個から一二個、さらに二四個になって、倍々で増えたあげくに、結局はカオスになる。

ロバート・メイは、この単純な系が、そんなものはよく知っていると思い込んでいる人々への警告になっていることに気がついた。「研究だけでなく日々の政治や経済の世界でも、単純な系の動的な性質が必ずしも単純ではない、ということを知っている人が多いに越したことはない」

カオスの政治学

ボブ（ロバートの愛称）は今、これまで説いてきたことを自ら実践している。いや、オクスフォードのメイ卿と呼ぶべきなのだろうか。貴族院の議員用出入り口の扉の前でわたしを出迎えたシルクハットの男性には、そう言い直されたのだが……。近年メイは、科学における努力と政治における活発な直接行動を組み合わせており、今では超党派の貴族院議員になっている。そこでわたしは貴族院に立ち寄って、メイと昼食をともにしつつ、カオス的な系が社会に与える影響を巡る警告を政治家に向かって発するという使命をどのような形で果たしているのかを聞くことにした。

シルクハットの男性とマシンガンを持った警察官に招き入れられて貴族院の議員用の出入り口を潜ったわたしは、金属探知機やX線装置の向こうでメイが待っているのに気がついた。堅苦しい肩書きを思わせるところがまるでないこの人物は、オーストラリア人らしい気取らないやり方で、未だに自分をボブと呼べと言いはっている。「うっかりしていて、昼食を済ませてしまったんだが、きみがランチを食べているあいだにケーキを食べることにするよ」わたしが魚を食べている傍らで、メイは分厚く切った貴族院チョコレートケーキを一切れ平らげた。七九歳になるメイはあいかわらずエネルギー全開で熱心に活動を展開しており、二度目のランチが済むとすぐに、ロンドンとイングランド北西部を結ぶ新たな鉄道の影響について議論する特別委員会に出席するために、大急ぎで食堂から出て行った。

メイは貴族院議員になる前に、ジョン・メイジャーの保守党政府（一九九〇―一九九七）とトニー・ブレアの労働党政府（一九九七―二〇〇七）で、「科学に関するアドバイザーのチーフ」を務めていた。概して率直な物言いをするメイのような人物にとって、そのような政治的立場に立ちながらバランスを取るのはさぞ骨の折れることだったろう、とわたしは思った。

「就任前の面接で、首相の決定を擁護するために発言を求められる場合もあるだろうが、それについてはどう考えるか、と尋ねられた。それで、どんな状況においても決して事実を否定したりはしない、といったんだ。しかしそのいっぽうで、わたしは、トピックが示されてコイントスでどちら側につくかを決めて論を展開するようなディベートは、かなり得意なんでね。首相がそのような選択をした理由を喜んで説明しましょう、といった。ただしそれが正しくない選択なら、是認することには合意いたしません、とね」

数学的な答えの典型といっていい。首相の公理系を打ち立てて、そこから証明を経て、結論を導く。判断とはまったく無縁なアプローチ。だからといって、メイが容易に自説を曲げるわけではなく、その問題に関する自分の意見を開陳する覚悟もある。

カオス理論は、政治的な決断をしようとするすべての人に問題を突きつけるが、政府がこの問題をどう扱おうとしているのか、わたしは興味津々だった。政治家は、未来を予測したり操作するという難題を、どうやって克服しているのだろう。分析すべき状況のごく一部しか知りえないというのに。

「それは、ここで行われていることに媚びたいい方だと思う。いくつかの顕著な例は別にして、ここの人間のほとんどがひじょうにエゴが強く、きわめて野心的で、自分自身の経歴ばかり気にしている」

メイ自身はどうなんだろう。社会における科学の役割に対する本人の見方は、自分が発見した事実によってどのような影響を受けたのか。

「なんとも奇妙な感じがした。ニュートンの夢の終焉だったんだな。わたしが院生だったころは、コンピュータの性能が良くなればなるほど、天気予報も良くなると考えられていた。だって方程式がわかっていて、より現実的な地球のモデルを造ることもできるんだから」

それでもメイは、気候変動を否定する人々がカオス理論を使って気候変動に関する議論をひっくり返すことのないように、注意深く動いている。

「天気予報は信用ならないから、気候変動も信じていないっていうのは、ボンダイ・ビーチ（オーストラリアのシドニー郊外のサーフィンに適した浜）でいつ次の波が崩れるかわからないんだから、潮そのものの存在も信じない、というのとちょっと似ている」

メイは、何かをとほうもない精度で知ることができる科学の力と、わたしたちに自然界の多くの部分に関する知識を与えまいとするカオス理論のあいだの奇妙な緊張関係を説明するために、よくトム・ストッパードの戯曲「アルカディア」の一節を引用する。劇中で登場人物のひとりであるヴァレンタインは、次のように宣言する。

ぼくたちは、銀河の縁で起きることや原子核の内部で起きることを予測するほうが得意なんだ。今日から数えて三回目の日曜日におばさんが開くガーデンパーティーで、雨が降るかどうかを予測することよりも。

メイは、自分の仕事のなかでいちばんよく引用されているのは、「ネイチャー」のような一流の科学雑誌で注目を集めた学術論文ではなく、ロンドンのナショナル・シアターでストッパードの戯曲がはじめて上演されたときに、そのプログラムに寄稿した文章だ、といって笑う。「それを考えると、科学の研究のインパクトをサイテーション・インデックス（被引用件数）で測る習慣なんて、まるでお笑いぐさだ」

人間の方程式

ではメイ自身は、科学のどのような未解決問題の答えを知りたいと思っているのだろう。意識の問題だろうか。それとも無限の宇宙？

「あまり大げさに考えるつもりはない。だから、現在自分が行っている仕事と関係するものになるかな。まあこれは偶然といっていいんだろうが、目下、銀行経営の問題に魅力を感じていてねえ」

なんとまあ、これはびっくりだ。安定した銀行システムを作るというのはきわめて杓子定規な仕事のように思えるが、最近メイは、自分で作った感染症の伝播モデルと生態学の食物連鎖のダイナミクスを用いて、二〇〇八年の金融危機を理解しようとしているという。イングランド銀行の金融安定化担当理事アンドリュー・ホールデンと力を合わせて、金融ネットワークを生態系の視点から調べてきたそうで、この研究によって、個々の機関への還付を最適にしてリスクを最小にするために作られたはずの金融商品が、実は全体としてのシステムを不安定にする可能性があることが判明したという。

メイによると、問題は、必ずしも市場そのものの仕組みにあるのではない。市場の小さな事柄が、それに関わる人間のやり方次第で増幅され、悪用されるところに問題があるのだ。銀行の混乱を巡ってメイがもっとも気にしているのは、この伝染しやすい懸念の広がりをどうすればもっとうまく扱えるのか、という点だという。

「問題は、そのモデルに人間の行動をどう取り入れるかなんだ。人間の心理を式で表せるとは思わない。わたしたちは未来を賭けてサイコロを振ろうとしているわけだが、どの目が出るかを予測する際には、そのサイコロを所有している人間の事情を知りたくなるものだ」

あのサイコロ投げの結果を予測するときに、わたしはそういったことを勘定に入れていなかった。ひょっとすると、そもそもあのサイコロを誰から買ったのかを計算に入れなくてはならないのかもしれない。

「思うに、社会が直面している大きな問題の多くは、科学や数学の埒外にある。人類が自らを救うために頼るべきは、行動科学なんだ」

貴族院の食堂をぐるりと見回すと、実に多種多様で複雑な人間の振る舞いが目に飛び込んできた。全人口のごく一部であるこの小さなミクロコスモスに限ったとしても、そこでの相互作用を数式で表すことはほぼ不可能といえる。フランスの歴史家フェルナン・ブローデル（一九〇二―一八五）が第二次大戦中にドイツのリューベック近郊にある収容所で収容者仲間に向けて行った歴史の講義で述べたように、「途方もない個数のサイコロが絶えず転がって、一人一人の存在を支配し、決定している」のだ。たとえ一つ一つのサイコロの転がり方は予測できなくても、サイコロをたくさん投げれば、そこには長期的なパターンが現れる。ブローデルにすれば、だからこそ歴史を研究することができるのだ。「個人を対象に選べば、むろん歴史は『貧相でちっぽけな仮説の科学』である……しかし人間の集団と反復を観察してみれば、その手順も結果もはるかに理に適ったものといえる」

そうはいってもメイにいわせると、人類を構成しているサイコロの集団の起源や歴史を理解することは、ブローデルがいうほど容易でない。たとえば、わたしたちがいかにして進化の旅のこの時点に至ったのかを解明できるかどうかも、明確ではない。

「わたしが特に興味深いと考えている問題を、一つ紹介しよう。この惑星におけるヒトとしてのわれわれの進化の軌跡を理解する、という問題なんだがね。今われわれが辿っていると思われる軌跡は、はたしてすべての、あるいはほとんどの惑星で生じるものなのか。それとも、われわれがほかならぬこの軌跡を辿っているのは、はるか昔にカオスの揺らぎがあったからなのか。われわれが向かっているとされる破滅ははたして避けがたいものなのか、ほかにもたくさんの惑星があって、そこに住む人々は、ちょうど「スター・トレック」のミスター・スポックのように、われわれほど感情豊かでなく華やかでもない代わりに、ずっと公平で分析的だったりするのか。こういった問いを発せられるだけの知識を、はたしてわれわれは得ることができるのか」

ほかの生命体が棲む惑星が発見され、その進化の軌跡を研究できるようにでもならないかぎり、地球と呼ばれるたった一つのデータセットが進化によって必然的に管理しそびれた生態系へ向かうものかどうかを判断することは難しい。

「わたしたちが向かおうとしているのが、生物が棲む惑星すべてで起きる事態なのか、それともそういったことが起きない惑星も存在するのか、という問いの答えを、わたしたちは決して知りえないのだと思う」

そういうと、メイはチョコレートケーキの最後の一かけをさらえて、特別委員会や英国議会のけちくさい政治の混沌《カオス》に飛び込んでいった。

メイが最後に指摘したことは、未来だけでなく過去を知ろうとしたときにカオスがもたらす難題と関係している。少なくとも未来に関しては、時が過ぎるのをじっと待ち、カオス的な方程式が実際にもたらす結果を知ることができる。ところが時間を遡って、このような現在を生み出した地球が昔どのような状態だったのかを探ることは、未来を知るより難しいとまではいわなくとも、同じくらい難しい。ひょっとするとわたしたちは、未来もさることながら、過去も決して知りえないのかもしれない。

生命の誕生は、サイコロ投げの結果次第？

メイはその先駆的研究で、個体群のダイナミクスがシーズンを重ねるにつれてどう変化するかを調べた。それにしても、動物が無事生き延びて繁殖に至るかその前に死ぬかは、いったい何によって決まるのか。ダーウィンによると、進化のサイコロを振ったときの運不運によって決まるという。

地球上の生命進化のモデルの根本には、生命体がDNAを持つ組織を有するようになると、それらの生命体の子孫も親と同じDNAを持つようになる、という考えがある。ところが、DNAの遺伝コードの一部はランダムに変異を起こす可能性がある。これがつまり、進化のサイコロ投げが生み出す偶然なのだ。ところがダーウィンの提起には、もう一つ重要な要素がある。それが自然淘汰という概念だ。

一口にランダムな変化といっても、子孫が生き延びるチャンスを増すものもあれば、減らすものもある。自然淘汰による進化のポイントは、有利な変化を起こしたほうが長く生き延びて、繁殖に至る可能性が高いというところにある。

たとえば、首の短いキリンの群れがいたとしよう。これらのキリンの置かれた環境が変化して、樹木から得られる餌のほうが多くなったとする。こうなると、生まれつき首が長いキリンのほうが生き延びる可能性が高くなる。今、このような環境の変化が生じてから誕生する世代のそれぞれのキリンに突然変異が生じる確率が、サイコロを投げた結果で決まるとしよう。たとえば、サイコロを振って1、2、3、4、5の目が出たら、そのキリンの首は親と同じかもっと短くなるが、6の目が出ると、突然変異によって首が長くなる。すると、運良く首が長くなったキリンは餌を得ることができるが、首が短いキリンは繁殖にこぎ着ける前に死んでしまう。つまり首の長いキリンだけが、自分たちのDNAを次の世代に伝えられるわけだ。

その次の世代でもこれと同じことが起きて、サイコロの1、2、3、4、5の目が出ると、せいぜい親の背丈止まりだが、6の目が出ると親よりほんの少し高くなる。そしてここでも、背の高いキリンが生き延びる。つまり周囲の環境が、6の目が出たキリンをひいきするのだ。こうして各世代が一つ前の世代より少しだけ高くなり、やがて、もうそれ以上背が高くなってもなんの得にもならなくなる。

このように偶然と自然淘汰が組み合わさった結果、6の目を出し続けたキリンの子孫が多く見られるようになる。振り返ってみれば、6の目がこんなにたくさん出続けるなんて驚くべき偶然のように思えるが、ここで重要なのは、ほかの目が出たキリンは決して目に触れることがない、という事実だ。なぜなら、それらのキリンは生き延びられないのだから。偏ったゲームのように見えたものは、実は偶然と自然淘汰が組み合わさった結果であって、設計とか修正といったことはいっさい存在しない。たまたま運よく6の目が出続けたわけではなく、このようなモデルでは、6の目が出続けた結果しか目にすることができないのだ。

これは単純この上ないモデルだが、環境がきわめて複雑な変化を起こしうることや、起こりうる突然変異に大きな幅があることを考えると、このモデルからとんでもなく複雑な結果が生まれる可能性がある。今地球上に存在する種の見事なまでの多様性は、その何よりの証拠なのである。わたしが生物学に惚れ込めなかったのは、ひとつには、この進化のモデルから生まれたのが猫やシマウマであってほかの奇妙な動物たちではなかった、という事実の説明がつかないように思われたからだった。まるで恣意的に感じられたのだ。てんでたらめ。でも、ほんとうに、そう言い切ってしまってよいのだろうか。

進化生物学では今も、わたしたちが目にしている結果にどれくらいの偶然が含まれているのかを巡る興味深い議論が続いている。地球の生命の歴史を過去のある時点まで巻き戻しておいて再びサイコロを振ったとすると、今あるものとひじょうによく似た動物が現れるのを目撃することになるのか、それともまったく異なる動物が登場することになるのか。メイが昼食の最後に提起したのは、まさにこの問いだった。

確かに、進化のある部分は必然のように思える。進化の歴史を通じて、目が他の器官とはまったく独立した形で五〇回から一〇〇回も進化したというのは、実におどろくべきことだ。これは、周囲で何が起ころうと関係なく、さまざまな種で起きた異なるサイコロ投げの結果として目のある生物種ができた、という説の強力な証拠といっていい。ほかにも、生存に有利な特徴が進化の泥沼のてっぺんに上り詰めたことを示す例はたくさんある。動物界の異なる領域で同じ特徴を目にするたびに、なるほど確かにそうらしい、という思いが強まる。たとえば、イルカとコウモリは、どちらも反響位置決定法（高周波の音を発してその反射音から障害物の存在を突きとめ進路を決めるやり方）を用いているが、これらの種は、この特徴を系統樹（進化の樹形図とも）のまったく異なる時点で独自に獲得しているのである。

そうはいっても、偶然と自然淘汰のモデルによってこれらの結果がどこまで約束されているのかは、はっきりしない。ほかの惑星に生命がいたとして、それは地球上で進化した生命と似ているのか。これは進化生物学における大きな未解決問題のひとつである。この問いに答えることがどんなに難しそうだとしても、不可知とまではいえまい。どこまでいってもわからずに終わるのかもしれないが、その本質からいって決して答えられない何かがあるわけではないのだ。

われわれはどこから来たのか

では進化生物学の未解決の大問題のなかに、何かほかにも決して知りえないと思われるものがあるのだろうか。たとえば、五億四二〇〇万年前のカンブリア紀初頭に、なぜ地球上の生命体の種類が爆発的に増えたのか、という問いはどうだろう。その頃までは生命体といえばコロニーを形作る単細胞生物だけだったのが、進化の時間規模からいえばわりと短い二五〇〇万年のあいだに、多細胞生物の多様化が急速に進んで、現在わたしたちが目にする多様性が生じたことがわかっている。ところが未だに、なぜこの時期に進化がこのような例外的なスピードで進んだのかは明らかになっていない。それというのもひとつには、この時代に関するデータが不足しているからなのだが、だったらいずれはそれらのデータを見つけることができるようになるのか、それともこの問題はずっと謎のままでありつづけるのか。

カオス理論は通常、未来に関して知りうることを限定する要素になる。しかしカオスが、過去について知りうることを制限する場合もありうる。わたしたちが目にしているのは結果であって、その原因を突きとめるには、方程式を逆にたどる必要がある。ところがデータが完璧でないと、後退するときにも前進するときと同じ原理が働く。つまり、非常によく似た結果を起点にして遡っていったときに、まったく異なる二つの出発点に行き着く可能性があるのだ。しかるに、そのどちらが実際に起きたのかを知る術は、どこにもない。

進化生物学の大きな謎のひとつに、そもそもどのようにして生命が生まれたのか、という問題がある。人生ゲームが進化のサイコロの6の目をひいきにするにしても、そもそものゲーム自体はどのようにして始まったのか。自己複製を行う分子を作るのに必要な素材がすべて揃う確率がどれくらいなのかを巡っては、これまでも議論が行われてきた。生命の起源に関するいくつかのモデルでは、その確率は三六個のサイコロを振ってすべて6の目がでる確率に等しいとされている。これはつまり、ゲームをセットする設計者が必要だというなによりの証拠である、と主張する人もいる。しかしそれでは、ここで対象としている時間の規模を見誤ることになる。

奇跡は起きるのだ……時間がたっぷりありさえすれば。実際、このような奇妙な例外がまったく起きなかったとしたら、そのほうがはるかに特筆すべきことだ。この場合に重要なのは、例外は往々にして目立つということで、これに対して、サイコロであまりぱっとしない目が出たとしても、それは無視されるのだ。

宝くじの結果を見れば、ランダムな過程で奇跡が起きるということがよくわかる。ブルガリアの国営くじの二〇〇九年九月六日の当たりは、次の六つの数だった。

4、15、23、24、35、42

ところがその四日後に、またしてもこの六つの数が当たりになった。皆さんは信じられない！

と思われるかもしれない。少なくともブルガリア政府がそう思ったのは確かで、すぐさま汚職が絡んでいないかどうか、調査が始まった。しかしブルガリア政府は、この惑星のあちこちで、毎週さまざまなくじが実施されているという事実を見落としていた。しかも宝くじは何十年も前から行われているわけで、ちょっと数学を使えば、このような一見異常な結果がまったく現れないほうがむしろ驚異だということがわかる。

生命が現れる前の地球を構成していた「生命のスープ」のなかで自己複製する分子が生じる際の条件についても、これと同じことがいえる。大量の水素と水と二酸化炭素にそのほかの有機ガスを混ぜたものを雷や電磁放射に曝すと生命体にしか見られない有機物質が生じることは、すでに実験室でつきとめられている。一方、実験室でＤＮＡのような珍しいものを自然に作る試みは、ことごとく失敗している。つまり、ＤＮＡのようなものができる確率はきわめて低いのだ。

ところがまさにそこがポイントで、このような実験を行うことのできる惑星が宇宙に何百京（一京＝10^{16}）個もあって、しかもその実験を一〇億年にわたって繰り返し行えるとしたら、ＤＮＡのようなものがまったくできないほうが異常だ。三六個のサイコロを、何百京もの惑星で一〇億年にわたって転がし続ければ、三六個のサイコロすべてで6の目が出ることも、一回くらいはあるはずなのだ。そしていったん自己複製する分子ができてしまえば、あとはその分子が勝手に増殖するから、こちらとしてはたった一度運に恵まれるだけで、進化をスタートさせることができる。

このように、生命が誕生するといった奇跡が起きる確率を評価する際には、ヒトとしてのわたしたちの知性が莫大な数をうまく扱えるようには進化してこなかったという点が問題となる。そのせいで、わたしたちの直観はほとんど役に立たないようなのだ。

フラクタルな進化の樹

生命のフラクタルの樹

そうはいっても、進化の過程で働いている数学は確率だけではない。進化の樹形図そのものが、カオス理論に登場するフラクタルと呼ばれる形に似た興味深い性質を持っているのだ。

進化の樹形図とは、地球上の生命の進化を表した図のことである。この樹を根っこからたどることは、時間の経過をたどることに相当し、この樹が枝分かれするたびに、新たな種の進化が始まる。そしてその枝がどこかで終わると、その種は絶滅したことになる。この樹には、全体の形と同じ形が規模を小さくしてどんどん繰り返されているように見える、という性質がある。これは、数学者がフラクタルと呼ぶ図形の特徴とされる性質で、この樹の一部を拡大すると、拡大する前の樹の構造とびっくりするほどよく似た構造が見える。このような自己相似のせいで、自分たちが対象となる樹をどのくらいの拡大率で見ているのかを判断するのがきわめて難しくなる。これが、フラクタルの典型的な特徴なのだ。

通常フラクタルはカオス系の幾何学的な特徴とされているので、進化にもカオス力学が働いている可能性がある。つまり、遺伝子コードの小さな変化によって、進化の結果が大きく変わる可能性があるのだ。このモデルは常に発散するわけではなく、カオス系にもいくつかのアトラクタと呼ばれる点があって、そこに向かって進化する場合がある。しかしこうなると、進化をやり直してみたときに、今の地球に存在するような生物ができるかどうかは、怪しくなる。じっさいアメリカの進化生物学者スティーヴン・ジェイ・グールド（一九四一―二〇〇二）は、生命の進化を巻き戻して再度走らせたとしたら、現状とはまったく別の結果が得られるはずだと強く主張した。カオス系である以上、そうなるはずなのだ。進化でも天気と同様、初期条件のわずかな差がまったく異なる結果をもたらしうるのである。

グールドはまた、断続平衡という概念を導入した。これは、さまざまな種が長い間安定していたかと思うと、進化によってきわめて迅速な変化を被るように見えるという事実を表す概念だ。ところがこのような振る舞いもまた、カオス系の特徴であることがわかっている。進化にカオスが作用しているのであれば、当然カオスの数学が関わっているはずで、ことによると進化生物学の疑問の多くが不可知の傘の下に取り込まれることになるのかもしれない。

たとえば、人間が現在の進化モデルをたどるよう運命付けられていたかどうかを知ることができるのか。さまざまな動物のＤＮＡを解析することによって、動物たちのこれまでの進化を巡るさまざまなすばらしい洞察が得られてきた。さらに、所々欠けているにしても、化石の形で残っている記録もまた、わたしたちの起源を知る手がかりになりうる。しかし進化に膨大な時間が必要であることを考えると、地球上の生命の進化を巻き戻して再び走らせ、何か別のことが起きるかどうかを確認するという実験は、とうてい実行のしようがない。ほかの惑星で生命が発見されればすぐに（もし発見したとして）、分析すべき新たなサンプルが手に入る。とはいえそのような惑星が見つからなくても、問題解決の糸口は皆無ではない。イギリス気象庁は実際の天気ではなくシミュレーションを使って天気を予報することができるわけで、進化のメカニズムについても同様にモデルを使ったコンピュータ・シミュレーションで時間を早送りして、結果の候補を示すことは可能だ。ただしその場合は、モデルの信頼度がそのままその上に立てられた仮説の信頼度になるので、モデルそのものが間違っていると、自然界で実際に何が起きているのかは不明のままとなる。

実は、ポアンカレがカオスを最初に発見したときに取り組んでいた問題を解く試みの核となっているのも、このようなコンピュータモデルなのだ。はたして地球は、進化がさらにサイコロ・ゲームを続けていけるように、この先も変わらず太陽のまわりを回り続けるのか。地球が気まぐれなカオスの変動の影響を受けたりはしない、と安心してよいのか。この太陽系は周期的で安定しているのか、それともバッタのせいで、太陽のまわりを回る軌道がかき乱される可能性があるのか。

水星という名の蝶

ポアンカレは、スウェーデン王の問いに答えることができなかった。太陽系ははたして安定した平衡状態にあり続けるのか。それとも不運にもめちゃくちゃな動きによってばらばらになってしまうのか。データのわずかな差に鋭敏に反応する力学系が存在する、という事実をポアンカレが発見したことによって、わたしたちは決して太陽系の正確な運命を知ることができず、致命的な筋書きが始まる直前までそのことに気づかないという可能性が出てきた。

数学的には、太陽系も繁殖率が低い個体群のダイナミクスのように、予測可能で安全な範囲の活動に収まっている可能性がないわけではなかった。ところが残念なことに、このような希望に慰めを見いだすわけにはいかないという証拠が挙がった。コンピュータを用いたモデリングによって最近得られた新たな知見から、実は太陽系はカオスの数学に支配される範囲に入っていることがわかったのだ。

わずかな変化が結果に及ぼす影響の大きさは、リアプノフ指数を用いて測ることができる。たとえば形の異なる台でビリヤードを行う場合には、小さな変化によって球の軌跡の様子がどれくらい変わるかを示す尺度が考えられ、その状況全体（系）のリアプノフ指数が正なら、初期条件をほんの少し変えただけで、経路の隔たりは倍々で大きくなる。さらにこの指数を用いて、カオスを定義することもできる。

何組かの科学者グループが、この太陽系が実際にカオス系であることを確認する際に使ったのも、この指数だった。その計算によると、初めのうちは近接していた二つの軌道解の距離が、一〇〇〇万年につき一〇倍の割合で広がるという。この現象の時間規模は、たしかに天気を予測できるできないというのとは次元が違うといえるが、それにしても五〇億年以上経ったときに太陽系で何が起きるかは、決して確実に知りえないのだ。

いったい全体、未来に関して何か知りうることがあるのか？　と捨て鉢になった方は、どうか数学が予測に関して完全に無力なわけでもない、ということで気を取り直していただきたい。じっさい、方程式に基づいて、今後五〇億年に必ず起こることが約束されている出来事も、ちゃんとあるのだから。といってもそれは、決して良い出来事ではない。数学を用いた予測によると、約五〇億年のうちに太陽の燃料が切れて、太陽は地球をはじめとする太陽系の惑星すべてを飲み込みながら、赤色巨星になるという。そうはいっても、太陽が膨張して太陽系を飲み込む前に、太陽のなれの果てである赤色巨星のまわりにどの惑星が残っているのかを知ろうとすると、カオス方程式を解く必要がある。

　ということは、天気予報と同じように惑星の正確な位置や速度を少しいじったシミュレーションを走らせれば、何が起ころうとしているのかがわかるはずだ。ところがその結果、恐ろしい予測が得られる場合もあって、じっさい、二〇〇九年にフランスの天文学者ジャック・ラスカルとミハエル・ギャスティノーが、われらが太陽系の今後の展開を示す何千通りかのモデルを走らせてみたところ、「ブラジルの蝶」になるかもしれない惑星が浮かび上がってきた。その名は水星。

　このシミュレーションでは、まず手元にある今日までの惑星の位置と速度のデータを入力する。とはいえこれらの値を一〇〇パーセントの精度で知ることはまず不可能だ。そこで、データを少しいじっては、シミュレーションを走らせてみる。なぜならカオスの影響で、ほんのわずかな変化によって結果が大きく変わる可能性があるからだ。

　天文学者たちは、たとえば水星が描く楕円の大きさを数メートルの精度で知っている。ラスカルとギャスティノーは、水星の楕円軌道の大きさを一センチ未満の幅で変えながら、シミュレーションを計二五〇一回走らせてみた。すると、こんなに小さな摂動でも、太陽系に衝撃的な変化をもたらすことがわかった。

　もしも太陽系がばらばらになってしまうとしたら、その元凶はきっと木星や土星のような大きな惑星にちがいない、と考えたくなるが、この二つの巨大ガス惑星の軌道はきわめて安定している。厄介なのは、地球のような岩石惑星なのだ。じっさい、二人が走らせたシミュレーションの約一パーセントで、ちっぽけな水星が太陽系に危機をもたらすことになった。それらのモデルによると、水星が木星と何らかの共鳴を起こして水星の軌道が広がり、そのせいですぐ隣の金星と衝突する可能性があるという。そのうえあるシミュレーションでは、このようなニアミスによって金星の軌道が狂い、地球と衝突するというのである。そもそも地球がほかの惑星に近づいただけでも、潮汐のリズムが崩れて、生き物に深刻な影響が及ぶことになるというのに。

しかもこれは、単なる抽象数学の推論ではない。すでにこのような衝突が実際に起きたことを示す証拠が、アンドロメダ座のウプシロン連星のまわりを回る惑星で観察されている。これらの連星は奇妙な軌道に乗っていて、その理由を説明しようとすると、過去のいずれかの時点で不運な惑星がひとつ放出されたと考えるしかないのだ。ただし、皆さんが一目散に逃げ出す前に一言申し上げておくと、これらのシミュレーションの結果、水星がけしからん振る舞いに及ぶのは数十億年後のことだとわかっている。

果てしない複雑さ

では、机のうえのサイコロを振ったときに、出る目を予測できる可能性はどれくらいあるのか。ラプラスなら、サイコロの寸法や原子の分布状況、落ち始めるときの速度や周辺環境との関係がわかりさえすれば、理屈からいってサイコロがどのように落ちるかを計算できる、といったことだろう。

ポアンカレをはじめとする人々が発見した事実によると、小数点以下二、三桁の数値が違うだけで、6の目が出たり2の目が出たりする。サイコロの目の出方はたった六通りしかないのに、入力すべきデータの値は連続的で幅がある。ということは、なんらかの点があって、その近くでは値がごくわずかに変化しただけで、出る目の数が6から2に変わるようになっているはずだ。それにしても、この値の変化にはどのような性質があるのだろう。

コンピュータ・モデルを使うと、たいへんわかりやすい図を描くことができて、さまざまな系が初期条件にどれくらい敏感かを把握することが可能になる。わたしの机のうえのサイコロの隣には、

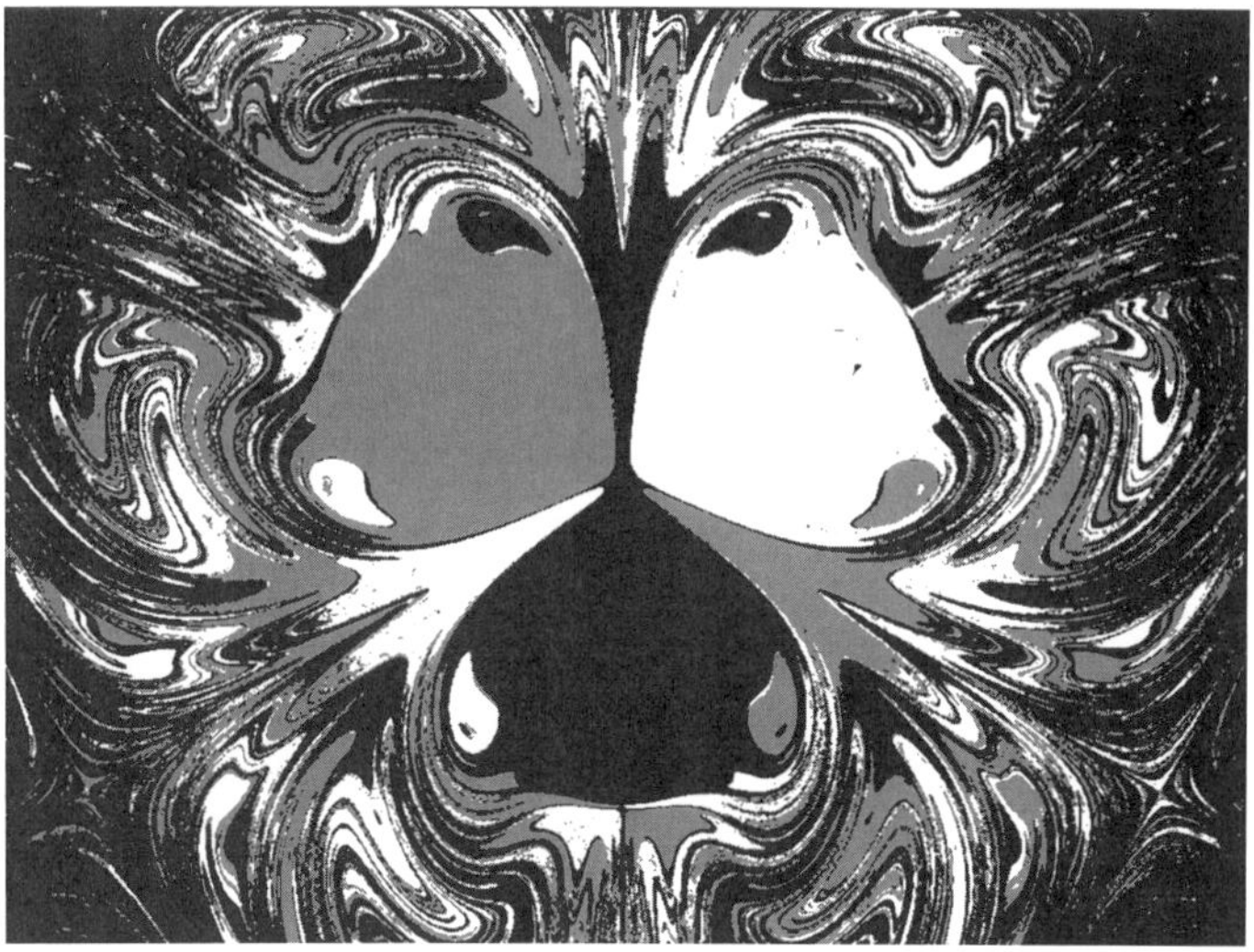

何時間でも遊んでいられる古典的な卓上おもちゃがある。金属の振り子がついていて、それが白と黒と灰色に塗り分けられた三つの磁石に引きつけられるのだ。このおもちゃの運動の状態を解析して、正方形の土台の各点から出発した振り子の最終的な行き先を示す図を作ることができる。ある点から動き始めた振り子が最後に白い磁石に吸い寄せられる場合はその点を白に、灰色の磁石に吸い寄せられたら灰色に、黒に吸い寄せられたら黒に塗っていくのだ。そうやってできたのが、上の図である。

生物の個体群のダイナミクスと同じように、この図にも、完璧に予測可能な領域がある。三つある磁石のいずれかのそばを出発した振り子は、そのまま近くの磁石に吸い寄せられる。ところが図の端のほうにいくと、予想ははるかに難しくなる。実はこの図の端のほうは、フラクタルの実例になっているのだ。

じっさいこの図には、単に黒が白に変わるだけではない領域があって、その領域をいく

ら拡大してみても、必ず別の色が入り込む。つまり、あらゆる規模で複雑なのだ。

一次元でこの図のような例を作りたければ、次のようにするとよい。まず単位長さの直線を書いて、その半分を黒、残りの半分を白で塗る。そのうえで0.25の点から0.75の点までの部分をくるりと半回転させる。さらにその半分をくるりと半回転。こうやってどんどん回転させていくと、0.5の点のまわりでの色の振る舞いは、わずかな差にきわめて敏感になり、予測が難しくなる。0.5の点を含む単色の領域が存在しなくなるのだ。

続いて、この図をもっと精巧にした例を紹介しよう。この場合もまず単位長さの線を書く。そして次に、その中央の1/3を消す。すると、真ん中が抜けた二本の線が残る。そこで残っている各々の線の真ん中の1/3を消す。これで、長さ1/9の黒い線、1/9の白い線、1/9の黒い線、そして最初に消した1/3の長さの白い線、さらに長さ1/9の黒い線、長さ1/9の白い線、長さ1/9の黒い線ができる。

さて、次はどうするか。すでに見当がついている方もおいでだろうが、順次、残っている黒い線の真ん中の1/3を消していく。この作業を無限に繰り返すと、カントール集合と呼ばれる図ができる。カントールとは、ドイツの数学者ゲオルク・カントール（一八四五―一九一八）のことで、わたしたちはいちばん最後の「最果ての地」で無限について知りうることを考える際に、再びこの人物に出会うこととなる。今、このカントール集合が、実はあのおもちゃの振り子の結果を決めているとしよう。すると、この線に沿って振り子を動かしたときに、この図からいくつかのある領域におけるきわめて複雑な振る舞いが予測される。

また、かなり奇妙な計算によって、さきほど消した線の全長が1であることがわかるのだが、それでいて、この線の内側には黒い点が残る。たとえば1/4は絶対に消えないし、3/10も消えない。しかもこれらの黒点は孤立していない。どれか一つの黒い点のまわりにどんなに狭い領域をとったとしても、必ず無限個の黒い点と白い点が含まれているのだ。

では、わがサイコロのダイナミクスはどのようなものなのか。当初わたしは、サイコロはカオス的だと考えていた。実はフラクタルで、そのため決して知りえないものなのか。ところが最近の研究で、驚くべきことが明らかになった。

サイコロについて知る

先頃、ポーランドのチームがサイコロ投げを数学的に分析し、その結果と高速カメラによる撮影を組み合わせてみたところ、サイコロの目の出方は、当初わたしが考えていたような予測不能なカオス現象ではないことが明らかになった。ウッチを拠点とする、トマシュとマルチンのカピタニアック父子とヤロスワフ・ストザルコとユリウシュ・グラプスキの四人からなるそのチームが雑誌「カオス」に二〇一二年に発表した論文には、先ほどの磁石と振り子の図とよく似た図が載っている。ただしこの場合は立方体を投げる際の角度や速度も記述しなければならないので、出発点でのサイコロの状況を表す座標がさらに増える。その図のほとんどの点で、投げる時の条件をほんの少し変えても同じ目が出るのなら、サイコロの目は予測可能になる。その場合は、六つの面に対応する六色で彩られた図になるはずだ。その図をどんなに拡大してみても視野に少なくとも二色が入ってくるのであれば、その図はフラクタルになるが、このフラクタルの特徴がなければ、サイコロは

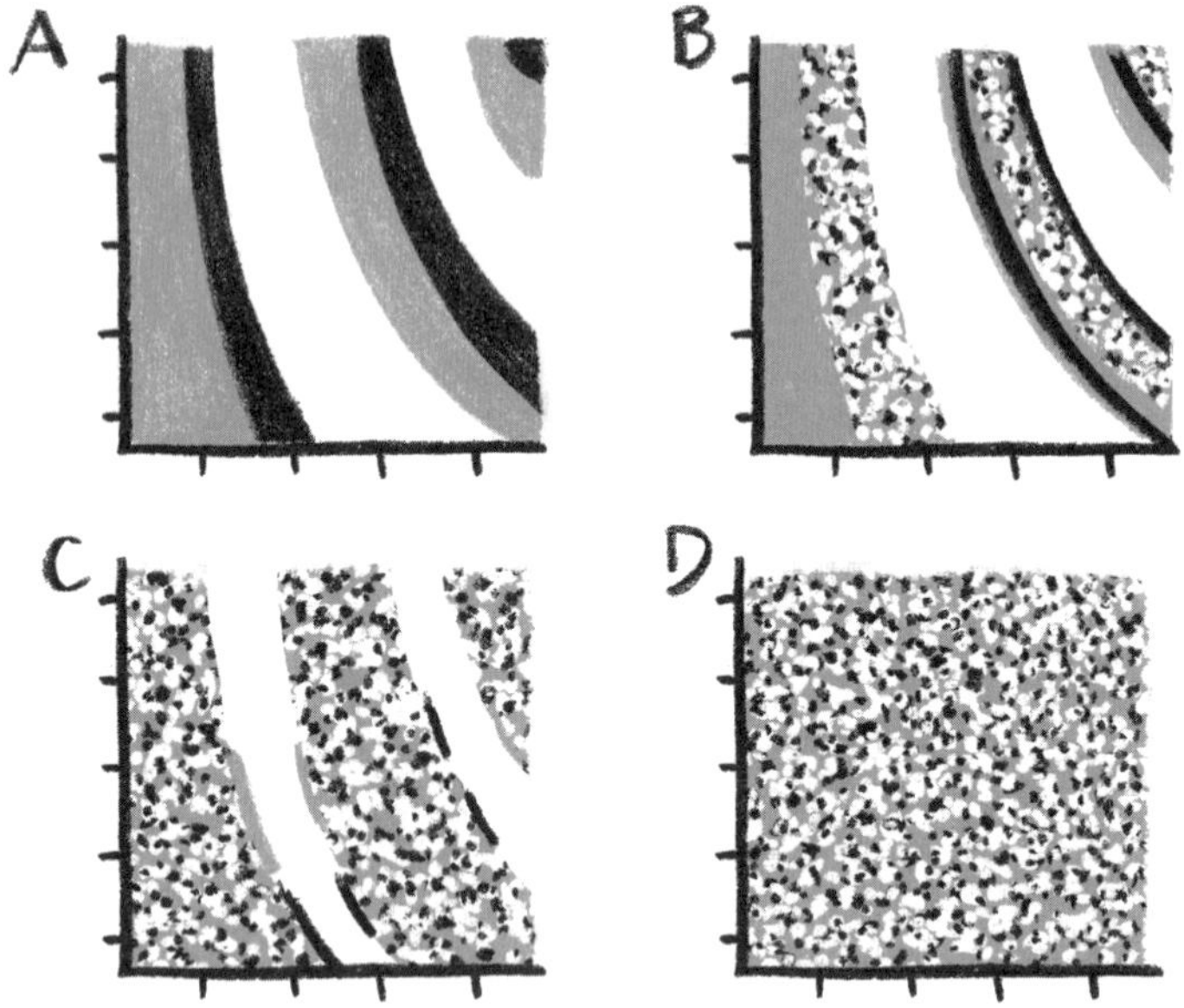

AからDに向かって、テーブルにぶつかったときに消失するエネルギーが減るにつれて、サイコロの目の出方のフラクタル的な性質は強くなる。

予測可能といえるのだ。

　ポーランドのチームが考えたモデルでは、サイコロのバランスは(わがラスベガス産のサイコロのように)完璧だとしている。空を切るサイコロに空気抵抗が及ぼす影響はごくわずかで、無視できることがわかった。サイコロがテーブルに落ちた瞬間にサイコロのエネルギーの一部が消失するため、サイコロは何回か弾んだ後に、運動エネルギーをすべて失って止まる。

　テーブルの摩擦も重要な要素で、サイコロは最初のうちは弾むと同時に滑るかもしれないが、その後は弾んだとしても滑らない。もっとも、ポーランドのチームが調べたモデルでは、表面には摩擦がないと仮定されていた。なぜなら摩擦を考慮に入れると、ダイナミクスが複雑になりすぎて手に負えなくなるからだ。というわけで、ここではサイコロをスケートリンクに投げ入れるところを想像してみる。

わたしはすでに、ニュートンの運動法則に基づいて、宙を落ちるサイコロのダイナミクスを表す方程式を作っていた。ところがポーランドのチームは、これらの方程式がそれほど複雑ではないことをつきとめた。それよりも、サイコロがテーブルに当たった後のダイナミクスの変化を示す式のほうが威圧的で、論文でも一〇行を占めていた。

このチームは、テーブルとの衝突で失われるエネルギーの量がかなり大きい場合は、サイコロのどの目が出るかを表す図にフラクタルの性質が現れない、という事実を発見した。つまり、初期条件を適切な精度で整えてやれば、わがサイコロのどの目が出るかは予測可能で、反復も可能なのだ。なぜ予測可能かというと、実はサイコロは、投げられたときに下になっていた面が上になって落ちることが多いからだ。つまり、じっとしているときには偏りのないサイコロが、動きを加えると偏るのである。

もっとも、テーブルがもっと硬くて消失するエネルギーが少なく、そのためサイコロがさらに弾むようになると、フラクタルな性質が現れはじめる。

右頁の図では、サイコロを落とす高さと三本ある座標軸のうちの一本の軸のまわりの角速度の変化の二つのパラメータを変えている。テーブルとの衝突で失うエネルギーが少なければ少ないほど、サイコロの振る舞いはカオス的になり、サイコロ投げの結果は神の手に引き取られるのである。

神はサイコロを振るのか

自分たちが知りえないものを神と定義すると、何がまずいのか。カオス理論によると、ある種の方程式によって規定される状況（方程式系）はささいな誤差にも敏感に反応するため、その未来を知ることができない。かつて神とは、この世の外にいる超自然的な知性ではなく、川や風や太陽や溶岩などの予測不可能だったり制御不可能なもののことだった。カオスをはらむものが、すなわち神だったのだ。二〇世紀の数学は、これら古代の神々が、今もわたしたちの傍らにいることを明らかにした。金輪際手懐けることも知ることもできない自然現象が、存在するのである。カオス理論からいって、わたしたちの未来はしばしば人知を超える。なぜなら、今事物がどう配置されているか、その現状をほんの少し変えただけで、未来が大きく変わるかもしれないからだ。現在を完璧に知りえない以上、カオス理論によって、わたしたちの未来へのアクセスは閉ざされているのだ。少なくとも、未来が現在になるまでは。

だからといって、すべての未来が不可知なわけではない。わたしたちはカオス的でない領域にいることがひじょうに多く、その場合は小さな変動があったとしても、それによって結果が大きく変わることはない。だからこそ数学は、人間が未来を予測し計画するうえでの強力な助っ人たりえたのだ。カオス的でない領域では、未来を知りうる。とはいえそこまでコントロールが利かない場合もあって、知りえないこの未来がどこかの時点で確実にわたしたちの生活に影響を及ぼすのである。

自分には科学がわかると主張する宗教評論家のなかには、超自然的な知性がこの世界に働きかけることができるということを科学的に説明するために、カオスが作り出すギャップをうまく使って超自然的な知性が未来に影響を及ぼす余地を生みだそうとしている人もいる。

ケンブリッジ大学を拠点とする量子物理学者のジョン・ポーキングホーン（一九三〇―）も、そのような信心深い科学者のひとりである。科学教育がもたらす厳密さとキリスト教の聖職者になるための長年の訓練とが組み合わさった希有な精神の持ち主であるポーキングホーンには、この先の「最果ての地　その三」で直接会って、その専門分野である量子物理学に固有の不可知についてたずねることになる。それはさておきポーキングホーンもまた、カオスの数学がもたらす知識のギャップに関心を持っていて、そのギャップがあるからこそ彼の神にも人類の未来に影響を及ぼすチャンスがあると考えている。

ポーキングホーンは、超自然的な知性はそれでもなお、カオス理論に潜んでいる不確定性を通じて物理法則に抵触することなく行動できる、と主張する。カオス理論によれば、わたしたちは決して、決定論的な方程式を用いて一つの答えを確定できるような精度で物事の設定を知ることができない。そのため神がちょいと介入して物事を少しだけいじり、わたしたちの部分的な知識と矛盾しない形で結果に影響を及ぼすことが可能だというのである。

ポーキングホーンが慎重に強調するところによると、無限小のデータをいじって変化を起こさせるには、全体を見すえたトップダウン方式の介入が必要だという。つまりその神は細部に宿る神ではなく、すべてを知る神でなくてはならないのだ。カオス理論によると、宇宙の反対側にある電子一個の位置が変わっただけで宇宙という系全体に影響が及ぶのだから、物事を進めるには、系全体――つまり宇宙全体――を俯瞰的に完璧に把握している必要がある。宇宙の一部を切り離してその部分に基づいて予想してみても、決して成功するはずがない。したがってこの裂け目を通して働きかけるには、わたしたちが決して持ちえない全体に関する知識が必要なのだ。

カオス理論は決定論的である。つまりこれは、量子物理学のようにランダムさを用いて影響を及ぼすのとは別の試みなのだ。ポーキングホーンの解釈によると、認識論と存在論――わたしたちが知っていることと真実であること――のあいだのギャップを用いることによって、円形の決定論を四角にすることができる。わたしたちはこの瞬間の宇宙の状況の完璧な記述を決して知ることができないわけだが、これはつまり、わたしたちの視点に立つと、どこにも決定された状態は存在しないということなのだ。宇宙の成り立ちに関する現時点でのわたしたちの知識を偏りなく記述したとして、それとぴったり一致する筋書きはいくらでもある。しかるにポーキングホーンは、このような状況だからこそどの時点でも神が介入する余地が生まれ、わたしたちには悟られずにこれらの筋書きのどれかからどれかへと系を動かすことが可能だと主張する。ところがこれまでにも見てきたように、カオス理論によると、そのようなわずかな変化からまるで異なる結果がもたらされる可能性がある。ポーキングホーンはここでもぬかりなく、エネルギーではなく情報だけを変化させる（つまり、エネルギー保存の法則に抵触しない）系同士の入れ替えが可能だと断言する。ここでは、いかなる物理法則をも破らないということが重要なのであって、ポーキングホーンがいうように、「季節の移ろいや昼夜の交替を無視するわけではない」のだ。

たとえこの見解がみなさんにはかなり奇妙に映ったとしても（わたくし自身はたしかに奇妙だと感じるが）、ひょっとすると同じような原理が、この世界における行為主体性《エージェンシー》としての感覚の鍵になっているのかもしれない。人間に自由意志があるのか、という問題は、つきつめると、還元主義的な哲学の問題と関係している。自由意志があるということは、ほとんどの場合に原子論的な世界観への有意義な還元が不可能である、ということなのだ。したがって、わたしたちに自由意志があるという物語を作ることには意味がある。なぜなら宇宙における人間の関わりのレベルではそう見えるからで、物事が明らかに決定論的で、検出できないくらい小さな差から生じる変化がほんのわずかだとすれば、自分たちに自由意志があるとは思えないはずなのだ。

時計仕掛けの決定論的宇宙をわたしたちに信じさせた張本人であるニュートン自身が、それらの方程式に神が介入する余地があると感じていたというのは、実に衝撃的な話だ。ニュートンは、物事が道を外れていくように見えて、神が宇宙をリセットしなければならなくなることがある、と記している。そして、数学における好敵手であるドイツの哲学者兼数学者ゴットフリート・ライプニッツ（一六四六―一七一六）と激しく対立した。ライプニッツにすれば、神がなぜ最初に完璧な設定をしておかなかったのかが理解できなかった。

アイザック・ニュートン卿とその追随者たちは、神の御業についてきわめて奇妙な意見をお持ちだ。彼らの教義によると、万能の神は時々時計を巻きたくなるらしい。そうしないと、時計が止まってしまうから。どうやら神には先見の明が欠けていて、時計を永久に動くようにはしておかなかったらしい。

カオスの最果てで

わたしが、未来を知ることができる、未来が現在になるのを待たずに近道を通ることができる、と感じられるようになったのは、ニュートンとその数学のおかげである。運動方程式のおかげでけっきょくはすべてがわかる、というラプラスの言葉をさんざん聞かされてきたことひとつをとっても、広く科学者たちが、理屈のうえでは宇宙を知りうると感じていることは明らかだ。

しかし二〇世紀の数学は、理論が必ずしも実践に移されるとは限らないことを明らかにした。ラプラスのあの言葉が正しく、現在の宇宙の状態が完璧にわかっていて、しかも数式を知っていれば未来が完璧にわかるとしても、そもそも完璧な知識を手に入れる術がない。二〇世紀のカオス理論は、その知識の近似ですら役に立たない、という衝撃の事実を暴露した。カオス的なビリヤード台に打ち込んだ球の経路がどんどんばらけていくという事実からも、自分自身がどの経路に乗っているのかを金輪際知ることができないわたしたちにとって、未来を予想することはまったく不可能だということがわかる。

カオス理論は、わたしたちには決して知りえないものがあるということをほのめかしている。わたし自身は数学が自分に完璧な知識を与えてくれると強く信じてきたのに、数学は、実はその正反対だということを明らかにしてみせた。そうはいっても、まだ完全に望みが絶たれたわけではない。小さな変化に敏感でない方程式もたくさんあって、その場合には未来を予測することができる。とどのつまり、わたしたちは未来を予測することによって、近くを通り過ぎる彗星に探査機を着陸させたのだ。しかもそれだけでなく、ロバート・メイの業績からもわかるように、数学の力を借りれば、どの時点でわからなくなるのかも知ることができる。

ところが二〇世紀の終わりに発見されたある事実によって、理屈からいって未来を予測することは可能であるというラプラスの基本教義自体に疑問符が付いた。一九九〇年代初頭に夏志宏《シャア・ジーホン》（一九六二―）という博士課程の学生が、五つの惑星をある配置にして手を離すと、各惑星の重力による引力が組み合わさってそのうちの一つが飛び去り、有限時間で無限の速度に達することを証明したのだ。別に他の惑星と衝突するわけでもないのに、この方程式には、その惑星で暮らす不運な人々にとって破滅的な結果が埋め込まれていた。問題の方程式をどう使ってみても、その時点から先で起こることは予想できないのである。

夏が発見した事実は、ニュートンの方程式を知っていて現在に関する完璧な知識があれば未来がわかる、というラプラスの見方を根底から覆すものだった。なぜならニュートンの方程式が存在するにもかかわらず、この不運な惑星が無限の速度に達した後でどうなるかは予測できないのだから。ニュートンの理論はその時点で特異点に達し、その先での予測は意味を成さなくなる。後ほどほかの「最果ての地」でも見ることになるが、相対性理論を考慮に入れると、このような特異点は物理的に実現されなくなる。というのもこの不運な惑星が、けっきょくは宇宙の制限速度である光速に達するからで、ここにきて、ニュートンの理論が現実の近似であることがはっきりするのである。しかしいずれにしてもこの発見によって、方程式があれば未来がわかるとはいえないことが明確になったわけだ。

死の床に伏したラプラスは、衝撃的な言葉を残した。自分自身の特異点が近づき、もはや有限の時間しか残されていないことを悟ると、「われわれが知っているものはほんのわずかで、知らぬものは膨大である」と認めたのだ。そして二〇世紀に入ると、たとえわたしたちがたくさんのことを知ったとしても、あいかわらず膨大な量の知らないものが残ることが明らかになった。

だが、わかりえないのは惑星やサイコロのみかけの振る舞いだけではない。わがカジノ産のサイコロの内部を徹底的に調べていくと、ラプラスが信じていた時計仕掛けの決定論的宇宙観に挑むかのような新たな難題が明らかになる。科学者たちがサイコロの組成を理解するためにその内部に目をこらしてみたところ、サイコロを構成する粒子の位置と動きを知ることは、理屈のうえでも不可能であることがわかったのだ。この先の二つの「最果ての地」で明らかになるように、ラスベガス産の真っ赤な立方体を構成する粒子自体の振る舞いが、サイコロ投げゲームで決まっているのである。

最果ての地　その二
チェロ

第三章

誰もが、己の視野の限界を、世界の限界だと思っている。

アルトゥル・ショーペンハウアー『余録と補遺』

総合中等学校《コンプリヘンシブ・スクール》での学校生活が始まるとすぐに、音楽の先生がクラス全員に向かって、このなかに、楽器を習いたい人は、いるかな？　とたずねた。手を挙げたのは、わたしを含む計三人。先生はわたしたちを準備室の棚のところに連れて行って、どんな楽器があるのかを見せてくれた。楽器棚はほぼ空で、トランペットが三本積み上げてあるだけだった。

「どうやらきみたちは、トランペットを練習することになりそうだな」

あのときの選択（の余地などなかったが）を、わたしは後悔していない。町の楽団で演奏したり、州のオーケストラの金管部門で友達とじゃれながら休みが何小節続くのかを数えたりするのはとても楽しかった。それでもわたしは、ちょっと羨ましそうに弦楽器のほうを見ることが多かった。なにしろ弦楽器はずっと演奏し続けだったし、すてきなメロディーを独り占めにしているような気がしたから。数年前、わたしはラジオのインタビューで、もしも新たに楽器を習う機会があったとしたら何を習いますか、どんな曲を演奏してみたいですか、とたずねられた。「習うんなら、チェロですね。バッハの組曲を演奏してみたい」

それからというもの、ひとつの疑問が頭の後ろで絶えずチリチリと存在を主張するようになった。あの美しいチェロ組曲を、このわたしも演奏できるようになるんだろうか。新しい技術をゼロから身につけるには、もうすでに遅すぎるのかもしれない。でもほんとうにだめかどうかは、やってみないとわからない。というわけで、わたしはチェロを買った。

そのチェロはいま、サイコロの目の出方の予測に関する文章を書いているわたしの後ろに鎮座ましましている。机の上の赤い立方体の落下運動を規定する方程式を解析するのに疲れると、わたしは一息入れようと、チェロ組曲一番のジグ（イギリスなどの民族的な踊りの形式に基づいた急速なテンポで演奏される曲）をズタズタにしはじめる。墓のなかでバッハが身をよじっているのがわかるが、それでも楽しい。

弦のうえで指を滑らせて切れ目のないグリッサンドを作るのも、チェロを演奏する楽しみのひとつなのだが、トランペットではこうはいかない。なぜならトランペットは、押し下げる指の組み合わせに応じて別々の音が出るようになっているからだ。チェロの連続的なグリッサンドとトランペットの不連続な音との対立は、実はサイコロの振る舞いを予測する試みと関係がある。

どんどん拡大していくと

サイコロの落ち方を予測するには、この立方体が何でできているのかを知る必要がある。素材であるアセテートの密度がどこかの角に偏っていると、特定の面が出やすくなる。このため宙を落ちていくサイコロにニュートンの法則を適用するには、まず問題のサイコロがどんな作りになっているかを知っておかなくてはならない。はたしてサイコロは連続的な構造になっているのか、あるいはよく目をこらしてみると、ばらばらな断片からなる離散的な構造になっているのか。

本章の冒頭に掲げたショーペンハウアーの言葉にあるように、自分の視野の限界を世界の限界として受け入れるのであれば、わたしに見えるのは、サイコロの素材である鮮やかな赤いアセテートだけだ。ところが光学顕微鏡を使うと、このサイコロを一五〇〇倍に拡大して見ることができる。サイコロ自体は大きなビル程度の大きさになるが、その巨大なサイコロの内部を覗いてみても、その成り立ちについてはほとんどなにもわからず、やはりどう見てもなめらかで、連続しているとしか思えない。

二〇世紀に入ると、電磁スペクトルのなかの可視光線とは波長が異なる部分を利用した顕微鏡が登場し、これによって科学者たちは、対象となる物をさらに一〇〇〇倍に拡大した画像を得られるようになった。ここまで倍率をあげると、サイコロそのものはロンドンの片方の端からもう片方の端までを覆う大きさになる。しかもこの倍率になると、サイコロはざらざらしているように見えはじめる。連続的な構造ではなく、離散的な感じになるのだ。今日の電子顕微鏡ではさらに一〇倍拡大することができて、炭素や酸素の原子が姿を現す。つまり、サイコロの素材であるアセテートの成分が見えるのだ。

面白いことに科学者たちは、数学科と通りを一つ隔てた研究室の最新式の顕微鏡でこれらの原子を実際に見ることができるようになるずっとまえから、物質は原子《アトム》でできていると考えていた。サイコロが何でできているのかを知るには、物理的な観察と数学的で論理的な見方を組み合わせるのがベストなのだ。

だが、酸素や炭素などの原子《アトム》は、ア（ギリシャ語で否定を表わす）・トム（同・切るの意）つまり「分かつことができないもの」という名前に反して、実は分割可能だということが判明した。現在の電子顕微鏡では原子の内部を見ることができ、そこにさらなる構造があることがわかっている。物質を構成する基本要素としての原子は電子と陽子と中性子に取って代わられ、さらに陽子や中性子はクォークに取って代わられた。そして二〇一三年には量子顕微鏡によって、水素原子核のまわりを回る電子の画像がみごとに捉えられたのだった。それにしても、こうやってサイコロの内部をどんどん拡大していったとして、はたして理論上の限界が存在するものなのか。

たとえば、問題のサイコロを半分、そのまた半分とどんどん二等分していったらどうなるのか。どこまで切り刻めるのだろう。わたしのなかの数学者は、まったく問題ないという。ある数が与えられたとき、その数をどこまでも二等分することは可能である。つまり数学の観点からいうと、

$$1, \frac{1}{2}, \frac{1}{4}, \frac{1}{8}, \frac{1}{16}, \cdots$$

という列になって、絶対に、これ以上先に進めないということにはならないのだ。では、本物のサイコロを半分にして、さらにそれを半分にして、と繰り返していくと、いったいどこまで続けられるのか。

物質が連続的であるとする見方と不連続であるとする見方――数学的に可能なことと物理的な現実が課す限界――の間では、何千年にもわたり、激しいせめぎあいが続いてきた。はたして宇宙はトランペットの音に合わせて踊っているのか、それともチェロのグリッサンドに合わせてぶるぶると肩だけを揺らして、シミーと呼ばれるダンスを踊っているのか。

球の音楽

ところで、わたし自身はサイコロの究極の構成要素とされる電子やクォークのことをどうやって知ったのだろう。電子やクォークをこの目で見たことは、一度もない。どうして知っているのかを

改めて考えてみると、人からさんざん聞かされたり、雑誌や本で電子やクォークのことを読んだからで、なぜ知っているのか、どのように知ったのかは忘れてしまった、と答えるしかない。でも待てよ、よく考えてみると、電子やクォークの存在をどうやって突きとめたのかは、一度も教わったことがないような気が……。これは、エベレストが世界で一番高い山だということをなぜ知っているのか、という話と少し似ていて、なぜわたしがエベレストが世界一だと知っているのかというと、さんざんそう聞かされてきたからなのだ。そんなわけで、電子やクォークの層のそのまた下の層にまた別の何かが存在するか否かを問う前に、わたしたちがこれらの構成要素にどうやってたどり着いたのかを知っておく必要がある。

驚いたことに、科学史の本によると、サイコロをはじめとする物体が連続的な構造ではなく電子などの離散的な要素で構成されていることを示す強力な証拠がみつかったのは、せいぜい一〇〇年あまり前のことだという。事実として確認されたのはわりと最近でありながら、おそらくそうだろうという予感は、何千年も前からあって、たとえばインドでは、物質は味と臭いと色と手触りに対応する基本原子からできていると信じられていた。そのうえで、さらに原子を無限に小さくて場所を取らないものと、有限の場所を取る「総量」があるものとに分けていた。これから説明する今日の物質モデルに照らしてみても、これは実に洞察に富む理論といえる。

西洋で自然を原子論的に捉えた哲学を最初に提案したのは、古代ギリシャの人々だった。彼らは、物理的実在はあらゆる物質を構成する基本単位に還元できる、という還元主義の立場に立っていた。原子をより小さなものに分割することは不可能で、原子の性質も、より複雑な内部構造によって決まっているわけではない、というのだ。この宇宙が分割不可能な要素によって構成されている、という信念が生まれたのは、ひとつには、宇宙の謎を解く鍵は数にある、というピタゴラス学派の哲学があったからだった。

整数に絶大な力があるというピタゴラス学派の信念の元を辿ると、ピタゴラスに帰せられるあるすばらしい発見に行き着く。チェロやトランペットでも使われている、「音楽的な調和の基礎には数がある」という発見だ。ある日鍛冶屋の前を通りがかったピタゴラスは、槌の音が調和しているのに気づき、はっとしたという(ピタゴラスを巡るこれらの話の真偽はもちろんのこと、そもそもピタゴラスという人物が実在したのか、あるいは後になって人々が新たな着想を広めるためにひねり出した人物なのかも定かではないのだが……)。

そして家に帰ると、弦を張った楽器の音で実験をしてみた、というのである。今、チェロの振動している弦のうえで指を徐々に駒のほうに押し下げていくと、連続的に変化するグリッサンドと呼ばれる音が生じる(これによって本当に連続する音ができるのか、という問題は、次の「最果ての地」で取り上げる)。そして、開放弦の音と調和する音が生じたところで指を止めると、そのときの弦の長さと開放弦の長さは完全な整数比になっている。

たとえば、振動する弦の長さの半分まで指を下げると、開放弦とほぼ同じ音になる。この間隔はオクターブと呼ばれ、人間の耳にはこの音が開放弦の音とまったく同じに聞こえることから、記譜法ではこれらの音に同じ名前が付けられている。あるいは、指をチェロのヘッドから三分の一の距離まで下ろすと、開放弦の音と組み合わせたときに特に調和する音が得られる。わたしたちの脳は無意識に、完全五度と呼ばれるこの組み合わせに二つの音の波長の整数関係を感じ取って、それに反応しているのだ。

調和するものの核に整数が潜んでいることに気づいたピタゴラス学派の人々は、これらの整数を日常見聞きするあらゆるものの基本的な構成要素とする宇宙のモデルを作りはじめた。こうしてギリシャの宇宙論は、天空の数学的な調和という概念に支配されるようになった。惑星の軌道同士は数学的に完璧な関係にあるとされ、そこから、天球の音楽という概念が生まれたのである。

サイコロの成り立ちに関しても、物質を構成しているものを理解する際に鍵になるのは連続的なグリッサンドではなく不連続な数だと信じられていた。ピタゴラス学派の人々は、数のように足し合わせて新たな物を作り出すことができる基本的原子という概念を作り上げ、ギリシャの哲学者にして数学者だったプラトン（前四二七―前三四七）はピタゴラス学派のこの哲学をさらに展開して、これらの原子を幾何学のばらばらな断片に仕立てあげた。

プラトンによると、原子は実は、三角形と正方形という数学のかけらだった。これらの要素が組み合わさって、ギリシャの化学において物質を構成する要素とされていた、火の元素、土の元素、空気の元素、水の元素になるのだ。さらにプラトンは、これらの元素のひとつひとつが、じつは三次元の数学図形だと考えていた。

火は、三角形を集めて作ったピラミッド――すなわち四つの正三角形からなる四面体であり、土はサイコロのような立方体、空気は八つの正三角形からなる八面体と呼ばれる図形で、これはちょうど底面が正方形のピラミッドを底同士くっつけたような格好をしている。そして最後に水は、二〇枚の正三角形からなる二十面体に対応している。プラトンは、これらの基本的な図形が幾何学的に相互に作用することで、元素の化学的な性質が生じると考えていた。

物質がきわめて小さく分割不可能な粒子で構成されているというこの見方は、古代世界で必ずしも広く支持されていたわけではなかった。けっきょくのところ、このようなばらばらなかけらが存在する証拠はどこにもなかった。だいいち目で見ることすらできないのだから。アリストテレスも、こういった基本となるべき原子は存在しない、とする陣営の一人だった。要素は連続的である、と考えていたのだ。理屈のうえでは、サイコロも好きなだけ小さく切り刻めるはずだった。火、土、空気、水は「形の異なる部分」に分けられないからこそ基本元素たりうる、というのがアリストテレスの考えだった。どんなに分割しても水は水であり、空気は空気なのだ。コップ一杯の水を持ってきたときに目に見えるのは、理屈のうえでは無限に分割できそうな連続した構造だ。また、ゴムの切れ端は連続的になめらかに伸ばせるから、ゴムも連続的なもののような気がする。かくして、物質は連続的であるとするモデルと不連続であるとするモデルの戦いの準備は整った。グリッサンド対ぷつぷつ切れた音階。チェロ対トランペット……。

面白いことに、原子論の立場を脅かし、形勢を一変させたのは、ピタゴラス学派が発見したとされるある事実だった。これによって、物質を無限に分割することができるという信念が、長く優位に立つことになったのである。

最果ての数

原子論の視点から見ると、紙に二本の線を書いたとして、それぞれの線はばらばらな原子がたくさん集まってできているのだから、二本の線の長さの比はそれぞれの線を構成する原子の数の比、つまり整数の比になるはずだ。ところが、物事はそう秩序立っていないことが明らかになった。直角三角形に関するピタゴラス自身の定理から、幾何学の世界でも相対的な長さを単純な分数で表せない場合があることがわかったのだ。

実はわがサイコロの寸法にも、自然が原子でできているという見方への反証が潜んでいる。この立方体の互いに九〇度で交わる稜の長さは、すべて等しい。そこで次に立方体の表面を斜めに走る対角線を考えると、この線と長さが等しい二本の稜とで一つの三角形ができる。このとき、対角線の長さは、短い稜に対してどれくらいの比になっているのか。サイコロの稜の長さを1とすると、ピタゴラスの定理から、対角線の長さを二乗したものは2になっているはずだ。では、問題の値はどれくらいなのか。

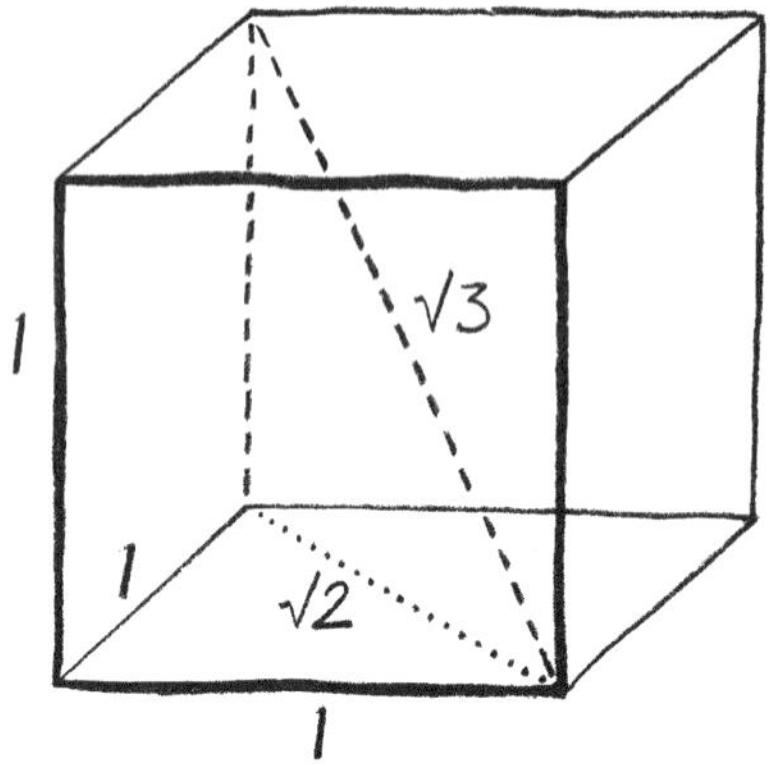

立方体に含まれる有理〔有比〕でない長さ

古代バビロニアの人々は、この長さを計算するという難問にすっかり魅了された。イェール大学が所蔵する古バビロニア王国バビロン第一王朝（前一九〇〇〜前一六〇〇）のものとされる粘土板には、この長さの見積もりが記されている。通常の六十進法、つまり六〇を基とする記数法でいうと、彼らが得た値は、

$$1+\frac{24}{60}+\frac{51}{60^2}+\frac{10}{60^3}=\frac{30,547}{21,600}$$

となる。これを十進法に直すと1.41421296296……となって、その先は296が無限に繰り返される。じっさい、十進法で書かれた分数はすべてある位から先が繰り返しになる。逆に、小数展開したときに繰り返しになる値はすべて、分数で表すことができる。バビロニア人のこの計算は、実に見事な偉業といってよい。小数点以下第五位まで正しいのだから。しかしこの分数を二乗して得られる値は2から少しだけずれる。そして古代ギリシャの人々は、バビロニアの書記がどんなに頑張っても、得られた分数を二乗したときには絶対にちょうど2にはならないという事実を発見した。

バビロニアの人々の試みがいずれにしても失敗する運命にあった、ということを突きとめたのは、ピタゴラスの弟子のヒッパソスだとされている。ヒッパソスは、サイコロの対角線の長さを表す分数が存在しえないことを証明したのである。

直角三角形に関するピタゴラスの定理から、長辺（サイコロの対角線）の長さは短辺（稜）の長

さに2の平方根をかけたものになる。ところがヒッパソスは、どんな分数を持ってきても、その二乗が決して2にはならないことを証明した。そのときに使われたのは、数学者の武器庫に収められたある古典的なツールだった。その名は背理法。ヒッパソスはまず、二乗すると2になる分数がある、と仮定した。そしてここから巧みな操作を経て、この仮定の下では必然的に奇数でありながら偶数でもある数が存在する、という矛盾した言明が得られることを示した。この矛盾を解消するには、最初の仮定が間違っていたことを認めるしかない。つまり、二乗して2になる分数は存在しえないのである。

ヒッパソスの同僚であるピタゴラス学派の人々は、自分たちの美しい直角三角形からこのような不調和な数が生じかねないということが明らかになって、すっかり意気消沈したという。そしてすぐに学派全体に箝口令を敷き、ヒッパソスがうっかり秘密を漏らしてしまうと、物質世界のこの不調和を暴いたという理由で、海で溺死させたという。しかし、この新たな——整数の比でないので無比数と呼ばれる（rational numberは有比数。日本語ではrationalを有理と訳しており、無理数と呼ばれている）——数の口を封じることは、そう簡単ではなかった。

わたし自身は、この長さが確かに存在すると感じている。問題の三角形の長辺に定規をあてれば、その長さをこの目で見ることができる。それにこの長さは、わがサイコロの面の対角のあいだの距離でもある。それでいて、この値を小数で表そうとしてみても、絶対に捉えることができない。その値は1.414213562……で始まり、決して繰り返すことなく無限に続くのだ。

異様に豊かな無理数

古代ギリシャの人々が、整数の単純な比では表せない長さが存在することを発見したことから、やがて数学者たちは、宇宙のほんとうの寸法を測るために新たな数学、無理数の数学を作り出すこととなった。そのほかにも、たとえばπ——すなわち直径が単位長さの円の周の長さ——などの基本的な長さが、実は整数の比では表せない無理数であることが明らかになった。古代ギリシャの人々が2の平方根が無理数であることを二〇〇〇年前から知っていたのに対して、スイスの数学者ヨハン・ハインリヒ・ランベルト(一七二八—一七七七)がπは分数では表しえないということの証明に成功したのは、ようやく一八世紀のことだった。

わたし自身は知りえないものが大嫌いなのだが、それでも単純な整数の比、つまり分数で表せない数を巡る話は、わたしの数学への愛を激しく燃え上がらせる。音楽の先生がわたしを準備室の棚に残っていたトランペットと引き合わせてくれたその年に、数学の先生はわたしを、2の平方根が無理数であるという証明と引き合わせてくれた。先生はわたしのなかの数学熱を掻き立てようと、何冊かの本を推薦してくれたのだが、そのうちの一冊に、問題の証明が載っていたのだ。そして、先生の狙いは当たった。わたしは、正方形の対角線の長さをはっきり表現しようとするとどうしても無限が入り込むということを有限の論理的な議論だけで証明できると知って、びっくり仰天した。その長さを実際に書き下すことができないのであれば、その数の正体を知ることができない理由を知ることが次善の策になる。

学校時代にあの証明を読んでからというもの、わたしはこれらの無理数を調べるさまざまな方法を身に付けてきた。ということはつまり、これらの数もわたしたちが知りうる数なのだろう。これらの数は、無限ではあるがなんらかのパターンに従った式で表すことができて、そうなると、あまり謎めいた感じはしなくなる。たとえば次のような式だ。

$$\sqrt{2} = 2\times\left(1-\frac{1}{3}\right)\times\left(1+\frac{1}{5}\right)\times\left(1-\frac{1}{7}\right)\times\left(1+\frac{1}{9}\right)\times\cdots$$

$$\pi = 4\times\left(1-\frac{1}{3}+\frac{1}{5}-\frac{1}{7}+\frac{1}{9}-\cdots\right)$$

このような表現が見つかれば、これらの無理数を知っている数の仲間に入れることができる。分数の場合には、あるところから先で小数展開が繰り返しになる。だったらこれらの表現も、小数展開した分数の反復パターンに近いある種のパターンと見なしてよいのでは？　分数の場合には、反復パターンがあるおかげで二つの数の比として捉えることが可能になるが、$\sqrt{2}$やπの場合には、これらの長さをきちんと捉えるには無限個の数字が必要になる、という事実を受け入れるしかない。有限でなければわかったことにならないのか、というこの問題は、未知の最前線へ向かうこの旅のあいだじゅう、わたしにつきまとうことになる。

もちろん、この数を実際に使う場合は、分数で近似すれば事足りる。たいていのエンジニアは22/7というπの評価値を喜んで使っているが、これは、アルキメデスが円を九十六角形で近似して得た値である。実際、観測可能な宇宙と同じ大きさの円の周を、水素原子の大きさ並の精度で計算する場合でも、πの値を三九桁まで知っていれば十分だ。しかもそのうえ、πのはじめのほうの桁はいっさい計算せずに、一〇〇万桁目の値を求める式まである。まあ、何が何でもその式を知りたいとも思わないが……。たとえその式を使ったとしても、完璧に把握するにはどうしても無限が必要な数についての有限の知識を得るのが関の山なのである。

これらの数が発見されたことで、空間は無限に分割可能だと考えられるようになった。空間を無限に分割してはじめて、サイコロの正確な大きさを測ることができるのだ。西洋ではこの発見以降ルネッサンス時代まで、物質は連続的であるというアリストテレスの立場が優勢になった。

ちっぽけな球の調和

やがてニュートンとその後の科学者たちのさまざまな発見によって潮目が変わり、実は宇宙は基本的な構成要素からなっている、という見方が優勢になった。二〇〇〇年近く優勢だったアリストテレス的な物質観に最初に疑問を持ったのは、どうやらニュートンと同時代のアイルランド出身の自然哲学者ロバート・ボイル（一六二七—一六九一）だったらしい。ボイルは『懐疑的科学者』という著書で、物質が火、土、空気、水の四つの元素からなっているという見方に異を唱えた。これらは物質の状態の優れた記述ではあっても、構成しているものの優れた記述とはいえない。

そしてボイルはそれに代わるものとして、新たな化学元素の一覧を提唱した。さらにそのうえで、当時としてはかなり異端ともいうべき意見を発表した。それらの元素は「嵩《かさ》と姿ときめと動き」だけが異なる極小の物体、すなわち原子だというのである。神学の立場から見ると、これは危険な申し立てで、教会にすれば、まさに神が存在しない物質主義的な世界観そのものだった。教会はずっと、アリストテレスの見方を支持していたのだ。ちなみにボイルは、化学革命におけるガリレオともいわれている。

ニュートンはひょっとすると、物質世界がそれ以上分割不可能な単位で構成されているというボイルの意見に賛成していたのかもしれないが、当時ニュートンが展開していた数学的ツールの元になっていたのは、時間や空間は無限に分割可能であるという観点だった。微分積分学を使えば、絶えず変化する宇宙の一瞬の姿を捉えることができる。しかしそれは、空間をどんどん小さなかけらに分割する手順としてのみ意味を成すのであって、そのような手順を経て、今度はそのかけらが無限小になった極限で何が起きるかを解釈することになる。

時間と空間を無限に分割することができるのか、という問いは、古代ギリシャの哲学者エレアのゼノン（前四九〇頃―前四三〇頃）が、このような空間の分割によって生じるであろうパラドックスを考えついてからというもの、哲学論争の種となっていた。ゼノンは、飛ぶ矢は決して的に当たらない、と主張する。なぜなら、矢はまず的までの半分の距離を飛ばなければならず、次にさらにその半分、そしてそのまた半分というふうに、的にたどり着くまでにこの動きを無限回行うことになるからだ。ニュートンの解析学が成功を収めたことによって、再びこの論争に火が付いた。あいかわらず、無限に分割するなどというのは異端思想である、と主張する人々がいたのだ。

アイルランドの哲学者ジョージ・バークリー司教（一六八五―一七五三）は、『アナリスト』と題する著作を丸々一冊使って、ゼロで割ることに意味を与えようとするのはばかげている、という主張を展開した。「不信心な数学者に向けて」という副題を見れば、司教の考えは一目瞭然だ。

「不信心な数学者」のほとんどが、すぐに解析学の威力を理解した。しかしニュートンが得たそれ以外の結果を見ると、空間と時間は無限に分割できるにしても、物質を無限に分割することはできない、としか考えられなかった。世界は分割できない物質で構成されているというニュートンの見方は、やがて宇宙に関する有力な理論となる。そうはいっても、この時点ではただの仮説でしかなく、たいした証拠があるわけでもなかった。

惑星のような大きな物体やリンゴに及ぶ力に関する自分の理論の成功にすっかり味を占めたニュートンは、きわめて大きなものや中程度の大きさのもので正しい理論はきわめて小さいところでも正しいはずだ、と考えた。サイコロを拡大していったときに、どこかの時点で宇宙の振る舞いを決める運動法則が変わるという理由はどこにもないはずだ。惑星の運動に微分積分学をうまく適用できたのは、これらの惑星を、その天体のすべての質量が重心に集まった一点と見なすことができたからだった。おそらくすべての物質が小さな惑星のような粒子で構成されていて、それらの粒子の振る舞いは我が運動の法則によって決まっているのだろう。ニュートンはその著書『プリンキピア』で、これら一つ一つの粒子に自分の着想を適用すれば、あらゆる物質の振る舞いを予測することができる、と主張した。

ニュートンの光の理論も、世界を理解するうえでもっとも優れているのは原子論的な見方である、という感触を補強するのに一役買うこととなった。光が粒子だと考えると、ニュートンが『光学』という著書で取り上げた現象を容易に記述することができたのだ。光が反射する様子は、ビリヤードの球が台の縁で弾む様子によく似ていた。ただし科学的な観点からいうと、ばらばらの粒子からなる宇宙というこのモデルを裏付ける実験的な証拠はどこにもなかった。

一七世紀に登場しはじめた顕微鏡を覗いてみても、このような原子論的なモデルを裏付ける現象はどこにも見あたらなかった。たとえなにか不連続なものが見えたとしても、だからといって、それらが分割不可能だと証明されたことにはならない。それでも、物質は原子からなる、という観点が当時の大衆文化にかなり浸透していたところを見ると、どうやら潮目は変わろうとしていたらしい。アイルランドの詩人ニコラス・ブレイディ(一六五九―一七二六)が一六九一年にイギリスのバロック作曲家ヘンリー・パーセルの〝聖セシリアに捧げる頌歌〟という曲に付けた歌詞には、物質の種の話が登場している。

世界の魂よ!　あなたによって鼓舞された。
瓶に詰められた物質の種は、実際に一致した。
あなたは散らばった原子を結びつけた。
それは、あなたの真の比の法則によってつながり、さまざまな部分から一つの完璧な調和を作った。

物質が原子からなるという見方をもっとも強力に後押しする証拠が得られたのは、この一〇〇年後のことだった。物質が組み合わさって新たな物質を作る様子が実験で明らかになったのだ。そしてその様子は、ブレイディがほのめかしていたように、完璧な調和に満ちていた。

原子の代数

物質がばらばらな原子でできている、という説を実験ではじめて裏付けたのは、イギリスの化学者ジョン・ドルトン（一七六六―一八四四）だった。一九世紀初頭のことである。ドルトンは、どうやらどの化合物も決まった整数比の物質で構成されているらしい、ということを突きとめた。そして科学者たちはこの偉業に基づいて、それらの物質はばらばらな包みになっているはずだ、ということで意見の一致を見たのだった。

たとえば、「酸素の元素はある割合の窒素ガス、あるいはその二倍の割合の窒素ガスとなら組み合わさるが、その中間の割合の窒素ガスとは組み合わさらない」。だからといって、物質が不連続だと証明されたわけではなく、物質の連続的なモデルに肩入れする人々の信念を打ち砕くには至らなかったが、それでもこの結果は、きわめて示唆に富んでいた。きっと、これらの物質の組み合わさり方を説明する方法があるにちがいない。

さらに、これらの反応を表現するために開発されたある表記法が、原子論的な観点に加わることとなった。窒素と酸素の組み合わせは、記号を用いてN＋OあるいはN＋2Oと表すことができ、この中間は、ありえなかった。どうやらすべての化合物は、整数の割合で成り立っているらしかった。たとえば硫化アルミニウムは、記号を用いて表すと$2AL+3S=Al_2S_3$となり、元素は2対3の割合で組み合わさる。元素が整数でない比で組み合わさることは決してなかった。まるで、化学界の中心に音楽的な調和があるようだった。きわめて小さな球体の音楽が。

ロシアの化学者ドミトリー・メンデレーエフ（一八三四―一九〇七）は、どんどん長くなっていくこれら分子の構成要素の一覧を、数え上げと整数に基づくパターンが浮かび上がる形に組み替えたことにより、その名を歴史に残している。どうやら、数の威力に対するピタゴラス的な信心が返り咲こうとしているようだった。これらの元素を相対的な重さの順に並べたのは、メンデレーエフが最初ではなかった。しかしメンデレーエフはそれまでの化学者と違って、はっきりと目に見えるパターンを浮き立たせるには、単に重さに従って並べるだけでなく、より柔軟な姿勢で臨む必要がある、ということに気がついた。

そこで、既に正体がわかっている元素をカードに書くと、トランプでもするようにそのカードを机の上に並べて、その秘密を探り出そうと頑張った。だがどうやってみてもうまくいかなかった。まったく気が狂いそうだった。ついに疲れ果てて眠り込んだメンデレーエフは、夢を見た。そしてそこに、並べ方の鍵が出てきたのだった。目を覚ましたメンデレーエフは、夢で見たパターンに基づいてカードを並べてみた。この並べ替えがうまくいったのは、一つには、いくつかのギャップを残す必要があることに気づいたからだった。つまり、まだ欠けているカードがあったのだ。

メンデレーエフの元素配置の鍵になったのは、「原子番号」と呼ばれるものだった。この番号は、陽子と中性子の組み合わせで決まる全体の質量ではなく、原子核にある陽子の数で決まる。しかし当時はまだこれらの小さな要素がいったい何なのか、皆目見当もつかない状況だったので、メンデレーエフとしては、とにかくこの配置の裏に潜む理屈を推理するしかなかった。

それは、規格品のトランプがひとそろいあるときに、模様ごとに並べればきれいに並ぶということだけでなく、すべての模様に共通する同じ数が書かれたカードがあることに気づけるか、という問題と少し似ていた。これらの元素の裏にはどうやら八という周期が潜んでいるらしく、八つごとにひじょうによく似た性質を共有する元素が登場していた。リチウムから八つ目はナトリウムで、さらに八つ行くとカリウムになるが、この二つはどちらも柔らかくて光沢があるきわめて反応性の高い金属である。属性の似た気体にも、これと似たパターンが当てはまる。

この「八の法則」は、メンデレーエフの大発見の前にすでに発見されていて、「オクターブ則」と呼ばれていた。チェロで長調の音階を構成する八つの音を出していくと、いちばん高い音といちばん低い音の響きがそっくりなので同じ音名がついており、音楽では、この二つの関係をオクターブと呼んでいるのだ。原子のオクターブ則を発見したイギリスの化学者ジョン・ニューランズ(一八三八—一八九八)がロイヤル・ソサエティーでこの事実を発表すると、みんなに笑い飛ばされ、あるフェローなどは、「お次は、元素をアルファベット順に並べれば元素の正体がわかるとでも言い出すんだろうよ」と茶化したという。メンデレーエフの配列は、このオクターブ則が正しいことをある程度まで裏付けるものだった。この何かが反復している、すなわち周期的なパターンがあるという着想から、メンデレーエフの配列は周期表と呼ばれることになった。

メンデレーエフの天才たるゆえんは、元素がうまく当てはまらないのは、行方不明の元素があるからにちがいない、という点に気づいたところにある。表に空いたそれらの穴は、メンデレーエフのもっとも洞察に満ちた貢献だったといえよう。たとえば周期表の三一番目に穴が空いているという事実に基づいて、メンデレーエフは一八七一年に、やがてガリウムと呼ばれることになる新たな物質の存在とその性質を予言した。そしてその四年後にフランスの化学者ルコック・ド・ボアボードラン(一八三八—一九一二)が、はじめてこの新たな原子——メンデレーエフが発見した数学的なパターンのおかげでその存在を予測することができた原子——を実際に分離することとなった。

サイコロを作るためのレシピ

こうして、すべての物質を構成していると思われる原子の一覧表ができあがった。たとえばわがラスベガス産のサイコロは、炭素原子と酸素原子と水素原子を組み合わせて作ったアセチルセルロースという合成樹脂でできている。さらにわたしの身体も、主としてこれら三種類の原子が——ただし異なる構造で——組み合わさってできている。アセチルセルロースの構造は一様で泡を含まないから、公正なサイコロが作りやすい。アセチルセルロースが登場するまでは、一八六八年にアメリカの発明家ジョン・ウェズリー・ハイアットが作り出した硝酸《ニトロ》セルロースを用いてサイコロを作っていた。ハイアットが硝酸と硫酸塩と綿の繊維と樟脳を混ぜてみると、水にも油にも、さらには希釈した酸にも強いみごとな材料ができたのだ。

ハイアットの弟がセルロイドと命名したこの素材は、きわめて費用対効果が高い象牙や角の代替物となった。ビリヤードの球、取り外しのできるカラー、ピアノの鍵盤、そしてサイコロまでが、この合成プラスチックで作られるようになった。二〇世紀初頭には、ニトロセルロースで作られたサイコロが業界標準となっていたが、これらのサイコロは、何十年か使ったところでほぼ瞬間的に結晶化して分解し、硝酸ガスを放出して崩れてしまった。

四〇年代後半にニトロセルロースで作られたサイコロで結晶化せずに現存している品は、ほんもののコレクターズアイテムになっている。ちなみにわがラスベガス産のサイコロが結晶化する心配はない。その原子のつながり具合を示したのが、次の図である。

だが、これらの元素が確認できたからといって、不連続な物質モデルのほうが正しいという証拠にはならない。たとえサイコロの素材をこのような図で表せたとしても、それが、連続的な構造を組み合わせるための方便でないという保証はどこにもないのだ。化学者が宇宙を原子論的に見る傾向があったのに対して、物理学者はまるで正反対の見方をしていた。そのため物質の原子模型を提案したオーストリア出身の物理学者ルートヴィッヒ・ボルツマン（一八四四―一九〇六）などは、笑いものになって、実験室から追い出されるしまつだった。

　ボルツマンは、原子論の観点に立てば、熱の概念を見事に説明することができると考えた。その理論ではまず、気体を構成するちっぽけな分子が、膨大な規模のミクロのビリヤード・ゲームでも行うように、互いにぶつかり合っていると見なす。この場合、熱というのはこれらの動いている小さなボールの運動エネルギーが組み合わさったものにすぎない。ボルツマンは、このモデルと確率統計の概念を組み合わせて、気体の大規模な振る舞いを見事に解釈してみせた。ところがそれでも物質は連続的であるという見方に固執する物理学者がほとんどで、ボルツマンの説は頭から否定された。

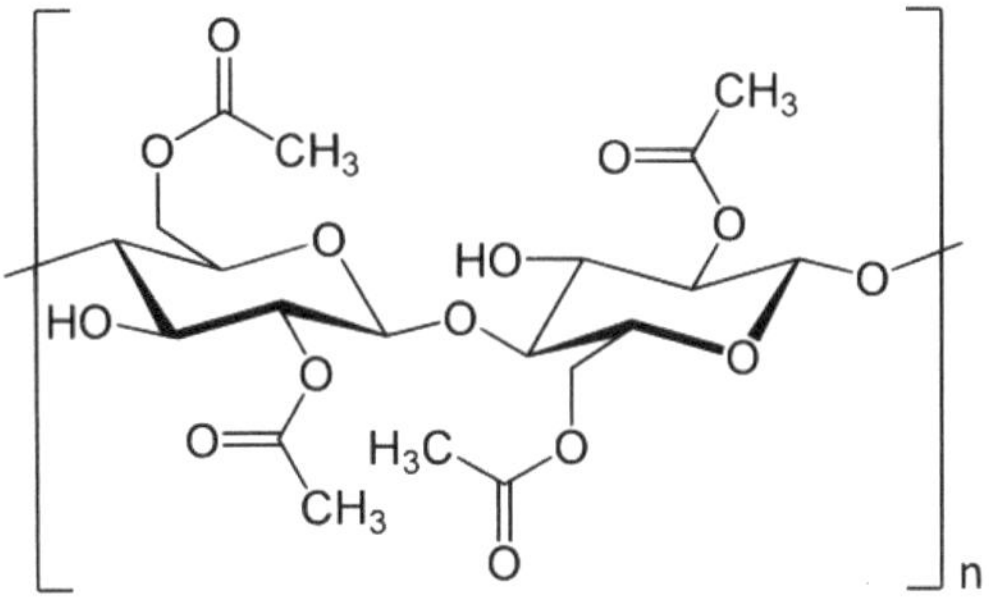

　ボルツマンはさんざん嘲笑され、ついには物質がミクロのビリヤードの球で構成されているという理論こそが現実の正しい描像である、という信念を撤回させられた。そして、その理論を試行錯誤と推測により得られたモデルとして引用するのでなければ印刷物の形で世に問うことはできない、というところまで追い込まれたのだった。原子の実在を巡るこの論戦の強敵だったオーストリアの物理学者エルンスト・マッハ（一八三八―一九一六）は、冷笑とともに次のように言い放ったという。「きみは、原子を見たことがあるのか？」

ボルツマンは鬱の発作に苦しんでおり、実際に、双極性障害（俗に躁鬱病と呼ばれていたもの）だったという証拠もある。一九〇六年の鬱の発作は、科学界の面々に自分の着想をはねつけられたことがきっかけで起きたとされていて、ボルツマンは結局、家族とともに休暇を愉しむはずだったトリエステで、娘と妻が泳ぎに出かけているあいだに首を吊って死んだ。

これはなんとも悲劇的な結末だった。というのもちょうどその頃、ボルツマンが正しいということを示すもっとも説得力のある証拠が見つかろうとしていたからだ。ボルツマンの原子論的な観点を支える概念を生み出したのが物理学界の著名人だったことから、その概念を無視することはひじょうに難しかった。アインシュタイン（一八七九―一九五五）をはじめとする人々が、ブラウン運動を研究するなかで、世界が連続的に構成されているというマッハたちの観点からはひじょうに説明しづらい事実を明らかにしたのである。

花粉のピンポン

従来型の顕微鏡で一つ一つの原子を見ることは不可能だったが、それでも一九世紀に入ると、これらの顕微鏡を用いて原子が周囲に及ぼす影響を観察することができるようになった。一八二七年に水面に浮かんだ細かい花粉の粒子がランダムに動いているのに気がついたイギリスの植物学者ロバート・ブラウン（一七七三―一八五八）にちなみ、ブラウン運動と呼ばれている現象である。ブラウンは初めのうち、花粉は生物から生じたものなのだから、花粉が水面を飛び回るのは生きている証だと考えた。ところがオランダの科学者ヤン・インゲンホウス（一七三〇―一七九九）が一七八五年にすでに、アルコールの表面に浮いている炭の粉がやはりランダムな動きをするのを観察していた。花粉の動きが無機物でも再現されていることを知ったブラウンは、このぴくぴくした動きの原因をどう考えたらよ

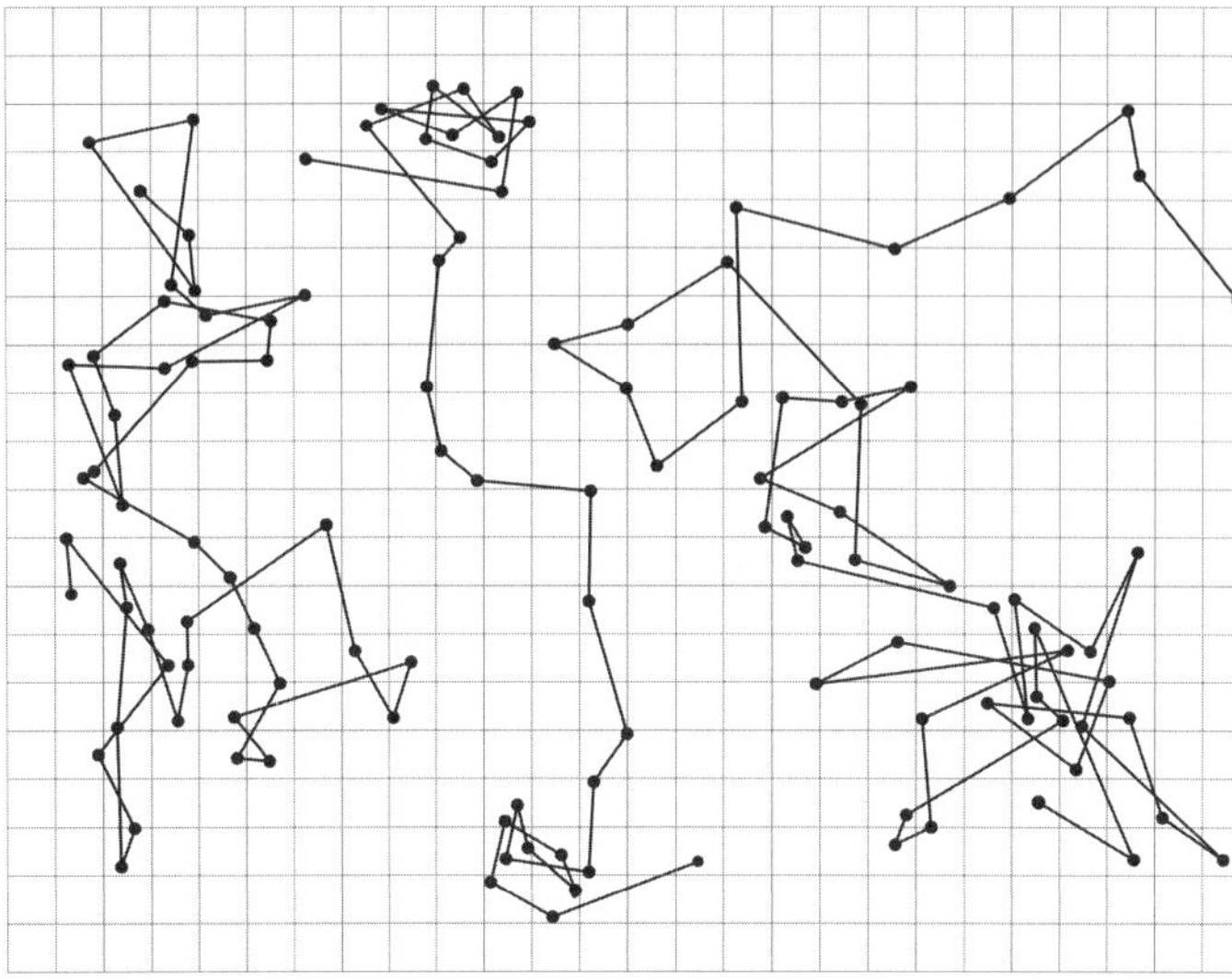

いものか、すっかり途方に暮れた。
驚いたことに、ローマの詩人にして哲学者でもあったルクレティウス（前九九頃―前五五）は、『物の本質について』という教訓詩で、このような動きはひょっとすると、目に見える大きな物質に突進する目に見えない原子によって引き起こされているのかもしれない、という見方を披露していた。

太陽の光線が建物に入り、暗いところに光が射したときに何が起きるかを観察してみたまえ。たくさんのごく小さな粒がさまざまなやり方で混じっているのが見えるであろう……こうして粒子が踊る様子には、物質の裏に潜むわたしたちには見ることができない動きが現れている……このような動きを引き起こしているのは、それ自身も動いている原子なのだ。そして、これらの原子にいちばん近いところにあるわりと小さな物質が、目に見えない衝撃によって動き出し、少しだけ大きな物質にぶつかる。

そうやって原子から始まった動きが積み重なり、しだいにわたしたちにも見えるレベルになる。わたしたちにも太陽光線のなかで動いているのがわかる物質は、そうやって、目に見えない衝撃によって動かされているのである。

この一節が書かれたのは紀元前六〇年のことだが、原子が存在すると仮定すればルクレティウスの太陽光線やブラウンの花粉のランダムな動きをきちんと説明できる、という確証を得るには、アインシュタインによる数学的な解析を待つ必要があった。

この場合の目的は、水面に浮かんだ花粉の小さな粒の奇妙な動きを生み出すモデルを提供することにある。今、水面を格子で区切ってみると、花粉が上下左右に動く確率はすべて等しく見える。ちょうど、面が四つあるサイコロを投げて、その目に従ってでたらめに一歩を踏み出す飲んだくれの動きのようだ。前頁の図は、フランスの物理学者ジャン゠バティスト・ペラン（一八七〇―一九四二）がプロットした、さまざまな花粉粒子の経路図である。ペランは『原子』という著書で、花粉の動きを説明するという難題に取り組んだ。

やがて二〇世紀初頭に、科学者たちが観察しているのは、自分よりはるかに小さな水分子の動きに翻弄される花粉の動きである、という説が登場した。

アインシュタインには数学の才能もあったので、大きな物体がうんと小さな物体のランダムな動きに影響される、というこのモデルを解析することができた。そして、そのモデルによってまさに観察された振る舞いが予測されることを証明したのだった。今、アイスリンクの真ん中に大きなパックが置いてあるところを想像してみよう。そのリンクに、たくさんの小さなパックを持ち込んで、特定のスピードでランダムな方向に発射すると、小さなパックはたまに大きなパックに当たって、大きなパックを動かす。この場合、観察された振る舞いを引き起こすには、小さなパックがいくつくらいあればよく、パックの相対的な大きさがどれくらいであればよいのかを見積もれるかどうかが、モデリングの腕の見せ所になる。

アインシュタインが花粉の動きをみごとに模倣する数学モデルを作り上げたことは、水のような液体は連続的な物質であると信じてきた人々にとって、痛烈な一撃となった。あいかわらずアリストテレスの物質観を信じていた人々にとって、アインシュタインのモデルに匹敵する説得力のある説明をひねり出すのは至難の業だった。

水の分子が衝突する相手――つまり花粉――に比べてどれくらい小さいかは、計算で見積もることができる。ただしこのモデルは、物質がばらばらな断片で構成されているという信憑性のある証拠にはなっても、だったらこれらのかけらをさらにどこまでも無限に小さく切り分けることができるのか、という問いには答えていなかった。

案の定、炭素原子や酸素原子を構成するさらに小さな要素が見つかって、不可分だと思われていた原子も、実はとうてい不可分とはいえないことが明らかになった。さらに拡大倍率を上げてみたところ、原子が電子、陽子、中性子と呼ばれるもっと小さな粒で構成されていることがわかったのだ。これら三つの粒子のうちの電子だけは、アインシュタインが理論面での大発見をする八年ほど前に、既にその存在が判明していた。

原子を引き裂く

科学の世界では、新たに自分が作ったモデルから外れる何かが出てくるまでは、そのモデルにしがみついていられる。現在のモデルでは説明できそうにない新事実が判明しない限り、安泰なのである。原子はさらに小さなかけらで構成されているのかもしれない、という話が浮上するきっかけ

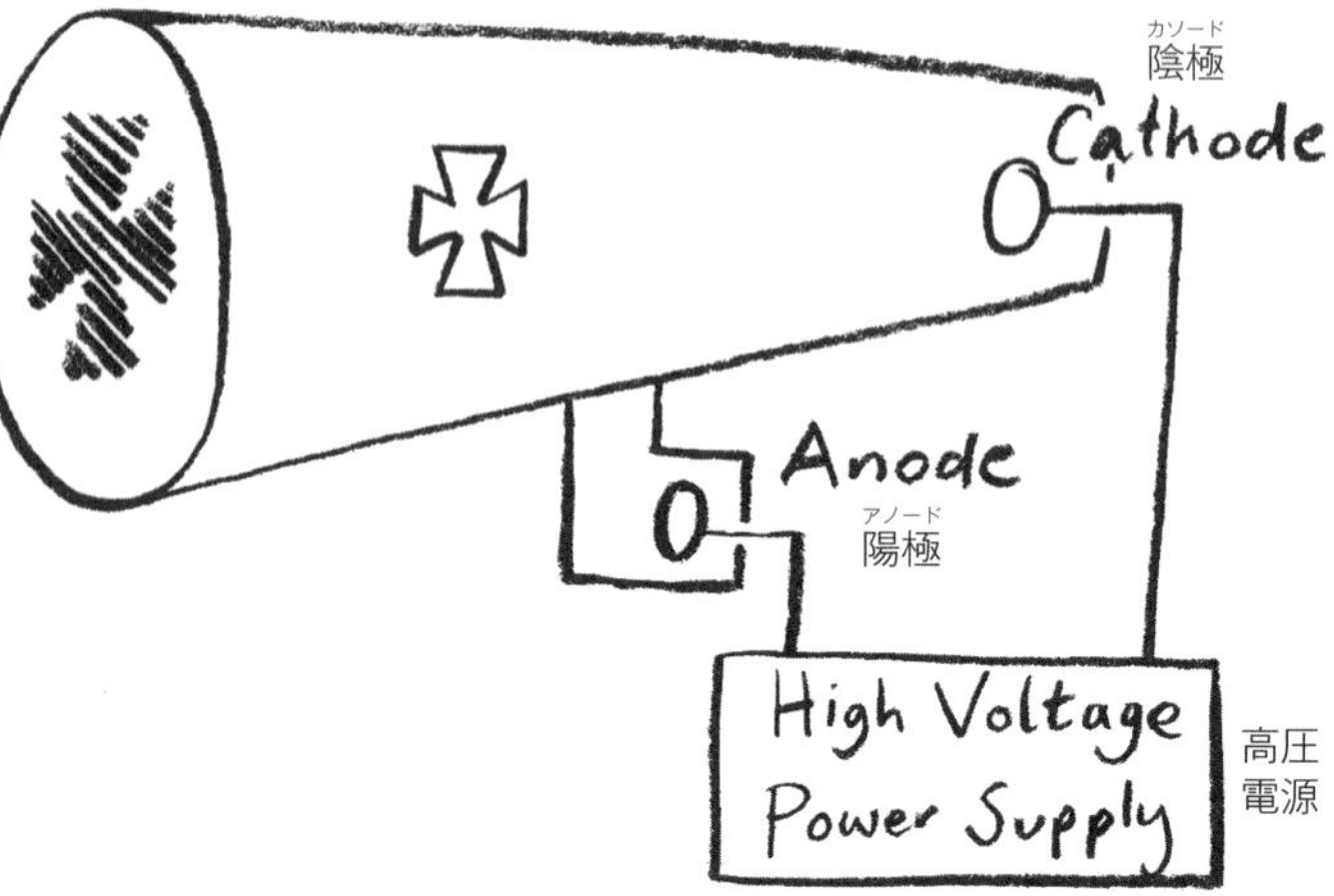

カソード（陰極）から発せられた電子が、向かいの壁にぶつかってガラスが蛍光を発する。

となったのは、ある実験だった。その実験によって、周期表に載っている原子よりはるかに小さな粒子が存在するらしいという話になったのだ。

それは、一九世紀末にイギリスの物理学者J・J・トムソン（一八五六―一九四〇）が電気を理解しようと考えて行ったある実験だった。当時トムソンは、気体のなかで電気がどう振る舞うのかを調べていた。初めのうちは、両端に二つの電極がある長いガラス管を用いて、その電極の間に高い電圧をかけて電流を作っていた。ところが奇妙なことに、どうやら実際に電流を目で見ることができるようなのだ。というのも、二つの電極の間に光の弧が現れたのである。

次に、ガラス管の内部から気体を完全に取り除いて真空な管に電圧をかけると、さらに奇妙なことが起きた。光の弧が消えたのだ。それでいて不思議なことに、ガラス管の片方の端が蛍光を放っている。ガラス管に十字の形をした金属を入れてみると、ぼんやりと蛍光を放つ領域の真ん中に、十字の形をした影が現れた。

その影は、常に陰極（カソードとも呼ばれる）の逆側に現れた。この場合、カソードが物質と相互に作用する何らかの光を放っていて、それがガラスを光らせていると考えるのがいちばんしっくり来る。ガラス管のなかに気体があってもなくても、ガラス管自体が光るのだ。

これらの「陰極線」は、なんとも謎めいていた。途中に薄い金のシートを置いても、そのシートを突き抜けてしまう。これは、光のような波に似た現象なのではないか。そうかと思うと、これは負の電荷を帯びた粒子の線で、陰極から放たれたものが陽極に引きつけられているのだ、と主張する者もいた。それにしても、固体である金を通り抜けることができるなんて、いったい全体何がどうなっているのやら……。

これらの線が負の電荷を帯びた粒子だとすると、とトムソンは考えた。磁場をかければ経路が変わるはずだ。すでにドイツの物理学者ハインリヒ・ヘルツ（一八五七―一八九四）がそのような実験を試みていたが、結果は失敗だった。ヘルツは十分に気体を抜いておらず、その影響が出たのだ。きちんと気体を取り去ると、トムソンの予想通りの結果が得られた。陰極線に磁場を作用させると、案の定、影は動いた。磁力によって、陰極線が曲がったのだ。

トムソンが数学を用いて、これらの電荷を持つ粒子の質量がどれくらいなのかを計算してみると、さらに驚くべきことがわかった。ニュートンの運動法則からいって、ある質量の物体に何らかの力が作用したとき、その物体が動く距離は質量によって決まる。したがって、磁場が引き起こした偏りを調べれば、問題の粒子の質量に関する情報が得られるはずだ。

計算結果は粒子の電荷によっても変わるので、まず別の実験で電荷を突きとめておいて、それから質量の計算に取りかかった。こうして得られた結果は、まさに衝撃的だった。存在するはずの粒子の質量は、周期表に載っているいちばん小さい原子、つまり水素原子の質量の約二〇〇〇分の一だというのである。

それらの粒子は、電極の材料である金属から出てくるように思われた。ということはつまり、これらの粒子は原子のより小さな構成要素にちがいない。けっきょくのところ、原子は不可分ではなく、もっと小さな構成要素が存在していたのだ。やがてこの粒子は、最初に電荷を示した物質である琥珀（ギリシャ語でηλεκτρον、エーレクトロン）にちなんで、electron《エレクトロン》（日本語では電子）と呼ばれるようになった。

原子がさらに小さな要素で構成されているというこの発見は、多くの科学者たちの世界観に衝撃を与えた。この発見に関して講演を行ったトムソンは、

> かなり後になってから、わたしの講演を聴いていたある著名な物理学者に、「あのときは、きみにからかわれているんだと思った」と言われた

という。

次なる層は

トムソンが電極の金属を変えてみても、発せられる電子の質量は変わらなかった。どうやらこの粒子は、あらゆる原子の構成要素であるらしい。そこでまず、水素原子の質量はこの新たな「電子」の二〇〇〇倍なのだから、この電子が二〇〇〇個位集まって水素原子になっているはずだ、という説が立てられた。ところが、ヘリウムの原子の質量は水素原子の約二倍もある。なぜ電子の個数が二〇〇〇から四〇〇〇に飛んでいて、その間がないのだろう。周期表に載っている原子の質量が整数比になっているということもあって、原子《アトム》はほんとうにア・トム、つまり不可分な粒子だと考えられていたのに。質量がこのように不連続に飛んでいることを、どう説明すればよいのか。さ

らにいえば、原子は電気的に中性である。ということは、電子とは別の粒子が存在して、その粒子が電子の電荷を相殺しているのだろうか。仮にそうだとして、負の電子を打ち消すこれら正の粒子を原子から吐き出させることができるのか。

実はいくつかの実験で、陰極線とは逆の方向に正の粒子線が走っていることを示す証拠が見つかっていた。そこで磁場をかけてみたところ、正の粒子線のほうがはるかに曲がりにくかった。ということは、これらの粒子は電子よりずっと質量が大きいはずだ。しかもおかしなことに、正の粒子線の質量は、ガラス管に充塡した気体によって変わるようだった。水素の場合には、算出された正の粒子の質量は、もともとの原子の質量とほぼ同じだった。どうやらガラス管のなかの水素原子が電子を奪われて、後に残った大きな正の粒子が逆の極に引きつけられているらしい。

トムソンは、ほかの気体でも同じような現象を確認することに成功した。ヘリウムに、窒素に、酸素。どの場合にも、正の粒子の質量は、水素原子から得られる正の粒子の整数倍になっていた。原子はここでも調和していたのだ。こうなると、原子にいろいろな種類があるように、正の粒子にもいろいろな種類がある、と考えるのが自然だった。そこでトムソンは、プラム・プディング型と呼ばれる原子模型を提案した。原子のなかの正の電荷を持つ部分——負の電子よりずっと質量が大きい部分——がプディングの生地部分として原子の嵩を生み出し、そこに含まれる小さな果物のかけらに相当するのが電子だ、というのである。

やがて、原子にさまざまな粒子をぶつける原子衝突と呼ばれる実験の時代が到来し、ついに究極の原子破砕装置、CERNの大型ハドロン衝突型加速器が生まれることとなったが、一般に、トムソンが調べていた正の粒子すべての構成要素である陽子を発見したのは、ニュージーランド生まれの英国の物理学者アーネスト・ラザフォード（一八七一－一九三七）だとされている。

ラザフォードは、放射能という新たな研究テーマに心を奪われた。ウラニウムの原子は、写真乾

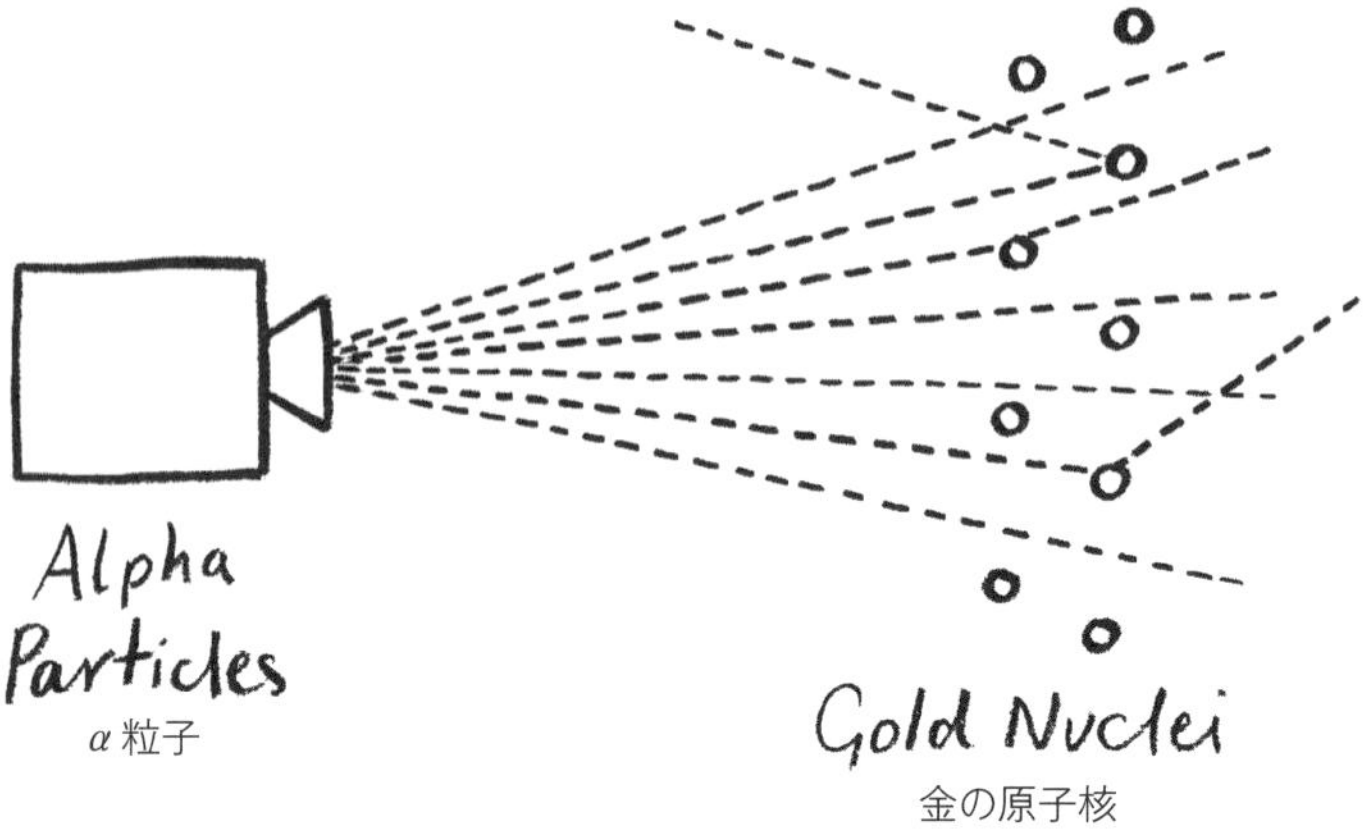

α粒子が金の原子核によって進路を曲げられる

板で捉えることができる粒子を吐き出しているようだった。放射には二種類あり、それぞれアルファ（α）粒子、ベータ（β）粒子と呼ばれるようになった。α粒子のほうが捉えやすく、ラザフォードは、トムソンが磁場で負の粒子を捕まえたのと同じ方法を使えば、このα線を検知できることに気がついた。計算によると、これらの粒子の質量は単体のヘリウム原子と等しかった。ウラニウムが発するα線が実はヘリウム原子のかけらなのではないか、という直感を裏付けるように、α線に電子をたくさん浴びせると、安定した気体が生じ、じきに化学分析によって、その気体がヘリウムであることが確認された。

薄葉紙の弾道学

ラザフォードに師事していた学生ハンス・ガイガー（一八八二―一九四五）が、α粒子の流れとその粒子を検出するプレートの間に薄い金の箔を置いてみると、さらにもう一つ、当時の原子の理論的モデルと食い違う事実が明らかになった。もしも正の電荷が均等に分布しているプラム・プディング型の原子モデルが正しいのなら、金属を抜けようとする正のα粒子は、原子の持つ正の電荷によって弾かれるはずだが、電荷が原子のなかにまんべんなく分布しているとすると、α粒子はさほど逸れないだろう。

ところがガイガーは、むしろその逆にひどく方向を変えるα粒子があって、ときには金箔に跳ね返されて元来た方向に飛んでくる粒子があることに気がついた。ラザフォードは動揺した。「まるで薄葉紙の切れ端に一五インチの砲弾を打ち込んだら、跳ね返ってきて自分に当たったようだった」

この場合にも、数学を用いた計算から新たなモデルが生まれることになった。α粒子がいくつ、どのように弾かれたのかを数えてみたところ、原子の中央の小さな部分――後に原子核と呼ばれることになる部分――に電荷と質量が集中するモデルであれば、得られたデータと矛盾しないことがわかったのだ。とはいえ、この原子核がそれ以上分割できないものなのか、それともばらばらにできるものなのかは、はっきりしなかった。

ラザフォードが軽い原子にα粒子を勢いよくぶつけて衝撃を与えてみると、原子核が単体ではなくいくつかの部分から構成されていることを示す証拠が得られた。霧箱のなかのα粒子の経路を追っていたラザフォードは、長さが予想の四倍もある経路が存在することに気がついた。まるでα粒子の衝撃によって、原子核から質量が四分の一の粒子が蹴り出されたかのようだった。異なる気体で試してみても、結果は同じだった。しかもラザフォードは、その衝撃で純粋な窒素が酸素に変わったのに気がついた。問題の粒子が一つはじき出されたことで、元素の種類が変わったのだ。

これはまさに、あらゆる原子の原子核に共通する構成要素がある、ということを示す証拠ではないか。問題の粒子は、電子を取り去られた水素原子のように振る舞っていた。こうしてラザフォードは、陽子を発見した。原子核はいくつかの陽子で構成されている。ところがひとつだけ、原子の電荷のつじつまが合わない、という問題が残った。ヘリウムの原子核の質量は水素原子の四倍もあるのに、電荷は二倍しかない。おそらく原子核のなかの陽子に電子がくっついて、電荷を相殺しているのだろう。しかしこれらの粒子の振る舞いを説明するために展開されてきた物理学からいって、電子と陽子がそんなに近づけるはずはなかった。つまり別の答えがあるはずなのだ。

かくしてラザフォードは一九二〇年代に入ると、第三の構成要素があるはずだと考えるようになった。そしてその粒子を中性子と呼ぶことにした。中性子は陽子とほぼ同じ質量だが、電荷を持たない。この粒子が存在する証拠をつかむのは、かなり困難だった。ラザフォードは同僚の物理学者ジェームズ・チャドウィック（一八九一—一九七四）と中性子の存在を明らかにするための無茶な方法をあれこれ議論したが、けっきょくこの粒子の存在は、一九三〇年代にドイツとフランスで行われた一連の実験によって裏付けられることとなった。それらの実験でさまざまな原子核にα粒子を勢いよくぶつけてみたところ、陽子と違って電荷を持たないと思われる粒子が飛び出してきたのだ。ところがこれらの実験を行った人々は――実はまちがいだったのだが――この粒子こそが二〇世紀初頭にフランスの物理学者ポール・ヴィラール（一八六〇—一九三四）が発見していたγ線のようなある種の高周波電磁放射だと思い込んだ。

これに対してチャドウィックは、これらの粒子こそがラザフォードとさんざん論じてきた中性子であると確信した。そしてさらに実験を行い、これらの粒子の質量が陽子よりほんの少しだけ大きいことをつきとめた。しかもこの新たな粒子には電荷がないのだから、これはまさに電荷と質量の数合わせに必要な謎の構成要素にちがいない。こうしてチャドウィックが中性子を発見したことによって、ついに物質の構成要素が明らかにされたように思われた。

これは、実に魅力的なモデルだった。火と土と空気と水、アリストテレスの四つの元素が、電子、陽子、中性子という三つの粒子にまとめられたのだ。これら三つの構成要素を使えばあらゆる物質を作ることができる、と科学者たちは考えた。酸素は、八つの陽子と八つの中性子と八つの電子があればよく、ナトリウムは一一個の陽子と一二個の中性子と一一個の電子があればよい。まるで天空の音楽が鳴り響き、その音色が物質の基礎になっているかのようだった。すべての物質は、陽子と電子と中性子、これら三つの粒子がそれぞれ整数個ずつ組み合わさってできているのだろう。これらの粒子をさらに小さな部分に分割できるだなんて、どうしてそんなことを考えなくちゃいけないんだ？　もし分割できるのであれば、周期表の隣り合う元素のあいだに、半端なかけらが存在していてよいはずだ。

ところが、分割はこれで終わりではなかった。実験結果から見ても、数学の観点から見ても、陽子や中性子は不可分ではないと思われる確固たる理由があったのだ。それにしても、陽子や中性子を構成している要素には、奇妙な性質があった。単独では姿を現そうとせず、陽子や中性子といったユニットの形でしか出現しない。みんなといっしょなら怖くない、ということらしい。それにしても、これらの要素が決して単体では姿を現さないとしたら、科学者たちはなぜ、陽子や中性子がさらに小さな部分に分かれると考えたのだろう。

第四章

わたしたちが実在するといっているものすべてが、実在するとは思えないもので構成されている。

ニールス・ボーア

一九二〇年代が終わる頃には、物質の基本的な構成要素はすべて洗い出せたように思われた。電子と陽子と中性子を組み合わせれば、周期表のどの原子でも作ることができた。しかも電子は、さらに細かく分割しようとする試みをことごとく跳ね返していた。ところがその後数十年のあいだにさまざまな事柄が明らかになったために、科学者たちは、電子以外の二つの構成要素、つまり陽子と中性子の下にさらにもうひとつの現実の層があるはずだ、と考えるようになった。

陽子や中性子が実は電子ほど不可分でないということに気がついたのは、主として、より洗練された技術による観察ではなく、シンメトリーの数学のおかげだった。まったく数学ときたら、何度ラスベガス産サイコロの内部を覗く最良の顕微鏡になれば気が済むのやら！　その頃、陽子や中性子を説明するひとつの数学モデルが姿を現そうとしていたのだが、その基盤となったのはある分割可能な数学的概念だった。陽子や中性子の元になる概念がさらに小さな要素に分割できるのであれば、陽子や中性子自体も分割できていいはずだ。

では、このような信念の元になる数学モデルがなぜ生まれたのかというと、安定した原子の構成要素とされる三つの粒子のほかにもさまざまな粒子が存在することが明らかになったからだった。

これらの新たな粒子は、衝突実験によって見つかった。といっても大型ハドロン衝突型加速器のような人工の粒子加速器ではなく、宇宙線が大気に突入するときに高層大気のなかで自然に起きる衝突だ。

素粒子の動物園

これらの新たな粒子が実在することを示す最初の証拠は、荷電粒子の経路を記録するために研究室に設置されていた霧箱のなかで見つかった。霧箱は、水とアルコールの過飽和蒸気（露点温度以下に冷却されても滴を生じずにいる不安定な蒸気）で満たしたタンクを密閉したもので、過飽和状態であるために、電荷を帯びた粒子が通過するとその後に、凝縮による跡が残る。

カリフォルニア工科大学の物理学者カール・アンダーソン（一九〇五―一九九一）は一九三三年に、イギリスの物理学者ポール・ディラック（一九〇二―一九八四）が数年前に予言した反物質と呼ばれるかつてない奇妙な物質の存在を確認しようと、霧箱を用いた実験を行っていた。ディラックは量子物理学と電磁気の理論を統合しようと試み、実際に、電子を巡るさまざまな事柄を見事に説明してみせたのだが、その方程式には、実験室で観察されたいかなる事象にも対応しない鏡像関係の解が存在すると思われた。

ディラックの方程式は、ある意味で$x^2=4$という方程式に似ていたのだ。$x^2=4$という方程式には$x=2$という解があるが、それとは別にもう一つ、鏡像関係の解が存在する。なぜなら$x=-2$としても、-2×-2で4になるからだ。ディラックの方程式に鏡像関係の解があるということは、電子の鏡像が存在していて、しかもその粒子が正に帯電しているということを意味する。ほとんどの人が、そんなものはこの方程式がたまたま生み出した奇妙な数学的概念にすぎない、と考えていた。ところが、その四年後にアンダーソンが霧箱の実験で電子の鏡像のように振る舞う粒子の跡を見つけたことから、それまで理論上の存在でしかなかった反物質は現実のものとなった。アンダーソンの陽電子《ポジトロン》――発見された粒子はそう呼ばれるようになった――は、高層大気のなかでの粒子の相互作用によって生み出されたものだった。しかも、新たに登場した粒子は、これだけではなかった。

じきに霧箱のなかで、まったく予想もしていなかった一段と奇妙な粒子の痕跡が見つかったのだ。アンダーソンは一九三六年に博士課程の院生セス・ネッダーマイヤー（一九〇七―一九八八）とともに、これらの新たな跡を解析しはじめた。この新たな粒子は、その痕跡から見て負の電荷を帯びているはずだった。しかし、電子ではありえなかった。経路の様子から考えると、電子よりずっと大きいはずだった。粒子の質量を調べるには、トムソンが行ったように、その粒子が磁場の影響でどれくらい曲がるかを測ればよいのだが、その粒子は、電荷は電子と同じであるにもかかわらず、はるかに曲がりにくいようだった。

現在ミュー粒子とかミューオンと呼ばれているこの粒子は、大気と宇宙線の相互作用で生じる粒子のうちでももっとも早くに発見されたものの一つだった。ミュー粒子は安定しておらず、すぐに分解して別の粒子――たいていは電子一つとニュートリノ二つ――になる。ちなみにこのニュートリノも、中性子が崩壊して陽子になる過程を説明する際にその存在が仮定されていた新たな粒子だった。この小さな粒子は質量も電荷もほぼゼロなので、実際に見つかったのは、一九五〇年代に入ってからのことだった。それでも、ニュートリノが存在すると仮定すると、中性子の崩壊やこの新たなミュー粒子の崩壊の様子を説明することができた。ミュー粒子の崩壊速度は平均二・二マイクロ秒だが、これはミュー粒子にとってはそれほど短い時間でないので、そこそこの数の粒子が崩壊することなく地球の表面に到達する。

ミュー粒子はさらに、光速に近づくと時間が遅くなる、というアインシュタインの特殊相対性理論に基づく予言の確認にも一役買うこととなった。この粒子の半減期を考えると、地球上で検出されるミュー粒子の数は計算上予測される数をはるかに上回っていて、食い違いが生じるのだ。ところが光速に近づくと時間が遅くなるという前提に立つと、この差を説明することができる。ひとつひとつのミュー粒子に時計がくっついていたとすると、地球にぶつかるまでの経過時間としてその時計に記録される時間幅は実際の時間より短くなるはずで、そのため時間の遅れがない場合よりも生き残るミュー粒子が多くなるのだ。実験で、実際に確認されているこの現象については、「最果ての地　その五」で時間に関する知識の限界を極める際に、また取り上げよう。

ミュー粒子の振る舞いはどう見ても電子にそっくりだが、質量は電子より大きく、より不安定である。アメリカの物理学者イジドール・ラービ（一八九八―一九八八）は、この粒子の発見を知らされると、「誰がそんな物を注文したんだ？」と皮肉った。自然が電子より重くて不安定なものを作らなければならない理由など、どこにもないように思われたからだ。粒子の品書きにさらに多くの品目が並んでいるなどとは、思いもしなかったのである。

宇宙線と高層大気の相互作用によって新たな形態の物質が生まれることに気づいた物理学者たちは、粒子が実験室の霧箱に到着するのをただ待つのはやめることにした。粒子が霧箱に飛び込む頃には、崩壊して既知の物質になっているにちがいない。そこで、もっと別の粒子を拾うために、霧箱をより高いところに移すことにした。

カリフォルニア工科大学のチームは、パサデナの自分たちの拠点に近いウィルソン山の頂上に霧箱を据えた。すると案の定、未確認の粒子が存在することを示す新たな跡が見つかった。ほかのチームはピレネーやアンデスの観測所に写真乾板を据えて、未知の相互作用を記録できるかどうか試してみた。英国のブリストルとマンチェスターのチームも、自分たちの写真乾板に未確認の粒子の痕跡が残っているのに気がついた。ラービが不安に思ったミュー粒子は序の口で、未確認の粒子の珍獣が次々に姿を現し始めたのだ。

いくつかの粒子の質量は、陽子や中性子の八分の一だった。それらの電荷は正のこともあれば負のこともあって、パイ中間子《パイオン》と命名された。これに対して電荷が中性の粒子は検出するのが難しく、発見が遅れた。マンチェスターでは、霧箱内の様子を写した二枚の写真に、崩壊してパイ中間子になろうとしている中性の粒子らしきものが写っていた。これらの新たな粒子の質量は、ざっと陽子の半分だった。さらにウィルソン山のてっぺんに設置された霧箱でも、後にK中間子《ケーオン》と呼ばれることになるこの粒子の発見を裏付ける証拠が計四つ記録されていた。

時とともにどんどん粒子が見つかり、ついには手に負えなくなってきた。アメリカの物理学者ウィリス・ラム（一九一三―二〇〇八）は、一九五五年のノーベル賞受賞記念講演で次のように皮肉ってみせた。「これまでは、新たな素粒子を発見した人物はノーベル賞で報いられたものだが、今やそんなものを発見した人間には、一万ドルの罰金が科せられるべきだ」電子や陽子や中性子の組み合わせ方が見つかりさえすれば、周期表はシンプルになるはずだったのに……。この三つの粒子は、実は氷山の一角でしかなかったのだ。物質を構成する要素と目される粒子の種類は、すでに一〇〇を超えていた。エンリコ・フェルミ（一九〇一―五四）は当時の学生に、次のような本音を吐露している。「若者よ、これらの粒子の名前を覚えられるくらいなら、わたしは植物学者になっていただろう」

メンデレーエフが、周期表の原子を分類、理解する助けとなるある種の秩序を探し出したように、ミュー粒子、パイ中間子、K中間子といったこれらの新たな粒子がなぜ存在するのかを説明する統一原理を探し出さなくては。

この粒子の珍獣たちを理解可能にすると思われる基本構造――この動物園の巡り方を示す地図――は、じつは数学のかけらだった。

粒子動物園の地図を作る

何かを分類するには、まず主立った特徴を理解して、それに沿って膨大な対象物を小さなグループにまとめるとよい。動物の場合には、たとえば種《しゅ》という概念を持ち込むことによって、動物界に秩序を生み出すことができる。素粒子物理学の場合には、たとえば電荷という概念が、粒子の動物園を小グループに分けるのに有効かつ重要な不変量（ある変換の下で変化しない系の性質。そこからさまざまな保存則が導かれる）になる。分類の対象となっている粒子は、電磁力とどのような相互作用をするのだろう。電子は一方に曲がるだろうし、陽子はその逆に曲がり、中性子はそのまままっすぐ進む。

新たに見つかった粒子が姿を現した時に、電磁力をかけたゲートを通るようにしておくと、いくつかの粒子は電子と同じかごに吸い込まれ、別のいくつかの粒子は陽子のほうに向かい、残りは中性子と合流する。このゲートが、粒子の珍獣たちを分類するための最初のチェックポイントになるのだ。

そうはいっても電磁力は、宇宙をまとめる働きがあることが確認されている四つの基本的な力（基本相互作用）のうちの一つでしかない。そのほかの基本的な力としては、重力と、原子核のなかの陽子と中性子を間近につなぎ止めておく強い核力と、放射性崩壊のような現象を制御する弱い核力がある。

こうなると、新たな粒子に電磁力以外の基本的な力を働かせたときの粒子の振る舞いを識別できるような、なにか電荷の概念とは別の特徴を確認することが鍵になる。たとえば粒子の質量も、粒子の動物園を整理する手段としてはたいへん優れている。ためしに粒子を質量で分類してみると、パイ中間子とK中間子を、通常の物質を構成している陽子や中性子より一桁軽い粒子としてまとめることができる。シグマ中間子、グザイ粒子、ラムダ粒子は陽子や中性子より質量が大きく、崩壊して陽子か中性子になることが多い。

質量がよく似ている粒子は、同じギリシャ名で呼ばれることが多い。実際、陽子と中性子の質量はほぼ同じなので、密接な関係があると考えられていて、次の「最果ての地」の中心となる概念を生み出したドイツの物理学者ヴェルナー・ハイゼンベルク（一九〇一—七六）に至っては、この二つを改めて「核子」と命名したくらいだ。しかし質量という物差しは、これらの粒子を分ける方法としてはかなり粗く、安易でもあった。そこで物理学者たちはもっと基本的なパターン――かつてメンデレーエフが発見して原子に秩序を与えたものと同じくらい効果的なパターン――を探し続けた。

新たな粒子の分類の決め手となるパターンを発見する際に鍵となったのは、ストレンジネスと呼ばれる新たな性質だった。なぜ奇妙《ストレンジネス》さと呼ばれるかというと、新たな粒子の一部が崩壊する際に、奇妙な振る舞いを見せたからだった。$E=mc^2$ というアインシュタインの方程式によると、質量はエネルギーと等しい。しかも自然はエネルギーが低いほうを好むから、質量が大きい粒子は崩壊して、より質量の小さな粒子になろうとすることが多い。

この崩壊にはいくつかのメカニズムがあるが、そのすべてに、なんらかの力が関わっている。しかもそれぞれのメカニズムに特有の性質があって、それを見れば、どの力がその崩壊を引き起こしているのかがわかる。そしてここでも、粒子が崩壊する際に働いている力を推定するにあたって決め手となるのは、エネルギーなのだ。通常粒子の崩壊のスピードは、強い核力によるものがもっとも速く、粒子は一般に 10^{-24} 秒で崩壊する。次にくるのが電磁力で、その結果、光子が放出される。弱い核力はエネルギーとしてはもっとも効率が低いので崩壊時間が長くなり、10^{-11} 秒もかかる。したがって粒子の崩壊に要する時間を観察すれば、どの力が働いているのか察しがつく。たとえばデルタ粒子は、強い核力によって 6×10^{-24} 秒で崩壊し、陽子とパイ中間子になる。いっぽうシグマ中間子が崩壊して同じく陽子とパイ中間子になるのには、8×10^{-11}秒かかる。このように崩壊に要する時間が長いのは、弱い核力が働いているからだと考えられる。この二つの中間に位置するのが、たとえば中性の電荷を持つパイ中間子が電磁力によって崩壊する場合で、パイ中間子は8.4×10^{-17}秒かけて二つの光子になる。

今、谷間にボールが一つ転がっているとしよう。右に向かう道があって、ちょっとボールを押してやれば、丘を越えて、さらに低い谷間に落ちる。これが、強い核力に対応する経路である。いっぽう左にはもっと高い丘があって、ここにもより低いエネルギー状態に通じる道がある。こちらは、弱い核力の働きに対応する道なのだ。

では、シグマ粒子が長い経路を取るのに対して、デルタ粒子はなぜ楽に丘を越える道を見つけることができるのか。ずいぶん奇妙な感じがするのだが。どうやら（図の破線で示された）なんらかの障害物に出くわして、そのため簡単なルートを進めなくなっているらしい。

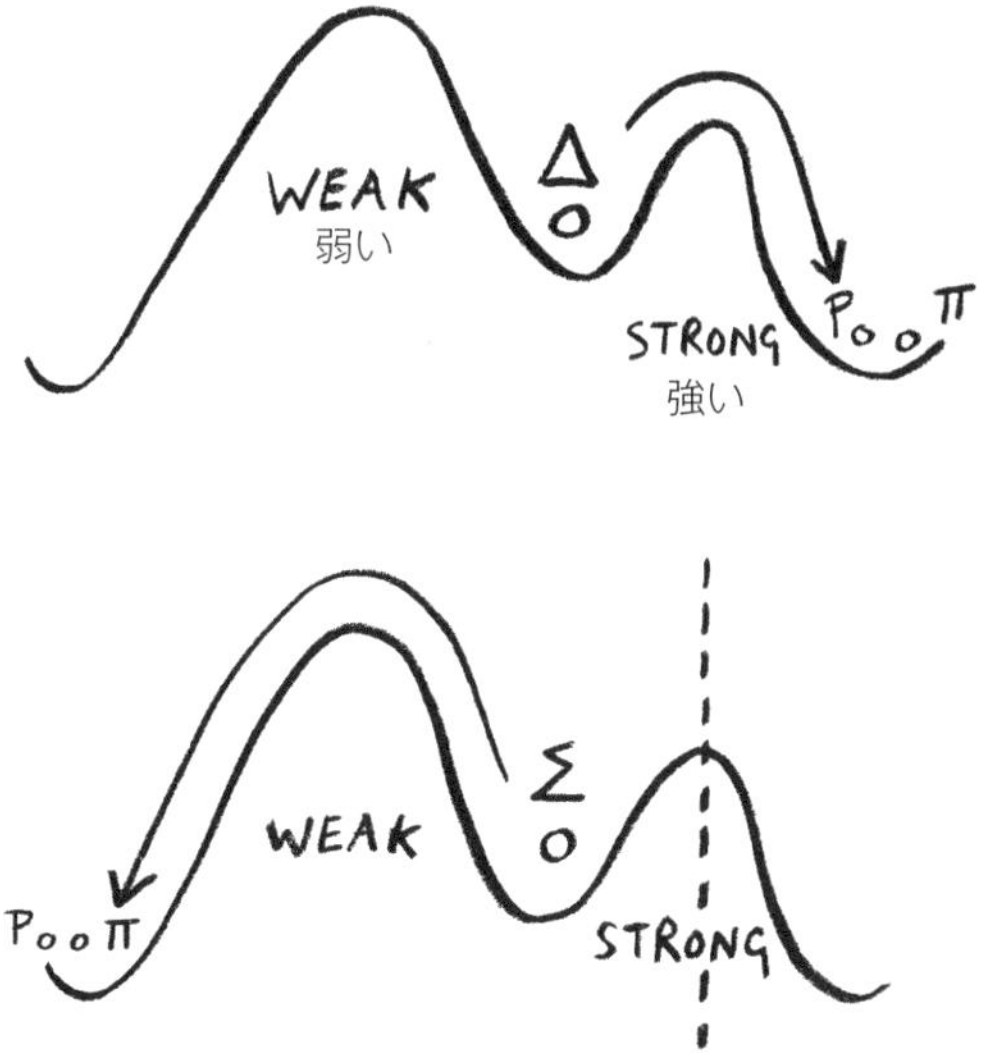

デルタ粒子Δが強い核力で崩壊して陽子Pひとつとパイ中間子πひとつになる。いっぽうシグマ粒子Σは、弱い核力で崩壊する。

極上の美には奇妙《ストレンジネス》さがつきもの

物理学者のアブラハム・パイス

（一九一八―二〇〇〇）、マレー・ゲルマン（一九二九―）、西島和彦（一九二六―二〇〇九）は、この謎を解く巧みな戦略を考え出した。これらの粒子が強い核力と相互作用するか否かを決める、電荷のような新たな性質を提案したのだ。物理学者たちは、ストレンジネスと呼ばれるこの新たな性質のおかげで、これらの新たな粒子を分類するかつてない方法を手にすることとなった。新たに見つかった粒子のひとつひとつに、長い経路で崩壊せざるを得ないかどうかに応じて、一定量のストレンジネスが与えられた。

その際にポイントとなったのが、強い核力では粒子のストレンジネスを変えることができず、そのためストレンジネスが異なる粒子がふたつあったとしても、強い核力で片方が崩壊してもう片方になることはない、という事実だった。つまり、低い谷への道は、障害物によって塞がれているのだ。ところが弱い核力は、ストレンジネスを変えることができる。ここから、デルタ粒子は強い核力で陽子に崩壊するのだからこのふたつの粒子のストレンジネスの量は等しい（＝0）、ということになる。いっぽう、シグマ粒子は弱い核力で崩壊して陽子になるから、そのストレンジネスの量は陽子やデルタ粒子と違っているはずだ。そこでこの粒子のストレンジネスには−1という値が与えられた（異なる粒子への番号の振り方は、まるで気まぐれ《クワーク》（quirk）だった。何しろこれらの粒子に1ではなく、−1を割り振ったのだから。こちらを1にしてほかを−1にしたとしても、実は何も変わらないはずなのに……）。

そのうちに、さらに風変わりな粒子が見つかりはじめた。高エネルギー衝突によって生み出されたこれらの粒子は、どうやら二段階で崩壊するようだった。これらの粒子はカスケード粒子と命名され、そのストレンジネスの値は、二重のストレンジネスがあるということで、−2とされた。崩壊の最初の段階のストレンジネスは−1で、最後には、ストレンジネスが0の陽子と中性子になって終わる。なにやら帽子のなかから次々にウサギを引っ張り出しているようにも思えるが、これもまた、科学する上で必要なことなのだ。帽子からどんどん物を取り出してみても、たいがいの物は役立た

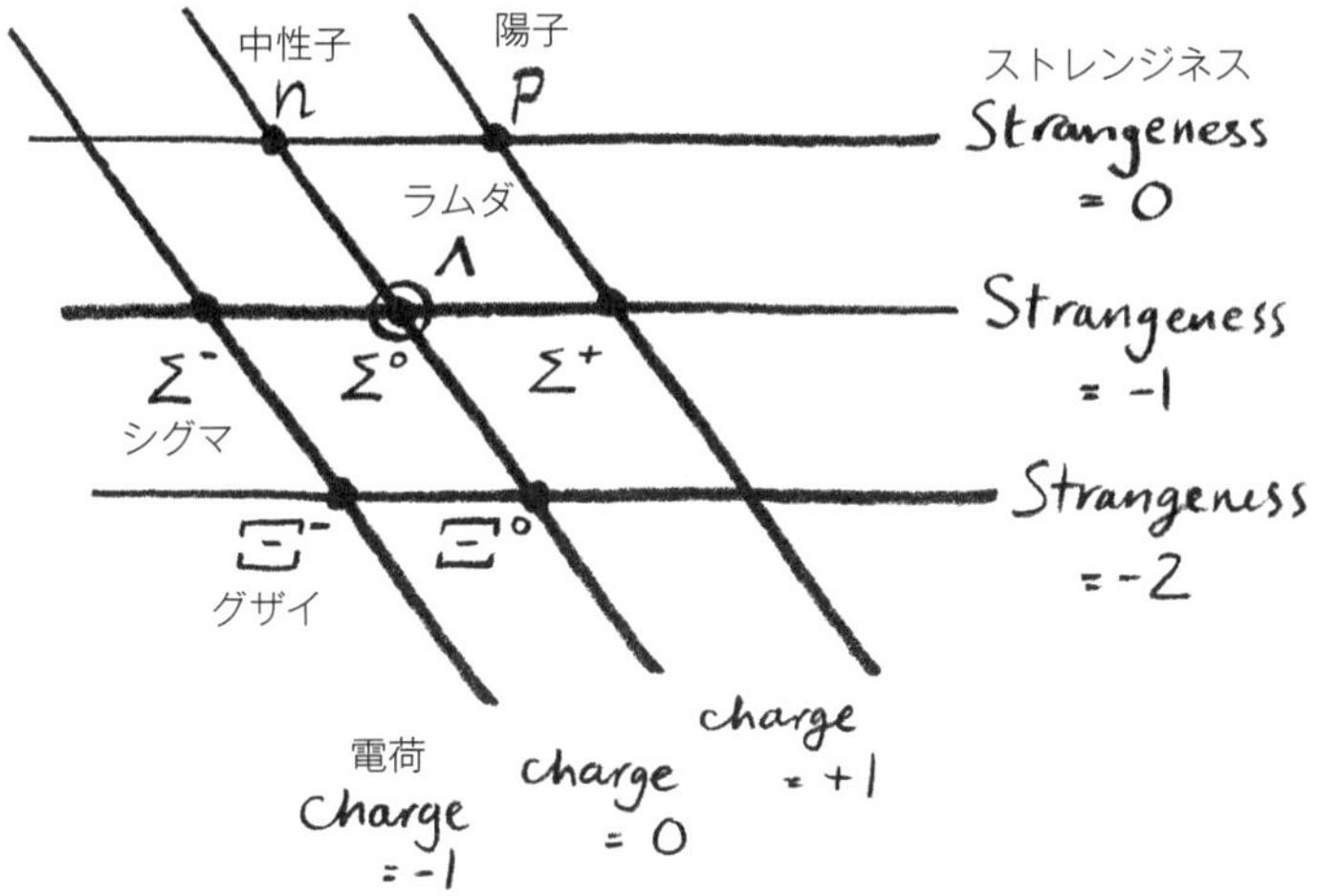

ずということで投げ捨てられる。しかしそれでも物をたくさん取り出せば、たまにウサギが出てくることがある。ゲルマン自身も認めているように「ストレンジネス理論を思いついたのは、誰かにまちがった考えを説明しているときだった。そのときに口を滑らせたおかげで、ストレンジネス理論ができたんだ」。やがて、ストレンジネスという性質はなかなか立派なウサギであることが明らかになった。

ストレンジネスという概念は、元を正せば手元にある粒子を整理するための方便——粒子間の崩壊パターンを追跡する際に使えるもの——であって、別に、ストレンジネスの概念そのものに物理的な意味があると考えられていたわけではなかった。粒子の動物園にいる動物を分類するのに便利な、一連の新しい檻でしかないはずだったのだ。ところがこの新たな特徴が、実は、これらすべての粒子の下にはるかに深い物理的現実が潜んでいることを示す最初のヒントであることが判明した。質量が似ている粒子を集めてきて、そのストレンジネスと電荷を示すグラフを作ってみたところ、素晴らしい発見があったのだ。できあがった図（前頁）は、まさにシンメトリーに満ちていた。粒子のパターンは六角格子になっていて、格子の中心点にはふたつの粒子が載っていた。パイ中間子とK中間子を持ってきてストレンジネス対電荷のグラフの格子に載せてみても、やはり同じような図ができる。このようなパターンが表れるということは、何かがあるということだ。これらの粒子の下に潜むより深い現実への鍵となったのは、これらの粒子が描く六角形のパターンが目新しいものでないという事実だった。つまり、その図は既に目撃されていたのだ。しかも物理の世界ではなく、シンメトリーの数学の世界において。

シンメトリーのお告げ

シンメトリーの数学の訓練を受けた人間にとって、中央に二重点があって六角形の模様になっている籠の配列はそれこそおなじみといえる。これは、SU(3)と呼ばれるきわめて特殊な対称性を持つ対象の特徴なのである。

わたしにいわせると、これは実にすばらしいことだ。シンメトリーだったらよく知っている。これならひょっとすると、ラスベガス産のわがサイコロの奥の奥で起きていることを理解できるかもしれない。実際サイコロは、シンメトリーの数学の核となる着想を説明するのにうってつけの例なのだ。サイコロのシンメトリーとは（面上の点は無視することにして）、このサイコロを持ち上げたり回したりして元の位置に戻したときに、前とまったく同じに見えるような動かし方すべてのことである。実は、異なる動かし方は計二四通りある。たとえば、立方体の一つの面の中心のまわりで四分の一回転させてもいいし、立方体の対角を結ぶ軸のまわりを三分の一回転させてもよい。

このとき、異なる動かし方は（立方体にまったく手を触れずそのままにしておくという奇妙な動

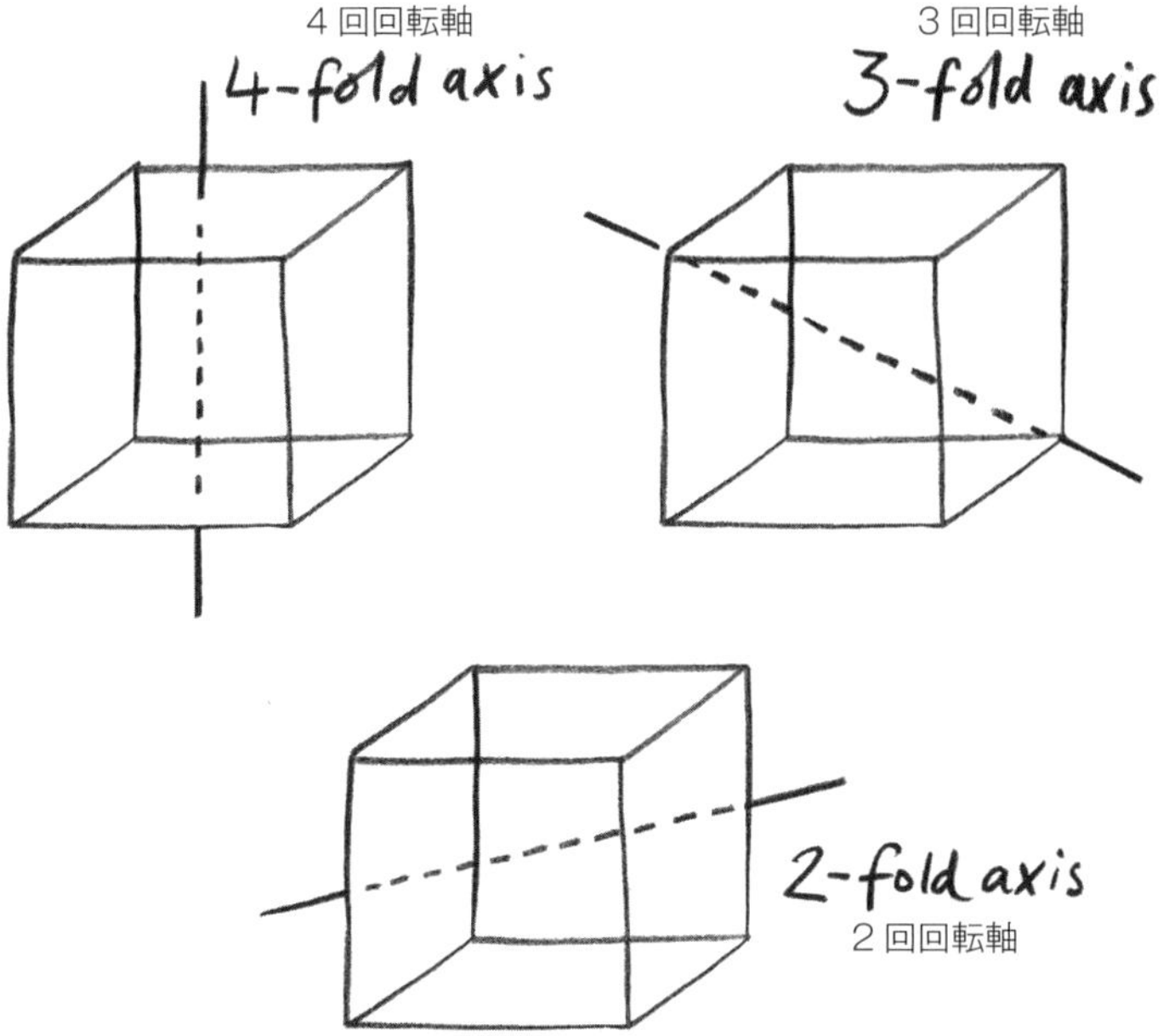

かし方も含めて）全部で二四通りある。このシンメトリーな動かし方の集まりはS4、あるいは「位数4のシンメトリー群」と呼ばれている。さらに、鏡映シンメトリー――つまりサイコロを鏡に映すこと――を含めれば、立方体のシンメトリーは計四八通りになる。

ここでの立方体は、S4というシンメトリー群が働きかける三次元の幾何学図形と見なされる。しかし、これと同じシンメトリーを持つ図形はほかにもあって、たとえば八面体と呼ばれる三次元幾何学図形のシンメトリー群も、立方体のシンメトリー群と同じだ。そのうえもっと次元が高い図形のなかにも、シンメトリー群がS4になるものがある。つまり、さまざまな幾何学図形が、同一のシンメトリー群を隠し持っているわけだ。

ただし、粒子が成す六角形の図の背後に潜んでいるのはサイコロのシンメトリーではなく、SU(3)と呼ばれるシンメトリーである。ちなみにSU(3)とは「次元三の特殊ユニタリー群」のことで、このシンメトリーを使うと、さまざまな次元のさまざまな幾何学的対象物のシンメトリーを記述することができる。ここで、粒子が作り出した六角格子に戻ると、実はこの図はSU(3)が八次元空間の対象物に作用する様子を記述する際に数学者が使っているのと同じ図で、六角格子の八つの粒子は、このシンメトリーな対象物を作るのに必要な次元の数に対応している。

この六角形の図がいわばロゼッタ・ストーンとなって、ここから素粒子物理学のまったく新たな文化が花開くこととなった。とはいえ、この大発見に光を当てたのは、ロゼッタ・ストーンとは別の文化での類比《アナロジー》だった。八次元の表現に対応する八つの粒子のこの図は、やがて科学者たちを、魂の啓蒙のための八正道《はっしょうどう》という仏教の概念を巡る八道説なる現象へと導くこととなるのである。

SU(3)が作用する対象物の次元が違うと、対応する図も違ってくる。これらの図を使ってほかの粒子の珍獣たちを集めることができるかもしれない、という見通しに、物理学者たちは色めき立った。まるでSU(3)というシンメトリーのさまざまな幾何学的表現が、宇宙の物質を構成するさまざまな物理的粒子を生み出しているかのようだった。

いやまったく、物質世界が幾度となく一片の数学へと化ける様子には、心底驚かされる。こうなると今紹介してきたことのどこまでが物理的な宇宙を束ねるのに役に立つただのすてきなお話なのか、はたまた物理的な宇宙は実際に一片の数学が具体化したものなのかを自問すべきだろう。いずれにしても素粒子はこの新たな結びつきによって、幾何学空間へのこのシンメトリー群の作用に対して不変な幾何学の要素となったのだった。

ハイゼンベルクの、「現代の物理学はなんといっても、プラトンをひいきにしている。実際、物質のもっとも小さな単位は通常の意味での物理的対象物ではなく、形態であり概念であって、それらは数学の言語によってのみ明確に表すことができる」という言葉は正しかった。プラトンの水を表す二十面体や火を表す四面体は、このいまだかつてない奇妙なSU(3)というシンメトリー図形に取って代わられたのだ。

わたしにすれば、物理的な世界が一片の数学に変わったとたんに、これは理解できそうだ、と感じる。なんといってもシンメトリーの数学は、わたしの言語なのだから。ほとんどの人にとって、素粒子が数学に変わるということは、自分が知っているものからますます遠ざかるということだ。粒子をビリヤードの球や波になぞらえたほうが、形のある現実だと感じやすい。自分たちがまわりの世界とやりとりをするなかで生じたものでもないのに、いったいどうやって理解しろっていうんだ！　しかし、そもそも八次元のシンメトリーな物体に関する抽象的な言語を作ることができるのも、わたしたちがちょうどサイコロのシンメトリーのように、自分たちが物理的に遭遇したものの概念を抽象化しているからなのだ。

シンメトリーの複数の顔

ここで重要になるのが、同じシンメトリー群を隠し持つ幾何学的な対象がいくつもあり得る、という事実だ。逆にいうと、あるシンメトリー群があったときに、シンメトリーの記述がその群と一致するような物理的対象はひとつでない可能性がある。数学者はこれらの対象物を、抽象的なシンメトリー群の「表現」と呼んでいる。ちょうど、三つのリンゴと三つのサイコロがどちらも3という抽象的な数の概念の物理的な表現になっているのと同じことだ。たとえば、わがラスベガス産のサイコロの場合には、シンメトリーな回転が全部で二四通りある。そこで立方体の対角を結ぶ四本の対角線を考えると、これらの回転によって四本の対角線が入れ替わる。

実際、立方体の四つの角にカード（エース、キング、クイーン、ジャック）を付けて立方体を回転させると、これら四枚のカードは入れ替わり、その方法は計二四通りになる。さらに、このシンメトリー群を別の物理的な形で表現することもできる。四面体を持ってきてその回転と鏡映を考えると、この場合も二四通りの異なるシンメトリーが得られるのだ。そこでこの四面体のピラミッドの各面にカードを貼り付けると、この四面体のシンメトリーから、カードを入れ替える二四通りのやり方を得ることができる。というわけでこのシンメトリー群は、立方体の回転と、四面体の回転と鏡映という異なる二つの三次元幾何学図形のシンメトリーとして表現されることになる。しかるに、このSU(3)と呼ばれるもののあらゆる次元におけるすべての物理的な幾何学表現を考えると、それらのシンメトリーな対象から当時姿を現そうとしていたさまざまな素粒子すべてを生成する方法を得ることができるのだ。

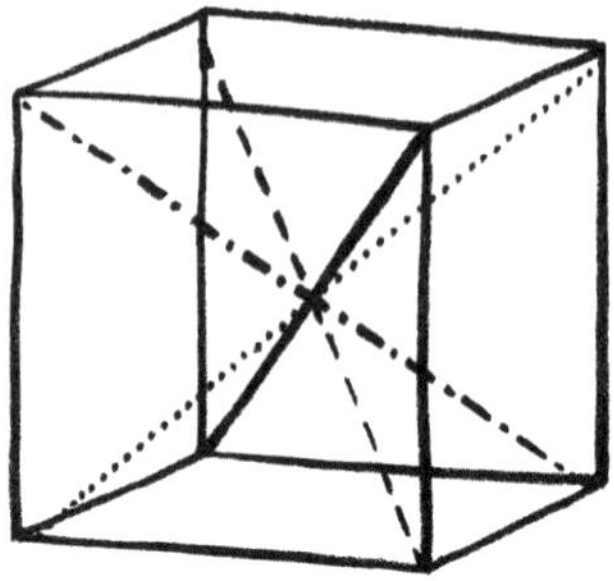

アメリカの物理学者マレー・ゲルマンとイスラエルの物理学者ユヴァル・ネーマン（一九二五―二〇〇六）は一九六一年にまったく別々に、これらの粒子に潜むパターンに気がついた。ネーマンは、物理学という自分の専門分野とIDF（イスラエル国防軍）軍人としてのキャリアを結びつける形で、武官としてロンドンに赴任した。本人はロンドン大学キングズ・カレッジで一般相対性理論を研究するつもりだったのだが、ケンジントンにあるイスラエル大使館とこのカレッジがかなり離れていることを知って、大使館から歩いて五分のインペリアル・カレッジ・ロンドンを覗いてみた。そして、インペリアル・カレッジで素粒子物理学が行われていることを知ると、巨大な対象から微細な対象へと目を転じることにした。

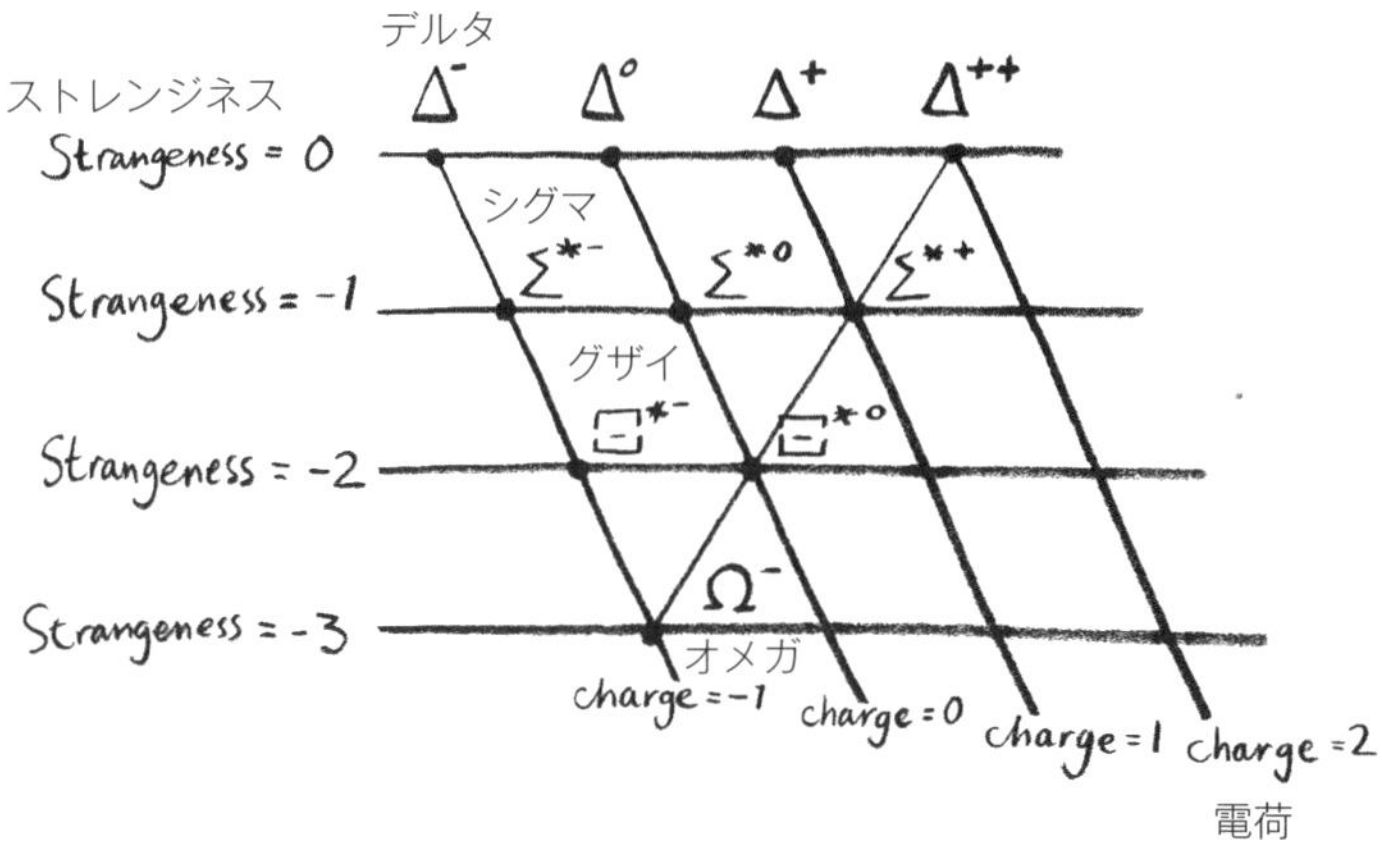

ラムダ粒子、シグマ粒子、グザイ粒子のパターンは、陽子や中性子と同じように八次元におけるSU(3)のシンメトリーと一致するが、K中間子とパイ中間子では、中央にあるはずの粒子が一つ欠けていた。これは単なるまちがいなのか、それともまだ発見されていない粒子が存在するのか。当時カリフォルニア工科大学にいたマレー・ゲルマンは一九六一年の初頭のプレプリントで、この行方不明の粒子に関する予測を発表した。そしてその数カ月後、ゲルマンの予測は的中し、バークレーの物理学者たちがエータ粒子を発見した。

これは、新たな理論にとって完璧な筋書きだった。新理論に基づく物理的な予想を立てて、それが確認されれば、その理論には勝目がある。ゲルマンとネーマンが一九六二年六月にCERNでの会議に出席したときに起きたのが、まさにこれだった。その会合では、たくさんの新たな粒子の存在が発表された。ストレンジネスが−1のシグマスター粒子が三つに、ストレンジネスが−2のグザイスター粒子が二つ。こうなると、これらの粒子はSU(3)というシンメトリー群がより高い次元のシンメトリーな対象に作用する様子を示す何らかの図に対応しているにちがいない、という推論が成り立つ。

ゲルマンとネーマンが会場で講演を聴きながら、それぞれ別個にこれらの新たな粒子の配置の仕方を示す図を作ってみると、SU(3) が作用するそれまでと異なるシンメトリーな対象、一〇次元の対象に対応する図が浮かび上がってきた。しかしその図には、角が一つ欠けていた。粒子が九つしかないのだ。ゲルマンとネーマンはともに、まだ一カ所空いているのだから、新たな粒子が存在するはずだと考えた。最初に手を挙げたのはゲルマンで、ストレンジネスが−3のオメガ粒子が存在するはずだと主張した。この予言が確認されたのは、一九六四年一月のことだった。

これはまさに、周期表を巡るメンデレーエフの物語の二〇世紀版だった。背後に潜むパターンはわかっているのに、ジグソーパズルのかけらが足りない。行方不明だった原子が発見されたことによってメンデレーエフのモデルの信憑性が増したように、これらの行方不明の粒子が発見されたことによって、科学者たちはこれらの数学的パターンこそが粒子の動物園の巡り方を示した強力な地図であるという確信を深めたのだった。

メンデレーエフが周期表で見つけたパターンは、これらの原子がより基本的な、陽子、電子、中性子という要素から構成されているからこそ生じたものだった。それならこれらの新たに発見された粒子すべてに見られるパターンの背後にも、同じような筋書きが潜んでいるはずだ。きっと、すでに検出されている何百もの粒子の核となる、より基本的な構成要素が存在するにちがいない。

クォーク　行方不明のもっとも基本的な粒子？

物理学者の多くが、SU(3) の異なる次元での表現に対応するパターンを層にすると全体がピラミッド形になること、そしてそのてっぺんにあるはずの層がまだ見つかっていない、ということに気づいていた。これらすべての層のてっぺんに収まる、なにか単純な三角形のようなものが存在し、その層が、三次元幾何学で作用するSU(3)のもっとも単純な物理的表現に対応しているはずだった。これらの層をシンメトリーの観点から眺めてみると、この行方知れずの層こそが、ほかのすべての層の出発点となる。ところが誰一人として、この行方不明の層に対応する粒子を見つけることができなかった。

　マンハッタン計画でオッペンハイマーの右腕として活躍したロバート・サーバー（一九〇九—九七）もまた、この行方不明の層が、ほかの層に対応するすべての粒子を生成する元になる三つの基本粒子の存在を示しているにちがいないと考えていた。一九六三年に、サーバーがゲルマンと昼食をとりながら自分の考えを話すと、存在するはずのその粒子がどれくらいの電荷を持っているのかを説明してくれといわれた。サーバーが即答できずにいると、ゲルマンは紙ナプキンに何かを書き殴り、すぐに答えを出した。電荷は陽子の電荷の2/3か−1/3になるという。まるで馬鹿げた答えだ。「こいつはおかしな気まぐれ《クワーク》（quirk）だな」とゲルマンはいった。物理学のどこを探しても、電子や陽子の電荷の整数倍でない値は観察されたためしがなかった。

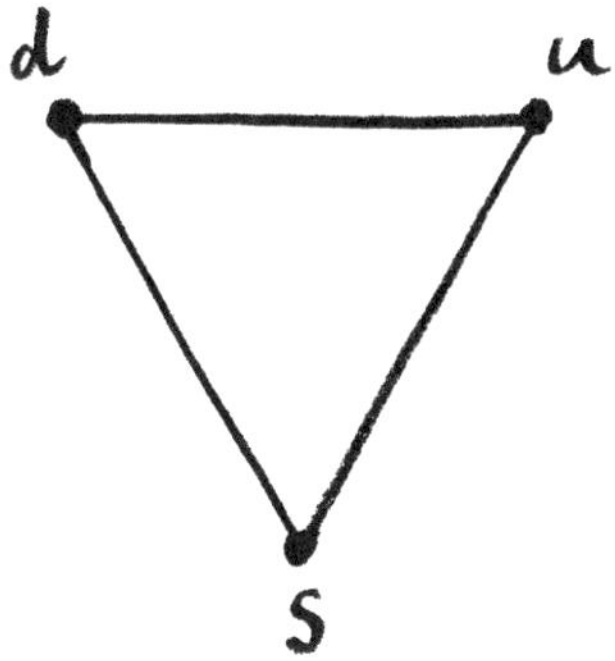

新しい三つの粒子をほのめかす三角形。アップクォークuと、ダウンクォークdとストレンジクォークs

　まるでピタゴラスの時代に戻ったかのようで、すべては整数倍からなっているはずだった。ところがここに、その基本単位を切り刻む何かがあるらしい。整数の比にはなっているが、それにしてもこんな分数電荷は誰も見たことがなかった。ゲルマンははじめのうち、分数電荷を持つこのような仮想粒子は存在するはずがないと考えていた。しかし日が暮れる頃には、ゲルマンにもこの粒子の魔法が効きはじめたようだった。ゲルマンはその後数週間にわたって、この考えが意味するものを理解しようとがんばった。そして、これらの粒子について話すときは、「kworks《クワークス》」と呼んだ。かつて、「ちっぽけでおかしなもの」のことをこう呼んでいたのだ。いっぽうサーバーはといえば、昼食の時にゲルマンが触れたおかしな気まぐれ《クワークネス》にちなむ言葉遊びだと思っていた。

　これらの仮想粒子を記述する際の単語の綴りのヒントとなったのは、ジェームズ・ジョイス（一八八二－一九四一）の実験小説『フィネガンズ・ウェイク』だった。この小説を読んでいたゲルマンは、トリスタンの神話に登場する寝取られ男、マルク王を茶化した詩の冒頭に目を止めた。「マルクさまに三つのクァーク《quark》を！」

　行方不明の層を構成しているはずの新たな仮想粒子は三つだから、これはどんぴしゃだ！　ただひとつ、ジョイスが明らかに、この新たなクァーク（quark）を、クワーク（kwork）ではなくマルク（Mark）と韻を踏むようにしている、という点が問題だった。それでも、ゲルマンの望む綴りと発音に落ち着いた。

　これらのクォークは、やがて現時点における物質を構成する最後の層と見なされるようになった。そうはいっても、この着想がすぐに受け入れられたわけではない。博士課程のときの指導教官とこの粒子について電話で話していたゲルマンは、「マレー、冗談を言うのはやめなさい……これは国際電話なんだぞ」といって話を遮られたという。

　ゲルマンにすれば、そのパターンはあまりに美しく、その背後に何の真実も隠れていないとはとうてい思えなかった。これらの粒子の層の下に、まだ発見されていない三つの素粒子からなる層があるはずだった。電荷が、それぞれ2/3、−1/3、−1/3のアップクォークとダウンクォークとストレンジクォーク。それ以外の粒子は（そしてK中間子とパイ中間子の場合はその反粒子も）これらのクォークを組み合わせたものなのだ。組成に含まれているストレンジクォークの数によって、粒

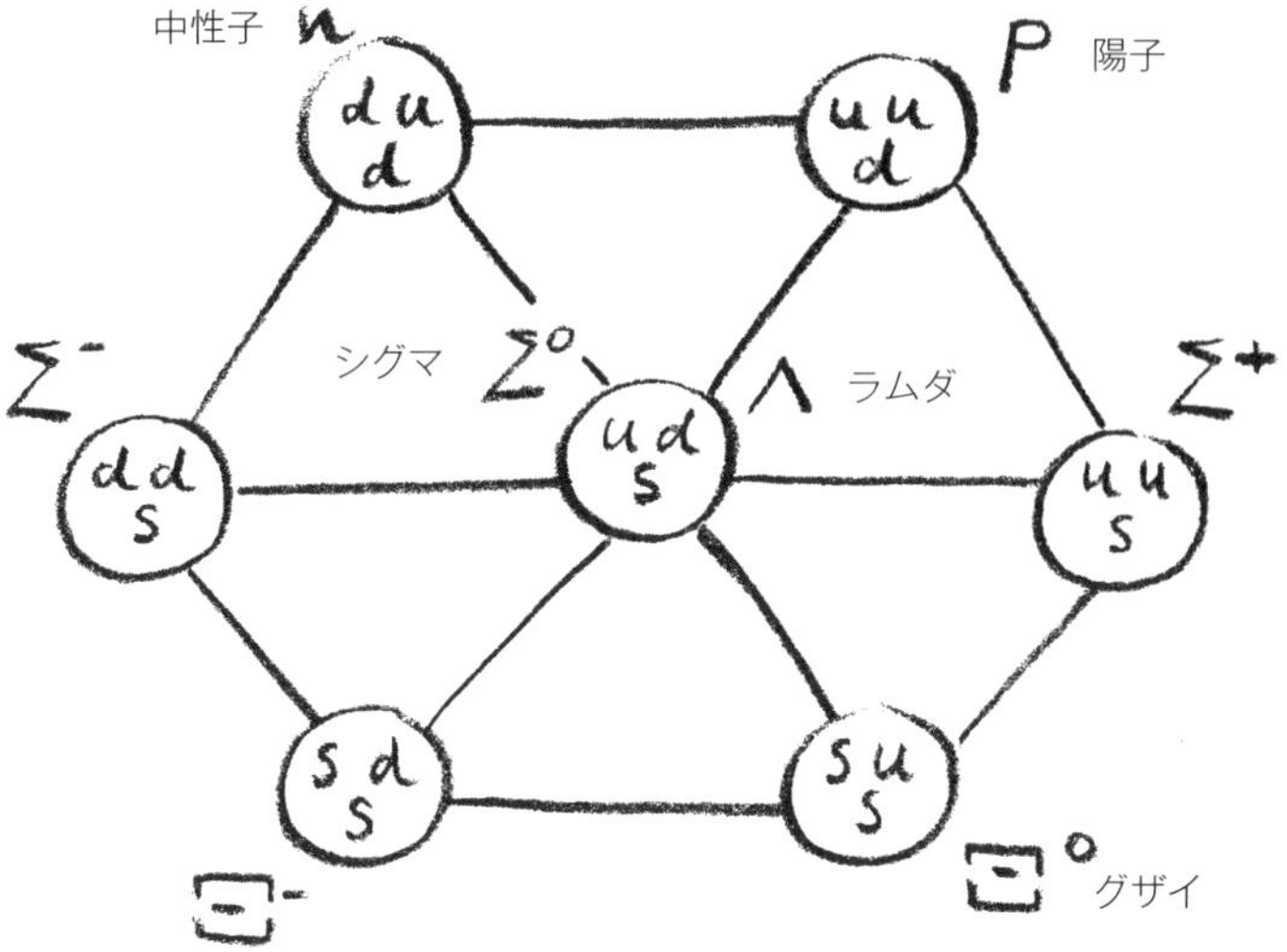

八道説のクォーク成分

子のストレンジネスが決まる。したがって陽子、中性子、シグマ粒子、グザイ粒子、ラムダ粒子からなる八道説は、これらのクォークを用いて上の図のように書き直すことができる。

この図を下から上に見ていくと、各段階でストレンジクォークの数は一つずつ減っている。電荷が増える方向（左下から右上）に進んでいくと、電荷が2/3のアップクォークの数が各段階で一つずつ増えている。そして残るもう一つの方向（右下から左上）では、ダウンクォークが一つずつ増えている。そしてほかの粒子の層でも、これと同じようなことが成り立つのだ。

物質を引き裂いてしまえばこれらの小さな粒子になる、と考えたのはゲルマンだけではなかった。アメリカの物理学者ジョージ・ツワイク（一九三七―）も、それまでのパターンから見て、より基本的な粒子の層が存在するはずだと考えていた。ツワイクはそれらの粒子をエースと呼んでいたが、どうやらこれらの粒子が物理的にリアルなものだというツワイクの思いは、サーバーやゲルマンよりも強かったらしい。欧州原子核研究機構（CERN）の理論グループの長は、自説を説明したツワイクのプレプリントを、「全くのナンセンスだ」といってはねつけた。そしてツワイクと同じようなことを考えていたゲルマンですら、これらの粒子は自分たちが描いた図を筋の通った秩序あるものにするための数学的なモデルにすぎない、と考えていた。具体的な現実ではなく、記憶を助けるもの、ニーモニック（コンピュータの簡略記憶記号）なのだ。ゲルマンは、これらの粒子が物理的な現実である、というツワイクの考えを退けた。「具体的なクォークモデルだなんて、そんなのは阿呆が考えることだ」

空想から現実へ

ところが、一九六〇年代の終わりにスタンフォードの線形加速器センターで行われた実験で陽子に激しく電子をぶつけてみたところクォークの存在を示す証拠が得られたことから、すべてがひっくり返った。電荷を分析した結果、陽子は10^{-15}メートルの範囲を占める嵩高い粒子であることがわかったので、誰もが、この狭い領域に陽子が一様に広がっているのだろうと考えた。ところが、輪郭のぼんやりした陽子めがけて電子を発射したうえでその散乱パターンを確認した研究者たちは、びっくり仰天することになった。金の原子にα粒子を激しくぶつけたときのラザフォードの驚きにも匹敵するショックだった。なんとまあ、陽子もまた原子同様、そのほとんどがなにもない空間だったのだ。

陽子が三つのさらに小さな粒子からなっていると考えれば、この散乱の状況を矛盾なく説明することができる。ラザフォードの実験同様、打ち込まれた電子のうちのどれかが、ときおりこれら三つの粒子のうちのどれかにぶつかって跳ね返り、元の方向に戻ってくる。実験の結果は、陽子が三つのクォークでできているという考えを裏付けているようだった。クォークは未だかつて単体では姿を見せたことがないにもかかわらず、電子の散乱の具合を見ると、陽子がさらに小さな三つの粒子から成っているとしか考えられないのだ。

こうして、阿呆が正しかったことがわかった。アップとダウンとストレンジの三つのクォークは、単なる数学的な記憶補助装置ではなく、物理的現実であるようだった。さらに、これら三つのクォークだけではカバーしきれない新たな粒子があることが判明し、けっきょく六つのクォークとその反粒子が見つかった。ゲルマンが名付けた三つに加えて、チャームクォークとトップクォークとボトムクォークの三つが登場したのである。

物理学においてシンメトリーの数学を用いて珍奇な粒子を秩序付けるこのような手法が見つかったことは、二〇世紀最大の心躍る発見のひとつといえよう。これらの素粒子がシンメトリーの数学にすでに存在していたパターンにしたがって並んでいるのを目の当たりにして、さぞ心が躍ったことだろう。もしも今、わたしがぜひ経験してみたかった物理学の発見を一つ選ぶとすれば、この発見はかなり強力な候補になる。ちょうど、それまで世界のどこかずっと離れた場所でしか発見されていなかった模様を見つけた考古学者のような気持ちになったにちがいない。このような顕著な類似点が見つかったからには、それらの文化には何か関連があるはずだった。

ところが実に奇妙なことに、この三角形と六角形のピラミッドから、SU(3)の異なる表現の無限列が生まれることとなった。つまり、これらのクォークを次から次へとくっつけて、いくらでも珍しい粒子を造ることができるのだ。物理的なモデル自体は、どうやら三つのクォークがある層でお終いらしかった。だが二〇一五年になって、大型ハドロン衝突型加速器（ＬＨＣ）チームが、五つのクォークからなる粒子の存在を示す証拠を得た、と発表した。ＣＥＲＮの研究者たちは、危うくこのペンタクォークと呼ばれる粒子を見逃すところだった。単なる背景の雑音だと思い込んだのだ。そこでその雑音を取り除こうとしたところ、このシンメトリーの塔の次の層を指し示す強いシグナルが見つかった。CERNで働くある研究者曰く、「こっちがペンタクォークを探しに行ったわけじゃない。あの粒子がこっちを見つけたんだ」

数学を目一杯活用したとして、LHCの内部で起こることを、どの程度まで予想できるものなのだろう。ひょっとするとSU(6)と呼ばれるさらに大きなシンメトリーが存在して、それがアップ、ダウン、ストレンジ、チャーム、トップ、ボトム、の六種類すべてのクォークをまとめてすばらしい粒子を作り出しているのかもしれない。そうなると、先ほど示した各グループの粒子を組み合わせた二次元の図の代わりに、五次元の絵を描く必要がある。もっとも、かりにこのようなクォークの珍しい組み合わせをでっち上げることができたとしても、基本クォークの質量の差は拡大するので、数学的に美しいシンメトリーは崩れ、そのような粒子が実際に存在する可能性は低くなる。事実トップクォークはひじょうに不安定で、別のクォークと結合する暇もなく崩壊してしまうのだ。クォークの質量になぜこれほどのばらつきがあるのかという問いには、物理学者も——今のところは——答えられないらしい。数学によると存在するはずの粒子の混合物は、実際に物理的な実体として存続可能な混合物よりはるかに多様であるらしい。現実は、数学的に可能な事柄の淡い影のようにも見える。それでもその現実を理解するには、多くの難問を解かねばならないのだ。

正直なところ、わたし自身が長年組み立ててきた数学のツールキットをもってしても、これらのクォークの正体がわかったという気にはなれない。何カ月も机に向かって素粒子物理学の本、たとえばアンソニー・サドベリーがまとめた『量子力学と自然の粒子 *Quantum Mechanics and the Particles of Nature*』などを熟読し、オクスフォードの大学院で行われたシンメトリーと素粒子物理に関する講座のレクチャーノートもダウンロードして読んでみたのだが……。こうしてわがラスベガス産のサイコロの内部構造を巡るさまざまな物語に取り囲まれているうちに、いささか投げやりな気分になってくる。わたしの知らないことが、まだこんなにたくさんあるなんて。素粒子の行く末を記述する経路積分に、クライン－ゴルドン方程式の内部構造に、物理学者たちが易々と黒板に書いてみせるファインマン・ダイアグラムの本当の意味。大学で物理を学びはじめた息子に、思わず羨望の眼差しを向けてしまう。時間をたっぷりかけて、この世界にずっぽり浸かり、このわたしが数学に親しんできたように、これらの事柄に親しめるというのだから。

　チェロに関しても同じで、すでに成人であるわたしは、一〇年後ではなく今、なにがなんでもあのバッハの組曲を演奏したいと考えている。でも、トランペットだってきちんと吹けるようになるのに何年もかかったのだから、チェロもゆっくりじわじわと練習し続けた末に、ようやく組曲を弾けるようになるのだろう。少なくとも今月は、どうにかＡＢＲＳＭ（英国の教育団体が行っている試験）の三級に受かったことでもあるし。にしても、あのときの自分の緊張ぶりときたら、ほんとうにショックだった。手にしている弓全体がぶるぶる震えていたんだから。一級の試験を受けようとしているたくさんの一一歳児に取り囲まれていたのだが、やった！　と思えたときは、じつに気分がよかった。

　チェロの演奏と同様に、この素粒子物理学の世界でもたっぷり時間を費やしさえすれば、通りの向こうにある物理学教室の同僚たちが日々何をしているのかが理解できるのかもしれない。でも、彼らがやっていることすべてを理解するには時間が足りないと思うと、ギクリとする。とはいえ、ねたましいほど容易く現時点でのわたしたちの知の状況と戯れている物理学者たちもまた、結局のところ自分たちにすべてがわかったと確信できる日が決して来ないことに気づいているのだが……。

カウボーイとクォーク

クォークのジグソーパズルの最後のピースの発見に関わった素粒子物理学者に直接会って、最新の素粒子のジグソーパズルがさらに小さなかけらでできていると考えているかどうかをきいてみたい。そう思ったわたしは、ある科学者に会うことにした。現在ハーバード大学の教授であるメリッサ・フランクリン（一九五六―）は、かつてアメリカのフェルミ・ラボ（フェルミ国立加速器研究所）でトップクォークの検出を担当するチームに所属していた。素粒子の発見は、みんなが思っているような「わかった《ユーリカ》！」という一瞬の出来事ではなく、じわじわと沁み込むような経験だったという。でもフランクリンは、そちらのほうがよいという。「もしもそれがただの『ドーン』だったら、そんなのはドラッグと同じでしょ。一五年かけてすべてを組み立てて、ドーン、と一瞬で終わるなんて、そんなのはひどすぎる」十分確信が持てると感じられるようになったのは、チームが一九九四年にデータを集め始めてから丸一年が過ぎた一九九五年のことだった。数学が予言したこの粒子の発見を確認するには、それだけの時間が必要だったのだ。

フランクリンは、物理学でも、理論ではなく断然実験の人である。鉛筆を握るより電動ドリルを持っているほうが楽しいということで、フェルミ・ラボでは、検出器をゼロから作るのに力を貸した。

わたしたち二人は、ローマ・サイエンス・フェスティバル（二〇一五年、テーマは「科学と不可知」）で「知りえないもの」について講演することになっていたので、自分たちの宿であるかなり奇妙なホテルのロビーで会うことにした。そのホテルはどうやらスポーツのポロ（馬に乗ってスティックで球を打ち点を入れる競技）に捧げられているようだった。フランクリンがカウボーイブーツで闊歩していたところを見ると、馬の写真で埋め尽くされたこのホテルでも、たぶんわたしよりはくつろぐことができたのだろう。

それにしても、彼女の登場の仕方は実に劇的だった。二階からロビーへの階段の裾に、ドスンと落ちてきたのだ。フランクリンは服のほこりを払うと、すたすたとこちらにやってきて、何事もなかったかのように腰を下ろした。

わたしにすれば、クォークがもっとも基本的な層なのか、それともフランクリン自身がその発見に一役買った粒子の下にはまだ別の構造が隠れているのか、ぜひとも本人の考えが知りたかった。

「わたしたちは 10^{-18} メートルまで迫りました。その先の七桁ないし八桁は、調べるのがわりと難しい。でも確かに、そこでさらに多くのことが起きている可能性がある。わたし自身が――特に、階段からしょっちゅう落ちているようだと――先に死ぬかもしれない。さらに前に進む前に自分が死ぬかもしれないと思うと、妙な感じがします」

わたしは、わたしたちが知りうることに基本的な限界があるかどうかをたずねてみた。

「わたしが生きている間、ということなら、まちがいなく限界があります。でも、そのほかにも限界があるかどうかは、よくわかりません。実験物理学の世界では、『〜をする術がない』という台詞は、誰かにそれを行う方法を考え出させる完璧な手段なんです。わたし自身が生きている間に、10^{-22} 秒で崩壊するものを計測できるようにはなりっこない。そんな方法があるとは思えない。でもだからといって、それが不可知だとはいえない。

レーザーにしろ原子時計にしろ、以前は想像すらできなかったでしょう？　物理における限界はすべて、原子に関するものになっていくと思います。だって、わたしたちが行っているすべてのことが原子に関係しているから。こういうと奇妙に聞こえることはわかっていますが、検出器のなかにも原子が必要なんです」

それにしても、アインシュタインが、花粉や炭の粉などの目に見える物への影響を通して原子が存在すると推論したという話は、実に魅力的だ。そのうえ、今日わたしたちがクォークの存在を知っているのは、粒子が陽子にぶつかる様子を観察したからで、それならたぶん、もっと深く掘り下げる方法があるのだろう。

「ハイゼンベルクやボーア（一八八五―一九六二）といった人たちが、今日わたしたちが検出できているものを想像もできなかったことは確かです。同じことが、わたしたちの世代にもいえるのでしょう……もちろんわたしたちのほうがずっと賢いけれど」そういうと、フランクリンは声を立てて笑った。

つまりこれは、それぞれの世代が直面する問題なのだろう。この先、宇宙を織りなすものをさらに深く掘り下げるために、どこまで巧みな方法が開発されることになるのかは、誰にもわからない。しかしフランクリンは、今ある検出器で得られたデータに含まれるかなりのものが見逃されているのではないかと考えている。

「わたしの分野では、若者の多くが、理論家の予想を超える新たなものなど見つからない、と思いこんでいます。まったく悲しいことです。何かを見つけたとしても、それが理論で予言されていなければ、これはまちがいにちがいないと考えて捨ててしまう。ただの揺らぎだと決め込んでしまうのです。わたしたちが実験を組み立てる時には、ある種のトリガーによってなんらかの事柄を引き起こす、という形をとります。しかしその事柄は自分たちが探しているものに限られていて、ほかの事柄は引っかかってこないのです。それでつい、自分たちは何を見逃しているんだろう、と思ってしまうんです」

CERNが最近発表したペンタクォークもまた、危うくそういう運命をたどりかけた。つまり、雑音《ノイズ》として捨てられそうになったのだ。フランクリンは、わたしが自分たちの知りえないことに関する本をまとめている最中だと知ると、もしもひと押しですべてを知ることができるボタンがあったなら、あなたはそのボタンを押しますか、とわたしにたずねた。そしてわたしが、今取り組んでいるすべての定理の証明を知るために、メフィストフェレスに魂を売り渡してその仮想ボタンを押そうと手を伸ばしかけたところで、ちょっと待って、といった。

「わたしなら押さないけれど」

「なぜ押さないんですか？」

「だって、それじゃあ面白くないから。確かに、たとえばボタンを押したら完璧なイタリア語が話せるようになるとか、そういうことならわたしもボタンを押すと思う。でも科学は違うでしょ。たぶん、ボタンを押しても本当の理解が得られないからだと思う。その問題と何らかの形で取っ組み合う必要があるの。実際に試して、測ってみて、理解しようと四苦八苦しなくては」

これは面白い、とわたしは思った。クォークの下にさらに粒子があるということがわかるとしても、この人はボタンを押さないんだろうか。

「やり方だけを教えてくれるのなら、そりゃあすてきだと思う。でもわたしたちが科学をやりたがるのは、多分に、概念を最初に思い付きたいからなの。それよりもっと面白いのが、四苦八苦すること。ボタンを押すというこの行為は、ほんとうに一筋縄ではいかないことなんだと思う」

けっきょくのところ、フランクリンは物を作るのが好きなのだろう。新しい粒子を見つけるために、机に向かって考えるよりも、フォークリフトを運転したり、コンクリートにドリルで穴を開けたりするほうが好みなのだ。

「実験家というのは、ある意味で、ちょっとカウボーイに似たところがあるの。あそこの老いぼれ牛を投げ縄で捕まえて、こっちに連れてくる。隅っこに座ってあれこれ考えている男の子のことは、気にしない。

六〇になったら、今ほど人に対して批判的でなくなって、包容力も出てくるんでしょうね。カウボーイであることをやめて……いいえ、カウボーイであることはやめたくない……どうなんだろう……難しいなあ。カウボーイだって、深くあることはできる。カウボーイブーツを履いて働くということは、ある種の申し立てをすることなんだから」

そういうと、フランクリンはタクシーに乗りこんで、夕暮れのローマの町に消えていった。科学的な探究をさらに続けて、投げ縄をかけられそうなものが他にもあるかどうかをつきとめるために。

チェロかトランペットか

フランクリンがその発見に一役買ったクォークは最終的な境界なのか、それともいつの日かあのクォークもまた、さらに小さな部分に分割されるのか。ちょうど、原子が電子と陽子と中性子に分割されて、さらにそれらがクォークに分割されたように。

物理学者の多くは、現在までの実験で得られた証拠とこれらの実験を支える数学の理論をつきあわせた結果、物質を構成する真のばらばらな単位を巡る問いの答えはすでに出たと感じている。周期表を構成する一一八個の化学元素が、結局は電子と陽子と中性子の三つの基本構成要素の組み合せ方ひとつで決まっていたように、宇宙線の衝突で見つかった何百種類もの新たな粒子も、単純な素材の組み合せによって決まっている。粒子の野獣たちを手懐けることができたのだ。それにしても、再びゲートが開かれて新たな獣が解き放たれることはない、と確信してよいものなのだろうか。ほんとうのところ物理学者たちにも、これが物語の最終章なのかどうかはわからない。

これらの粒子の裏に潜むシンメトリーなモデルを見てみると、クォークに対応する三角形は、このSU(3)という対象のさまざまな物理的表現を記述する層のなかの最後の不可分な一枚となっている。シンメトリーの数学によると、わたしたちは底の底にたどり着いたのだ。クォークに対応する三角形は、ほかのすべての層の基になる不可分の層なのだ。つまりシンメトリーの数学によると、わたしは不可分なものに到達したわけだ。しかしひょっとするとわたしたちは、分数電荷を持っていなくてはならないという理由でまずクォークの存在を退けようとした時のゲルマンの轍を踏もうとしているのかもしれない。そうはいっても、クォークや電子のもう一つの特徴から見て、この二つは分割できないと信じてよいような気もする。どうやらこの二つの粒子は、まったく空間を占有していないらしく、まるで凝縮した一点のように振る舞うのだ。

数学の世界では、幾何学は三次元の立体、二次元の平面、一次元の線、〇次元の点で構成されている。面白いことに、これらの図形は抽象的な存在であって、この三次元の宇宙で物理的な実体を持っているわけではない。とどのつまり、線とは何なのか？　紙切れに線を引いて、それを顕微鏡で見ると、線には幅がある。ということは、これはほんとうの線ではない。実は、こうして書かれた線には高さもある。なぜなら紙の上に乗っている原子は幾重にも重なっていて、紙を横切るように黒鉛（か、そのほかの最近の鉛筆の材料）の小さな尾根ができているからだ。

同じように、空間のなかの点はＧＰＳの座標で確定されるはずだが、その一点のみに存在し、ほかの点には存在していないものが実際にあるとは、誰も考えない。だいいち、そんなものは見ることができない。なにしろ大きさがゼロなんだから。ところが電子は、さまざまな意味で空間上の一点に凝縮しているかのように振る舞う。そして陽子や中性子の内部のクォークもまた、一点のように振る舞う。電子同士の散乱現象や、陽子や中性子のなかのクォークと原子がぶつかって散乱する様子をきちんと説明しようとすると、これらすべての粒子が体積を持たないモデルを作る必要がある。体積があるとしたとたんに、散乱の様子が変わるのだ。もしもこれらの粒子がほんものの点粒子だったとしたら、とうていばらばらにできるとは思えない。

だがこうなると、電子に質量があるという事実はどうなるのか。電子の密度とは何か？　密度は、質量を体積で割ったものだ。ところが体積はゼロ。ゼロで割ると、答えは無限になる。無限だって？　ということは、一つ一つの電子が実は小さなブラックホールを作っているのか？　こうなるとわたしたちは量子世界に踏み入ることになる。なぜなら次の「最果ての地」でもわかるように、実は粒子の在処を突きとめるのはそう簡単ではないからだ。

わがトランペットの離散的な音は、はたしてチェロの連続的なグリッサンドに勝ったのだろうか。

この物語の幕がほんとうに下りたのかどうかを知ることは、きわめて難しい。原子が不可分だとされたのは、原子が組み合わさる様子を表す整数が不可分だったからだ。ところが原子もけっきょくはばらばらになり、それらの小さな断片が、今日のわたしたちの宇宙に関する概念を形作っている。こうなると、さらに深く掘り下げていったときに、再び歴史が繰り返されて、大きな驚きが待っていないとも言い切れまい？　そもそもなぜ、始まり――すべてを生み出す最初の層――がなくてはならないんだ。こうして、わたしたちが今後も幾度となく出くわすことになる無限後退という古典的な問題に行き当たる。かつてある老婦人が、宇宙は亀の背に乗っているという彼女の理論を鼻で笑おうとした科学者に、こうやり返したという。「お若いお方、あなたはたいへんおつむがよろしくていらっしゃるのね。でもね、どこまでいっても亀がいるんですよ！」

電子やクォークが空間の一点に凝縮した粒子だとしても、その点を引きはがして二つの点を作ることが不可能だ、という理由はどこにもない。それとも、わたしたちには関わることのできない隠れた次元が存在するのか。隠れた次元が存在する、というのがひも理論の言い分だ。ひも理論によると、これらの点粒子は、実は共振周波数で振動している一次元のひもで、周波数の違いが粒子の違いになるという。これではまるで、ぐるっと一回りしてピタゴラスの宇宙のモデルに戻ってきたようではないか。たぶん実際にはチェロがトランペットに勝利し、実は素粒子もただの振動する弦なのだろう。

自分たちが決して知りえないものを探しているのなら、わがラスベガス産のサイコロが何でできているかという問いには十分その資格がある。わたしたちがサイコロについて何を知りうるのかという物語は、さまざまな警告に満ちている。やがていつの日か、もはや現実の新たな層が明らかになることはない、と言い切れるようになるのだろうか。最新の理論が最終理論であるということがわかる日が来るのか。

だがここに、もう一つ別の問題があるのかもしれない。きわめて小さいものに関する現在の理論——量子力学——によると、この理論には、はじめから知識の限界が埋め込まれているという。たとえわたしがサイコロをどんどん分割し続けようと試みたとしても、ある時点で障害にぶつかって——次の「最果ての地」で明らかになるように——それ以上先には行けなくなるのだ。

最果ての地　その三

壺入りのウラニウム

第五章

科学の発展のためにも、〔科学を学ぶ学生が〕自らの内面の基本的な部分として不確かさを持つことが絶対に必要だ。

リチャード・ファインマンの講演「科学と宗教の関係」

インターネットで注文すると、途方もないものを入手することができる。今日わが家に郵便で、小さな壺入りの放射性ウラン二三八が届いた。広告には、「核実験をするのに便利」とあったが、それより面白かったのが、この壺を買った人たちのコメントだ。「これでもう、ショッピングモールの駐車場でリビア人から買わなくてもすむようになった。ひじょうに満足している」かと思えば、いささか不満な人もいて、「四四億七〇〇〇万年前に買っておいたんだが、今日開けてみたら、半分になっていた」という。

このウラニウムは天然由来で、執筆中のわたしの机のうえに置いておいてもなんの問題もないことが保証されている。添付文書には、すりつぶして飲まないように、と書かれているだけだ。さらに、毎分七六六カウント（ガイガー計数管が記録するイオン化反応の回数）の放射線を発している、とある。α粒子、β粒子、γ線といった放射線を放出しているのだ。もっとも説明書によると、ウラニウムが次の粒子を厳密にいつはき出すのかは、まったく不明である。

　じっさい、今日の量子力学によれば、これもまた、わたしたちが決して知りえないことなのだ。今のところ、放射性ウラニウムがいつ放射線を発するのかを正確に予測する装置は開発されていない。「最果ての地　その一」で取り上げたニュートン以降《ポスト・ニュートン》の物理学によれば、理屈の上では、宇宙のあらゆる事柄が一連の方程式によって決定論的に規定されているはずだった。ところが二〇世紀の初頭にヴェルナー・ハイゼンベルク、エルヴィン・シュレーディンガー（一八八七―一九六一）、ニールス・ボーア、アルベルト・アインシュタインなどの若き物理学者たちのグループによって革命の火蓋が切られ、わたしたちが宇宙についてほんとうは何を知りうるのかを巡る新たな展望がもたらされることとなった。決定論よ、さようなら。無作為《ランダムさ》よ、こんにちは。どうやらすべてを仕切るのは、無作為であるらしい。

　この不可知を理解するには、科学史のなかでももっとも難しく直観に反する理論の一つである、量子力学を習得する必要がある。その世界に生涯どっぷりと浸ってきた人々が、量子力学の論理の紆余曲折を理解する際に感じた困難について語るのを聞けば、この理論を習得することがいかに難しいかがわかる。量子力学の先駆者であるヴェルナー・ハイゼルベルクは自分自身の幾つもの発見を振り返り、「わたしは幾度となく、これらの実験からすると、自然はいかにも不合理に見えるんだが、ほんとうにそうなんだろうか……と自問した」と述べている。いっぽうアインシュタインは、「もしこれが正しいのであれば、科学は終わりだ」と言い切った。シュレーディンガーは、自分が導出したものがもたらすはずの結果にすっかりショックを受けて、「わたしはこれが好きじゃないし、悪いが、こんなものとは何の関わりもない」と述べている。そのくせ量子力学は、さまざまな本で紹介されてきた科学の成果のなかでもいちばん強力で、もっともよく検証された理論の一つなのだ。じっさいこの理論は、科学全盛期における偉大な業績の一つという玉座に君臨し続けており、その地位はまさに盤石といってよい。こうなれば、この不確かな世界に頭から突っ込んでいくほかない。ファインマン（一九一八―一九八八）は、今まさに量子の探究に乗り出そうとするわたしにぴったりの助言を残してくれている。

これから、自然がどのように振る舞うのかをお話ししよう。なるほど自然はそう振る舞うものなのかもしれないな、と認めてしまえば、自然っていうのは人好きがする魅惑的なものなんだ、と思えるはずだ。「でも、なぜそうなるんだ？」と考えるのは、できればやめておいたほうがいい。そんなことをした日には、「すべてを失う」ことになり、これまで誰一人として抜け出せなかった袋小路に突っ込むことになる。なぜそうなるのかは、誰にもわからないのだから。

（ファインマンの講演「物理法則の特徴」）

ランダムな放射

実は、壺入りのウラニウムが次にどうなるかを理解しようとすると、これらの科学者が推進した革命の本質に迫ることになる。

放射性崩壊の速度は、ちょうどどかのラスベガス産サイコロの目の出方のように、長い時間が経つうちにある定数に近づき、平均するとひじょうに予測しやすくなる。ところが二〇世紀の物理学によると、サイコロとウラニウムの壺には根本的な違いがある。なぜなら、少なくともサイコロの場合には、データが十分あればそれなりに結果の予測がつく場合があるのに対して、ウラニウムの場合は、次にα粒子を放出する瞬間を知る術が皆無だからだ。たとえそれまでのウラニウムの振る舞いなどに関する完璧な情報があったとしても、そんなものはまるで役に立たない。現在の量子力学のモデルによると、放射性粒子を放出するタイミングは完全に無作為《ランダム》なのだ。つまり、ラプラスが信じていた時計仕掛けの宇宙はまちがっていたのである。

何事も確実に知っておきたいと考える人間にすれば、量子力学が暴いたこの事実は、究極の不安の種といえる。机上の壺が次のα粒子をいつ放出するのかを突きとめる術がまったくないというのか？　これはなんとも恐ろしい話だ。ほんとうに、知る手立てはどこにもないんだろうか。これが真にランダムな現象なのか、つまりわたしたちが決して知りえないものなのか、あるいは何かまだ解明されていないメカニズムが潜んでいて、それが見つかればいつ放射が起きるかを説明することができるようになるのか。今もこの点を巡って、盛んに議論が行われている。

この不可知は、さらに深いところにある無知の層と関係していて、その無知が、きわめて小さいものの宇宙を覆っている。ニュートンが発見した運動方程式を用いて宇宙のこの先の進化を計算するには、宇宙のありとあらゆる粒子の場所と運動量を知る必要がある。むろん実際にはそんなことをできるはずもないのだが、二〇世紀に発見されたいくつかの事実から、さらに深いところにひとつの問題が存在することが判明した。たとえたったひとつの電子を取り出したとしても、理論上、その位置と運動量を同時に正確に知ることはできないのだ。現行の極小世界のモデルには、ハイゼンベルクの不確定性原理と呼ばれる、わたしたちが知りうることを巡る固有の限界がある。

「最果ての地　その一」では、サイコロの目の出方を記述しているはずの無作為さ《ランダムさ》が、実は知識不足の結果でしかないということが明らかになったわけだが、実は極小世界の中心には、無作為が陣取っているらしい。ラスベガス産サイコロの脇にあるウラニウムの塊で何が起きるかを決めているのは、わたしたちには知りえないサイコロなのだ。

サイコロの目の出方がわからないという事実までは、わたしにもなんとか受け入れることができる。なぜなら心の奥底では、それでもサイコロがニュートンの方程式の規則正しいリズムに合わせて踊っているということを承知しているから。けれども、わが壺入りの放射性ウラニウムの挙動をいっさい知りえないという事実と折り合いが付くかといわれると、まるで自信がない。なにしろ理論からいって誰のリズムにも合わせずに踊っている、というのだから。こうなると、どこまで行っても知りえないものなのか、それとも二〇世紀初頭に登場したまったく新たな視点のようなかつてない理論革命が起きればわかるようになるものなのかを、知りたいところだ。

粒子なのか波なのか

この革命の予兆が最初に感じられたのは、科学者たちが光の性質を理解しようと試みたときだった。光は波なのか、それとも粒子なのか。ニュートンが一七〇四年に発表した光学に関する偉大な著作で描いたのは、粒子としての光だった。ニュートンが述べたような光の振る舞いは、光を粒子の流れと考えると、きわめて自然に見える。たとえば、光が反射する様子を見てみよう。反射面に当たった光がどこに向かうかを知りたければ、光を壁に向けて発射されたビリヤードの球と見なせばよい。そうすれば経路を予測できる。このような直線で構成された光の幾何学を説明しようとすると、光を粒子と見なすしかない、というのがニュートンの考えだった。

いっぽうニュートンと対立する人々は、光の性質を記述するモデルとしては波のほうがはるかに良いと考えていた。光が粒子だとすると説明がつかなくなる性質があまりに多いように思われたのだ。じっさい、英国の物理学者トマス・ヤング（一七七三—一八二九）が一八〇〇年代初頭に考案した実験は、光が粒子だと信じる人々にとどめを刺したかに見えた。

細いスリットが一本垂直に入ったスクリーンを光で照らし、そのスクリーンの後ろに写真乾板を据えておいてスリットを抜けてきた光を記録すると、乾板の上にはスリットに相当する一本のまっ

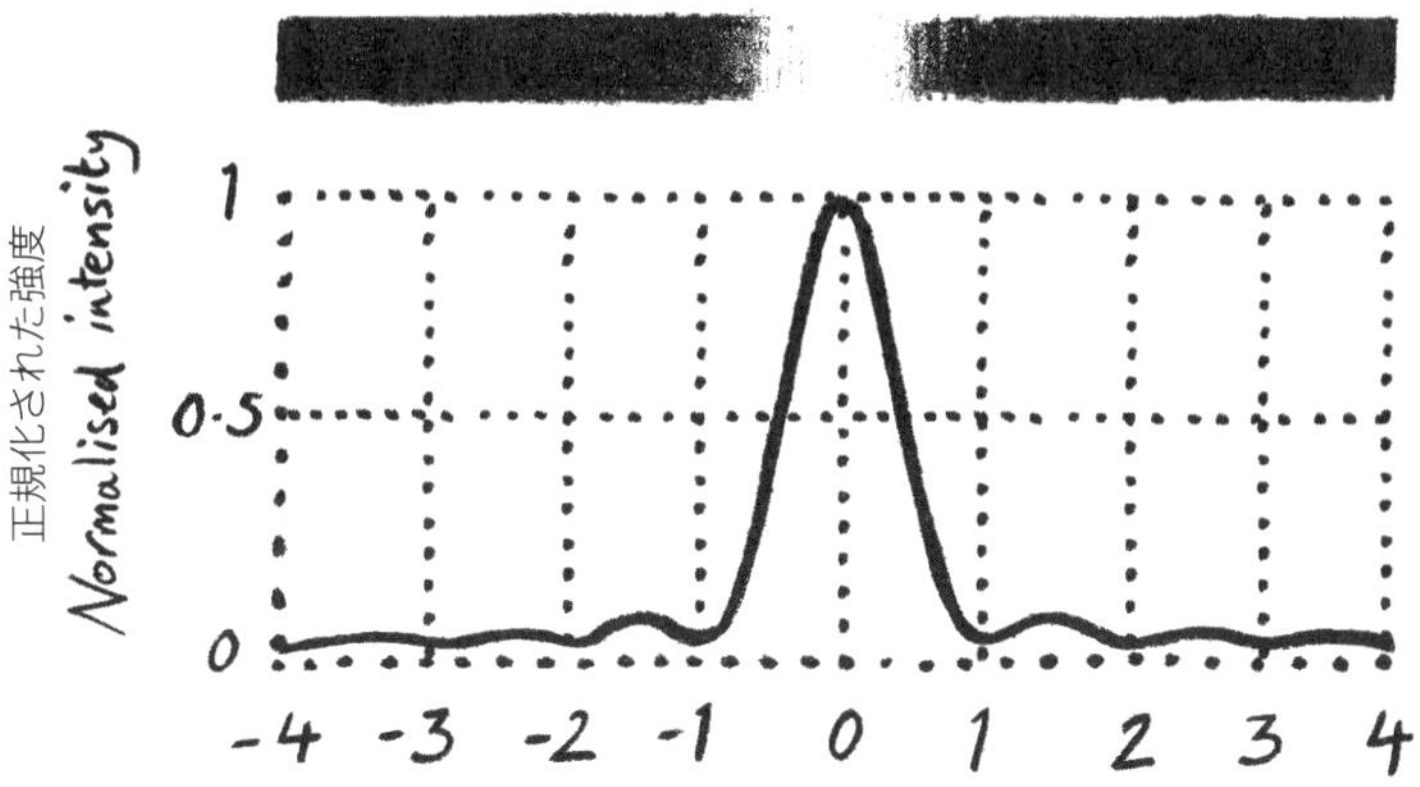

光が１本の細いスリットを通ったときに乾板に記録される光の強度

すぐな明るい部分とともに、その線から離れるにつれて次第に暗くなっていく光源からの光が浮かび上がる。

ここまでは、光を粒子と見なしても問題ない。光が粒子だとすると、その粒子がスリットを通るときにわずかに偏って、その一部がこの明るい領域のどちらかの側に回り込む可能性があるからだ（ただし、スリットが一本だけでも、そのスリットの幅が光の波長に比べて狭い場合は、中央の明るい領域から離れるにつれて、光の強さが波のように変化するが、この現象は、波の存在を暗示している）。

ところが、ヤングがスクリーンに最初のスリットと平行にもう一本スリットを入れてみると、光を粒子と見る立場にとってはやっかいな現象が生じた。スリットが二本あるのだから、それぞれのスリットを抜けた光の粒子に対応する明るい領域が二本現れるはずだ。しかるにヤングが観察したのは、それとは別の現象だった。写真乾板全体に、明るい線と暗い線が交互に現れたのだ。奇妙なことに、乾板のあちこちに、片方のスリットだけを開くと明るくなるのに、二本とも開くと暗くなる領域が見られた。光がビリヤードの球のような粒子だとすると、その粒子が急に乾板のその領域

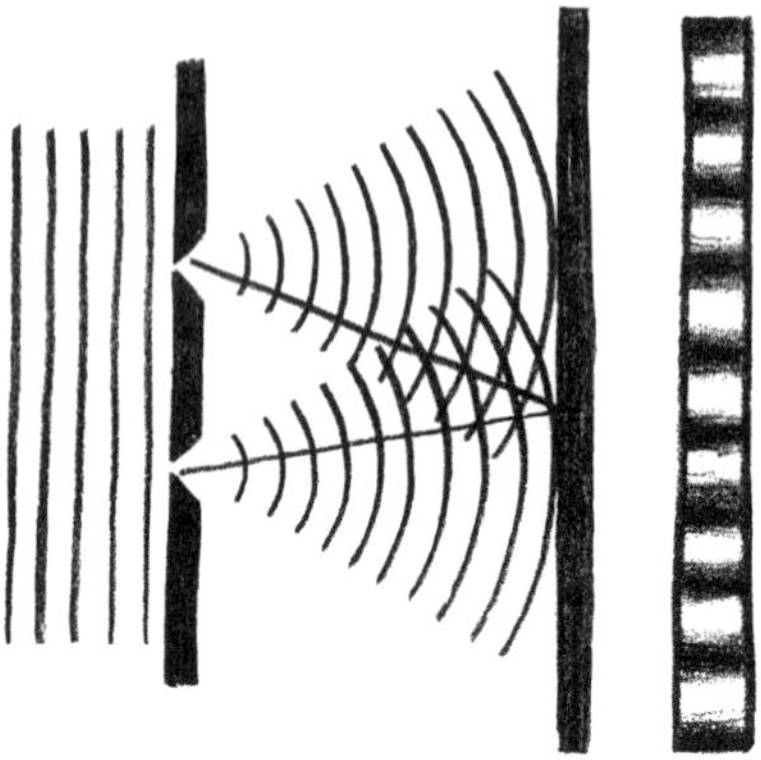

光は左側から２本スリットの入ったスクリーンを抜けて、右にある写真乾板に当たる。乾板の右の明るい帯と暗い帯は、検出された干渉パターンを表している。

に届かなくなるというのはいったいどういうことなのか。この実験は、光を粒子と見るニュートンのモデルに真っ向から異議を申し立てていた。

これらの明るい帯と暗い帯が生じる理由を説明するには、光を波と見るモデルを採用するしかなさそうだった。水を満々とたたえた静かな湖があったとして、石を同時にふたつ投げたとしよう。すると石が引き起こした波が互いに干渉しあって、波の一部はさらに大きな波になり、別の部分は相殺して消える。このとき水面に木片を浮かべると、二つの波の相互作用によってできた波が板に打ちつける様子を観察することができるが、それらの波の形は、板の長さに沿った山と谷の連なりのように見える。

二本のスリットから現れた光は、水に投げ込んだ石と同じように、相互に作用するふたつの波を作り出しているようだった。光の波が組み合わさって明るい帯になっているところもあれば、光が相殺して暗い帯になっているところもある。光を粒子と見なすと、このパターンを説明することができなくなる。

粒子説を支持していた人々も、一八六〇年代初頭にジェームズ・クラーク・マクスウェルの波動に基づく新たな電磁放射理論で予測された速度と実際に光が進む速度とがぴたりと一致することがわかると、ついに白旗をあげた。マクスウェルの計算によって、じつは光が方程式によって記述される電磁放射の一種であることが明らかになったのだ。つまりそれらの方程式の解がさまざまな周波数の波で、それらの波が異なる種類の電磁放射に対応しているのである。

ところがさらにもう一つ、意外な展開が科学者たちを待っていた。ちょうどヤングの実験によって科学者たちが光の波動モデルに押しやられたように、一九世紀末に行われた新たなふたつの実験の結果によって、科学者たちは再び光の粒子モデルに押しやられることになった。つまり、光は量子化されているとしか思えなかったのだ。

耳障りな波を料理する

光が波のようなものではあり得ないらしい、ということを示す事実が最初に見つかったのは、産業革命の推進力となった石炭用の炉の内部で生じる電磁放射——つまり光——を理解しようとしている最中のことだった。熱は運動である。ところが電子を急速に細かく上下させると、電子には負の電荷があるから電磁放射が起きる。だから、熱い物体は光る。小刻みに揺れる電子が電磁波を放射するのである。電子が縄跳びの縄の端を持っている人間だとすれば、その手が上下するにつれて、縄は波のように揺れはじめる。それぞれの波には、その波が一秒間に何回上下するかを示す周波数がある。そしてこの周波数が、たとえば可視光線がどのような色になるかを決める。赤い光は周波数が低く、青い光は周波数が高い。周波数はまた、波に含まれるエネルギーの量とも関係している。周波数が高いほうが、波のエネルギーが大きいのだ。波のエネルギーを左右する要素としては、周波数のほかに振幅がある。これは波の大きさを表す値で、縄跳びの縄でいえば、エネルギーを費やせば費やすほど縄の揺れが大きくなる。科学者たちは何百年もの間、放射される電磁波の主立った周波数を温度の尺度にしてきた。赤熱、白熱。火が熱くなればなるほど、発せられる光の周波数は高くなる。

以前、ノッティンガムの近くのパップルウィック揚水ステーション（一八八〇年代にノッティンガム市の飲料水を供給するための揚水場として作られた施設で現在は博物館）を訪れて、このような石炭用の炉を見学したことがある。月に一度の「スティーミング・デイ」には、ポンプを動かすために炉に火が入れられるのだが、炉自体は、美しい装飾が施されたビクトリア朝の建物に収められている。どうやらこの揚水ステーションの建造費用が予算内に収まったので、余った金でポンプを納めた建物を飾り付けたらしく、まるで、神ならぬ工業時代の科学に捧げられた教会のようにも見える。

パップルウィックの炉の内部の温度は、摂氏一〇〇〇度くらいに達する。一九世紀末の科学者たちは、炉の内部の温度に対して内部の光の周波数のスペクトルがどうなるかに興味を持った。炉を閉じると内部は熱力学的な平衡に達して、熱を帯びた原子の急速で細かい動きによって電磁放射が始まる。ところがその放射はそのまま吸収されるから、結果として、放射された電磁波はいっさい失われない。

では、炉が平衡状態になったときに、内部の放射の周波数はいったいどうなっているのか。それを考えるために、すぐにも振動しようと待ち構えているたくさんのチェロの弦を思い浮かべてみよう。振動する弦のエネルギーの総量は、弦の振動の周波数と振幅によって決まる。周波数が高い波を生み出そうとするとたくさんのエネルギーが必要になるが、このときに振幅を小さくすれば、エネルギーはそれほど多くなくてすむ。古典物理学では、理屈からいって、一定量のエネルギーでどんな周波数の波でも作ることができるが、周波数が増えると、それに応じて振幅は小さくなる。

スペクトルを理論的に解析してみると、どうやら炉の内部では、あらゆる周波数の波が生じる可能性があるらしかった。ところがパップルウィックの炉を覗いてみても、大量の高周波数のX線に打たれたりはしない。光が波であるとする電磁気理論によると、炉のなかで高周波数のX線が大量に生じているはずなのだが……。しかもそのうえ、熱平衡状態にある炉の内部のあらゆる周波数の寄与分を足し合わせたうえで、光を振動する波と見なして分析すると、炉の内部の総エネルギー量が無限になる、というばかげた結論が得られる。実際にそんなことが起きていたら、パップルウィックの炉はこれほど長持ちしていないはずだ。

どの温度に対してもある遮断点があって、周波数がその値を超える波は生じず、振動もしないようだった。しかるに古典物理学によれば、上の図の実線のようになるはずだった。光が振動するチェロの弦のようなものだとすると、炉の内部ではあらゆる周波数の波が生じ、しかも周波数とともに波の数も増えるのだ。たしかにこのグラフは周波数が低いところでは正しいのだが、実際には、周波数が増すにつれて高周波数の電磁放射の強度は減り、あるところ（がどこかは温度による）から先では、その値より周波数が大きい波が観察されなくなる。

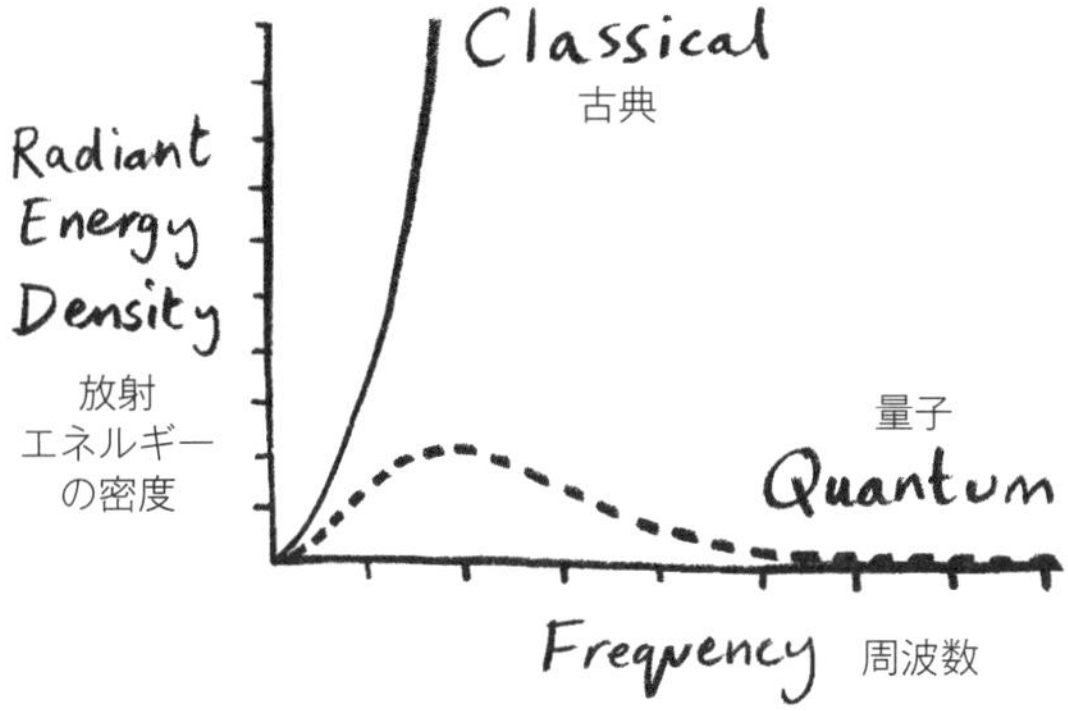

古典モデルと量子モデルで予測した閉じた炉の内部の周波数

石炭用の炉で発せられる光の周波数を巡る実験で得られた分布に着目したドイツの物理学者マックス・プランク（一八五八―一九四七）は、一九〇〇年に、光がチェロの弦のようになっているとする古典モデルから得られるばかげた曲線とは別の真の曲線を得ることができる、巧みな説明を思いついた。

電磁放射の各周波数に対して、その周波数に達するのに必要な最小エネルギーが決まっている、と考えたのである。ある周波数で振動している波のエネルギーを連続的に減らしたときに、その音がいつまでも鳴り続けるとは思えない。

エネルギーを減らしていくと、その波はずるずると振幅の小さな振動になるのではなく、ある時点で平らになってしまう。プランクのモデルでは、電磁放射はまるで連続的に振る舞うことなく、エネルギーが増すたびに量子化されたジャンプが生じる。エネルギーのジャンプはきわめて小さく、そのつもりで探さなければ観察することができない。ところがこの前提のもとで数学を用いて計算した結果、得られた各周波数の電磁放射の強さは、まさに炉から発せられる電磁放射の観察結果と一致することがわかった。

つまりこの宇宙は、おそらく科学者たちが一九世紀末まで信じていたような、連続したなめらかな場所ではないのだろう。物質が基本構成要素から成り立っていると信じていた原子論の支持者ですら、エネルギーのようなものにまで離散的な原子論的根本原理が応用できるとは考えていなかった。チェロの弦の例でいうと、弦を弓でこすって音量を増やしたときに、人間の耳には音が連続的にじょじょに大きくなっているように聞こえるが、実はチェロの音の大きさは段階的にジャンプしているのだ。そのジャンプの幅はきわめて狭く、与えられた周波数νに対して、エネルギーは$h\times\nu$刻みで増えていく。hはプランク定数と呼ばれる値で、エネルギーの刻みを決めているこの値をジュール・秒を単位として表すと、小数点の右に三三個のゼロが続き、その次にはじめてゼロでない桁が現れる。正確には、

$$h = 6.626\times10^{-34}\text{ジュール・秒}$$

なのである。プランクはこの時点で、エネルギーが不連続になるという事実を物理的には説明できなかった。しかし、数学の観点に立って石炭用の炉の内部における電磁放射の観察結果を説明しようとすると、エネルギーは不連続だと考えるしかなかった。やがてアインシュタインがこれとは別

の実験結果を説明したことから、科学者たちは光が波ではなく粒子であるという見方にさらに引き寄せられていった。しかも光の粒子は、それぞれが$h \times \nu$のエネルギーを持っていたのだ。

光電効果で電子を蹴り出す

金属が電気をよく通すのは、金属のなかを動きまわることができる自由電子がたくさんあるからだ。それなら金属片に電磁放射を当てて、これらの電子を実際に金属から蹴り出すことができるはずだ。電磁放射の波のエネルギーが電子に伝わって、十分なエネルギーを得た電子が金属の縛りから逃げ出す。このようなメカニズムがあればこそ――この前の「最果ての地」で述べたように――トムソンは電子を発見することができたのだった。

電磁放射を波と見なすのなら、波のエネルギーを増やしていって、ついには電子を蹴り出すことができるはずだ。波のエネルギーが大きくなればなるほど電子を激しく蹴ることになり、電子の速度は大きくなる。この前の節で述べたように、振動するチェロの弦のような波のエネルギーを増やす方法はふたつある。ひとつ目は波の周波数を増やす、つまり波を速く振動させることで、じっさいに波の振動を加速すると、それに比例して、飛び出す電子の速度が大きくなる。しかし、周波数が固定されているとしたら……それでもエネルギーを増したければ、波の振れ幅を大きくすればよい。つまり大きな音を出すのだ。ところが奇妙なことに、周波数を変えずに波の強さだけを大きくしてみても、電子が飛び出す速度は大きくならず、金属から蹴り出される電子の数が増える。

しかも、振幅を大きくしながら周波数を減らすと、全体としてのエネルギーは変わらないのに、ある時点でまったく電子を放出しなくなる。周波数がある値を下回ると、どんなに大きな音でチェロを奏でてみても、エネルギー不足で電子が蹴り出されなくなるのだ。いっぽう周波数を高く保っておけば、どんなに音量を絞っても電子の放出が止むことはない。つまり、極端に強度の低い波でも、電子を蹴り出す力はあるわけだ。いったい何が起きているのだろう。科学者たちが光電効果と呼ぶこの奇妙な振る舞いを、いったいどう説明すればよいのか。

答えは、モデルの変換にある。ここまでは、波が入ってきて粒子が出て行く、と考えていた。では、粒子が飛び込んで粒子が出て行くと考えたらどうなるか。おそらく、出て行く電子が粒子の性質を持っているという事実によって、入ってくる電磁放射をどう見るべきかが決まるのだろう。

これこそが、一九〇五年にアインシュタインが成し遂げた見事なパラダイムシフトだった。多くの人がこの年をアインシュタインの驚異の年《アヌス・ミラビリス》と呼ぶのは、アインシュタインがこの年に光電効果だけでなく、後の「最果ての地」でわたしたちが取り組むことになる特殊相対性理論やブラウン運動の理論を考え出したからだ。ちなみにアインシュタインのブラウン運動の理論は、この前の「最果ての地」で述べた、物質は原子で構成されているという説のもっとも強力な証拠となった。

アインシュタインは、電磁放射や光を波ではなく、ニュートンが示唆したような小さなビリヤードの球の連射と見るべきだと主張した。そのときそれぞれの粒子のエネルギーは、電磁放射の周波数によって決まる。この新たな概念を使えば、実験室で科学者たちが経験したことを完璧に記述するモデルを作ることができる。このときひとつひとつの光のビリヤードの球は、石炭用炉の内部の電磁放射を説明するためにプランクが数学的に導入した最小エネルギーに対応するエネルギーを持っている。アインシュタインのモデルでは、周波数νの電磁放射を、各々が$h\times\nu$のエネルギーを持つビリヤードの球と見なすのだ。プランクが導入したエネルギーのジャンプも、電磁放射にさらに光のビリヤードの球が加わるという事実に対応しているだけのこと。アインシュタインはこれらの球を光の量子と呼んでいたが、一九二〇年代に呼び名が変わって、今では光子と呼ばれている。

光子のビリヤード

では、この光の粒子モデルによって、金属から蹴り出される電子の振る舞いをどう説明できるのだろう。ここで再び、ビリヤードゲームのような相互作用を考えてみる。光の粒子が金属の表面にぶつかった場合、光子が電子に当たればそのエネルギーは電子に移って、電子が飛び出す。しかし、電子が飛び出すためには、ある程度のエネルギーが必要だ。

今、飛び込んでくる光子のエネルギーは放射された波の周波数だけで決まる。周波数が低すぎると光子のエネルギーが小さすぎて、電子を蹴り出すことができない。だからといって放射を強くしてみても、事態はまるで変わらない。なぜなら金属にぶつかるビリヤードの球の数は増えても、各ビリヤードの球のエネルギーは変わらないからだ。光子が電子にぶつかる可能性は増えるが、どのビリヤードの球も力不足なので、電子は決して蹴り出されない。光を波と見なすモデルでは、でんと構えた電子が入ってくるエネルギーを吸収し続けて、エネルギーが十分溜まったところで飛び出すことができる。いっぽう光を粒子と見なすモデルでは、光子は何度でも電子を蹴ることができるが、ひとつひとつの蹴りが弱すぎると電子を追い出すことができない。ちょうど、誰かを指で優しくつつついているようなもので、何度つついてみても、相手は決して転ばない。

ところが、入ってくる電磁放射の周波数がある値を超えると、各ビリヤードの球が、ぶつかった電子を蹴り出せるだけのエネルギーを持つことになる。ちょうど、何百回も優しくつつつく代わりに、力を込めて一発どーんと押すようなもので、これなら相手は転ぶ。早い話が、ビリヤードの球から電子に十分なエネルギーが伝わり、電子は、自分を金属に閉じ込めている力に打ち勝つエネルギーを手に入れることになる。電磁放射の強さを増すと、金属に向かって放たれる球の数が増え、その結果、蹴り出される電子の数が増える。したがって飛び出す電子の数は増えるが、速度は大きくならないのだ。

アインシュタインのモデルによると、放出される電子の速度は周波数に正比例するはずだった。ところが面白いことに、このような関係はかつて観察されたこともなければ、予言されたこともなかったから、結果としてこのモデルは、優れた科学理論候補の特徴をすべて備えることとなった。優れた理論であれば、従来実験室で観察されたことをきちんと説明できるだけでなく、やがて検証可能となるはずの新たな現象を予言できるはずなのだ。これは特に重要なことだった。というのも、アインシュタインのモデルを強く疑う科学者がひじょうに多かったからで、電磁放射を波動に関する数学を用いて記述したマクスウェルの方程式が見事な成功を収めていたことから、科学者たちにすれば、おいそれと考えを変える気はなかった。

アメリカの物理学者ロバート・アンドリューズ・ミリカン（一八六八－一九五三）もまた、アインシュタインのモデルには懐疑的だった。ところがミリカンは、光をエネルギーを持つビリヤードの球と見なすアインシュタインのモデルの反証を示そうとして、逆に、蹴り出される電子の速度は入ってくる電磁放射の周波数に正比例する、というアインシュタインの予測を確認することとなった。当時すでに研究の一環として電子の電荷を決定していたミリカンは、のちに地上の検出器が拾った電磁放射が地球外から来たものであることを証明し、「宇宙線」という言葉を作ることになる。そしてこれらすべての業績によって一九二三年、つまりアインシュタインの二年後に、ノーベル物理学賞を受賞したのだった。

ところで、一九二一年にアインシュタインに授与されたノーベル賞は、光電効果の説明という業績に対するものだった。ノーベル賞委員会は、相対性理論でアインシュタインを顕彰したわけではなかったのだ！　アインシュタインのモデルが登場したおかげで、粒子派にも、数十年前にマクスウェルの発見を受けてあげた白旗を降ろす口実ができた。そして今度は揺り戻しが始まり、電子などの粒子にもばらばらな粒子というより波のように見える性質がある、という事実が判明することとなった。どうやら光や電子は、粒子のようにも波のようにも振る舞うらしい。そしてこのとき姿を現そうとしていた新たな理論によって、二つの陣営はともに勝者となった。

アインシュタインのパラダイムシフトがあったからといって、光を波と見なしたほうがうまく説明できる実験結果が無効になったわけではなかった。おかしなことに、どのモデルを使うべきかは、実験環境によって決まるようだった。「粒子と波動の二重性」の登場である。

ヤングが行った二重スリット実験の結果は、光が波であって粒子ではないということを決定的な形で示していた。いっぽう光電効果は、電子の粒子としての性質をうまく使っており、電磁放射を粒子と見なしてよい、という納得いく根拠を示していた。では、この二つの実験で粒子を取り替えるとどうなるか。今かりに、ヤングの二重スリットの実験に電子を持ち込んだとしたら？　こうしてスリットが二本入ったスクリーンに電子を発射する実験を行ってみたところ、わたしたちの現実把握は根底から大きく揺らぐこととなった。

電子を使った実験

量子力学のもっとも奇妙な結論のひとつに、電子をはじめとする粒子は、観察されるまでは同時に複数カ所にいられて、観察された瞬間にその粒子のほんとうの位置がランダムに選ばれているらしい、ということがある。科学者たちは今のところ、これは純粋な無作為性であって、情報が足りないからランダムに見えるわけではないと考えている。まったく同じ条件下で実験を行ったとしても、毎回異なる結果が出るのだ。そしてこの位置の不確かさが、最後にはわが壺のなかのウラニウムのかけらが突然外で見つかるという現象を引き起こす。

この現象の本質を理解するために、もう一度、ヤングの二重スリットの実験をしてみよう。ただし今回は、光ではなく電子を使って。オクスフォードの同僚の物理学者がわたしを研究室に呼んで実験器具をいじらせてくれたので、わたしはこの目でこれらの電子が行っていると思われる奇妙なゲームを見ることができた。この実験結果については、すでに幾度も本で読んでいたのだが、それでも「知識はすべて感覚から始まる」というカントの言葉を痛感することになった。

わたしは、実験に取りかかる前に自分は実験と相性が悪いということを同僚に話しておかなくては、と思った。学校の実験の時間には、誰もわたしとは組もうとしなかった。なぜなら決まって実験に失敗したから。それもあって、わたしは広い科学の領域の論理的な片隅に吸い寄せられたのだった。数学をやっている間は、物理的な宇宙のごたごたと無縁でいられる。しかしその同僚は、この実験はそんなことではびくともしないといった。

まず、電子の発生源を調整して、検出器の板にたどり着く電子を一度に一つずつ記録できるくらいの速度で電子を放出するようにしておく。それからその発生源と検出板の間にスリットが二本入ったスクリーンを置く。そのうえでまず、片方のスリットを閉じたときに何が起こるかを観察した。すると、開いているスリットを通った電子が次々に検出板にぶつかりはじめた。そして十分な数の電子を送り込んだところで、あるパターンが現れ始めた。

発生源とスリットを結ぶ線の先にあたる部分は、到達した電子の濃度が高かった。この中心の線から両脇にずれたところでも、到着した電子が検出されはするものの、中心から遠ざかるほど、到達する電子の個数は減っていく。たまにスリットを通ったときに逸れる電子があって、経路が中心線のどちらかに曲がるのだろう。この時点では、特に妙なことは起こっていなかった。そこで、二本目のスリットを開いた。

もしも電子が古典的な粒子のように振る舞うのであれば、電子は第一のスリットを通るか第二のスリットを通るかのいずれかで、二本のスリットの先にあたる場所に電子の濃度が高い領域が二本現れるはずだった。ところが実際には、そうならなかった。ヤングがスクリーンに光を当てたときと同じような、干渉のパターンが現れはじめたのだ。これは、スリットを抜けた水の波が互いに干渉し合うふたつの波になるのと似た現象だと考えたほうが、矛盾がない。

しかし、ここで思い出してほしいのだが、この実験の装置は、ある瞬間にスクリーンを抜ける電子がただひとつになるように設定されていた。したがって、複数の電子が波のように互いに作用しあうことはあり得ない。この場合は、通常の波が行うことをひとつの電子が行っているのだ。さらにふしぎなことに、検出板のうえにまったく電子が届かない領域が生じる。開いているスリットが一本のときはこの点にも電子が到達できたのに、いったい何が起きているのか。もう一つ別のスリットを開けたのだから、検出板の一点にたどり着く経路は複数になっているはずなのに、余分な選択肢ができたために、電子がまったく到達できない領域が生じるなんて……。

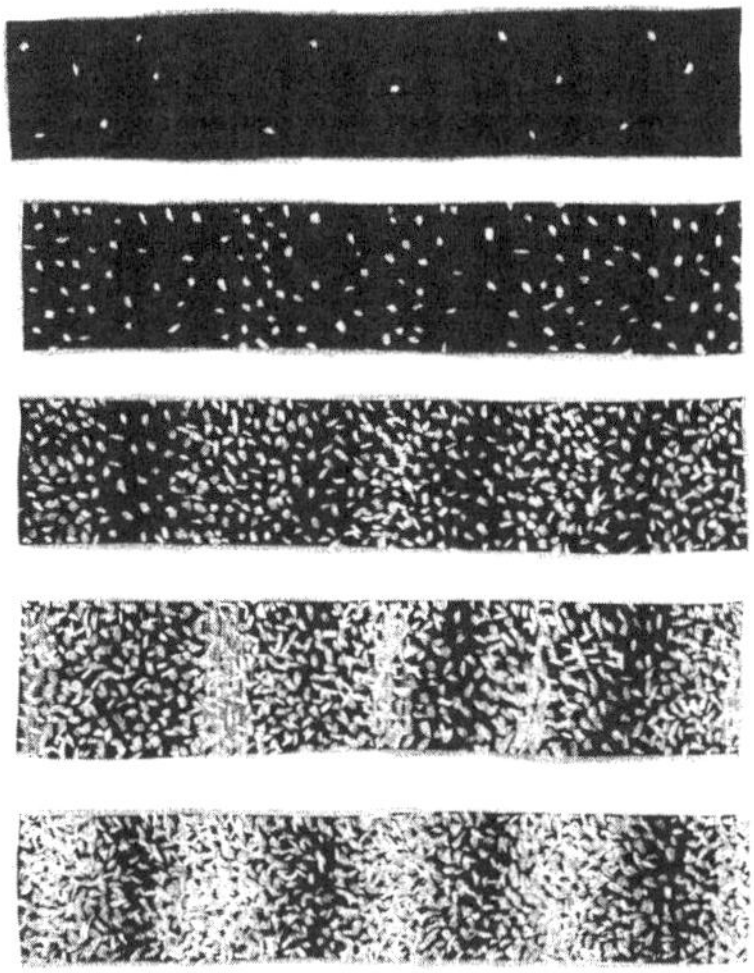

検出される電子が増えると、波のような干渉のパターンが現れる。

カントは、すべての知識は感性的感覚から始まるとしたうえで、「そこから悟性へと進み、理性で終わる。その先に、それ以上高いものを発見することはできない」と述べている。であるならば、科学者たちはこのスクリーンを通過する単一の電子の奇妙な振る舞いから、どのような理知を抽出したのだろう。

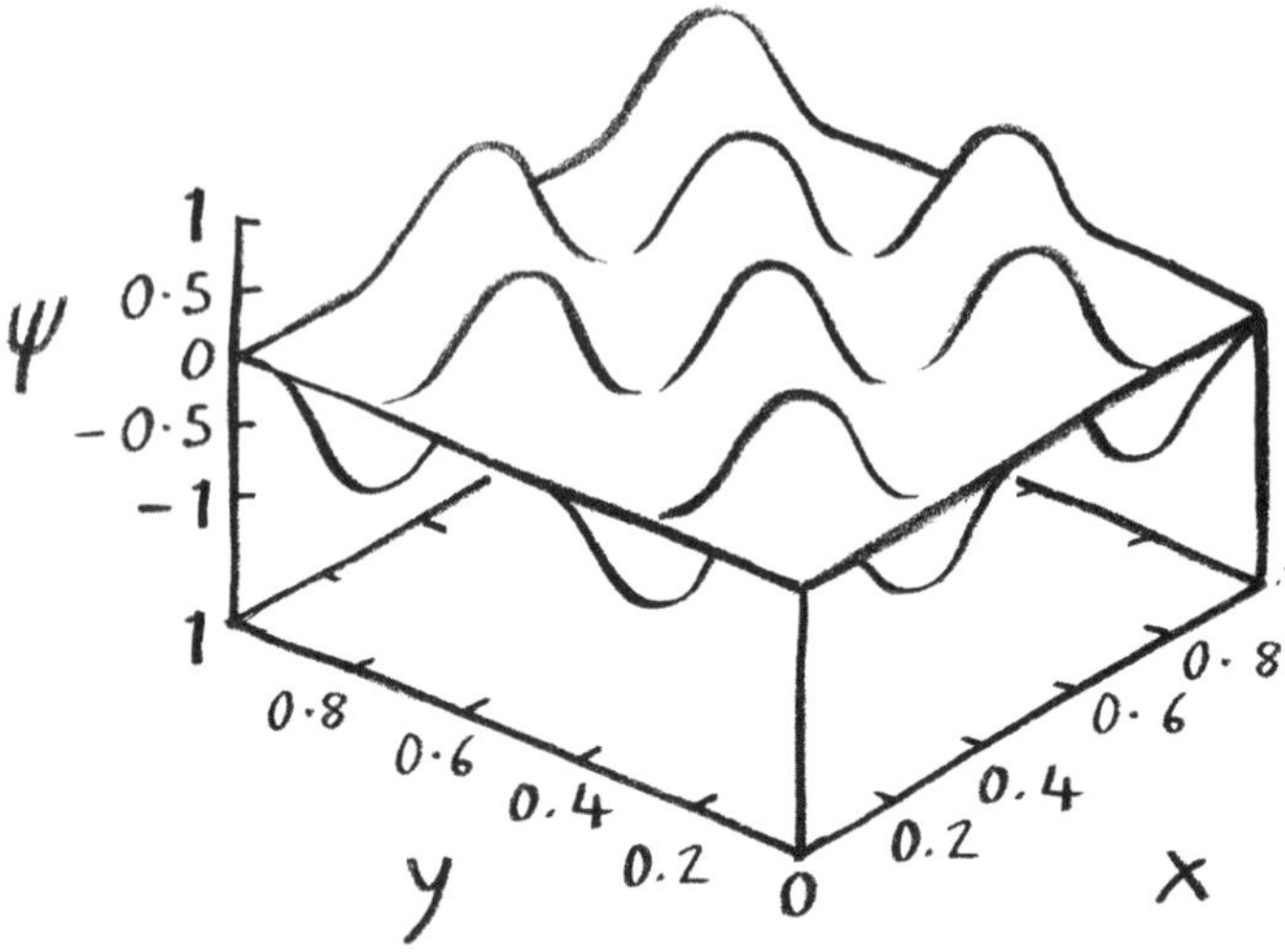

量子波。波が高いところのほうが、空間のその点で電子が見つかる確率が高い。

分裂する電子

電子がひとつのスリットを通過するとき、どうすれば別のスリットが開いているか否かを知りうるのか。なにしろ電子が通ろうとしているスリットともう一本のスリットは、ある程度離れているのだから。別に、ひとつの電子がふたつに割れて両方のスリットを通るわけではない。あきれたことに、実際に電子を観察するまでは、電子がどこか特定の点に位置すると考えてはならないのだ。電子を記述する際には、位置としてある程度幅のある値をはじき出す数学的な波動関数を使う必要がある。オーストリアの物理学者エルヴィン・シュレーディンガーがこの新たな革命的視点を提示したのは、一九二六年のことだった。ちなみにその波の振幅には、電子を観察した瞬間にその電子が空間のある具体的な場所で見つかる確率の情報が埋め込まれている。

　でも、いったいこれは、何の波なんだ？ と思われる方もおいでだろう。何が振動しているんだ？　実はこれは物理的な波ではなく、情報の波なのだ。クライム《crime》・ウェーブ《wave》が、じつは犯罪《クライム》の波《ウェーブ》ではなく、特定の地域で起きる犯罪の確率に関する情報であるのと同じこと。波は単なる数学関数で、数学関数とはコンピュータや機械のようなものなのだ。その関数に情報を入れると、計算が行われて答えが出る。電子の波動関数では、空間内の領域が入力となって、その領域で電子が見つかる確率が出力になる。まったく途方もない話だが、この粒子は実は発展的な数学のかけらとでもいったもので、まったく物理的なものではない。ではなぜ波動という名前がついているのかというと、これらの確率を記述する関数が、古典的な波動現象を表す関数に固有のさまざまな性質を持っているからだ。この関数の山や谷には、その電子が見つかりそうな場所に関する情報が符号化されている。波の振幅が大きければ大きいほど、空間のその領域で電子が見つかる確率が高くなるのだ。

　電子の振る舞いを記述する波の場合には、スリットが二本あるスクリーンに出くわした時点でスクリーンと相互に作用しあい、その影響を受ける。これによって新たな波ができ、その波の特徴が検出板の奇妙な干渉パターンとして現れるのだ。そして電子は、この検出の瞬間に、板のどこに位置するかを決める。波動関数は、電子が現れそうな場所の確率を示しているわけだが、電子が検出された瞬間に、サイコロが振られて確率が必然になる。そうなればもはや波は存在せず、電子は再び検出板の一点にぶち当たった粒子のように見える。ところがこの実験を繰り返し行うと、電子はそのたびに別のところに現れる。スクリーンに向かって電子をどんどん発射すると、検出された電子はパターンを作り始め、その波に含まれる統計値が見えてくる。だが、たった一回の試行では、電子が板のどこに当たるかを決して知ることはできない、と物理は断言するのである。

　ヤングが光で行った最初の実験に立ち戻り、光がじつは光子という粒子である、というアインシュタインの発見に照らしてその実験を見直してみてもよいだろう。ヤングの実験でも、光源の強さを落とし、エネルギーがゆっくり放出されて光子が二重スリットのあるスクリーンに向けてひとつずつ放出されるような状態に持っていくことは可能だ。

　このときの光子は電子と同じように、写真乾板に達した時点で、その粒子の性質に対応する乾板上の一点になる。この場合、ヤングの干渉パターンはどうなるのか。実はここで、驚くべきことが起きる。二重スリットがあるスクリーンに光子を一つずつ発射していくと、やがて写真乾板に光の跡が残りはじめ、しだいに干渉パターンが現れる。ヤングは、乾板に連続的な波形が当たるところを目撃したわけではなかった。そんなものは幻でしかない。問題のパターンは、じつは板に到達して検出された各々の光子に対応する何百京（一京＝10^{16}）もの画素で構成されているのだ。乾板にぶつかる光子の数を実感してもらうために一言付け加えると、一〇〇ワットの電球はざっと毎秒一垓（＝10^{20}）個の光子を放出している。

　光の波としての性質は、電子の波としての性質と同じである。この波は、光子が検出されたときの位置の候補を決める数学であって、光の持つ波としての性質は、水の波のような震える物体の波とは異なる。光子がどこで検出されるかに関する情報を符号化した、波のような関数なのだ。光子は、実際に検出板に達するまでは、電子と同じように両方のスリットを同時に通っているらしい。そして観測されたときにはじめて、空間における位置を定める。

　この観察という行為は、量子物理学のじつに奇妙な特徴となっている。検出器に電子がどこにいるのかを突きとめさせるその瞬間までは、粒子は空間に確率的に分布していると見なされるべきで、その確率は波に似た特徴を持つ数学的関数で記述される。この数学的な波動関数がふたつのスリットと相互に作用した結果その関数が変わると、電子は検出板のある点に位置することを禁じられるのだが、それでいて、粒子が観測された瞬間にサイコロが振られて、確率の波が粒子の位置を選ばされるのである。

この常軌を逸した物語をはじめて本で読んだのは、あるクリスマスのことだった。今も、その時のことははっきり覚えている。物体が、同時に二ヵ所以上に現れることができるだなんて！　その年のサンタクロースは、クリスマスの靴下におもちゃやお菓子をぎっしり詰め込み、さらに風変わりなタイトルの本を入れてくれていた。ジョージ・ガモフ（一九〇四―六八）という物理学者がまとめた『ペーパーバックのトムキンス』（『ふしぎの国のトムキンス』と『原子の国のトムキンス』の合冊本）という本だ。その本では、著名な教授の夕方の講義に出て物理を学ぼうとするトムキンスが、決まって講義の途中で眠り込み、夢を見た。

その夢のなかでは、電子のいるミクロの量子世界が拡大されて巨視的な世界となり、トムキンスは、同時にたくさんの場所に存在する虎やサルが満ち満ちた量子のジャングルにいることに気がつく。ぼんやりした感じの虎の大群に襲われたので、夢のなかで同行していた教授がたてつづけに銃弾を発射。するとついに一発が命中して、虎の群れが突然たった一頭の「観察された」虎になるのだ。

今でも覚えているのだが、わたしはこの空想の世界にすっかり魅せられて、しかもその世界が見かけほど奇っ怪ではないらしいと知ると、ますます興奮した。当時のわたしは、――何しろ一晩で一〇億人もの子どもの家を訪れなければならないのだから――ひょっとするとサンタクロースはいないのかもしれない、と思い始めていたのだがこの本のおかげで、わたしのサンタクロース信仰は新たになった。サンタクロースも当然、量子物理学をうまく使っているはずなのだ。実際に観察した人は一人もいないのだから、サンタクロースは、同時にたくさんの煙突にいることができるはずなのだ。

量子の人類学

観察という行為が果たす特別な役割を強調するためにいっておくと、二重スリットの実験に戻って、電子が「ほんとうは」どちらのスリットを通ったのかをつきとめるために、片方のスリットに検出器を仕掛けて現場を覗いてみると、干渉パターンは消えてしまう。電子がどのスリットを通るのかを知るための見るという行為によって、電子を記述する波動関数の性質が変わるのだ。この場合、検出板にはふたつのスリットに対応する二本の光の線だけが残り、いかなる干渉パターンも現れない。わたしたちが知ろうとしたことで、電子の振る舞いが変わったのである。

いささかごまかしめくが、この現象を理解するために、アマゾンの未発見の部族を観察する人類学者を想像してみてもよいだろう。学者が観察することで、相手の振る舞いが変わるのだ。いっさい相互作用を生じさせず、部族の振る舞いを変えることなく観察することは不可能だ。電子の場合には、この影響がさらに顕著になる。電子がどのスリットを通ったかを知るということは「見る」ということで、そこには何らかの相互作用が生じるはずだ。その相互作用は、たとえば電子にぶつかって検出器に戻ってくる光子かもしれない。ところが光子がぶつかると、電子の運動量やエネルギーが変わり、あるいは位置が変わる。相手を変えずに相互作用することは不可能なのだ。ところが実際には、電子に光子がぶつかるといった明確な相互作用でなく、もっと微妙な作用でよい。電子が片方のスリットを通るかどうかを観察していて電子を検出することができなければ、もう片方のスリットを通ったと解釈できて、この場合は、別に光子が電子にぶつかるわけではない。つまりこれは、相互作用なしで電子の位置を測定する方法になっているのだ。

ここで、「スクリーンに開けたスリットを電子が通るのを観察する」という行為を用いたじつに奇妙な思考実験を想像してみる。今、センサーに電子が一個当たりさえすれば作動する爆弾を作ることができたとしよう。ただしやっかいなことに、この爆弾が機能することは保証の限りでない。古典物理学の世界においては、爆弾が機能するか否かを確かめようとすれば、爆弾に向けて電子を一個発射するしかないように思える。しかしこれは、まるで役に立たない方法だ。ボカンと爆発すれば機能することがわかり、爆発しなければ不発だとわかるが、いずれにしても、実験が終わった時には使える爆弾はなくなっている。

ところが奇妙なことに二重スリットの実験をうまく使うと、この爆弾を実際に爆発させることなく、機能するか否かを調べることがある程度可能になる。先ほどの話で、電子が両方のスリットを同時に通った場合には、スクリーンに電子が到達できない領域が生じていたことを思い出していただきたい。ということは、もしもこの領域に属する点で電子が検出されたとしたら、誰かが電子を観察していて、その電子に片方のスリットを選ばせたということになる。そこでこの領域を、「爆弾検出領域」として使う。まず、爆弾の電子センサーを片方のスリットの位置にセットする。もしも爆弾が不発なら、当然センサーに電子が当たっても作動しない。爆弾が作動しないのだから、観察をしていないことになる。だから電子は両方のスリットを通ることになり、「爆弾検出領域」には到達できない。

では、爆弾が不発でなかったらどうなるか。電子が爆弾のセットされているスリットを通ると、センサーが電子を検知して、爆弾は爆発する。これではさっきと同じじゃないか。ところがこの場合には、電子がどのスリットを通るかを検出したことになるので、電子はどちらか片方のスリットだけを通り、「爆弾検出領域」に達する可能性が出てくる。つまり、爆弾検出領域で電子を検出できれば、爆弾は機能するといえるのであって、機能する爆弾自体が検出装置になる。電子が爆弾のセットされているスリットを通り、爆弾が爆発する可能性が半分。そして爆弾が、電子が別のスリットを通っているのを検出して、その結果干渉パターンは生じず、電子は「爆弾検出領域」に届くことができるのに、爆弾自体は爆発しない可能性が半分。つまり電子は、どのスリットを通るかを白状しているにもかかわらず、この場合の「観察」という行為には、電子を見ることも、光子を当てることも、爆弾を爆発させることも、含まれていないのだ。

観察という行為の奇妙な影響をうまく使うと、壺入りのウラニウムが崩壊するのを食い止めることもできる。無数のミニ観察を連続的に行って、ウラニウムが放射線を放出する現場を押さえようと試み続けると、この観察によってウラニウムが凍り付き、崩壊を食い止めることができるのだ。これはいわば「見ているやかんの湯は決して沸かない」という格言の量子版だが、この場合のやかん――ならぬ壺――は、ウラニウムでいっぱいなのである。

連続的に観察すると不安定な粒子が凍り付き、事態の進展を止めることができる、ということに最初に気がついたのは、暗号解読で有名な数学者アラン・チューリング（一九一二―一九五四）だった。やがてこの現象は、飛んでいる矢の瞬間のスナップショットは動いていないからけっきょく矢は動けるはずがない、と論じたギリシャの哲学者ゼノンにちなんで、量子ゼノ効果と呼ばれることになる。

今、「ここ」と「そこ」のふたつの状態であり得る粒子を考えてみよう。この粒子は、観察されていないときにはふたつの状態が混じった状態だが、観察されるとどちらかの状態に傾く。その粒子が「ここ」に傾いたとして、観察が終われば再び混合状態に移行する。ところが間髪入れずに再び観察を行うと、あいかわらずほとんどが「ここ」で、しかも再び「ここ」に傾く可能性が高くなる。したがって、問題の粒子を連続的に観察していると、粒子はほぼ「そこ」の状態に傾くことができなくなり、「そこ」として観察される可能性はゼロになる。これは、半分まで水の入ったコップをふたつ持っていて、観察するたびに片方の水をもう片方のコップに移して満杯にしなければならない、という状況と同じで、観察が終わってしまえばまた空のコップに水を入れられるのだが、観察の間合いをごく短くすると、空のコップはなかなか満杯にならず、ほぼ満杯のコップを満杯にもっていくのがいちばん簡単だということになる。つまり、しじゅう目をさっと走らせれば、満杯のコップを満杯のままにしておけるのである。

うちの子どもたちは、少年時代のわたしがそうだったように、「ドクター・フー」というSF連続ドラマ（一九六三年より放映。イギリスのポップカルチャーの一部となっている）に夢中である。いちばん怖い異星人《エイリアン》は、近所の墓地にあるのとよく似た「涙を流す天使」の石像だ、ということでわたしたちの意見は一致している。この石像は、こちらが目を離さなければ動く心配はないのだが、瞬きしたとたんに動きだす。量子理論によると、壺入りのウラニウムもこの「涙を流す天使」に少し似ている。ウラニウムを観察し続ければ――ということは、机上の壺から目を離さないでいれば――ウラニウムを凍り付かせて放射線の放出を止めることができるのだ。

当初チューリングは、これは数学を用いて得られる理論上の結果であるとしていたが、やがてこれが単なる数学の作り話ではないことが明らかになった。というのも、ここ一〇年間に行われてきたいくつかの実験で、観察をうまく使えば実際に量子系の進展を抑制できるという証拠が得られたのだ。

多重歴史

量子物理学によると、件の二重スリット実験では観察される前の電子に多重未来があって、そこで未知の量子サイコロが一振りされると、これらの未来のうちのどれかが現実のものになるらしい。未来が現在になるまでは未来を知りえないという事実となら、わたしもなんとか折り合いを付けられそうな気がする。けっきょくのところ、サイコロを三回投げるつもりで手に取った時点では、そのサイコロが実現しうる未来は6×6×6＝216通りあるわけで、実際にサイコロを投げることによ

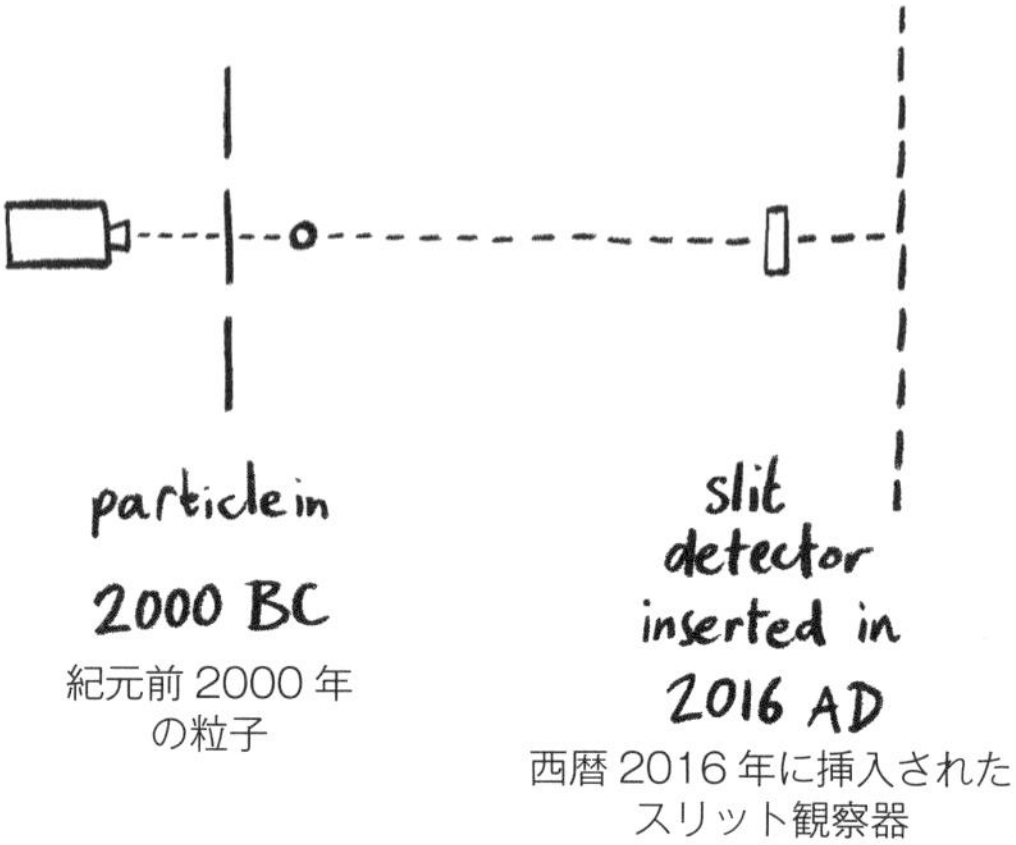

2016 年に「スリット観察器」を粒子の経路に挿入することを決定すると、それによって紀元前 2000 年の粒子の振る舞いを変えることができる。

ってこれら二一六通りの未来のうちのひとつを選ぶことになるわけだが、これはちょうど、電子を観察することによって、その位置が存在しうるたくさんの候補のうちのひとつに決まるのと同じことだ。ところが二重スリットの実験をさらにもうひと捻りすると、過去もひとつには定まらない、という恐ろしい事実が明らかになる。

実は、現在の行動によって過去を変えることができるようなのだ。今、電子がスクリーンを通り抜けたずっと後で、その電子がどのスリットを抜けたのかをつきとめる方法があったとしよう。しかもその観察装置――ここでは「スリット観察器」と呼ぼう――を、電子が検出板にたどり着く寸前に設置することが可能だとする。

今、宇宙規模の二重スリット実験をするために、宇宙の片側に電子を放出する装置を置き、そのすぐ前に二重スリットスクリーンを据えて、宇宙のもう一方の側に検出板を設置する。この場合、放出された電子が宇宙空間を横切って検出板に到達するまでには長い年月がかかる。したがって電子は、二重スリットのスクリーンを抜ける時点では、やがて「スリット観察器」で観察されることになるという事実を知らない。

そのうえで、何年も経ってから実際に「スリット観察器」を使うと、じつは電子はその何年も前にどちらかのスリットを抜けていたはずだ、ということになる。それでいて「スリット観察器」を使わないでおくと、今度は電子がずっと前に両方のスリットを抜けていたはずだ、ということになる。でも、これってなんかおかしくないか？　二一世紀初頭に取った行動によって、何千年も前に電子が旅を始めた時点で起きた出来事が変わるなんて。どうやら多重未来が存在するように多重過去も存在するらしく、現時点での観察という行為によって、過去に起きたことが決まるようなのだ。量子物理学は、未来に関するわたしたちの知識に疑問を挟むと同時に、本当に過去を知りうるのか、とわたしたちに問いかける。過去もまた、観察されてはじめて結晶化する可能性の多重状態であるらしい。

分裂した人格

わたしが面白いと感じるのは、――これは見逃されがちなことなのだが――観察が行われるその時まで、量子物理学が完全に決定論的であるという事実だ。スリットを通るときの電子を記述する波動方程式の性質に関しては、いっさい疑問の余地がない。一九二六年にこの理論を考え出したシュレーディンガーが作ったのは、この波動関数が時間とともにどう展開するかを決定論的に完全に予測できる微分方程式だった。シュレーディンガーの波動方程式はある意味で、ニュートンの運動方程式と同じくらい決定論的なのだ。

ところが実際に粒子を観察して古典的な情報を得ようとすると、そのとたんに確率論的な性質と不確かさが生じる。波が「観察された」ときに生じていると思われるこの不連続なシフトは、それまでの古典世界には存在しなかった奇妙な性質といってよい。突然決定論が消え失せて、そのあとに、空間のどこかの位置にランダムに置かれた電子とわたしだけが残される。そのランダムさは、長期的には波動関数に含まれる情報で記述されるが、具体的な実験で各瞬間に電子がどこに位置しているのかを特定する装置はまだ存在しないらしい。ほんとうに、こんなことが起きているのだろうか。観察する前に電子の位置を予測することは、決してできないのか。

観察や測定を行った時点であの奇妙なジャンプが生じて、粒子の位置はある具体的な座標に定まる。しかし観察直後の粒子の状態がどう展開するかは、前とは別の波動関数で記述されていて、次の測定（とジャンプ）が起きるまではその状態が続く。このように粒子の振る舞いが非連続に変化することを、シュレーディンガー自身はひどく嫌っていた。「この呪わしいジャンプが、ほんとうにこのままここに居座ることになるのなら、わたしは量子論に関わったことを後悔するだろう」

この場合、人間が果たす役割を過大に評価しないように気をつける必要がある。虫にだって波動関数を崩すことができるのかもしれず、それどころか、測定を行うのは生き物でなくてもかまわない。生命が存在しない宇宙の逆の端に粒子があって、それがなんらかの無生物と相互作用して波動方程式が崩壊し、粒子の特性が決定されたとすると、その相互作用もまた、実験室における実験と同じ観察という行為になる。宇宙には電磁放射があふれていて、それらが遭遇した物質を照らし出す。これらの絶え間ない相互作用があればこそ、全体としての宇宙は常に不確定状態におかれることなく、古典的に見えているのかもしれない。これと関係するのが、物理学者がデコヒーレンスと呼ぶ概念である。

波動関数によって記述された決定論的な電子と純粋な偶然によって突然位置を決定された電子、この二つを分かつのは観察という行為である、という着想を理解するのは、ほんとうに難しい。すべてがまるで狂っているようにも思える。それでいて、これが計算ツールとして有効であるということは否定できない。アメリカの物理学者デヴィッド・マーミン（一九三五─）は、この不可知に不満を抱くわたしのような人間に向かって「黙って計算しろ」といったというが、ほんとうにそうするしかないのだろうか。ここで働いているのは、サイコロの目の出方に応用された確率論と同じ原理である。サイコロ自体はニュートンの方程式によって支配されているのに、サイコロが実際にどうなるかを計算しようとすると、確率論が最適のツールになる。

しかし、たとえここでマーミンのいう通り口を閉じたとしても、自分が感じているこのわだかまりそのものは正しいとしか思えない。測定に用いる装置は量子力学の法則に従う粒子で構成されており、観察しようとしている単体の電子も粒子なら、このわたしも粒子でできている！　わたしは、量子の法則に従うたくさんの粒子の集まりでしかないのだ。観察者自身も――それが写真乾板であろうと人間であろうと――量子力学の世界の一部であって、それ自体は波動関数で記述される。電子の波動関数と観察者との相互作用もまた、波で記述されるはずだ。ではけっきょくのところ、「観察」や「測定」は何で構成されているのだろう。

そして、もしも装置や観察者やスリットを抜ける粒子などがすべて波動関数で記述されるのならば、すべては決定論的ではないのか？　というわけで、無作為は忽然と姿を消す。物理学者たちはなぜ、観察という行為が波動方程式を崩壊させる、といって満足しているのか。有り体にいえば、電子や装置やわたしを含むすべての粒子を記述するとほうもなく巨大な波動方程式がひとつあるだけなのに。確率が支配する量子の世界とすべてが確実な古典の世界を分かつ線は、いったいどこにあるのか。ミクロの量子世界とマクロの古典世界というこの二元的な見方は、なにやらうさんくさい。全体の仕組みが波動方程式で記述されていることは確かなはずだ。実は、全体としてはきわめて不満足だがそれでもほとんどの物理学者がマーミンの助言に従ってそのまま研究を進めている、といったあたりが真相なのでは？　同僚の物理学者フィリップ・キャンデラス（一九五一―）の話によると、誰もが嘱望していた若き院生が、ある日突然姿を消したという。キャンデラスは何が起きたのかを調べ、その理由をつきとめた。家族に不幸があったとか？　それとも病気？　あるいは借金？

そのどれでもなかった。「その院生は、量子力学を理解しようとしたんだ」たぶんここで、わたしのような量子の世界への新参者に向けられたファインマンの忠告を思い出すべきなのだろう。『でも、なぜそうなるんだ?』と考えるのは、できればやめておいたほうがいい。そんなことをした日には、『すべてを失う』ことになり、これまで誰一人として抜け出せなかった袋小路に突っ込むことになる。なぜそうなるのかは、誰にもわからないのだから」

とはいっても、宇宙が本来持っているように思えるこの不確かさを克服するために、さまざまな手段がとられてきた。たとえば、なにかを観察した時点でその現実が多重状態になる、という説。それらの現実のひとつひとつで光子や電子の位置は異なっていて、ある意味では、波は崩壊せずに残ったままでこれらすべての異なる現実の進展を記述する。早い話が、意識ある存在としての人間はひとつの現実に閉じ込められて、別の現実——そこでは光子や電子が写真乾板の別の場所に達している——には近づきようがないのだ。

物理学を理解しようとするこの魅力的な試みは「多世界」解釈と呼ばれていて、まず、アメリカの物理学者ヒュー・エヴェレット(一九三〇—一九八二)によって提唱された。一九五七年のことである。わたしとしては、やがていつの日か、これらの「多世界」がどこかにあって、自分たちの世界と同時に存在することを知りうるものかどうかが気になるところだ。これらの別世界が存在するかどうかを検証する手立てを見つけた者は、まだいない。これらの別世界がほんとうに存在する、としての話なのだが……この理論では、完全に決定論的なやり方で宇宙の進展を記述する唯一の波動関数が存在するということが仮定されている。ということは、新たな方程式とともに、ニュートンやラプラスに逆戻りをするわけだ。

わたしたちにとってやっかいなのは、自分たち自身がこの波動関数の一部であるために、その他の部分にアクセスすることができないという点だ。問題の方程式によってこの世界の内側——枝分れした現実のひとつの枝だけ――に閉じ込められていて、決してほかの世界を経験することができないというのは、わたしたちの意識の経験に固有の特徴なのかもしれない。それでもなお、数学を使うことによって、現実のほかの部分で起きていることを分析することが可能なのだろうか。わたし自身は、検出板のこの点に当たった電子を観察しながらも、枝分れした現実のほかのすべての部分での出来事が波動関数で記述されていることを知っている。それらの世界を見ることはできなくても、数学を使って記述することはできるのだ。もちろん、あまたあるそれらの世界すべてに問題の電子が存在するように、この「わたし」もすべての世界に存在している。つまり無数の「わたし」のコピーがほかの枝世界で、問題の電子が検出板の別の領域に達するところを目撃しているのだ。

現実のこのモデルはじつに魅力的で、どうやらわたしたちの意識が理解するものにも直接影響を与えているらしい。意識の問題については「最果ての地　その六」でまた取り上げることになるが、今この「最果ての地」でも既に、この波動関数の振る舞いと意識に何か関係があるのだろうか、という興味深い疑問が生じる。わたしはなぜ、板に達する電子のひとつの結果だけを意識するのか。自分のまわりで起きていることを意識するという経験もまた、板に達する電子の経験のようなものなのか。わたしの頭蓋骨に収められている装置では、多重世界を処理することはできないのか。窓の外に目をやると、向かいの家から飛んできた光子が目に入って、網膜で検知される。外を見たときに、たまには一四番地の家と一六番地の家が交替しているのに気づくといったことは、どうして起こりえないのか。

自分のまわりで起きている事柄にうまく筋を通すために、たとえば、観察によって生じるジャンプは実際には頭のなかで起きているだけで現実ではない、と説明したらどうなるのか。わたしたちはジャンプがあると感じているが、実際にはジャンプは起きていない。しかしこのような説明は、この世界を科学的に説明すると称して、わたしたちはいったい何をしようとしているのか、という疑問を生じさせることになる。

科学とは何なのか。わたしたちは、宇宙とどのようにやりとりしていけばよいのか。何かを知ろうとすると、測定するか、観察するしかない。数式は、何が期待されるかを教えてくれるが、実際に測定するまでは、それは単なる申し立てでしかない。不思議なことに、何に依らず宇宙に関することを「知る」ためには、粒子や光を観察し、それらにどこにいて何をしようとしているのかを決めさせるほかない。ということは、観察するまでは、すべてがただの空想なのだろうか。波動関数を丸ごと測定することはできず、数学的に理解するのが関の山。はたして量子波動関数は、決して知りえない宇宙の一部なのか。なにしろ測定なしでは、ほんとうのところを知りようがないのだから。ところが測定したとたんに、波動関数は崩壊するわけで……。おそらく、測定の限界を超えて何かを理解できると考えるのは、ただの欲張りなのだろう。確かにホーキングは、そのような見解を表明している。

わたしは、理論が現実に対応していることを求めない。なぜなら、何が現実なのかを知らないから。現実は、リトマス試験紙で測定できるような性質ではない。わたしが関心を持っているのは、その理論で測定結果を予測できるかどうかだけなのだ。

入力はひとつ、出力はたくさん

現在の量子物理学の主流をなす解釈のどこにわたしが引っかかっているかというと、二重スリット実験を二回、毎回まったく同じ条件で行ったとしても、毎回結果が異なる可能性がある、という点だ。これは、わたしが信じるすべてに反している。だからこそ、わたしは数学に惹かれる。無限個の素数があるという証明が確かなものであれば、次にチェックしたときに、突然素数が有限個になる心配はない。科学も最後の最後には、これと同じような確かな事実で構成されると信じていたのに。たとえけっきょくは人間の手の届かないものであったとしても……。わたしの理解では、サイコロを投げたとして、カオス理論によれば、サイコロ投げの最終結果を計算することは絶対にできない。けれども数学によると、少なくとも、同じ状態で投げれば同じ面を上にして落ちる。ところがこの「最果ての地」で展開してきた物理学は、ほんとうにそうなのか？　と根本的な疑問を投げかけている。

サイコロの確率は情報が欠けていることの表れだが、量子物理学の確率は、別に物理学者が状況を完璧に知ることができないから生じているわけではない。たとえすべてを知っていたとしても、確率と偶然が残るのだ。現在の量子物理学の解釈によると、同じ出発点で同じ入力だったとしても、サイコロの目の出方は変わりうる。

現実にはそんなことは不可能なんだから、実験の設定や遂行に関するすべての条件を完全に同じにすることを云々しても無意味だ、と考える方もおいでだろう。部分的にはまったく同じ条件を整えることができたとしても、その実験を宇宙に埋め込む必要があり、しかもその宇宙は進み続けている。宇宙の波動関数を巻き戻して、進め直すなんて、そんなことは不可能だ。宇宙は一回こっきりの経験であり、わたしたちはその波動関数の一部なのだ。ひとつひとつの観察が宇宙の波動方程式を変え、後戻りは決してできない。

でも、もしも現実がわたしの望むような決定論的なものではなく、ランダムなものだとしたら？ファインマンは『ファインマン物理学』という著書で次のように述べている。「現時点では、確率を計算するに留めるしかない。だが、『現時点では』といってはみたものの、この状況が永遠に続くのではないかと強く感じている。つまり、この謎を打ち破ることは不可能なのではないか、これこそが本来の自然の有り様なのではないかと思えるのだ」

わたしの机のうえにある真にランダムなものは、どうやらラスベガス産のサイコロではなく、インターネット経由で購入した壺入りのウラニウムであるらしい。

第六章

こんなにころころ変わっちゃって、もう、わけがわからない！　次の瞬間に自分が何になるのか、見当もつかないんだもの。
ルイス・キャロル『不思議の国のアリス』

このあたりで、量子の世界の直観に反する性質にわたし自身がほとほと当惑していることを告白する必要がありそうだ。とはいえこれは、どうやら良い兆候であるらしい。かつて量子物理学者のニールス・ボーアは、次のように断言した。「量子物理学に心底ショックを受けていないということは、まだ量子物理学を理解していないということだ」

リチャード・ファインマンはさらに進んで、「誰も量子物理学を理解していない」と言い切っている。じっさい六〇代で行った講演（一九八一年に開かれた「計算の物理学」に関する学会の基調講演）でも、「直ちに申し上げておきたいのだが……われわれは常に……（おっと、外部に漏れたらたいへんだ。ほら、扉を閉めて、閉めて！）……われわれにとって、量子力学が提示する世界観を理解することは、常にきわめて困難だった。今でもわたしは、量子力学の話になると緊張する」と認めている。

数学者としてのわたしは、壺入りウラニウムが次の粒子をはき出すタイミングをきちんと教えてくれる決定論的方法をなにがなんでも手に入れたいと思っている。ところが量子物理学には確率論的な性質があるために、次に何が起きるのかがまったくわからない。ニュートンの方程式によれば、粒子の運動量と位置さえわかれば、運動方程式を使ってその粒子の将来の振る舞いを完璧に予測できるというのだから、これは実にわくわくする話だ。そのうえ、まったく同じ場所に別の粒子を置いて、同じ運動量にしておいて同じ実験をすると、その粒子も最初の粒子とまったく同じ経路をたどるというのだ。

ところが、未来を知ることができるかもしれないというこの希望は、ハイゼンベルクが一九二七年に発見した事実によって粉々になった。ハイゼンベルクは、「粒子の運動量と位置が同時にわかる」という申し立てが無意味であることを明らかにしたのだった。粒子の位置を知ることとその運動量を知ることとは、あちらを立てればこちらが立たずの関係にあるらしく、粒子の位置を測定する際の精度を上げていくと、粒子の運動量として考えられる値の幅がどんどん広がる。これが、かの有名なハイゼンベルクの不確定性原理──「わたしたちが知りうるもの」に対する最大の挑戦──の内容なのである。しかもこれから見ていくように、ハイゼンベルクの不確定性原理は、机上のウラニウムが粒子をランダムにはき出す主な原因にもなっている。

ハイゼンベルク自身は、何らかの新たな事実が明らかになったときに、その発見に照らして自分の世界観をリセットする心構えがいかに重要かを、はっきりと表明している。「既知のものから未知のものへと進んでいくときには、誰しも対象を理解したいと願っているものだ。だがひょっとするとそれと同時に、『理解する』という言葉の新たな意味を学ぶ必要があるのかもしれない」

量子力学は、古くからの問いの答えを知るためのものではなく、わたしたちが発することを許された問いに異議を唱えるものなのだ。

量子のカーペット

ハイゼンベルクの発見の核となっているのは、次のような事実である。今、壺入りウラニウムの粒子のうちのどれかひとつを考える。このとき、その粒子が動いていないことがわかれば、その粒子の位置は絶対にわからない。じっさい、わたしがその粒子に目を向けたときに、その粒子が宇宙のどこにいてもおかしくないのだ。それでいて、その粒子の位置を正確に突きとめようとすると、とたんにその粒子の動きがわからなくなる。つまり、止まっているように見えた粒子が、急に好き勝手な方向に動いたりするのだ。

これではまるで、狂気の沙汰だ。宙に投げ上げたサイコロがテーブルに落ちるのを注意深く観察していれば、そのサイコロの位置は当然わかるはずで、サイコロが突然まったく別の方向に飛んでいくなどということは、誰も考えない。ところが、このような直観は、質量が大きなものにしか通用せず、電子のように質量がきわめて小さいものの場合には、まさに今いったようなことが起きる可能性がある。電子の位置を原子の半径以下の誤差で特定すると、電子の速度は毎秒一〇〇〇キロメートルのオーダーでどの方向にも変わりうるのだ。

なんだか、奇妙な量子のカーペットを敷き詰めようとしているようでもある。カーペットの「位置」の端っこを止めようとすると、そのたびに「運動量」の端っこがピンと跳ね上がる。そこで「運動量」の端っこを止めようとすると、今度は「位置」の端っこがぐずぐずになる。

あちらを立てればこちらが立たずの位置と運動量の関係がどんな感じなのかを理解するために、再びスリットを入れたスクリーンに戻ってみよう。ここまでは、スリットが二本入ったスクリーンに向かって発射された粒子の奇妙な振る舞いを調べてきた。ところが実際には、スリットが一本の時の粒子の振る舞いからも粒子の位置と運動量の奇妙な緊張関係の片鱗をうかがうことができる。既に述べたように、粒子が一本だけのスリットを通るときには、ある程度の偏りが生じる。しかし、この現象をさらに注意深く考えてみると、そもそもたったひとつの電子が一本のスリットを通過するだけなのに、なぜ偏向するのかふしぎな気がしてくる。電子のような点粒子の場合は、スリット

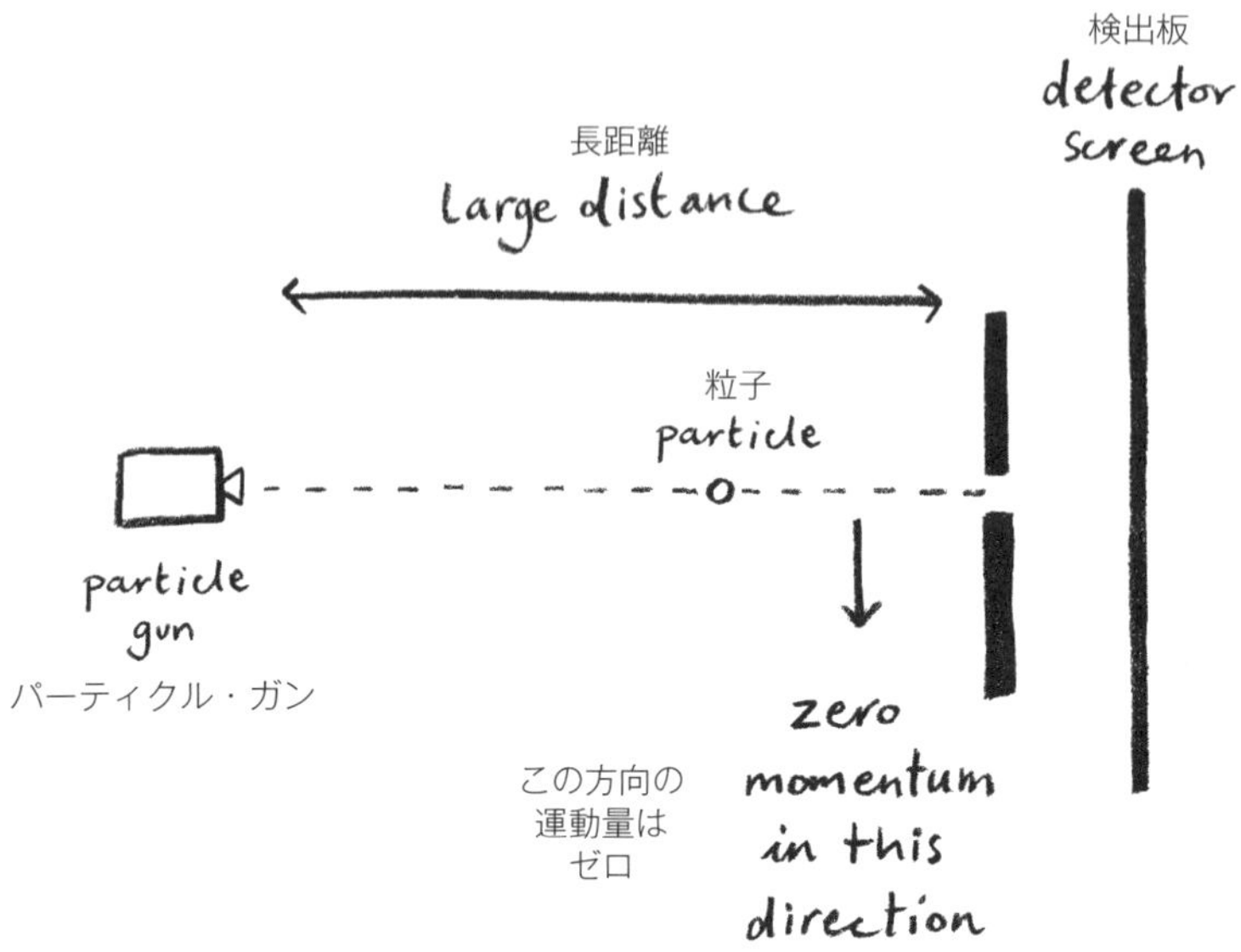

をまっすぐに抜けてもよさそうなものだが……。スリットを抜けた粒子の位置に幅が出るというこの事実を、どう説明すればよいのだろう。実はこのような偏りが生じるのは、粒子の位置に関する知識と運動量に関する知識が相殺するからなのだ。

今、電子を遠くの源から発射するように設定し、さらに、スリットを通り抜ける粒子がスリットと直交する方向の動きをいっさい持たないようにしておく。つまり、粒子がスリットに入る時点では、スリットと直交する運動量は確実にゼロだとわかっているのである。

今、電子を点粒子と見なすと、その粒子は易々とスリットを通り抜けるか、あるいはまったく通り抜けないかのいずれかである。粒子がスリットを通り抜ければ、観察者は粒子の位置に関する、たかだかスリットの幅未満の正確な知識を得たことになる。したがって当然、粒子がどこでスクリーンに当たるのかを正確に予想することができる。スリットに入る前の電子は、スリットと直交する方向の運動量がゼロだから、電子は検出板の上のスリットと同じ幅の領域に達するはずだ。それなのになぜ、電子を次々にスリットに向けて発射したときに、検出板に波が達したときのような拡散パターンが生じるのか。なぜスリットと同じ幅の領域から外れる電子が出てくるのだろう。

ハイゼンベルクの不確定性原理によると、電子の正確な位置を決定するために測定を行うと、測定方法の如何を問わず、運動量の値に新たな不確定性が生じる。たとえば電子がスリットを通ったとすると、電子の位置をスリットの幅分の誤差で確定できたことになって、このときスリットの幅を小さくすると、誤差の幅も小さくなる。ところがそれによって拡散パターンはどんどん大きくなるのだ。なぜなのか？　運動量の値に影響が出るからだ。スリットに近づいた時点ではスリットに直交する方向の運動量はゼロだったのに、電子がその位置を狭めてスリットから姿を現したとたんに、運動量が不確かになる。ようするに、量子のカーペットの「位置」の端っこを押さえ込んだせいで、「運動量」の端っこが跳ね上がったのだ。

なんとまあ、奇妙な状況ではないか。しかも、運動量がどのような影響を受けるのかを前もって正確に計算することは不可能で、後で測定するしかない。観察された粒子の運動量がどれくらいの幅になるかを評価するくらいが関の山なのだ。そのうえ同じ実験を繰り返してみると、たとえ実験の設定をまったく同じにしたとしても、運動量が同じになるとは限らない。運動量がどうなるかを決める確率論的なしくみがあるだけなのだ。

不確実さを量で表す

ハイゼンベルクの不確定性原理は優柔不断な言明ではなく、実は知識がどれくらい目減りするかをきちんと量で示している。電子の位置を高い精度で知った時点で、現れた電子の運動量はもはや正確にはゼロではなく、ゼロという平均値のまわりで統計的に変動することが可能になる。運動量はまだ決まっていないから、はたして運動量を測ったときにどんな値が得られるのかはわからない。それでも、ありうる運動量の値がゼロという平均値の両側に統計的に分布していることはわかる。さらに、運動量の標準偏差なるものを用いて、この分布の広がりを測ることができる。Δpで表されるこの量は、可能性の広がりを表す統計的尺度で、広がりが大きくなるほど、Δpも大きくなり、運動量の値はさらに不確かになる。

ハイゼンベルクが、一九二七年に発表した原論文で位置に関する知識と運動量に関する知識のあいだのこの奇妙な反比例関係について詳しく述べたのを受けて、アメリカの理論物理学者アール・ケナード（一八八五－一九六八）、そしてさらに数学者のハワード・ロバートソン（一九〇三－一九六一）が、位置と運動量に関する知識が相殺することを数学を用いて示した。考えられる位置の広がりを示す標準偏差をΔx、考えられる運動量の広がりを示す標準偏差をΔpとすると、このふたつの値は次のような不等式を満たす。

$$\Delta x \Delta p \geq \frac{h}{4\pi}$$

ただしhは光子のエネルギーを説明する時に登場したのと同じ値で、プランク定数と呼ばれている。この式によると、位置の候補の広がりΔxが小さくなると、――この式が成り立たなくてはならないので――運動量の候補の広がりΔpは大きくならざるを得ない。つまり、量子がどこにあるかという位置に関する知識の量が増すと、結果として推定される運動量の値の幅がさらに広がるのは、量子力学の数学的な帰結なのだ。そしてこれこそが、単独の電子が単一のスリットを通るときに起

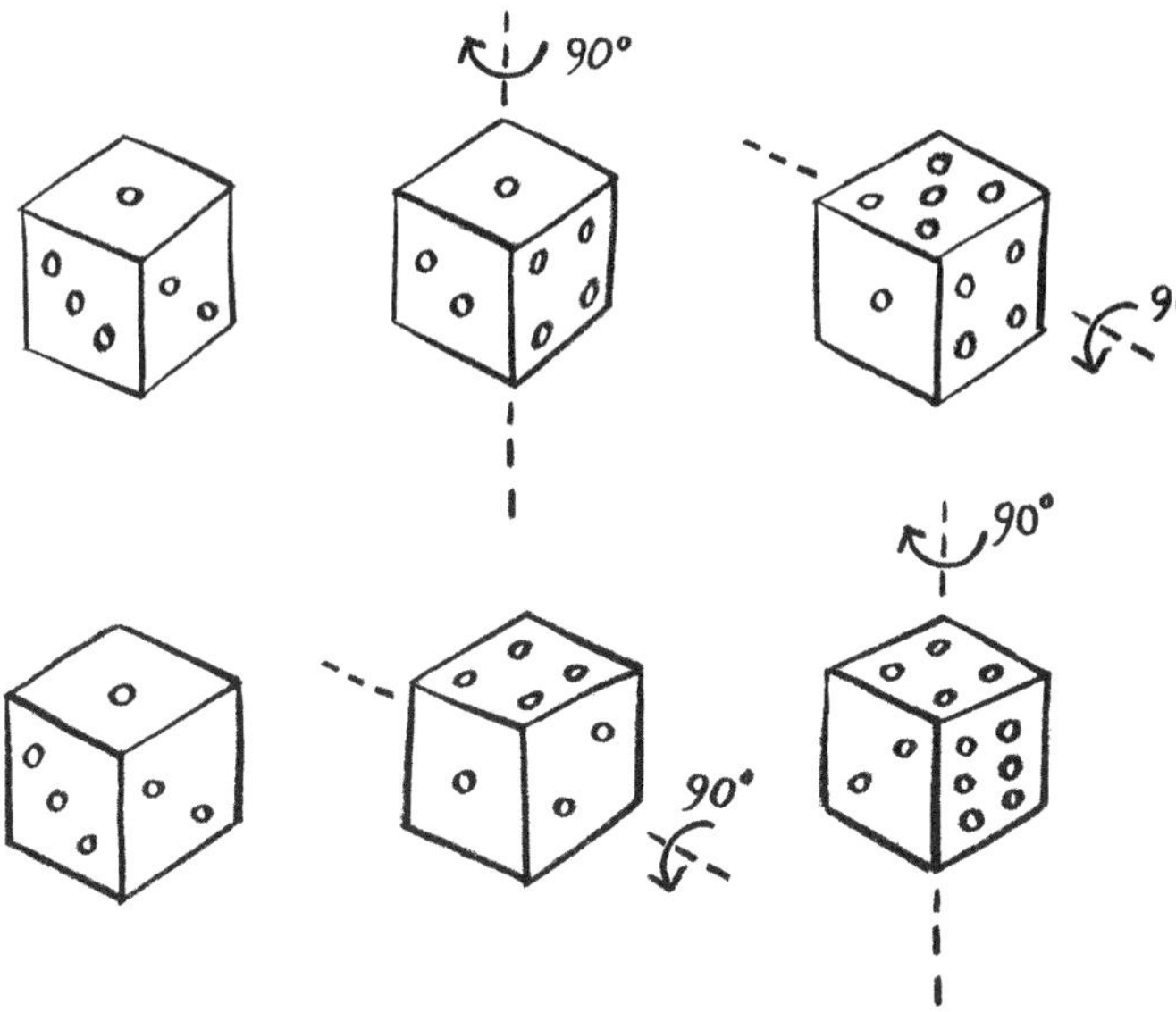

きている現象なのである。
このふたつの性質がなぜこんなに絡み合っているのかというと、観測の順序が問題になるからだ。位置と運動量を測定する行為は、数学ではふたつの操作で記述されるが、このふたつの操作の順序を変えると、異なる結果が得られる。操作の順序によって結果が変わるということの意味を、ラスベガス産のサイコロで説明してみよう。このページの図のように、サイコロを1の目を上にしてテーブルに置いたとする。そして、このサイコロをテーブルの面に直交する軸のまわりで四分の一回転させてから、水平軸のまわりに四分の一回転させると、結果として5の目が上に来る。ところが、サイコロを最初の位置に戻しておいて、今とは逆の順序で回転させていくと——つまり、まず水平軸のまわりで回転させてから垂直軸のまわりで回転させると——違う結果が得られて、今度は4の目が上になるの

だ。

このような性質を持つ測定——つまり、数学的な操作に翻訳したときに操作の順序が問題になるような測定——はすべて、不確定性原理を引き起こす。早い話がこれは、「非可換」と呼ばれる性質がもたらす数学的な帰結なのである。

量子物理学の直観に反する性質は、ほぼすべてその裏に潜む数学がもたらしたものなのだ。それにしても、量子物理学の解説書や論文に埋もれていると、まるで迷宮に入りこんだような気がしてくる。この旅を始めるまでは、自分がどこにいるのかちゃんとわかっていると思っていた。そして、己の数学の技能を駆使して、この迷宮の曲がりくねった道を論理的に切り開いてきた。頼れるのは、数学だけだった。なぜなら迷宮の壁はあまりに高く、迷宮の外の世界を直観で捉えることは不可能だったから。それでも数学の導きによってなんとか迷宮を抜け、たどり着いた目的地を理解しようとしたとき、そこは、出発点とは似ても似つかない場所だった。

別に、数学に不満があるわけではない——数学は、わたしには理解しにくいことを解釈しようとしてくれている。でもこれではまるで、数学が現実に関して教えてくれたことを翻訳するための言葉がないみたいだ。ひょっとするとわたしが抱えているのは、実はほんとうの意味での問題ではなく、単に古い言語や古い物語に囚われているだけのことなのかもしれない。量子物理学はいわばウサギの穴で、そこに落ちた人間はみな自分の視野をリセットして、この鏡の世界を進むための新たな言葉を作らなくてはならない。そしてその言葉は、よかれ悪しかれ数学なのである。

それにしても、数学を信頼して大丈夫なのだろうか。じつは、ハイゼンベルクの不確定性原理を支える数学によって、理屈からいって粒子はこう振る舞うはずだと予言された現象が、すでに実験で確認されている。アメリカの物理学者クリフォード・シャル（一九一五—二〇〇一）は一九六九年に発表した論文で、スリットの幅を徐々に狭くしながら、そのスリットめがけて中性子を発射した結果を紹

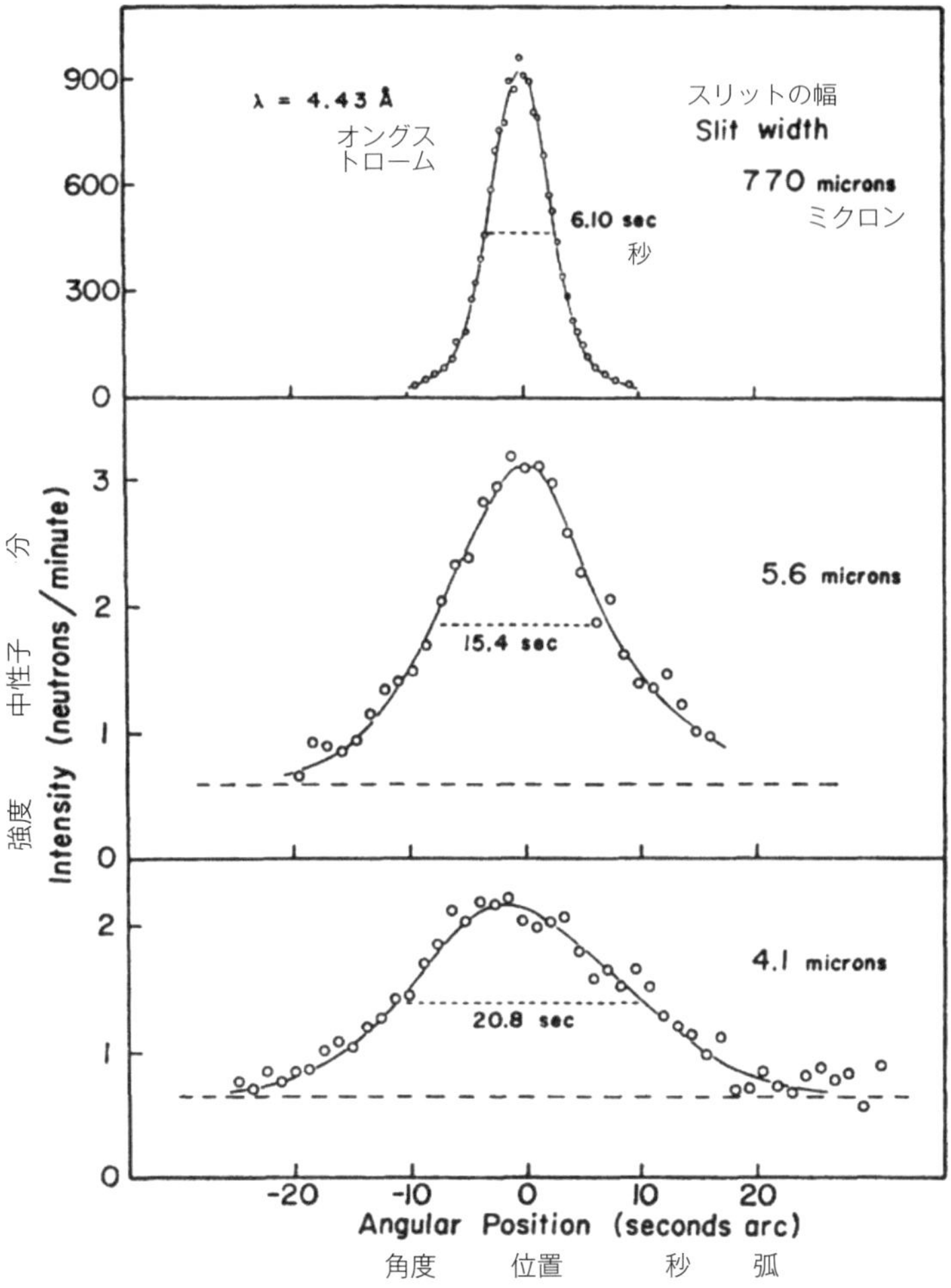

クリフォード・シャルの実験により、スリットの幅を小さくすると、中性子の位置の統計的な広がりが大きくなることが確認された。

介している。スリットを細くして中性子の位置に関する知識を増やすと、理論に基づく予測の通り、粒子の運動量の候補となる値の幅は広がった。しかも検出板に達した中性子の広がりは、まさにハイゼンベルクの不確定性原理の式が予測した標準偏差に対応する分布になっていた。

中性子の位置についてもっと詳しく知ろうとする単純な行為が、結果として運動量の変化を招いたのだ。ハイゼンベルクの不確定性原理は、わたしたちは決してそのすべてを知りえないという事実をたった一本の式で捉えている。既知の部分が増えれば、未知の部分も必ず増えて、知識は相殺されるのである。

片方の値をきちんと押さえ込もうとすると、もう片方の値の確定性が失われる。ところがこのような不確定性が、意外な結果をもたらす場合がある。電子をひとつ、ごく小さな箱に閉じ込めると、その電子の位置をかなり高い精度で把握することができる。ところがその結果、運動量の候補となる値の幅はきわめて広くなる。そして運動量を測定しようとすると波動関数は崩壊し、運動量はきわめて広汎な値のいずれかを取ることになる。

そうはいっても、運動量を測定した瞬間に位置も運動量もわかるはずだ、とおっしゃる方がおいでかもしれないが、実は、位置が不確定になるのだ。その電子が見つかる場所の候補は空間全体に広がり、その結果、トンネル効果という現象が生じる。つまり、箱のなかに閉じ込めたと思っていた電子が、突然箱の外に現れるのだ。この現象があるからこそ、机上にあるわが壺入りウラニウムは、α粒子を放出することができる。

α粒子はウラニウムの原子核の一部で、ふたつの陽子とふたつの中性子で構成されている。原子核は、いわばα粒子を入れた小さな箱のようなものなのだが、一般に粒子は、原子核の束縛を破るほどのエネルギーを持っていない。粒子の速度、つまり運動量はかなり制限されているので、高い精度で運動量を知ることができる。ところがそうなるとハイゼンベルクの不確定性原理から、これらの粒子の位置が曖昧になる。実際、粒子は原子核の外にあるのかもしれず、そうなると、粒子は原子核から逃げおおせたことになる。ウラニウムが放射線を放出できるのは、このような位置の不確定性のおかげなのだ。

小さな規模における知識の限界

不確定性原理は、壺入りウラニウムの放射線放出が予測できない理由の説明を可能にすると同時に、サイコロの内部を拡大してそこで起きていることを知ろうとしたときに得られる知識に制限を設ける。

サイコロの中のどれかひとつの電子の座標を正確に測ろうとすると、座標の誤差が減るにつれて運動量——つまりエネルギー——の不確かさが増え、知識が相殺される。この二つの知識の相殺が数学的にどのような関係を保つのか、それを教えてくれるのがハイゼンベルクの方程式なのだが、ここでさらにもう一つ、捻りが加わる。エネルギーと質量はアインシュタインの$E=mc^2$という方程式でつながっているため、エネルギーが十分に大きいと、自発的に新たな粒子ができるのだ。困ったことに、ひとつの粒子の位置を突きとめようとすると、そのせいでさらに多くの粒子が生み出され、結果として元来ターゲットとしていた粒子の位置をつきとめる試みに混乱をきたす。このやっかいなメカニズムが作動し始める規模を、粒子のコンプトン波長という。ちなみに電子のコンプトン波長は、約2.426×10^{-12}メートルである。

さらに粒子にズームインしていくと、物事はますます不確かになる。あるところまで行くと、エネルギーの不確かさが大きくなりすぎ、そのため対応する質量も大きくなりすぎて、ブラックホールが生じるのだ。この先の「最果ての地　その五」でも見るように、ブラックホールはまさにその本質ゆえに、すべての情報を穴の中央のある半径内に閉じ込めて、決して外に逃さない。

つまり不確定性原理には、人間が自然を精査する際の固有の限界が含まれているのだ。どうやらある規模を超えると、何が起きているのかを知る術がなくなるらしい。その規模はごく小さく、具体的には約 1.616×10^{-35} メートルで、プランク長と呼ばれている。ほんとうに、笑ってしまうくらい小さくて、プランク長の値に登場する小数点を観察可能な宇宙の大きさに拡大したとしても、プランク長自体は拡大する前の小数点の長さにしかならない。

この前の「最果ての地」では、これ以上物質を分割できないというところまで進んだ。そして今度は、これ以上空間を分割できないというところに達したわけだ。まったくなんてこった！　なんで互いにプランク長だけ離れた二つの点の中点（ちょうど真ん中の点）について論じることができないんだ？　数学的には完璧に意味があるのに、物理学者にいわせると、そんなのは無意味であるらしい。物理学では、これらの点を区別できないというのだ。

これはつまり、この規模での空間はニュートンが考えたような連続なものではなく、断片的でざらざらしていて不連続なものに見えるということだ。そしてこの視点に立つと、空間はアナログではなくデジタルに見える。ところがこうなってみると、「最果ての地　その一」で取り上げたフラクタルは、量子物理学では物理的リアリティーを持てない。フラクタルは、あらゆる規模で無限に複雑であるはずなのに、量子物理学では、プランク長を超えたところで拡大が止まるからだ。「最果ての地　その一」で紹介したフラクタルは、数学を考えるわたしの頭のなかにしか存在しないということなのか。どうやら量子物理学とカオス理論は両立しないらしい。ひょっとすると、量子物理学がカオス的な系を押さえ込んでしまうのかもしれない。

ここで、プランク長の先には進めない、というのがあくまでも現在の理論での話であることを、指摘しておくべきだろう。この規模になると、実は量子物理学や一般相対性理論は機能せず、新たな理論を考える必要がある。そしてここから、量子重力やひも理論といった分野でのさまざまな業績が生まれることとなった。たとえばひも理論では、粒子はもはや点ではなく、プランク長レベルに近い長さのひもで、粒子の種類ごとにその振動の波長が異なると考える。はたしてこの規模で適用されるような法則が実際に存在していて、それを使えばもっと小さな規模からも情報を取り出すことができる、ということになるのだろうか。

観察は創造である

不確定性原理を観察という行為が系に及ぼす影響の結果として説明する試みは、これまでにもさんざんなされてきた。粒子がどこにあるのかが知りたければ、その粒子に向けて光子を発射しなくてはならないが、その光子にぶつかられた粒子がどれくらいの運動量を得るのかはわからない、というのである。しかし、このような説明には注意が必要だ。いかにも魅力的に聞こえるが、誤解を招く恐れがある。先ほど述べた単一のスリットを通る電子の例では、電子に光子をぶつける必要はまるでなく、したがって電子の運動量は変わらない。あの現象では、純粋にスクリーンを電子が通ったために電子の位置に関する新たな知識が得られたわけで、その結果、それを相殺する形で運動量に関する知識が失われた。つまり、あの粒子を直接どちらかに向けて蹴り出すような相互作用はどこにもなかったのである。

この光子が粒子を蹴り飛ばすという誤解されやすい記述を辿っていくと、どうやら、ハイゼンベルクの原論文に行き着くらしい。渋る編集者をなんとか説得して論文を刊行するには、この叙述を含めるしかなかったのだ。

ハイゼンベルクの不確定性原理は、じつは電子が位置と運動量を同時に有するという表現が意味していることに異議を申し立てているのであって、「粒子の位置と運動量を知る」という言い方を避ければよい。このような表現には、経験や実験に基づく中身がないのである。

不確定性原理は、たぶん単にわたしたちが知りえないものを表しているだけではない。むしろこの原理は、概念を定義することの限界を示しているのだ。これと抱き合わせになっているのが波動方程式による電子の記述で、波動方程式は、観察する前の電子がほんとうに位置を有しているのかを問うている。現実を構成するものを巡るこのとんでもない難問へのハイゼンベルクのアプローチは、次のようなものだった。

思うに、古典的な量子の「経路」の出現は次のように定式化できる。すなわち、「経路」はヒトが観察したときにはじめて存在するようになるのだ。（一九二七年の論文）

ハイゼンベルクの不確定性原理が実は何を語っているのかを巡って、ある根本的な疑問が生じる。わたしたちはいついかなる瞬間にも、電子の正確な位置と運動量を決して知りえないということなのか。あるいは、そんなものは存在しないということなのか。わたしたちが知りえないのではなく、電子に関してこのようなものを定義すること自体が無意味なのだ。観察は、創造なのである。

位置や運動量といった基本的な性質が、計測されたときにはじめて存在するといわれても、そうおいそれとは納得できない。確かに細いスリットを抜けて現れたときの電子の運動量は変わっているかもしれないが、それにしても、測定する前の電子の運動量にも確かに正確な値があったはずだ。わたしとしては、装置を使って運動量を特定するまで運動量がわからない、というところまでは受け入れられるが、それをいえば、測定するまでわからないことは山ほどある。ところが量子物理学は、測定する前から正確な値が存在するという信念はまちがいだと主張する。粒子の性質は、わたし、と対象となる系とが相互に作用した結果、作り出されるものなのだ。この粒子の実状は、ほんとうにわたしの測定という行為によって生み出されているのだろうか。

幸いなことに、わたしには良き仲間がいる。とりわけアインシュタインは、運動量と位置は実は観察されるまではきわめて非決定的である、という考えに異議を唱えた。アインシュタインは、粒子が真空を飛ぶときに、その位置と運動量の値が実際にきちんと定まっていることはまちがいない、と主張した。その値はわからないかもしれないし、それを突きとめるための装置や数学は存在しないかもしれない。でも、それらは存在しており、意味を成している。われわれは認識論と存在論をごっちゃにしてはならない。運動量と位置を同時には知りえなくても(認識論)、だからといって存在しない(存在論)とはいえないのだ。

しかし、さしものわたしもついに、測定する前にも物が存在するという直観的な考えを捨てざるを得なくなった。なぜなら、北アイルランドの物理学者ジョン・スチュワート・ベル(一九二八―一九九〇)が一九六四年に発見した定理のことを知ったからだ。ベルはその定理で、粒子のある種の性質がなぜ測定が行われる前には存在しえないのかを説明していた。測定する前に存在するとしたとたんに、すべてが矛盾に陥る。対象となる系そのものは観察者がどの尺度を選ぶかをあらかじめ知ることができないのだから、理論や実験から得られるものと矛盾する結果が生じないように、すべての可能な尺度を考慮に入れて値を割り振ることは不可能だということを証明したのである。早い話が、もともとまちがっている数独パズルを完成させようと試みるのと同じで、すべてのマス目を数で埋めようとどんなに頑張ってみても、必ず縦か横の列のどこかで同じ数を二回使うことになる。

ベルの定理が数学的に欠点のない確固たるものである以上、測定という行為が相手の粒子の性質を作り出している、ということを認めるしかない。しかし、それでもわたしは、測定という行為の結果が現在の理論が主張するようなランダムなものかどうか、大いに疑わしいと思っている。

秘密の装置

ベルの定理が成り立つからには、わたしもこの厳しい状況に耐えて、実は量子サイコロはわたしが実際に見るまでは投げられていない、ということを認めるほかないのだろう。測定という行為がそのサイコロを止めて、どう落ちるかを決めるのだ。それにしても、その結果はほんとうにランダムなんだろうか、量子物理学はランダムだといっているけれど……。ラスベガス産のサイコロに関していえば、実はランダムでないことがわかっている。サイコロがどの面を上にして落ちるかを最終的に決める物理的なメカニズムが存在するのだ。それなら壺入りのウラニウムとその放射に関しても、同じことがいえそうな気がするが。

これはここだけの話だが、実はわたしは、量子物理学というのは素粒子の振る舞いを完全に理解できるようになるまでの埋め草だと思っている。サイコロの場合のように、放射性ウラニウムの塊がα粒子をはき出すタイミングを決めるメカニズム、そして二重スリットを抜けた電子が検出板のどこに到達するかを決めるメカニズムが、絶対にあるはずだ。

少なくともアインシュタインはそう信じ、次のような有名な言葉を残している。

量子力学は実に見事である。けれどもわが内なる声によれば、それはまだ本物ではない。この理論はけっこうな掘り出し物を生んできたが、「神」の秘密にはちっとも近づいていない。なにはともあれ私は、神はサイコロを振らないと確信している。（マックス・ボルン宛の手紙）

アインシュタインは、わたしたちには見通せそうにないこのベールの後ろに、何らかの客観的な現実があるにちがいないと考えていた。たとえわたしたちはその現実に迫れなかったとしても、測定の結果を制御するより小さな歯車が絶対に存在するはずだ、と。

ここでも、わたしはアインシュタインの側に立ちたい。何か、内なるメカニズムが働いているはずなのだ。たとえそれが何なのかは、まだわからないにしても。そのなにかが測定装置と相互に作用して、結果を決める。そのメカニズムによって、ちょうどサイコロの目のような無作為のモデルに従う結果が生み出されることは、喜んで認めよう。それにしても、何か、結果を決めるものがあるはずだ。ひょっとするとわが壺入りウラニウムの粒子に何らかの内部時計が仕込まれていて、わたしが測定した瞬間にその秒針が0と30の間にあれば放射線を出すが、30から60までの間だと放射線を出さない、ということなのかもしれない。

ところが、実際に何らかの内なる時計が作動しているとすると——今から述べるように、それは実にすばらしい装置であるはずなのだが——その時計は別の意味で直観に反したものになる。今かりにそのような装置があったとすると、それは、壺入りのウラニウムのすぐそばにあるはずだ。ウラニウムの粒子のなかにあるかもしれず、たぶん目に見えないくらい小さい。ひょっとするとその装置を調べることは絶対にできないかもしれない。ところがやっかいなことに、アインシュタインとその同僚のボリス・ポドルスキー（一八九六—一九六六）とネイサン・ローゼン（一九〇九—一九九五）がひねり出した筋書き（アインシュタイン—ポドルスキー—ローゼン・パラドックス）によると、もしもそのような装置が存在するのであれば、その一部を宇宙の逆側に動かすことができて、机上のウラニウムから遠く離れた処に置けるはずなのだ。確かにそのような装置が存在するのかもしれないが、それにしても、ウラニウムがα粒子をはき出すタイミングを決める目に見えない時計装置が存在するのならその装置は宇宙全体に広がるしくみでなくてはならない、という結論にはびっくりだ。

アインシュタインとポドルスキーとローゼンが考案した筋書きには、「量子のもつれ」という概念が含まれていた。互いに性質がもつれ合っているふたつの粒子を作ることができて、片方の性質を測定すると、その答えがもう一つの粒子に否応なく反映されるというのだ。サイコロをふたつ持っていて、片方で6の目が出ると、もう片方も必ず6の目が出る、というのと少し似ているが、このようなもつれた立方体を作るのはきわめて難しい。なぜなら、片方のサイコロでどの目が出るかを決めるしくみは、そのサイコロとサイコロを取り巻く局地的な環境が相互に作用することによって決まるわけだが、それがもう片方のサイコロの振る舞いをコントロールするなどということは、ほとんど理解不可能だからだ。ところが量子力学では、このような相互依存するもつれた粒子を作ることになんの問題もなく、それでいてこれらのもつれた粒子を使うと、測定されたときにどう振る舞うかを決める目に見えない仕組みのじつに奇妙な性質が明らかになる。

このようなメカニズムが持つ非局所的で奇妙な性質――が存在するとして――を論証するために、この実験では、もつれた状態のふたつの量子サイコロをそれぞれ宇宙の反対側に送り出す。そのうえで最初の量子サイコロを観察すると、そのサイコロはどの目を出すか決めざるをえず、それによって同時に宇宙の反対側にあるもう一つの量子サイコロで何の目が出るのかも決まる。この遠く離れた場所での「薄気味悪い」行動には納得がいかないという声が、何人かの科学者――アインシュタインもその一人――からあがった。アインシュタインによると、量子を宇宙の反対方向に送り出す前に、あらかじめサイコロの目の出かたを調整する方法があるはずだった。しかしその可能性も、ベルがあの定理を証明したことで潰えた。ベルの定理によれば、測定の前に量子の性質をあらかじめセットすることは不可能なのだ。先ほども述べたように、測定は創造なのである。

ほんとうに難しいのは、宇宙の片方の端である状態が作り出されたとたんに、もう片方の端にある二つ目の粒子の新たな状態が作り出されるしくみを理解することだ。なぜなら、二つ目の量子の結果を決める何らかの内部メカニズムが働いているとすると、宇宙の反対側で起きたばかりの何かによってそのメカニズムに変更が加えられたことになるからだ。これはつまり、問題のメカニズムが局所的なものではないということを意味する。その装置は、粒子のなかにきっちり収められるようなものであるはずがないのだ。

アインシュタインは、二重スリットの実験が行われた時点で既に、この「遠くからの薄気味悪い働き」に対する懸念を表明していた。電子が二番目の位置で検出されることになっているとすると、乾板はなぜその電子を一番目の位置で記録せずにいられるのか。どうやら観察地点から検出板の結果までの全域において、いっさい増幅などを引き起こさず、一瞬のうちに波動関数が崩壊するらしい。

この新たなケースにはふたつの粒子が登場するが、このふたつはある意味でもつれているため、ひとつの波動関数で記述される。その意味で、このふたつは二重スリットの実験で検出された粒子と似ている。つまり、このふたつの粒子を全体としてひとつの単位と見なす必要があるのだ。ベルの定理によると、宇宙の彼方に行く前に粒子の性質を設定することはできないはずで、そうなると、粒子の性質を決める仕組みがいかなるものであろうと、それを粒子だけに限定することは不可能で、宇宙全体に広がらざるを得ない。

したがって、もしもわが壺入り放射性ウラニウムが放射線を発する瞬間を決めるメカニズムが存在するとしたら（決定論にどっぷりと浸かったわが魂は、ぜひ存在してほしいと願っている！）、それは宇宙全体に広がっているはずで、机上のウラニウムの小さな塊の真ん中に据えられた内部装置ではあり得ない。なぜならその装置もまた、ウラニウムともつれあっている可能性がある宇宙の向こう側の粒子の状態を制御しているかもしれないからだ。

これらの結果はよく、壺入りウラニウムがα粒子を出すタイミングを決めるメカニズムが存在する、という主張を打ち倒すために、引き合いに出される。だがほんとうは、これらの結果によって、かりに目に見えない装置が存在するとするならば、その装置はこれこれこういう結果を引き起こすものでなくてはならないという条件が課されている、と理解すべきなのだ。隠れたメカニズムは存在しうる。しかしそれは、ひじょうに奇妙なものであるはずだ。目に見えないこのような装置が全宇宙に広がっていることを証明してみせたベル自身がいっているように、「不可能であることの証明は、想像力の欠如を証明する」のである。

とはいえ、ウラニウムの振る舞いがランダムである可能性を消し去ることに、それほど熱心ではない人も大勢いる。それはたぶん、わたしたちが知りうるものにこれらの小さな裂目があるおかげで、多くの人々が大切にしているもの——かの自由意志——を科学によるこの世界の描像に持ち込むことができるからなのだ。

科学の解説者のなかには、もしも量子物理学にまじりっけのないランダムさが存在しているのであれば、そして現在の事物の状況が過去の出来事によってあらかじめ決まっていなければ、それこそが宇宙において自由意志が機能しているという何よりの証拠である、と主張する者もいる。これらの量子は観察された時点で、自分の何を明らかにするかを好きなように決められるらしい。マクロな大きさの人間が自由意志を持てなかったとしても、ミクロな大きさのこれらの粒子は、どうやら自分のしたいようにできるようなのだ……少なくとも、無理のない範囲であれば。

おそらく、これらの粒子の自由意志は、より大きな自由意志の表れなのだろう。宗教家のなかには、量子物理学の世界に決して知りえないとわかっているものが存在することにより、外部の作用者《エージェント》がこの世界に働きかけてその流れに影響を及ぼす余地が生まれる、と熱心に主張する者もいる。当面、いくつかの量子状態が重なった系の測定結果を決定するメカニズムは存在しない。長期的に見た結果が観察されたランダムな結果から予想されるものと一致する限りにおいて、何らかの作用者《エージェント》が個々の結果を決める余地があるようにも思える。自分たちがマクロな計測の世界と量子の世界がどのように相互作用するのかを説明する術を持たないからこそ、そう考えることができるのだ。ということは、量子物理学における決して知りえないものこそが、有神論の神の居場所なのだろうか。量子物理学の方程式に神が隠れられるのか、という問いを巡ってそれなりの結果が得たければ、実験室でも大聖堂でも同じくらいくつろげる人物と話をする必要がある。というわけで、わたしはケンブリッジに向かった。

菜食主義の肉屋

ジョン・ポーキングホーンは、まずケンブリッジのポール・ディラックの下で、さらにカリフォルニア工科大学のリチャード・ファインマンとマレー・ゲルマンの下で物理学を学んだ。これ以上望むべくもない、とびっきりの師である。ポーキングホーンがあげた研究成果は、ラスベガス産のサイコロをどんどん拡大していったときに最後に見えると多くの人が信じているクォークの存在を確認するのに役立った。

ポーキングホーンはすでに母校に戻っていたので、ケンブリッジにある自宅で会うことになった。わたし自身もケンブリッジで五年にわたって研究生活を送っていたので、我が心は群青色のスクールカラーに染められたオクスフォードの町とともにあるにしても、ケンブリッジを訪れるのはいつだって楽しい。ポーキングホーンは約二五年にわたって量子物理学という分野の領域を押し広げたのちに、叙任司祭になることを決めた。そうやって、量子の不可知における神学を調べるのにうってつけの立ち位置を得たのだった。これには多くの人が、実に劇的な路線変更だと感じたが、本人曰く、

「わたしは、幻滅したから科学を去ったわけではない。二五年ほどのあいだに、自分が担当すべき

ところはやり終えたと感じたのでね。わたしの研究はかなり数学寄りなんだが、数学では四五歳になる前に最高の業績を上げるとされている」

うへっ！　この話を持ち出されると、わたしはげんなりする。これまでずっと、数学が四〇歳以下のための学問であるというのは神話であって、一八歳から三〇歳までを対象とする夏休みのキャンプとは違う、という一縷の望みにしがみついてきたのだから。でもそれをいうのなら、まちがった側にいるということなのだろう。取り組むべき未解決の問題があれば、その問題がわたしを前へと駆り立てる。そしてわたしの机の上には、まだたくさんの未解決問題がある。でも、自分自身に新たな努力目標を課したいという気持ちも、確かに理解できる。量子物理学を理解することが当面のわたしのもくろみになっているのと同じように、ポーキングホーンにとっては、叙任されることが目標になったのだ。本人も、自分が生涯を捧げてきたふたつの職業の一見矛盾する性質について、よく冗談をとばしている。

「時には変だと、いや、不正直な人間だとさえ思われる。一人の人間が物理学者でもあり聖職者でもあるということが。それで、まるでこっちが、じつは菜食主義の肉屋だと告白したみたいに、困ったような驚いたような顔をされるんだ」

しかし本人にいわせれば、このふたつの役割はきちんと調和する。

「基本的な理由は単に、科学と神学がいずれも真理の探究と関係しているからなんだ」

わたしはポーキングホーンに、どちらかの分野に決して答えを得られない問いが存在すると思うか、と尋ねてみた。

「科学が答えられない問いには二種類あって、なかには、科学そのものから生じるものもある。まず、量子物理学から学んだのが、世界には秩序がありながら、同時にもやもやしていて気まぐれな質《たち》でもあって、わたしたちはどこかに鎮座していると思われる疑問の余地のない明晰なニュートン以降《ポスト・ニュートン》の世界に触れることができない、ということだ」

「ところがさらに、問い本来の性質からいって、科学が答えるべき問いの範疇に入らない問いがある。科学は途方もない成功を収めていて、これは大いに尊敬すべきことだと思う。しかしその成功は、野心を制限することによって得られたものだ。要するに、科学は物事がどのように起きるかを巡って、ただひとつの問いを発しているにすぎないんだ。曰く、世界の推移とはなんぞや。そしてその性質からいってわざと、意味や価値や目的に関する問いを脇に置く」

　わたしは前にも、このような境界線に出くわしたことがあった。科学は「いかに」を考え、宗教は「なぜか」を考える。たしかにこれは魅力的なキャッチフレーズだが、科学への見方としては、根本的な欠陥があると思っている。

　科学はたくさんの「なぜ」に取り組んでいる。なぜ、壺入りのウラニウムはα粒子を放射するのか。なぜ、惑星は互いにでたらめな角度をなさずに、同一の二次元平面上で太陽のまわりを回っているのか。なぜ、ミツバチは六角形の巣を作るのか。なぜ、レミングの個体数は四年おきにがくんと減るのか。なぜ、空は青いのか。なぜ、物は光より速く移動できないのか。

　ポーキングホーンは自分が理解しているこのふたつのアプローチの違いを、わたしにもわかるように丁寧に説明しようとした。

「わたしのお気に入りの素朴な例なんだが、今、きみがうちの台所に入ってきて、やかんの湯が沸いているのを見たとする。この時、科学者の肩書きをつけたわたしは、湯が沸いているのは、ガスが燃えて水を温めるからだ、というような説明をする。でも、科学者の肩書きを外すこともできて、そうすれば、湯が沸いているのはお茶が飲みたかったからで、あなたも一杯いかがですか、といえる」

　わたしはその招きを受けることにした。ポーキングホーンは、紅茶を淹れながら、話を続けた。

「このふたつの答えのどちらかを選ばなくちゃいけない、というわけではない。それに、湯が沸騰するという現象を完全に理解したいのなら、その現象がどのようにして起きているのか、なぜ起きているのか、この両方の問いに答える必要がある」

　科学がその野心を制限して簡単なほうの問いに取り組んできた、というポーキングホーンの意見には、わたしもある程度まで賛成だ。はっきりいって、フェルマーの最終定理を解こうとするほうが、うちの猫の振る舞いを理解しようとしたり、ポーキングホーンが次にどのような動きをするかを理解しようとするより簡単だ。でもだからといって、どこまで行っても科学が猫の複雑さや人間の欲望の気まぐれを理解することは不可能だ、ということにはならない。

　わたしにいわせれば、科学対宗教の論争は、すべてをきれいに区分けしようという恐ろしい欲望、「これは科学で、これは神学で、これは芸術で、これは心理学」という縦割りで相互の関係をことごとく切り捨てる、いわゆるサイロ思考のせいで身動きができなくなっている。ヒトという種が、自分を取り巻く環境のなかで生き延びるために、こんなにも多様な話法《ディスクール》を展開してきたことを思うと、じつにわくわくする。宇宙のあらゆるものの進展は――ポーキングホーンがやかんで湯を沸かそうと決めたことも含めて――シュレーディンガーの波動方程式のある解に帰せられるのかもしれない。だがあの方程式は、壺入りウラニウムの振る舞いを記述するのに役立つ言語ではあっても、鳥の群れの渡りについて説明したり、モーツァルトの曲を聴いたときのわくわくする気持ちや不死という拷問について論じるのに適した言語ではない。

　現実を過度に還元主義的に捉えるのは危険であるという点で、わたしたちの意見は一致した。

「頑固な還元主義者の友達と議論をしていて、たまに相手が物理がすべてだといいだしたときには、まず、『数学はどうなんだい?』ということにしている。それから、『音楽はどうなんだい?』とね。むろん音楽は単なる空気の振動でしかないわけだが、科学が音楽に関して語れることをすべて語ったとしても、音楽について語れることがまだまだ残っていることは確かだ。還元主義の斧を手にすべてを切り倒してそれで終りにしてしまわない、ということがひじょうに重要なんだと思う」

わたしは、ポーキングホーンが科学には答えられないといった第一の問いに話を戻した。量子物理学はほんとうに、壺入りウラニウムが次の粒子をはき出すタイミングを知ることはできないといっているんだろうか。あれは本当に、ただの偶然なのか。

「わたしとしてははなはだ不満なんだが、そういうくじ引きが行われている。というよりも、カジノだな。たいていの量子物理学者はがりがりと計算するのに忙しくて、とにかくそれに慣れたんだろうが、わたしはそれでは満足できない。それが認識論的な話なのか、それとも存在論的な話なのかが問題だ」

「認識論的な問題の場合は答えがあるが、たまたまその答えがわからない。ところが存在論的な事柄は、知りえないような状況になっている。そしてそれが、量子理論の伝統的な解釈なんだ。わたしたちには知りえない、とね」

「カジノの偶然は、本質的に認識論的な問題であることがわかっている。小さな作用が物事に影響する。思うに、もしも量子理論の問題が認識論的なものであるのなら、なぜそのような認識論上の不可知が生じたのか、何がわれわれの認識を妨げているのかについて、何らかのイメージを持つ必要がある。わたしにいわせれば、この問題は、できるだけ存在論的に推し進めようとするのが賢明なんじゃないかな。まだ、そこには至っていないんだが」

量子物理学のさまざまな問題への多数派のアプローチでは、観察される前の粒子は波動関数で記述される状態の重ね合わせになっていて、マクロな装置を使って観察することで振る舞いへとジャンプする、と見なす。その時点で粒子はある状態を持つことになり、波動関数は、粒子がその状態で見つかる確率を符号化する。ただし、このジャンプ自体を説明しようと試みる者はいない。この解釈は、主な提案者であるデンマークの物理学者ニールス・ボーアの自宅がコペンハーゲンにあったことから、コペンハーゲン解釈と呼ばれている。この学派は基本的に、量子物理学の「黙って計算しろ」学派なのだ。

「わたしは、量子論のコペンハーゲン解釈支持派に加入はしているが、決して知的に満足できるものだと思っていない。結局は、誰かが『そしてそれから、そうなったのです』といってすべてが終わる」

「何らかの形で、マクロな測定装置が介入することによって引き起こされました。以上、議論終わり。でもそんなのは、定義のしかたを工夫して勝利に持ち込んだだけのこと。問題はあくまで問題なんだ。まだ謎があるのだから」

ポーキングホーンは、この世界でさまざまな行為をなす神がいると信じているが、だったら、この崩壊する波動関数の不可知こそが己の信ずる神の行動のための窓だと考えているのか。

「神が自らウラニウムの原子が崩壊するかどうかを決めるとは思わない。ある種のメカニズムがあるんだ……いや、そうじゃない。『メカニズム』という言葉は正確でない……ある種の影響があって、それでこの件の決着が付く。量子理論のパラドックスのひとつに、この理論が誕生してからもう八〇年も経つのに、われわれは未だにこれを理解できていない、という事実がある」

わたしは、「最果ての地　その一」でカオス理論について調べるなかで、自分たちが知りえない小数点以下の位に神が関わっている、というポーキングホーンの説に目を通していた。ポーキングホーンはなぜ、神がこの世界に働きかけるうえで欠かせない窓である不可知として、自分のホームグラウンドである量子物理学ではなくカオス理論を選んだのか。わたしにすれば、それが謎だった。

「かつて約一〇年にわたって、科学と神学のコミュニティーがこれらの摂理や作用の形態を巡る問題に取り組んだことがあった。むろん問題が解決したわけではない。何しろじつに野心的なプロジェクトだったからね。当時、特にアメリカの西海岸には、量子理論ですべてが説明できるというほうに金を賭けよう、という人間が大勢いた。わたしは、少々調子が良すぎると思ったので、バランスを取るために、量子理論とは別の方向にすこし多めに傾いたんだ。カオス理論ですべての謎を解決できるとは思わない。実は、物理的な宇宙は秩序立っているけれど、その秩序はニュートンが思っていたほどかっちりしてない、ということを示しているにすぎないんだ」

とはいえ、ポーキングホーンが量子物理学の意味するところに否定的でないことは確かだ。

「量子理論に本質的な予測不可能性が存在するという発見から、世界が決して機械的ではなく、したがってわたしたちは決してくだらなくもすばらしい自動人形《オートマタ》ではない、ということがわかる」

なんらかの作用者《エージェント》が、量子物理学に含まれる不可知という窓を利用して未来の出来事の流れを支配しようとするとき、その介入のチャンスは測定が行われた瞬間にしかない、というのはなかなか魅力的な考えだ。測定によって「相」が変わるその瞬間までは、量子物理学の方程式は完全に決定論的で、すべてがカオス的でない線型の形で進み続け、いかなる作用者にも介入の余地はない。ひとつはそれもあって、ポーキングホーンのような信心深い物理学者——作用者が介入する隙間を探している人々——は、量子物理学がほのめかしている不可知には夢中にならない。

ケンブリッジからの帰路、わたしはハンドルを握りながら、量子物理学がわたしたちが知りえないことに関して語っていることを理解する際には、認識論対存在論の問題が核になりそうだと感じていた。それは、カジノのサイコロのようなものなのだろうか。サイコロを投げる際の正確な初期条件がわからないからといって、正確な初期条件が存在することを疑ったりはしない。ところが量子物理学では、きちんと定義された初期状態を持つ壺入りウラニウムについて論じられるかどうかが問題になっている。

現在の物理学における多数派の解釈によると、ウラニウムの粒子が正確な運動量と正確な位置を同時に持ちうるというのは、わたしたちの誤解なのである。これは、認識論を存在論に転化する解釈で、わたしたちがそれについて知りえないのは、知りえないということがその真の性質だからなのだ。ハイゼンベルクが述べたように、「原子や素粒子自体は現実ではない。それらは潜在力と可能性の世界を形成しているのであって、物や事実の世界を形成しているのではない」（『現代物理学の思想』）のである。

無から有が

ハイゼンベルクの不確定性原理によって、神がこっそりと戻ってこられるような隙間、すなわち不可知が生み出されたようにも思えるが、実は、それとはまた別の穴——ほとんどの人が創造主を信じるきっかけとなった穴——が埋まったということなのかもしれない。未だに解明されていない大きな謎の一つに、なぜまったくの無ではなく何かが存在するのか、という問題がある。わが壺入りウラニウムは、アマゾンのウェブサイトを通じて、ニューヨーク湾内のスタテン島にあるイメージズ・サイエンティフィック・インスツルメンツという会社から、郵便で届いた。ところがこのウラニウムの由来をどんどん遡っていって、それがそもそもどこから来たのかを探っていくと、結局はある不可知にぶち当たる。この不可知を何とか説明しようとした結果、多くの文明において神という概念が生まれた。つまり神は、なぜこの世はまったくの無でないのか、という問いへの答えなのだ。ではそれは、どんな答えなのだろう。ひょっとするとその答えは、多くの人が自分たちはこの問いに答えられないと考えている、という事実を強調しているだけなのかもしれない。

思うに、神について語る科学者のほとんどが、今あるすべてのものはそもそもどこから来たのか、という一見答えられそうにない問いへの何らかの答えを頭に置いている。いったん宇宙が始まってしまえば、これらの科学者たちは自分たちの科学的な脳を喜んで駆使し、得られたものがどう振る舞うかを理解しようとまっしぐらに前進する。彼らが探しているのは、この世界に干渉する神ではない。これは有神論ではなく、しばしば理神論と呼ばれるものなのだ。このタイプの神は、「わたしたちが知りえないもの」とほぼ等しい。

むろん、その答えが実際にどのようなものなのかを記述しようとすると、無限回帰の問題にぶち当たる。宇宙を作り出した者が存在すると考えると、すぐさまその「者」を誰が作り出したのかという問題にぶつかるのだ。むろん、「誰」という言い方自体も問題だ。なぜなら人間には、この概念を人格化しようとするすさまじい衝動があるから。

かくして、超越的な定義——はっきりと表現できないもの——を巡るさまざまな議論が始まる。なんとしても、無限回帰の問題は避けたい。しかも、その答えがどのような感じのものなのかを明確に述べることも忌避したい。それは、わたしたちの知ろうという試みを超越する、不可知ななにかでしかないのだ。日曜朝のBBC北アイルランドの番組司会者が、わたしともめたときに系統立てて説明しようとしたのは、この神だった。

この神は、明確に表現できないものとして定義される。しかしそうなると、はたして概念としての効能があるのか。もしもその神が介入できないとしたら、影響を及ぼせないとしたら、明確に述べることができないとしたら、なぜそんなものが必要なのか。だからこそ神話を作った人々はみな、その姿をはっきりと記述できる神、一見してそれと認められる神、往々にして擬人化された神を作らなくてはならなかった。あまりに超越的な神は力を失い、やがて消える。初期の多くの宗教でまさにこのような運命をたどったのが、「高神《たかがみ》（高いところにいる神）」という概念だった。宗教評論家カレン・アームストロング（一九四四―）は『神の場合 *The Case for God*』という著書で、次のように述べている。

「彼はデウス・オティオスス（Deus otiosus）、すなわち『役立たずの』神、あるいは『不必要な』神となって、次第にその民の意識から消えていった」

神学者のハーバート・マッケイブ（一九二六―二〇〇一）が力説したように、「神が存在すると主張することは、宇宙に関して答えられない問いがあると主張すること」なのだ。しかしマッケイブもまた、宗教が常にこの神を哲学的な概念ではなく「もの」に仕立ててきたのは過ちだった、と警鐘を鳴らしている。マッケイブによると、宗教があまりに頻繁かつ過度に、この神の概念とじかに結びつこうとして偶像崇拝を犯すところが問題なのだという。

やっかいなことに、定義もされず決して知りえない超越した概念というのはあまりに抽象的すぎて、多くの人が帰依するには無理がある。人が求める安らぎを提供することができないのだ。たぶんそのせいで、この概念は必然的に、超越性を少しばかり失い、触れることができる何かになって力を得る、という変化を被ることになるのだ。たとえそれによって元来の定義と矛盾することになり、「誰が創造者を作ったのか」というパラドックスが生じたとしても。

0＝1－1

だが、なぜ無ではなく何かが存在するのかという問いは、案外不可知ではないのかもしれない。しかもこの「最果ての地　その三」の不可知からは、ゼロから《エクス・ニヒロ》何かを得る方法を得ることができるかもしれない。空っぽな空間がほんの少しできたとたんに、量子物理学はその空間を物質で埋めはじめる。これまで調べてきた形のハイゼンベルクの不確定性原理では、位置と運動量との関係が問題になっていた。ところがほかにも、これと同じようにもつれた物理概念がある。

たとえばハイゼンベルクの不確定性原理は、エネルギーの測定と時間の測定とを結びつけている。一見空っぽに見える空間で起きていることを観察する際に、空間を精査する時間を減らすと、エネルギー容量の不確かさが増える。つまり、空っぽな空間は決して真の意味で空っぽではないのだ。ごく短い時間であれば、エネルギーがゆらぐ可能性がある。エネルギーは質量に変わりうるから、結果としては、真空から自発的に粒子が現れる。ほとんどの場合、それらは互いに対消滅し、再び消えて無となるが、時には何かが生き延びることがある。そしてこれが、無から何かを生み出すメカニズムになる。

それにしても、このエネルギーはいったいどこから来るのか。突然現れたとなると、物理学が大切にしているエネルギー保存の法則に反するのでは？　一説には、宇宙の総エネルギー容量はゼロだから、誰も宇宙という系をごまかしているわけではないという。この場合に鍵となるのは、重力が負のエネルギーを提供するという点だ。そのため、宇宙がゼロエネルギー——無——から生じることが可能になる。なぜならこのときに、正と負のエネルギーが組み合わさったものが生じるからで、わたしたちはただ、0＝1−1という等式が機能するのを見ているだけなのだ。0は無。1と−1は物質とその物質を引っ張る重力。

重力を負のエネルギーと呼ぶのはなんだか奇妙に思えるかもしれないが、たとえば地球のそばに小惑星のような大きな物体を置くと、小惑星は地球に落ちてくるときに運動エネルギーを得る。しかし同時に、ふたつの物体の質量が近いほうがより重力が大きくなるので、重力による引力も増える。このためエネルギー保存則を守るには、この重力位置エネルギーを負として、運動エネルギーの増加とバランスを取る必要があるのだ。

ハイゼンベルクの不確定性原理によると、空間が存在するという事実がありさえすれば、無から粒子が現れるのであって、いかなる創造者も必要ない。量子の揺らぎによって、わたしたちは絶えず無から何かが現れるのを目撃しているのである。「最果ての地　その五」で明らかになるように、ホーキング（一九四二—二〇一八）はブラックホールから粒子が放出される理由を説明するのに、この理屈を使った。無が粒子となり、反粒子となる。そして片方はブラックホールに閉じ込められ、もう片方が放射される。したがって量子物理学は、無から何かが生まれるという問題の一部にすでに答えを出していることになる。

そうはいっても、このような量子ゲームをするには舞台が必要だ。そこで今度は、空っぽの空間を作ることが問題になる。おそらくここが混乱の生じやすいところで、空っぽの空間は無と同じだという人もいるが、それはまちがいだ。三次元の空っぽな空間――つまり真空――は、それでも無ではなく何かなのだ。もっといえば、幾何学や数学や物理学が勝負をする競技場なのである。けっきょくのところ、四次元ではなく三次元の空っぽの空間があるという事実そのものが、無ではなく何かがあるという証拠になる。なぜなら、無には次元がないのだから。

今では、空間と時間が現れる様子を粒子と同じやり方で――つまり量子重力の揺らぎとして――説明するいくつかの理論が提唱されている。まるで数学さえあれば、無を放り込んで、そこから何か――すなわち宇宙――が生まれる方法を示せる、とでもいうように。科学によれば、ごくわずかなものさえあればすべてが始まるというのだから、これはもう、みごとというほかない。とどのつまりはわが壺入りウラニウムの究極の源も、インターネットのアマゾン・ドットコムではなくほんのちょっとした数学なのかもしれない。

第七章

切り貼りの宇宙

最果ての地　その四

大昔からの問題に、あえて次のような解を提示したい。この図書館には限りがなく、しかも周期的である。永遠の旅人がこの図書館をどの方向につっきっても、何世紀か後には、同じ書物が再び同じように無秩序に現れるのを目にすることとなる。この粋な望みによって、我が孤独は喜ばしきものとなる。

ホルヘ・ルイス・ボルヘス　『バベルの図書館』

わたしは常に、ある問いに惹かれていた。はたして無限は物理的に存在するのか。サイコロを果てしなく切り刻んでいって無限を作り出す試みは、不可分なクォークにぶち当たって頓挫した。しかもそのうえ、空間ですら無限には分割できないらしい。なぜなら、空間も量子化されている可能性があるから。だったらここで無限の存在を巡るわが探求の旅の方向を変えるとしよう。内側ではなく、外側に目を向けるのだ。

今、直線上をずっと進み続けたらどうなるか。どこまでも無限に進み続けることになるのか。空を見上げたことのある人なら誰でも、一度はそういう疑問を抱いたことがあるはずだ。真空な宇宙に向かってサイコロを投げたら、そのサイコロはいつの日か再び出発点に戻ってくるのか、それとも宇宙の壁にぶつかって跳ね返ってくるのか、あるいは永遠に飛び続けるのか。宇宙がどこまでも無限に続いているかどうかという問題は、じつは空間そのものが静的でないという事実ともつながっていて、びっくりするほど微妙だ。たとえ宇宙が無限であったとしても、理屈からいって、人間が探検できる空間の大きさには限りがある。ひょっとするとこれは、わたしたちが決して知りえないことなのかもしれない。

わたしは、この無限への旅の役に立つかもしれないと考えて、宇宙――というよりも、宇宙のなかのわたしが目で見ることのできる部分――を入手することにした。欧州宇宙機関のウェブサイトから天球儀をダウンロードして、それを貼り合わせたのだ。もっとも正確には球ではなく、A4の紙二枚にわたる展開図の切り抜きを貼り合わせて作った二十面体である。二〇枚の正三角形からなるこの立体もまた、わたしのお気に入りの数学的図形で、カジノ産のサイコロ同様公正なサイコロとして使える五つのプラトン図形のひとつなのだ。

よく晴れた夜空を眺めると、すべての星が宇宙をすっぽりと包む巨大な黒い天球に描かれているように見える。多くの古代文明がこれを宇宙のモデルとしたことは、まちがいない。太古の人々は、この球の中央に地球があって、北極星を通る軸のまわりを天球が回っていると信じていた。夜空でじっとしているのが北極星で、そのまわりをほかの星が回っているというのだ。

わたしが作った紙の天球儀は、この天球の見かけを引き写した模型である。この二十面体を、北極星が上になるように机に置いたときに、その真ん中あたりをぐるっと回っているのが一年の時の経過を示す黄道帯で、もちろんわたし自身の星座、乙女座も含まれている。太陽は、丸一年かけてこれらの星座を一つずつ巡り、再び出発点に戻るように見える。さらにこの立体の下のほうには南半球から見える星があって、なかでももっとも明るいのがケンタウルス座アルファ星と呼ばれる星である。この星は実は三つの星からなっていて、そのうちの一つであるプロキシマ星は、太陽系の恒星、すなわち太陽にもっとも近い恒星だとされている。

人々は何千年も前から、この紙の天球儀に似たものを作ってきた。ローマの雄弁家キケロ（前一〇六―前四三）も、古代ギリシャの天文学者たちがこのような天球の模型――わが切り貼り宇宙の先祖――を作って星を書き込んでいる、という記録を残している。残念ながら、古代ギリシャのこれらの模型はどこにも残っていない。そこでわたしは、オクスフォードにあるお気に入りの博物館の一つ、科学史博物館に立ち寄って、所蔵されている天球儀を眺めることにした。そこには、一六世紀初頭に作られた高さ五〇センチほどの美しい天球儀が展示されていた。ドイツで作られたその天球儀には、星座に生命を吹き込むために、鳥や魚や動物や人間の絵を印刷した三角形の紙が貼ってあった。

わたしが作った今出来の切り貼りの天球儀は、その美しさにおいて科学史博物館の一六世紀の天球儀とは比ぶべくもないが、この二十面体のデザイン自体は、プラトンにまで遡ることができる。プラトンは、わたしたちの宇宙をすっぽりと覆っている天球は、球ではなく十二面体だと信じていた。ちなみに十二面体も、公正なサイコロとして使えるプラトン図形の一つである。この数学的なサイコロが宇宙の形を理解するうえで重要だという主張は、実はそれほどとっぴではない。

三角形を使った望遠鏡

宇宙のなかの自分たちが決して訪れることができない領域についても何かしらわかることがある、というのは実に驚くべきことだ。どの時代のどの文明においても、人々は夜空を見上げて、あそこには何があるのだろうと考えていた。空を眺めたときにすぐに目につくのは太陽であり、月だが、それにしても古代文明の人々は、いったいどのようにしてこれらの天体に関する事実を発見したの

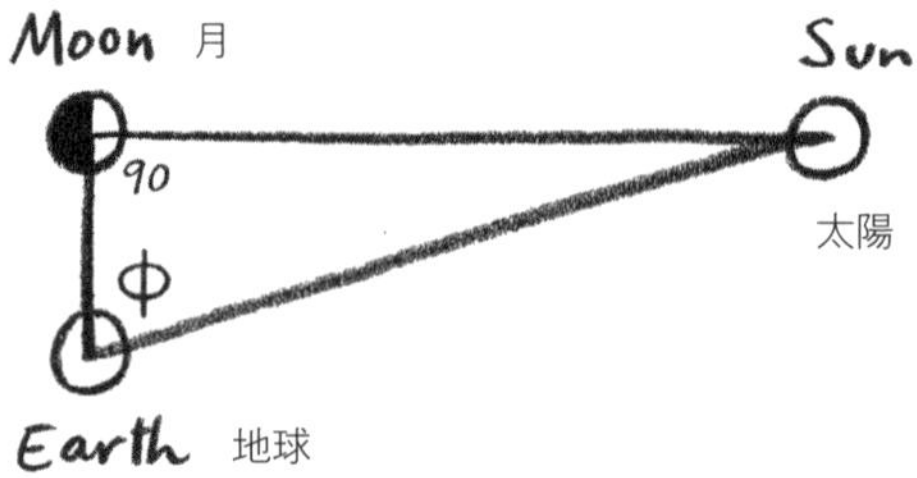

月が半月のときに、地球と月と太陽が作る直角三角形

だろう。誰一人として地球という惑星の表面からは離れられなかったというのに。わたしにいわせると、ここが数学のすごいところで、数学を使えば、観測所でぬくぬくと過ごしながら、宇宙に関するさまざまな事柄を推測することができる。

三角形と角に関する数学、いわゆる三角法は、学校の生徒を苦しめるためではなく、夜空のあれこれを調べるための道具として作られたものだった。いわば最古の望遠鏡だったのである。紀元前三世紀には、アレキサンドリアの天文学者サモスのアリスタルコス（前三一〇―前二三〇頃）が、地球の半径を一としたときの太陽と月の大きさを計算し、三角形の数学だけを使って、地球からの相対距離を突きとめることに成功した。

たとえば、ちょうど半月の時には、地球と月と太陽が成す角度は基本的に九〇度になる。したがって、月と地球と太陽の間の角度Φを測って三角比を使うと、地球から太陽までの距離に対する地球から月までの距離の比を計算することができる。この二つの距離の比は角Φの余弦《コサイン》（$\cos\Phi$）と呼ばれるものになるが、数学を使って分析すると、その値を求めることができる。

ところがこのような測定の精度には限界があって、アリスタルコスの相対距離は二〇分の一だけずれていた。アリスタルコスは地球と月と太陽が成す角度を87度と見積もったが、実は89.853度でほぼ直角だったのだ。三角形がここまで大きくなると、角度がほんの少し違っただけで、三角形の辺の相対的な長さの誤差がきわめて大きくなる。太陽系のほんとうの大きさを突きとめるには、より巧みな数学や望遠鏡が発明されるのを待つ必要があったのだ。

とはいえ天文学者たちは、望遠鏡の発明を待つまでもなく、空を進む天体が月と太陽だけでないことを知っていた。古代文明の人々も、夜空に光るいくつかの小さな点があまたあるほかの星とはまるで違う動きをしていることを知っていたのである。水星、金星、火星、木星、土星、これらは彷徨う光だった（惑星を意味するplanetはギリシャ語のπλανητης、つまり「彷徨う者」から来ている）。ちなみに、これらの天体を自作の切り貼り天球儀に描き込むことはできない。なぜなら、翌日の夜には別の場所にあるからだ。多くの文明で七という数が大事にされたのは、太陽と月を含めると、肉眼で見える惑星が七つだからだともいわれている。

無限との格闘

惑星が日々恒星に対して位置を変えているのと同様に、恒星もまた相対的な位置を変えていることが明らかになった。つまり、わたしの机の上にある天球は、夜空のある瞬間の姿を捉えたスナップ写真でしかないのだ。自作の天球には、夜空で簡単に見つけることができるおおぐま座——別名北斗七星——が描かれている。ところが、このおおぐま座を形作るメラク、ドゥーベ、アルカイド、フェクダ、メグレズ、アリオト、ミザールの七つの星は実は動き続けていて、模型の上のこれらの星の配置は、一〇万年前は今とまったく違っていたはずであり、今から一〇万年後にも、まるで違っているはずなのだ。

しかし古代の天文学者にとっては、恒星は宇宙を取り囲む天球に縛り付けられたもの、固定されたものだった。そして、その先に何があるのかはほとんど議論されることがなかった。何もない、虚無。わたしが作った紙の模型の向こうは、立ち入ることができない領域だったのだ。それでも中世には、幾人かの哲学者が、その虚無がどのようなものなのかを真剣に理解しようとした。フラン

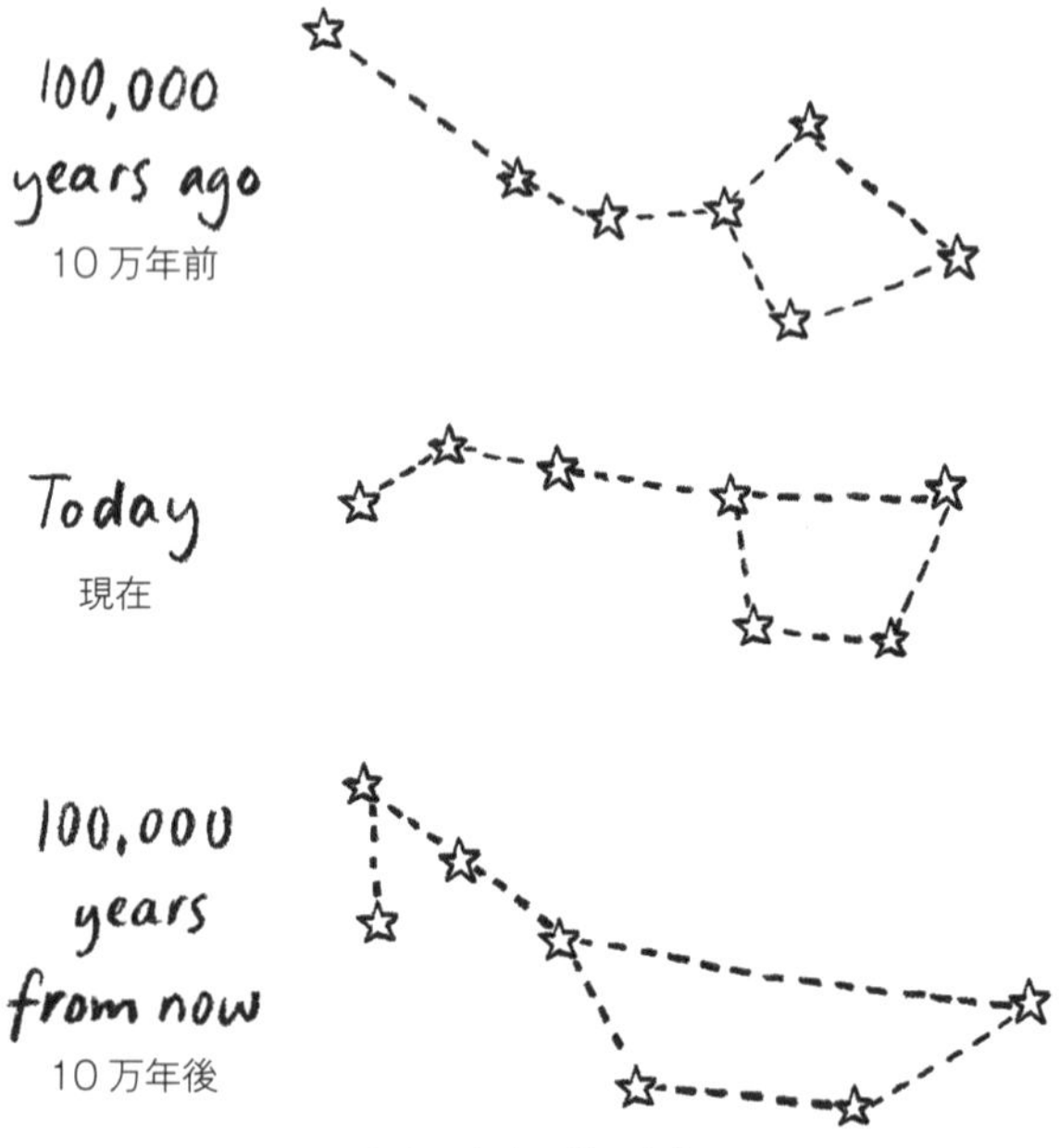

おおぐま座の形の変化

スの哲学者ニコル・オレーム（一三二三?―八二）は、天球の向こうにもさらに宇宙空間が存在し、無限に広がっていると考えた。そしてその著作で、この無限こそが神だとした。わたしがすでに提案した「自分たちが知りえないもの」としての神の概念と、そう遠くないといってよいだろう。

オレームは、無限という哲学上の難題におびえたりはしなかった。じっさい、1＋1/2＋1/3＋1/4……というふうに分数を足していくと無限にたどり着くことを証明している。足すべきものはどんどん小さくなっているのだから、これは直観に反する結果である。ちなみにこの無限和は、調和級数と呼ばれている。なぜならチェロの弦をつま弾いたときの音は、波長がこれらの分数で与えられる倍音で構成されているからだ。後で説明するように、調和級数の和が無限になるという事実が発覚したことにより、わたしたちが宇宙をどこまで見通せるのかという問題にも面白い余波が及ぶこととなった。

天文学者たちが、天球は幻で実は宇宙は無限に広がっているのかもしれないという可能性をじっくり考えるようになったのは、どうやら一五世紀に入ってからのことらしい。ドイツの博学者にして神学者でもあったニコラウス・クザーヌス(一四〇一―一六四)は、宇宙は無限であり、そのためどの点も宇宙の中心と考えられる、という説を発表した。さらにイタリアのドミニコ派の修道士ジョルダーノ・ブルーノ(一五四八―一六〇〇)はこの見解を取り上げて、一五八四年に画期的な著作『無限、宇宙および諸世界について』(邦訳は岩波文庫、一九八二年)をまとめた。

したがって宇宙は一つであり、無限で、動かない……それは理解できないものであり、そのため果てがなく、限りがない。その意味において、無限であり決定不可能であり、結果として不動である。

この結論に至るブルーノの論理は、なかなか興味深い。宇宙は神によって作られているが、神は不可知である。したがって宇宙はわれわれの理解を超えているはずだ。よって宇宙は無限であるにちがいない。なぜなら、有限の宇宙は理屈からいって知りうるものだから。ここでわたしは、その逆が正しい、と主張したい。宇宙に果てがなければ、宇宙はわたしたちの理解を超えている可能性がある。自分たちが知りえないものを明確に表すための方便としての神の概念をさらに調べていくと、無限の宇宙がもし不可知であるとすると、そこからこのような超越の概念が存在する可能性が出てくる。それにしても、宇宙は無限なのだろうか、さらに、かりに無限だったとして、はたして不可知なのか。一見そのように思えるのだが……。

ブルーノが、無限の宇宙という自分の見方を裏付けるものとして示したのは、神への信仰だけではなかった。宇宙が天球に包み込まれていて有限だという見方をすると、たとえば、宇宙を包む壁の向こうに何があるのか、という極めつきの難問と向きあうことになる。向こう側には何もなく虚無だとする人が多かったが、ブルーノはそれでは満足しなかった。さらにブルーノは、時間は過去に向かっても未来に向かっても無限だと考えていた。しかしそうなると、創造の瞬間や最後の審判の日は不要となり、キリスト教の教えと矛盾する。しかしブルーノは、そんな矛盾をものともせず、ついには聖書を巡る教えが原因となって、カトリック教会と衝突することになった。当時とすれば、決して望ましいことではない。こうしてブルーノは、一六〇〇年二月一七日に火あぶりの刑に処せられたのだった。

ブルーノの着想からは、どうすれば宇宙が無限かどうかを知ることができるのか、という問いが生じる。有限なら、有限だと確認できるかもしれない。地球の表面が有限で、航行可能だということはわかっているわけで、とにかく宇宙を進んでいけば、有限だということが明らかになるかもしれない。宇宙の果てまで進むことができる宇宙船は未だに作られていないが、一七世紀の科学者は、宇宙を調べるある賢い方法を思いついた。望遠鏡を使えばいい。

どれくらい遠くまで見えますか

筒に薄いガラスのレンズをはめれば遠くが見えるということが発見されたのは、ガリレオの時代のことだった。事実、長年にわたってガリレオ自身が望遠鏡を発明したとされてきたが、発見者としての功績は、オランダのメガネ屋ハンス・リッペルスハイ（一五七〇―一六一九）に帰すべきだろう。この「遠くの物が近くにあるように見える」装置の特許を申請したのはリッペルスハイで、その装置を使うと、対象を三倍に拡大することができた。

ガリレオは、ベネチアへの旅行でこの装置のことを耳にすると、その晩のうちに原理を突きとめて、じきに対象を三三倍に拡大できる装置を作った。「望遠鏡 telescope」という言葉を作ったのは、ガリレオの名誉を称える宴に出席したあるギリシャ詩人だった。一六一一年のことである。ちなみに、ギリシャ語の“τηλε＝tele”は「遠く」、“σκοπειν＝skopein”は「見る」の意味である。ガリレオ以降の天文学者たちはこの装置のおかげで、以前よりずっと遠くを見ることができるようになった。ガリレオは、望遠鏡を使って木星のまわりを回る月を見つけ、太陽の黒点が回転していることを発見した。つまり、太陽は軸のまわりを回っているのだ。これらの現象は、コペルニクスが提唱していた太陽を中心とする太陽系のモデルが正しいことを裏付ける証拠となった。

スコットランドの数学者ジェームズ・グレゴリー（一六三八―一六七五）は一六六三年に、望遠鏡を使って太陽と地球との距離を計算する新たな方法を思いついた。ヨハネス・ケプラーは既に、各惑星が太陽のまわりを回るのにどれくらいかかるかを測定し、惑星の運動に関する自身の法則を用いて各惑星から太陽までの相対距離を導いていた。ケプラーの第三法則によると、惑星が太陽のまわりを一回りするのに要する時間の二乗と、太陽からの距離の三乗は比例する。たとえば金星が太陽のまわりを一周するのに要する時間は、地球の3/5である。したがって、金星から太陽までの距離は地球から太陽までの距離の約7/10（$(3/5)^{2/3}$の近似）であるはずだ、ということになる（太陽からの距離を論じる場合は注意が必要だ。なぜなら、これまたケプラーが発見したことなのだが、惑星は完全な円ではなく楕円を描いており、太陽までの距離が変わるからだ。ここでは、広く平均距離のようなものを考えている）。

とはいえ、これはあくまでも相対距離でしかない。グレゴリーをはじめとする人々は、金星の太陽面横断――いわゆる「通過」――を観察しておいて、さらに少しだけ三角法を用いて計算すると、地球および金星の太陽からの実際の距離を求められることに気がついた。地球上の異なる二点で金星が太陽を横切る際の位置と時間（は地点ごとに異なる）を測定すれば、二人の観察者と金星が作る三角形の角度を割り出すことができる。そのうえで、地球上の二人の観察者の距離を計算して三

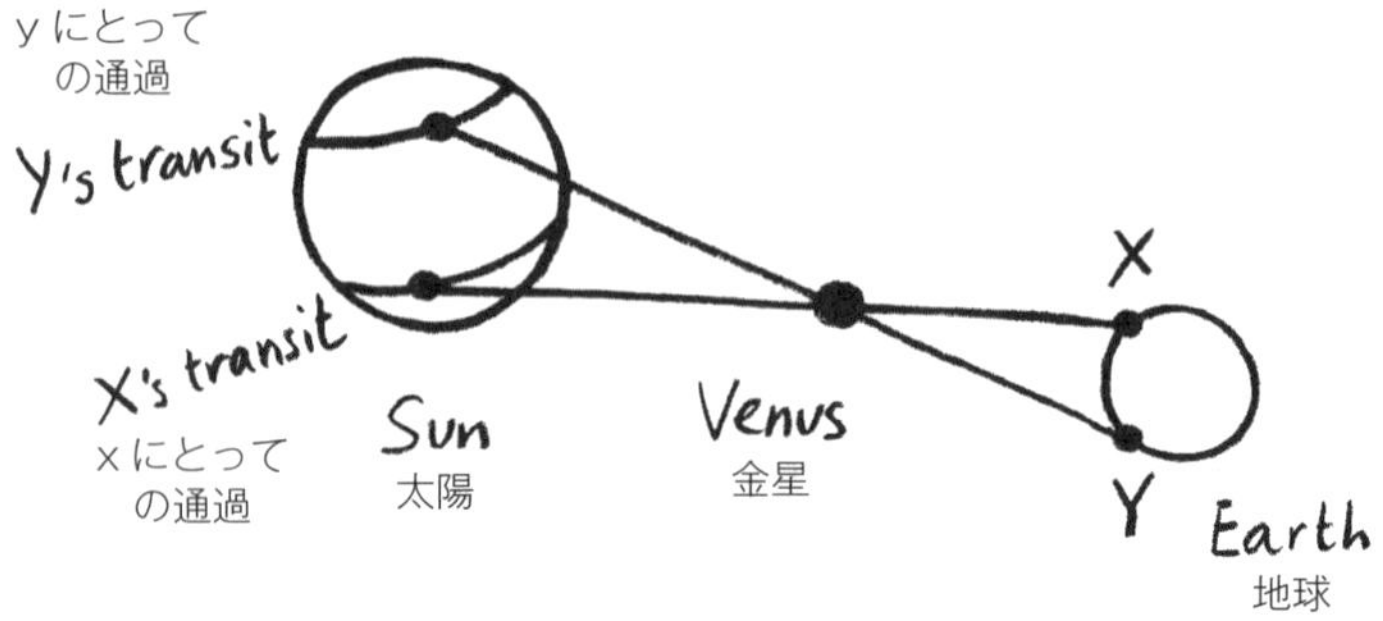

地球上の二つの地点から観察する金星の「通過」

角法を用いれば、金星の距離を推定することができるのだ。

三角法を使うと、三角形を仲立ちにして、たとえば地球と金星の距離といった直接測ることができないものを、地球上の二点の距離や角度といった地球の表面の測れるものに変えられる。計算は複雑だが、抽象的な数学と実際的な天文学の観察を組み合わせた賢い応用といえる。

困ったことに、この通過はそう頻繁には起こらず、一四〇〇年から数えても、金星による太陽の通過は一〇回しか起きていない。グレゴリーははじめ、水星の通過を測定してはどうかと提案した。なぜなら、金星が次に通過するのは一七六一年だったからだ。グレゴリーのこの提案を知ったエドモンド・ハレー（一六五六―一七四二）は、一六七六年に水星の通過を観察した。ところがこのときは、観察があと一つしか行われていなかったことが判明する。理屈のうえでは二点でのデータがあれば距離を計算することができるはずなのだが、誤差が生じる可能性を考えれば、正直いってなるべく多くの観察データがあったほうがよい。

太陽から地球までの距離を確定する計算がついに可能になったのは、一七六一年と一七六九年の金星の通過でたくさんの観察データが集まったからだった。このような地球規模の科学実験協力はこれが初めてで、計算の結果、地球と太陽の距離は九五〇〇万マイル（約一億五三〇〇万キロメートル）であることがわかった。残念ながら、ハレーはその一九年ほど前に亡くなっていて、九〇年ほど前に自分が実現しようとしたプロジェクトの完成を見届けることはできなかった。現在得られている計算結果によると、地球と太陽の距離は平均で92,955,807.267マイル（約一億四九六〇万キロメートル）となっている。

こうしてようやく、天球儀が包み込んでいるものの大きさがわずかながらも感じられたのだった。古代の天文学者たちは、これらの模型のなかにさらに小さな球が入っていて、そこに惑星が刻まれていると考えていた。もしもこの見方が正しければ、それらの球の直径は何百万マイルの規模になる。

それにしても、地球上での測定結果を誰も訪れたことのない星との距離の測定結果として解釈し直すことができるとは、三角法の威力にはただ驚くばかりだ。さらに数学は、一段と印象的な偉業を成し遂げることになる。そこに存在するはずのものを掘りだすための手段は、望遠鏡や光だけではない。数学もまた、宇宙のかなたを覗くメガネになることが判明し、ついには数学の力によって、まだ望遠鏡でも見つかっていない新たな惑星の存在が予測されたのだった。

ペンの先で惑星を発見する

新たな惑星を発見するには、ふたつの方法がある。運と理論。それまで知られていなかった惑星がはじめて見つかったときには、運が物を言った。ドイツの音楽家フレデリック・ウィリアム・ハーシェル（一七三八―一八二二　ドイツ語ではフリードリヒ・ヴィルヘルム・ヘルシェル）は、音楽家としての飛躍を求め、ハノーファーからイングランドに居を移した。しかしハーシェルはアマチュア天文家としてもかなりのもので、見事な望遠鏡を何本も使って、毎晩のように夜空の星を眺めていた。

一七八一年三月一三日の夜、ハーシェルは一風変わったものが見えることに気がついた。はじめは、望遠鏡の拡大倍率によって恒星の大きさが変わっているのだろうと考えた。一般にそのような場合には、その天体は近くにあり、さらに拡大することができるはずだった。次にハーシェルは、その天体が動いているかどうかを調べた。四日後に再びその天体を探すと、案の定、恒星に対する位置が変わっていた。ハーシェルはすでにたくさんの彗星を発見していたので、はじめのうちはこの天体も彗星だろうと考えていた。

ところが王立天文台長《アストロノマー・ロイヤル》にこの発見を報告し、さらにその天体を追跡していくと、彗星ならかなりへしゃげた軌跡になるはずなのに、この天体の軌跡は円に近いことがわかった。それに、彗星にしては明るすぎるし、目で見える尾があるわけでもない。これは新たな惑星だ、というのが天文学者たちの結論だった。ハーシェルはこの惑星に国王ジョージ三世にちなんだ名前を付けようとしたが、当時は星に古典神話にちなむ名前をつけることが流行っていた。けっきょく、サートゥルヌス＝サターン（土星）はユーピテル＝ジュピター（木星）の父で、この新たな惑星は土星《サターン》より遠いところを回っていることから、サターンの父の名をとってウーラノス＝ウラヌス（天王星）と命名された。

天文学者たちはこの新たな惑星の発見に熱狂して、天体図にその軌跡を書き込みはじめた。この新たな惑星の月を探してみたり、太陽のまわりの軌道の長さを計算してみたり。ところが天王星は、意外と行儀が悪かった。広く惑星の経路を予測するのにうってつけであるはずのニュートンの重力理論が、こと天王星の位置に関しては、明らかに誤った結果を出してくる。一七八八年には、この惑星は本来あるべき位置から1/120度だけ外れたところにあった。そこで、木星や土星の重力の影響を計算に入れなくては、という話になった。

こうして一七九一年に、新たな軌道が発表された。ところが天王星は、一八〇〇年にまたしてもその軌道から外れはじめた。一八二五年には重力理論で予測される位置よりはるか先にいたかと思うと、再び速度を落としはじめて、一八三二年には数学を使って予測した位置より後ろにいた。なにか謎の物質があって、そのせいでこのような抵抗が生じているのか。それともここまで太陽から離れてしまうと、ニュートンの重力の法則そのものが破れるのか。天王星が木星と土星の重力に引っ張られているのと同じように、天王星の外側に別の惑星があってこの惑星を押したり引いたりしているのかもしれない、といいだす者もいた。そんな惑星が存在するとして、いったいどこにあるのだろう。

天王星が偶然発見されたのに対して、この新たな惑星の位置は、純粋な論理の力によって――ということはニュートンの数学によって――正確に特定されることとなった。それまで天文学者たちは、まず惑星の位置を入力して、そのうえで数学を使ってその先の軌道を計算していた。ところが今回は、この手順を逆にしなければならなかった。天王星は数十年にわたって追跡されていたので、未知の惑星がどこにあればこの天王星の奇妙な軌道が説明できるのかをつきとめなくてはならなかったのだ。

数学の立場から見ると、これはかなり手強い作業だったが、それでも二人の理論家がこの挑戦を受けて立った。数学者にして天文学者でもあったイギリスのジョン・クーチ・アダムズ（一八一九―一八九二）とフランスのユルバン・ルヴェリエ（一八一一―一八七七）である。二人はこの逆問題に取り組み、新たな惑星のあるべき位置を見事に突きとめた。アダムズは、一八四五年九月には計算を完了し、英国の天文学者たちに働きかけて、この新たな惑星を発見しようとした。ところが当時のアダムズにはたいした肩書きもなく、そのうえ立ち居振る舞いがどちらかというと非社交的だった――ひょっとするとアスペルガー症候群だったのかもしれない――ことも災いして、どうやら大立て者たちには好かれなかったらしい。そのうえ王立天文台長が、ある助手が関わったスキャンダラスな殺人事件に気を取られていたこともあって、アダムズの予言は、ドーバー海峡の北側では無視されることとなった。

いっぽうルヴェリエが計算を完成させたのは、一八四六年六月のことだった。ルヴェリエもアダムズと同じように、フランス天文学界の大立て者の力を借りて、存在するはずのこの惑星を貴重な望遠鏡で探そうとしたところ、やはり同じ問題に直面した。そこでルヴェリエは、ベルリンの観測所に宛てて、ご助力をお願いしたい、という手紙を書いた。

ドイツの天文学者たちは、フランスの同業者より協力的だった。一八四六年九月二三日にヨハン・ゴットフリート・ガレ(一八一二―一九一〇)が、ルヴェリエの計算でこの新たな惑星があるとされた夜空の領域にフラウンホーファー型の望遠鏡を向けてみると、予想通り、観測所にあったどの星図にも載っていない光の点が見つかった。そして翌晩、その点はちょうどルヴェリエが計算で予測した分だけ動いていた。

新たな惑星がもう一つ見つかったという発表を、多くの人が熱狂的に歓迎した。しかしアダムズの予言を無視した英国の天文学者たちは、まるでばかのように見えた。今や王立天文台の顧問組織の一員となっていたハーシェルは、アダムズのほうが先に予言していたことを証明する催しを行おうとした。そして当然のように、どちらに優先権があるのかを巡って辛辣な争いが繰り広げられ、二つの国は惑星の命名を巡ってやりあうこととなった。フランス側はルヴェリエにちなむ名前にすべきだといい、英国側はそれではローマの神々にちなんだ名前を付けるという伝統に反する、と異議を唱えた。そしてけっきょく、天文学者の国際共同体がネプトゥーヌス＝ネプチューン(海王星)と命名したのだった。

数学は、どこに何があるべきかを、実に見事に予測してみせた。天文学者のフランソワ・アラゴ(一七八六―一八五三)は皮肉混じりに、ルヴェリエは海王星を「ペンの先で」発見した、と述べている。もちろんベルリン天文台のガレによる観測がなければ、数学的な理論が現実と一致していることは確認できなかったわけだが。

ヒトは、地球を離れることなしに、太陽系の最果てまで進むことができるようになった。では、さらにどれくらい先まで探ることができるのだろう。望遠鏡のおかげでずいぶん遠くまで旅をすることができるようになったが、それと同時に、人が見通せる距離には理論的な限界があることがわかってきた。なぜなら、光がわたしたちのところに届くにはそれなりの時間がかかる、ということが判明したからだ。

宇宙の制限速度

望遠鏡は、古代からの激しい論争に決着を付けるうえでも役に立った。光は一瞬で空間を横切るものなのか、それとも、光がある場所から別の場所に行くには時間がかかるのか。たとえば、アリストテレスは光が動くとは考えていなかった。光は存在するかしないかのいずれかである、というアリストテレスの意見に、ほかの人々も賛成した。古代ギリシャの人々は、目で見るということには目から対象物に届く光が関わっていると考えていた。であるならば、と数学者であるアレクサンドリアのヘロン（紀元一世紀の人 生没年不明）は論じた。光は瞬間的なものであるに違いない。さもなければ、目を開いた瞬間に遠くの星が見えるはずがないではないか。

一〇世紀のイスラムの学者イブン・ハイサム（九六五—一〇四〇）は『光学の書』という著書で、光は実は逆方向、つまり対象から目に向かって進むと主張した。しかし、たとえ光の進む方向が逆だったとしても、速さはやはり無限であるはずだ、と考える人が多かった。ところがガリレオは、今ひとつ確信が持てずにいた。光の光源からの移動に時間がかかるのなら、その時間を計ることができるはずだ。そう考えたガリレオは、光にかけておいた覆いを取り、この変化を数マイル先で検知するのにどれくらいかかるかを測ってはどうかと提案した。だが、ガリレオが考えた程度の規模では距離が短すぎて、遅れを検出することは不可能だった。次にこの問題を取り上げたのは、デカルトだった。デカルトは、太陽や月からの光が地球に届くのに時間がかかるとしたら、月食のタイミングが予想とは少しずれるはずだということに気がついた。しかし、そのような差は認められなかった。実はガリレオもデカルトも本質をつかみかけていたのだが、光が速すぎ、太陽や月が近すぎたために、時間のずれを検出することができなかったのだ。

光が空間を移動するのに時間がかかる、ということの証拠をもたらしたのは、地球の月ではなく、木星のまわりを回る月だった。ガリレオは当時すでに、木星の月をうまく使えば経度の問題を解決できると主張していた。そのためには、木星にもっとも近い月イオが木星の影に入る瞬間を利用して時間を計る必要があった。イオは、木星のまわりをきわめて規則的に、四二・五時間かけて回っており、宇宙時計として使うことができた。これらの食が起きる時間をフィレンツェで表にまとめ、そのうえでフィレンツェ以外の場所で食の時間を観察すれば、その地点のフィレンツェに対する相対経度を求めることができる。この方法は、当時大きな課題となっていた海上で経度を求める方法としてはそれほど流行らなかったが、地上では使われていたという。

木星の月に関するデータに基づいて光の速度が有限だということを突きとめたのは、デンマークの天文学者オーレ・レーマー(一六四四―一七一〇)だった。レーマーは、パリの天文台で働きながら、イオが木星の影に隠れる時刻を記録していたのだが、イオが影に隠れるタイミングは、どうやら地球が太陽を回る軌道のどこにあるかによって違ってくるようだった。木星から見て地球が太陽の逆側にいるときには、遅れるらしい。そして、このような遅れが生じるのは、地球が太陽の同じ側にいるときよりも逆側にいるときのほうが光の移動に時間がかかるからだということに気づいた。この発見は一六七六年八月二二日に、パリ天文台長ジョヴァンニ・カッシーニ(一六二五―一七一二)によってパリの王立科学アカデミーで発表された。カッシーニは天文学者たちに向って、イオが姿を消す時間を予測する表を作り直す必要がある、と述べた。

どうやらこれは、光があの衛星からここまで届くのに時間がかかるからであるらしい。光は地球の軌道の半径に等しい距離を、一〇分から一一分かけて進むと考えられる。

現在の測定では八分二〇秒かかることになっているから、一七世紀の天文学者たちの評価もそれほど的外れではなかった。続いて、真空を移動する光の速度の値を求めるために、いくつもの実験が行われた。光の速度は毎秒約三億メートルなので、多くの人が光の速度が無限だと考えたのも無理はなかった。こうして空間の巨大な距離を測ることができる望遠鏡が手に入りはしたものの、今度は光の速度が宇宙の遥か彼方を覗こうとするわたしたちにとっての重大な限界となった。

じっさい、いくら宇宙を眺めてみても、光が空間を移動するのに時間がかかるため、じつは過去を振り返っていることになる。空のスナップショットを撮ったときにそこに写るのは、太陽の八分二〇秒前の姿であり、もっとも近い恒星の四年前の姿、もっとも遠い銀河の何十億年も前の姿なのだ。しかもひょっとすると、どこか遠くの銀河で地球に向けられた望遠鏡によって、約六六〇〇万年前の恐竜の絶滅が目撃されているかもしれないのだ。

光の速度は、天文学者たちが広大な空間の大きさを測る手段の一部になった。天文学者のいう一光年とは、光が一年かかって届く距離のことである。

ご近所の恒星

机のうえの天球を見ていると、宇宙を包み込む巨大な天球に恒星が描かれていて、その向こうは虚無だ、という古代ギリシャ人の考えがなんだか滑稽に思えてくる。しかし彼らは、それ以上先に進めなかった。地球から恒星までの距離からして、肉眼ではどの恒星も同じくらい遠くにあるように見えるのだ。古代の天文学者たちにすれば、奥行きを感知できるはずがなかった。けれども望遠鏡が発明されたことでこれらの恒星も少しは近づき、おかげで近代の天文学者たちは、すべての天体が地球から等距離にあるわけではないということを知りえたのだった。

ある恒星がほかの恒星より地球に近い場合には、近いということを確認する方法がひとつある。わたしたち自身は地球の表面を離れることができないが、それでも地球は恒星に対して動いているから、宇宙をいくつかの異なる視点から見ることができる。この事実をうまく使うと、天球からいくつかの恒星を引きはがして、宇宙に奥行きを与えることができるのだ。

目の前に指をつきだしておいて、そのまま窓の外を見ながら頭を左右に動かすと、たとえば自分の指のような近くにあるもののほうが、遠くにあるものより大きく動くのに気づくはずだ。この現象を視差という。天文学者たちが恒星を観察するときにもこれと同じ現象が起きるので、夏と冬の恒星の位置を比べれば、どの恒星が地球に近いのかがわかる。

実はハーシェルは、この現在「恒星の視差」と呼ばれているものを検出しようとしていて、たまたま新たな惑星——天王星——を見つけたのだった。しかし、恒星の位置の違いはきわめて小さく、精度が低い望遠鏡では変化を検出することができなかった。ついに視差の測定が成功したのは一八三〇年代のことで、恒星の視差の正確な記録をはじめて作ったのは、ドイツの天文学者にして数学者でもあるフリードリヒ・ベッセル（一七八四—一八四六）だった。この手法を近くの恒星に適用する際には、ちょうどギリシャの天球モデルのように、遠くの恒星は本質的に宇宙をすっぽりと覆う一つの天球に載っている、と仮定する必要がある。遠くの恒星が固定されているように見えるからこそ、近くの恒星の見かけの動きを追跡する際の背景として使うことができるのだ。

ベッセルは、はくちょう座61番星と呼ばれる恒星の夏と冬の位置を比べた。そして地球の軌道上の二点とこの星が作る三角形を考え、その三角形の一つの角の大きさを算出した。地球から太陽までの距離に関する当時の知識と三角法の数学を組み合わせることによって、はじめて、地球にもっとも近い恒星が実はどれくらい離れているのかを見積もったのだ。ベッセルの計算によると、はくちょう座61番星までの距離は、地球から太陽までの距離の六六万倍だった。この計算の誤差は約一〇パーセントで、今日では、はくちょう座61番星までの距離は地球から太陽までの距離の七二・一万倍で、一一・四一光年だとされている。それでも、ベッセルはこれとかなり近い値を得ており、ここにはじめて人々は、宇宙空間の奥行きを感じることができるようになったのだった。

　さらに計算を行ってみると、はくちょう座61番星よりさらに近い恒星があることがわかった。現在知られている地球にもっとも近い恒星の所在を突きとめたのは、スコットランド出身で南アフリカの天文学者ロバート・イネス（一八六一－一九三三）だった。一九一五年のことである。発見がここまで遅れたのは、もっとも近い恒星であるプロキシマ・ケンタウリ（ケンタウルス座α星C）の光が弱すぎて肉眼では見えなかったからなのだが、視差計算の結果、地球からこの星までの距離は地球から太陽までの距離の二六万八三二六倍、つまり四・二四光年であることがわかった。

　恒星視差という手法のおかげで、天球からいくつかの恒星が引きはがされて、地球に近いところに移されていった。そうはいってもこの方法が使えるのは、恒星から地球までの距離が四〇〇光年以内の場合に限られた。大方の恒星はあまりに遠すぎて、あいかわらず紙の天球儀に貼り付いたままだった。ところがこれらの星から届く光の波長を解析することによって、人類は、宇宙の果てに向かう大きな一歩を踏み出すこととなった。

きらきら星よ

恒星が遠くにあればあるほど、その光は弱くなる。ところがこの事実に基づいて星までの距離を判定しようとすると、ある問題が生じる。自分が見ているのが、はくちょう座61番星のような遠くの明るい恒星――この星は肉眼でも見える――なのか、それともプロキシマ・ケンタウリのようなもっと近くの暗い恒星なのかがわからないのだ。見た目の明るさは、実際の明るさと星から地球までの距離の組み合わせによって決まる。では、明るさに基づいて距離を判定するにはどうすればよいのか。実は多くの場合、恒星の発する光の色から、実際の明るさを推察するに十分な情報を得られることがわかっている。したがって、実際の明るさを求めたうえで見かけの明るさを測れば、問題の星がどれくらいの距離にあるかがわかる。

科学者たちは、恒星から届く光を測定してその周波数を解析するうちに、いくつかの周波数が欠けていることに気がついた。欠けていた周波数の光は、じつは恒星の固有の原子に吸収されていた。この事実がきっかけとなり、「われわれは星の化学組成を決して知ることがないだろう」というオーギュスト・コント（一七九八―一八五七）の有名な言葉が誤りだということが証明された。ところがこの周波数に関するデータは、その星の明るさの計算にも使えることがわかった。距離や実際の明るさがわかっている近くの恒星を観察した結果、恒星に吸収されるさまざまな周波数の光とその星の明るさに直接的な関係があることが判明したのだ。

ということは、欠けている光の周波数を絶対的な真光度の尺度として利用することができるわけだ。こうなれば天文学者たちも、視差の測定だけでは距離がわからない遠くの恒星に目を向けることが可能になる。その星からの光のどの周波数が欠けているのかを調べ、さらに見かけの光度を測定すれば、その星の距離を割り出すことができるのだ。かくして天文学者たちは、宇宙空間の真の奥行きをかなり明確に認識できるようになった。

ところがさらに、あるきわめて特殊な脈動星――ケフェウス型変光星と呼ばれる瞬く星――が、宇宙空間での距離を測るもっともよい手段になることがわかった。アメリカの天文学者ヘンリエッタ・リービット（一八六八―一九二一）が一九一二年に、これらの瞬く星を使って宇宙を調べる方法を発見したのだ。当時リービットはハーバード・カレッジの天文台で、天文学者としてではなく時給三〇セントの「計算要員《コンピュータ》」として、写真乾板からデータを拾う作業をしていた。当時、女性が望遠鏡を操作することは許されていなかった。リービットに割り当てられたのは、一定期間内に明るくなったり暗くなったりする星を分析する仕事だった。リービットはこれらの星の脈動に何かパターンがあるのかもしれないと考え、小マゼラン星雲に含まれる――したがって地球からの距離がどれも似たりよったりだと思われる――一群の星に注目した。

そして脈動の周期に対する真光度のグラフを作ってみたところ、きわめて明確なパターンが浮かび上がってきた。ケフェウス型変光星が脈動するのに要する時間と光度の間には直接的な関係があり、脈動の周期が長い星ほど明るく輝いているのだ。したがって、脈動の周期を測ればケフェウス型変光星の明るさがわかる。脈動の周期を測るほうが、欠けている光の周波数を測定するよりはるかに楽だ。これらの星は、距離を測るのにおあつらえ向きだった。

ケフェウス型変光星がゆっくり脈動しているにもかかわらずひじょうに暗く見えたとしたら、その星は遠くにあるはずだ。いっぽう、めまぐるしく脈動していて明るいケフェウス型変光星は、近くにあるから明るく見えている。この新たな物差しのおかげで、宇宙は次第に形を成していった。さらに多くの星が天球から剝がれ落ち、当時しだいに姿を現そうとしていた天の川のなかに収まった。そして太陽系をひきいるわれらが恒星、すなわち太陽は、この巨大な渦巻き状の星の塊の隅っこにひっそりと隠れていることがわかった。

それにしても、宇宙はほんとうにこれですべてなんだろうか。点状の光のなかには、たったひとつの星ではなく、何千億もの星からなる星雲から来ている光のように見えるものもあるのだが……。はたしてこれらの雲は天の川銀河の一部なのか、それともこの銀河に似たまったく別の銀河を形作っているのか。まず調べられたのが、一〇世紀にペルシアの天文学者アブドゥル・ラフマーン・スーフィー（九〇三―九八六）が確認した小さな星雲だった。その星雲は肉眼でも見えるくらい明るく、のちにアンドロメダ星雲と呼ばれるようになった。この雲をはじめとする星雲が実は独立した銀河なのではないか、という説を最初に唱えたのは、イギリスの天文学者トーマス・ライト（一七一一―一七八六）だった。一七五〇年のことである。ライトの説を知ったイマヌエル・カント（一七二四―一八〇四）は、これらの雲をロマンチックに「島宇宙」と呼んだ。

　これらの雲が独立した銀河か否かという論争はその後も延々と続き、一九二〇年にアメリカの国立自然史博物館で起きた出来事――今日では「大論争《ザ・グレート・ディベート》（シャプレー―カーチス論争とも）」と呼ばれている――における対立陣営のにらみ合いで、ついに頂点に達した。問われていたのは、宇宙の大きさと広がりだった。天文学者のハーロー・シャプレー（一八八五―一九七二）は、これだけ明るく輝いているからには、これらの雲はわれわれが属する銀河の一部であるはずだと主張した。これに対してヒーバー・カーチス（一八七二―一九四二）は、この雲のなかで観測された新星――恒星が大変動を伴って核爆発を起こす出来事――の数は、われわれが属する銀河全体で記録された新星の数を超えている、と反論した。これほど豊富に新星がある地域が、わたしたちの銀河の一部であるはずがない。

　けっきょく、アメリカの天文学者エドウィン・ハッブル（一八八九―一九五三）の観察によって、アンドロメダは天の川銀河からもぎ取られて独立した別の銀河であることが明らかになった。一九二五年にハッブルが、カリフォルニアのウィルソン山の山頂にあるこのタイプとしては当時最大級のフーカー望遠鏡を用いて、アンドロメダがどれくらいの距離にあるのかを解析したのである。

ハッブルはある特別な星に注目し、その星を利用して、星雲までの距離を計算した。アンドロメダ星雲の真ん中にリービットが調べたケフェウス型変光星が一つあって、その星は三一日周期で明るくなったり暗くなったりしていた。リービットの分析によるとこの星はひじょうに明るく輝いているはずなのに、望遠鏡ではきわめて暗く見えた。脈動の周期と見かけの光度の測定結果を組み合わせたところ、この星と太陽との距離は二五〇万光年であることがわかった。ところがすでに計算によって、天の川銀河の星は最大でも互いに一〇万光年しか離れていないことがわかっていた。このようにリービットの洞察とハッブルの計算を組み合わせることによって、わたしたちの宇宙観は劇的に変わった。それまで誰も想像もしたことがない大きさであることが明らかになったのだ。

ケフェウス型変光星を用いて宇宙空間を調べるリービットの方法は、わたしたちの宇宙像を大きく変えた。スウェーデンの数学者ヨースタ・ミッタク＝レフラーなどは、その功に報いようと、一九二五年にリービットをノーベル賞に推薦したくらいだった。リービットがその四年前にすでに死んでこの世を去り、賞を受ける資格を失っていたことを知ると、ミッタク＝レフラーは大いに落胆したという。

こうして新たにいくつもの銀河が遠くまで広がっていることが明らかになったことで、この宇宙の本当の性質が感じられるようになった。それにしても宇宙は、遠くにあるこれらの銀河のそのまた向こうにどれくらい広がっているのだろう。はじめて自分たちの村を後にした探検家たちは、地球は広大でひょっとしたら永遠に続いているのかもしれない、と感じていたはずだ。ところが旅する人々がどんどん増えていくと、やがて地球の表面は有限で航行可能であることがわかってきた。だったら宇宙はどうなのか。この宇宙村はより大きな宇宙の描像にどのように組み込まれているのか、わたしたちは天の川銀河を後にして、その感触を得ることができるのだろうか。

巨大なアステロイド・ゲーム

有限でありながら縁のない地球を思い描くのは簡単だ。球面を思い浮かべればいいだけの話。それにしても、宇宙空間が有限だなんてことがあり得るんだろうか。この謎を取り上げた映画の一つに、わたしのお気に入りの「トゥルーマン・ショー」がある。ジム・キャリー扮するトゥルーマン・バーバンクは、自分にとっての全宇宙が巨大ドームの中にしつらえられた台本付きのテレビのリアリティーショーだということに気づいていなかった。やがて自分の世界を疑いはじめたトゥルーマンは、ついに小舟に乗りこんで、自分が住むシーヘヴンという町をとり囲む水を渡る。そして、トゥルーマンが果てしない空だと思っていたものが、実はスタジオの壁に描かれた絵だったことが判明し、その宇宙の果てを抜けると、そこにはトゥルーマン自身の一挙手一投足を捉えるカメラがあったのだった。

別にわたしは、自分たちが「トゥルーマン・ショー」の世界で暮らしていると思っているわけではない。宇宙空間に出て行ったら突然スタジオの壁にぶつかるとか、わたしの模型のような天球がわたしたちの世界を覆っていて、その天球にぶつかるなどとは思っていない。それに、たいていの人がわたしと同じ意見だと思う。このようなモデルはけっきょく、境界の向こうにはいったい何があるんだろう、という疑問を引き起こすだけなのだ。こっちを見ている天空の映画チームが見つかるんだろうか？　それで、そのチームが彼らの世界をわたしたちのように旅したら、いったい何が起こるんだ？　どこまで行っても新しい映画チームが見つかるんだろうか。というわけでほとんどの人が——どう思っているのかはっきりさせろ、と迫られたなら——この難問を解決する方法はただひとつ、無限の宇宙を信じることだ、という結論に至る。

しかし、数学者たちには第三の選択肢がある。つまり、有限でありながら境界がない宇宙が存在する、と考えることができるのだ。その宇宙では、空間をどんどん旅していくと、その旅がどこまでも無限に続くのではなく、ちょうど地球をぐるっと回る探検家のように、最後には出発点に戻っていることに気づく。

数学者が考える宇宙がいったいどのようなものなのか、その感触を得るために、小さなおもちゃの宇宙を考えよう。一九七九年にアタリ社が作った「アステロイド」というゲームは、有限だが境界のない二次元宇宙の完璧な例になっている。この宇宙は一枚のコンピュータ・スクリーンからなっていて、宇宙船がスクリーンの上の端に向かうと、二次元の「トゥルーマン・ショー」のように縁で跳ね返るのではなく、そのまま切れ目なく下の端に姿を現す。これを宇宙船に乗っている宇宙飛行士の目から見ると、宇宙空間をどこまでも際限なく旅していることになるのだ。宇宙船がスクリーンの左端に向かって動いていったときにも、同じことが起きる。壁にぶつかるのではなく、右の端に再び姿を現す。宇宙飛行士はそのうちに、ランドマーク（むしろスペースマークというべきか？）が繰り返されていることに気づくかもしれない。もっとも宇宙自体が進化していれば、二度目や三度目に通ったときも、前に見た物にはそう簡単に気づかない。

このアステロイドの宇宙は、実は見慣れた形をしている。この宇宙を包み込む第三の次元を取り入れることを許せば、スクリーンの上端と下端をくっつけて円柱にすることができる。さらにスクリーンの左端と右端もつながっているので、できた円柱の両端をくっつけてベーグル――というか数学者がいうところのトーラス――を作ることができる。この三次元図形の表面が、「アステロイド」の有限宇宙なのだ。

今、いかなる三次元の有限立体を考えたとしても、その二次元表面は、有限で境界のない宇宙になる。たとえば球の表面も、このような二次元宇宙のひとつなのだ。これらの二次元宇宙は単なる数学的なゲームではなく、地球上を進んでいくうえで重要な意味を持つ。じっさい地球上のあちこちのさまざまな文明が、地球はどこまでも続いているのか、それとも縁があってそこから落ちてしまうのかを知りたいものだと考えていた。ちなみに古代文明の多くが、なにやらトゥルーマンの世界を思わせる水に囲まれた有限の円盤を地球のモデルとしていた。

地球が球の形をしているのかもしれないと最初に考えたのは、ピタゴラス学派の人々だった。紀元前五世紀のことである。船が水平線の向こうに姿を消すときの様子や、月食の間に地球が月のうえに作る影や、南に旅すると太陽や星の見え方が変わるといった事実から、円盤ではなく球なのではないかと考えられるようになったのだ。そしてついに一五二二年にフェルディナンド・マゼラン（一四八〇―一五二一）が組織した世界一周の旅（マゼラン自身はその途上で殺された）によって、地球が丸いということが疑いの余地なく証明されたのだった。

では、宇宙はどうなのか。宇宙には形があるのだろうか。わたしたちは今、地球はどこまでも続いているのか、それとも縁があるのか、それともなにかの形でくるまれているのか、とあれこれ考えを巡らした古代文明の人々と、同じ岐路に立たされている。

それにしても、三次元宇宙を体積が有限でしかも縁を持たないようにくるむには、どうすればよいのだろう。ここで威力を発揮するのが数学だ。数学を使うと、わたしたちの三次元宇宙をより高い次元の空間に埋め込んで、「アステロイド」の宇宙のように包むことができる。包んだ結果を物理的に描くことはできないにしても、数学の言葉を使うことによって、その様子を記述する式が得られる。しかもさらに重要なのが、数学を使えばこれら三次元有限宇宙の特徴を調べることができるという点だ。

というわけで、わたしたちはたとえば「アステロイド」の三次元版のなかで暮らしているのかもしれない。たぶん宇宙は、本質的にラスベガス産のサイコロのような六つの面を持つ巨大な立方体なのだろう。宇宙船がこれらの面のどれかに近づくと、その面にぶつかるのではなく、この立方体宇宙をなめらかに出ていって反対の面に現れる。「アステロイド」の場合は、左右と上下の二つの方向をつないだが、三次元の立方体宇宙では、三番目の方向もつながっている。この立方体を四次元の宇宙に置くことができたとすると、立方体を包むように面をつなげていって四次元のベーグル——つまりトーラス——を作ることができて、その三次元の表面がわたしたちの宇宙になる。

そうはいっても、わたしたちの宇宙が取り得る形はベーグルだけではない。円は有限な二次元図形で、その表面は有限な一次元宇宙になる。球は有限な三次元図形で、その表面は有限な二次元宇宙になる。ここでさらに数式を使えば四次元の球を作ることができて、その表面は有限な三次元宇宙になり、これもまた、わたしたちの宇宙の形を示すモデルとなる。

たしかに数学を使えば、有限だが縁のない宇宙としてどのような図形がありうるのかがわかる。それにしても、この宇宙が有限かどうか、有限だとしてどのような形なのかを突きとめるにはどうすればよいのだろう。宇宙飛行士マゼランが宇宙を巡航して戻ってくるのを待たなければならないのか。これまでにわかっている宇宙の規模からいっても、この宇宙が有限であることを有人探査で証明することはまず不可能だ。ところがここに、何十億年ものあいだ宇宙を巡ってきた旅人——宇宙が有限か否かについて、それなりの知見を提供してくれる探検者——がいるのだ。その名は光子。

宇宙のマゼラン

光は偉大な探検者である。わたしたちは常に、何十億年ものあいだ宇宙を旅してきた光を浴びている。それらの光のなかに、宇宙が有限かどうかのヒントとなる物語を教えてくれる光はないのだろうか。宇宙の奥へ奥へと突っ込んでいった宇宙船がどうなるかは、すでにわかっている。有限な宇宙であれば、ちょうどマゼランの探検隊が一五二二年にセビリアに戻ってきたように、最後は出発点に戻ってくる。

光でも、同じことが起こりうる。約四五億年前、まだ太陽が若かった頃に、ひとつの光子が太陽を飛び出したとしよう。わたしたちが四次元ベーグルの相対する面がくっついてできる立方体形の宇宙で暮らしているとして、その光がどれか一つの面に近づくとどうなるか。光はその面をするりと抜けて、反対側の面に姿を現す。そしてそこから出発点に向かって旅を続ける。途中に邪魔者がいなければ、その光子は戻ってきて地球上の観察者の望遠鏡に入り、観察者は長い旅をしてきた光子をはじめて検知することになる。ではその時、いったい何が見えるのか。別に変わったことはなにもなく、その光は、大昔にはるか遠くの星から出た光のように見えるはずだ。自分たちがじつは四五億年前の太陽の姿を見ているということには、まず気づかない。

だが、この光をうまく使えば、宇宙が有限であることを証明する手段が手に入るかもしれない。なぜなら、逆方向を眺めて、逆の面でも同じような光が見えるかどうかを確認することができるから。じっさいにフランスやポーランドやアメリカの研究者たちが、わたしたちが作った宇宙の地図と部分的に一致する可能性を考えながら、きわめて若い宇宙が発した光の地図を調べてきた。するとうれしいことに、また驚いたことに、どうやらそのなかにデータが一致する箇所があることを示す兆候がはじめて見つかったと思われた。そこで今度は、宇宙がどのような形なら自分たちが観察した波長のパターンを引き起こすのかを分析した。その結果、問題のパターンを引き起こしうる宇宙としてまず考えられるのは、十二面体だということになった。十二面体は、一二枚の正五角形からなるサイコロのように公正な形である。プラトンが二〇〇〇年も前に、星が貼りついている天球は実は球ではなく十二面体だ、と述べたというのは、なんとも印象深い話だが、現代の解釈によると、宇宙空間は、ちょうど面同士をくっつけた立方体のように、十二面体の相対する面でくっついている。面白いことに、実際に面同士をくっつけようとすると、前もって五角形を少しばかり（三六度だけ）ねじらなくてはならない。もっとも大半の天文学者は、この説に納得していない。なぜなら、データが一致したのが偶然でない、と言い切ることが難しいからだ。

光はもうひとつ別のやり方で、この宇宙の形に関する情報を提供してくれる。光を観察することによって、宇宙の曲がり具合がわかるのだ。ひとりの探検家が危険を承知で、いましも望遠鏡を片手に特徴のない平面を横切るべく、自分の村から出発しようとしている。初めのうちは地球が平らに見えているが、しばらくすると地球の表面が曲がっていることがわかってくる。振り返ってみても、あいだで何かが邪魔をして、村が見えないのだ。もしも表面全体がこのように曲がり続けていれば、どこかでくっついて有限の表面ができるはずだ。今、球のような曲がりかたを表す曲率を、正の曲率という。面が真っ平らなら、その面は無限でどこまでも伸びていくが、アステロイド・ゲームのような場合も考えられて、その場合、スクリーン上の宇宙は有限だが平らになる。これらの平らな表面の曲率はゼロである。曲率にはさらにもう一つ、ちょうど馬に付ける鞍、あるいはプリングルスのポテトチップのような形に相当するものがある。その場合は、ひとつの方向には沈み込み、

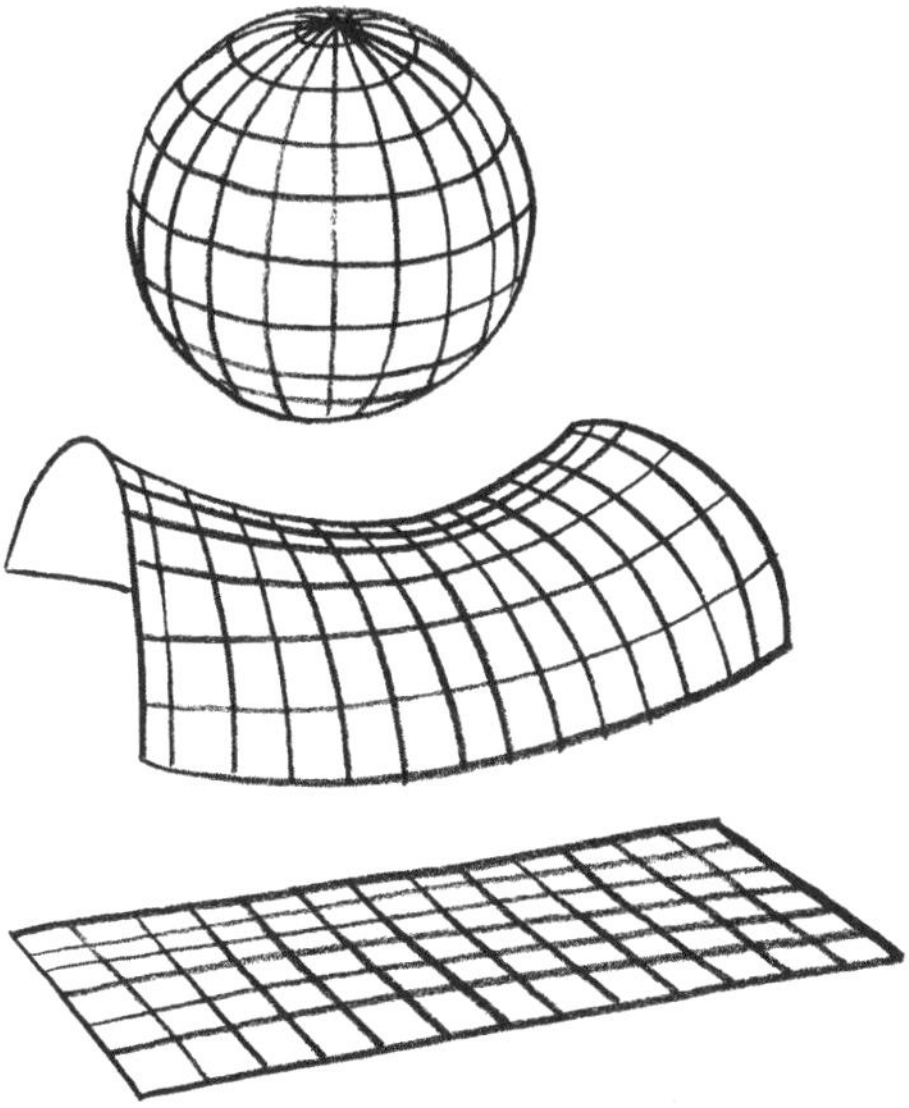

曲率が、正、負、ゼロの二次元平面

もうひとつの方向には浮き上がるように曲がっている。球面が正の曲率であるのに対して、これは負の曲率と呼ばれていて、この場合も球のような有限の表面ではなく、無限の表面になる。

地球の表面のような二次元表面の曲がり具合がさまざまであるように、三次元の空間の曲率もいろいろであることがわかっている。この曲率を測れば、空間を包むやり方が少しは見えてくるかもしれない。宇宙全体の曲率が地球の表面のように正であれば、宇宙は回り込んで有限の形になる。もしも負なら無限だ。そしてもしも平らなら、無限になるか、わたしたちの立方体宇宙のように反対の面同士がくっついた有限の図形になる。

そこで今度は空間全体の曲率を知るために、空間を旅する光を調べる。すると何がわかるのか。ふうむ、ほとんど平らに見えるが、ほんとうに平らなのか、それともわずかに曲率があって空間を包めるものなのかは判断しづらい。その差が小さすぎて、十分な精度で曲率を求めれば空間がどの方向に曲がっているのかがわかるともいい切れないようなのだ。

そのうえ宇宙の曲率を本気で知ろうとすると、もうひとつ別の問題が生じる。わたしたちが空間を探検する場合は、たいていあるひとつの仮説から出発する。つまり、宇宙の自分たちがいる場所は特別な場所ではない、と考えるのだ。これを、コペルニクス原理という。かつて人間は、自分たちがすべての中心だと考えていた。ところがコペルニクスはこの視点を見事に打ち砕いた。だから今では、わたしたちのまわりの宇宙と宇宙のほかの部分とはどれも似たり寄ったりだと考えられている。証拠からするとまさにその通りなのだが、絶対にそうだとまでは言い切れない。わたしたちが目にしている宇宙は、実はかなり特殊かもしれないのだ。

たとえば、ある探検家が半球形の惑星に住んでいたとしよう。底は完全に平らなのだが、突然ぐっと回り込んで半球になっている。わが探検家の村が平らな部分にあれば、探検家は急に曲率が変化するまでは、惑星全体が平らだと考えているはずだ。ひょっとすると宇宙でもこれと同じようなことが起きているのかもしれない。わたしたちがいるあたりは真っ平らだが、見通せる部分の向こう側はまるで違っているのかも……。宇宙が自分たちの考えるような均質なものかどうかは、どうすればわかるのか。

というわけで、やはり光がほんとうにマゼランの宇宙探検のように有限の宇宙をぐるっと回っているのかどうかが知りたくなる。もし回っているのであれば、宇宙が有限だということを発見できるかもしれない。あるいは光の曲がり具合から、宇宙がどんな具合に包まれているのかがわかるかもしれない。

もちろん、マゼランが航行した惑星はいわば静的だった。ところがわたしたちの宇宙は、思っていたよりも少しだけ動的であることがわかったのだ。宇宙のマゼラン、すなわちハッブルがその事実を発見したのは、遠くの銀河にある恒星から届く光を分析しようとしたときのことだった。

第八章

天と地のあらゆるものにとって、
それは幻の走馬燈である。
太陽の火をともした箱の中で演じられ、
我ら幻影はそのまわりを行き交う。

オマル・ハイヤーム『ルバイヤート』

昔、よく夢見たものだった。夜空を見上げて自信たっぷりに、さまざまな星や惑星を指さしながら、「あれがベテルギウス星だ」とか、「あそこに明るい点が見えるだろう。あれは実は恒星ではなくて金星という惑星なんだ」といえるようになりたいと。だが、記憶力がひどく悪かったこともあって、その夢は叶わなかった。相手が天空に散らばる星のようなランダムなもので、しかも自分を導いてくれる論理がないとなると、せいぜいおおぐま座の名前を挙げるくらいが関の山。だからこそ人々は、狩人のオリオンや大熊といったパターンを作りだして、それを頼りにこれらのランダムな光の点を識別してきたのだ。

最近になって、じつは身体面でも自分があまり天文学者向きでないことがわかった。宇宙空間の深層部を見たいと思ったわたしは、まずロンドン北部のミルヒルにあるユニヴァーシティー・カレッジ・ロンドン（ＵＣＬ）の天文台に向かった。ところが天文学者の悩みの種である雲が、望遠鏡を覗いてこの目で宇宙の果てを見てみたいというわたしの願いの前に立ちはだかった。

そこで今度は、雲のうえに上がることにしたのだが、こうなると、ミルヒル行きの地下鉄ノーザン・ラインに乗るだけではすまない。わたしは列車でスイスに向かい、登山鉄道で美しいアルプスの山を上がり、終点のユングフラウヨッホまでいった。そこからさらに山を貫いて設置されたエレベーターに乗り、スフィンクス天文台が鎮座する海抜三五七一メートルのピークにたどり着く。

一九一二年に作られたこの天文台は、ジェームズ・ボンドの敵役のアジトのようにも見える。雪をかぶった山々や氷河の向こうに太陽が沈むと、わたしはさっそくすばらしい星見の夕べの準備に取りかかった。ところがわたしの体はどうやら別のことを考えていたらしい。その時点で、既にかなりふらつき、吐き気がしていた。それに、食事も満足に取れていなかった。最初の星が見えはじめるころには、ひどい頭痛に襲われた。まもなくわたしは嘔吐した。年配のドイツ人カップルに、高山病の症状が一つをのぞいてすべて出ているといわれて、わたしは突然気がついた。こんなに高いところには、それまで一度も来たことがなかったのだ。

「それで、残る一つの症状というのは何ですか？」

「死、ですよ」

その時わたしは、つくづく実感した。アマチュア天文学者になるという生涯の夢にも、命と引き替えにするほどの価値はない。翌朝一番の電車でほどほどの高度まで下がると、高山病の症状はすっかり消えた。こうなると、ロンドンで生まれて少年時代をテムズ河畔で過ごしてきたわたしの体が、海面に近いところでぬくぬくと望遠鏡を覗いて星を見るようにできているという現実を受け入れるしかなかった。というようなことはさておいて、世界中の高い山に設置されたこれらの巨大望遠鏡を用いた観察によって、驚くべき事実が明らかになった。夜空に見える星の数は、やがて減っていくというのだ。星は、この宇宙の地平線のかなたに消えようとしているのである。

赤い色のついたメガネで宇宙を見る

救急車が大きな音でサイレンを鳴らしながら通り過ぎるのに耳を澄ましていると、救急車が近づいてているあいだは、音波が押しつぶされて波長が短くなり、すぐそばを通るときよりもサイレンの音が高くなる。そして救急車が遠ざかるときには、波が引き伸ばされて波長が長くなり、音が低くなる。この現象は、ドップラー効果と呼ばれている。

同じことが、光でも起きる。恒星がわたしたちから遠ざかっていると、その光は波長の長い赤色側にずれる。また、恒星がこっちに向かっていると、光は波長の短い青色側にずれる。わたしたちの銀河が特別なものではなくあまたある銀河の一つでしかない、ということを突きとめたエドウィン・ハッブルは、一九二九年に、今度はほかの銀河がわたしたちの銀河に対して動いているかどうかを調べようと、銀河からの光を解析しはじめた。すると驚いたことに、ハッブルが観察した遠くの銀河の星から来る光の波長は、すべて赤色側にずれていた。こちらに向かってくる星はひとつもないらしく、まるでほかのすべての銀河がわたしたちから逃げ出しているようだった。しかもさらに面白いことに、地球からの距離が遠い星ほど波長のずれが激しかった。だが、地球という惑星が宇宙のなかで何か特別な地位にあるとも思えない。やがてハッブルは、はるかに良い説明を思いついた。宇宙空間は、あらゆる方向にいっせいに膨張しているに違いない。それなら観察点がどこにあろうと、すべてが自分から遠ざかっているように見えるはずだ。わたしたちと恒星のあいだの空間は引き伸ばされ、銀河はあたかも風に舞う木の葉のように、膨張する空間によって運ばれているのである。

宇宙が膨張している可能性を最初に考えたのはハッブルだとされることが多いが、実はその二年前に、すでにイエズス会の聖職者ジョルジュ・ルメートル師（一八九四—一九六六）がこの現象を予測していた。アインシュタインの重力方程式からいって、宇宙は拡大しているはずだと考えたのである。その話を伝え聞いたアインシュタインは、「あなたの計算は正しいかもしれないが、あなたの物理学はまったく趣味が悪い」といって、その可能性をばっさり切って捨てた。ルメートルが間違っていると思い込んでいたアインシュタインは、とうとう宇宙を静止させてルメートルの予想を葬り去るために、問題の方程式に宇宙定数なるものを持ち込むことを決めた。

ルメートルが宇宙膨張説をベルギーの無名の雑誌に発表したことも、この発見にとってはプラスにならなかった。しかしハッブルの観察によって宇宙が拡大していることが裏付けられると、さすがのアインシュタインも見解を変えた。ルメートルとハッブルによる発見は、この宇宙がアインシュタインをはじめとする多くの科学者たちが思っていたほど静的でないことを裏付ける最初の徴だった。静的でないどころか、空間は広がっているのだ。

空間が伸びるからこそ、こちらに向かう光の波長は長くなるのであって、光の旅した距離が長いほど、その波長は長くなる。このため赤色偏移が大きければ大きいほど、途中の空間の伸びは大きく、結果として光源自体は地球から遠いということになる。

なぜこのような引き伸ばしによって光の波長が変わるのかを理解するために、風船を一つふくらませて、その上に点を三つ書いてみよう。一つは地球で、ほかの二つが遠くの恒星だ。次に恒星と地球のあいだに、波長が一定な光の波を二つ書く。これが、恒星を出たときの光の様子である。光がいちばん近い恒星から地球に達するころには、風船はすでにふくらんでいる。さらにこの風船をもう少しふくらますと、波長はさらに長くなる。遠くの星の光が地球に達するには時間がかかるので、宇宙ももう少しだけふくらんでいる。風船にさらに息を吹き込むと、さらに波長が長くなる。したがって赤色偏移が大きければ大きいほど、その星から地球までの距離は長いのだ。

この現象をうまく使うと、遠くの星までの距離を測る新たな手順を作ることができる。だからこ

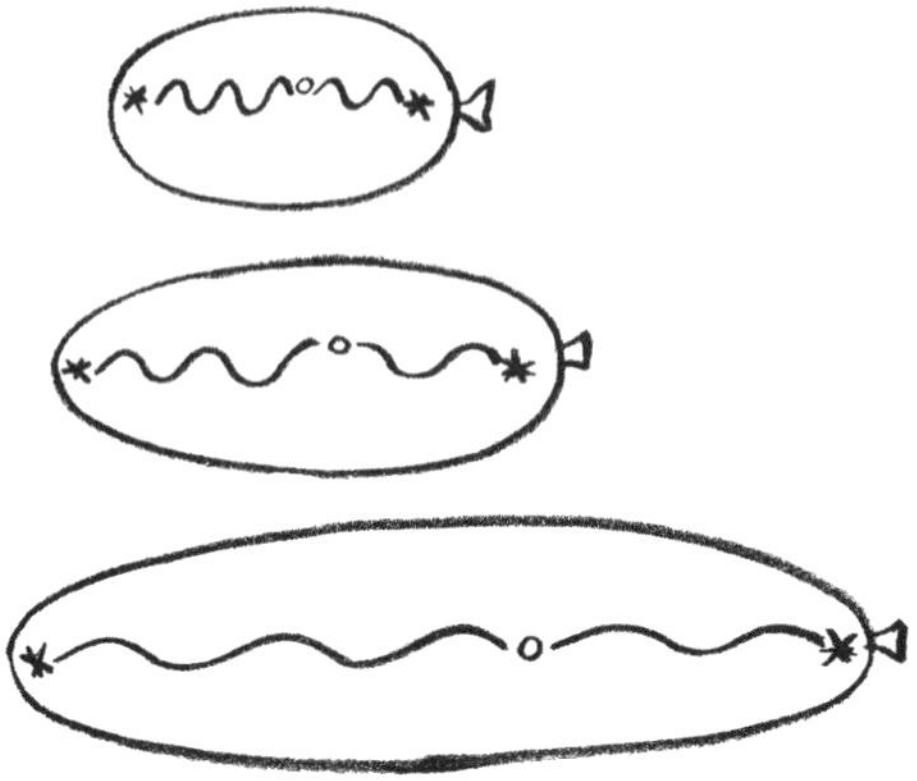

第一の風船では、光は二つの星を同じ波長で出発する。第二の風船では、すでに宇宙が拡大していて、近いほうの星の光は地球に届いており、その波長は前より長くなっている。第三の風船で遠いほうの星の光が届く頃には、宇宙はさらに広がっている。このため光の波長はさらに赤側にずれている。

そ地球から三〇〇億光年も離れた星を確認することができるのだ。宇宙の年齢はたった一三八億歳なのに、三〇〇億光年も離れたものが見えるなんて、なんだか矛盾しているような気もするが、わたしたちが目にしているのが過去の星だということをお忘れなく。わたしたちが見ているのは、そこから発せられた光が地球に届く程度の地球に近い場所にあった頃の星の姿なのだ。この宇宙の膨張を数学を使って解析してはじめて、その星が現在光が地球に届くのに三〇〇億年かかる場所にある、という推測が可能になるのだ。

アリとゴムバンド

宇宙が膨張し続けているのなら、最初から最後までわたしたちの目には見えないままの星があるはずだ。なぜならそれらの星は、わたしたちからどんどん遠ざかっているのだから。ところが実は数学を用いたすばらしい推論によって、宇宙が一定の割合で膨張しているとすると、たとえ膨張のスピードが光速を超えていたとしても——そして、たとえ宇宙が無限だったとしても——十分気長に構えるだけで、結局はすべての星の光を見られることを証明できる。

この事実を理解するには、妙に直観に反する次のような例を考えるのがいちばんだ。（光子代わりの）一匹のアリが、（空間の代わりの）ゴムバンドの片方の端にいて、（地球の代わりになる）逆の端は固定してあるとする。このとき、最初にアリがいた場所が、遠くの銀河になる。

今、ゴムバンドの端を、端が一定のスピードで動くように引っ張る。はじめは長さ一キロメートルだったゴムバンドが毎秒長さ一キロメートルずつ伸びて、アリはそれよりずっと遅い速度、たとえば秒速一センチメートルでバンドの上を歩いていくとする。このとき、固定されていない端っこは猛烈なスピードで遠ざかっているのだから、一見アリは遠ざかる端には未来永劫たどり着けないように思える。つまり空間が一様に膨張していると、遠くの銀河からの光は、永遠に地球にたどり着けないような気がするのだ。

ところが、じつはこれにはかなり微妙なところがある。そこで、このときに起こることを把握するために、さらにもう一つ条件を加えて、ゴムバンドは毎秒後に一瞬で伸びるとしよう。この場合、一秒後にはアリは一センチメートル進んでいて、これはゴムバンドの距離全体の一〇万分の一になる。そしてさらに、ゴムバンドが伸びるわけだが、ここで注意しておきたいのは、アリが今後進むべき距離が増えたとしても、少なくとも星と地球の

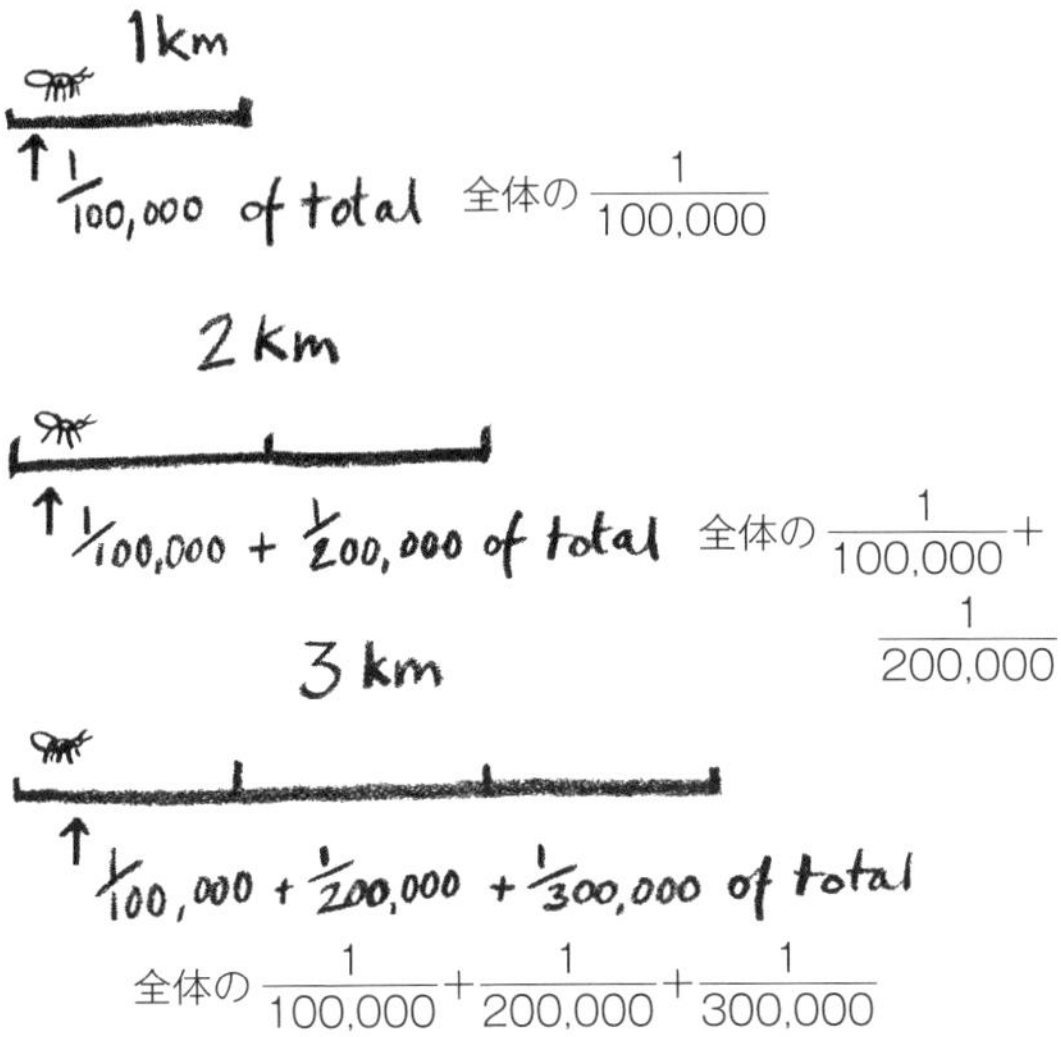

間の距離の一〇万分の一はすでにカバーしている、という点だ。なぜなら、ゴムバンド自体の伸びが加わるので、アリは出発点からさらに少しだけ遠ざかったことになるからだ。

アリがさらに一センチメートル進むと、そのときゴムバンドは二キロメートルの長さになっているから、アリはさらに全体の距離の二〇万分の一をカバーしたことになる。つまりこの時点で、アリは一〇万分の一＋二〇万分の一の距離をカバーしたことになる。そこからさらにゴムバンドが一キロメートル伸びる。ただしゴムバンドが伸びても、アリが進んだ距離の比率は変わらない。今やバンドの長さは三キロメートルになり、それからさらにアリが一センチメートル進むわけだが、これは全体の距離の三〇万分の一でしかない。こうしてゴムバンドが伸びるたびに、アリが進む一センチメートルが全体に占める割合はどんどん小さくなる。ところが……ここで数学が威力を発揮する。アリがn秒後にカバーしているゴムバンドはというと、

$$\frac{1}{100{,}000}+\frac{1}{200{,}000}+\frac{1}{300{,}000}+\cdots+\frac{1}{n\times 100{,}000}=\frac{1}{100{,}000}\left(1+\frac{1}{2}+\frac{1}{3}+\cdots+\frac{1}{n}\right)$$

になる。これは、この前の章の冒頭で登場した調和級数だが、この級数の値がいくらでも大きくなることとは、何百年も前に数学者のオレームによって証明済みだ。ということは、nをうんと大きくすれば、この和は一〇万を超えるはずだ。つまり、アリがカバーしたゴムバンドの割合はやがて一〇〇パーセントを超えることになり、ゴムバンドの端にたどり着くのである！

この例では、ゴムバンドを一様な速度で伸ばしているが、これは、ハッブルをはじめとする天文学者たちが考える宇宙空間の振る舞いにかなり近い。そのうえで重力がもたらす減速効果を考えると、ゴムバンドが伸びるスピードはもっと遅い可能性がある。ということはつまり、たとえ宇宙が無限だったとしても、こちらはただ座って光が届くのを待っていれば、宇宙の見える部分は増えて

いく。ちょうど、空間という名の膨張するゴムに沿ってのろのろと進むアリの群れのように。

だったら、理屈からいってどんなに遠い星でも、たとえ宇宙が無限だったとしても、そこからの光は既にわたしたちのところに届いているということか？　たぶんわたしたちはすでに、無限の宇宙を見ているのだろう。しかしここで忘れてならないのが、星が遠ければ遠いほど、遠い過去の姿を見ているということになるという事実だ。そして、この膨張している宇宙を十分に巻き戻すと、星は皆無になる。

宇宙を巻き戻す

宇宙は膨張している、というルメートルとハッブルの発見は、現在科学者たちがビッグバンと呼んでいるものの存在を裏付ける証拠となった。今仮りに時間を巻き戻していくと、膨張する宇宙は逆に収縮しはじめる。ところがどんどん収縮していって密度がきわめて高くなると、宇宙の状態はかなり劇的に変わる。じっさい、最初にルメートルが気づいたように、ある有限時間の後の宇宙は、膨張の巻き戻しによって無限の密度を持つ点――ルメートルが「原始の原子」あるいは「宇宙卵」と呼んだもの――になる。この「特異点」こそが、科学者たちのいうビッグバンなのである。相対性理論と量子物理学がこの点で融合して首尾一貫した理論になると考えられることから、宇宙をどれくらい巻き戻したら現在のモデルが破綻して新たな概念が必要になるのかを巡って、今も議論が続いている。

学校ではじめてビッグバンのことを聞いたとき、わたしは、もしも宇宙が点から始まったのなら、今でも有限なはずだと考えた。ところが少しばかり数学を使うと、たとえ宇宙が無限であったとしても、始まりはたったひとつの点だった可能性があることがわかる。なにやら途方もないことのように思えるが……。体積を持たない一点が、いったいどうやったら無限の空間を含みうるのか。なぜこんなことが可能なのかを理解するために、無限の空間から逆に遡ってみよう。まず、ビッグバンの一秒後の無限空間を考える。そして、この宇宙の中心として好き勝手な点を取り、その点から距離Rにあるすべての点を考える。すると、これらの点はすべて半径Rの球の上に乗っている。

そこで次に、この宇宙を時間ゼロまで巻き戻すと、半径Rの球上にあった点は、$t=1/2$では半径がRの半分の球上の点になる。$t=1/4$ではさらに縮んで、半径がRの4分の1の球上の点になる。こうやってビッグバンめがけて時間をどんどん半分にしていくと、この球もどんどん小さくなって、最後に$t=0$で一点になる。ところがこの議論は、半径Rがどんなに大きくても成り立つから、この無限宇宙のすべての点はなんらかの値Rに対する半径Rの球に乗っていて、$t=0$に巻き戻された時点で最初にこちらが選んだ一点につぶれることになる。つまり数学を使えば、無限の空間をたった一秒で体積のない一点に吸い込むことができるのだ。

シェイクスピアは戯曲「ハムレット」で、この事実をみごとに表現していて、王子ハムレットは、「わたしは堅い実の殻に閉じ込められていながら、己を無限の空間の王と見なすことができる」と言い放つ。

もちろんこのモデルは、時間と空間が量子化されたとたんに破綻する。前にさいころを半分にし続けようと試みたときに明らかになったように、あるところまでいくと、それ以上半分にできなくなるからだ。これが、量子物理学と一般相対性理論の接点を巡る議論で、宇宙が一点に収縮したときに何が起こるかを明らかにしようとしたときに生じる問題の核なのだ。

これを、宇宙の始まりと呼ぶ人が多い。しかし次の「最果ての地」では、「始まり」や「時間」といった言葉が意味するものの性質にまで立ち返ることになる。いずれにしても、最終的にどこまで見通せるのか、という問題にビッグバンが絡んでくることはまちがいない。なぜならビッグバンが起きたとすると、恒星の年齢が一三八億歳――ビッグバンという特異点が生じたとされている時点――を超えるはずがないからだ。実際、宇宙に星が形成されるのは、ビッグバンからある程度時間が経って、宇宙が進化してからのことなのだ。

宇宙空間を奥へと進んでいくと、時間を遡ることになる。一三八億年前には星が存在しなかったのだから、わたしたちの周囲には、そこを超えると何も見えなくなるような球が存在するはずだ。なんとも不思議なことに、こうしてわたしたちは、再び古代ギリシャの人々が提唱した宇宙のモデルに立ち戻る。地球を中心とする巨大な球があって、その球の向こうから来る光子はまだわたしたちのところに達していない。その球は時間とともにどんどん大きくなっており、この膨張する地平線の内側にどれくらいの空間が含まれているのかという問いに対して意外な答えが用意されていることが明らかになるのかもしれない。

地球からもっとも遠いことが確認されている銀河からの光は、一三一億年かけて地球に届く。この銀河の存在が発表されたのは、二〇一三年一〇月のことだった。しかし、今の時点でこの銀河が地球から一三一億光年のところにあるわけではない。なぜなら地球とその銀河との距離は、一三一億年の間にさらに広がっているからだ。計算によるとこの銀河は、今では地球から三〇〇億光年離れたところにあるという。しかも二〇一一年には、この銀河よりもっと激しく赤色偏移している銀河が存在することが発表され、その銀河の光が地球に届くのに一三四・一億年かかるとされているが、まだ確認されたわけではない。

ビッグバンの直後の瞬間に戻ったとしても光が見えるはずだ、と考えたくなるが、宇宙の状態をたどっていくと、どうやら空間が不透明で、光が移動できない瞬間があったらしい。光はただ、粒子に挟まれて震動しているだけだったのだ。ビッグバンから三七万八〇〇〇年経ったところでようやく粒子の密度がかなり下がり、光子が邪魔されずに空間を移動できるようになったという。その時点で突然空間に余裕が生まれて、これらの光子が何かにぶつかって吸収されることなく宇宙空間を勢いよく進めるようになったのだ。これらの目に見える最初の光子は、いわゆる宇宙マイクロ波背景放射を構成しており、宇宙空間の人間が見通せるもっとも遠い場所を示している。つまりこれらの光子は、初期の宇宙について語る宇宙の化石なのだ。

これらの最古の光子は、今ではマイクロ波背景放射のなかに見られるわけだが、それらの光子が旅をはじめた時点では、その出発点と地球はたったの四二〇〇万光年しか離れていなかった。しかし今では、その距離は四五七億光年に広がっている。これが、目に見える宇宙の果て、目に見える宇宙の地平なのだ。そうはいっても、光がすべて、というわけでもないのだが。

光はビッグバン以降三七万八〇〇〇年にわたって存在し続けた宇宙空間のプラズマ（荷電粒子と電磁場が相互作用する複合系で、物質の第四の状態ともいわれる）を通り抜けることができなかったが、これに対してニュートリノは、プラズマを通り抜けることができた。この粒子は、どうやら何を以てしても（正確には、たまに、物にぶつかってその存在が検出できることがあるので、ほぼ何を以てしても）止めることができないらしい。じっさい、毎秒何兆ものニュートリノが人体を通り抜けているにもかかわらず、いっさい検出されていない。したがって、ビッグバンの二秒後に分離したニュートリノを検出することができれば、宇宙空間のもう少し先を「見る」ことができるはずだ。ひょっとするとマイクロ波背景放射ならぬ宇宙ニュートリノ背景放射を検出することができるのかもしれないが、じっさいには、きわめて困難な作業になりそうだ。

いずれにしても、どんなに独創的で巧みな望遠鏡を使ってもその向こう側を調べることができない、いわば地平線に相当する球が地球を囲んでいることは確かだ。というのもその先からの光やニュートリノ、そしてすべての情報が、まだわたしたちのところに届いていないからだ。

この宇宙の地平線は時が経つにつれて大きくなり、わたしたちに見える宇宙空間はどんどん広がる、と考えられていたのだが、一九九八年に発見されたある現象から、驚くべき事実が明らかになった。わたしたちの宇宙の地平線は、空間のなかで拡張するのではなく、実は収縮しているというのだ。宇宙の地平線そのものが拡張するスピードは一定なのだが、それを支える宇宙の組織自体が単に膨張するだけでなく、膨張の速度自体が増しているらしく、そのため、見えるはずのものも地平線の向こうに押しやられ、結果として未来の人類が目にするものは壊滅的に少なくなる、というのである。

消えゆく星たち

星のなかには、超新星と呼ばれる悲劇的な爆発でその一生を終えるものがある。超新星の真光度はきわめて高く、はるか遠くからもこれらの星を見ることができる。1a型の超新星はすべて、宇宙のどこにあろうと、爆発する際に同一の光度で輝く。したがって、これを見かけの明るさと比べれば、その星がどれくらい離れたところにあるのかがわかる。

宇宙が一定の速度で膨張しているとして、地球から超新星までの距離がわかれば、この一定の膨張率に基づき、どれくらいの赤色偏移が生じるかを予測することができる。ところが、そうやって得られた理論上の赤色偏移の値をはるか遠くにある超新星の実際の赤色偏移の記録と照らし合わせた天文学者たちは、仰天することになった。二つの値が、一致しないのだ。宇宙が一定の速度で膨張しているのであれば、赤色偏移はもっと大きいはずだった。はるか遠くの銀河の光は過去の光であるはずなのに、近くの銀河からの光よりも赤色偏移の度合いが低かった。これはつまり、宇宙が膨張しはじめた頃の膨張速度が、今の速度よりずっと小さかったということだ。その後、膨張が加速して、宇宙空間がズタズタになったとしか考えられなかった。

どうやら七〇億年ほど前に、何か劇的なことが起きたらしい。というのも、その時点までは膨張が減速していたと考えられるからだ。宇宙に存在する物質の重力がブレーキの役目を果たせば、当然減速するはずだ。ところが七〇億年前——つまり現在の宇宙の年齢の半分——あたりで、まるで何かが突然アクセルを踏んだかのように、膨張速度が減速から加速に転じた。科学者たちはこの加速の原因となったものを、ダークエネルギーと呼んでいる。

どうやら、宇宙が生まれてから現在に至る時間の前半分では、物質の密度が十分高かったために、重力による引力によって膨張が減速していたが、宇宙が膨張してある密度以下になると、それより基本的なダークエネルギーの力が表に出てきて、重力に取って代わったらしい。ダークエネルギーは、膨張しても密度が減らないと考えられている。ダークエネルギーは、空間そのものの性質なのだ。

さらに加速が続くと、とんでもないことが起きる。目に見える宇宙を含む球は時間とともに大きくなり、さらに遠くが見えるようになるが、基礎になっている空間がきわめて速く膨張しているので、目に見える宇宙を含む球のなかにあった星が、その球の外側に押し出されるのだ。このためはるか遠い将来には、自分たちの銀河以外のどの銀河も見えなくなって、そのまま目に見える宇宙の球の外側に留まる。たとえその球が膨張したとしても、その程度の速度では空間の加速によって押し流される銀河に追いつくことができないのである。

今かりに、生命が進化するのにもっと時間がかかって、銀河などの興味深い研究対象がすべて地平線の向こうに押しやられた後で、人間が天文学に取り組み始めたとしよう。その場合、宇宙の進化の物語は今とまるで違うものになるだろう。人間が描く宇宙像は、望遠鏡の登場によりほかの銀河を観察できるようになる前に信じられていたような静止した宇宙になるはずだ。というわけで、ヒトがいつ宇宙に誕生したかによってもわたしたちが知りうるものは違ってくる。わたしたちは、絶妙なタイミングで天文学に取り組みはじめたのだ。

遠い未来の天文学者たちは、もはや山に登ってスフィンクス天文台にあるような望遠鏡をのぞくこともなく、書物や雑誌を漁るようになっているにちがいない。大昔の、観測対象すべてが宇宙の地平線の向こうに押しやられる前に天文学者たちが記録していたデータがいっぱい詰まった文献を、ひたすら研究する。おそらく未来の天文学は、高いところにある天文台より低いところにある図書館を好むテムズ河畔育ちのわたしのような子供に適した職業になっているはずだ。

ここで注目すべきは、だからといって自分たちの銀河の恒星がなくなるわけではないということだ。地球の近くの恒星には局地的な重力による引力が働いているので、銀河そのものはばらばらにならない。つまり、空間が膨張するからといって星同士がばらばらになるわけではないのだが、それでも、すでに視界から消えてしまっている星がいくつくらいあるのか、それによってわたしたちはどんな物語を知りそびれたのかという疑問は残る。

車に乗っていて加速しようと思ったら、アクセルを踏み込んで燃料を燃やし、エネルギーを作らなくてはならない。だったら宇宙の加速を引き起こしている燃料――あるいはエネルギー――は、いったいどこから来ているのだろう。それに、宇宙は車と違って、最後に燃料切れになったりはしないのだろうか。

その答えは、わたしたちにはわからない。「ダークエネルギー」という呼び名のうちの「ダーク」という言葉は、宇宙論の分野では、光をはじめとするいかなる電磁放射とも相互作用しないように見えるということを意味している。いいかえると、このエネルギーを検出することは不可能なのだ。このダークエネルギーの正体を巡ってさまざまな仮説が立てられており、そのうちのひとつは、アインシュタインが宇宙を静止させておくために方程式に加えたあの宇宙定数と関係がある。といっても、今やこの定数は、宇宙を押し広げるのに使われているのだが。通常、空間に広がっているエネルギーは、空間が膨張すれば尽きるか薄くなると考えられる。ところが、今のところこのエネルギーは、空間自体の性質だと考えられている。したがって宇宙が大きくなるにつれて、薄くなるどころかどんどん生み出されていく。宇宙空間のどこを一立方メートル切り取ってきても、そのエネルギーは一定で、エネルギー密度は変わらない。この加速は、歯止めのきかない逃亡過程なのだ。これは、エネルギー保存の法則とも矛盾しない。なぜならこのダークエネルギーは、空間が膨張する際の運動エネルギーの増加と釣り合う負のエネルギーとして扱われるからだ。

もしも宇宙の膨張が加速し続けるのであれば、わたしたちを中心とするある球の外側からの情報は決して手に入らない。情報は光の速度で移動するから、静的な宇宙では、時間が十分ありさえすれば、どんな情報でもわたしたちの元に達する。さらに、一定の速度で膨張する宇宙の場合も、伸びるゴムバンドの上を歩くアリと同じ原理で、無限の宇宙を飛んできた情報がけっきょくはわたしたちの元に届く。ところが空間の膨張自体が加速している場合は、その膨張に抗いきれず、間に広がる空間を越えられないものが出てくる。この膨張を引き起こしているとされる宇宙定数の現在の評価値からみて、その外からの情報がいっさい届かない球の現時点での大きさは、半径一八〇億光年とされている。

星と星のあいだの空間が伸びると、それらの星から届く光は赤色偏移する。そして、光が引き伸ばされるほど、波長は長くなる。ところがどうも、星たちは退場しようとしているらしい。なぜなら光の波長が長くなりすぎると、もはや検出することが不可能になるからで、この事実は、マイクロ波背景放射をどこまで確認できるのか、という問題とも関係してくる。ひょっとすると、大昔の光子の波長はひどく引き伸ばされてしまって、ほとんど検出不可能になっているかもしれないのである。

宇宙マイクロ波背景放射がもはや検出できないくらいに赤色偏移していて、しかも銀河がすべて視界から消え去っていたとすると、未来の宇宙論学者たちにすれば、自分たちが膨張する宇宙に暮らしていることを示す証拠はひとつもないということになる。たぶん未来文明の宇宙モデルは、古代の世界で考えられていたようなわたしたちの局所銀河が虚空に囲まれている宇宙、というモデルに戻るのだろう。そしてすべてが、宇宙を調べるためにわたしが作った紙の二十面体の内部に収まることになる。宇宙が均等であることを示すものはどこにもなく、自分たちは、虚無の宇宙の例外的な点にいるように思えるのだ。

宇宙の指紋

もしも宇宙が無限なら、宇宙について決して知りえないということも大いにありそうな気がする。確かに、宇宙の構造自体が邪魔をして、宇宙に関するさまざまな事実を観察できないようにも思われる。しかしそれでも、目に見える領域の外側の宇宙が目に見える空間に指紋のような痕跡を残している可能性はある。

もしも宇宙が有限なら、その結果、起こりうる共振の一部に制限がかかる。宇宙をチェロのような巨大な共鳴箱だと考えてみよう。チェロがなぜあのような形をしているかというと、あの形の箱のなかで振動することができる波の共振周波数が心地よい音色を作り出すからだ。実際、ストラディヴァリウスが作ったチェロと工業製品のチェロの違いのひとつに、形の完成度がある。形の完成度が高ければ高いほど、美しい音が生まれるのだ。

数学者の前にしばらくのあいだ難問として立ちはだかっていた魅力的な問題のひとつに、内部で振動している波の周波数からその箱の形を推理することができるのか、という問いがあった。マーク・カッツ（一九一四―一九八四）はある独創的な論文で、次のような問いを投げかけた。「ドラムの形を聞く

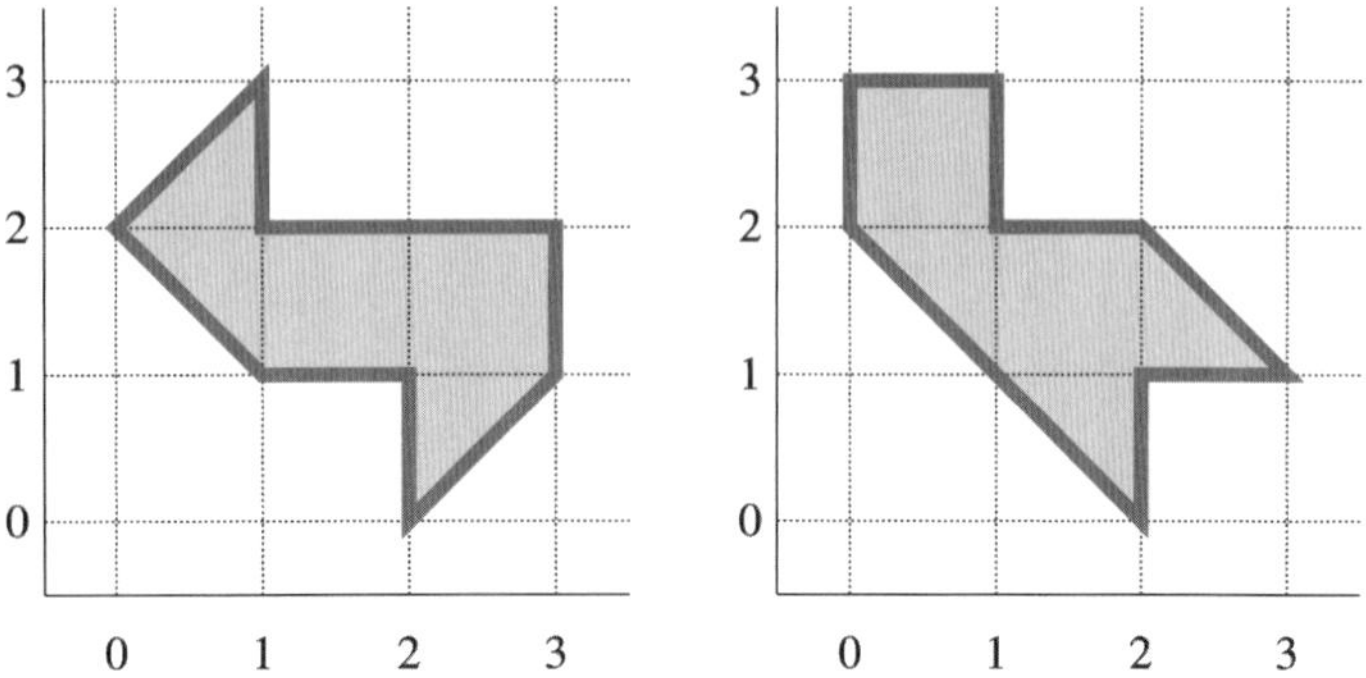

共振周波数が同じ二つのドラム

ことは可能か」たとえば正方形には、正方形でなければ生み出せない一連の特別な周波数がある。ところが一九九二年に数学者のキャロリン・ゴードン、デヴィッド・ウェブ、スコット・ウォルパートが、共振周波数がまったく同じでありながら互いに異なる二つの奇妙な形（上の図を参照）を構成することに成功した。

宇宙の「最果ての地」を探っているわたしにすれば、共鳴によって、少なくとも宇宙が有限か無限かがはっきりするという点に興味を惹かれる。有限の箱の場合には、その箱の大きさによってなかで響くことができる波の波長が制限されるが、もしも空間が無限なら、そのような制限はない。一九九〇年代の半ばに、フランスの天体物理学者ジャン＝ピエール・リュミネ（一九五一―）は同僚とともにマイクロ波背景放射の調査を行い、このビッグバンの名残にどのような波が含まれているのかを洗い出した。すると、どうやらスペクトルのうちの波長の長い部分が欠けているようだった。これはつまり、宇宙空間が狭すぎて、波長の長い波は収まりきらないということなのだろうか。

二〇一三年に打ち上げられた宇宙望遠鏡プランクはさらに細かいデータを送ってきたが、宇宙が有限であることを示唆する波長の欠けが存在する、という証拠は見つからなかった。そんなわけで、最終的な結論はまだ出ていない。それに、こういった問題にある種のジレンマがつきまとうのも事実で、もしも宇宙が有限であるとしたら、おそらく有限だということがわかるのだろうが、もし無限であったなら、わたしたちはどこまで行っても認識論を巡る不安にさいなまれることになる。

マイクロ波背景放射のなかから検出された波に基づいて、宇宙は有限である、と結論することはできなくても、これらの波の様子から、宇宙が少なくともどれくらいの大きさなのかを見積もることは可能だ。実際に検出できた波を手がかりにして、「宇宙の地平線」の向こうを覗き見ることができる。ソビエトの科学者レオニード・グリシチューク(一九四一―二〇一二)とヤーコフ・ゼルドビッチ(一九一四―一九八七)が一九七八年の論文で述べたように、われわれがそのなかで暮らしているこの箱がある程度以上の大きさでなければ響き得ない波が存在するのだ。天体物理学者のパトリシア・カストロ、マリアン・ドゥスピ、ペドロ・フェレイラはこれらの検出可能な響きからして、宇宙の大きさはわたしたちが目で見ることのできる空間の少なくとも三九〇〇倍はあるはずだと主張している。

目に見える宇宙の「最果ての地」のそのまた先の空間に関して何かを推定したいのなら、宇宙の地平線の向こう側の何かが影響しなければ起こりえない出来事を探してみるのもよいだろう。たとえば、宇宙の地平線の向こうになにか大きなものがあって、それが目に見える銀河を引っ張っているせいで、夜空のある領域で異常な横滑りが起きている、というようなことがあるかもしれない。原因そのものを目で見ることはできなくても、それが目に見えるものに及ぼす影響なら感じとることができる。目に見えるものだけがヒトの知りうるものではない。ダークマターについて知りえたのも、その影響に気づいたからだった。目に見えるものがどう見ても重力を受けているとしか思えない振る舞いを見せれば、そこに重力の源となる物質が存在している、と解釈せざるを得ない。海王星もこの理屈で発見されたわけで、最終的に目で見られるようになりはしたものの、そもそもの始まりは、この惑星が近くの別の惑星に及ぼす影響に気づいたからだった。そこから、この惑星の存在が数学的に予言されたのだ。もしもわたしたちが覗き見ることのできない宇宙の地平線の向こうに何かがあるのであれば、それもやはり、宇宙の地平線と呼ばれる限界球面の内側に重力を及ぼしている可能性がある。

その球面を表す紙の宇宙模型を眺めるにつけ、自分たち人類は宇宙全体に対してどんどん小さくなってきたのだなあ、と深く心を動かされる。ヒトは、夜空を見るようになってからこのかた、時とともに、自分と世界との規模の捉え方を調整してきた。最初は、地球がすべての中心のように思えた。それから、太陽が中心で地球はその焦点のまわりを回るたくさんの惑星のひとつだということがわかったので、宇宙における自分たちの位置を調整し直した。そして今度は、夜空の恒星のそれぞれが自分の惑星を引き連れている可能性があり、自分たちの太陽は銀河の縁にそっと押し込まれているということを知った。さらに続いて、宇宙空間にはほかにも何十億もの銀河がある、という事実と折り合いをつけるために、宇宙における自分たちの立場を考え直す必要が出てきた。けっきょくのところ、天の川銀河は特別でもなんでもなかったのだ。

たとえほんとうの意味で理解することがほぼ不可能であったとしても、どうやらわたしはこの巨大な規模の対比になじんでいけそうだった。ところがわたしがこの年になるまでに――わたしが大学における自分の立場と折り合いをつけられるようになった後で――発見された事実から、再びわが地平線を拡張する必要が生じた。前の世代が、地球という惑星は実はあまたある惑星のうちのひとつでしかない、ということを認めるしかなかったように、わたしたちは、この宇宙があまたある宇宙のなかのひとつに過ぎない、という可能性と向き合うしかないらしい。それらのほかの宇宙の存在を最初にほのめかしたのは、かつてこの宇宙をびゅんびゅん飛び回っていたごく初期の光子に埋め込まれたある奇妙な謎だった。

多元宇宙《マルチバース》

宇宙マイクロ波背景放射にはなにやら奇妙なところがある。なぜこんなに一様なのだろう。検知器が拾う光子は、すべて絶対温度で二・七二五度である。ビッグバンの三七万年後に旅を始めた時点での光子ははるかに熱く、電子と原子核が融合して原子になる温度、つまり約三〇〇〇度だった。空間が膨張するにつれて、光子は冷えていった。したがってその振動の周波数によって決まるエネルギーも次第に減り、これらの光子は電磁波スペクトルのもっとも波長が短いマイクロ波の領域で発見されることとなった。

それにしてもなぜ、あらゆる光子が極めてよく似た温度なのか。温度の異なる二つの物体が接触すると、時間とともにエネルギーが移動して、やがて両方の温度が等しくなる。なるほど、これはなかなかよい説明のようにも思えるが、その際にひとつ、鍵となる言葉がある。「接触」だ。接触は、たかだか光の速度でしか生じない。宇宙空間の距離を考えると、たとえ情報が光速で移動したとしても、膨張する宇宙の逆側に温度を伝えるには時間がかかる。

こうなると、道理に適う説明はただひとつ。ふたつの粒子が同じ温度であるからには、空間内のこれらの点は、膨張する宇宙モデルから考えられる以上に長い時間はるかに近いところにいたはずだ。アメリカの宇宙論学者アラン・グース(一九四七―　)は一九八〇年代初頭に、その答えらしきものを思いついた。宇宙が存在した初期の段階では、空間は急速に膨張してはいなかった。始まりがゆっくりだったので、空間は同じ温度になり得たのだ。やがて、今日インフレーションと呼ばれる時期に入ると、空間がきわめて急激に膨張した。インフレーションと呼ばれる反重力場によって引き起こされたこの膨張により、空間は倍倍の勢いで広がった。急速なインフレーションはそう長くは続かず、現在のモデルでは、約10^{-36}秒間の出来事だったと考えられている。これは、一秒の一〇億分の一の一〇億分の一の一〇億分の一の一〇億分の一でしかないが、空間はその間に10^{78}倍に膨張したとされている。まるで、それまで蓄積されていた圧力が突然解き放たれ、いったん放出が起きてしまうと、その後はもっと穏やかな膨張に落ち着いた、とでもいうように。

このモデルなら、なぜ宇宙が平坦で、本質的にきわめて均一に見えるのかが説明できる。こっちには銀河があり、あっちには空っぽの空間があるといった宇宙空間の大きなばらつきは、実はごく小さな空間でのごく小さな量子の揺らぎによるもので、その小さな空間が、この巨大なインフレーションによって膨らんだのだ。さらに、インフレーションの概念を使えば、なぜ宇宙がこんなに平らなのかも説明できる。初期の宇宙には識別可能な曲率が存在していたのだが、それが、このインフレーションによって事実上真っ平らになったのだ。

スタンフォード大学のアンドレイ・リンデ（一九四八―）とタフツ大学のアレキサンダー・ビレンキン（一九四九―）は、このインフレーションを説明する新たな数学モデルを展開し、みごとな予測を得ることとなった。そのモデルによると、インフレーションは一回こっきりの出来事ではなく、さらに、わたしたちの宇宙空間の別の領域でも、わたしたちの宇宙と同じようなインフレーションが起きている可能性があるという。空間の全域にわたる量子の揺らぎによって、どこかにひょいとインフレーション場が現れては広大な宇宙を作り出す。つまり、どこか向こうのほうにもこの宇宙と同じような別の宇宙が存在しているかもしれないのだ。空間全体はスイスチーズのような格好をしていて、ひとつひとつのチーズの穴が異なる宇宙に対応している。

このような宇宙の記述が正しいかどうかを、はたしてわたしたちは知りうるのか。それとも、本当かどうか検証する術のない首尾一貫した物語をひねり出しただけなのか。自分たちの宇宙ですら見える範囲は限られているようなのに、自分たちの宇宙とは違う宇宙が本当に存在するのか、それとも理論物理学者の妄想にすぎないのかを、どうやったら調べることができるのか。

ほかの宇宙の存在を巡る研究では、それらの宇宙がわたしたちの宇宙と相互に作用して何か痕跡が残るとしたら、どのようなケースが考えられるのか、を探ることに重点が置かれている。宇宙マイクロ波背景放射は、はたしてわたしたちの宇宙が形作られているあいだに別の宇宙とぶつかったことを示す証拠でありうるのか。初期宇宙の地図に温度のばらつきがあるのはこのような衝突があったからだ、という仮説もあるにはあるが、その可能性を調べているロンドンのユニヴァーシティー・カレッジのチームは、「物理学者が直面するジレンマのひとつに、人間は、単なる偶然であるかもしれないデータから自分に都合のよいパターンだけをつまみ出すことに長けている、という事実がある」ことを認めている。そうはいっても、この探求にまったく見込みがないわけでもない。この宇宙の近くに別の宇宙があるという証拠を発見することは問答無用で不可能だ、と決めつける必要はない。ひょっとすると、わかるかもしれないのだから。それらの別宇宙がわたしたちの宇宙の地平線の内側のものにどのような影響を与えうるか、それをつきとめられるかどうかが問題なのだ。

異なる宇宙を呼び出す

かりにこの宇宙の向こうにわたしたちが決して知りえない別の宇宙が存在すると考えると、面白いことに、そもそも人間が神を作るに至った主な理由のひとつを説明することができる。多元宇宙があり得るとすることで、この局所宇宙が設計されたものであるはずだというやっかいな感覚に対する現時点での最良の答えが得られるのだ。

今述べているのは、生物学的な設計によって生命が生まれたという錯覚のことではない。そのような錯覚が生じるのは、わたしたちに無作為や広大な時間といったものを評価する力がないからだ。ダーウィンの進化論のおかげで、いかなる設計者も不要となった。この宇宙の内部の仕組みだけで、わが地球に存在するすばらしい構造物を作ることは十分可能なのだ。

ダーウィンは、わたしたちの身の回りの生命の複雑さを説明するには超自然的な設計者を持ち出すしかない、という主張をみごとに粉砕した。ダーウィンが主張した進化のような単純な仕組みがありさえすれば、生命の複雑さを説明することができて、神はいらなくなる。しかし、自然定数と呼ばれる電子の質量や重力定数、光の速度、陽子の電荷などの約二〇個の定数が生命を生み出して進化させるのに最適な値になるように微調整されているという事実は、未だにうまく説明できていない。生物学の観点からこの世界を説明する仕組みはあっても、同じやり方で物理学の観点からこの世界を説明することはできないのだ。

これらの定数がなぜ今のような値になったのか、明確な根拠はなさそうに思える。なぜダイヤルはほかの値に合わされなかったのか。とりわけ印象的なのが、これらの定数がちょっと違っただけで、この宇宙に生命が生まれる可能性が大きく変わるという事実で、たとえば、電磁場の振る舞いをコントロールする定数が四パーセント変わると、恒星における核融合で炭素が生じなくなる。ということは、問題の定数が四パーセントずれた宇宙にかりに生命が存在するとしたら、それらの生命体はすべて別の原子に基づいているはずなのだ。ほかのいくつかの定数もやはり、わずかな微調整にきわめて鋭く反応し、たとえば宇宙定数の小数点以下一二三位あたりの桁をいじっただけで、生命が棲むのに適した銀河は存在できなくなる。

ところが、この宇宙の地平線の向こうに決して知りえないものがあって多元宇宙が存在する、という着想は、このようなジレンマを解消する鍵になる可能性がある。多元宇宙モデルではたくさんの宇宙が存在し、そのそれぞれに基本定数がランダムに割り振られる。するとほとんどの宇宙では、定数の値が何かの動きが生じるのに適していないために、たいしたことは起こらない。しかしいくつかの宇宙では、たまたま原子が生命へとつながる方向に発展するのに適した定数の値になるのだ。もちろんその宇宙を観察するには、それらの特別な宇宙のうちのどれかにいる必要がある。これが、人間原理と呼ばれるものなのだ。

思うに、ほとんどの科学者が、なぜわたしたちの宇宙がこのような成り立ちなのかという問いに対して、もっと満足のいく答えがほしい、と考えているにちがいない。これらの定数が実はランダムではないということを示せるのではないか、物事が必然的にこうなった、ということを示せるのではないか……。多元宇宙説はただの逃げ口上で、なんだか自分たちの努力が足りないような気がしてくる。だからわたしたちは、自分たちが知りえないものでその隙間を埋めるのだろう。

でも、ひょっとするとこれが本来の姿であって、ここはぐっとこらえて多元宇宙モデルを受け入れるしかないのかもしれない。たとえば、地球はたまたま生命にとってうってつけの条件が揃っている惑星だっただけの話で、なぜここでなければならなかったのかという理由が見つかるとは思えない。正しい場所に位置し損ねた惑星はいくらでもあるわけで、この惑星が条件を満たしていたのは、単なる偶然なのだ。複数の惑星があったからこそ生命が誕生することができた、という説明を受け入れたのだから、複数の宇宙があったからこそ物理定数がこうなっている、という説明だって受け入れられるはずだ。

それでもわたしは、なぜ宇宙がこのような成り立ちにならなければならなかったのかを、多元宇宙という概念に頼らずに説明できればいいのに、と思っている。結局のところ、この特別な宇宙がもっとも自然なものとして他にぬきんでた存在になったのには、なにか理由《わけ》があるはずなのだ。そしてほとんどの科学者が、その理由《わけ》を答えとして採用したいと考えているはずだ。安定した泡は見事なまでに完璧な球である。三次元の形として考えられる候補はたくさんあるのに、なぜこんなに完璧な形なのか。わたしたちは、その理由を知っている。数学を使うと、考えうる候補のなかでもっともエネルギーが低い形が球であることがわかる。というわけで科学者たちは、わたしたちの宇宙がこの球のように科学に好かれた理由を見つけようと、今も目を光らせている。

でも、ひょっとすると宇宙と泡は別の話なのかもしれない。むしろ、鉛筆を逆さまに立てて先端でバランスを取っておいて倒れるにまかせるところをイメージすべきなのかも。鉛筆が倒れる可能性がある方向は無限にあって、どの方向に倒れやすいといった偏りはない。(量子の揺らぎという形で現れた)偶然が、鉛筆がどの方向に倒れるか、どの宇宙が選ばれるかを決めるのだ。

あるいはまた、別の選択肢として、超越した知性がすべてを微調整したと主張する人々もいる。しかしこれは、さらなる言い逃れのように聞こえる。なぜ多元宇宙のほうが科学的に満足のいく答えだといえるのかというと、多元宇宙理論には――奇妙な形ではあるが――よき理論に求められる「節約」が感じられるからだ。多重宇宙が存在しなくては成り立たない理論なんてひどく大げさな気がする、とおっしゃる方もおいでだろう。しかしこの理論には、説明が経済的だという魅力がある。この説明が済んでしまえば、それ以上の説明はいらなくなる。こうして別の宇宙を加えるのは、いわば変種を増すようなもので、ほんとうは新しくもなんともない。ところがこれらすべての宇宙を組み込むことで、微調整問題への完璧な解が得られる。いっぽう定数を微調整する設計者がいると考えると、答えられたのと同じ数の疑問が生じるのだ。

次の数は何でしょう

優れた科学理論は、すべてがどのように組み合わさっているのかを説明する経済的な提案でなくてはならない。さらに、余計な登場人物をあまりたくさん持ち込むことなく、自分たちの語りを成り立たせる必要がある。多元宇宙の理論は単純で自然だからこそ、この宇宙の成り立ちを語る理論の有力な候補になる。そしてインフレーションの物理学が単なる荒唐無稽な仮説でないのは、これらの他の宇宙を生み出す仕組みの候補が提示されるからなのだ。しかし、単純で効率的かどうかを基準に理論の正当性を判断する際には注意が必要だ。

今、左にある数列の次の数は何になるかと尋ねられたら、

1、2、4、8、16、……

どう見ても答えは32のように思える。ほとんどの人が、これは倍々で増える数列だと考える。では、誰かが次の数は31だと答えたら、あなたは何といいますか。たぶんその人は、笑いものになるだろう。だが、これらの数が円を分割する方法が何通りあるかを表しているかもしれないとわかると、31も32も正しい答えになる。したがってその場合はさらに実験データを集めたうえで、どちらが優れた説明かを決めることになる。

なぜ次の数が31なのか……

円の上にn個の点をとって、それらを互いに線で結ぶ。このときそれらの線は円をいくつに分割するか。一点からはじめて次々に点を増やしていったときにできる領域の数は、最大で1、2、4、8、16、となり、六つ目の点を加えると、なんと驚いたことに、最大で31個の領域を得ることができる。

面白いことに、どんなに多くのデータを示されたとしても、こちらが勝手に決めた数が次に来ることを、方程式を使って筋の通った形で説明することができる。このため有限のデータを与えられた場合には、自分たちの方程式を検証するためのデータがさらに得られないことには、そのデータをどう説明すべきなのか、ほんとうのところはわからないのだ。これは、哲学者のカール・ポパー（一九〇二―一九九四）が示した科学のモデルで、ポパーによると、理論には反証を上げることしかできず、決して証明することはできない。

科学者たちはある理論が優れた理論か否かを、ある種の自然さの尺度を使って判断することが多い。どちらの方程式が好ましいかを、「オッカムのカミソリ」という尺度を使って測るのだ。たとえば、方程式の次数が小さいほうが、答えを得るのに必要な入力が少なくてすむ。この尺度は一般に、どの説明が好ましいかを決めるにあたって大きな意味を持つ。だからこそたいていの人が、先ほどの数列の明らかな説明として、円の分割数を表す四次多項式ではなく、倍々の原理を選ぶのだ。

というわけで、ふたつの理論が競合していて優劣の決め手がない場合には、どうやらより単純なほうが好まれるらしい。この傾向を形にしたのが、哲学者のいう「最良の説明への推論」、別名アブダクションの理論である。そうはいっても、単純であれば正しいことが保証されるという根拠はどこにもない。

なぜ、単純さや効率や美しさが自分たちが真実に近づいているか否かの良い尺度となりうるのか。なぜならそれが、ある程度まで経験に裏付けられた現実だからだ。ヒトが美と真理を結びつけるのは、進化の過程において、自分たちを取り巻く環境のなかで生き延びていくうえで役に立つことがひらめいた！　と思った瞬間にドーパミンが迸るように仕組まれてきたからなのだ。つまりヒトが何かを美しいというときには、じつはヒトの身体が進化の過程を生き延びるのに役立つものに対して反応しているのである。

では、別の物語が示された場合にはどうなるのか。宇宙の年齢が五七七五年であると信じ込んでいる人に、どのように対したらよいのか。その人に現存する化石記録を見せたとしても、宇宙は作られたときから古かったのだ、と反論するにちがいない。相手は自ら論理的で自己矛盾のない、しかしこちらにいわせればとうていありそうにない物語を作りあげる。誰によらず、検証不可能な理論を主張する相手と議論するのは難しい。

わたしたちは宇宙の進化を巡って、しだいに検証が不可能かもしれない科学の物語へと押しやられようとしている。新たな粒子を予言する理論が考え出されたとしても、その理論が、どのエネルギーで新しい粒子が検知されるのかを明らかにしていなければ、いかに証拠を積んでみても、この新たな理論を信じている人々に自分たちのまちがいを納得させることはできない。なぜなら彼らは必ずや、まだ検証できない領域に存在する架空の粒子を持ち出して反論するはずだから。

なかには現在の多元宇宙理論は検証が不可能だという点で、あらゆるものを微調整する超自然的設計者が存在するという主張と同じくらい非現実的だと主張する人もいる。確かに、さしあたって多元宇宙理論を検証する術はない。しかし、だからといってこの先もずっと検証不可能であり続ける、と断定できるわけでもなく、ひも理論についても、これと同じことがいえる。ひも理論は、検証可能な予想を立てられないのだから科学的な理論とはいえないとして否定されることが多い。しかし、だからこの理論を放り出してよいということにはならない。なぜなら、この先も検証不可能であり続ける、と信ずべき理由はどこにもないのだから。

ここで再び多元宇宙理論に戻ると、この理論は、たしかに検証できない可能性はあるのだが、それでもその発生を説明することができるインフレーションというメカニズムとともに登場した。しかもこれらの多元宇宙のうちの少なくともひとつ――つまりわたしたちの宇宙――は存在するという証拠がある。科学理論の場合には、超自然的なものでなく自然なものに基づいた説明を示せるかどうかがひとつの判断基準になっている。「ダークエネルギー」や「重力」といった新たな対象を仮定する場合には、それらを自然な世界に埋め込む必要がある。ではいったいどうやって埋め込むのか。その新たな対象の振る舞いが、そのほかの身の回りの目に見えるものにどう影響しているかを示すのだ。

さらに、優れた科学のもう一つの判断基準として、理論を検証する実験ができるかどうかが問われる。宇宙論の場合に問題なのは、すべてが一回こっきりの実験であるという点で、別のビッグバンを起こして何が起きるのかを観察することは、きわめて難しい。もっとも、地球上で小規模なビッグバンの条件を整えて検証を行い、もっと大規模な宇宙論に登場する出来事の物理的メカニズムの感触を得るくらいのことはできる。それにしても、こちらは既に形を成している物理学の内側で仕事をしているわけで、基本定数の値が異なる別の物理理論、あるいは宇宙の創造の別の瞬間に生まれたかもしれない別の物理学を検証する方法を理解するのは容易でない。

実験ができない以上、宇宙論の中心となる教義として、同質性の概念を採用するほかない。つまり、わたしたちが暮らす宇宙のこの片隅で起きることが、宇宙全体の構造を代表しているという仮定に立って、作業をするしかないのだ。この前提がなくては、何も始まらない。たとえばわたしたちは、近所の空間の曲がり具合が真に普遍的だと仮定しているが、必ずしもこの仮定が正しいとは限らない。ひょっとすると、半球の形をした惑星の平らな部分で暮らしている人物が、実際に曲率が変わるところに行き着くまでは惑星全体が平らだと思っているのと同じ状況にあるのかもしれない。

同一性を前提とすることなく、どうしたら宇宙の地平線の向こうで何かまるで別のことが起きているという可能性を退けることができるのか。ひょっとすると、誰かがこの宇宙をウェブサイトからダウンロードして、わたしが自作した天球儀のように切り貼りしたのかもしれない。あるいは、わたしたちとこの宇宙は、何らかの――わたしたちの宇宙の外に存在するという意味で――超自然的な存在がいじくりまわしている人形や人形の家のようなものなのかもしれない。その超自然的な存在が人形の家で遊ばなければ、わたしたちはその存在を知りうるかどうかも怪しい。それにしても、その存在が何の影響も及ぼさないとしたら、実に奇妙な発明といえる。自分たちの想像力が奔放に振る舞うのを放置しなければならない理由はどこにもない。この超自然的な存在が人形の家で遊び、そこに相互作用があるのなら、わたしたちはよろこんでこの説を検証するつもりだ。そして、ひょっとすると何がどうなっているのかを突きとめられるかもしれない。

そこに誰かいますか?

歴史を振り返ってみると、宇宙論と宗教はきわめて頻繁に交差してきた。宇宙の「最果て」のその向こうに何があるのか、という問いが、常に科学者や神学者を惹きつけてきたのだ。中世の哲学者オレームにとって、そこは神が隠れている場所だった。ほぼすべての宗教が、宇宙創生の神話を語っている。オーストラリアの先住民アボリジニによると、あらゆるものが虹蛇の腹からはき出されたという。そして科学者によれば、世界の始まりはビッグバンである。ガリレオがカトリック教会ともめたのは、宇宙におけるわたしたち人間の居場所を巡る教会の見解に異議を唱えたからだった。ところがこの宇宙がビッグバンから生まれたという現在の科学による筋書きを考え出したのは、カトリックの聖職者ルメートルだった。

今この時代にも、宇宙論と宗教は――時には論争という形で――交わり続けている。アメリカ生まれの英国の起業家ジョン・テンプルトン卿(一九一二―二〇〇八)は一九七二年に、「宗教における進展」を顕彰するために、自分の名前を冠した賞を創設した。そしてこの賞は、「霊的な実在《リアリティー》に関する研究と発見に向けた前進」を評価するものとなった。賞金額は莫大で、現時点の金額は一二〇万ポンド（約一億八〇〇〇万円）にのぼる。テンプルトンは、ノーベル賞が霊的な次元を無視しているのはけしからんと感じており、その賞金はノーベル賞の賞金を上回ること、と明記している。

この賞の受賞者には、さもありなんという人々が名前を連ねている。第一回はマザー・テレサが受賞し、その後は、聖職者、伝道者、ラビ、そしてダライ・ラマなどが受賞した。しかし最近では、科学者の受賞が増えている。それも、決まって宇宙論や宇宙を巡る大問題を研究している人物が顕彰されている。

しかし、優れた科学者の多くがこれらの受賞者たちに批判的だ。なぜならこの賞を受賞することで、科学的な問題への霊的宗教的アプローチに御墨付きを与えて宣伝することになると考えているからだ。わが前任者リチャード・ドーキンス（一九四一―）もこの賞には批判的で、「宗教について喜んで何かすてきなことをいおうとする科学者」にばかり与えられている、と主張している。アメリカの物理学者シーン・キャロル（一九六六―）は、自分がテンプルトン財団からの研究資金援助を断った理由を次のように説明している。「これは倫理面で妥協するか否かの問題ではない。単に、誤ったメッセージを送るか否かの問題なのだ。尊敬に値する科学者がテンプルトンから金を受け取れば、その科学者は――たとえ言外ではあるにせよ――科学と宗教は道こそ異なっていても、同じ究極の真理を目指しているという考えに、自らの社会的地位を貸すことになる」

わたしはぜひ、この賞をもらった宇宙論者と話をしたいと思った。ケンブリッジの理論物理学および応用数学科に在籍するジョン・バロウ教授（一九五二―）は、二〇〇六年にこの賞を受賞している。わたしのメールに対するバロウの返事は、なぜとりわけ宇宙論がわたしたちに知りえないものとしての神の概念に関わってくるのか、という問いの核心を突いていた。「宇宙論の基本的な問いのほとんどが、答えることができない問いなんだ。実は今週の土曜日に行う講演で、そのうちのいくつかについて語る予定だ」

渡りに船とはこのことだ！　宇宙論学者が自分たちに知りえないものがどれくらいあると思っているのかを拝聴する絶好の機会ではないか。わたしは、会場の最前列に陣取って、バロウが次々に問題を取り上げていくのを聴いているうちに、自分たちは宇宙についてごくわずかなことしか知りえないのかもしれないと感じ始めた。バロウは、講演には欠かせないすばらしい写真——天文学者は発表に写真をちりばめる——を紹介しながら、わたしのなかに積もり積もっていた「自分たちはこの宇宙についてごくわずかなことしか知りえないのではないか」という恐れを次々に裏付けていった。

ビッグバンに関しては、「過去の有限な時間において、宇宙にはどうやら始まりがあったらしい。その時、密度は無限、温度も無限だった。この始まりがほんとうにあったのかどうか、わたしたちにはわからない」

宇宙の大きさに関しては、「わたしたちの宇宙の地平線の向こうにたくさんの宇宙があることはまちがいない。けれども、誰もそれらを見たことはなく、これからもほぼすべての宇宙を見ずに終わるだろう。したがって、宇宙に始まりがあるのか、あるいは宇宙は有限なのか無限なのかと尋ねられても、宇宙全体に関するこのような問いには決して答えることができない」

講演の後でバロウと落ち合い、あなたのような科学者にテンプルトン賞が授与されることをどうお考えですか、と尋ねてみると、バロウは、テンプルトン財団が宇宙論者に資金を提供して顕彰する理由に関する自分の考えを説明してくれた。「ジョン・テンプルトン卿は科学が好きだった。科学は前進するものだからね。彼は、宇宙論は誰もが——哲学者であろうが、宗教者であろうが、神学者であろうが——みな等しく知っておくべき深く重要な問題に取り組んでいる、と考えていた。

これらの分野に取り組むからには、科学のほかの分野で起きていることを決して無視できないからね」

バロウは、科学と宗教の論争にはもっと微妙な陰影があってしかるべきだ、と考えている。「科学と宗教の相互作用に関心を持つ人々が学ぶべき教訓の一つに、自分がいう科学がどの科学なのかをはっきりさせる、ということがある。なぜならそれによって、相互作用がまるで異なってくるからだ。

宇宙論や基礎物理学を研究していると、答えが出そうにないとわかっている大きな問題に触れることになる。そして不確かさに慣れ、知らないということに慣れ、なぜわからないのかがある程度理解できるようになる。ドーキンスをはじめとする実験物理学や生物学の人々は、そういう状況に慣れていない。彼らはどんな問題であろうと、砕いていきさえすれば答えが出ると思っている」

だからといって、決してバロウが実験物理学や生物学で行われていることを過小に評価しているわけではない。「一般の人々はこちらが宇宙を研究していると知ると、いつだって、それがいちばん難しい問題だと思い込む。でも、そんなことはまったくない。たとえば、脳を理解することのほうがはるかに難しい。脳のほうがはるかに複雑なんだ。宇宙論では物事がひじょうにゆっくりと起こり、理解しやすい近似が可能なんだ。単純な対称性を持つ解を取り上げて、それを反復していくことができる。ところが相手が人間社会だと、そんなことはできっこない。単純なモデルが存在しないんだ」

それでもバロウは、自分が取り組んでいる科学にほかとは異なる際だった性質があると考えている。「基礎物理学や宇宙論の人間は、答えが出ない問題が存在することを知っている。そもそも何でこんな自然法則があるのか。空間の次元の数の問題もそうだし、時間の問題もそうだ。はたして多元宇宙が存在するのか。初期特異点があったのか。宇宙は無限なのか。答えが出そうにない問いを、それこそ山のように思い浮かべることができる。だから態度が違ってくる」

バロウがテンプルトン賞を受賞したのは、科学的な探究に固有の限界を強調したいと思ったからだった。最後には科学がすべての隙間を埋められる、と考える傾向はじょじょに強まっており、バロウは、科学が全知の力を持つということの信仰を、ぜひとも抑えたいと考えている。

「宇宙は、人間にとって便利なように作られているわけではない。科学哲学の練習問題ではないんだ。もしこういったことに気づかないとしたら、それは実に残念なことだ。実際わたしは、自分たちが行っていることですべての基本的な問いに答えが出せるものかどうか、はなはだ怪しいと考えている。すべての答えが出せると考えるのは、反コペルニクス的な態度だと思う。したがって、自分たちがある種の問題には答えられないという事実、必要なデータを得ることができないという事実こそが、物事のコペルニクス的側面なんだ」

黒鳥と偏りと本の末尾

バロウは、自分たちがこの宇宙についてきわめて偏った見方をしていることに気づくべきだと考えている。「天文学はたいてい、闇のなかで光るものを観察することから始まる。遠くの銀河の恒星などの、いわゆる発光体だ。宇宙のほんの五パーセントだけが、われわれ人間や光を発する星を構成しているのと同じ普通の物質で構成されている。発光する物質にはかなりの偏りがある。それらの物質は、宇宙の密度が極めて高い部分――核反応を開始できて明るさが作り出せる場所――についで語るんだ」

ある意味これは、どの科学でもいえることだ。わたしたちの宇宙観は、自分たちの感覚に刺激を与えるものの側に偏っていて、刺激を与えないものには気がつかない。

「もしも絶えず雲に覆われた惑星で暮らしていたとしたら、たとえば惑星マンチェスターで暮らしていたら、天文学など存在しないはずだ。でもそのいっぽうで、気象学に関しては実に多くを学ぶことになるだろう」

バロウによると、宇宙論は物理学や人文科学といったほかの科学とはまったく異質だ。そしてその違いが、神学との密接な関係を生み出す。

「宇宙論者の目から見て何が違うかというと、ひとつには、科学者は実験に慣れ、理論を検証することに慣れている。しかし宇宙に関しては、実験のしようがない。あるがままを受け止めるしかないんだ」

現代の科学者の多くが、カール・ポパーが提唱した哲学を認めている。曰く、科学理論が正しいことは、実際には決して証明できない。次善の策として、その理論を論破しようと試みるのが関の山なのだ。白鳥はすべて白い。このことは決して証明できない。できるのは、せいぜい黒鳥を発見して、この理論を論破するくらいのことなのだ。ポパーの著書によると、論破できる可能性がないものは、それゆえに非科学的である。ということは、宇宙論では実験が行えない以上、この広大な学問領域もまた、非科学的なのだろうか。しかしバロウにすれば、そう簡単に屈するつもりはない。

「ポパーの科学哲学は、信じられないほど素朴だ。あんなのは、実際の天文学には当てはまらない。なぜならたとえ観察されたとしても、その観察が正しくなされたかどうかがわからないのだから。実験で何か間違ったことが行われたために、予測がゆがめられていたのかもしれない。あるいは、証拠を得る方法に、何か偏りがあったのかもしれない」

すべての白鳥は白いという理論にとって、黒鳥はのっぴきならない反証のように思えるが、さらに微妙な設定のもとでは、間違っているのが理論なのか、それとも証拠なのかは、それほど明確でない。だからこそ、そそくさと理論を捨て去るべきではないのだ。ひょっとすると、観察する直前に、白鳥が石炭の粉のなかを転げ回ったのかもしれないのだから。

バロウは、宇宙論にも固有の「黒鳥の瞬間」がありうると考えている。

「これらすべての究極の問いの鍵となるデータ――それについて考えているわたしたちには決して変えられないようなやり方で物事をほんとうに変えてしまうデータ――、それは地球外のよく進化した文明とのコンタクトだと思う。その文明は独自に発展していて、これらの問いのいくつかについて自分たちがなぜそう考えるに至ったかを承知している。その文明でも、同じ数学が有用だと気づいたのか。同じやり方で物理を行ってきたのか。わたしたちが理解できるようなやり方で基本定数を定義しているのか。これらすべての究極の問題について、彼らはどのように考えているのか。今やそれがこの上なく重要なデータになるはずで、だからこそ地球外生命体とコンタクトを取ることが重要なんだ」

このような高等な文明が究極の問いの答えを導き出しているとしたら、バロウはさぞやコンタクトの可能性に心を躍らせているのだろう、とわたしは思った。ところが、返ってきたのは意外な返事だった。

「科学的なコンタクトは、わたしたちにとってとほうもない災いになると思う。わたしたちが問いかけたことすべてに答えられるきわめて高等な文明とコンタクトが取れたら、わたしたちにとってはゲーム終了だ。もう科学をする動機がなくなってしまう。それじゃあまるで、本の末尾を開いてすべての答えを知ってしまうようなものだ」

コンタクトは望まないと？

「コンタクトできてしまうなんて、最悪だ」

「最果ての地　その二」で、量子物理学者のメリッサ・フランクリンが完璧な知識を与えてくれるボタンを押したがらなかったように、バロウは、本の末尾に載っている正解を見ることに反対だった。しかしフランクリンと違ってバロウには、もっとも高等な文明ですら絶対に答えられない問いがどこかに存在するという確信がある。その本の最後のページは、永遠に真っ白なままなのだ。

「まずいことに宇宙論には、わたしたちには決してわからないということ自体を知りえないものがあるんだ。存在しているんじゃないかと思っていても、絶対に知りえないものが」

選択する

答えを知りえない問いがあるのなら、不可知論者であるべきだ、と主張する人は多い。そこでわたしは、バロウが神の問題に関してどのような立場に立っているのかを知りたいと思った。不可知論者なのか。それとも無神論者なのか。

「実は、クリスチャンなんだ」

おやまあ、これはびっくりだ。バロウの講演は何度も聴いてきたし、著作もたくさん読んできたが、バロウはポーキングホーンと違って、宗教を巡る自分の選択をおおっぴらにしていない（ポーキングホーンは司祭が付けるローマンカラーを着用しているので、まさに一目瞭然だ）。しかしそれをいえば、わたしもまた自分は無神論者だと宣言することで、ある選択をしているのだろう。答えることができない問いに対して、どっちつかずの態度をとり続けることだけが理屈にあった反応だとは思わない。

不可知な問いに答えられるかもしれないと信じることで、自分自身の行動も変わってくる。たとえば、宇宙が無限か否かという問いを考えてみよう。この問いには永遠に答えることができないのかもしれない。だとすると、このテーマに関しては不可知論者でいるしかないのだろうか。

この点に関しては、パスカルの賭（神が存在するとしたときと存在しないとしたときに得られるものを比較して、神は存在するほうに賭けるのが賢明だとする主張）に乗ったほうが賢い、という説もある。宇宙が無限だったら、（たぶん）その事実がわかることは決してないだろう。しかし宇宙が有限であれば、その事実がわかるかもしれない。それなら宇宙が有限だと信じたほうがよいのでは？　けっきょくのところ、宇宙が無限なら、決して間違っていたと証明することはできないが、有限なら正しいと証明できるかもしれないのだから。

でも、無限の宇宙のほうが、自分が生きていくうえでより刺激的な枠組みを提供していたとしたら、どうだろう。宇宙が無限だとすると、いくつかの興味深い結果が予想される。そのひとつが、宇宙のそこらじゅうに、この本を読んでいるあなたのコピーが無限にちらばっているという結果だ。みなさんが、自分が宇宙は無限だと信じたことでこのような結論が得られたということに大きなショックを受けて、その結果、この先の生き方が劇的に変わることだってないとはいえない。

なぜ、無限個のあなたのコピーがこの本を読んでいる可能性があるのか

この場合には、ふたつの仮定を置く必要がある。ひとつ目は、宇宙のすべてのものが量子化されているという量子物理学の仮定だ。つまり、空間の有限の領域には有限個の点しかなく、それらは有限個の異なる値しかとれないとする。

さて、こうして単純にした宇宙は無限のチェッカー板のように見える。各々のマス目は黒か白のどちらかである。そこで、このチェッカー板のうちの複雑な生命を表す領域——そこにはこの本を読んでいるあなたも含まれている——を取ってくる。それがたとえば、黒と白の正方形からなる特殊なパターンを持つ10×10の領域だったとしよう。

今、無限な宇宙全体のひとつのモデルとして、この10×10の領域の外がすべて真っ黒なものがありうる。つまり、外側は虚無になっているわけだ。ここでさらにもうひとつ、仮定を置く

必要がある。候補になり得るパターンが起きる確率はすべて等しい、とするのだ。どのパターンにも偏らない。すると、候補になり得るパターンの数は有限で、この宇宙には10×10のセルが無限個あるわけだから、わたしたちが取ってきたパターンが有限回しか起きないとすると、無限回起きるパターンが別に存在しているはずだ。つまりそのパターンは無限回起こりうることになるが、これは、どのパターンの起きる確率もすべて等しいという二つ目の仮定に矛盾する。したがってわたしたちが取ってきたパターンは、チェッカー板の宇宙の至るところで無限回繰り返されていることになる。

だからこそわたしは神（宇宙を作った超自然的な知性の存在という従来の意味の神）の存在に関するパスカルの最初の賭をはねつけて、自分は無神論者だ、と言い切ることを選んだのだろう。けっきょくのところ、この選択はわたしの生き方に影響を及ぼしている。この問いの答えが決してわからない、ということを否定しているわけではない。ただ、自分の実生活のなかでこのような想像力の飛躍を許すと、あまりに多くの突飛な可能性が生じてしまう。それでは、最良の説明に賛成する、という生来のわたしの傾向に反することになる。多元宇宙の存在を信じたとしても、ほぼ同じようなものをすこし変化を付けて作り出すだけのことでしかなく、最良ではなくとも、よりよい説明といえるのだ。

知りえないということをほんとうに知りうるのか

バロウの研究室を出たわたしは、かなりへこんでいた。わたしたちの知りえないものを探しているはずだったのに、そもそも知ることができるものがあるかどうかが疑わしくなってきたからだ。

自宅へ向かう道すがら、わたしの頭のなかでは、バロウのある著作の一節が鳴り響いていた。「不可能という概念は、多くの人々の脳内で警鐘を打ち鳴らす。なかには、人間が宇宙について理解する事柄の展望や科学の進展には限度があるというほのめかしですら危険なミーム（人類の文化を進化させる人から人へコピーされる習慣、技能、物語などの情報）だとし、科学事業への信頼を傷つけるものだと見る人もいるのだ」

　これまでに訪れた「最果ての地」を振り返ってみても、答えられそうにないという点では、宇宙が無限か否かという問いが断トツのような気がする。カオス理論によれば、未来は決して知りえないというが、それなら未来が現在になるまで待つだけのことで、現在になってしまえば知ることができる。サイコロを切り刻んでいくと、どうやら実際に空間が量子化される点にぶつかるらしく、このためわたしはサイコロを有限回切り刻んだところで不可分なものにぶち当たる可能性がある。そこからさらに切り刻み続けることはほぼ不可能なのかもしれないが、だからといって、絶対に解決できない問題だと決め込む理由もない。それに、ハイゼンベルクの不確定性原理の場合には、答えを出すことではなく、この問い方で正しいのかどうかを考えることがたいへんなのだ。つまり、粒子の位置と運動量が同時にわからないのではなく、そのような問いを発するのは無意味だということが明らかになったのだ。

　しかし、宇宙が無限か否かという問い方が間違っているとは思えない。宇宙は無限であるか、無限でないか、二つに一つなのだ。もしも無限であれば、それを確認する手段を考案するのはきわめて難しい。何しろ、絶対にその先を知りえない宇宙の地平線が存在することがわかっているのだから。

　だが、そこでわたしはあることを思いついた。ひょっとすると、宇宙が無限か否かという問いは、こちらが思っているほど不可知ではないのかもしれない。もっと間接的に、宇宙は無限であるという結論に至る道がありそうなものだが……。その答えは、わたし自身の専門分野に潜んでいるのかもしれない。これまでずっと数学は、宇宙を見るためのきわめて強力な望遠鏡であり続けてきた。かりに現在の物理法則が、宇宙が有限であるという仮定の下で数学的な矛盾を生み出したとしたら？　宇宙は無限であるはずだ、と結論するしかない。あるいは、わたしたちの物理法則が間違っている、と結論するか。けっきょくのところ、人間はそうやって、小数展開したときに決して繰り返すことなく無限に続く数、つまり無理数を発見したのだ。

数学の威力はここにある。数学があれば、有限の脳を使って無限を知ることができるのだ。ピタゴラス学派の人々は、単位正方形の対角線の長さが、整数の単純な比では書けない数であることを示した。繰り返すことなく無限に続く小数展開でしか捉えられない数が存在するということを認めないかぎり、この長さは存在し得なかった。ひょっとすると無限の宇宙が存在するということも、無理数を発見するときに有効だったのと同じツールを使った証明、すなわち背理法を使った証明で示せるのかもしれない。

たぶんここでは、「わたしたちが知りえないもの」は、未知のものを既知にできる新たな着想が存在する可能性を排除するのがきわめて困難であるからこそ、――コントは、恒星の組成が発見されたときに、このことに気がついた――わたしたちに決してわからないものなのだ、ということを学ぶべきなのだろう。

わたしが見ることのできる宇宙、調べられる宇宙は、机上の紙の模型のように有限だ。しかしだからといって、不可知の魅力に簡単に屈するべきではない。数学を用いた知の望遠鏡を使えば、やがてわたしたちにもその紙を破ることができるようになり、この地球がほんとうに無限に広がる空間のなかにあることがわかるかもしれないのだから。

最果ての地　その五
腕時計
第九章

昨日と明日を同じ言葉で表すような人間は、時間をきちんと把握しているといいがたい。

サルマン・ラシュディ『真夜中の子どもたち』

午前八時五〇分になろうとしている……と、わたしの腕時計が告げている。通りの向かいにある家々の屋根のうえに、二月の力ない太陽がじりじりと上ってくる。ラジオが鳴りはじめ、コーヒーの香りが漂う。新しい一日の始まりだ。しかし、ラジオのスピーカーを震わせているプロコフィエフのバレエ音楽「シンデレラ」のリズムは騒々しく、時間がないことを忘れるなとわたしに告げている。一二時の鐘の音が、舞踏会での時間は終わりだとシンデレラに告げたように。ところが当のわたしときたら、ぐずぐずとインターネットをいじっている。ウルフラム・アルファ（ウルフラム・リサーチが開発した質問に直接答えるオンラインサービス）に自分の生年月日を入れてみると、今日で生まれてから一万八〇七五日目であることがわかった。ではあと何日くらい残っているのかと尋ねてみると、質問を理解できない、という答えが返ってきた。たぶんそれでよいのだろう。腕時計をはめているこの腕の脈動が止まるまでに短針があと何回回るのか、自分がほんとうに知りたがっているのかも定かでないのだから。

若い頃は、何でもわかると思っていた。時間があれば大丈夫。だが年を重ねるにつれて、その時間が尽きようとしていることを実感しはじめた。若い頃は無限だと思っていたものも、中年になると有限なのがわかってくる。たぶん、すべてを知ることはできないのだろう。でもそれはわたし個人の限界だ。これについては、次の「最果ての地」で再び取り上げる。それにしても、人類はすべてを知りうると考えてよいのだろうか。それとも、種《しゅ》としてのヒトの時間も尽きようとしているのか。時間が尽きて、それでおしまいなのか。空間は無限なのかという問いの答えを、わたしたちは決して知りえないのかもしれない。それなら時間はどうなのか？　誰だって時間は永遠に続くと感じているものだろう？　腕時計の電池を取り替えていけば、時計はいつまでも時を刻み続ける。ところがその逆の端で起きたことに関しては、それほど確かだと思えない。時間には始まりがあったのか、それとも時間は常にそこにあったのか。

未来を見通して予測することは不可能でも、過去はすでに起きたこと。それなら過去を振り返って、時間が過去に向かって果てしなく延びているのか、それとも時間にも始まりがあるのかを突きとめることができてよさそうなものだ。ちなみに、現在の宇宙のモデルには始まりがある。宇宙の膨張を逆にたどっていくと、ビッグバンと呼ばれる瞬間にぶち当たる。これは一三八億年前に生じた特異点で、このとき空間は無限に密だった。それにしても、ビッグバンの前はどうだったんだろう。そこは、科学的な調査も許されない立ち入り禁止区域なのか。それとも、現在の宇宙の状態のどこかに、すべてが始まる前に起きていたことの名残があるのか。

哲学者や科学者は大昔から、時間の性質を巡ってさんざん頭を悩ませてきた。なぜならこのつかみ所のない概念を理解するには、なぜ無ではなく有なのか、という難問を解く必要があるからだ。創造の瞬間を語るということは、時間のなかの瞬間を語ることなのだ。

ほとんどの人にとって、ビッグバンが始まりを示すのは確かだ。信心深い人でも、ビッグバンが宇宙が創造された瞬間であるということは認めるものだ。しかしどちらにしても、ビッグバンの前に何が起きたんですか、という問いと向き合わざるをえなくなる。

正直な話わたし自身は、何年にもわたって数理宇宙論者の友人と話すなかで手に入れたある陳腐な答えがかなり気に入っている。「前」について語る以上、ビッグバンの前にも概念としての時間が存在したと仮定しているわけだが、アインシュタインの相対性理論からわかるように、時間と空間は分かちがたく結びついていて、空間ができてはじめて時間が存在することになる。したがって、空間と同じように時間もビッグバンでできたとすると、ビッグバンの「前」の時間という概念にはそもそも意味がないのだ。

それでも、宇宙論教室の前の廊下からは不満の声が聞こえてくる。たぶん、数学を使って時間をこぎれいにまとめることは、そう簡単ではないのだろう。ビッグバンの前に何が起きたのかという問いは、そう簡単に片付けられないのだ。しかるに、時間のなんたるかを解明しようとすると、かなりスリリングな考えに頭から突っ込むことになる。

腕時計をじっと眺めていても、実際に針が動いているところが見えるわけではない。ところがいったん目をそらし、少し時間が経ってから目を戻すと、針は動いている。わたしの時計は今、九時一五分……というか、ほぼそのくらいの時間だと告げている。時計に仕込まれたちっぽけな歯車の歯はきわめて小さな電動モーターで動いていて、そのモーターは、一秒のリズム——きわめて小さな水晶振動子の振動が作り出すリズム——で動いている。時計の内部の電池によって水晶に電圧がかかり、その水晶が鐘のように一秒あたり三万二七六八回揺れるのだ。この振動数が選ばれたのは、ある数学的な性質があるからで、この値は実は二の一五乗である。デジタル技術は二のべきを好む。なぜなら二のべきはコンピュータの電子回路によって易々と機械的パルスに変換され、歯車をその速度で動かすことが可能になるからだ。ここで大事なのが、この周波数が時計の周囲の温度や大気圧や高度の影響をあまり受けない（振り子の場合には、受ける影響が大きい）という事実である。そしてこの振動――運動の反復――が、時間の経過に印を付ける手段となる。でもこれで、時間の概念が十分に記述されたといえるのだろうか。

腕時計はかちかちと時を刻み、もはやぐずぐずする口実はない。というわけで……

時間とは何か

時間を定義しようとするとたいてい、すぐさま循環論法に陥って身動きがとれなくなる。時間とは、わたしの時計が記録し続けているもので……すべてが同時に起きることのないようにしているもので……四世紀の神学者聖アウグスティヌスは著書『告白』のなかで、その難しさについて次のように述べている。「時間とは何か。誰にも問われなければ、それが何なのかわかっている。問われて説明しようとすると、それが何なのかわからなくなる」

時間を測るという行為は、きわめて数学的な手続きだ。まず、反復するもの、つまり何かパターンがあるもの、たとえば惑星の動きや四季の移り変わり、あるいは振り子の揺れ、原子の振動などに注目する。一九世紀オーストリアの物理学者エルンスト・マッハの言葉にあるように、「時間とは、われわれが物事の変化を通してたどり着く抽象」なのだ。

フランスのラスコー洞窟には、人類が時間を記録しようとしたことを示すもっとも古い痕跡が残っているという。一万五〇〇〇年前にまで遡ることができるこの洞窟は、一九四〇年に四人のフランス人少年によって発見された。少年たちが飼っていたロボットという犬が穴に潜り込んだので、その後を追っていくと、大きな洞穴に抜けたのだ。この洞穴は、バイソンや馬や鹿やヨーロッパ野牛（原牛）などが駆け回る姿を描いた旧石器時代の壁画で有名だ。

わたし自身もこの洞窟を訪れる機会があったのだが、一万五〇〇〇年前に描かれた線画は傷つきやすく、実際に見ることができたのは、ほんものの洞窟の横に作られたレプリカの洞窟だった。しかしそれでも十分荘厳な雰囲気で、古代の絵から劇的なエネルギーを感じることができた。だが、古代の芸術家たちが描いたのは動物だけではなかった。これらの絵に混じって、ふしぎな点が配置されており、それらを古代の人類による時間の経過の記録だとする考古学者がいるのだ。

そのような点の集まりのひとつは、「すばる」を描いたものとされている。古代に栄えた文明の多くは、この星座が再び夜空に現れたときに一年が始まると考えていた。レプリカの洞窟の絵を見て回っていたわたしは、点が一三個並んだ端に長方形が描かれているのに気がついた。長方形のうえには発情した牡鹿の巨大な絵が描かれていた。さらに進むと、今度はどうやら二六個の点らしきものが並んでいて、端には巨大な孕み牛の絵が描かれている。

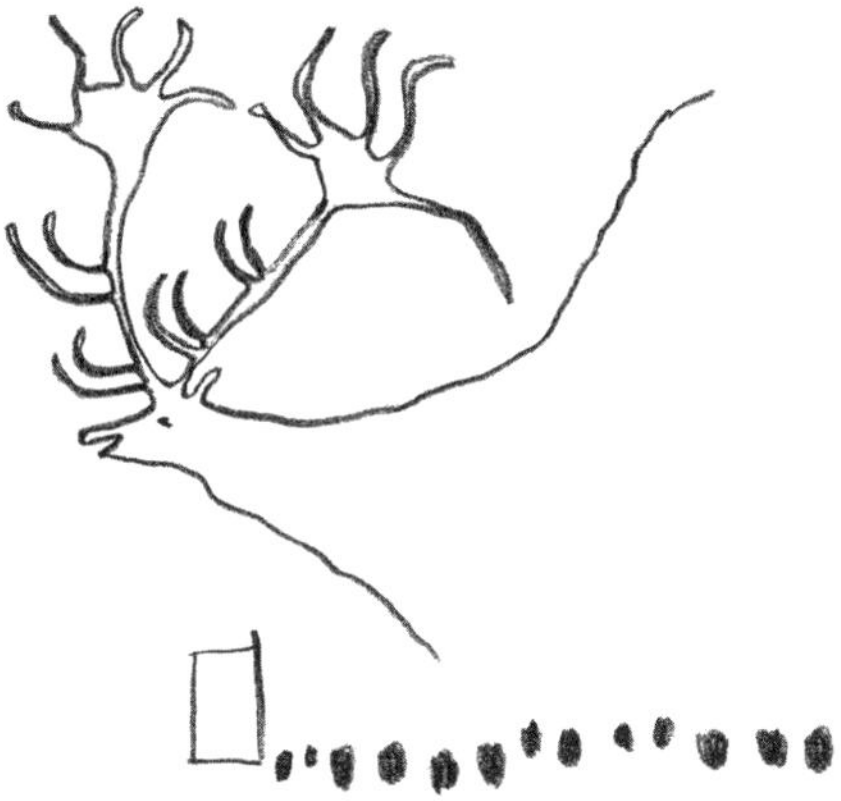

これらの点が月の四分の一周期を示しているとする考古学者もいる。ちなみにこの四分の一周期は、やがて一週間の七日となった。このような月の満ち欠けは、夜空を見上げれば簡単に確認できる。ということは、月の四分の一周期が一三個で一年の四分の一、つまりひとつの季節を表しているわけだ。「すばる」が再び姿を現した時から四分の一年を数えたところで牡鹿が発情する季節が始まって、狩りが楽になる。さらに、二六個の点は一三個の点がふたつ分だから、ふたつの季節で半年を表すと考えられる。一年が始まった半年後といえば野牛が仔

を孕む時期で、この場合も野牛の動きが鈍くなり、簡単に狩ることができるようになる。

ひょっとするとこれらの壁画は、新たな狩人の訓練マニュアルなのかもしれない。一年のどの時点で何を狩ればよいのかを示す暦なのだろう。繰り返しがあるパターンに気がついたからこそ、時間が記録されていたことを裏付けるこれらの証拠を作ることができた。今も昔も、反復パターンに気づくことこそが、時間の性質を理解する鍵なのだ。

太陽や月や星の周期を見ると、一九六七年までの長きにわたり人類がどのようにして時間を測ってきたのかがわかる。ただし、自然のどこを見ても、一日を分割する際の決め手となる周期は存在しない。一日を二四の時間の単位に分け、さらに一時間を六〇単位に分けることになったのは、バビロニア人やエジプト人が数学に対して鋭い感性を持っていたからだった。二四も六〇もさまざまな数で割りきれることから、これらの数が選ばれたのだ。ナポレオンは一日を一〇時間にして時間の十進法を確立しようとしたが、世界中の人間に十本の指を使ってものを数えさせようとするナポレオンの試みは、この計量単位に関してだけは失敗した。

時間を計る際の基本単位である「秒」は、一九六七年までは地球が軸のまわりを回るのに要する時間や地球が太陽のまわりを回るのに要する時間と関連づけられたさまざまなやり方で定められていた。ところがこのふたつの時間を現代的な時間の概念に照らして測ってみたところ、別に不変でも何でもないことがわかった。たとえば六億年前の地球は、自転の速度が大きく、一日は二二時間で、太陽のまわりをまわるのに四〇〇日かかっていた。ところが海の潮によって地球の回転エネルギーが月に移るという奇妙な現象によって地球の回転がだんだん遅くなり、月は次第に地球から遠ざかっていった。これと同じような現象によって地球と太陽もじょじょに離れ、それによって軌道を一周するのに要する時間も変わっていったのだった。

度量衡学者たちは一九六七年に、惑星の動きは気まぐれなので、宇宙を眺めて時間の経過を測るのはやめにして、その代わりに原子に基づいて秒を定義することにした。今では秒は、次のように理解されている。

絶対温度0度で静止した状態にあるセシウム133原子の基底状態のふたつの超微細準位間の遷移に対応する放射の9,192,631,770周期が継続する時間。

やけに長ったらしい定義だが、みなさんには、この計測を行っている時計をぜひその目で見ることをお勧めしたい。わたしは南西ロンドンにあるイギリス国立物理学研究所で、国会議事堂の時計台ビッグベンやBBCラジオの時報に時を告げる瞬間を指示する原子時計を見たことがあるが、きわめて大きな時計だった。とうてい腕に付けられるような代物ではない。その装置にはセシウム原子を閉じ込めるために六つのレーザーがついていて、その原子がマイクロ波室に上向きに放出される。重力の影響で落ちてくる原子は「セシウム泉」となり、それらの原子にマイクロ波をぶつけると原子が放射線を放出するので、その周波数を用いて秒を定義するのだ。

世界各地の国立の研究所に鎮座する原子時計は、人類が作り出したもっともすばらしい計測装置の一つといえる。原子は規則正しく普遍的なので、二つの原子時計を並べておいて一億三八〇〇万年後に誤差を調べても、その差は最大で一秒にしかならない。これらの時計は、人類が成し遂げたもっとも正確な計測を行っているのだ。ということはつまり、わたしたちにも時間がわかっている、といえるのだろう。ただしやっかいなことに、時間はこちらが望むほど一定でない。時を刻んでいる二つの原子時計が、互いに対して動いている場合は、二〇世紀初頭にかの有名なアインシュタインが明らかにしたように、じきにそれらの時計がひどく異なった時間の物語を語りはじめるのである。

列車のなかの燭台

ニュートンは、時間と空間は絶対的なもので、それらに対して自分がどう動いているのかを計測することができると考えていた。その立場は、著書『プリンキピア』にも明確に述べられている。「絶対的な、真の、そして数学的な時間は、それ自体、そしてその性質からしても、外界の何ものとも関係なく、一様に流れる」

ニュートンにとっては、時間と空間は舞台の背景幕のようなもので、その幕の前で自然が物語を演じていた。空間は宇宙の物語が展開される舞台で、時間はその物語の経過を刻む。宇宙のあちこちに時計を置いて、それらすべての時計をいったん同じ時間に合わせてしまえば、宇宙のどこにいっても同じ時間を刻み続ける時計が目に入るはずだったのだ。しかし、誰もがそう考えていたわけではなく、ニュートンの宿敵ともいうべきゴットフリート・ライプニッツは、時間は相対的な概念としてのみ存在しうると考えていた。

アメリカの科学者アルバート・マイケルソン(一八五二―一九三一)とエドワード・モーリー(一八三八―一九二三)が一八八七年にある事実を発見したことから、けっきょくはライプニッツの着想がニュートンの着想に勝つこととなった。マイケルソンとモーリーが発見したのは、真空のなかで光の速度を測定する場合、光源に対して自分たちが近づこうが遠ざかろうがその測定値は変わらない、という事実だった。やがてアインシュタインはこの新たな事実に基づいて、時間がニュートンの考えていたほど絶対的でないことを発見する。

光源に対してどのように動いても光の速度が変わらない、というのは一見直観に反することのように思われる。たとえば遠くの星から届く光の速度を測る場合には、地球は太陽のまわりを回って

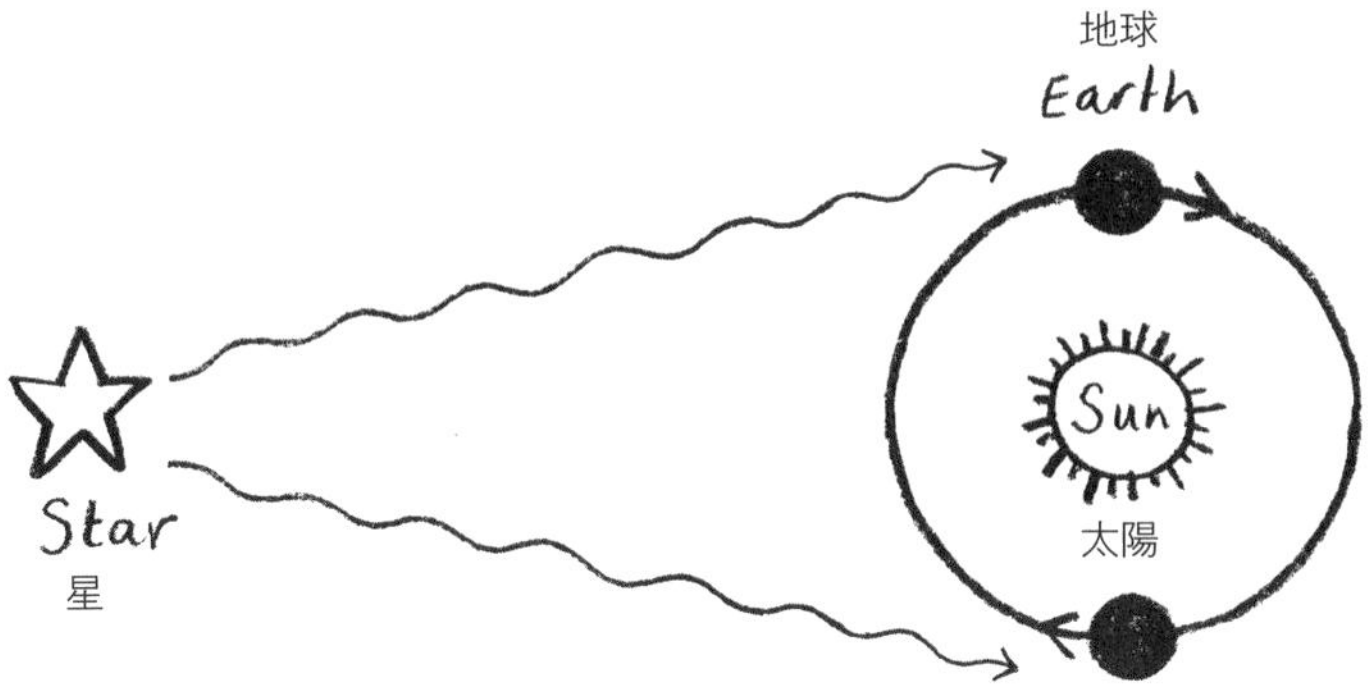

いるので、遠ざかっている時よりも地球がその星に向かって動いている時のほうが速くなりそうな気がする。

　ニュートン力学によると、時速九〇マイル（約一四四キロメートル）で走っている電車のなかで時速一〇マイル（約一六キロメートル）で走ると、プラットホームに立っている人に対する相対速度はこの二つが組み合わさって時速一〇〇マイル（約一六〇キロメートル）になる。それならなぜ、列車のなかの燭台が放つ光では同じことが成り立たないのか。プラットホームで測定する人から見た光の速度は、時速九〇マイルだけ速くなりそうなものだが……。実は光の速度はもちろんのこと、プラットホームにいる人に対する列車内のランナーの速度に関しても、ニュートンの主張は間違っていた。この場合の速度の計算には微妙なところがあって、二つの速度を足しただけではだめなのだ。

　アインシュタインは、なぜ光の速度が変わらないのかを理解しようと努め、その結果、一九〇五年にわたしたちの宇宙観を変える大発見をした。時間や空間は決して絶対的ではなく、観察者の相対的な動きに応じて変わるのだ。当時アインシュタインがスイスの特許事務所の事務員として、砂利選別器から電子タイプライターまでのさまざまな新しい発明の出願を審査する仕事をしていたというのは有名な話だが、アインシュタインはさらに、電気を使って時間を同期させる装置を作る試みを評価しなければならなかった。これは、さまざまな地域間の結びつきが強くなってきた当時の世界にとっても重要な仕事だったのだが、一見実に平凡な仕事であったことから、アインシュタインは盛んに思考実験を行うようになり、やがて特殊相対性理論にたどり着くこととなった。

合成速度の相対論的な式

アインシュタインは、時速 v マイルで走る列車の中で時速 u マイルで走っている乗客の見かけの速度 s を計算するには、

$$s = \frac{u+v}{1+(uv/c^2)}$$

という式を使う必要があることを発見した。ただし、c は光の速度である。c と比べて速度 u と v が小さいと、uv/c^2 という項はひじょうに小さくなる。つまり、速度 s を二つの速度を足した $u+v$ で近似することが可能になるのだ。ところが速度 u と v が光の速度に近くなると、この近似が利かなくなって式の値が変わる。ちなみにこの式で得られる合成速度は、絶対に光の速度を超えない。

時の歩みを遅らせる

時間に関するアインシュタインの新たな考え方を説明しようとすると、時計が必要になる。そし

てその時計を作るには、何か規則的な間隔で反復するものがいる。国立物理学研究所の原子時計でもいいし、腕時計でもかまわないが、相対的な動きが時間に及ぼす奇妙な影響を明らかにする際には、光が最良の時計になる。さらにここでは、光の速度は測定する側の動きに左右されないように見える、というマイケルソンとモーリーの発見をうまく利用する。

まず、二つの鏡の間で光が弾むたびに時を刻む装置を用いて計測された時間を考える。

このような時計の片方を宇宙船に乗せて、もう一つは地球上に置いておく。空間の距離は、じつは動く方向に縮むので、光が宇宙船の動く方向と垂直に移動するように時計を据える。こうすると、宇宙船のなかでも地球のうえでも二つの鏡の距離は同じになる。そのうえでピタゴラスの定理程度の数学を使うと、地球上にいる人の目から見たときに、地球上の時計より宇宙船に乗せた時計のほうが時を遅く刻むことが確認できる。

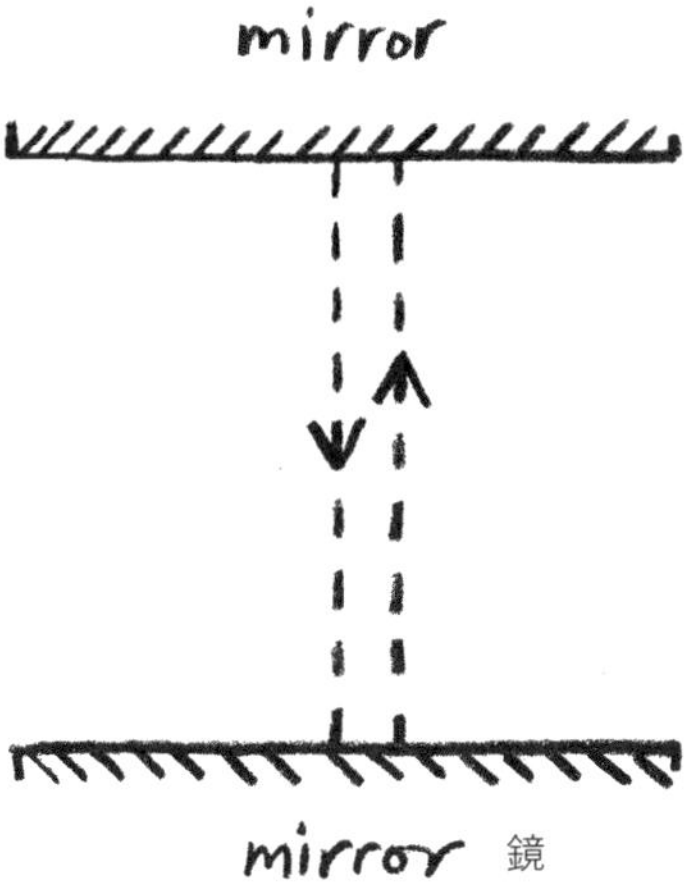

アインシュタインの発見の元になったのは、地球上にいる人が記録した宇宙船内を移動する光の速度が地球上の光の速度と同じである、という事実だった。これこそが、マイケルソンとモーリーによる重要な発見で、光の速度はどこでも同じなのだ。宇宙船が動いているからといって、その動きによって光の速度が増えることはない。速度を記録するには、(地上の計測装置に対する)移動距離をその移動に必要な時間で割らなくてはならない。そこで、宇宙船に乗せた時計の光が片方の鏡から出て反対の鏡に達するまでの距離に注目してみる。

鏡同士は四メートル離れていて、宇宙船自体は光

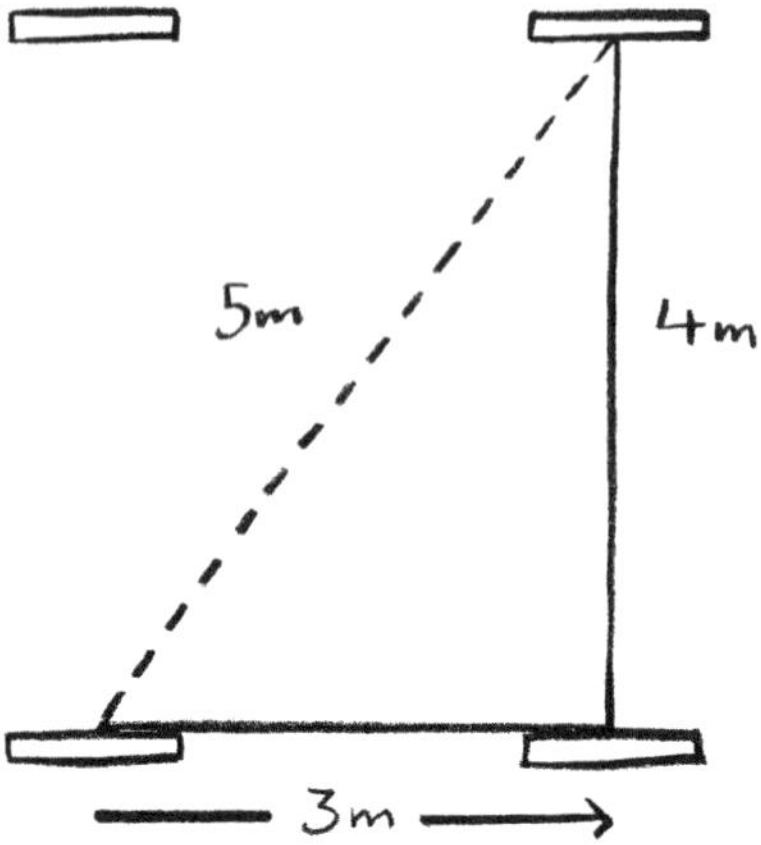

光が4メートル離れた鏡に達する間に、宇宙船の時計は3メートル動く。するとピタゴラスの定理から、実は光は5メートル進んだことになる。

が宇宙船の鏡の間を移動する間に、地球から見て三メートル動いたとしよう。するとピタゴラスの定理によって、光は実は三角形の斜辺分だけ進んだことになり、その移動距離は五メートルになる。アインシュタインの特殊相対性理論を理解するのに必要な数学はこれだけだ。

ここから、宇宙船は地球に対して光速の五分の三で動いていることがわかる。なぜなら、光が五メートル進む間に宇宙船は三メートル進んでいるからだ。

ここでポイントとなるのが、地球上の光もその間に同じ距離を進んでいるという事実だ。なぜなら光の速度はどこでも同じはずだから。地球上の時計と宇宙船のなかの時計はまったく同じ寸法なので、光も同じ距離だけ、つまり五メートル進んでいるはずだ。ところが鏡同士の距離は四メートルしかない。ということは、地球上の時計では、光は上の鏡に当たって戻る途中のちょうど一刻みの四分の一だけ進んだところに来ているはずだ。つまり、宇宙船のなかの時計が一刻みする間に地球の時計は一と四分の一刻みするのだから、地球上にいる人にとっての時のほうが宇宙船のなかの人にとっての時より速く流れていることになる。したがって地球上にいる人からすると、宇宙空間にある時計の刻みは五分の四倍になり、それだけ遅れていることになる！

なぜこんなことが起きるのかを理解するために、宇宙船内を移動する光線と地球上を移動する光線を考えてみる。このとき、地球上の時計でも宇宙船の時計でも、光線は同じ速度で進む。三一四頁にあるのは、さまざまな時間に光がどこにあるのかを示すストップモーションだ。宇宙船のなかの光は空間内を宇宙船が進む方向にも移動する必要があって、そのため宇宙船の時計の反対側の鏡の方向に移動する距離は短くなる。このため地球から見ている人にすれば、地上の時計の光のほうが宇宙船のなかの時計の光より先に鏡に到達するのが見える。つまり、地球上の人の時計のほうが時を早く「刻」むのだ。

ふうむ、なるほど、といえなくもないが……ここで今度は宇宙船に乗っている人が二つの時計を見比べると、ひどく直観に反した奇妙な事態が生じていることがわかる。なぜそういうことが起きるのかは、「相対性原理」と呼ばれるものを適用すれば、理解できる。この原理によると、自分が一様に動いている（つまり加速したり方向を変えたりしてない）ときは、自分が動いていることに気づけない。相対性といっても、この原理を見つけたのはアインシュタインではなく、すでにニュートンの『プリンキピア』にも載っていた。ちなみに、このことに最初に気がついたのは、どうやらガリレオだったらしい。この原理は、自分が乗っている列車の隣に別の列車が停まっていて、自分が乗っている列車が動き出したときに感じるあの奇妙な感覚の本質を捉えたもので、この場合、プラットホームかなにかが見えない限り、どちらの列車が動き出したのかははっきりしない（ただし、加速がひじょうに遅く、体に感じられないくらいであればの話だが……）。

この原理を宇宙船と地球の時計に当てはめると、かなり奇妙な結果が得られる。というのも、宇宙船のなかの人間から見ると、地球のほうが光の五分の三の速度で自分のそばを通り過ぎていることになるからだ。このため、先ほど行ったのとまったく同じ分析と計算によって、宇宙船の時計ではなく地球の時計のほうが遅れていることになる。つまり時間は、わたしたちが日々の生活で経験しているような明白な概念ではないのである。

この状況全体がいかにも奇妙で、まさに信じがたい気がする。一体全体どうすれば、宇宙船の時

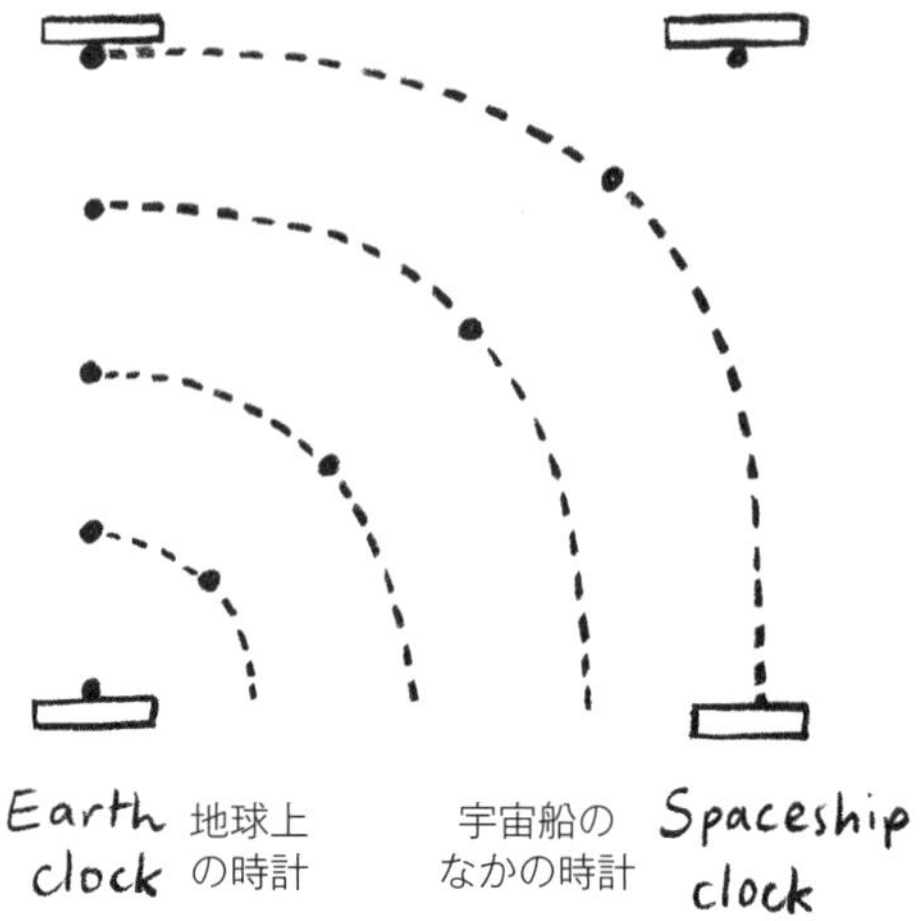

点線は、地球から撮られた連続写真で光線がどこにあるかを示している。

計が地球の時計より遅く時を刻み、それでいて、地球の時計も宇宙船の時計より遅く時を刻むということがあり得るのか。ところが、光の速度は計り方にかかわらず一定である、という確かな観察結果が得られたとたんに、数学はこのような結論を示してみせる。これもまた、わたしが数学を愛して止まない理由の一つで、数学はまるで思いがけない不思議の国に通じる論理のウサギ穴のようなのだ。

　地球から見たときに遅くなっているように見えるのは、宇宙船のなかの時計の刻みだけではない。時間経過を記録するものはすべて遅くなる。わたし自身が宇宙船のなかで座っているのであれば、時計の動きが変だということにはまったく気がつかない。時を計るものはすべて——腕時計のなかで振動しているクォーツも、宇宙船のラジオから流れてくるプロコフィエフの楽曲も、わたしの体の加齢も、脳みその神経系の活動も——同じ影響を受けることになり、宇宙船のなかのあらゆるものが同じ速度で時を刻んでいるため、宇宙船に乗っているわたし自身は、妙なことが起きていることにまるで気づかない。

　ところが地上にいるみなさんから見ると、わたしの時計は遅れ、プロコフィエフの楽曲は深く悲しげな響きになり、わたしの加齢も遅れ、わがニューロンも刺激に対していつもほど素早く発火（刺激に対して活動電位に達すること）しない。時間そのものや時の経過の感覚は相対的なもので、比べるものによって変わるため、すべてが同じように減速したり加速したりすると、まったく違いがわからない。したがって、宇宙船のなかはごく普通に感じられる。そして地球の上にいるみなさんを見下ろすと、奇妙なことに、あらゆるものがカタツムリのようにのろのろと動いているように見えるのだ。

スピードを上げて長く生きる

驚いたことにこのような時の経過の相対的な差は、たとえば「最果ての地　その二」に登場したミュー粒子の崩壊でも、かなり奇妙な現象を引き起こす。今、宇宙線が大気上層にぶつかると、この衝突によって素粒子のシャワーが発生する。そのなかに、重たい電子ともいうべきミュー粒子が含まれているのだが、これらのミュー粒子はかなり不安定で、すぐに崩壊してより安定した粒子になる。

科学者はよく半減期という言葉を使うが、これはミュー粒子のような粒子が崩壊してその半分が別種の粒子になるまでに要する時間のことである（ある特定の粒子がいつ崩壊するかはあいかわらず謎のままで、なにがなんでも崩壊のタイミングを予測したいのならば、「最果ての地　その三」で論じたように、サイコロを投げるしかない）。ミュー粒子の場合は、平均すると二・二マイクロ秒後に半数の粒子が崩壊する。

こんなにすばやく崩壊するうえに、地球の表面まではそうとうな距離があるのだから、そのままの状態で地上に達するミュー粒子はそう多くないはずだ。ところが、予想をはるかに超える数のミュー粒子が検出されたのだ。このような現象がなぜ起きるかというと、ミュー粒子が光速に近い速さで移動しているために、粒子の時計が遅れるからだとされている。時計が遅れた結果、ミュー粒子の実際の半減期が、地球上の時計での計測に基づく予測値より長くなるのだ。ミュー粒子の内部時計は地球の時計より遅れ、そのためミュー粒子の座標系ではそれほど長い時間が経たず、ミュー粒子の半分が崩壊するのに必要な二・二マイクロ秒が、地球上の時計で計測した二・二マイクロ秒よりずっと長くなるのである。

ところがこの現象をミュー粒子の視点から見ると、今度はミュー粒子の時計が普通に動いていて、地球の時計が遅れていることになる。だったらなぜ、予想以上の数のミュー粒子が地球に到達できるのか。ここでポイントとなるのが、互いに相対的な速度で移動していることによる影響は時間だけでなく空間にも及ぶ、という事実だ。惑星とミュー粒子のあいだの空間もまた、移動による影響を受ける。ミュー粒子が動くと距離が縮んで、そのためミュー粒子にとっての大気上層から地球の表面までの距離は、わたしたちにとっての距離よりはるかに短くなる。したがってミュー粒子にすればそんなに遠くまで行くわけではなく、そのため目的地にたどり着く数が増えるのだ。

ということは、この戦術をうまく使えば有限の人生からさらに何日かかすめ取ることができる、ということなのか？　わが半減期をごまかすことができるのか？　残念ながら先ほど説明したように、進んでいく宇宙船のなかではすべてが減速する。いくら光速に近い速度で進んだとしても、わたしが現在取り組んでいる数学の問題を解く時間を宇宙から搾り取ることはできないのだ。なぜなら、確かにわたしが年を取るスピードはゆっくりになるが、同時に脳のニューロンの発火もゆっくりになるからで、相対性原理によると、わたしの目には、自分が休んでいて、ほかのすべてがスピードアップしているように見えるのだ。

相対性の犬

アインシュタインが一九〇五年に発見した事実から、腕時計が指し示している時というものが、当初考えていたよりはるかに流動的であることがわかる。しかも、二つの出来事が同時に起きるということの意味を理解しようとすると、宇宙のなかの時間が絶対的なものだとはとうてい思えなくなる。アインシュタインがこの問題に直面したのは、時間を同調させる特許の仕事をしているときだった。もっとも、この問いそのものが意味を成していないことが明らかになるのだが。というよりも、少なくともその答えは、採用する基準系によって違ってくる。

ここでは、映画監督のタランティーノ(彼のデビュー作「レザボア・ドッグス(ため池の犬たち)」)に敬意を表して、「リラティビティー・ドッグス(相対性の犬たち)」というフィクション映画の一場面から始めることにしよう。これは(相対性が関係する場面の常として)ある列車内部を舞台とする物語である。今、まったく同じ銃を持った人間が二人、車両の両端に立っており、さらに、車両のちょうど真ん中に三人目のギャングが立っている。列車は駅に向かってばく進しており、その一部始終を一人の警官が見ている。まず最初に、列車のなかの状況を考えてみると、ギャング団のメンバーにとって、列車は止まっているのと同じだ。銃の引き金が引かれると、二つの銃弾は同時に真ん中の男に当たる。銃弾の速度と進むべき道のりはまったく同じで、列車に乗っている誰が見ても、この二人は同時に引き金を引いている。むろん犠牲者も、銃口が同時に光るのを目撃して、直後に銃弾を受ける。

では、この状況を警官の目から見るとどうなるか。二つの銃口の光が同時に犠牲者の目に届いたその瞬間に、彼が警官の前を通過したとしよう。つまり、警官もまた光を同時に見るわけだ。ところがこの警官は、すぐにあれこれ考えはじめる。光はどれくらい進んだのだろう。今の時点では自分から等距離のところにあるが、引き金が引かれたときには、先頭の銃のほうが自分に近かった。ということは、先頭の銃の光が進む道のりは後ろの銃の光より短かかったはずで、いずれにしても光の速度は一定だから、光が同じ瞬間に目に届いたとすると、後ろの銃の弾のほうが前の銃の弾より早く発射されていたはずだ。ということは、後ろのギャングのほうが先に引き金を引いたことに

なる、とこの警官は考える。ところがここで、もうひとり別の警官が逆方向に進む列車に乗っているとすると、すべてが逆になって、この二人目の警官は、前の銃の弾のほうが先に発射されたという結論に達する。

　では、いったいどちらが先に引き金を引いたのか。プラットホームにいる警官からすれば後ろのギャングであり、逆方向に走っている列車の警官からすると前のギャングになる。つまり、絶対的な意味でどちらの銃弾が先に発射されたのかを論じることには意味がないのだ。基準系が変わると、時間の持つ意味が変わる。あらゆる観察者にとって絶対的な何かが存在するのは事実だが、それには時間と空間を組み合わせる必要があるのだ。

　これまで二つの物体の距離を測ろうとしてきたわけだが、やっかいなことにその長さは、測る人がその二点に対してどう動いているかによって変わる。同様に、二つの出来事のあいだの時間も変わる。しかし、時間と空間のなかでの道のりを測る新たな距離を定義すれば、何か不変なもの——測定する人によって変わったりしないもの——が得られる。これこそが、チューリッヒのスイス連邦工科大学でアインシュタインの教官だった数学者ヘルマン・ミンコフスキー（一八六四―一九〇九）の偉大な着想だった。アインシュタインの着想を耳にしたミンコフスキーは、すぐに五〇年前にドイツの数学者ベルンハルト・リーマン（一八二六―一八六六）が発見した高次元幾何学がアインシュタインの理論の完璧な舞台になることに気がついた。

数式をじっくり眺めるのが好きな方のために紹介しておくと、時刻t_1に位置(x_1, y_1, z_1)で起きた出来事と、時刻t_2に位置(x_2, y_2, z_2)で起きた出来事との距離は、

$$\sqrt{(x_1-x_2)^2+(y_1-y_2)^2+(z_1-z_2)^2-c^2(t_1-t_2)^2}$$

で定義される。

この式の最初の三つの項

$$(x_1-x_2)^2+(y_1-y_2)^2+(z_1-z_2)^2$$

は、(ピタゴラスの定理を用いた)空間における通常の距離になっている。そして最後の項は、通常の時間の差を表す量になっている。直観的に、この二つの距離を足せばよいのでは? と思われた方もおいでだろうが、ミンコフスキーは、時間の差を引くという巧みな方法を考えた。こうするとまるで別のタイプの量が得られて、そこから、ギリシャ人たちが展開した通常の幾何学の法則を満たさない幾何学が生まれる。そしてその幾何学では、宇宙は時間のなかで動く三次元の空間ではなく、時空間と呼ばれるものの四次元のブロックと見なされる。ちなみにこの時空間の点は、空間を表す三つの座標と時間を表す一つの座標、計四つの座標(x, y, z, t)で決まる。ミンコフスキーがこの新たな幾何学を用いた宇宙の見方を発表したのは、アインシュタインが一九〇五年に特殊相対性理論を発表したわずか二年後のことだった。

くれぐれも、こんな式を知ったところでちっとも賢くなんかならない! といって、やけを起こさないように。アインシュタインも、こんなのは数学を使った小細工だといって、むしろ疑ってかかっていたのだから。ところが、ミンコフスキーのこの四次元幾何学から新たな宇宙の地図が生ま

れることになった。ミンコフスキー自身が力説したように、「これからは、単独での空間、単独での時間は単なる影として消えゆく運命にあり、この二つのある種の結合だけが独立した現実として存続する」ことになったのだ。

アインシュタインは自分の着想が数学を用いて記述されることについて、「数学者たちが相対性理論に飛びついてからというもの、わたし自身も相対性理論が理解できなくなった」と述べている。けれどもじきに、数学こそが時空間と呼ばれる奇妙で新しい宇宙を調べたり記述したりするのにもっとも適した言葉であることに気づいた。

時空間で距離を測ることの威力は絶大で、問題の出来事に対して動いているもう一人の観察者を持ってきても、前の観察者とは時間も距離も異なってくるはずなのに、この時空間における出来事の新たな距離は、前の距離と同じになる。つまり、なにか絶対的な背景があるはずだというニュートンの考えは正しかったのだ。単に、時間と空間をばらばらに考えたことがまちがっていたのだ。こうしてアインシュタイン以降のわたしたちは、この二つを同時に考えなくてはならなくなった。そして、このように時間と空間が混じり合っていればこそ、ビッグバンの前に何が起きたのか、という問いはひじょうに興味深いものとなる。

まず手始めに、この観点に立つと、時間のとらえかたがまったく変わる。宇宙は時空間のブロックと見なされ、そこでは空間における点の前後の概念同様、時間の前後の概念も怪しくなる。視点によって、前か後かが変わるのだ。なんとまあ不愉快な。先ほどの映画の場面に登場したどちらの警官にとっても、片方のギャングがまだ引き金を引いていない瞬間があった。ひょっとすると両方のギャングに、手を止めて自分の行為について考え、撃たずに相手に責任を負わせようと決める暇があったのかもしれない。でも、ちょっと待ってほしい！　その決定は、プラットホームの警官から見れば、列車の前のほうにいた男の手にゆだねられ、逆方向に進む列車の中の警官から見れば、

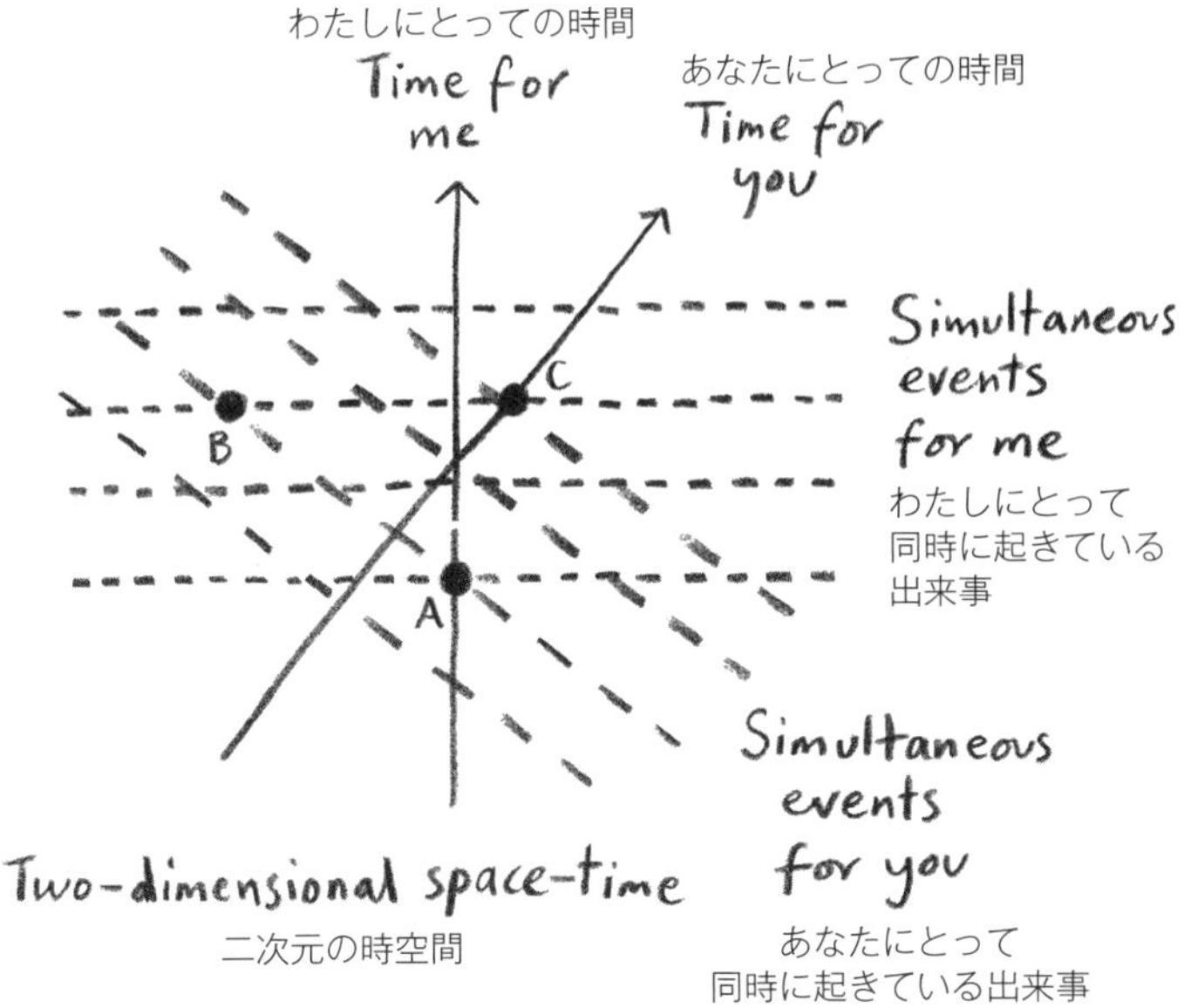

あなたの時間経過記録によれば、AとBは同時に起こってCが後で起こった。ところがわたしの記録では、BとCが同時に起こり、Aはその前に起きている。また、もしAとCが因果関係でつながっていたら、誰の記録でもAは常にCより先に起きることになる。しかしBはA、Cのいずれとも因果関係でつながっていないので、BがAの前に起きたとする記録や、Cの後に起きたとする記録が存在しうる。［たとえば、「あなたにとっての時間」より水平に近い時間でB→A→Cとなるものが存在し、それと直交する時間A→C→Bとなるものが存在する］

後ろのほうにいたギャングの手にゆだねられていたのだ。ということは、実は未来は、ほんとうに自分たちの手の中にあるとはいえないのでは？

通常、道のりと時間のグラフを書くときは、時間軸を水平軸方向に、そして、たとえばボールが移動する距離を垂直方向で表す。ところが時空間の場合は、このようにすっきりと分けることができない。時空間をブロックとして考える場合はきわめて慎重に構える必要があって、決してブロックのどちらか一つの方向だけが時間を表し、残る三つの独立した方向が空間内での跡を記録していると考えてはならない。もっといえば、この時空間の異なる二つの方向が時間を表す場合があり得る。そしてそれらの軸がどれになるかは、空間内での動き方によって決まる。つまりこの新しい観点に立つと、時間と空間が混じるのだ。

いやまったく、これぞまさに宇宙を巡るわたしの直観に突きつけられた真の課題といえよう。今、わたしが宇宙船に乗って遠ざかっているとしよう。わたしがこの時空間の幾何学で、自分の目から見て同時に起きていることすべてを線でつなぐと、それはあなたの視点から結んだ線とはまるで別の集合になる、というのだから。

ヒンディー語やウルドゥー語では、昨日と明日の両方をkalという言葉で表す。本章の冒頭の引用にもあるように、サルマン・ラシュディは『真夜中の子どもたち』という作品で、昨日と明日を同じ単語で表す人々は、時間をきちんと把握しているといえない、とからかっている。でも、本当にそうなのだろうか。「前」や「後」という概念は、ある種の言語が指し示しているほど明確ではない。

それでもなお——たとえ時間と空間がこのように混じり合ったとしても——時間は空間と異なる性質を持っている。情報は、光の速度より早く移動することができない。たとえ時空間のなかであっても、因果関係がある以上、銃弾が発射される前に犠牲者に達するような点に立つことは不可能なのだ。時空間でこのような時間経過の記録を付ける場合、その方法には制約がある。こうなると、空間や時間を巡るわたしの直観はとうてい役に立たなくなる。アインシュタインがしぶしぶ認めたように、宇宙や知識の「最果ての地」に至ろうとしたときに頼りになるのは、直観ではなく数学なのである。

時間の形

空間の形を論じることができるのなら、時空間の形を論じることもできるはずだ。最初は、直観的に一本の線のような時間を想像したくなるが、それでは、始まりのある有限な線か無限な線しか考えられなくなる。だが、じつはほかにもさまざまな可能性があるのだ。時間と空間で計四次元あるのだから、目に見えない形を考えなくてはならない。そしてそういう形を記述するには、数学が必要になる。とはいえ、時空間の一部を表す図なら描くことができて、そうすれば「ビッグバンの前に何が起きたのか」という問いの意味もわかりやすくなる。たとえば、空間の次元が一つだけだとすると、時空間は二次元になる。この場合には、目に見えるゴムシートのような面を作ることができて、その面をあれこれいじり回したり、丸めたりすることができる。

二次元時空間のモデルといわれると、たいていの人が、時間が前後に無限に伸び、空間もやはり一次元で無限に伸びた、どこまでも広がる平たいシートを思い描くはずだ。でもこのすぐ前の「最果ての地」で調べたように、空間は有限なのかもしれない。そこで一次元の空間を丸めて円にすると、時間がこの縁を押し広げるから、時空間そのものは円筒形になる。むろん、この円筒の前と後ろをつなげてトーラス、あるいはベーグルのような時空間を作ることもできる。この形の時空間では、時間も有限になる。つまりこの時空間のモデルでは、ぐるりと回って歴史上の前の瞬間に戻ることができるのだ。論理学者のクルト・ゲーデル（一九〇六―一九七八）は、このような性質を持つアインシュタインの一般相対性理論の解を提示してみせた。ゲーデルに関しては、最後の「最果ての地」でも説明するつもりだが、彼は、人々の論理的な予想の腰を折るのが大好きだった。とはいえゲーデルが作った円形の時空間は、単なる珍種だと見る人が多い。なぜなら時間を遡ることができるとなると、因果関係との絡みでさまざまな問題が生じるからだ。

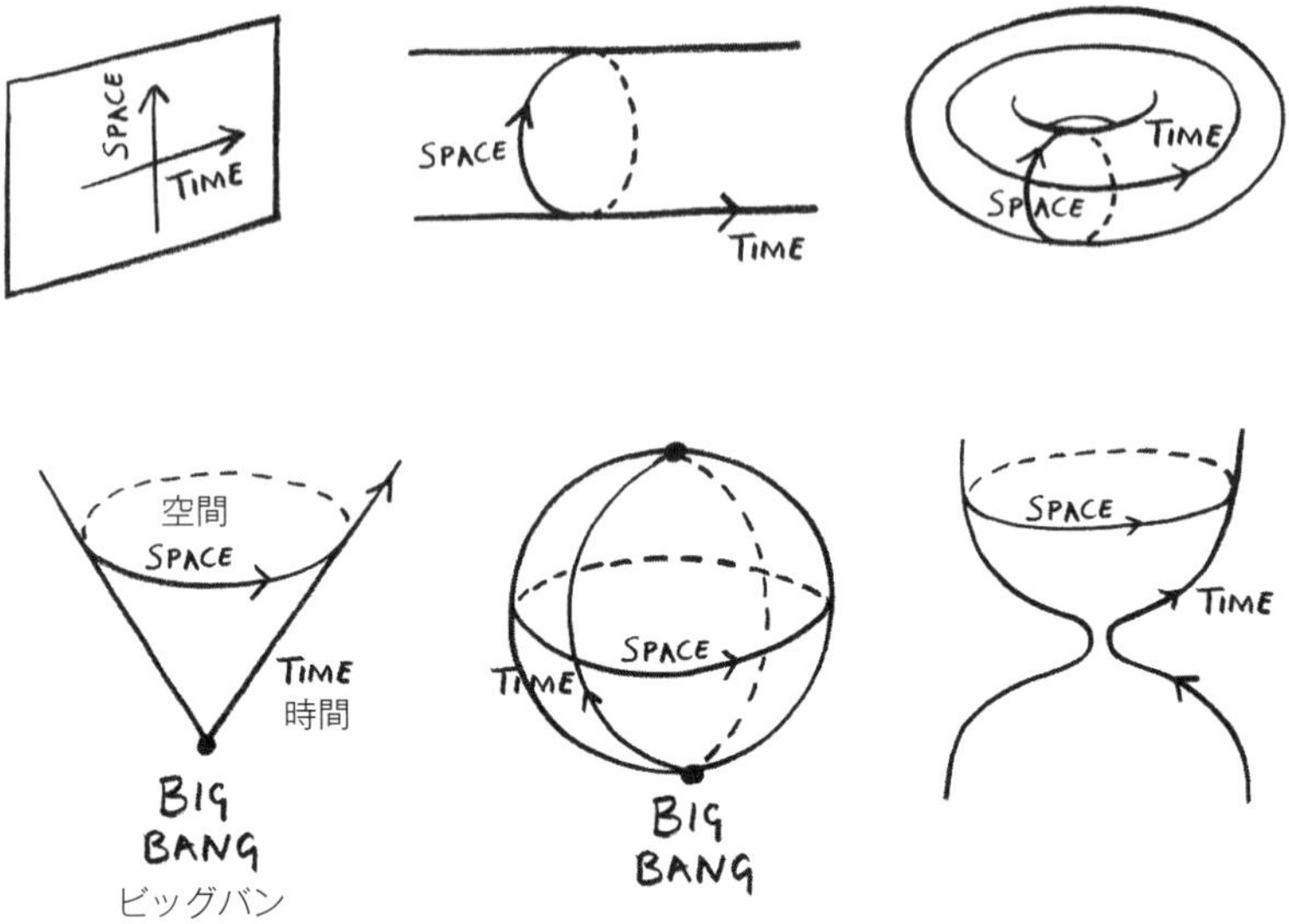

二次元の時空間として考えられる形

時空間のより現実的な図を描こうとすると、現時点での宇宙の歴史のモデル——始まりとして、ビッグバンを含むモデル——を考慮に入れた形状を作る必要がある。わが二次元の時空間宇宙にこの特異点を取り込むには、面を円錐形にまとめればよい。ただの円でしかない宇宙空間は、時間を遡るにつれてどんどん縮み、ついには円錐のてっぺんの点に行き着く。これが時間の始まりだ。そしてその前には何もない。空間もなければ、時間もない。ただ密度が無限の点があるだけだ。これは、ビッグバンのようなものの良いモデルといえる。

あるいは、時空間はある一点でつまんだような形ではなく、球のようなもの、地球の表面のような形をしているのかもしれない。このように考えると、「ビッグバンの前に何が起きたか」という問いの答えも変わってくる。球状のものの経度に沿って南に向かうと南極に行き当たり、そこで突然ぱたんと裏返しになって、気がつくと、逆側の別の経度線に乗っている。といっても、経度というのは人間が地球上の点に振った数字でしかないわけで……。実は図形のなかに不連続な裏返しがあるのではなく、測定方法に飛躍があるだけのことなのだ。

そのため座標を変えると、特異点と思われていたものがきわめてなめらかに見えてくる。ホーキングが時間の概念として示したもののなかにも、このようなモデルがある。おそらく時空間を、時間が止まっているように見えるビッグバンの点が南極になるような、そんな図形に埋め込む必要があるのだろう。「南極の南は何ですか?」という問いは、実は意味を成さない。

なにか答えが得られそうにない問いが生じたと思っていたら、ほんとうはその問い方が適切でないことに気づかされるというのは、じつはよくある話で、ハイゼンベルクの不確定性原理が述べているのは、わたしたちが粒子の運動量と位置を同時に知ることはできないということではなく、むしろこの二つがじつは同時には存在しないということなのだ。「ビッグバンの前になにが起きたのか」という問いの答えは決して不可知ではないということを示すべく、これに似た努力がいろいろと行われてきた。答えを知りえないのではなく、この問いそのものが無意味だというのである。「前」について話すからには時間が存在すると仮定しているわけだが、時間がビッグバンの後にしか存在しないとしたら、いったいどうなるんだ?

時空間の形を考えるなかで、わたしにも、多くの科学者がビッグバン以前の時間を理解するという問題を無意味だとして退けてきた理由が、何となくわかってきた。そうはいっても、ビッグバン以前にも歴史となりうる時間があるような別の形の宇宙がいっさい考えられないというわけではない。円錐が点になって終わるのではなく、ビッグバンの前の宇宙につながっていたとしたらどうか。ビッグバンに向かって遡っていったときの時間の歴史がどんなものなのかをほんとうに感じ取りたいのなら、重力がどんどん増して空間が一点に近づいたときに、時間がどうなるかを理解する必要がある。実はこれが、アインシュタインの二つ目の大発見だった。曰く、重力もまた、時を刻む時計に影響を及ぼす。

摩天楼がみなさんにとってよろしくない理由

アインシュタインによる時間の性質に対する攻撃の第二弾、それは重力の統合だった。一九〇七年から一九一五年にかけて展開されたアインシュタインの一般相対性理論によると、重力はきわめて幾何学的なものだった。重力は実は力ではなく、この時空間という四次元シートの曲がり具合なのだ。月が地球のまわりを回るのは、地球の質量によって時空間の形がゆがんでいるからで、その結果、月は地球のまわりの曲がった時空間の形に沿って転がる。重力は幻であって、力などどこにもない。物体は時空間の形状に従って自由落下しているだけで、わたしたちが観察しているのは、この空間の曲率なのだ。そうはいっても、質量の大きな物体が空間の形をゆがめられるのであれば、時間にもその影響が及ぶはずだ。

これもまた、アインシュタインが発見した素晴らしい事実で、そのうえこれも「等価原理」に基づいていた。特殊相対性理論から奇妙な結果が得られるのは相対性原理が成り立つからで、相対性原理によると、自分が動いているのか周囲が動いているのかを断定することは不可能なのだ。アインシュタインはこれと同じような等価原理を、重力や加速に適用した。

窓がない宇宙船に乗って宇宙空間に浮いているときに、その真下に質量の大きい惑星を据えると、なかにいる人は床に向かって引っ張られる。この場合は、重力による力がかかるからだ。しかし、惑星を据える代わりに宇宙船を上に加速したとしても、まったく同じように床に向かって引っ張られる感じがする。アインシュタインは、この二つを区別する方法はないと仮定した。つまり、重力と加速度は同じ効果を生むのだ。

ところがこの原理を宇宙船のなかの光子時計に適用すると、きわめて衝撃的な事実が明らかになるのだ。今、宇宙船の高さがロンドンの高層ビル、ザ・シャード――高さ三一〇メートル――くらいだったとして、その一番下に一つ、てっぺんにも一つ光子時計を設置したとしよう。そしてそれぞれの時計のそばに陣取った宇宙飛行士に手伝わせて、これら二つの時計の動きを比べる。

今、宇宙船の一番下の飛行士は、自分の見ている時計がかちっと動くたびに、てっぺんにいる飛行士に向かって光パルスを送る。そこでてっぺんの飛行士は、この光パルスと自分の時計とを比べる。重力による加速がなければ、パルスの到着と同時に時計が時を刻む。そこで今度は、宇宙船をてっぺんの方向に加速する。このとき、一番下でパルスを発すると、宇宙船は加速しているので、発した光が移動する距離は次第に長くなる。このため各パルスがてっぺんに着くまでの時間はどんどん長くなり、てっぺんの飛行士が受けるパルスはどんどん遅くなる。これは、わたしたちも音で経験したことがあるドップラー効果――音源が遠ざかると周波数が減って、音が低くなる――と同じタイプの現象なのだが、この場合は、宇宙船が一定の速度で飛んでいるのではなく加速しているという点に注目してほしい。

さて、周波数が下がるということは、宇宙船の一番下の時計がてっぺんの時計よりゆっくり時を

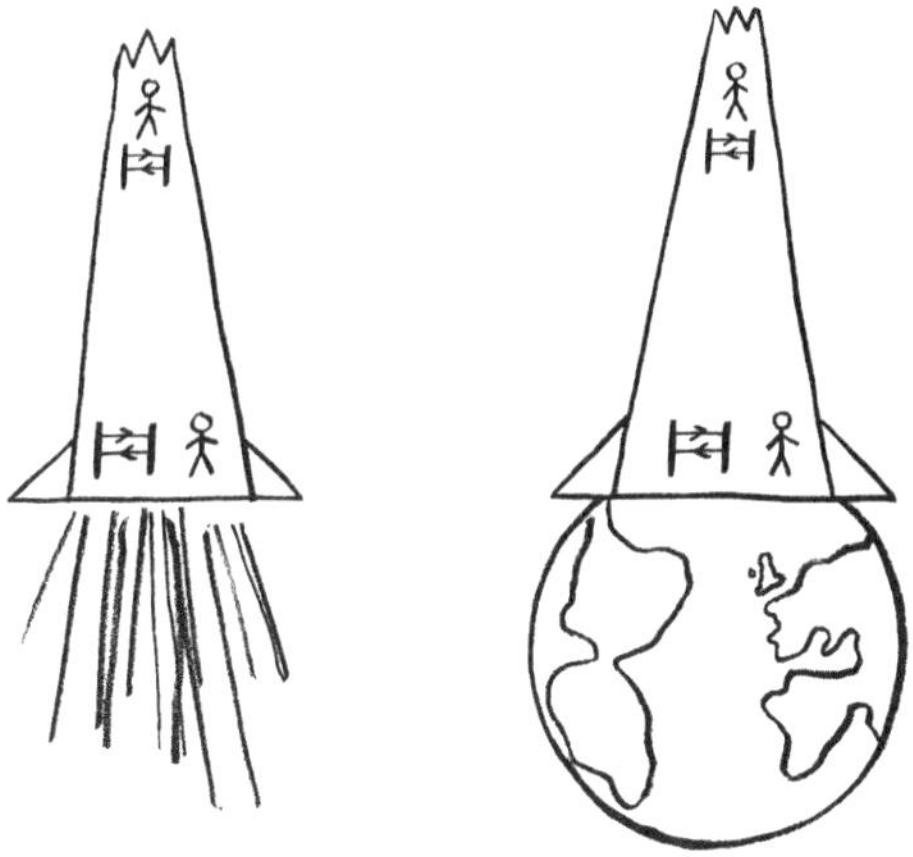

加速と重力は同じ効果を生み、摩天楼宇宙船の一番下の時計を遅らせる。

刻んでいるということだ。ではこの実験を逆にして、てっぺんの飛行士が一番下の飛行士にパルスを送ることにするとどうなるか。一番下の飛行士はパルスに近づくから、自分が送っているパルスよりも受けるパルスのほうが速くなる。したがって、この飛行士は、自分の時計がてっぺんの時計よりゆっくり時を刻んでいることを追認することになる。いっぽう、互いに対して一定の速度で移動する二つの時計の場合には、どちらの飛行士も自分の時計のほうが早く時を刻んでいると考えることになる。

ここで、この実験の加速を重力で置き換えると、面白い結果が得られる。アインシュタインの等価原理によると、加速が宇宙船の時計にどのような影響を与えるにしても、重力はそれと同じ影響を与えるはずだ。したがってこの巨大なシャード型宇宙船の下に大きな惑星を据えると、宇宙船が加速しているときと同じ現象が起きるはずだ。つまり、宇宙船の一番下の時計は、てっぺんの時計より遅くなる。

年を重ねる人間の身体は、一種の時計と見なすことができるので、これはつまり、地球に近い人のほうが加齢が遅いということだ。ロンドンのシャードのてっぺんで働いている人たちは、一階で働いている人たちより早く年を取る。もちろんこの場合の時計の刻みの差はきわめて小さいが、これが地上の原子時計の刻みと衛星上の時計の刻みとなると、その差はかなりのものになる。二つの時計が異なる重力を経験するために、結果として異なる速度で時を刻むことになるのだ。ＧＰＳの機能にはこれらの原子時計が組み込まれているので、ＧＰＳ装置の精度を保つには、重力が時間に及ぼす影響を考慮する必要がある。

非対称な双子

ここで、アインシュタインのこの新たな世界における時間の奇妙な性質を示す、ある古典的な物語を紹介しよう。その物語は、双子を――というか双子の片方を――宇宙旅行に送り出すところから始まる。この物語が特にわたしにとって身近な感じがするのは、うちにもマガリーとイナという双子の娘がいるからだ。この物語が特にわたしにとって身近な感じがするのは、うちにもマガリーとイナという

と、相対性の物理学によって、イナを光速に近いスピードの宇宙船で送り出し、その後に地球に連れ帰ると、相対性の物理学によって、イナ自身は一〇年しか留守にしていなかったと感じているのに、双子の片割れであるマガリーは体内時計の刻みが速くなっていて、八〇代にさしかかっていることになるのだ。

この物語の非対称性をほんとうの意味で理解するには、アインシュタインが発見した重力と加速度が時間に及ぼす影響を考えに入れる必要がある。イナが光速に近い一定のスピードで旅をしている間は、アインシュタインの第一の発見によって、双子はいずれも、動いているのが自分なのか相手なのか判断できない。イナはマガリーの時計が遅くなったと考え、マガリーはイナの時計が遅くなったと考えるのだ。それならなぜ、地球に戻ったときにイナのほうが若いのか。どうして二人は同じ年にならないのか。

イナがなぜ戻ってきたときに若いのかというと、一定の速度に達するまでに、加速する必要があるからだ。さらに、向きを変えるときにも、減速してから逆方向に加速する必要がある。そのため、イナの時計は地球上で加速せずにいる片割れの時計より遅くなる。この非対称性があるせいで、イナはマガリーの未来に向かって進む。この二人を逆向きに進む宇宙船で送り出し、再び地球に連れて帰ったとしたら、戻ってきた二人は同じ年齢で、地球上のすべての人が二人より早く年を取っているはずだ。

アインシュタインの一般相対性理論によって、質量がある物体のまわりでは、時間も空間も引っ張られることが明らかになった。重力は、実はこの時空間の表面のゆがみなのだ。質量がある物体

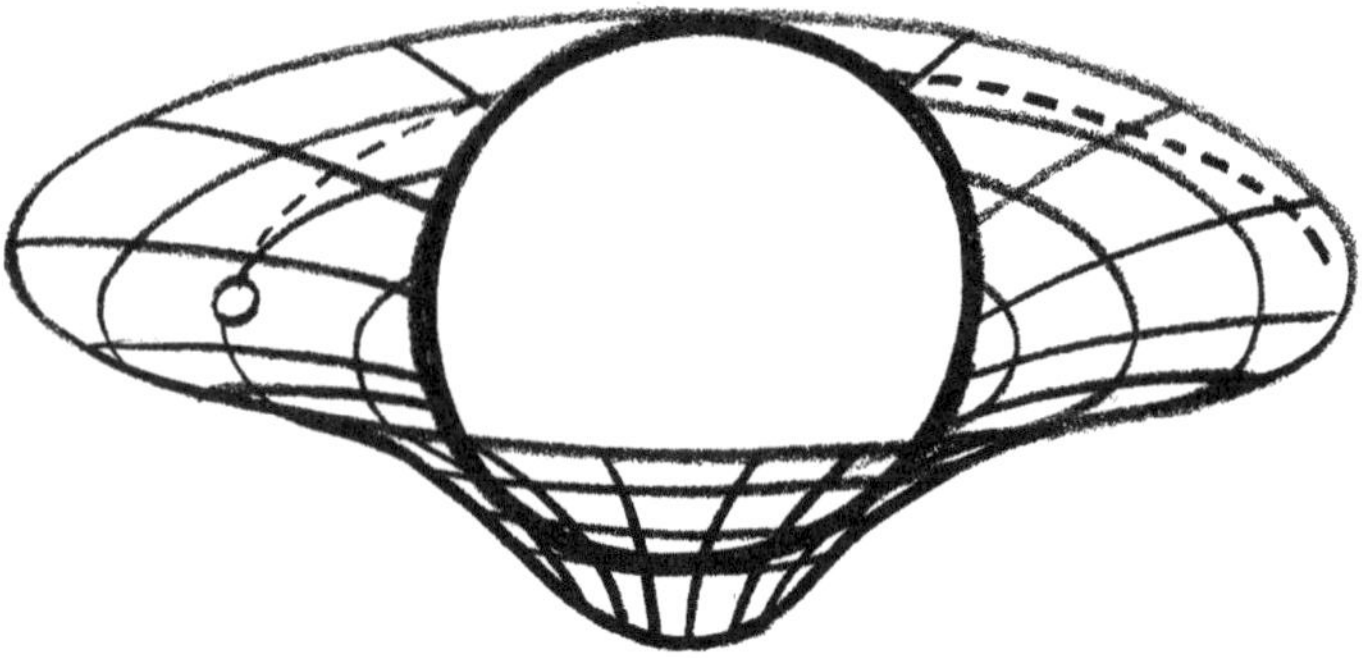

は、時空間の表面を曲げる。この現象を思い描く方法として有名なのが、時空間を二次元の表面に喩えて、質量の影響をこの表面に置いたボールの影響と見なすやり方だ。ボールは表面を押し下げて、へこみを作る。このとき重力を、物体がこのへこみに引きつけられる様子と見なすことができる。

　このような時空間のゆがみは、光にも面白い影響を及ぼす。光は二点間の最短経路を通る。そしてこれが、「直」線の定義でもある。しかし今考えているのは時空間での線であって、この空間における距離は、時間と空間の座標を含むミンコフスキーの式で算出される。ところがおかしなことに、この式を使って求めた時空間の二点間の距離は、光の到達時間が長ければ長いほど短くなる。

　そのため光は、この時空間での最短経路として、移動距離を最小にすることと移動時間を最大にすることのバランスがとれた軌道を進もうとする。こうして光の粒子が本質的に自由落下の軌跡をたどると、粒子にくっついている時計の刻みは速くなる。そして光が重力に逆らうと、加速することになって、時計は遅れる。このためアインシュタインの理論によれば、大きな質量が存在すると、光が曲がる。相対性理論からこのような予測が得られるとは誰も考えていなかったが、それでも検証することはできた。科学理論にとっては、まさに完璧な筋書きだ。

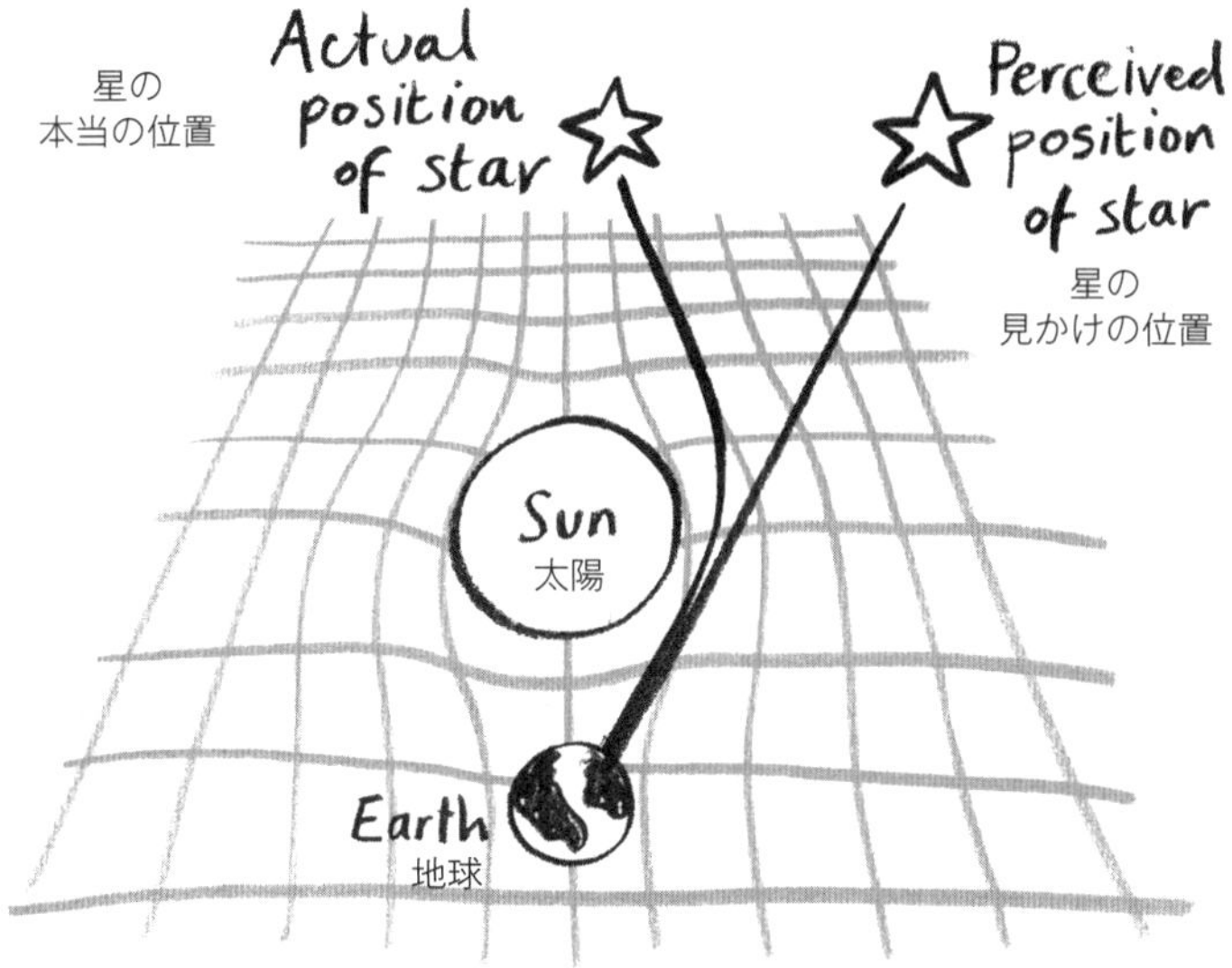

曲がった時空間というこの描像を裏付ける強力な証拠をもたらしたのは、イギリスの天文学者アーサー・エディントン（一八八二―一九四四）だった。一九一九年の日食の最中に、遠くの星から届く光を観測したのだ。相対性理論によると、遠くの星から来る光は太陽の重力効果によって曲がるはずだった。しかし、空の星をきちんと見るには、日食で太陽のまぶしい光が遮られるのを待つ必要があった。この日食の最中の観察から、どうやら光が実際に巨大な質量を持つ物体のまわりで曲がっているらしいということが明らかになり、時空間における最短経路がユークリッドの直線ではなく曲がっていることが確認されたのだった。

最短経路が直線でない、という現象は、地球のうえでも起きていて、たとえばロンドンからニューヨークに向かう飛行機は、地図から予想される直線とは別の、グリーンランドのうえを通過する曲がった経路を取る。この曲がった線が、地球上の二点を結ぶ最短経路なのだ。そして光もまた、星から地球上のエディントンの望遠鏡までの最短経路を見つけたのだった。

エディントンがアインシュタインの考えを裏付けるこの観察結果を発表したのは、一九一九年一一月六日のことだった。この偉大な業績は、数日のうちに世界中の新聞の紙面を賑わすこととなった。「ニューヨーク・タイムズ」紙の紙面には、「アインシュタインの理論の勝利！　あるはずのところに星がない。でも心配はご無用」という見出しが躍り、ロンドンの「タイムズ」紙は「科学革命」とぶち上げた。今日わたしたちは、ヒッグス粒子や重力波が新聞の見出しになることにかなり慣れているが、たぶんこれが、科学における業績がかくも大々的に一般大衆に喧伝された最初の例だったのだろう。それまでほぼ無名だった四〇歳のアインシュタインは、新たなニュートンとしてジャーナリストに喧伝され、一躍国際的な有名人となった。

空間や時間がねじれるなんてめまいがしてくる、という方も、どうかさじを投げたりなさらないように。お仲間は大勢いるのだから。エディントンが、光は曲がるという発見を発表すると、ある同僚が側にきて、お祝いをいった。「世界中でアインシュタインの理論を理解できている人間はたった三人しかいないが、きみはそのうちの一人に違いない」エディントンがなにもいわずにいると、その同僚は励ますようにいった。「ほらほら、そんなに謙遜しなくていいから」「その逆だよ」とエディントンはいった。「三人目ってのは誰のことかな、と考えていたんだ」

ところが、ビッグバンまで遡ったときに時間に何が起きるのかを記述しようとした結果、エディントンが理解したアインシュタインの理論までが試されることとなったのだった。

第十章

時間が止まっている場所がある。雨粒はじっと宙づりになっている。時計の振り子は揺れかけて止まっている。犬たちは鼻面をあげて音もなく遠吠えをしている。道行く人々はほこりっぽい通りで固まり、足は操り人形のように曲がっている。あたりには、ナツメヤシの実や、マンゴーやコリアンダーやクミンの香りが漂っている。

アラン・ライトマン『アインシュタインの夢』

わたしは、自分の腕時計のデザインがかなり気に入っている。盤面はシンプルで、銀色の円盤に茶色の正方形がはまっている。シンメトリーなところが気に入っているのだが、それでも正方形と円のあいだにはかすかな緊張感が漂っている。それに、そんなに高価でないところもいい。なにしろわたしは、しじゅう時計をなくしているから。

この前の腕時計は、ニュージーランドの最高峰、マウント・クックの氷河の傍らにある湖でカヤックを漕いでいるときに、わたしの腕からすり抜けた。時計を手で掬い上げようとしたが、水は肌を刺すように冷たく、二秒と手を浸けておけなかった。もっともその時にはもう、わたしは時を計る術を失っていたのだが……。水面から姿を消したあの時計は、今ではなかの機械もさび、凍り付いていることだろう。マウント・クックから流れ出す氷河の水が、時の刻みを止めたのだ。

今腕にはめている時計の刻みを凍り付かせたければ、アインシュタインの方程式に潜んでいる数学的な特異点に落とせばよい。一般相対性理論によると、そこではどんなに頑強な時計も止まるという。ただし、ブラックホールと呼ばれるこれらの特異点を調べるには、カヤックではなく宇宙船が必要になる。

その先を知りえない地平線

宇宙が——物質がただ一様に広がっている場ではなく——こんなに興味深い場となったのは、重力によって原子がほかの原子を引きつけているからだ。そのためすべてが完璧に釣り合うまでは、物質がほかの物質のほうへと移動するのを目撃し続けることになる。ただし面白いことに、重力による引力は、物質が別の物質に近づくほど強くなる。こうやって物質同士が引き合った結果、太陽のような恒星が生まれるわけだが、さらにこの力によって、時空間におけるさらに破滅的な事態が生じることがある。

原子のなかでもっとも単純なのは水素原子で、これは、一つの電子と一つの陽子が電磁力でくっついたものだ。水素原子がふたつあると、重力で互いに相手を引っ張りはじめる。そしてどんどん近づいた二つの原子は、やがて互いにぶつかり始める。水素原子の数を増やすと、衝突はどんどん活発になり、原子同士が弾むだけではすまなくなる。核融合の条件が整い、恒星が生まれるのだ。具体的には、水素原子が融合してヘリウム原子になる。その過程でエネルギーを発し、このエネルギーを放出する際に外向きの圧力が生まれる。地球上のわたしたちの生命は、このエネルギーに支えられているのだ。こうなると恒星はそれ以上崩壊せず、安定した状態が続く。なぜなら重力による内向きの力が、融合過程で放出されるエネルギーの外向きの圧力と釣り合うからだ。

やがてどこかの時点で、すべての水素原子が使い果たされる。恒星によっては、さらに内部での融合が続き、ヘリウムが周期表のもっと先の原子になることもある。地球上で見られる多くの原子、鉄や酸素、生命を作るのに欠かせない炭素などは、すべて恒星内部でこのような軽い原子の融合が続いた結果できたものなのだ。しかし恒星も最後には燃料が尽きて、このような融合を続けることができなくなる。そうなると再び重力が勝って恒星は収縮しはじめ、量子物理学の出番となる。粒子を閉じ込めた空間をどんどん狭くすると、その位置に関して多くのことがわかってくる。するとハイゼンベルクの不確定性原理から、これとバランスを取るように、粒子の速度がどんどん不確かになる。そして、互いに遠ざかろうとする粒子の動きが重力の引力と拮抗すると第二の安定期が始まり、恒星は白色矮星と呼ばれるものになる。

ところが、一九三〇年にインドの物理学者スブラマニアン・チャンドラセカール（一九一〇―九五）は、この筋書きにひとつ問題があることに気がついた。ケンブリッジの博士課程で研究をはじめるべく、インドから乗り込んだ船の上で、これらの粒子の動く速度が特殊相対性理論によって制限されていることを突きとめたのだ。ということは、恒星の質量が一定の値を超えていれば、重力がこの速度限界に勝ち、恒星はさらに崩壊し続けて、密度がどんどん大きくなる空間領域が生み出されるはずだ。長旅の暇を潰そうと、試しに計算をしてみると、太陽の質量の一・四倍の恒星は例外なくこのような運命をたどることが明らかになった。金やウラニウムといった元素を生み出す超新星は、大変動を伴うこのような崩壊によって生じるのである。

これらの高密度な点のまわりの空間はひどく曲がっているので、光は内側に閉じ込められたままで、外に出ることができない。なぜこの領域に物が囚われてしまうのかを感覚的に摑むには、宙にボールを投げ上げるところを想像してみるとよい。地上の場合には、ボールを十分大きな速度で打ち上げさえすれば、ボールを地球の重力による引力から逃れさせることができる。その際にボールを逃がすのに必要な速度を、脱出速度という。だがここで、地球の質量をどんどん増していくとどうなるか。重力による引力から逃げ出すのに必要な速度も、どんどん大きくなる。そしてそのうちに、地球の質量が膨大になってある値を超え、ボールを逃がすのに必要な速度が光の速度を超えることになる。するとボールは、その巨大地球に埋まってしまう。ある点より先に行けなくなり、地球に引き戻されてしまうのだ。

今述べたのは、アインシュタイン以前の古典的な重力像である。ラプラスやイギリスの物理学者ジョン・ミッチェル（一七二四―九三）は、一八世紀末にすでに、光もまた質量の大きな物体に閉じ込められる可能性があるのではないかと考えていた。しかし、その一〇〇年後にマイケルソンとモーリーが発見した、光は真空のなかでは常に同じ速度で進むという事実からいって、光の振る舞いとボールの振る舞いは異なるはずだった。ラプラスやミッチェルは重力によって光の速度が落ちると考えていたが、そんなことはありえない。ところが、重力は時空間のゆがみによってもたらされる、というアインシュタインの説に従うと、それでも光は逃げられなくなる。アインシュタインの理論から、空間には（質量を持たなくても、空間のゆがみには影響される）光ですら逃げ出せないくらい曲がった領域が存在するはずなのだ。空間がひどく曲がっているせいで、さすがの光にもまったく逃げ道が見つからず、ねじ曲げられて高密度の領域に戻ってしまう。一九六七年にアメリカの物理学者ジョン・ホイーラー（一九一一―二〇〇八）はふとした気まぐれで、これらの領域について論じる際に「ブラックホール」という言葉を使った。リチャード・ファインマンにいわせると、実に卑猥な呼び名だった。フランス語の黒い穴《トゥル・ノワール》にまったく別の意味があるからなのだが、それでも、この名前は定着した。

崩壊する恒星の中央から遠ざかるにつれて、重力の影響は減る。したがって、ブラックホールを中心とするある球状の境界があって、そこが帰還不能ラインとなる。つまり、この球の外側の光は逃げ出すことができるが、この境界の内側のものはすべて――光にしろ何にしろ――脱出速度に至らずに、そのまま閉じ込められるのだ。この球を、ブラックホールの「事象の地平線」という。なぜなら、この球の外側にいるものは誰一人として、内側で起きている事象を目撃することができないからだ。

恒星の質量がある値を超えないと、すべての質量がその内部で崩壊するような球は生じない。たとえば地球の質量は小さすぎて、ブラックホールができない。地球の質量でブラックホールを作ろうとすると、地球の全質量をたった半径一センチメートルの球に詰め込まなくてはならないのだ。太陽でも質量不足で、太陽の質量に対する事象の地平線の半径は、たったの三キロメートルしかない。ところが恒星の質量が太陽の質量の一・四倍になると、重力による内向きの圧力が閉じ込められた物質の強烈な運動量が生み出す外向きの圧力に勝って、すべての質量が事象の地平線の内側で崩壊するようになる。

アインシュタインによる重力方程式の発表に続いて、一九一五年にブラックホールが理論的に提示されてからこのかた、この概念はずっと熱い議論の対象となってきた。恒星は崩壊する際にそのような立ち入り禁止の領域を作らないようにしているはずだ、と主張する人もいた。たぶん恒星は質量を放り出すのだろう。その可能性も確かにあるのだが、恒星の質量が太陽の二〇倍になると、その質量の九五パーセントを放り出さない限り、ブラックホールができてしまう。しかし、いくらなんでも九五パーセントも放り出すなんて、そんなことはありそうにない。それでもまだ、時空間にこんな領域が生じるはずはない、という主張は残った。

このような高密度領域だと思われる例がはじめて見つかったのは、一九六四年のことだった。質量と凝縮の度合いを計算した結果、一九七一年には、はくちょう座X－1と呼ばれるその天体はおそらくブラックホールであろうという予想が立てられた。それでも、みんながみんな納得したわけではなかった。実際一九七五年には、ある有名な人物がはくちょう座X－1はブラックホールではない、というほうに賭けた。かのスティーヴン・ホーキングである。ホーキング自身がその研究人生のほとんどをブラックホールの性質の解明に捧げてきたことを考えると、これはいささか妙な話だった。はくちょう座X－1がブラックホールの最初の例だということが明らかになれば、ホーキングの理論が裏付けられることになるのに……。

本人が『ホーキング、宇宙を語る』のなかで説明しているのだが、この賭は、一種の保険だった。自分がひいきするサッカーチームがFA杯（世界でもっとも歴史があるサッカーの大会）で勝つことの逆に賭ければ、いわばウィンウィンの状況になる。なぜなら、チームが負けたとしても、金銭的には得をするからだ。ホーキングがその生涯をかけたブラックホールの研究が時間の無駄だったとしても、少なくとも賭には勝てる。ではその賞金はというと？　自分の研究が失敗に終わったという不幸を紛らわすのにうってつけの、イギリスの風刺雑誌「プライベート・アイ」の購読だった。この賭に乗ったのは、同僚の宇宙論学者キップ・ソーン（一九四〇－）だった。はくちょう座X－1が実際にブラックホールであることを示す説得力のある証拠が出れば、ソーンも自分で選んだ雑誌を購読することができるということになった。ソーンは、男性向け月刊誌の「ペントハウス」を選んだ。

一九九〇年には、すでにはくちょう座X－1が実際にブラックホールであるという証拠がたくさん集まっていた。この星の質量は太陽の一四・八倍と見積もられているが、これは、恒星にしてはコンパクトすぎる。さらに、この星の事象の地平線は四四キロメートルとされている。半径四四キロメートルのこの球体――直径でいうとオクスフォードからケンブリッジまでの距離――のなかからは、どんな光も逃げ出せないのだ。ホーキングはあらゆるデータを勘案して、負けを認めた。ソーンはめでたく「ペントハウス」を購読することになり、妻は大いに嘆いたという。

それにしても、数学の観点からいうと、これらのブラックホールにはなにやら不穏なところがあった。本当に存在しうるのか？　と思わせる何かがあったのだ。恒星が崩壊すると密度の高い点が生じて、絶え間ない重力の引っ張りに抗するものは何も残らないように思われた。これらの恒星が崩壊を続けてどんどん小さくなり、どんどん密度が高くなっていったとき、爆縮を止めるものはどこにもないと思われたのだ。ということは、どんどん崩壊し続けて、密度が無限の特異点ができることになるのか？　この物理的な無限という概念は、強烈な敵意に晒されることとなった。

アインシュタイン自身も、数学からこのような結論が出るなんてナンセンスだということを証明しようとした。エディントンは数学によって物理的な無限が導かれることを理解したものの、それでも受け入れようとしなかった。「その意味を理解せずに結果を証明した場合、数式の迷路から転がり出てきた予想外の結果に関しては、それが当てはまると考える根拠はない」ところが一九六四年に、オクスフォードの数学者ロジャー・ペンローズ（一九三一―）が一般相対性理論から必然的にこのような特異点が導かれることを証明してみせた。

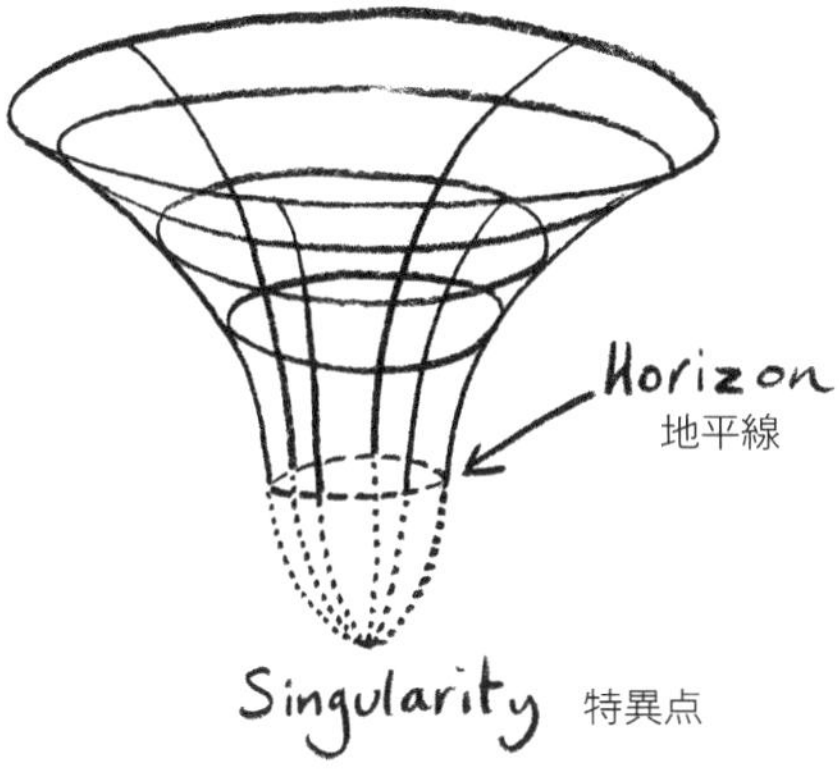

二次元の時空間におけるブラックホール
事象の地平線は円で、その中は決して知りえない

ペンローズは若きスティーヴン・ホーキングと力を合わせ、宇宙の時間を巻き戻してビッグバンに至ったときにも、同じような無限密度が存在したことを証明したのである。ブラックホールやビッグバンは、数学の世界に実在する特異点なるものの一般相対性理論に表れた例なのだ。特異点は何が起きているのかを探り出すことが不可能なあらゆる状況を網羅していて、この点で起きていることはまったくわからない。つまり、モデルとなる筋書きを作ることができないのだ。わたしたちは降参して、わかりません！　と明言するしかないのである。

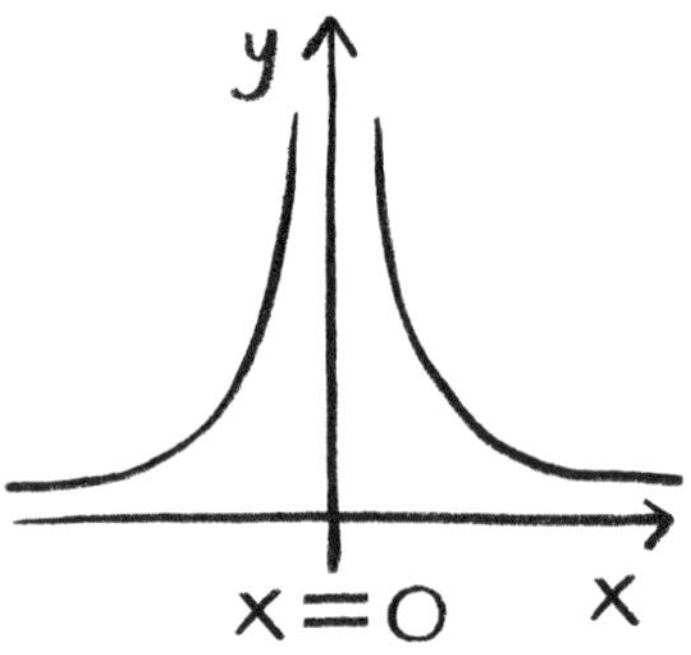

$1/x^2$ のグラフ
この関数の $x=0$ には特異点がある

特異点

特異点とは、数学的な関数が破綻する点のことである。数学的な関数にはちょっとコンピュータのプログラムと似たところがあって、関数に数を入れると、計算が行われて答えが出てくる。数学者は、グラフを使って関数を目に見える形で表すことが多い。入力の値を水平な線上にとって、その入力に対する出力を線の上側の領域にプロットすると、曲線が浮かび上がるのだ。

たとえば、質量が大きい物体（たとえば惑星）からある点までの距離を入力とし、その物体が点に及ぼす重力の引力を出力とする関数を考えてみよう。ニュートンは、物体までの距離が大きければ大きいほど、引力が弱くなることに気がついた。そして、引力と距離のあいだにきわめて厳密な関係が成り立っていることを発見した。ニュートンの関数によると、わたしが惑星から距離 x のところにいる場合、重力による引力は $1/x^2$ に比例する。これが、逆二乗の法則の意味なのだ。この関数を、右のような図で表すことができる。

ところが件の物体にどんどん近づいていくと、面白いことが起きる。引力はどんどん大きくなり、最後に距離が $x=0$ になると、出力は無限大になってグラフが値を持たなくなるのだ。もちろん実際には、距離を惑星の重力の中心から測っているので、惑星の表面にたどり着いたとたんに関数やグラフ自体が変わることになる。なぜなら表面を通り抜けたとたんに、惑星の一部がわたしを逆方向に引っ張り始めるからだ。そして重力の中心に達すると、すべての引力が均衡して重力ゼロ状態を経験することになる。では、この惑星をブラックホール——つまりあらゆる質量が一点に詰め込まれているはずの空間領域——で置き換えるとどうなるか。このときその点の密度は無限大になり、しかもその点に近づくことができて、その点に達したところで重力の引力は無限になる。

関数が実は$x=0$で意味を持たないとき、数学者は、そこに特異点があるという。特異点にもいろいろあるが、いずれにしても、その関数には合理的な出力を持たない点、あるいはある値から別の値に突然不連続に飛ぶ点が存在するのだ。

ごく素朴な特異点の例を実際に見てみたければ、テーブルの上で硬貨を回転させてみるとよい。空気抵抗がなくてテーブルの摩擦もなければ、硬貨は永遠に一定の速度で回転し続ける。ところが実際にはエネルギーが失われていくので、永遠に回り続けることは不可能だ。その代わりに、硬貨がテーブルと成す角度は小さくなり、それと比例するように回転速度が増す。そして角度がゼロに近づくと、速度は無限大へと向かい、ついに硬貨はテーブルに落ちると同時にぶるぶる震え——この時、ぶんぶんという音の周波数が急激に増す——突然激しく震えて、止まる。

この場合の硬貨の運動方程式を見ると、硬貨の回転速度が有限時間後に無限になるような割合で増えていくことがわかる。そしてわたしたちの耳は、この変化を音の周波数が急激に増す現象として捉える。つまり、回転する硬貨は特異点の一例なのだ。もちろん、ほかにもさまざまな事柄が影響するので、このような数学的無限が完全に実現されるわけではない。それでも——この事実は、物理の方程式がブラックホールの内部でだけ無限を生みだすわけではないことを示している。

さらにいえば、惑星の運動に関するニュートンの方程式ですら、特異点を生み出す場合がある。「最果ての地　その一」の最後で紹介したように、かつて夏志宏という数学者が、五つの惑星をある配置にしておくと、そのうちの一つがその系からはき出されて無限の速度に達することを明らかにした。ところがその方程式を見ても、問題の惑星が天文学における特異点に至ったときに何が起きるのかは、まったくわからないのだ。

通常特異点では無限が入り込んできて、その先を予測することが不可能になる。このような特異点が生じるのは、実は物理だけではない。たとえば工学者のハインツ・フォン・フェルスター、パトリシア・モーラ、ローレンス・アミオットが一九六〇年の論文で発表した有名な知見によると、この地球でも深刻な特異点が予測されるという。地球上の全人口の伸び率が一九六〇年までに観察されてきたパターンに従うとすると、二〇二六年の一一月一三日には地球上の人口が無限大になるようなのだ。ちなみに迷信深い人のためにいっておくと、たまたまこの日は金曜日である。

人口ないし個体数の伸びをもっとも単純に模したモデルでは、人口の伸びは指数的であるとされる。たとえば、ある種の個体数が五〇年ごとに倍になる、といった具合だ。このようなモデルではすぐに人口爆発が起きるが、決して無限大にはならない。ところがこの論文の著者たちが過去のデータを解析してみると、どうやら人口が倍になるまでにかかる時間はどんどん短くなっていると思われた。

西暦零年に二億五〇〇〇万だった人口が倍の五億になったのは一六五〇年だから、二倍になるのに一六五〇年かかった計算だ。ところが、その二〇〇年後の一八五〇年には、人口が倍の一〇億になっている。しかも、人口がさらにその倍の二〇億になるまでにはたったの八〇年しかかかっておらず、さらにその三六年後の一九七六年には人口が四〇億になっている。つまり、人口増加の速度は指数関数より速いのだ。そのため著者たちは、一九六〇年の時点での手元のデータから、地球上の人口は今、つまり二〇一六年の約一〇年後には特異点に達すると予測したのである。

もう一つ、このような超指数的な伸びを示すものの例として、コンピュータの能力がある。ムーアの法則という格言があって、それによると、コンピュータは一八カ月ごとにその能力が倍増する。この程度の伸びなら、たしかにコンピュータは強力になるが、別に特異点に至るわけではない。ところがこれとは別に、人口が倍増するまでの時間がどんどん短くなっているように、技術力の倍増に要する時間もどんどん短くなっているという説があるのだ。こうなると、技術における特異点《シンギュラリティ》が存在する可能性が出てくるということで、「シンギュラリティ運動」なるものが始まった。投資家であり未来学者であるレイ・カーツワイル（一九四八―）はその著書『ポスト・ヒューマン誕生　コンピューターが人類の知性を超えるとき』（邦訳はNHK出版、二〇〇七年）で、二〇四五年にこのシンギュラリティが人類を襲うだろうと述べている。カーツワイルによれば、人類はこの年に自分たちの知能を超える人工知能を作れるようになる。そしてその瞬間に、この特異点以降の生活に関する人間の予測能力は破綻を来す。

数式を扱う場合には注意が必要だ。なぜなら、表には現れていないのに、特異点に近づいたときだけ意味を持つ部分が存在する可能性があるからで、その部分が大きな役割を演じると、無限の実現は阻止されることになる。人口増加の場合には、このような何かが確実に存在するといえる。なぜなら地球の表面積には限りがあるからで、人口がある閾値を超えると、増える人口の量が限られるのだ。

ビッグバンやブラックホールでも、同じようなことが起きる可能性がある。なかには、これらの極端な状況には一般相対性理論から得られる方程式をそのまま適用することはできない、と主張する人もいる。たとえば、実はアインシュタインの重力方程式に、特異点に近づいたときにだけ方程式に影響する新たな項を組み込む必要があるということが考えられる。極端な状況になるまでは事実上検出できず、それでいてその項が加わることによって、ビッグバンという名の特異点に近づいたときの状況が変わり、特異点に至ることが阻止されるような項を。ちょうど、アインシュタインが光速に近いスピードで移動する物体を扱うにあたって導入せざるを得なかった微妙な変更のようなもので、アインシュタインは、二つの速度の合成は、それらの速度が遅ければ単に二つの速度を足すだけでよいが、光速に近い場合はもっと慎重にする必要があることに気づいたのだった。この前の章でも示したように、動いている列車のなかで走っている男のプラットホームに対する速度を表す式は、男の速度と列車の速度を足して別の式で割ったものになる。速度が小さいあいだは、この二つ目の式の値がきわめて一に近いため、ほとんど影響が出ない。そのためにアインシュタイン以前の人々は、速度はただ足し合わせればよいと考えていた。ところが光速に近くなると、それまでとは別の振る舞いが前面に出てくる。これと同じことが、ビッグバンやブラックホールの近くでも起こりうるわけで、ひょっとすると一般相対性理論から得られた方程式には、極端な重力がある場合にのみ効いてくるさらなる項が必要なのかもしれない。

それにしても、宇宙に実際にこのような無限密度の特異点が存在するとしたら、これらの点は、時間にどのような影響を及ぼすのか。アインシュタインは、重力が増すと時間が遅くなることを発見した。では、極端に重力が大きいこれらの特異点に近づいたとき、わたしが腕にはめている時計はいったいどうなるのだろう。

ブラックホールの内に潜む未知なるもの

今かりにわたしが腕時計をブラックホールのなかに投げ込んだとすると、奇妙なことが起きる。地球のうえでブラックホールに落ちていく腕時計を観察していると、ある瞬間に時間が止まったように感じられる。時計の刻みはどんどん遅くなり、ついに時を刻まなくなる。そしてわが時計の像は凍り付き、消えてしまう。ブラックホールを取り囲む事象の地平線は、空間のなかの泡のようなもので、その内側では時が破壊されるらしい。つまり、時が続かなくなるのだ。したがって、ブラックホールの外にいる人間には、「後」がないように見える。ビッグバンへと遡る場合にも、この現象の逆回しが起きるのか。だとすると、ビッグバンには「前」がないのか？

　しかしここで思い出してほしいのだが、これは地球から見た図であって、その場合は地球上の時間とブラックホールに向かって落ちていく腕時計の時間を比べることになる。では、今かりに腕時計を手首にはめたままで、数学的特異点に向かう腕時計の旅にくっついていった人には何が見えるのか。この場合には、まったく違う経験をすることになる。地球からは、ブラックホールの事象の地平線に達した時点で腕時計が時を刻むのを止めるように見えるが、いっしょにくっついていった人間の目には、事象の地平線を越えた後も、時計はなんの問題もなく時を刻み続けているように見えるのだ。じっさい、この帰還不能線をいつ越えたのかも、その人にはわからない。

　だからといって、ブラックホールに落ちていく人間に何の問題も生じないというわけではない。というのも、無限密度の中心点に近づいたときに時空に起きることが、どうしても影響してくるからだ。ブラックホールの中心に足から落ちると、重力が頭より足のほうを強く引っ張るので、体が伸びてスパゲッティのようになる。そして有限の時間内に腕時計を含むあらゆるものが特異点に押しつぶされて、時間が終わる。ページを横切って引かれた線のように、端に達した時間は行き先を失うのである。

　そのほかの至るところでは、ただ淡々と時が刻まれている、というのもなんだか奇妙な話だ。おそらくこれと同じような運命が、わたしたち全員を待っているのだろう。自分が死ぬと、自分にとっての時は止まるが、自分の知らないところでは時が続いている。人は、自分自身の死を経験することができないように、時空間の特異点への到着も、経験することができないのだ。

　わたしが万一ブラックホールにはまったときのために、友人の物理学者が知恵を授けてくれた。流砂に落ちたときと同じで、もがかないのがベストだという。運命に向かってただ自由落下していったほうが、長く生きられる。なんだかひどく直観に反したことのように聞こえるんだが……。するとその友人は、重力や加速の影響で腕時計がどうなったか思い出してごらん、とわたしにいった。わたしが特異点から離れようともがくと加速することになって、自分がいるところの時間が遅くなる。加速が増すと、重力が増えるのと同じことになって、時計が遅れる。つまり、わたしは周囲の時空間の未来に走り込むことになるのだ。わが娘のイナが加速して、双子の片割れであるマガリーの未来に駆け込んだときのことを思い出してほしい。したがってわたしがもがけば、あまり年を取らずに特異点に到達するだろう。でもこれは、それほど良いことではない。なぜなら人生経験が少ないままで特異点に消え去ることになるからで、だったらもがいたりせずに、特異点に達するまでの時間を存分に享受したほうがはるかによい。

面白いことに、事象の地平線の外にいる人には、中で起きていることがまったくわからない。外側の人には、わたしが事象の地平線を越えた瞬間に時間が止まったように見えて、その後に何が起こっているかはいっさいわからないのだ。わたしにとってはその後もちゃんと続きがあって、スパゲッティのようにどんどん伸びることになるのだが……。というわけで、次に何が起きるのかという質問は、妥当な問いであるらしい。ちゃんと答えがあるのだから。ただしやっかいなことに、事象の地平線の外にいるかぎり、物理法則が邪魔をして、その答えにたどり着くことはできないのだ。

ビッグバンの前に——何かがあったとして——何が起きたかを知るという難題にも、これと同じ原理が適用できると思われていた。時間は、ブラックホールのなかで終わる。これに対してビッグバンは、恒星が崩壊してブラックホールになる過程を逆回しにしたようなものだ。したがってここでも、ビッグバンに近づくにつれて時間が止まると解釈すべきなのだろう。いいかえれば、時間には始まりがあり、時間そのものがビッグバンで始まったという結論になる。

時空間における特異点はいわば縁、端っこであって、その点の先はなく、それ以上どこにも行くところがない。時間や空間の縁というのは理解しづらいものだ。たとえもっと先に行くことが禁じられていたとしても、その先に何かがあるはずだと感じてしまう。

これらのブラックホールは、わたしたちの時間の概念に盾突くだけでなく、現代物理学が発見したもう一つの事実、情報は決して失われないという事実とも矛盾しているように思われる。

究極のペーパーシュレッダー

量子物理学の法則から、ある目覚しい結論を得ることができる。すなわち、量子物理学では巻き戻しが利くのだ。つまり、情報は決して失われない。そんなことをいわれても、ひどく直観に反しているような気がするが。たとえば、「プライベート・アイ」と「ペントハウス」を購読して、両方の雑誌を一年分燃やした場合、どちらの灰の山がどちらの雑誌だったのかは、まずわかりそうにない。

ところが、たき火に含まれるあらゆる原子や光子についての完璧な情報がありさえすれば、理屈のうえではこの手順を巻き戻して、雑誌に含まれていた情報を取り返すことができる。もちろん実際に行うのはきわめて困難だが、科学によると、この手順のどこにも巻き戻せないところはない。物理法則は、どちらの方向にも働くのだ。

ところがブラックホールの存在は、この考えに異議を申し立てる。ブラックホールに雑誌を一冊投げ込んで、もう一冊を別のブラックホールに投げ込んだとしたら、どの雑誌がどのブラックホールに入ったのかを知る術はない。ブラックホールは究極のペーパーシュレッダーのようなもので、情報は完全に失われたように見える。

自分たちが知りえないものを巡るこの探索の旅のなかでも、ブラックホールは特に興味深い存在だ。なぜなら、いったん何かが事象の地平線――光をも閉じ込める境界――の後ろに姿を消してしまうと、その線を越えたものに関する情報はほんとうに失われたように思われるからだ。知りえないものを巡るこの探求の旅に携帯しているラスベガス産のサイコロをブラックホールに投げ込んだら、そのサイコロが事象の地平線を横切ったとたん、わたしたちにはサイコロがどのように落ちるのかがまったくわからなくなる。ひょっとすると線の向こう側に机があって、そこにサイコロが6の目を上にして落ちるかもしれず、事象の地平線の向こう側の誰かがそれを見ているのかもしれない。しかしその人は、決してこちらに結果を伝えることができない。なぜなら、あらゆるものがブラックホールの内側に囚われているからだ。

一般相対性理論に基づく物理学によると、外側の人間がブラックホールに関して知りうるのは、その質量と角運動量と電荷だけで、それ以外の情報はすべて失われる。この事実は「脱毛定理（あるいは無毛定理）」という派手な名前で呼ばれており、ほかのあらゆる情報は、この丸くてつるつるしたブラックホールという球の毛髪で表される。ブラックホールのなかにサイコロやチェロや腕時計をぽいぽい捨てても、それらの品々が事象の地平線を越えたとたんに、何を放り込んだのかを示すヒントはいっさいなくなる。出来事を巻き戻して、事象の地平線を横切ったのが何だったのかを知る術は皆無なのだ。

たしかに定理と呼ばれてはいるが、これはむしろ仮説と呼ぶべきものなのだろう。というのも、情報が失われることが、ほんとうに議論の余地なく証明されたわけではないのだから。じっさい一九七四年には、ブラックホール内で何が起きているのかがまったくわからない事象の地平線の内側の領域が、いったいどれくらいの広さなのかが問題になった。なぜならスティーヴン・ホーキングによると、ブラックホールは漏れているからだ。

真っ黒でないブラックホール

サイコロをブラックホールに投げ入れたが最後、サイコロが落ちる様子を知る術はまったくないように思える。少なくとも、多くの人が質量によってゆがんだ時空間が凝縮すればそうなると考えていた。ところがホーキングがブラックホールに熱力学の第二法則を適用してみたところ、これらのホール（穴）は元来考えられていたほどブラック（黒）ではないことがわかった。

熱力学の第二法則によると、わたしたちの宇宙は秩序がある状態から秩序のない状態へと移行している。このときに変化するのが、系のエントロピーと呼ばれるものである。エントロピーは無秩序の尺度であって、煎じ詰めれば、互いに異なる筋書きとして考えられるものの個数の尺度、そこから転じて、それらの筋書きのうちのどれがどのくらい起こりやすいかを表す尺度となる。そして熱力学の第二法則によれば、宇宙のエントロピーは増大しているのだ。

このようなエントロピー増大の古典的な例として、容器に封じ込められた気体がある。かりに、（今まで内部の壁によって押しつぶされて）ひとつの隅にぎゅっと集まっていた気体が、（その壁が取り払われて）容器いっぱいに広がったとする。この場合のエントロピーは、この気体を巡って互いに異なる筋書きがいくつありうるかを数えることになる。壁が取り払われて気体が容器全体に広がれるときよりも、気体がひとつの隅に閉じ込められているときのほうが、筋書きの候補は少ないはずだ。そして、筋書きの候補の数が増すにつれて、エントロピーは増大する。エントロピーは、低いところから始まって高くなるのである。

あるいは身近な例として、テーブルのうえの卵が床に落ちるところを考えてみよう。高い秩序を持った卵が、ばらばらな殻の集まりになる。壊れた殻の配置の仕方は、卵のまわりに集まってひとつになっている殻の配置の仕方よりたくさんある。この筋書きをビデオに撮っておいて巻き戻した

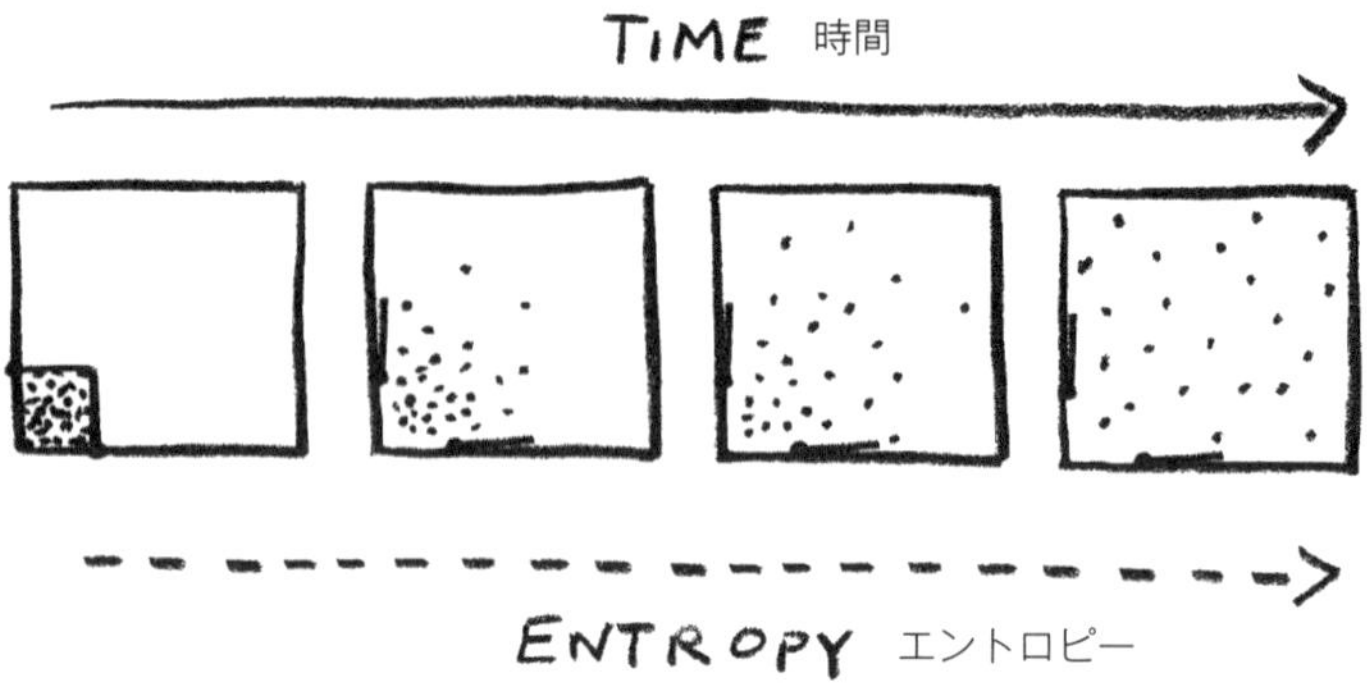

り再生したりしてみても、ほんとうの時間がどの向きに流れているのかははっきりとわかる。それは、エントロピーが、時間の経過に従って増大するからだ。

したがって、エントロピーは時間の概念と密接に関係している。エントロピーは、映画をどの向きで上映すべきかを判断する際の数少ないヒントの一つなのだ。ほかの多くの物理法則は、正順でも逆順でもまったく問題なく成り立つ。床にあった卵がテーブルのうえに上がってまとまることが物理的には可能だとしても、エントロピーが減少するという事実から、これがとうていあり得ないことだとわかるのだ。

エントロピーの増大もさることながら、この卵の秩序がそもそもどこから来たのかというのは、なかなか興味深い問題だ。地球上の進化においては、秩序あるものが無秩序になるという動きはどこにも表れていないのでは？　とみなさんは感じておられるかもしれない。地球はぐちゃぐちゃの沼地から進化して、生命があって卵があって秩序のある状態になってきた。この、一見熱力学の第二法則に反するように思われる事実を説明するには、地球が外部から低いエントロピーを取り込んでいる、という事実に注目する必要がある。このエントロピーのやりとりは、今なお続いている。太陽からやってくる光子は地球上の生命の源だが、この光子はエントロピーが低い。ところがここで、地球は温まるどころか、周波数（つまりエネルギー）の低い電磁波としての熱——それも入ってきた分より多い熱——を放出するのだ。

したがって、太陽から届いた幾ばくかの高エネルギーの波は、地球が放出するたくさんの低エネルギーの波に変わることになる。それによって光線の数が増えると、光線が放出されるときの筋書き候補の数は増える。この過程は、卵が割れるときと少し似ている。周波数の高い光子一つが、ちょうど卵が地面に落ちるように地球に吸収され、これに対して地球は、卵の殻のかけらのようにたくさんの低エネルギーの光子を放出する。こうして地球は、自身の正味のエントロピーが減るという恩恵を受けることになり、わたしたちはカオスの中から秩序が生じるのを目の当たりにすることとなる。ところが地球と太陽が構成する系全体で考えると、むろん熱力学の第二法則が主張するように、エントロピーは増加しているのである。

では、気体が入った容器をブラックホールに放り込むとどうなるのだろう。さらに興味深いのが、そのエントロピーがどうなるのかという問題で、事象の地平線の外側からは、中で起きていることがまったくわからなくなるはずだ。エントロピーは失われるのだろうか。だとするとエントロピーは減るわけで、熱力学の第二法則に反することになるが。おそらく、ブラックホール自身がエントロピーを持っていると考えるべきなのだろう。物が放り込まれると、そのエントロピーが増えるのだ。ところが、ブラックホールの中で何が起きているのかがまったくわからないことから、エントロピーの量は事象の地平線となっている球の表面積に比例しているのではないか、という主張が生まれた。それなら計算でわかるはずだ。なるほど、これはたいへんけっこうな主張だが、物理学によると、エントロピーがあるものには温度があり、温度があるものは熱を放射しているはずだ。したがって、ブラックホールはその中に含まれる質量に反比例する形の放射を行っていることになる。しもしもブラックホールが放射を行っているのなら、その名に反してそれほど黒くなく、夜空で穏やかな光を放っているはずだ。

ぼんやりとした縁《ふち》

なあんだ、これではまるで筋が通らない。光を含むあらゆるものが内側に閉じ込められているのなら、ブラックホールが輝くはずはないだろう? どう考えても、そんなことはあり得ない。ところがホーキングがこの問題を量子物理学の観点から眺めてみたところ、そのメカニズムが判明した。ハイゼンベルクの不確定性原理によると、事象の地平線は一般相対性理論に基づく数学の結論よりもほんの少しだけぼんやりしているはずなのだ。「最果ての地　その三」でも見たように、不確定性原理によると、位置と運動量を同時に正確に知ることはできない。それと同じように、時間とエネルギーも実は同時に両方を知ることができないような形で結びついている。そのため、なにもかもがゼロにセットされた完璧な真空を作ることはできない。なぜなら、かりにあらゆるものがゼロだとすると、すべてが正確にわかってしまうからだ。

真空では、量子のゆらぎが生じる。そのためたとえば粒子と反粒子が、片方は正のエネルギーを持ち、もう片方は負のエネルギーを持つ形で出現することが可能になる。宇宙を作動させたのは、おそらくこの無から有へのメカニズムなのだろう。通常真空な空間では、粒子と反粒子とがすぐに相殺する。しかし一対の粒子のうちの正のエネルギーを持つ粒子がブラックホールの事象の地平線の外に留まり、負のエネルギーを持つ粒子がブラックホールの内側に捉えられると、面白いことが起きる。

次のような、じつに奇妙な現象が生じるのだ。内側に落ちた粒子はそのままブラックホールに吸い込まれるが、この粒子は負のエネルギーを持っているから、ブラックホールの質量は減る。いっぽう正のエネルギーを持つ粒子は、まるでブラックホールから放出されたように見えるので、ブラックホールは輝く。つまり、ブラックホールが正のエントロピーを持つとした場合に予想されたように、温度を持つのである。

でも、ちょっと待てよ。正のエネルギーを持つ粒子が外に生じる場合とブラックホールの内側に生じる場合とは、半々なはずだろう。内に生じた場合は、ブラックホールの質量は増えることになるんじゃないのか？　この疑問を解決するには、事象の地平線の外側の負のエネルギーを持つ粒子には逃げ出すエネルギーがない、ということを理解する必要がある。そのためこれらのランダムな揺らぎは実質的に、ブラックホールの質量が全体として時間とともに減る、という現象を引き起こすのだ。

今のところ、ブラックホールであることが確認されたどの天体からも、このホーキング放射は検出されていない。やっかいなことに、数学を用いた推論によると、この放射の放出の度合いはブラックホールの質量に反比例するので、質量が太陽数個分程度のブラックホールではきわめてゆっくりしたペースの放射――宇宙マイクロ波背景放射より温度の低い放射――が行われることになる。そのため、これらの放射がビッグバンの名残であるマイクロ波背景放射に混じっていても、雑音と区別が付かない。

驚いたことに、ホーキングの説を基にして、ブラックホールが消えるメカニズム――時間とともに質量が減るメカニズム――を作ることができる。質量が減るとともに放射が増えていって、その結果、ブラックホールはポンとばかりに消える。ホーキング自身は、この破裂はかなりの大きさで、何百万個もの水素爆弾の爆発に匹敵すると予測しているのだが、大砲の砲弾の爆発程度だと主張する人もいる。

だがこうなってくると、こちらはただただ戸惑うばかり。ブラックホールに投げ込んだ情報は、いったいどこに行ってしまうんだ？　その情報がブラックホールのなかに閉じ込められる、というところまではいいとしよう。少なくとも、まだ存在しているのだから。でも最後にブラックホールが消えるとなると、ブラックホールといっしょに情報も消えてしまうのか。それともそれらの情報は、この特異点からの放射に何らかの形で埋め込まれるのか。ラスベガス産のサイコロをブラックホールに投げ込んだとして、事象の地平線の縁から放たれる粒子を調べれば、サイコロのどの面が上になるかがわかるんだろうか。たぶん、燃やしてしまった雑誌のように、理屈のうえではこの放射のもつれをほどいて事象の地平線の向こうに姿を消したすべての情報を回収する方法が存在するのだろう。投げ込まれた情報がどうなるのかというこの問題は、ブラックホール情報パラドックスと呼ばれている。

ホーキングは一九九七年に、もう一つ別の賭をした。今度は、キップ・ソーンも同じ陣営に加わった。二人の賭の相手は、カリフォルニア工科大学の理論物理学者ジョン・プレスキル（一九五三―）だった。ホーキングたちは、このような情報の損失を避けることはできないと考えていた。しかしそれでは量子力学の理論と矛盾するため、プレスキルとしては、情報が失われるということを認めるつもりはなかった。今回賭けるのは雑誌の購読ではなく、勝った側が選んだ百科事典ということになった。なぜ百科事典なのかというと、ブラックホールに事典を放り込めば、その事典に含まれる情報が不確定性原理によって放射される新たな粒子に何らかの形で埋め込まれるかもしれない、と考えられたからだ。

二〇〇四年にホーキングは、劇的な形で負けを認めた。プレスキルが選んだのは、『トータル・ベースボール：究極の野球百科事典』だった。後にホーキングは、「ジョンには野球百科をあげたが、ひょっとすると灰をあげるべきだったのかもしれないな」と冗談を飛ばしている。

ホーキングは今のところ、ブラックホールに落ち込んだ情報は、実はブラックホールを包む事象の地平線の表面で符号化されて、そこから放出される粒子に付加されると考えている。奇妙なことに、この表面は二次元であるにもかかわらず、内側の三次元空間に関する情報が埋め込まれているようなのだ。ここから生まれたのが、「ホログラフィックな宇宙」という概念で、それによると、われわれの三次元宇宙はすべて、実は二次元表面に含まれる情報の投影でしかないという。ホーキングは白旗を掲げたが、ソーンはあいかわらず負けを認めていない。今でも、情報は失われると考えているのである。

ロジャー・ペンローズもソーン同様、ホーキングは白旗を掲げるのが早すぎたと思っている。ブラックホールが放射して消えれば、情報やエントロピーは失われるというのだ。ペンローズは、この問題が、なぜ宇宙がこんなにエントロピーの低い状態から始まったのかという問いと関係していると睨んでいる。なぜ最初に秩序があったのか。つまり、そもそも熱力学の第二法則はなぜ存在し得たのか。秩序はどこから来たのか。ブラックホールが実際にエントロピーを破壊するのであれば、それによって宇宙をエントロピーが低い状態にリセットする仕組みができたはずだ。

ペンローズは常々、物理学が扱えるのはビッグバンまでで、そこから先はお手上げだと考えてきた。ビッグバンという特異点に立ち戻った時点で、物理の方程式は機能を停止する。ビッグバンが無限密度の点として記述されるということを受け入れるのであれば、ビッグバンの前に何が起きたのかという問題を研究することは、多くのレベルにおいて無意味になる。この特異点の向こう側では、物理法則によってどうとでもなりうるのだ。それに、この特異点の向こうにあるものは測定できないから、まるで存在しないかのように扱うこともできる。それとも、存在しないように扱うべきなのか。ところがペンローズは、考えを変えた。

未来と過去を合わせる

ビッグバンの前に何が起きていたかを巡ってさまざまな物語が登場してきたが、なかでももっとも注目すべきはペンローズの主張だろう。その説によると、問題のビッグバンは、無限循環するビッグバンのうちの一つにすぎないという。このような可能性が指摘されたのは、これがはじめてではなかった。宇宙がビッグクランチ（大収縮）で終わると考えられていた頃は、それならそのクランチが新たな時代のビッグバンになると考えるのが妥当だと考えられていたのである。

ところが既に「最果ての地　その四」で見てきたように、宇宙は収縮するのではなく、加速しながら膨張しており、生命や銀河や物質さえ存在しない状態、光子だけが残された冷たい状態へと向かっている。ペンローズが「きわめて退屈な時代」と呼ぶ状態だ。現在わたしたちが目にしている銀河の多くを飲み込むはずのブラックホールですら放射を漏らしているとされており、そのためこれらのブラックホールもいずれはエネルギーを使い果たしてポンとばかりに消え失せ、後には光子と、重力の力を成り立たせている質量のない仮想の「重力子」でいっぱいの宇宙が残される。

ペンローズ自身も、このような宇宙の未来像のせいでいささか落ち込んだことを認めている。「なんてこった、これがわたしたちの運命なのか！」ところがその時ふいに、いったい誰がこの「有無をいわせぬ究極の退屈」を目撃するのだろう、という疑問が頭をよぎった。それが自分たち人間でないことは確かだ。この出来事に退屈するのは光子と重力子だけで、宇宙はこの二つで構成されることになる。

ところが実は、光子には時間の概念がない。つまり、光子は時間のない世界にいるのだ。物質が光速に近づくと、相対性原理によって時間が遅れる。どんどん速さを増していって光速に達すると、時計が止まる。でも、ちょっと待ってくれ。光は光速で移動しているわけだよな。ということは、光子の時計は止まっているわけで、時間の概念はないことになる。実際、ペンローズの筋書きによると、質量がある粒子はすべて崩壊して、質量のない光子や重力子だけになり、時間を示すものは何も残らず、時計の元になるものも皆無となる。さらに、空間を計測するには時間が不可欠だから、この未来の宇宙は、距離を定量化して計測する能力を完全に失うことになる。つまり、大きかろうと小さかろうと意味はないのだ。

ところがペンローズはそのまま悲観主義を受け入れるのではなく、むしろここに一つのチャンスを見た。これは、ビッグバンの直後の宇宙の状態とそっくりではないか？　エネルギーが満ちていて、しかしまだ物質が形作られていない宇宙によく似ている。そりゃあ、このエネルギーが無限に小さな領域に凝縮されないとビッグバンの条件が整わない、ということは認める。でも、その宇宙の規模の感覚がいっさい失われているのなら、この終焉の状況が新たなビッグバンの出発点になりうるんじゃないのか。新たな宇宙では、規模の尺度が変わってエネルギーが凝縮され、新たな始まりを迎えるとか……。

実は、熱の死による退屈な宇宙の終焉と興奮に満ちたビッグバンから始まる宇宙、この二つの筋書きを、二つの風景の境界をぴたりと合わせて連続する一つの風景を作るように切れ目なしにつなぎ合わせることができる。この二つの筋書きを縫い合わせるには、片方の宇宙の最後を収縮させて、次の宇宙の始まりを膨張させればよい。こうすれば二つの端がぴたりとくっついて、片方からもう片方へなめらかに移行できる。遠く離れた冷たい光子が密集した熱い光子となり、新たなビッグバンが始まるのだ。

このペンローズの理論には異論も多く、ほとんどの科学者が、この着想を単なる気の利いた数学的概念だと考えているようだった。しかしそれをいえば、ペンローズが最初に、一般相対性理論に基づく数学によれば時空間には特異点が存在するはずだ、ということを明らかにしたときも、物理的にあり得ないこととして、この説を退けた人が多かった。そのうちに、現在ペンローズが主張している時間の循環理論がまちがっていることが証明されるのかもしれないが、それでも、ビッグバン以前の時間を調べられるか否かに関する考えを変えた科学者がここにひとりいると思うと、なんだかわくわくする。

ペンローズは一つのビッグバンから次のビッグバンまでの間をイーオンと呼び、わたしたちのイーオンはわたしたちの前に無限にあったかもしれないイーオンや、その後に無限にあるかもしれないイーオンの一つだと考えている。

実はこのモデルには、一つ大きな問題がある。ほかの多くの循環モデルと同じで、熱力学の第二法則がネックになるのだ。いったいどうすれば、新たなイーオンが始まるたびに、エントロピーを熱力学の第二法則が成り立つ低い状態にリセットすることができるのか。

ビッグバンという特異点はきわめてエントロピーが低い状態で、宇宙が進化するとともにそのエントロピーは増大する。となると、いったいどうすれば、次のイーオンになめらかに移行しつつエントロピーをリセットすることができるのか。この問題もあって、ペンローズはホーキングがブラックホールを巡る賭で負けを認めたことが不満だった。ペンローズにいわせると、ブラックホールはエントロピーをリセットする装置なのだ。ブラックホールに入ったエントロピーはすべて消失する、というか、全体の系から除去される。したがってそのイーオンの終わりには、再びエントロピーが低くなる。なぜならあらゆる情報が、宇宙にできた大量のブラックホールの内部で消えてしまうから。こうして、次のビッグバンの条件が整うのである。

かりにこの理論が正しかったとして、いったいどうすれば、今の宇宙自体のビッグバン以前の時代に立ち戻り、この理論やほかの理論を検証することができるのか。「ビッグバン以前」は立ち入り禁止なのだろうか。これに対してペンローズは、ある程度まで検証が可能だと考えている。二つ

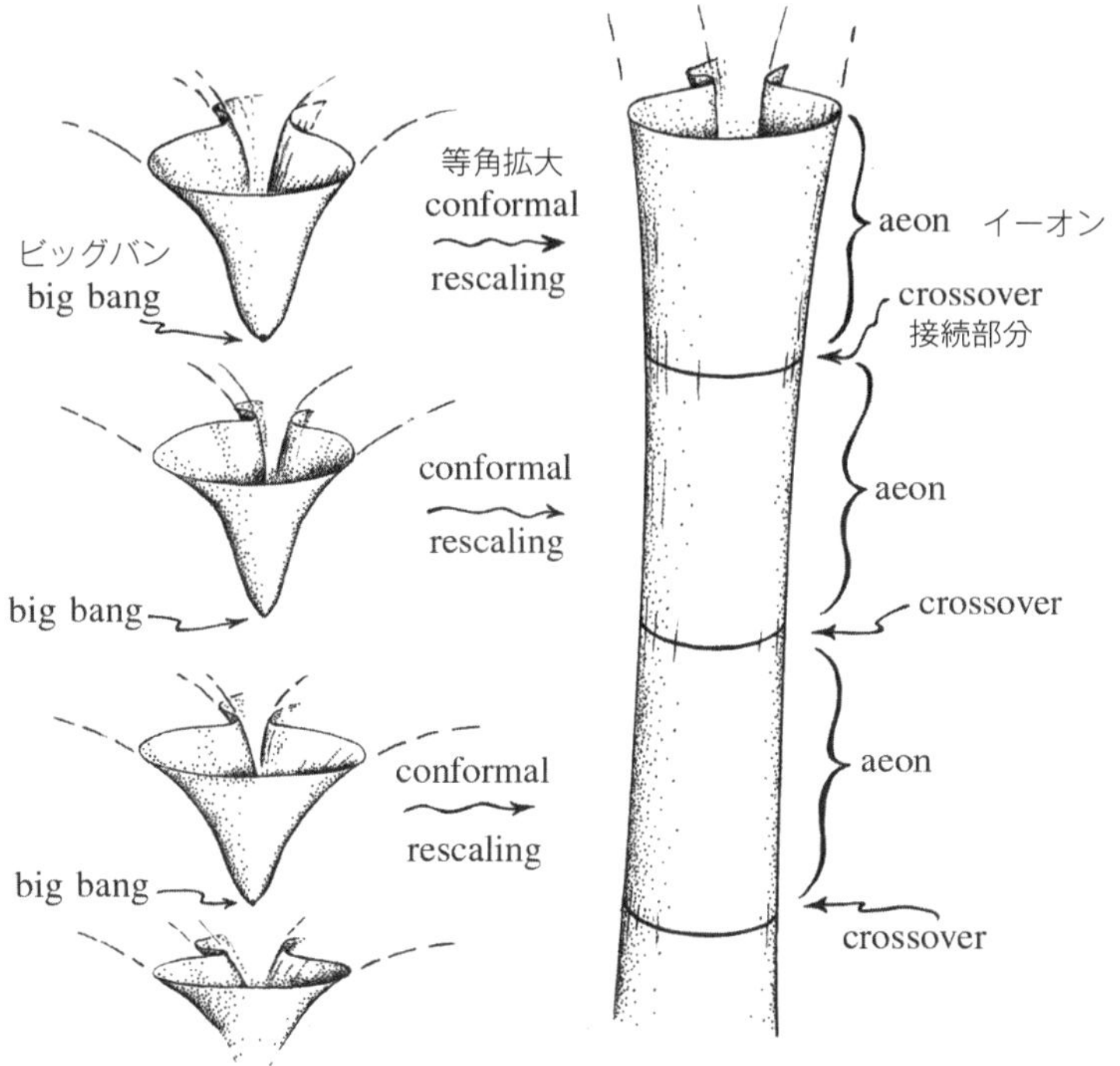

ひとつのイーオンの終わりの宇宙ともうひとつの宇宙の初めの規模をうまく変えれば、ひとつの宇宙からもうひとつの宇宙になめらかに移行できる。

の風景がぴたりとつながらなくてはならないのだから、前のイーオンで起きたことが何らかの形でわたしたちのイーオンに影響を及ぼしているはずだ。ペンローズ自身は、前のイーオンの終末段階でブラックホール同士がぶつかって合体し、そのときに生じた重力波がわたしたちのイーオンに入ってきているのではないかと考えている。そしてそれを、たくさんの小石が投げ込まれた池に喩えている。つまり、ブラックホールないし小石が消えたとしても、相互に作用しながら広がる円がもたらすさざ波のパターンが残るというのだ。

このような痕跡を宇宙マイクロ波背景放射――わたしたちの宇宙の始まりであるビッグバンの名残の放射――のなかから拾うことができるはずだ、とペンローズは思っている。この背景放射の全域に見られる揺らぎは一見ランダムだが、おそらくその一部は、直前のイーオンの末期にブラックホール同士が衝突して発生したものなのだろう。

やっかいなことに、宇宙マイクロ波背景放射の分析は名うての難物だ。というのもひとつには、放射の量が不十分なのである。この放射が観測可能な宇宙を包み込む球の表面を構成していることを考えると、そんなバカなという感じだが、それでも、宇宙を取り巻くこの球の断片を調べるには、差し渡しがたった一〇度の領域を対象とするしかなく、そのためターゲットとしている領域からすぐにはずれてしまう。前のイーオンの証拠が現在のイーオンで見つかるとは思えないと考える人は多いが、ビッグバン以前に何が起きたのかという問いが、ひょっとするとこれまで思っていたように不可知ではないのかもしれないと思うと、たしかに心が躍る。

現代のガリレオ

わたしは、オクスフォードの自分の研究室の一つ下の階にあるペンローズの研究室にふらりと立ち寄った。ビッグバン以前に起きたことを知りうるかどうか、本人の意見が聞きたかったのだ。八〇歳を超えたペンローズは、汲めども尽きぬ知識欲の偉大なる手本である。『真実への道』という著作に「宇宙の諸法則の完全ガイド」という副題を付けるくらいだから、何でも知っているつもりなんだろう、と思われるかもしれないが、本人は、今も新たな問いを投げかけ続けている。

「昔は、ビッグバンは特異点だから、時間という概念はビッグバン以前では意味を成さないといっていた。『前』を問うのは無意味だ。そういう問いをしてはいけない、とね。たしかスティーヴン・ホーキングがそういっていると聞いたことがあって、わたし自身もこれには賛成だった。でも今では、じつはビッグバンの前について問いかけてもかまわないと考えている」

ということは、ペンローズは時には始まりがないと考えているんだろうか。

「時間はイーオンの無限列である、というのがわたしの考えだ」

でもそうなると、わたしたちが知りえないものになるのでは？　とわたしはたずねた。けっきょくのところ、通常無限は、物理学にとって立ち入れないものなのだから。

「技術力が増せば、二、三個前のイーオンまでは戻れるかもしれない。だがすべての始まりまで戻るとなると……そうだなあ、決して知りえないのかもしれない。無限は不可知だといわれているが、数学ではしょっちゅう無限を利用している。相手が無限だからといって、緊張なんかしやしない。まあ、まったくとはいえなくても、かなりの程度まではね」

その性質ゆえに答えられない問いというのが存在するのでしょうか、とたずねてみると、ペンローズはご多分に漏れず、慎重になった。

「どこまで行ってもわたしたちの知識を超えたところに何かが残る、と考えるのは、どうかなあ。答えを期待しない問いなら、あると思うんだが。答えられないと考えられる問題、ならね。でもそれならその問いを迂回する形で考えを進めて、なにがしかのものを把握すればいい。わたしは『不可知』という言葉を好まない。そんなのは、対象を正しいやり方で見ていないということを意味しているだけなんだから」

「昔は、太陽の真ん中で何が起きているのかを知りうるなんて考えられなかったかもしれないが、今や太陽の真ん中で何が起きているかがわかる。そう遠くない昔の人々は、この問いには答えられないと考えていたんだろうがね」

「きみは、とんでもなく大きな数——答えの桁の数が宇宙の粒子より多くて書き下せなくなるような数を、二つ掛け合わせることができるかい？　これは、答えられない問題に入るんだろうか。そんなのは、退屈で解決不可能な問題でしかないような気がするんだが」

「たぶんわたしの見方は偏っているんだろう。自分が偏った立場を取っているとはいいたくないが、絶対に不可知なものは存在しない、という考えに与するほうに偏っている」ペンローズはいささか心配そうだった。「不可知なものなどない、といってしまって、きみががっかりしていないといいんだが」

それは、科学をやるうえで重要な考え方なのかもしれませんね、とわたしはいった。

「問題がきわめて難しくても、どういうわけか、答えがあるはずだと感じる。わたしは、あると感じているんだが、その裏付けが得られるかどうかは定かでない。自分が生きている間に大きな問題の答えが出ることは期待していないんだ。もっと卑近な問題がいくつか解決されるのを、この目で見られたら……とは思うがね」

もしも解決される問題を一つ選べるとしたら、どれが解決されるのを見てみたいですか、とわたしはたずねた。時間について考えているペンローズは、ビッグバン以前の時間の証拠を見てみたい、といった。

「直前のイーオンから届いた信号を、この目で見てみたい。でもそれは、まだまだ先の話だろう」

それでは、始まりが必要だという考えを捨てることになるので、すべてを創り出した神の存在を信じる人に脅威を与えることになりませんか？　ペンローズは声を立てて笑うと、あのときは、自分の説が聖職者の逆鱗に触れるのではないかと、心配でしかたなかった、といった。ちょうどわがヒーロー、ガリレオのようにね。

「バチカンでそういう催しがあったんだが、わたしはいささかピリピリしていた。でもそれから思い直したんだ。そうだよ、彼らはガリレオと天体望遠鏡の発明を称えたじゃないか。そこでわたしは時間は循環するという持論を展開した。彼らはビッグバンが始まりでないということで、ちょっと落ち着かなかったみたいだった。そしてこういう反応が返ってきたんだ。『いや、それはいいんだが……神はそれらすべてを作りたもうた』」

時間の外

バチカンのこの反応は、信心深い思想家たちを常に惹きつけてきたある問いと直結している。曰く、とりわけ現代人が時が流動的な性質のものであると知っていると仮定したときの、神と時間の関係やいかに。アインシュタインの特殊相対性理論では、ある出来事がほかの出来事の前であるといえるかどうかが問われている。アインシュタインは、ある観点から見ればAはBの前に起きているが、別の観点から見るとBのほうが先に起こりうる、ということを示したのだ。

この事実は宗教評論家に、興味深い難問を突きつける。曰く、神の視点とはどのようなものなのか。神にとって、AはBの前に起きたのか、それともその逆なのか。バチカンの代表者のペンローズに対する反応は、この問いへの一つの答えになっている。つまり、神は時間の外にいるのだ。神が空間のどの一点にいるわけでもないように、神は時間のどの一点にもいないのである。

時空間の部外者は、ちょうど山の頂から周囲の地形を見下ろすように時空間を眺める。ところがこのような時空間の観念には、過去、現在、未来、すべての時間が同時に含まれている。四世紀の神学者ヒッポの聖アウグスティヌスは、四次元のローレンツ幾何学（相対論に欠かせないミンコフスキー時空間における幾何学のこと）の言葉でこそ語っていないが、実はこれと同じ立場を取っていた。

アインシュタインは、時間に関するこの視点を生かして、友人だったミケーレ・ベッソーの未亡人を慰めようとした。彼女宛のアインシュタインの手紙には、次のように書かれていた。「彼はわたしより少しさきに、この奇妙な世界を旅立ちました。でもそれには何ほどの意味もない。物理学を信じるわたしたちのような人間は、過去と現在と未来の区別が頑固でしつこい幻でしかないことを知っているのです」早い話が、自分たちが時間のこの点に存在するという事実を、たまたまパリではなくロンドンにいるようなものとみなすべきだというのである。

そうはいっても、神が時間の外に存在する、という見方を受け入れられない神学者もいる。なぜなら、今かりに神が時間の外にいるとすると、世界のなかで活動する余地がなくなるからだ。すべてを創り出した後は成り行きに任せる神、すなわち理神論ではなく、この世界に絶えず介入する神、つまり有神論の立場を取るのであれば、神が世界に介入するためにも、時間的な性質が必要になる時空間の外にいて時空間全体を眺めているとなると、その風景のなかには既に未来が存在しているはずだ。面白いことに、出来事の順序が前か後かという議論は可能でも、因果関係があるとすると、原因が結果の前になることはあり得ず、順序に関する議論が生じる余地はなくなる。このため、時間から出たり入ったりして時空間の幾何学を作る神が必要になるわけだが、この世界で行動する神は、時間のなかで行動する神でもあるはずだ。したがって、時間を超えた神と宇宙のなかで行動する神の折り合いを付けることはきわめて難しくなる。

さらにもう一つ、疑問が残っている。時間の外にいるとされるこの神なるものは、いったい何なのだろう。時間の外に何かがいるということが、はたして可能なのか。実はここに、時間を超えていると見なせるものがひとつ存在している。そう、数学だ。数学は、時間を超えているからこそ、自分たちの身のまわりに見られるものの創造の口火を切る役割にうってつけなのだ。数学はわたしたちに時空間を与え、無から有を生み出す量子物理学の方程式を作り出した。数学にはもうひとつ、ひじょうに魅力的な性質があって、誰が数学を作ったかを問う必要がない。数学は時間の外に存在しているので、作り出された瞬間がいらない。ただそこにあるだけ、なのだ。たぶん「神は数学者」という古い格言はあべこべで、数学こそが、誰もが追い求める神なのだ。一三世紀の神学者トマス・アクィナス（一二二五―一二七四）による神の定義の「神」を「数学」で置き換えても、まったく問題ない。「数学は、実在の領域の外に存在すると考えられており、異なる形で存在するさまざまなものすべての原因なのである」

　この考えは、理論物理学者マックス・テグマーク（一九六七―）が提唱する数学的宇宙仮説（ＭＵＨ）という概念にかなり近い。テグマークは、この物理的な宇宙は抽象的な数学構造である、としている。ＭＵＨは、いわばピタゴラス学派の哲学の現代版なのだ。テグマークはこの数学的宇宙を提唱した論文を締めくくるにあたって、次のように述べている。

「もしもＭＵＨが正しければ、科学にとっては大ニュースになる。なぜなら物理学と数学と計算機科学がなめらかに統合されて、やがてある日わたしたち人類は、自分たちの現実を、多くの人々が夢見てきた以上に深く理解できるようになるからだ」

　わたし自身は、たぶんテグマークのように物理的な宇宙と数学を同一視するところまではいかないだろう。数学を使って、正と負の電荷が交換された二つの宇宙を区別することは難しいように思われるのだ。これら二つの宇宙は物理的には異なっているが、数学的な記述はまったく同じになる。これは「通性原理《クィディティズム》」（性質はそれを具現しているものに依存せずに同一性を保つという立場）と呼ばれるものの一例で、この場合には、宇宙には物同士の関係以上のものが存在すると考える。するとそれらが何であるか（quidとは「何」を意味するラテン語）によって、また別のレベルの区別が可能になるのだ。

　数学が永遠で、時間の外にあるのなら、物事の始まりに創造者は必要ない。数学の方程式は真に宇宙の外にあるので、超自然的で神に似たものとしての役割を演じることができる。だがそれは、世界の中で行動する神ではない。なぜなら、それでは理神論になってしまうからだ。こうなると面白い問いが生じる。「ひとそろいの数式から宇宙を組み立てる方法は、はたして何通りあるのか」こうして、多元数学モデルから多元宇宙が生まれる。

一秒ごとに〇匹のユニコーンが三匹のユニコーンになるという方程式があるからといって、ユニコーンが存在することにはならない、と主張する人もいる。したがって、クォークが存在してクォークとさまざまな場との相互作用の物理学が存在することを許す式があるからといって、クォークがユニコーンよりリアルだということにはならない、というのである。ホーキングが「方程式に活力を吹きこむ」術を知る必要があるといったのは、まさにこのことなのだ。たとえば、わたしたちのこの宇宙における正の電荷と負の電荷が、今の逆ではなく今あるように設定されているのはなぜなのか。クィディティズムの「クィド」はどこから来たのか。

宇宙が存在せず、物質も存在せず、空間も何も存在しなかったとして、それでも数学は存在する、とわたしは思う。物理的な世界が存在しなくても、数学は存在する。したがってわたしにとって数学は、すべての原因となるもの（宇宙を創り出したもの）のひじょうに有力な候補となる。それにそう考えれば、「数学の不合理なまでの有効性」にも説明がつく。物理学者のユージン・ウィグナー（一九〇二—一九九五）は、物理現象を説明するときに抽象数学が見せる薄気味悪いほどの要領の良さを、こう表現した。しかし、そもそも物理現象自体が数学の作り出した結果であるのなら、わたしたちが暮らすこの宇宙の核を数学を使って次々に説明できるのも、しごく当然のことなのだ。

知識の不完全さの現れとしての時間

じつは、ある人々の主張によると、わたしたちには時間を巡る議論などまったく不要だということになる。わたしの腕時計は時を刻み続け、今、夜の一〇時を少し過ぎたところだと告げている。

でも、だからなんだというのだ？　別の時計の時間を合わせておいて宇宙船に乗せれば、地球に戻ってきたときには違う時間を指している。

アインシュタインの発見によって、時間に関しては、せいぜい時計の進み具合を比べるくらいが関の山だということが明らかになった。どんな時計を持ってきても、絶対時間を測ることはできない。そんなものには意味がない。考えてみれば、ずっと無意味だったのだ。ガリレオは、揺れる振り子を使えば時間をうまく測れるということをどうやって発見したのか。ミサに列席していたガリレオは、教会のシャンデリアが風で揺れているのに気がついた。そしてその揺れを脈と比べてみると、シャンデリアが右から左へと揺れるのに必要な時間は、揺れの角度と関係なく一定だった。だがここでガリレオは、時間の尺度をそれとは別の自分が一定だと考えた尺度と比べている。実は時間を管理するこれらの装置は、ひとつ残らずほかのものに対して相対的なのだが……。

物理学で扱う方程式に立ち返ると、方程式では時間が大きな役割を果たしているように見えるが、それらすべてをまったく時間に言及しない形に書き換えることができる。わたしたちが時の流れをこんなにも強く感じていることを思えば、おそらく時は、世界を観察するもっとも明白な窓だったのだろう。さまざまな力学の著書では、要するに時間との関係での宇宙の進化が語られている。ボールの軌跡の方程式は時間が入力になり、ボールの位置が出力になる。だが、これらの本のどこにも時間は定義されておらず、物理学者は誰も時間という言葉が意味するものを満足のいく形で説明してこなかった。だとすればたぶん、時間を丸ごと排除することが最良の戦術なのだろう。

イギリスの物理学者ジュリアン・バーバー（一九三七―）の狙いはそこにあった。バーバーはどこの大学にも所属せず、ロシア語の翻訳で一家を支えながら、いっさい時間を必要としない物理理論を展開した。その考えは、一九九九年に刊行された『時間の終わり』という画期的な著作に明確に述べられている。「何も起きない。存在はあれど、成るということはない。時間の流れや動きは幻なのだ」大学に所属し学界の主流派を成す物理学者たちの多くが、このバーバーの考えをきわめて真剣に受け止めている。

しかしそれならなぜ、わたしは時間と呼ばれる何かが自分を翻弄しながら流れていると感じるのか。時間を遡ることは絶対に不可能だと感じ、未来がこれから起きようとしているのを感じる。過去は覚えているが、未来は思い出せないのだ。イタリアの物理学者カルロ・ロヴェッリ（一九五六―）とフランスの数学者アラン・コンヌ（一九四七―）は、知識の不完全さがこれらの感覚をもたらすと考えている。「熱時間仮説」と呼ばれるその理論によると、時間は発現している現象であって、基本的な概念ではないのだ。

ある物理系――たとえばわたしの部屋のなかの気体の分子――を考えたときに、一般に、こちらにはこれらの粒子の微視的《ミクロ》な状況に関する完全な知識はなく、総体としての巨視的《マクロ》な記述がある程度わかっているにすぎない。だがこれらの記述に対して、それらを引き起こすミクロの状態の候補はいろいろある。しかしこちらとしては知識が不完全であるために、状況を統計的に考えざるを得ない。ロヴェッリとコンヌは数学を使って、このような知識の不完全さから、わたしたちが時間の感覚と結びつけているさまざまな性質を持つ流れが生み出される様子を示してみせた。二人は、この不可知なミクロのシステムをマクロに考えるところから時間が発現すると考えている。したがって十分深く掘り下げれば、時間は消える。ちょうど、液体の表面という概念が原子レベルでは意味を成さなくなるように。あるいは、温度を持つ原子だの濡れている水分子といったものについて論じることができない、という事実について考えてみてほしい。時間は基本的なものではなく、温度などと同じように発現する性質なのである。

だからといって、熱さや、濡れることや、時間の経過が現実のものでない、ということにはならない。わたしの腕時計の盤面には二三時五五分と表示され、また一日が、終わろうとしている。パーティーの終わりを告げるように、真夜中の鐘が鳴る。そしてわたしは、死という出来事によってもはや自分がこれ以上のことを知りえなくなるその瞬間に、また一日分近づいたことになる。それにしても、なぜわたしは時の流れを、ぶつけたつま先の痛みを、上等なワインの心地よい味を、プロコフィエフを聴いたときの興奮を、感じるのか。じつはこの問いが、次の「最果ての地」でもわかるように、科学の本に載っている最大の未解決――ひょっとしたら答えのない――問題の一つの核を成しているのだ。

最果ての地　その六
チャットボットのアプリ

第十一章

わたしの脳みそ？　あれは、二番目にお気に入りの臓器だな。

ウディ・アレン監督、映画「スリーパー」

スマートフォン用のアプリ、クレバーボット（チャット相手を務めるバーチャルお友達アプリ）をダウンロードしてあるので、これからそれを試してみよう。このアプリは絶えずわたしに、自分が人間だということをわからせようとする。そこでわたしは、ためしに質問をしてみた。そして比較のために、息子の友達にも同じ質問を送った。以下はその答えだ。どちらがコミュニケーション自動化プログラム「チャットボット」の答えで、どっちが人間の答えなのか、皆さんにはわかりますか？

問い1　ガールフレンドはいますか。

A　ガールフレンドがいてほしいって、そう思ってるの？

B　よけいなお世話。

問い2　夢はなんですか。

A　夢は、有名な詩人になること。
B　お金をたくさん儲ける。

問い3　自分やまわりのことがわかっていますか。
A　わかってなかったら、人間じゃない……。
B　確かだと思えるのは、それだけ。

結局、クレバーボットで遊べば遊ぶほど、相手に人間らしく答える訓練を施すことになるとわかった。アプリとのやりとりはすべて蓄積されて、その先の会話に使われる。したがってわたしの反応が、クレバーボットとの次の会話の一部になるのである。

わたしの問いに対する答えは、今のところあまり要領を得ず、クレバーボットと会話をしていると、じきにこのアプリが人間よりかなり劣っていることに気づく。しかし、わたしのスマートフォンが賢くなって自分自身の存在を意識できるようになる可能性があるのか、あるいは、息子の友達にほんとうに意識があるのか、それともやはり単なる優れたコンピュータ・シミュレーションでしかないのかをきちんと判定することができるのか、という問題は実はひじょうに微妙で、さまざまな本でもっとも手強い不可知のひとつとされているものの本質に関わっているのだ。

意識に関する問い3に対するふたつの答えは、どちらも「われ思う、ゆえにわれあり」というデカルトの有名な宣言と関係している。これは、自分たちが宇宙についてほんとうになにがしかのことを知っていると確信することはできないのではないか、と考える懐疑論者たちに対する答えなのだ。アテネの郊外にプラトンが開設した学園アカデメイアで生まれた懐疑主義によると、何によらず確実に知りうるものなどない。あなたは今、自分が本か、あるいは何らかの電子機器を手に持っていると思っている。でも、それは確かなことなのだろうか。今わたしは、テーブルのうえからサイコロを拾い上げた。少なくとも、わたしは拾い上げたと思っている。でもひょっとすると、これらすべては夢であって、本もサイコロも存在しないのかもしれない。ひょっとするとこの経験そのものが、映画「マトリックス」の一場面のように、コンピュータ・シミュレーションによってわたしたちの脳に送り込まれた環境なのかもしれない。デカルトはその著書『省察』で、これらすべての筋書きのなかで唯一確信を持てるのが自分自身の存在――自分自身の意識――である、としている。ところがこの「わたし」もまた、究極の不可知である可能性がある。

わたしが考えていることをあなたは考えていますか

科学者たちが「意識のハードプロブレム」と呼んでいる、わたしたちの内面世界を巡るひとつの問いがある。何がわたしをわたしたらしめているのか。わたしたちの感情や意識を作り出しているのは、いったい何なのか。意識はどのような素材からいかなるメカニズムで作り出されるのか。意識はどのようにして生まれるのか。わたしの意識が経験することの質とあなたの意識が経験することの質が同じかどうか、どうすればわかるのか。あなたの頭のなかに入って、あなたが感じていることを経験することができるのか。酒を飲み過ぎた翌朝は頭が痛いものだが、わたしが感じている痛みは、あなたが二日酔いになったときに経験する痛みと似ているのか。ラスベガス産のサイコロは赤く見える。あなたもやはりその色を赤と呼んでいて、わたしたちの目はどちらもおなじ波長の光に反応しているわけだが、あなたが見ている赤はほんとうにわたしが見ている赤と同じなのか。そもそもこのような問いを発することに、意味があるのか。わたしがチェロを奏でたとして、そのときにわたしたちの耳に届く弦の振動は同じであるにしても、バッハの組曲を聴いたときにわたしたちの脳が同じような高揚感を経験しているか否かを知る術はあるのか。

意識の問題は、今まさに黄金期を迎えている。「最果ての地　その四」では、望遠鏡の発明によってガリレオとその同時代人たちが宇宙の果てを探れるようになったいきさつを紹介した。「最果ての地　その二」では、顕微鏡の発明によって物質の構造の奥深くまで分け入るためのツールが手に入るまでのいきさつを見てきた。そして二一世紀初頭のわたしたちは、ついに新たな望遠鏡――心を覗くことができる望遠鏡を手に入れた。fMRI（機能的磁気共鳴画像法）やEEGスキャナー（同時脳波スキャナー）のおかげで、わたしたちの脳を覗いて、赤い色や痛みやチェロの音を経験したときに生じる脳内活動を測定することができるようになったのだ。

もっとも、たとえわたしの脳のなかであなたの脳で起きているのとまったくおなじ活動状況が観察されたとしても、わたしの意識が経験していることとあなたの意識が経験していることがまったく同じだとは言い切れない。どうしてか。わたしたちの体の作りはきわめてよく似ているのだから、あなたの内面世界とわたしの内面世界は似ている、と考えてもよさそうなものだが。ここでも、宇宙を論じる際に鍵となった同質性の原理が適用される。つまり、ここで起きていることは、向こうで起きていることと同じである可能性がひじょうに高いのだ。ところがそれでも、信じられるのは自分自身の意識が経験していることだけで、データはたった一つしかない。ひょっとして、わたしの意識に独特の差違があるのに、どの検査でもわたしの脳があなたの脳とまったくおなじように振る舞っているように見えたとしたらどうなるのか。それでも、自分が物事を人とは違う形で経験しているということを知りうるのか。ひょっとするとあなたにはまったく意識がないのかもしれない。それでも、わたしにはわかりっこない。言語は、わたしが属する社会が赤だといっているすべてのものを「赤」という言葉で記述するように進化してきた。それでも、わたしの意識が、あなたの意識の経験している赤とはまるで別の何かを経験している可能性はある。

じつは既に、人によってはチェロの音を聴いたり2という数字を見たりしたときに、意識がほかの人とまるで異なる経験をするという事実が知られている。共感覚と呼ばれるこの現象では、これらの経験が引き金となって別の感覚が生じる。わたしの妻は、9という数やSという文字を見ると、きわめて暗い赤を見ているような感じを受けるという。わたしの大好きな作曲家オリヴィエ・メシアンの場合は、特定の和音を聴くたびに色が見えたらしい。さらに物理学者のリチャード・ファインマンは、数式を見ると鮮やかな色を感じたと言う。心の内を覗ける新たな望遠鏡を使えば、これらの現象を説明――あるいは少なくとも検出――することができる。ひょっとすると、まったく異なる脳の振る舞いを見つけることができるのかもしれない。だが、かりにすべてのデータが、目の前の人物の脳があなたの脳とまったくおなじ活動状態にあることを示していたとして、この二つの脳に意識があるのか、それとも意識がある人物のものまねを巧みにこなすゾンビでしかないのかをきちんと判別することが可能なのか。これが「意識のハードプロブレム」という問題なのだが、これについては、わたしたちはこの問いの答えを決して知りえないという主張がある。

意識はどこにあるのか

これまでの章で見てきた問題の多くには豊かな歴史があって、何百年にもわたる研究のおかげでさまざまなことがわかっている。ところが生きている脳を覗くことや意識を巡る問題はきわめて困難で、数十年前に新たな技術が登場しはじめるまでは、科学者よりもむしろ神学者や哲学者の専門領域だった。そうはいっても、科学者たちがこの問題を解こうとしなかったわけではない。

わたしの「わたし」がどこにあるのかという問いは、何百年にもわたって科学者たちを悩ませてきた。わたし自身はというと、自分の「わたし」はどこか目のすぐ後ろのあたりにあるように感じている。そこに小さな自分がいて、わたしの目を通してこの世をまるで映画のスクリーンのように観察し、意識が収納されている体の動き方を、責任者として決断しているような感じなのだ。丸々全部の体がなくても意識は存在するという感じは確かにあって、たとえ手を切り落としたとしても、意識が半分に割れたとは感じないはずだ。手は、「わたし」ではない。だったら体を何カ所切り落とせば、わたしを「わたし」たらしめているものが見つかるのか。

　みんながみんな、自分たちの意識は脳にある、ということで納得していたわけではない。たとえばアリストテレスは、脳は心臓を冷やすためのものでしかなく、心臓こそが真の感覚の在処だと考えていた。しかしそのいっぽうで、自分を自分たらしめているのはおそらく脳だ、ということに気づいている人もいた。脳のもっとも古い物理的記述を残した人物としては、たとえば一世紀ギリシャの解剖学者エフェソスのルーファスがいる。脳を頭蓋から取り出すと、まず最初に目立った部分が三つあるのに気がつく。大脳と呼ばれる半球が二つあって、これらは互いの鏡像のようになっており、その下に脳の縮小版のようにも見える小脳と呼ばれる部分があるのだ。

　脳に切り込んでみると、液体で満たされた空洞があるのがわかる。これが脳室だ。中世の科学者たちは、これらひとつひとつの穴が異なる精神活動を司っていると考えていた。前方の脳室は想像力を、後方の脳室は記憶を司り、その中間が理性を司るというのである。レオナルド・ダ・ヴィンチ（一四五二―一五一九）は、前方の脳室に共通感覚――五感を融合して、わたしたちが考える意識に近い共通の経験とするもの――が位置すると考えていた。

　これに対してデカルトは、自分たちの意識がそれぞれただひとつしか存在しないのであれば、脳のたった一つしかない部位、鏡像が存在しない何かを探すべきだと考えた。そして、魂は松果体にあると主張した。

顕微鏡を使ってみても、現在この本を読んでいる複雑な個人、つまりあなたの意識を生み出して

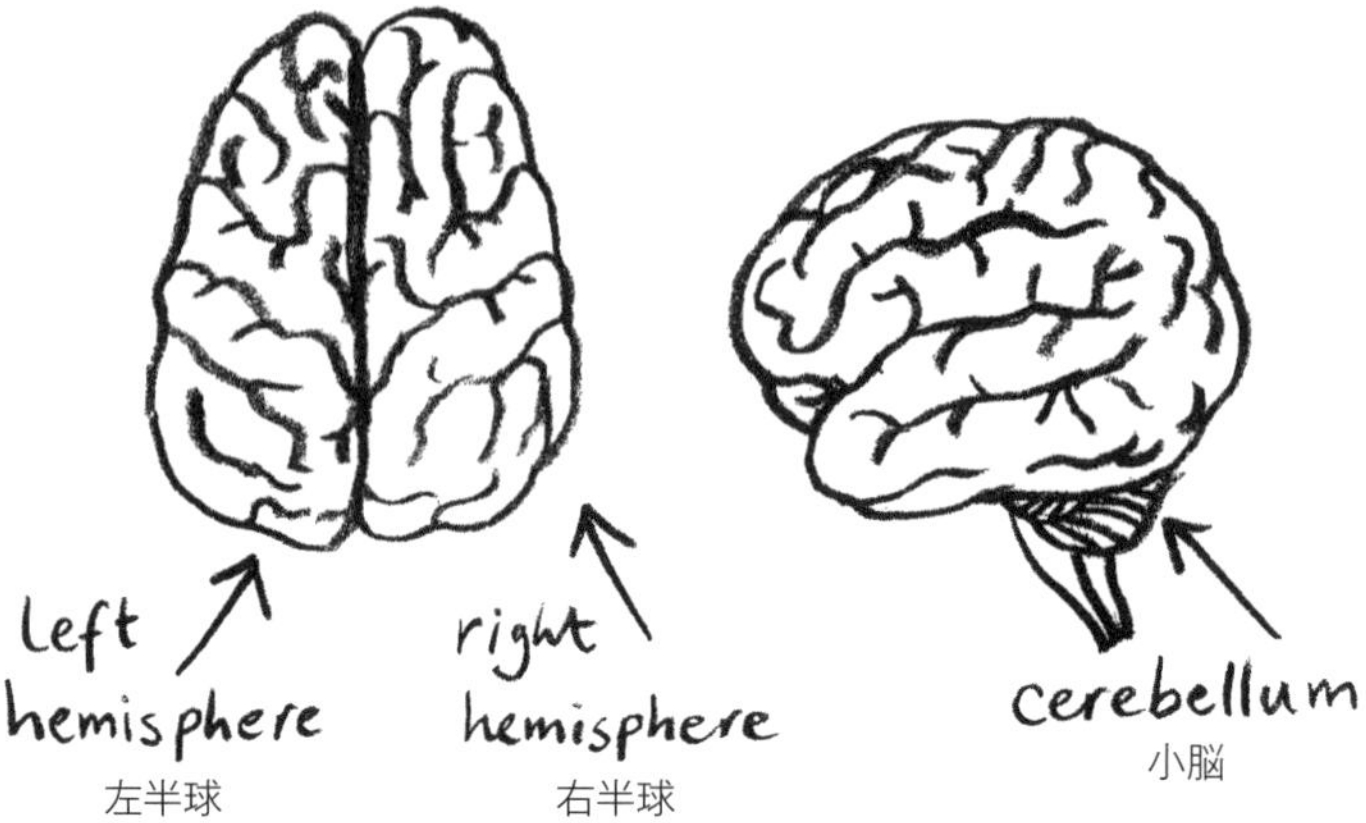

左の図は脳を上から見たもので、二つの半球が見える。右の図は脳を左側から見たもので、脳の下の小脳が見える。

いる灰色の塊の正体を理解するのは容易でない。わたしはかつて一度も実物の脳を見たことがなかったので、ひょっとして実際に脳と脳を突き合わせたら――というよりも脳と顔を突き合わせたら――何か新たな知見を得られるかもしれないと考え、英国でもっとも多くの脳が集中している場所の一つを訪れることにした。向かったのは、オクスフォード大学ではなく、英国パーキンソン病協会の脳《ブレイン》バンクで、そこではじめて、この手で脳を持たせてもらった。それは、臓器バンクへのドナー登録をしていて最近亡くなった男性の脳だった。

　その脳が収められている容器には、C33というラベルが貼ってあった。だがかつてその容器の中身には、あなたやわたしのように名前があった。その脳には八九歳の老人の希望や恐れ、記憶や夢、愛や秘密が宿っていたのだ。そしてその男性は、自分が死んだら脳を医学に役立ててもらうことに決めていた。それにしても、今その老人はどこにいるのだろう。その男性が生きているときに本人に「意識があった」のは、脳の中で何が起きていたからなのか。今、何が止まってしまっているのだろう。

脳を持たせてもらったからといって、脳がわたしたちの「意識」という経験をどのようにして作り出すのかが理解しやすくなったわけではなかった。脳はまるでフォアグラの大きな塊のようだった。液体がいっぱい詰まった穴、つまり脳室がわたしたちの意識の世界を理解するための鍵になるという考えは、じつはまったくの誤りだった。それでも、脳の異なる領域が異なる機能を司るという考えは、やがて正しいことが判明した。

一九世紀の科学者たちは、障害があったり損傷を受けたりしてきちんと機能しない脳を分析することによって、脳のさまざまな領域が異なる機能を司っていることを理解していった。たとえば、脳の前方部分は問題解決や意志決定や社会的性的な振る舞いを司っている。真ん中あたりは知覚や感覚、そして感覚が集めたデータの統合を司っている。さらに後方部分は、映画のスクリーンのように視覚を受け持っている。わたしの意識が頭の後ろのほうにあって自分の人生という映画を見ているような感じがするのは、一つにはこのためなのだ。

では、脳の左側と右側はどうなのだろう。このふたつが果たしている役割を巡ってさまざまな推測がなされてきたが、最近の研究で、どうやら脳はこれまで考えられていたよりはるかに柔軟で可塑的であることが明らかになった。とはいえ、言語中枢は主に脳の左側に位置している。一九世紀フランスの医学者ポール・ブローカ(一八二四―一八八〇)は、言語能力を失った患者の脳を分析して、すべての患者が脳のおなじ場所――今でいう、ブローカ野――に損傷を受けていることを突きとめた。その数年後の一八七四年には、ドイツの医師カール・ヴェルニッケ(一八四八―一九〇五)が、脳の別の領域に損傷を受けると、患者の言語処理能力(他人の言語の理解であって、発語する能力ではない)に問題が生じるという仮説を発表した。左脳の後ろのほうに位置するこの領域は、現在ウェルニッケ野と呼ばれている。

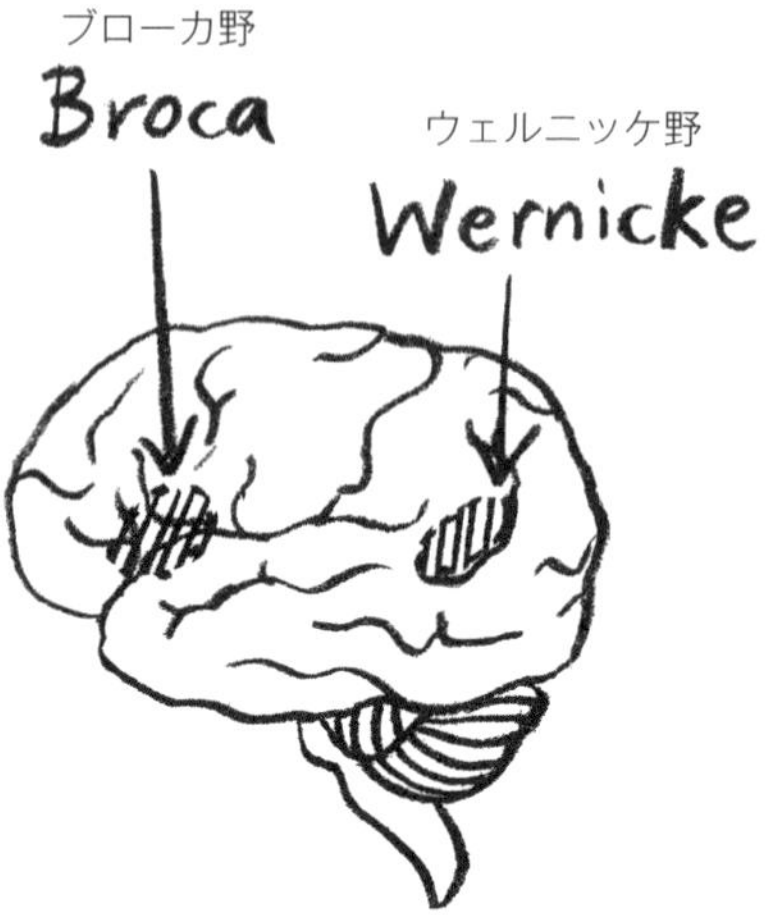

脳の左側はまた、サイコロを投げ上げた場合の確率の計算を始めとする複雑な計算を受け持っている。数は、左脳で処理されるのだ。いっぽう脳の右側は、自分が弾くチェロの音を認識したり、音楽を聴いたり、あるいは切り貼りの宇宙模型のような二十面体などの幾何学図形を思い描くといったことを受け持っている。脳の二つの半球は処理の効率を最大にするために、二つの半球を分かつ脳梁を通して絶えずコミュニケーションを取りあっている。つまり、この接合部分の神経線維を通じて連絡を取りあっているのだ。これは、設計の観点からいうとかなり不思議な特徴で、脳の両側が意思疎通する際には、この部分がボトルネックになる。

さて、手を切り落としたとしても、自分に意識があるという感じは変わらないとして、では脳をふたつに切ったらどうなるのだろう。意識は脳の活動によって生み出されるわけで、それなら脳梁を切って脳の両側が意思疎通できなくなった場合、わたしの意識はどうなるのか。意識も半分に分かれるのだろうか？

意識をふたつに割る

生きている患者にはじめて脳梁を切断するいわゆる脳梁離断術が施されたのは、一九四〇年代のことだった。その狙いは、てんかん性発作の抑制にあった。てんかん性の発作は、煎じ詰めれば脳の至るところの莫大な数のニューロンが同時に発火する現象である。電気活動のうねりが脳全体に広がって、その結果、患者は発作を起こす。理屈からいうと、脳梁を切りさえすれば、少なくとも脳の反対側は、電気信号の巨大なうねりに巻き込まれずにすむはずだった。それにしても、このような手術は意識にいったいどのような影響をもたらしたのか。

脳梁離断術を受けた患者の身体にまったく異なるふたつの意識が収まっていることを示す、はっきりとした証拠がある。脳の各半球は反対側の体の身体的振る舞いにのみ関わるので、手術によって意識が分かたれると、体の左右で対照的な振る舞いが見られるのだ。じっさい、このような脳梁離断術を受けた患者の左半身が、右半身に攻撃を加えるという異様な光景を記録したビデオが存在している。脳の右半球に司られている左半身にすれば、左半球に位置する脳の言語野にアクセスできず、そのため自分を言語で表現することができない。それによって生ずるいらだちが、攻撃となって現れたらしい。この患者は結局右半球の活動を抑える薬を飲み、言語能力を持つ左半球が身体全体を支配するのに任せたという。

これがほんとうに右側に位置する意識と左側との争いの表れなのかどうかは、判断が難しい。これらの反応が、実はゴムハンマーで膝の下を打つと反射的に足が上がるといった物理的な身体反応に似た、意識の経験からはいっさい切り離された物理的な反応であるとも考えられるのだ。

数を数えることを巡る別の実験からも、ひとつの体のなかでふたつの自我が機能していることを示す注目すべき結果が得られている。この実験では、脳梁離断術を受けた患者を物がたくさん載ったテーブルの前に座らせて、その間にスクリーンを立てた。患者はスクリーンに開いた穴から右手か左手を出して、スクリーンの向こうのテーブルにある物に手で触れてその個数を数えていく。

すると、右手を使って数えたときには手に触った物の個数を正確に声に出していえたのだが、左手を使って数えたときに、ひどく奇妙なことが起きた。実験者に、左手に触れた物がいくつだったか大きな声でいってくれと頼まれた患者が、まったくでたらめでまちがった答えをいったのだ。個数を発語する脳の言語野（左）が（脳の右側が制御する）左手にアクセスできないので、当てずっぽうで答えたのである。

ところがここで実験者が患者に、手で触った物の個数分の指を立てるように頼むと、まったく問題なく正しい数が示された。これは、脳の片方の側はきちんと言葉が使えるのに推測するしかなく、もう片方の側は身振りや手振りしかできないが正確な答えを把握できたということで、こうなると、外からの刺激に対するただの自動的な身体反応だとは考えにくい。

それでも、右手の側が知的に機能しているにしても、ひょっとすると実はゾンビのようなもので、内面の意識の世界がないのに意識があるように動けている、という可能性は残る。いったいどうすれば、ゾンビなのかそうでないのかを見分けることができるのか。それにそもそも、言語を生成する左半球だけに意識を限定しなければならない理由がどこにあるのか？

分断された脳には、分断されていない脳と同じやり方で情報を統合することができないらしい。脳を分断された患者の左目に「キー」という単語を見せて、右目に「リング」という単語を見せると、「リング」と発語して、左手でキーの図を示すことはできても、このふたつを統合して「キーリング」という概念を作ることはできない。それにしても、これは意識がふたつあるという例なのだろうか。それとも、切り離された脳はうまく認識を結合できない、ということを示しているだけなのか。

脳梁離断術を受けた患者の多くが、さまざまなことを上手にこなせる。車を運転したり、働いたり、社会のなかでごく普通に振る舞うことができるのだ。ということは、脳梁を切断されていても、脳の左右の側は一体化できるということなのか。それともこれは単に、ふたつの意識が見事に連携して働いているということで、本質的にはまったくおなじふたつの複製物の片方が、もう片方の振る舞いを再現しているということなのか。

意識は、脳が感覚器官から受け取るさまざまな入力を取り込んで、単一の経験にまとめ上げる。ところが脳梁離断術を受けた患者は、このような統合ができなくなる。しかし、ひょっとすると脳梁離断術を受けたわけでもないのに、脳の活動を統合して一つの経験にまとめることができない事例があるのかもしれない。統合失調症や多重人格障害といった疾患の原因は、おそらく脳がすべてを統合してひとつの声にまとめることができないところにあるのだろう。統合しそこねた結果、脳のなかに複数の意識があるように感じるのだ。

神経科学者たちはこれらの損傷を受けた脳について調べることによって、脳のどの部分がどの機能と結びついているのかを探り続けていたが、脳の構造理解に真の突破口を開くことになったのは、スペインの科学者、サンティアゴ・ラモン・イ・カハル(一八五二―一九三四)だった。一九世紀末のことである。

「わたし」のスイッチを入れたり切ったり

一八五二年に生まれたラモン・イ・カハルは、幼い頃は画家になりたいと思っていた。ところが父は、画家が息子に似つかわしい職業だと思わなかった。医者のほうが、はるかに立派な目標だ。そこで、医学に関心を持たせようと一計を案じ、人間の遺骨を探しに、墓場に連れて行った。遺骨を掘り起こしてその骨の図を描けば、息子の芸術的な志向も満たされるはずだ。父親のこの計画はみごと図にあたり、ラモン・イ・カハルは、次第に自分が描いている人体の構造そのものに魅せられていった。そして、一八七七年に医学博士となった。

その一〇年後、ラモン・イ・カハルは、自らの絵画への愛と解剖学への愛をともに満足させる方

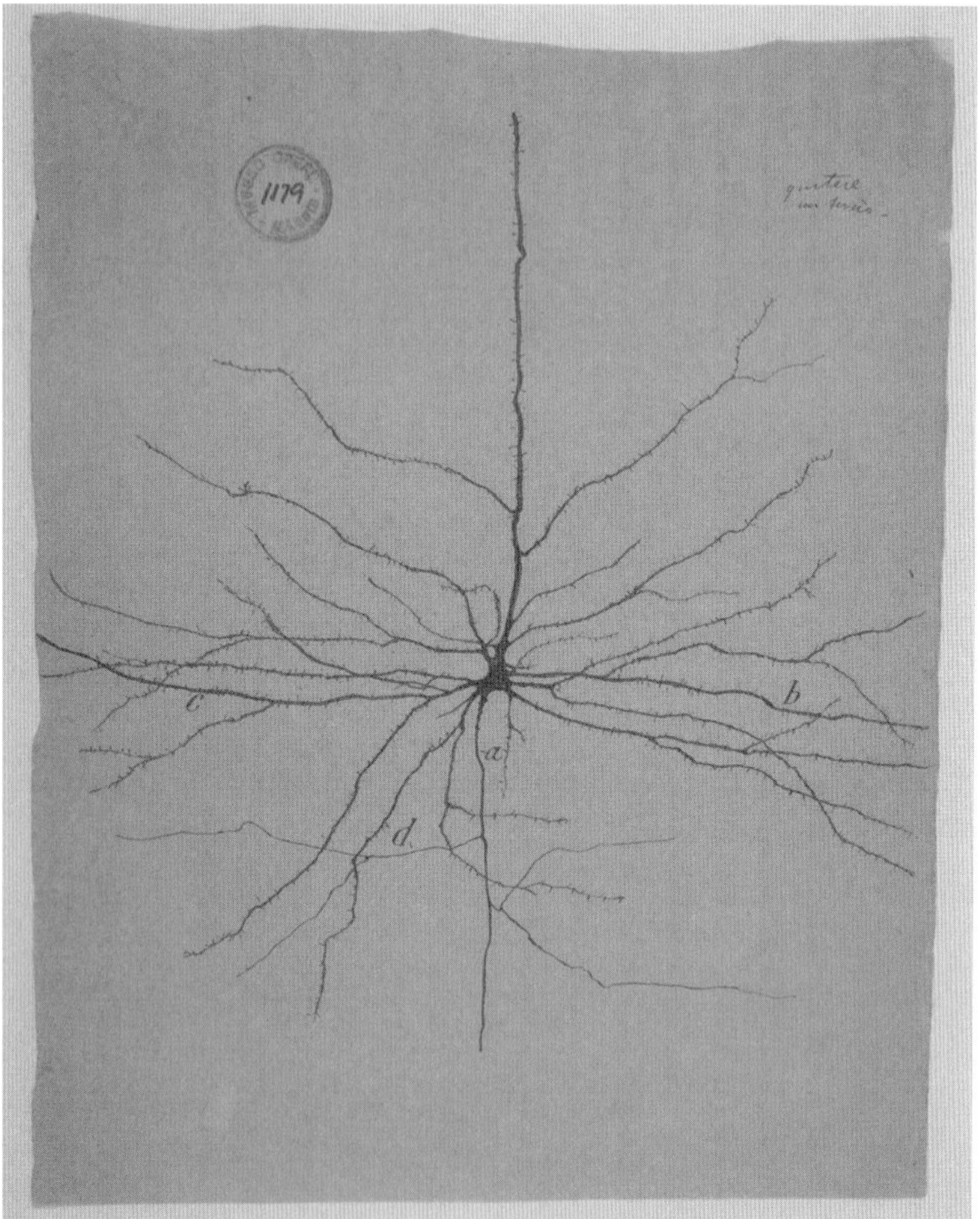
1179
a
b
c
d

法を見つけた。バルセロナ大学の教授として、硝酸銀を用いて神経細胞の構造を明らかにする新たな方法を学ぶと、この技法を脳の細胞に適用して、ヒトの身体構造の一部である脳細胞のきわめて複雑な性質をはじめて目に見える形にしてみせたのだ。硝酸銀を使うと、脳の一つ一つの細胞をランダムに染めることができ、その構造がはっきりする。そうやって得られた結果は、実に美しく衝撃的だった。

右頁にあるのは、もっとも古いニューロンの画像のひとつである。具体的には人間の網膜の細胞の画像で、ここにはじめて、脳が決して連続的な構造物ではなく、ニューロンと呼ばれる離散的な細胞が互いにつながって構成されたものであることが明らかになったのだった。

脳のあちこちの細胞を次々に染めていったラモン・イ・カハルは、ニューロンの大きさや形がじつにさまざまであることに気がついた。そこで画才を生かして、これらの複雑な構造をスケッチブックに描き込んでは、蝶の収集家のように記録をつけていった。今では、ヒトの脳にはニューロンが八六〇億個近くあることがわかっている。一秒に一個数えたとしても、数えきるのに二七〇〇年かかる計算だ。人体のニューロンの形や大きさはじつにさまざまなのに、ラモン・イ・カハルのスケッチからもわかるように、これらすべての基になっている構造はきわめて似通っており、細胞体と呼ばれる中央の細胞と軸索および樹状突起と呼ばれる細胞体から伸びる枝のようなもので構成されている。

ではニューロンは、実際にはどのように機能するのだろう。ニューロンは、ちょうどスイッチのように、オンになる——というか、「発火」する。たとえばチェロを演奏しているときに、わたしの耳が空気圧の変化を捉えると、それによってニューロン内の分子に変化が生じ、細胞のなかを電流が流れる。それによって、そのニューロンはシナプスと呼ばれる連結部分を通じてまた別のニューロンに語りかけることが可能になる。各ニューロンには細胞から伸びる一本の軸索があって、それが電線のように別のニューロンとつながっており、情報は軸索を通って別のニューロンに伝えられる。さらにこの軸索は、シナプスを通じて別のニューロンの樹状突起とつながっていて、ひとつのニューロンの電気活動によって生じた化学反応がシナプスを通ってつながっている先のニューロンを発火させるのだ。脳の機能は、チャットボット・アプリを入れたスマートフォンやコンピュータとよく似ており、ニューロンは、発火しているか、していないかのいずれかなのである。

脳とコンピュータにさまざまな違いがあるのは事実で、脳では、ニューロンの発火を決める際に、アナログな要因が作用している。シナプスから入ってくる神経伝達物質などの化学物質がある閾値《いきち》を超えないと、相手のニューロンは発火しない。情報を伝達する際には、発火の有無とおなじくらい、ニューロンの発火の程度が重要なのだ。とはいえ、これらのばらばらなニューロンの細胞が、細胞が活性化するか否かを決めるワイヤーでつながれているという構造は、わたしのスマートフォンのようなものが人工的な意識を作り出せるか否かを考えるうえで、きわめて示唆に富んでいる。もっともこの神経細胞網は、進化がわたしたちのなかに仕込んだきわめて複雑なネットワークであって、各々の軸索は異なる一〇〇〇の樹状突起とつながることができる。ずいぶん多く感じられるかもしれないが、脳内のニューロンの数が八六〇億個だということを考えると、各ニューロンは実は脳のごく一部と連絡を取り合っているにすぎない。

この電気化学的な活性によって脳が活性化されるわけだから、この活性が失われると、問題や病変が生じる。わたしが英国パーキンソン病協会の脳バンクで手に持ってみた脳はアルツハイマー病を患った八九歳の老人のものだったが、この病気は、脳の神経細胞を構成するニューロンやシナプスが欠損することによって発症する。

脳を開頭して、神経細胞を硝酸銀で染めて脳内ネットワークの静止地図を作ることができたとして、ではどうすれば、生きている脳のダイナミックな活動を写真に撮ることができるのか。脳の研究は、作業中の脳の内部を見る手段が登場したことによって、劇的に変わった。これも、技術の進展のおかげである。

神経系の望遠鏡

脳の活動状況がどのようなものなのか、その概略を知るには、ＥＥＧを使うのがいちばん簡単で手っ取り早い。自分の脳をはじめてＥＧでスキャンされたとき、わたしは少しばかり緊張した。なにやら異様な格好で、脳から何かを摘出するための装置のように見えたからだ。スキャンをするには、接続をよくするために頭皮にサンドペーパーをかけたり、六四個の電極を取り付けたりといった作業が必要で、ひどく時間がかかった。電極は、脳から何かを摘出するためのものではなく、わたしの思考過程に付随する何かにアクセスするためのものだった。

一九二〇年代にドイツの生理学者ハンス・ベルガー（一八七三―一九四一）が開発した脳波計（略称ＥＥＧ）では、頭皮上に配置した電極を用いて脳に生じる電気的活性を記録する。これは、脳のニューロンの内部やニューロン間を流れる電流が引き起こす電圧の揺らぎを測る装置で、科学者たちはこれを使って、脳のさまざまな活動に対応する多様な脳波を拾っていった。たくさんのニューロンが同期して活性化すると、脳のそれぞれの状態に対応して、異なる周波数の巨視的振動が引き起こされるのである。

最初に発見されたもっとも有名な脳波は、アルファ波と呼ばれる周波数帯の波で、たくさんのニューロンが同時に活性化したことで生じるこの波は、八〜一二ヘルツの巨視的振動である。わたしのチェロが奏でる音は最低でも六五ヘルツだから、アルファ波の周波数はそれよりはるかに低い。それでもこれは、脳を通して歌っている楽の音のようなものなのだ。アルファ波は、目が覚めてい

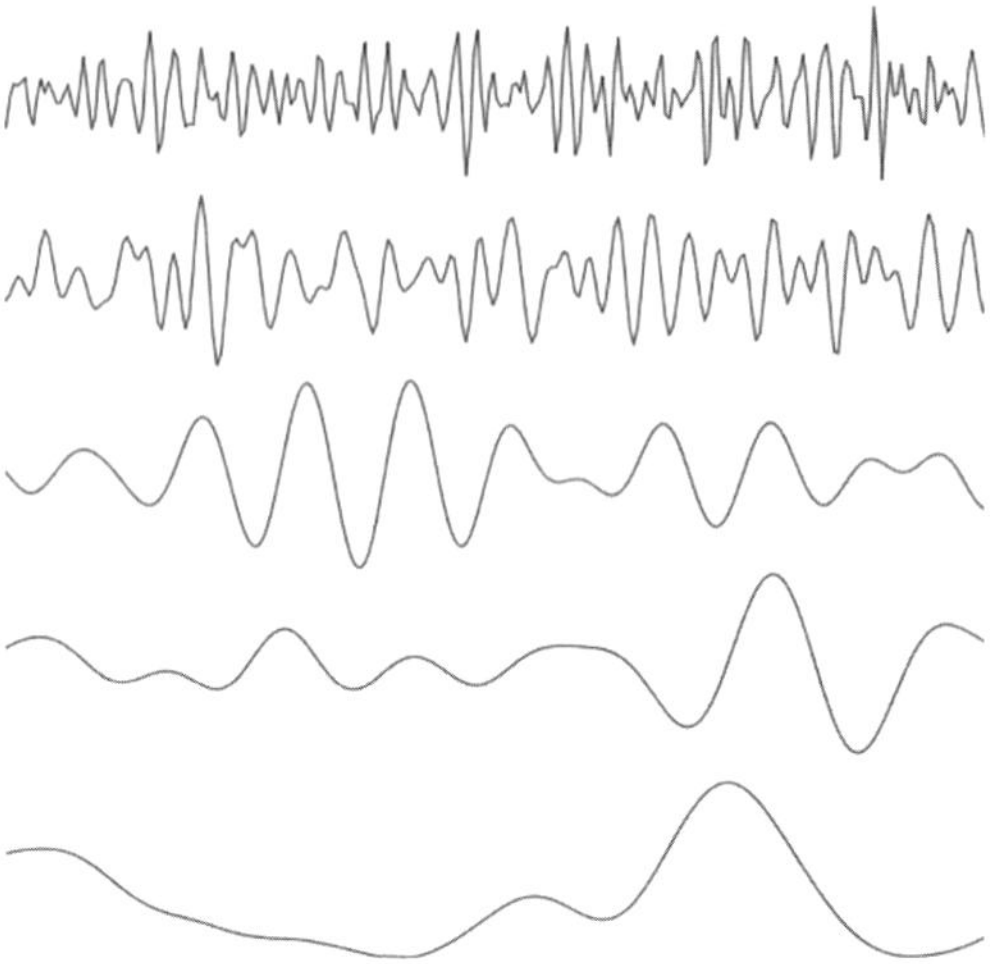

ぶんぶんいう脳。ガンマ波からデルタ波まで

て、しかもリラックスしているときに脳の後ろのほうで検出される波で、目を閉じるとさらに強くなる。脳が奏でる音は一種類に留まらず、脳が別の活動を行っているときには、周波数の異なる波が検知される。

●もっともゆっくりなのがデルタ波で一～四ヘルツ、意識もなく夢も見ない深い眠りに伴う波である。
●シータ波はこれより短い四～八ヘルツで、軽い眠りや瞑想に伴う波である。
●アルファ波より速いのがベータ波で、一三～三〇ヘルツ。はっきりと目覚めているときにはこの波が生じる。
●脳が意識を作り出す上でもっとも重要だと考えられているのが、ガンマ波という速い波で、三〇～七〇ヘルツ。ここでようやく、チェロが奏でる音の下限に届く。ガンマ波は、概念形成や言語や記憶処理など、さまざまなタイプの学習に伴って生じる。

わたしたちの日々の活動を通して、脳はどうやら交響曲を演奏するオーケストラのように振る舞っているらしく、脳波の動きは速くなったり遅くなったりする。そして、わたしたちが新たな考えを生み出したり、新たな状況に出くわしたりすると、軽快なスケルツォのような波が生まれるのだ。

ＥＥＧの信号は眠っている間に劇的に変化し、速かった波はしだいにアルファ波のようなゆっくりした波へと変わっていく。じっさい、脳波の周波数の違いに基づいて、眠りをいくつかの段階に分けることができる。だからこそこれらのニューロンの振動を、目が覚めているとか、意識があるとかいった認識の状態と結びつけることができるのだ。たとえば、ＥＥＧでまったく波形が現れないとき、医師は、その患者は脳死状態にあるとする。どうやら脳内の波は、脳がもっとも効率的なやり方で機能するために脳を同期化する活動であるようなのだ。

ＥＥＧを使えば脳の活動に迅速にアクセスできるというのに、脳内で起きていることを知るための新たなツールのなかでもっとも有名なのは、おそらく一九九〇年代に開発されたfMRIスキャナーである。ＥＥＧがこぢんまりしているのに対して、fMRIスキャナーはまるで巨大な怪獣だ。宇宙時代の睡眠用カプセルのようにも見えるが、いったん作動し始めると、眠ることなどとうてい不可能だ。磁気作用で生じる音の大きさときたら、耳栓なしではスキャナーに入れないくらいなのだ。fMRIで脳をスキャンしたからといってどこかが痛くなるわけではないが、装置のなかで長時間じっとしていなくてはならないのは――動くと、頭のなかで起きていることの画像がぼやける――苦痛である。

このスキャナーは、ニューロンの活動に反応して生じる血液の流れや酸素濃度の変化を検出する。じっさい、脳のどこかの領域が活性化すると、そこで使われる酸素の量が増えるのだ。また、酸素を含む血液のほうが磁性が強いので、活性化した領域へと向かう血流量の増加を捉えることもできる。fMRIスキャナーを使うとこのような磁気の揺らぎを検出することができ、そのデータに基づいて、特定の心理作用に脳のどの部分が関わっているのかを示す活性地図を作ることができる。

二次的な特徴を検出するfMRIと違って、EEGは電気的な振る舞いの変化を通じてじかに脳の活性を測るから、脳のなかで起きていることをはるかによく評価することができる。時間とともに変化する脳の活動を記録する能力に関しては、fMRIはまだEEGに太刀打ちできないのである。fMRIの本領は、より精度の高い脳のスナップショットを撮ることにある。したがってこのふたつを組み合わせれば、活動中の脳の状態を細かいところまで捉えることができる。たとえば、EEGとfMRIスキャナーのどちらを使っても、わたしが数学を考えているときにどの領域が活性化するのかを特定することができる。だったらこれらの神経系の望遠鏡を使うことによって、意識を理解することができるのか。今のところ、そのような展望は得られていない。というのも、見るべきものがほんとうに存在するのかが問題だからである。

わが家の猫に意識はあるのか

たとえさまざまな活動を行ったときに脳のどの部分が興奮するのかがわかったとしても、また、脳が物理的化学的にどのように機能しているのかがわかったとしても、自分たちになぜ「わたし」という感覚があるのかが理解できたということにはならない。このような問いに、いったいどう迫ればよいのだろう。数学者が何かの正体を理解するために用いる強力な戦略のひとつに、他のものとどこがどう違っているのかを理解しようとする、という手法がある。

たとえば、チャットボット・アプリがどんなにわたしを説得しようとしても、わたしは自分のスマートフォンに意識があるとは思わないし、自分が座っている椅子に意識があるとも思わない。でも、動物だったらどうだろう。わが家の白黒の猫フレディーは、家出するまで、わたしの書斎に座り込んで、机に向かって数学を書き散らすわたしの傍らでのんびり過ごしていた。あのフレディーには、「自分」という感覚があったのか。赤ん坊はどうなのか。うちの子どもたちの場合も、育つにつれて脳は進化し、意識や自己認識が変わってきた。ということは、意識にもさまざまなレベルがあるということなのか。脳が発展するにあたって何らかの閾値が存在し、そこに達すると別の意識の状態が出現するのだろうか。

もちろんうちの猫のような動物に、その内面世界についてたずねるなんて不可能だ。一九六〇年代後半、アメリカの動物行動学者ゴードン・ギャラップ（一九四一―）は鏡に向かってひげを剃りながら、動物が自己を認識しているか否かを検証する方法に思いを巡らしていた。そのとき、突然ある考えが閃いた。自分には、鏡に映っているのが自分の顔だとわかる。では、どの動物なら、わたしのように自分が見ているのが別の動物ではなく鏡のなかの自分の姿だとわかるんだろう。

インターネットにアップされている無数の猫のビデオを細かく調べていくと、猫の場合にはどちらかというと鏡に映った自分の像を部屋のなかにいるライバルの姿と見なしていることがわかる。それにしても、動物が鏡に映っている自分を自分だと認識しているか否かを判定するにはどうすればよいのか。ギャラップは、どの種の生物が鏡に映った自分を認識しているのか、つまりどの種の生物が「自己」という感覚を持っていると思われるのかを明確にするきわめて安定したテストを考え出した。

それは実に単純なテストだった。まず、動物を鏡の前に連れて行って、そこに映った自分の姿に慣れさせる。（興奮したチンパンジーが鏡の前で自分の像とともに踊る魅力的な場面を撮影したビデオがあるが、彼らがほかのチンパンジーとともに踊っていると思っているのか、それとも自分自身の動きに感嘆しているのかは定かでない）しばらくすると、実験者はその動物を連れ出して、顔を拭いてやりながら、動物の目の下にこっそりと赤い印を付ける。ただし、動物には印を付けたことがわからないように、また、鏡を見ないと印がついていることがわからないようにしておく。そのうえで、動物が鏡に映った像にどう反応するかを調べるのだ。

みなさんが鏡を見て、頬に何か変な印がついていることに気づいたら、すぐに、その印の正体を確認しようと頬に手をやるはずだ。このギャラップの自己鏡映像認知テストと呼ばれている検査によって、ある驚くべき事実が明らかになった。人間は、この意識あるいは自己認知のテストに常に合格するごくわずかな動物のグループの一員なのだ。ギャラップによって人間と同じように反応することが確認された種は、オランウータンとチンパンジーだけだった。さらに、二〇〇一年に心理学者のダイアナ・ライスと神経生理学者のローリ・マリーノがバンドウイルカについての研究を発表したことで、このリストに第三の種が加わった。

イルカには手がないので印に触れることはできないが、印を付けられたイルカは、印が付いていない時よりはるかに長い時間を鏡の前で過ごしたという。水槽のなかのほかのイルカに印がついていてもまったく興味を示さなかったことを考えると、鏡のなかのイルカが別のイルカではないということにある程度気がついていたと思われる。オランウータンとチンパンジーとイルカに加えて、賢いカササギや象など、ほかの種でも個体によってはこのテストにパスするものがいることがわかったが、その種のすべての個体が必ずこのテストにパスするわけではなかった。

チンパンジーが三〇歳を過ぎるとこのテストに受からなくなるというのは、じつに印象的な話だ。まだ、余命が一〇年から一五年ほどあるはずなのに……。おそらく自己認識には負担がつきものだからなのだろう。脳は、意識があるおかげで、精神的な時空旅行に参加することができる。過去の自分を考えて、未来に自分を投影することができるのだ。だからこそ、老齢を迎えたチンパンジーはむしろ自意識を持つ力を失おうとする、とギャラップは考えている。自分自身の存在を意識すれば、当然の代償として自分の死に向き合うことになる。自分を意識できる代わりに、死も意識せざるを得なくなるのだ。ここから、興味深い問いが生まれる。ひょっとすると人間の認知症もこれと同じような役割を果たしていて、加齢する人間を差し迫った死を認識するという苦痛から守っているのかもしれない。

むろん自己鏡映像認知テストは、意識を測る手段としてはきわめて未熟で荒っぽい。このテストは、視覚が高度に発達した種に有利なのだ。たとえば犬は目が悪く、ほかの犬を匂いで確認する。そのため、たとえ犬にも同じようによく発達した自己の感覚があったとしても、このような自己認知テストにパスするとは思えない。さらにいえば、実験の対象を、周囲の世界とのやりとりを主に視覚を通して行っている種に限ったとしても、自己認知テストとしてはひじょうに荒っぽいといえる。それでもこのテストを人間で行うと、驚くべき結果が得られる。じっさいこのテストを通じて、人間が鏡のなかの像を認識し始めたことを示すある種の変化がいつ脳で起きるのかを調べることができるのだ。

わが家の子どもたちが、まだ赤ん坊の頃に今と同じような自己認識をしていたとは思えない。ではうちの子どもたちはいつ、自分の顔にこっそり付けられた印に対してチンパンジーのような反応をするようになったのか。研究の結果、一六カ月の子どもは、新しい印にはまったく知らん顔で、鏡の前で遊び続けることがわかった。それでも、いつもと少し違う像を調べようとするのか、鏡のほうに手をあげることがあるという。

ところが二四カ月の子どもを鏡の前に連れて行くと、すぐに手を伸ばして奇妙な点を調べようとする。この強い反応から見ても、二四カ月ではこの像に見覚えがあって「これは自分だ」と思っているといえそうだ。脳が発達するなかで何かが起きて自己を認識するようになるわけだが、具体的に何が起きているのかは、まだわかっていない。

今かりに一八カ月から二四カ月で人間に意識が芽生えるとすれば、宇宙的規模でもおなじ質問を投げかけることができる。宇宙にいつ、最初の意識が生まれたのか。ビッグバンの直後にはまちがいなく、意識といえるようなところまで進化したものは存在しなかった。したがって、意識がはじめて経験された瞬間があったはずなのだ。つまり意識は、重力や時間とは異なる性質のものなのだろう。時間がいつ生まれたのか、どの程度基本的なものなのかといったこともまた、精査しなければならないのだが……。

一九九七年に亡くなったアメリカの心理学者ジュリアン・ジェインズ（一九二〇―一九七）は、人間の意識の芽生えが神という概念の創造を説明する鍵になる、と主張していた。ヒトは、意識が進化するにつれて、自分の頭のなかの声に気づくようになった。そして、このようにして生まれた内面世界を説明するために、神が形作られたというのだ。

今本書を読んでいる皆さんの頭のなかでも、これらの言葉が鳴り響いているように感じられていることだろう。それらの声もまた、わたしたちの意識が認識している世界の一部なのだ。ところがこれらの言葉は声に出して語られたわけではなく、ほかの人には聞こえない。これらはあなたの意識が認識する世界の一部であって、あなただけのものなのだ。ジェインズによれば、わたしたちが進化して意識が芽生えたときに、頭のなかで聞こえはじめた声にショックを受け、そこから超越的な知性――この世のものではない何か――という概念が生まれて、それを脳が神の声と解釈するようになったという。

東洋の多くの宗教における宗教者の実践――ヴェーダの哲学もその一つである――の核には、このわたしたちの内なる世界が神という超越的な概念に近いという見方がある。そのためヒンドゥー教では、超越的な最高の存在であるブラフマン（宇宙の根本原理）が、往々にしてアートマン（真我）、あるいは自己の概念と同一視されている。

面白いことにジェインズは、人類が進化するなかでいつ意識が誕生したのかを実際に特定できると考えていた。その主張によると、意識が生じたのは、紀元前八世紀のホメロスが『イリアス』を書いた時と『オデュッセイア』を書いた時のあいだのどこかだという。『イリアス』には、内省や意識や内面世界を特徴付ける証拠がひとつもなく、トロイの包囲攻撃に登場する人物たちは単に神々にこき使われているだけだが、『オデュッセイア』の主人公のオデュッセウスは明らかに、内省的で自分自身を意識している。つまり『イリアス』の登場人物にはない形で意識的なのだ。

意識のいたずら

『オデュッセイア』や『イリアス』のような本を読む楽しみのひとつに、別の世界に没頭するということがある。良い本を読んでいると、周囲のすべてが意識から消え去る。ヒトの脳は、自分の意識に届いたものをじつに巧みに濾過する。誰だって、自分の感覚器に流入する刺激すべてを意識したいとは思わないはずだ。そんなのはまったく手に余る。それにしても、外から入ってくる刺激はまったく変わっていないのに、脳がある知覚から別の知覚へと意識を切り替えられるというのは、まさに特筆すべき事実といえよう。

このような意識の切り替えのなかでも特にわたしが気に入っているのが、ラスベガス産サイコロを描いた線画に対する脳の反応だ。あなたには、次のページの図がどう見えますか。

はじめのうちは、ある平面が前に飛び出した立方体に見える。ところがさらにじっと見ていると、突然立方体がひょいと動いて、別の面が前に出ているように見えはじめる。「ネッカーの立方体」と呼ばれる図そのものはまったく変わっていないのに、こちらが意識しているものが変わるのだ。脳のなかで、いったい何が起きたのか。意識はほんとうに、脳が語る身体と外界との相互作用を通じて得られた感覚器官への刺激についてのお話でしかないのか。

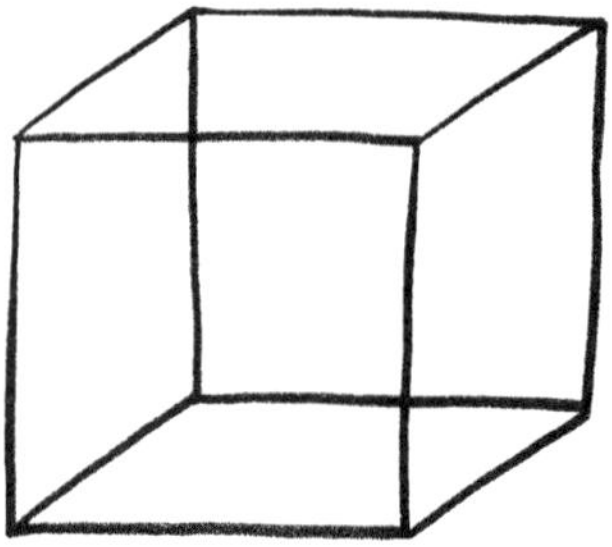

もう一つ、これとは別の脳による視覚データの処理方法の衝撃的な例を教えてくれたのが、アメリカの神経科学者クリストフ・コッホ（一九五六―）だった。コッホは、今日の意識の研究を牽引する人物の一人である。意識というテーマは長いこと、広く尊敬を集める科学者が現在研究中であることを公言するようなものではなかった。そんなのは人文科学の専門領域に属するテーマであって、実験室にいる人間が取り組む対象ではなかったのだ。ところがノーベル賞受賞者でもあるイギリスの科学者フランシス・クリック（一九一六―二〇〇四）がＤＮＡの研究から目を転じて、脳はどのように意識を形成しているのか、という問いに取り組みはじめたとたんに、科学者が真剣に取り上げるに値するテーマと見なされるようになった。クリックより四〇年下のコッホはこの問題に、まずクリックの共同研究者として取り組んだ。

わたしがコッホとはじめて会ったのは、パサデナ郊外のマウント・ボールディー（ロサンゼルス郡の最高峰で標高三〇〇〇メートル以上）の山頂だった。当時コッホはパサデナにあるカリフォルニア工科大学で研究をしていた。この山のてっぺんで会うことにしたのは、コッホが好んで行う壮大なランニングの、あるルートの中間点だったからだ。お恥ずかしい話だが、わたしはいっしょに走らないかというコッホの誘いを断って、スキーリフトで頂上に向かうというずるをした。二人で意識というやっかいなテーマとがっぷり四つに組みはじめるまでは、コッホの肩に入っているタトゥーが気になってしかたがなかった。アップル社のトレードマークである齧りかけの虹色のリンゴのようにも見えた。

「二〇〇〇年にイスラエルで、息子と一緒に考古学の発掘にいったときに入れたんだ。アップル社のコンピュータは、二〇世紀のもっとも美しくエレガントな製品のひとつだ。形と機能の完璧な融合といっていい」

コッホにすれば、紀元前二〇年のヘロデ大王が作った人口港湾都市カイサリア・マリティマのすばらしさを実感するために子息とともに地中から掘り出した壺と同じくらい、今日の文化を理解することが重要なのだろう。自分が持っているアップル・コンピュータについて饒舌に語り、ある日意識を持ったコンピュータが言い返してくるんじゃないかと常に考えている、という。もう一つ、コッホが大好きなのが犬で、人間が考えているよりはるかに高い意識があると信じている。そして、動物に意識があるという信念から、菜食主義者になった。

「哺乳類が、生きていくことの喜びや苦悩を意識的に経験できる、つまり嬉しいとか悲しいといった感情を持っている可能性がある以上、彼らの肉を食べるべきではない。そういう認識が強まっていったんだが、だからといってすぐには行動を起こせなかった……。肉の味が舌にとても深く染みこんでいたからね」

神経科学のなかでも視覚を専門とするコッホは、ポケットに入っていたA4の紙を使って、視覚から得られる興味深い知見——事物がどのようにしてわたしたちの意識的な精神に届くのか——を説明してくれた。

コッホはわたしにA4の紙を渡すと、紙を丸めて望遠鏡みたいな筒を作ってみてほしい、といった。次に、その望遠鏡を右目に当てて、左目は開いたままで左目の前のあたりで左手を開く。

「じゃあ、あっちの山を見て。何が見える?」

いわれた通りにしたわたしは、思わず笑い出した。まるで、手に穴が開いているように見えたのだ!

コッホの説明によると、わたしの脳は、矛盾しているように見えるふたつの情報を、経験に基づいて処理しようとしているらしい。つまり、わたしの意識がある脳に届くのは、自分が興味を持つだろうと思われるものに折り合いを付けた結果なのだ。わたしは左目に入ってくる視覚情報として自分の手の一部を見ているが、いっぽう右目には、望遠鏡のなかの小さな風景が見えている。そしてこのふたつが重なると、まるで手に穴が開いているように見えるのだ。コッホは、脳がわたしの意識に何を見せるかを決める方法を手がかりとして、意識そのものの理解を深めることができると考えている。

ということは、神経系の新たな望遠鏡を使えば、脳があるものを、あるいは別の何かを意識したときにどんなことが起きるのかを理解できる、ということなのだろうか。コッホの研究によると、網膜の神経から送り出される情報は変わらないらしい。ということは、意識される経験は脳のもっと奥のほうで変わっているにちがいない。やっかいなことに、fMRIやEEGスキャナーはまだおおざっぱで、ネッカーの立方体の見え方の変化のような微妙な変化を拾うことができない。ところがコッホは二〇〇四年にカリフォルニア工科大学の自分の研究チームのメンバーとともに、単体のニューロンにあれこれ問いかけて、そのニューロンがどのようなきっかけで発火するのかを調べる機会を得た。そしてその結果、なにやら奇妙なニューロンの活動を発見することとなった。

ジェニファー・アニストン・ニューロン

てんかんの発作の原因としては、脳全体のニューロンの同期発火――頭のなかで起きるいわば原爆の核分裂のような連鎖反応――の引き金になる神経回路の配線の不具合や、組織の傷などが考えられる。そして時には、脳のごく一部を切除して次第に増幅するカスケードの発端となる引き金に相当する部位を取り去り、このような発作を防ぐことができる。

その場合には、発作の源がどこにあるのかを確認し、組織を余分に取りすぎないようにするために、患者の頭蓋に開けられた穴から脳の柔らかい組織に二〇個ほどの電極を挿入する。まるで中世の拷問のようにも聞こえるが、実はこれは、今日の臨床医療のひじょうに多くの場面で行われている手順なのだ。各電極からは髪の毛のようなごく細く小さなワイヤーが出ていて、それが一〇個から五〇個のニューロンの領域につながっている。そして、これらのニューロンが一つでも発火すると、電極がその電気活性を拾う。そこで医師は患者が発作を起こすのを待ち、実際に発作が起きると、脳全体でのニューロンの発火状況を記録し、そのデータを数学を用いて解析してうねりの源と思われる場所を特定する。

ところが、発作はすぐに起きるとは限らず、そうなると電極を付けた患者は、病棟で腰を下ろしてただぼんやりと時を過ごすことになる。ところがカリフォルニア工科大学のチームは、これをチャンスと見た。電極を付けたままの患者たちに質問して、何がニューロンを発火させるのかを調べようというのである。いちばんよくてんかんの発作の源になる場所は、記憶が格納されている領域でもあった。その場所にたくさんの電極がつながれているのだから、記憶の領域で発火があったときにどのような電気活性が見られるのか、ひとつ試してみよう。そこで患者の記憶を刺激するために、さまざまな絵を見せてみた。

辛抱強く調べた結果、まさに衝撃的な結果を得ることができた。ある患者で、ジェニファー・アニストンという女優の写真を見せられたときにだけ発火するニューロンが見つかったのだ。アニストンの着ている服が変わろうが、髪の色が変わろうが関係なく、ジェニファー・アニストンという概念を認識したとたんに発火するらしく、この女優の名前が書かれた紙を見せただけで発火するという有様だった。

ある意味で、この発見はそれほど意外ではなかった。脳にすれば、記憶や概念や考えを符号化するためにも、データをニューロンの活性に変える方法が必要だ。たとえばジェニファー・アニストンのデジタル写真は、この女優の画像を0と1の連なりに変換するひとつの方法だが、わたしたちの脳は、絶えず飛び込んでくる感覚データを取り上げては、たとえばジェニファー・アニストンに概念として符号化するだけの価値があるかどうかを決めている。重要だとなると、その時点でニューロンにつながっているシナプスが強化され、アニストンと関係がある視覚情報を受け取ったときには必ずニューロンが発火するようになる。ひとつひとつの概念に対して、固有の特徴を持つニューロンの活動へとつながるシナプスの鎖が作られるのだ。わたしが特に気に入ったのは、ピタゴラスの定理の画像を見せられるたびに発火するニューロンを持つ患者だった。なんて目利きなニューロンなんだろう。

おそらく、ニューロンが実に選択的に発火する、という事実のほうが意外なのだろう。問題のニューロンは、ほかのどの画像にもまったく関心がないらしい。コッホはわたしに、アニストンやピタゴラスといった概念の符号化に関係するニューロンがこれひとつしかない、と主張する気はないといった。それでは効率が悪すぎる。この実験で質問対象とすることができるニューロンの数は限られていて、スマートフォンのデジタル写真を記録する際にスイッチをオンにするデジタルの1と同じように、脳のあちこちにアニストンという概念を符号化して発火するニューロンがいくつもあるという可能性はきわめて高い。それでもコッホは、符号化に関わるこれらのニューロンの数は、案外少ないと考えている。何百か、あるいは何千といった程度であって、決してコンピュータでそれらの画像を符号化するのに必要な何百万の桁ではない。

このような符号化は、クオリアと呼ばれるものの理解に強く関わっている。クオリアとは、赤い色のように、誰かが知覚したり経験したりする質、ないし性質のことである。自分の目の前のものがラスベガス産サイコロであろうと、サッカーチームのアーセナルのユニフォームであろうと、白地に赤い十字があるイングランドの国旗の十字であろうと、とにかく赤いという感じを受けるわけだが、このときあなたのクオリアとわたしのクオリアが似ているか否かはどうすれば判別できるのか。さらに、動物やコンピュータもクオリアを経験しているのか、ということも問題となる。

脳内で概念を符号化するという行為が数学的であるからには、異なるクオリアの補足が可能だと思われる。アーセナルのユニフォームやトマトを見て発火するニューロンの場合、コッホの研究結果から見て、これを概念が認識されたときに脳内でともる何十億もの0と1からなるコード名と見なすことができる。さらにそれらの異なるコード名を、高次元幾何学空間の点ないし結晶のような図形を形作る印と見ることができる。そのとき、これらの幾何学図形に異なるクオリアが符号化されているのだろうか。アーセナルのユニフォームを符号化した形とラスベガス産サイコロを符号化した形には何か共通するものがあって、それが赤を感じさせるのか。

さらにいえば、これもまた共感覚の源となりうるのか。脳によって符号化された赤のクオリアの形が7という数の概念を符号化したクオリアの形とよく似ていて、そのため7という概念を認識すると赤の感覚が発火する、という人がいるのかもしれない。

ここで紙を丸めて作った即席の望遠鏡と手の平の穴に話を戻すと、コッホによれば、この実験の設定を少し変えるだけで、何かを意識することとこれらの概念ニューロンの発火が対応しているか否かを検証することができるという。まず、紙で作った望遠鏡を両目に一本ずつ当てる。そのうえで片方の望遠鏡の先にジェニファー・アニストンの写真を置くと、当然わたしの脳のジェニファー・アニストン・ニューロンが発火する。ところが今、もう片方の望遠鏡の先にピタゴラスの定理の画像をちらつかせると、ここでも脳は、どの画像を意識に届けるかを選ぶことになる。

この場合、ジェニファー・アニストンの画像が意識から消えて、新たに脳が受け取った画像と置き換わることが多いという。ピタゴラスの定理の画像が優勢となり、脳があいかわらずアニストンにつながる入力を取り込んでいるにもかかわらず、被験者はもはやジェニファー・アニストンの画像を意識しなくなるのだ。

ということはつまり、意識の変化に対応する脳の活性の変化を観察できるということなのだろうか。実際、これとよく似た実験をサルで行ったところ、第一の概念を認識したときに発火したニューロンは、二つ目の画像が示されたとたんに発火が止まったという。

この事実からも、自分たちが何を意識しているかということと脳の電気化学活性の間に何か関係があるという事実に焦点を絞ってよさそうだ。そんなことは自明のようにも思えるが、意識というものがまだ発見されていない力や物理的なもの、あるいはまったく別の何かがもたらす結果だとするとどうなるか。その場合、ジェニファー・アニストンの画像を意識しなくなってもあいかわらずニューロンが発火し続けていたとすると、自分たちが突然画像を意識しなくなることを決める別の何かがあることになる。その何かが、意識的な経験のスイッチを切らねばならないのだ。

何かを意識するという経験のスイッチを入れたり切ったりする人間の能力は、じつは多くの手品師やイリュージョニストの演目の要になっている。今でも鮮明に覚えているのだが、ある晩ロイヤル・ソサエティ（一六六〇年に創設されたイギリスのもっとも権威ある科学学会）のフェローの集まりで、ハートフォードシャー大学の心理学の教授リチャード・ワイズマンにビデオを見せられた。ふたつのチームがふたつのバスケットボールを投げ合っているところを写したビデオだった。ワイズマンはわたしたちに、「黒いチームが何回ボールをパスしたか、数えてください」といった。そのうえで、イリュージョニストの古典的なやり方に則って、わたしたち全員が確実に目の前の作業に注意を集中するように、余計な情報を提示した。「男性と女性では、パスの数え方が違うことが多いのですが」

そのうえでビデオが再生されて、全員がパスの数を勘定した。ビデオが終わるとワイズマンは、パスが一七だったと思う人、とたずねた。何本かの手が上がる。では一八だったと思う人は？　ここでも何本かの手が上がる。「ではみなさんのなかで、サルの着ぐるみを着た男が、コートの中央に出てきて胸を叩いた後に立ち去るのを見た人は?」えっ、なんだって? そんなものはまったく見た覚えがないぞ! 最初わたしは、かつがれているんだと思った。ところがなんと、手を挙げている人が二人もいたのだ。その二人は、パスを勘定するなどという面倒なことはせずに、ただ注意をさまよわせていたおかげで、サルの着ぐるみを着た男に気づいたのだった。それなのに、わたしの脳はその事実をわが意識的な経験に提供しなかった。ロイヤル・ソサエティのその部屋に集った科学者たちにとって、これは重要なメッセージとなった。何かひとつのことにに集中しすぎると、目の前のサルを見逃すことになる。

数学を研究しているわたしにとって、何かが意識と無意識の間を行ったり来たりする感じは、ごく身近なものだ。じっさい、自分が机に向かって行っているのはアイデアの種まきであって、それらの種は机を離れたときに芽吹くことが多いと、幾度感じたことか。よく話題に上るこれらの直観のひらめきは、脳が無意識のなかで問題を解決しようと地道に働いた結果なのだろう。そしてぴったり来るものが見つかると、それが発火して、絶対に見落とすことがないように、ドーパミンの高まりとともに意識に上ってくるのだ。

わたしがもっとも誇らしく思う数学の発見も、このような形で意識に上ってきたようだった。当時わたしはボンのマックス・プランク研究所で、あるやっかいな問題に朝から晩まで取り組んでいた。同僚との共同研究だったのだが、まったく進展のないまま夜になったので、その問題を意識するのをやめて、ロンドンにいる妻に電話しようとした。するとそのとき、これまでにない奇妙で意外な性質を持つシンメトリーな対象が突然「見えた」のだ。わたしは、唐突に意識に上ってきたその考えを黄色いリーガルパッド(わたしの愛用するキャンバス)に書き殴った。このときの概念の意識への登場の仕方——その瞬間までまったく考えてもいなかったものがボンで電話口にいるときに姿を現したその様子――は実に驚くべきものだった、と今も思っている。まるで無意識のなかで磨きをかけられていたこの新たな数学的対象が、絶対に見逃されないように化学物質の迸りとともに脳の意識にぐいっと押し上げられたかのようだった。しかし、わたしをしてこのような経験をせしめたものの正体は、未だに謎のままだ。

体の外にいるような経験

紙の望遠鏡を使ったコッホの実験からも、わたしたちの視野を混乱させて、わたしたちが環境を経験するやり方を変えることがいかに容易かがよくわかる。ところが脳に対しては、さらに壮大な策略を仕掛けることができる。いくつかの感覚を同時に混乱させ、意識の状態を劇的に変えることによって、「わたし」という感覚を完全に体の外に移すことができるのだ。

この現象のもっとも衝撃的な例に、マガーク効果といわれるものがある。ユーチューブで少し探せば、この効果の例を示すビデオが見つかるはずだ。それらのビデオを見れば、脳が、ほんとうは実在しない意識の経験を作り出すことにいかに長けているかが実感できるはずだ。

この錯覚は、「ファ……ファ……ファ」といっているように聞こえ、見た目もそうとしか思えない顔が映し出されるところから始まる。ところが目を閉じると、突然その音が「バ……バ……バ」になる。音はまったく変わっていないのに、顔の動きが「ファ」というときの動きであるため、矛盾した入力に脳が混乱を来すのだ。脳は常に統合された意識の経験を作ろうとするので、直前の経験とつじつまの合う物語を見つけると、それを意識に送り込む。ちなみに、異なる感覚を統合する場合には、視覚が聴覚に勝ることが多い。

サルの着ぐるみを着た男の場合と違って何が起きているのかがわかっていても、「ファ」という音を発している口を見ながら、脳に「バ」という音を聞かせるのはきわめて難しい。脳はパターンを探し求め、押し寄せてくる雑音のような情報になんとしても構造を押しつけようとする。ネッカーの立方体やマガーク効果のように情報が曖昧な場合は、どの情報を優先するかを脳が選ぶしかない。

これらの錯覚は、この宇宙について何かを知ろうとする人々すべてに対する警告となっている。わたしたちは、特別の権利を得て現実に迫っているわけではない。わたしたちと環境とのやりとりの元になっているのは脳が受け取る情報で、わたしたちはそこから、外部世界のもっともらしい表現を作り上げている。ところがそうやってさまざまな感覚が混ぜ合わされた結果、わたしたちの意識の在処を巡る実に奇妙な結果が得られたりするのだ。

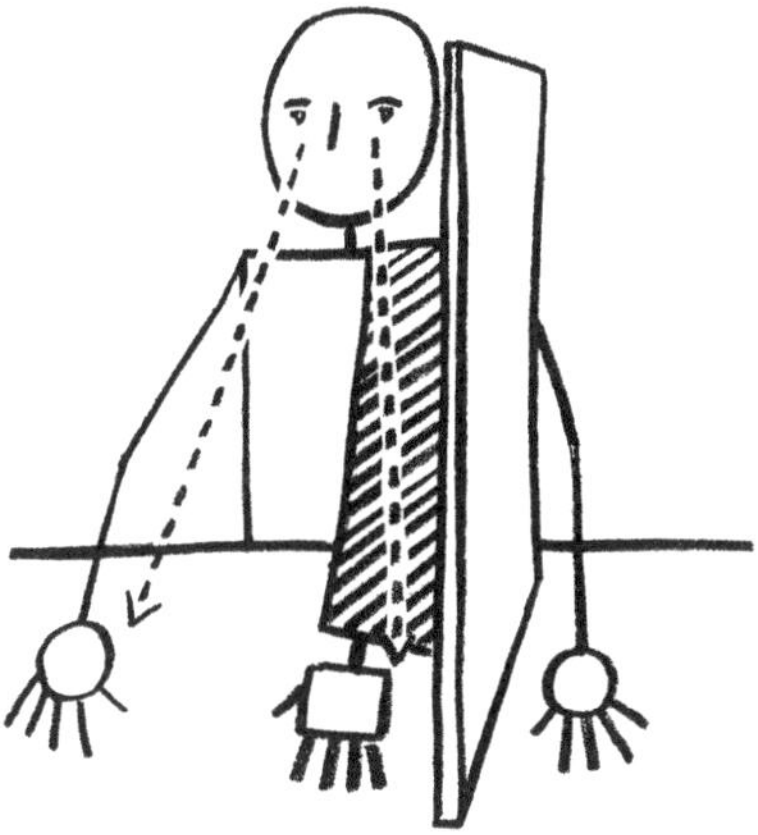

スウェーデンのカロリンスカ研究所である実験の被験者となったわたしは、「わたし」という意識の在処を本気で疑うようになった。二〇〇七年にヘンリック・エーソンが開発したその実験のせいで、自分の意識が実際に誰かほかの人の体に宿っているとしか思えなくなったのだ。それは、「ゴムの手《ラバーハンド》錯覚」と呼ばれる有名な実験をヒントにして組み立てられた実験だった。「ゴムの手錯覚」の実験では、被験者の手はスクリーンの向こうにあって、直接見ることができないようになっている。さらに偽物のゴム製の手が被験者に見えるところに置かれていて、袖を通して被験者の体につながっている。当初被験者は、このゴム製の手をあるがままに——つまり偽の手だと——理解し

ている。ところが実験者が（見えている）偽の手と（見えていない）本物の手の両方を同期させて撫でると、奇妙な取り替えが起きはじめる。

視覚刺激と触覚刺激の組み合わせが曖昧なので、脳は何が起きているのかを理解しようとする。ところがここでも視覚が優勢なので、被験者は偽の手が自分の手だと認識しはじめ、その結果、偽の手をハンマーで叩くふりをすると、ひじょうに多くの場合、被験者はまるで自分が攻撃されたように振る舞う。視覚と触覚の組み合わせが脳を欺いて、偽の手を自分のものと認識させたのだ。脳には驚くべき可塑性があって、数分のうちに、偽の手が自分の一部だと認めるように自身をプログラムしなおしたのである。

カロリンスカ研究所の研究チームは、この視覚と触覚の入力の組み合わせをさらに高いレベルに推し進めた。神経科学は、新たな技術の開発によって前進する場合が多い。ここでの新技術は仮想現実メガネで、わたしはゴーグルを着けるようにいわれた。いっぽうエーソンは、てっぺんにふたつのカメラが付いた大学の角帽のようなものをかぶる。それらのカメラがわたしの目になるのだ。つまり、エーソンの頭の上のカメラで撮ったビデオが仮想現実メガネに送り込まれ、わたしはエーソンの視野を得ることになる。ここまでは、別に奇妙でもなんでもなかった。ところがエーソンがわたしに握手しようといったときに、とうてい理解しがたいひどく奇妙なことが起きた。

エーソンはわたしと握手をしながら、規則的に自分の手を握ってほしい、そうしたらそれに合わせて握り返すから、といった。するとわたし自身が、この視覚と触覚の組み合わせによって、自分の体から出ているようにしか見えない腕を自分の一部として認識し始めたのだ。なんとも不気味なことに、わたしに見えている腕は、じっさいには自分ではなくエーソンの腕だった。このときの自己同一感はきわめて強く、エーソンがナイフを取り出して自分の手の上で引いてみせると、わたしはまるで自分の手が切られそうになったかのような反応を起こしたのだった。わたしがストックホルムを去った後も、エーソンはこのような錯覚の研究をさらに推し進め、被験者に自分の意識がバービー人形のなかにあるように感じさせることに成功している。

これまで、このような効果は映画のなかに限られていた。近年、SF映画の多くがこのような体外離脱経験を取り上げている。たとえば「アバター」、そして「サロゲート」。しかしわたしはエーソンの実験に参加してみて、コンサート会場やエベレストの山頂にアバターを派遣してアバターが経験した感覚器官への入力を丸ごと家にいる自分に送り込み、まるでコンサートホールの席に着いていたり世界のてっぺんに立っているように感じられるようになるまでに、そう時間はかからないのかもしれないと感じ始めている。

心と体

これらの実験は、「心身問題」と呼ばれる論争の核心に迫るものといえる。意識は物理的な体と分離しているのか。体が意識を作り出していることは確かだと思われるが、意識を物理的なハードウェアとまったく異なる別個のものと見なすことができるのか。心が体のなかにあるのは何のためなのか。これまでにも、心は純粋に体から独立したものである、とする説が唱えられたことはあり、事実デカルトも、そう考えていた。

これは二元論と呼ばれるもので、精神世界は物理的な世界とはまったく別個だという立場を取る。魂とは、この精神世界に存在する「別のもの」を記述するために使われてきた言葉なのだ。さらに、その「別のもの」がどれくらい体から独立しているのかという問題も、議論されてきた。この「別のもの」が何であるにせよ、エーソンの実験はそれの見かけの在処を変える。あの実験は、わたしたちの心と体が空間的に統一されているという見方に疑問を投げかける。それでも、「自分」とい

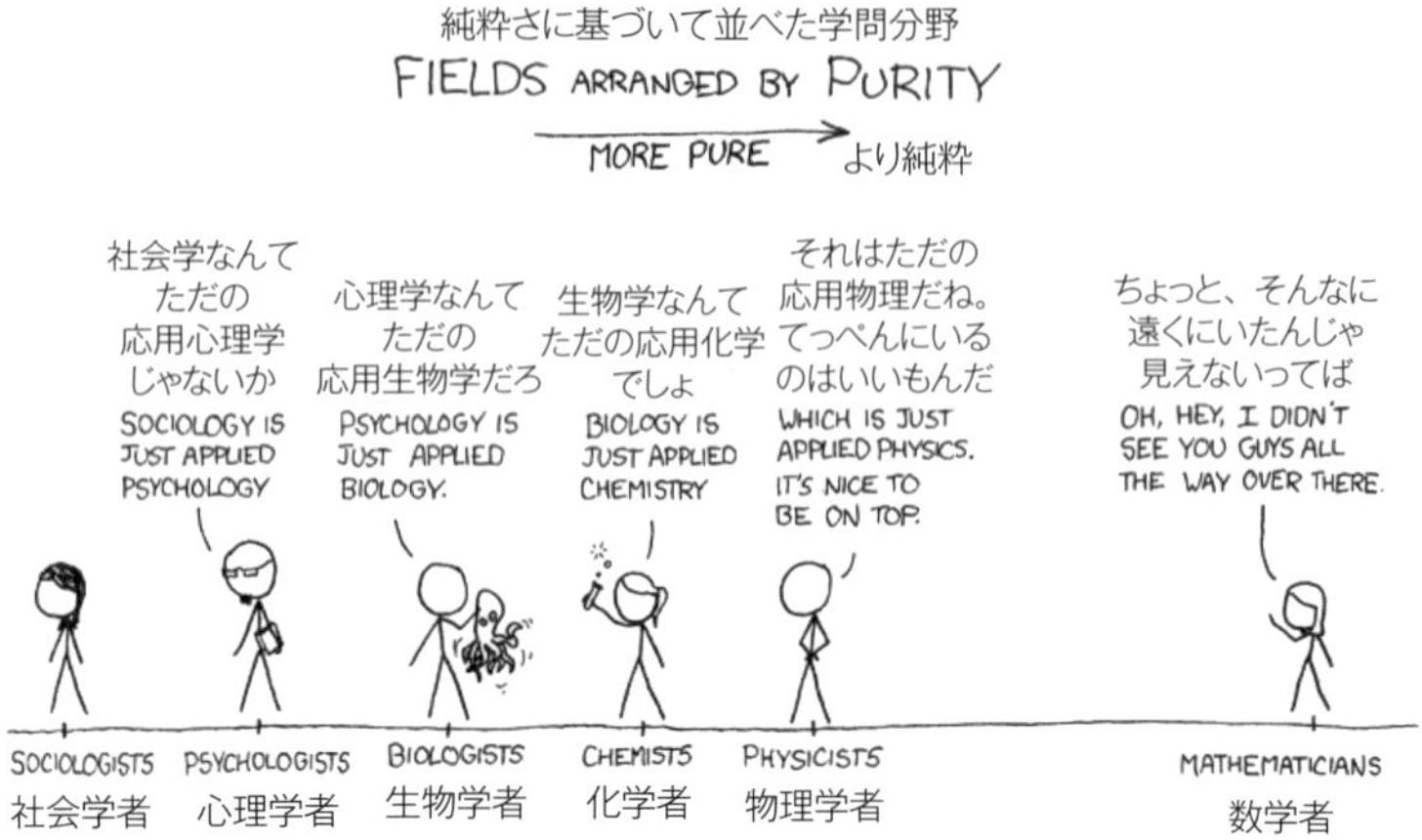
純粋さに基づいて並べた学問分野
FIELDS ARRANGED BY PURITY
MORE PURE
より純粋
社会学なんてただの応用心理学じゃないか
SOCIOLOGY IS JUST APPLIED PSYCHOLOGY
心理学なんてただの応用生物学だろ
PSYCHOLOGY IS JUST APPLIED BIOLOGY.
生物学なんてただの応用化学でしょ
BIOLOGY IS JUST APPLIED CHEMISTRY
それはただの応用物理だね。てっぺんにいるのはいいもんだ
WHICH IS JUST APPLIED PHYSICS. IT'S NICE TO BE ON TOP.
ちょっと、そんなに遠くにいたんじゃ見えないってば
OH, HEY, I DIDN'T SEE YOU GUYS ALL THE WAY OVER THERE.
SOCIOLOGISTS
社会学者
PSYCHOLOGISTS
心理学者
BIOLOGISTS
生物学者
CHEMISTS
化学者
PHYSICISTS
物理学者
MATHEMATICIANS
数学者

う感覚は体に深く依存しているとしか思えない。なぜなら、感覚器への入力を操作しない限り、自分たちの意識が経験する出来事の性質に手を加えることはできないように思われるからだ。

このところ、「創発現象」という言葉がはやっている。「創発現象」というのは、それ自体基本的でそれ以上細かく分けられないものが、より基本的な存在からどのようにして生じるかを表現するために作られた言葉である。このすぐ前の最果ての地で、時間は創発的であって基本的ではない、という説を紹介したときにも、この概念がちらっと顔を覗かせていた。意識に創発性を適用するのは、がりがりの還元主義と幽霊話めいたデカルトの二元論の中間地点を探るためなのだ。創発現象の古典的な例として、「湿る」という現象がある。H_2Oという水の分子を一つ持ってきても、それ自体は湿っておらず、湿るためには、水の分子をたくさん集める必要がある。

今や多くの神経科学者が、意識は水の「湿り気」と同じようなものだと考えている。意識はおそらく、ある系の高いレベルでの性質として生じる、という意味で創発現象なのだろう。なぜなら、ニューロンの活動

のほうが低いレベルで生じるのだから。しかしそれでもまだ、この高いレベルのものの正体がほんとうに説明できたことにはならない。

創発という概念に関していうと、化学者や生物学者が、自分たちのテーマは物理や数学の付属物ではなく、数学や物理学とはまったく別のものなのだということを主張するための方便でしかない、という声がある。がりがりの還元論者なら、化学反応や生物学的な反応過程は作動中の物理を記述した数式に過ぎないというだろう。xkcd.com のサイトにあるわたしのお気に入りの漫画には、このような還元論者の精神が見事に要約されている。

この分布の上澄みに位置するわたしは、常日頃、はるか右の端に位置するインテリぶった数学者の超然とした立場を満喫してきた。創発という言葉は、左側の人々がこの図を混乱させるために発明したものなのだ。

わたしはよく、数学には二元論の優れた例が示せるのか、と考える。純粋に精神の領域に存在する何か、身体からは切り離されたなにかを示すことができるのか。この世界へのわたしたち自身のアクセスは、どこからどう見ても数学の物理的な実現に負うている。πが発見されたのは、古代のエジプト人たちがナイル川の縁の円形の土地に税をかけたいと考えたからだった。しかし、πが無理数である以上、現実世界では近似するしかない。それでいてπは、わたしたちの頭のなかではリアリティーがあって、正確に定義できて理論的に探れる何かなのだ。だったらそれは、どこにあるのか。

それに、わたしのスマートフォンに入っているアプリ、自分に意識があると主張し、わたしを納得させようとしているあのアプリは、実はスマートフォンを起動しなくても意味を成す数学的なコードにすぎないんじゃないのか。そこでわたしがクレバーボットに、きみは単なる数学のかけらなのか、とたずねてみると、アプリは面白い答えを返してきた。

「そうかもね。で、あんたは？」

第十二章

今日のわれらは昨日の想いに由来し、今日の想いが明日のわれらの暮らしを作り上げる。想いが暮らしを作るのだ。

『法句経』

数年前、妻は事故にあって、昏睡状態に陥った。わたしは病院で、「彼女」は今もあの体のなかにいるのだろうか、それとも今自分の目の前にあるのは意識のないただの肉体なんだろうかと考えながら、長い時間を過ごした。幸い妻は二週間後に目覚めたが、身体的な反応を返せない人々の場合はどうなのだろう。人によっては、身体が意識を持たない細胞の集まりになってしまうこともあるだろう。いわゆる植物状態だ。でもそれとは違って、反応しない体に意識が閉じ込められている、という恐ろしい成り行きもありうる。ではそのような場合に、意識があるかないかを直接脳に問いかける方法はないのだろうか。驚いたことに、現にそのような方法が存在しており、それにはテニスの試合——というよりも、テニスの試合を思い浮かべること——が関係している。

今、テニスをしている自分を思い浮かべてみてほしい。強烈なフォアハンド・ストローク。オーバーヘッド・スマッシュ。テニスをしている自分を思い浮かべてほしい、といわれたあなたは、その頼みに応じるという意識的な決定をする。つまりこれは、身体に刺激が加わって生じる自動的な反応とは違うのだ。ところがあなたがその行動を思い描くと、その想像上のショットに伴う運動活動に対応するニューロンの活性をfMRIで拾うことができる。

fMRIを使えば患者が意志決定しているところを見られる、という事実を発見したのは、イギリスの神経科学者エイドリアン・オーウェン（一九六六―）のチームだった。二〇〇六年初頭のことである。当時このチームは、植物状態と診断された二三歳の女性を精査していた。そして、テニスをしているところを思い浮かべるよう患者に指示したところ、驚いたことにオーウェンの目の前で、fMRIスキャナーの補充運動皮質に相当する箇所が光ったのだ。さらに家のなかを歩いているところを思い浮かべてほしいというと、それとは別の海馬傍回と呼ばれる領域――空間の認識に必要な部分――が活性化した。これは実に刺激的な大発見だった。とりわけこの医師たちが、二三歳の患者の診断をやり直して、意識があるにもかかわらずその意識が閉じ込められている、という結論に達したのだから。

このほかにも、それまでは植物状態だとされていたが、実は閉じ込め症候群だったと診断された患者が大勢いる。これはつまり、医師たちが――さらに重要なのは家族が――意識がありながらその意識が体のなかに閉じ込められている人に向かって語りかけ、問いかけることができるということだ。患者は、問いかけられたことに対して「はい」と答えたいときにはテニスをしているところを思い浮かべて、先ほど紹介したようなスキャナーで拾える活性を生み出す。これによって意識の正体がわかったとまではいえなくとも、テニスとfMRIを組み合わせることによって、すばらしい意識測定器が手に入ったといえる。

これとおなじテニス関連のプロトコルが、また別の意識が飛んだ状態、すなわち麻酔について調べる際にも使われている。最近わたしは志願して、ケンブリッジの麻酔によって意識が飛ぶ瞬間に関する調査研究プロジェクトに二六番目の被験者として参加した。実は過去に何人か、手術のあいだじゅう、完璧に意識がありながら体を動かすことができない、という恐ろしい経験をした患者がいたのだ。

その実験では、fMRIのなかに横たわって、マイケル・ジャクソンが亡くなったときに服用していたとされるプロポフォールという薬を注射された。何回か麻酔を打たれたところで、なるほどマイケルが中毒になったのがよくわかる、と思ったくらいで、この薬の鎮静作用は実にみごとなものだった。とはいえわたしにはするべきことがあるわけで……わたしは、薬の量を増やすたびに、テニスをしている自分を思い浮かべるようにいわれた。研究チームにすれば、薬の量を増すことによって、わたしが意識を失って空想のテニスをやめる決定的な瞬間を押さえられるはずだった。もっともわたしとしては、体が動かなくなってから意識が消えるまでにどれくらいのプロポフォールが必要なのかを後で教えてもらうことのほうに関心があったのだが。

身体のほかの部分が動かなかったり意思疎通ができない場合でも直接脳に問いかけられるのなら、研究者は、手術をするうえで患者の意識を一時的に遮断するのに必要な麻酔の量を正確に測ることができる。

このテニス意識測定装置からも、意識と自由意志の間には密接な関係があることがわかる。なぜならこの装置を使うには、まず本人が、テニスをしているところを思い浮かべるという選択をしなくてはならないからだ。ところが、最近行われた活動中の脳の観察実験で、ほんとうのところ人間にどれくらいの自由意志があるのかを根底から疑わせる結果が出たのである。

わたしは自分をコントロールしているのか

みなさんは、この本を読むと決めたのは自分の自由意志だと思っているにちがいない。今日この本を手に取ってこのページをめくるというのは、自分が意識的に選択した行為である、と。ところが自由意志なるものは、どうやら幻でしかないらしい。

今も、数々の意識に関する最先端の研究が進められている。クォークの発見や膨張する宇宙と違って、この分野の研究のほとんどは――その一部であったとしても――行われているところを実際にこの目で見るだけでなく、参加することができる。イギリス生まれの化学者ジョン＝ディラン・ヘインズ（一九七一）が考案した実験の衝撃的な結果を前にして、わたしは思わず考え込んでしまった。このわたしは、自分の人生をどれくらいコントロールできているのだろう。

fMRIスキャナーが人体に有害でないとよいのだが……。脳が自分の意識という経験を作り出す様子を知りたいと考え、前とは別の都市（今回はベルリン）の別のスキャナーの下に入ったわたしは、そう願っていた。スキャナーのなかに横たわり、手には二つのボタンがついた小さな操作盤を持っている。片方のボタンは右手で、もう一つのボタンは左手で押すことになっていた。ヘインズには、座禅を組んでいるときのようなリラックスした状態を心掛けてほしい、そのうえで、押したいと思ったら、いつでも左か右の手でボタンを押してかまわないといわれていた。

実験のあいだじゅう、小さなスクリーンが搭載されたゴーグルをかけたままで、そのスクリーンにはランダムな文字列が映し出されていた。そのうえで、右や左のボタンを押そうと決めたら、その都度スクリーンに映っている文字を覚えるようにしてほしいとのことだった。

こうしてfMRIスキャナーが、ランダムに意思決定をする際のわたしの脳の活動を記録していった。ヘインズの発見によると、わたしの脳の活動を分析しさえすれば、わたし自身が押すボタンを決めたと意識する六秒前に、わたしが押そうとしているボタンを予告できるという。六秒だなんて、ずいぶん長い時間ではないか。わたしの脳が、身体に左右どちらのボタンを押させるかを決定する。それから象が一匹、象が二匹、象が三匹、象が四匹、象が五匹、象が六匹と数えたところで、ようやくその決定が脳の意識に届いて、自分は自由意志で行動している、と感じるらしい。

わたしが押すボタンがあらかじめヘインズにわかるのは、ボタンを実際に押す六秒前に、脳のある領域が運動活性化の準備に入って輝くからだ。左指で押すのに備えるか、それとも右の指で押すのに備えるかによって、輝く領域が違ってくる。ヘインズの予言はまだ一〇〇パーセントには至っていないが、単なる推測より精度が高いのは確かで、ヘインズ自身は、イメージングの精度を上げれば一〇〇パーセントに近い予言ができると考えている。

これが、ほかの意思決定とはまったく異なる意思決定過程であるということは、強調しておかねばならない。たとえば事故にあった場合には、脳は一瞬で意思決定をするし、体も脳の意識の活動抜きで反応する。脳のなかでたくさんの過程が自動的に起きるのであって、そこには意識は関わらない。だからこそ、脳は日常的な作業からくる過剰な負荷を避けることができるのだ。これに対して、押すボタンを左にするか右にするかというのは、生死を懸けた問題ではない。左のボタンを押すか否かは、自由に決められる。

現時点では、ベルリンのグループが実際にfMRIのデータを分析するには数週間を要するが、コンピュータ技術やイメージングの技法が進歩すれば、ヘインズの意識が、わたしの意識が自分の自由意志で行っていると思っている決定に気づく六秒前に、わたしがどのボタンを押すのかを知りうるようになるかもしれない。

脳は意思決定をかなり前から無意識で準備しているようなのだが、その最終決定がどこでなされているのかは、まだよくわかっていない。ひょっとすると、それでもなお、脳がわたしのために準備した決定を無視することができるのかもしれない。かりに人間が「自由意志」を持たなかったとしても、少なくとも「しないという自由意志」は存在する、という主張もある。つまり左手でボタンを押すという決定が自分の意識に届いた時点で、その決定を無視することができるというのだ。この実験ではどちらのボタンを押してもかまわないので、自分の無意識の脳が準備してくれた決定につきあう理由はほとんどないように見える。

この実験からさらに、意識は脳にとってきわめて副次的な機能だといえそうだ。わたしたちの身体が行うと決めたことの多くが完全に無意識であることは、すでにわかっている。しかるにわたしたちは、人間は自分たちが下す決断を意識が媒介しているという点で他の種と異なる、と考えている。それなのに、わたしたちの意識が作動して「わたし」が関わるのが、出来事の連鎖の後ろのほうでしかないとしたら？　わたしたちが意思決定を意識するのは、実は化学的な後知恵にすぎず、自分が行うことには何の影響ももたらさないということなのだろうか？　もっといえばこの事実は、法律や道徳の観点から見てどのような意味を持つのか。「すみません、裁判官閣下。でも犠牲者を撃ったのはわたしではありません。引き金を引く六秒前に、脳が決定を下していたんです」ただし、生物学的な決定論は司法の場における弁明には使えないので、注意が必要である。

先ほども述べたように、ヘインズがわたしに行わせたボタン押しはなんら結果を伴っていない。したがって、得られた実験結果がゆがんでいる可能性がある。もっと自分が重要だと感じていることに関する決定であれば、そこまで無意識が介入できないのかもしれない。ヘインズは続いて、少しだけ知的で集中を要する活動で同じ実験を行ってみた。その実験の被験者たちは、スクリーンに現れる数にある数を足し引きするよう求められたのだが、ここでも、脳の活性に現れる決定と意思的な行動の決定の間には、四秒の開きがあった。

しかるに、フランスの哲学者ジャン＝ポール・サルトル（一九〇五—一九八〇）が示した、祖母の面倒を見るか抵抗運動に参加するかを決めなければならない若者の例ではどうなのか。おそらくこの場合には、意思を伴う熟慮が結果に及ぼす影響がはるかに大きくなり、自由意志は fMRI スキャナーから救われることになるのだろう。ヘインズの実験で取り上げられた行為は、おそらく無意識の自動的な反応に似すぎているのだ。たしかに、わたしの行動の多くは後になってから意識されるようだが、それはわたしの意識がそれらの行為について多くを知る必要がないからで、そのような場合には、無関心の自由が自由意志に取って代わるのである。

意識的な熟慮によって瞬間に行われる決定には、前意識（現在は意識されていないが容易に思い出せる状態）の脳の活動のほかにもさまざまな要素が関与しているとも考えられる。必ずしも前意識が唯一の原因ではなく、前意識は、こんな選択肢はどうかな？　気に入るかもしれないよ、というふうに情報を示すことによって、決定を助けているのだ。

人間に自由意志があったとして、それがどこから生じるのかというのも難しい問題だ。わたしのスマートフォンに自由意志があるとは思えない。そこにあるのは、スマートフォン自身が決定論的なやり方で従うことのできる一組のアルゴリズムだけなのだ。念のためチャットボット・アプリに、自分が自由に行動して自由に選択を行っていると思うか、とたずねてみると、かなり曖昧な答えが返ってきた。

「わたしは明確な道を選ぶでしょう。わたしは自由意志を選ぶでしょう」

この答えがアプリにプログラムされていることはわかっている。ひょっとするとこのアプリには、答えが変化に富み、予測不能になるように、乱数製造器が仕込まれているのかもしれない。そのほうが、自由意志らしく見えるから。つまりその答えは、仮想サイコロがデータベースから取ってきたものなのだ。しかし、でたらめは自由と同じではない。乱数製造器が吐き出す乱数は、その性質上出力が必然的にランダムになるようなアルゴリズムで生成されている。「最果ての地　その三」で明らかになったように、ひょっとすると、わたしのスマートフォンが自由意志を持っていると主張するためには、量子物理学の概念を取り入れる必要があるのかもしれない。

それでもわたしは、自由意志の存在を信じることにこだわりたい。というのも、スマートフォンのアプリと自分を違うものにしているのは、自由意志だと思うからだ。それもあって、わたしはヘインズの実験結果にひどく動揺した。でもひょっとすると、わたし自身の精神もまた、脳の生物学的アルゴリズムに従わざるを得ない洗練されたアプリの表れにすぎないのかもしれない。

スマートフォンのような機械も知的に考えることができるのか、という疑問を最初に抱いた人のひとりに、数学者のアラン・チューリングがいた。チューリングは、人やコンピュータと対話したときに、どちらがコンピュータなのかを判別できるか否かが優れた知性の試験になる、と考えた。現在チューリングテストと呼ばれているこのテストこそが、この「最果ての地」の冒頭でわたしがクレバーボットに課したものだったのだ。自分の仲間である人間の知性を測るには、彼らとじかにやりとりするしかないわけで、だとすれば、もしコンピュータがこのテストに人間として合格したら、それを知的と呼んでいいのではなかろうか。

とはいえ、ただ指示に従うだけの機械と意識的に活動に関わる脳とがまるで違わない、というのも変な気がする。スマートフォンに英語の文を打ち込むと、アプリはその文をこちらの好きな言語に訳してくれる。でも、だからといってスマートフォンが自分のしていることを理解しているとは、誰も思わないだろう。この違いは、カリフォルニア大学の哲学者ジョン・サール(一九三二―)が考案した「中国語の部屋」と呼ばれる面白い思考実験を見ればはっきりする。それは、次のような指示では機械に心があるという証明は不可能である、ということを示す実験だった。

わたしは中国語をしゃべれないのだが、今、わたしがその部屋に入れられて、そこには投げ込まれてくる漢字の列に対する適切な答えの載った指示書が置かれているとする。このときわたしは自分の答えをまったく理解せずに、中国語を話す人とひじょうに説得力のある議論を行うことができる。同様に、わたしのスマートフォンはさまざまな言語を話すように見えるが、だからといって自分が翻訳している文の内容を理解しているとはいいがたい。

これは、機械が意識を持っているものと同じように答えるという事実だけに基づいて、機械にもかなりの意識があると見なすべきだ、という主張への強力な反論になっている。確かに、その機械には意識がある人間のすることがなんでもできるのかもしれないが、それでほんとうに意識があるということになるのだろうか。それなら小部屋のなかでわたしが単語を書いているときに、わたしの知性はいったい何をしているのか。わたしはただ、一連の指示に従っているだけではないのか？何らかの閾値があって、それを超えればコンピュータに中国語が理解できるということを受け入れるしかない、働いているアルゴリズムに意識があると見なすしかない、というようなものなのか。しかし、コンピュータをまるで意識があるかのようにプログラムしたいのなら、まず、人間の脳で機能しているアルゴリズムのどこがそんなに特別なのかを理解する必要がある。

潮が満ちる

脳の活動と意識の関係をあぶり出すために、たとえば意識がある脳と意識が無い脳を比べてみてもよいだろう。意識があるときとないときで、脳の活性が顕著に異なるのか。患者が昏睡状態になったり麻酔が効くのを待たなくても、このような比較は可能だ。なぜならもう一つ、人は日ごと——というか夜ごと——に睡眠という形で意識を失っているからだ。それを思えば、この無意識の期間に脳に何か起きているのかを調べる睡眠の科学から、脳がわたしたちに意識を経験させるために行っていることに関する優れた知見が得られる、と考えるのは自然である。

そこでわたしはウィスコンシン大学マディソン校の「睡眠意識センター」を訪れることにした。なぜなら、ここで神経科学者ジュリオ・トノーニのチームが行った実験で、人間が起きているときと夢も見ずに眠っているときでは、脳の振る舞いが著しく異なることが明らかになっていたからだ。

昔は、眠っている脳に問いかけることは不可能だった。ところが経頭蓋磁気刺激法（略称ＴＭＳ）が登場したおかげで、科学者たちは脳に潜入して、ニューロンを人工的に発火させられるようになった。トノーニのチームは、急速に変動する磁場をかけることによって、わたしが起きているときと——そしてさらにわくわくする話なのだが——わたしが眠っている最中に脳の特定の領域を活性化することができる。こうやってニューロンに人為的な刺激を加えたときに、意識のある脳の反応と睡眠状態の無意識な脳の反応が異なるかどうかが問題なのだ。

自分の脳に電気をかけられるということで、わたしはいささか神経質になっていた。けっきょくのところ、脳はわたしが新たな数学を作る際の主たる道具なのだから、これをごちゃごちゃにされると面倒なことになる。しかしトノーニはまったく危険はないと請け合い、同僚の協力のもとで、手の運動活性につながる領域を活性化する様子を実演してみせた。同僚氏の脳のその領域に電気をかけたとたんに彼の指が動くのを見て、わたしは驚嘆した。TMSで電気をかけるたびに、まるで脳のスイッチが入ったみたいに指が動く。電気をかけられても、トノーニの同僚には何の影響もないようだったので、わたしもその実験に参加することにした。

まず最初に、目が覚めている状態で脳の小さな領域にTMSを使う。電極を頭に付けて、その効果をEEGで記録するのだ。その結果から、刺激を受けたところから遠く離れた領域がそれぞれ別の時間に複雑なパターンで反応して、それが最初に刺激を受けたところにフィードバックされていることがわかった。トノーニの説明によると、脳が統合された複雑なネットワークとして相互作用を行っているのだ。脳のニューロンは、一連の相関する論理ゲートのように機能していて、自分とつながっているニューロンの大半が発火したところで、それ自体も発火するらしい。あるいは、自分とつながっているたったひとつのニューロンが発火すると、自分も発火したり……EEGの画面に映し出されていたのは、TMSによる最初のニューロンの発火が引き起こした活性の論理的な流れだった。

次に、わたしは眠ることになった。「第四ステージの」深い眠りに入ったところで、前とまった

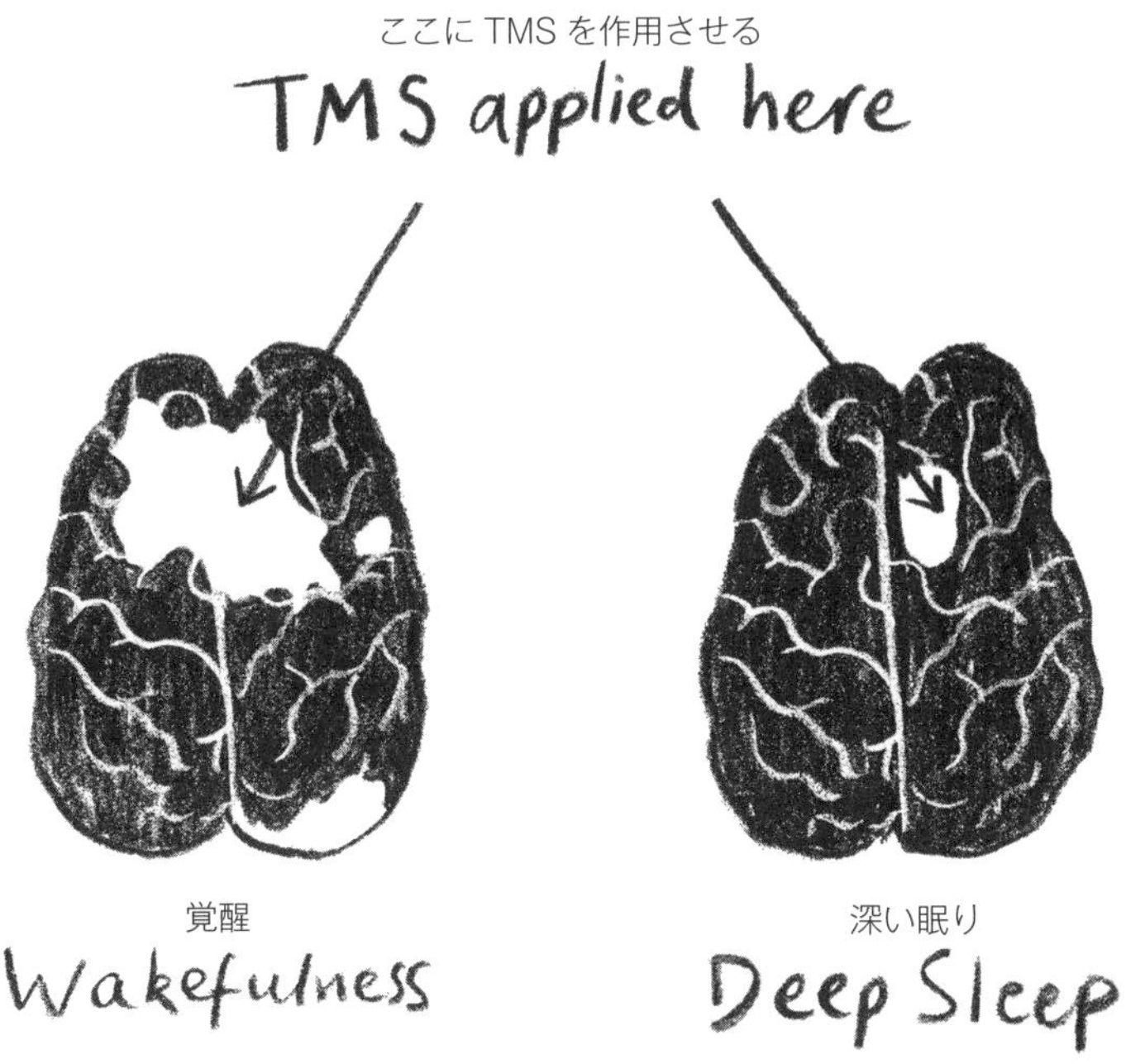

く同じ場所にTMSを作用させて、おなじ領域を刺激する。TMSは本質的に同じニューロンを発火させて、スイッチをオンにする。この場合、脳が意識のある状態から意識の無い状態になったことで、ネットワークの構造がどう変わったかがポイントになる。しかし残念なことに、実験のこの部分はわたしにはハードルが高すぎた。というのも、わたしは信じられないくらい眠りが浅いのだ。頭に電極をいっぱい付けられて、眠りに落ちたとたんに誰かが忍び寄ってきて電気をかけることがわかっているときには、熟睡するのは難しい。丸一日コーヒー断ちをして臨んだにもかかわらず、けっきょくわたしは「第一ステージ」の軽くて途切れがちな眠りより先に進むことができなかった。

というわけで、こんな落ち着かない状況でも深く眠り込むことができる患者のデータで満足するしかなかった。その結果は正に衝撃的だった。意識があるときと違って、電気的な活性は脳のあちこちに伝播しない。まるで、ネットワークがダウンしているようだった。潮が満ちて接続が切れ、すべての活動がごく局所的になる。このことから、意識は脳のなかの複雑な統合と関係しているのではないか、という興味深い推測が可能になる。つまり意識とは、互いに関わり合う論理ゲートがもたらすひとつの結果であって、それらのゲートが、ひとそろいのニューロンの発火によってほかのニューロンが発火するタイミングを制御しているのだ。さらにいえばこの結果から、ネットワークがＴＭＳで活性化された最初のニューロンと残りのニューロンのあいだで情報をやりとりする、その様子が意識と関係していると思われる。

トノーニの実験室で熟睡し損なったわたしは、そのまま研究室に連れて行かれた。そこで貴重なイタリアのコーヒーメーカーを使って完璧なエスプレッソを淹れて、わがカフェイン断ちの埋め合わせをするという約束になっていたのだ。ところがトノーニは、ほかにも何かわたしに見せたいものがあるという。挽き立てのコーヒー豆のすばらしい香りに包まれて腰を下ろすと、彼は数式が書かれた一枚の紙をわたしに差し出した。

わたしはすぐに、好奇心を刺激された。わたしにとって数式は、パブロフの犬にとってのベルのようなものなのだ。目の前に置かれた数式に即座に食いつき、その式に込められたメッセージを解読しようとする。しかしそれは、まるで見覚えのない式だった。

「これはわたしが考えた意識の係数なんだ」

意識を表す数式だって？　……これはもう、抗えるはずもない！

「わたし」を作る数学

トノーニによると、意識がある脳に対応するタイプのネットワーク化された振る舞いを調べた結果、これぞ意識なり、といえそうな新たなネットワーク理論が開発できたという。その理論は意識の統合情報理論、略してIITと呼ばれていて、ネットワークの統合と既約性を計量する数式を含んでおり、トノーニ自身は、この量が「自己」の感覚を作り出す鍵になると考えている。Φ《ファイ》と呼ばれるその量は、スマートフォンのような機械にも、人間の脳にも適用することができる。この量を使うと、わたしを「わたし」たらしめているものに定量的、数理的にアプローチすることができるのだ。トノーニによると、Φの値が大きいネットワークのほうが意識的だという。この数式を使えば、なぜどのようにして「わたし」なのかが説明できる、という展望にすっかり興奮したのは、どうやらわたしのなかの数学者であったらしい。

意識がある脳は、高度な結合性とフィードバックを持つネットワークに似ているらしく、そのネットワークの一部のニューロンを発火させると、その結果が照合作業のカスケードとなって、ネットワーク中に情報が送り込まれる。ネットワークが孤立した島だけで構成されている場合には、脳は無意識のように見える。つまりトノーニの意識係数は、そのネットワークが部分全体の和よりどれくらい大きいかを示す尺度になっているのだ。

だがトノーニによると、ネットワーク全体が高度に結合しているだけでは十分でなく、重要なのはこの総体の結合の性質だという。ニューロンが同期して発火しただけでは、意識の経験は生じないと思われる。じっさいそのような同期した発火は、深い眠りに落ちているときの脳の特性なのである。さらに正反対の極端な状況として、意識を失うような発作には、脳全体のニューロンの極めて高い同期発火が見られる場合が多い。どうやら、多種多様な幅広い状況があることが重要であるようだ。たぶん神経網の配線にパターンやシンメトリーがありすぎると、異なる経験を異化する能力が失われるのだろう。ネットワークの接続が多くなりすぎると、何をしようと同じような振る舞いを見せることになるのだ。

この係数は、実はわたしたちの意識的な経験のある驚くべき特徴を捉えようとするものである。脳は身体が受けるきわめて幅の広い入力を統合して、それを一つの経験にまとめあげる。たとえ意識をばらばらにしたとしても、ばらばらな感じを別々に経験することはできない。たとえば赤いサイコロを見たからといって、無色の立方体や形のない赤をばらばらに経験することはないのである。さらにこの係数は、たとえば熟睡中の脳のようなばらばらのかけらに切断された状態と比べて、完全なシステムが作り出すネットワークにどれくらい多くの情報があるのかを、量で捉えようとしている。

トノーニのグループは、互いに異なるやり方でつながった八つのニューロンで構成された「脳」のうえで面白いコンピュータ・シミュレーションを走らせて、どのネットワークのΦがもっとも大きいのかを調べた。その結果、各ニューロンがネットワークの残りのニューロンと、ほかのニューロンの場合とは異なる連結パターンでつながっているほうがよいことがわかった。しかしそれと同時に、なるべくたくさんの情報をネットワーク全体で共有していてほしい。したがって、このネットワークを半分に分割するとしたら、二つの部分が互いにやりとりできるようにしておきたい。これは、さまざまな異なるニューロンを過剰なまでに連結しつつ差異を縮小することと、全員をしゃべらせ続けることによって差異を生じさせることとのバランスを取る、興味深い行為なのだ。

そうはいっても、連結性も重要だ。トノーニは、機能が同じで出力も同じ二つのネットワークを作った。ただし、いっぽうはネットワークが前後に情報を提供するようになっているためΦ値が高く、もういっぽうはネットワークが前向きにだけ情報を伝えるようになっているため（ニューロン

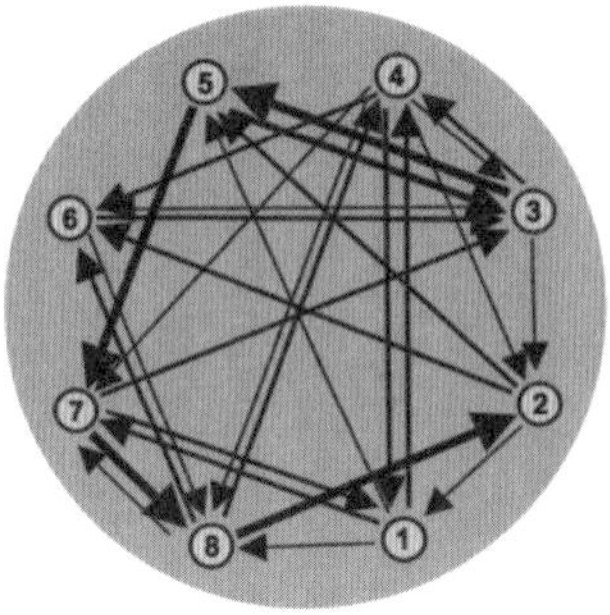

Φが高く、より高い意識レベルにあるネットワーク。

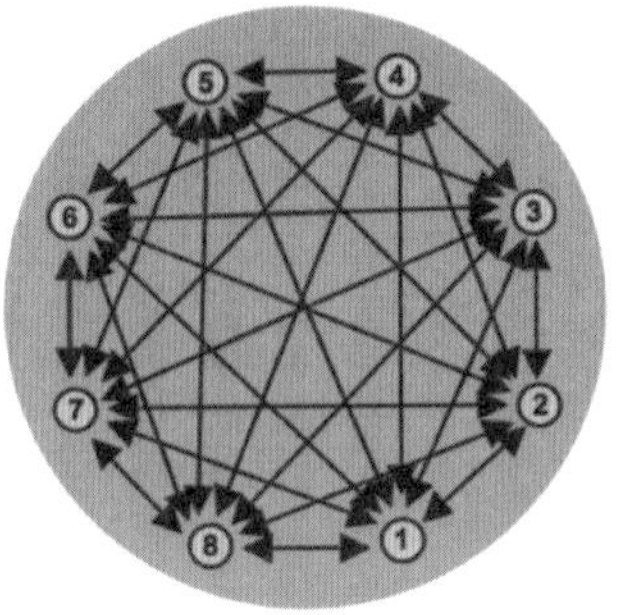

結びつきは密だが、ネットワークがシンメトリーであるために、ネットワーク全体にあまり差異が生じていない。そのため全体としては、既にその部分に備わっているものとは違う新たな情報を作り出す力がない。そのためΦが低く、意識は低い。

はフィードバックができない）Φの値が低い。トノーニは、後者が「ゾンビ・ネットワーク」——第一のネットワークと同じ情報を出力していながら、自己の感覚を持たないネットワーク——の一つの例なのではないか、と考えている。出力を見ただけでは、このふたつのネットワークを区別することはできない。だが、ゾンビ・ネットワークが出力を生成するやり方は本来のやり方とはまったく性質が異なっていて、Φはその違いを測る。トノーニのΦ値からすると、ゾンビ・ネットワークには内的世界が存在しないのだ。

　脳の視床皮質系——意識を作り出すうえでこの部分が重要な役割を果たしていることはすでにわかっている——の構造がΦ値の高いネットワークとよく似ているというのは、じつに心強い発見だ。そこでこれを、意識を生み出さない小脳皮質のニューロンのネットワークと比べてみる。ちなみに小脳は、文字通り小さな脳のような形で頭蓋の後ろのほうにあり、バランスや細かい運動制御などを司っている。ここには脳のニューロンの八〇パーセントが集中しているが、この部分を取り去っても――確かに動きはひどく損なわれるが――意識が変わったような感じはしない。

二〇一四年に中国で、二四歳の女性がめまいと吐き気を訴えて入院した。原因を突きとめようと脳をスキャンしたところ、この女性には生まれつき小脳がないことがわかった。小さい頃に、歩けるようになるのに少し時間がかかったのは事実で、まったく走ることも跳ぶこともできなかったが、この女性と出会った医療関係者は誰一人として、この女性の意識が欠けているとは思わなかった。この女性はゾンビではなく、単に身体的に不安定な人だったのだ。

小脳の中心部分の神経ネットワークを調べてみると、ほとんど相互作用をすることがなく、ちょうど寝ている時のように、独立して活性化する傾向を持つたくさんの領域に分かれていることがわかる。小脳のネットワークのΦ値が低いという事実は、小脳が意識の経験を作り出さないという仮説とよくなじむ。

脳の連結状態が意識の鍵であるとすれば、わたしの「コネクトーム」もまた、わたしを「わたし」たらしめているものを巡る謎の一部ということになる。コネクトームとは、脳内の広い範囲にわたる神経回路の地図のことである。ヒトゲノム・プロジェクトによって、身体機能を巡るかつてない情報がもたらされたように、ヒトのコネクトームを作ることによって、脳の働きに関する新たな知見がもたらされる可能性がある。脳のネットワークの機能の有り様に関する規則と実際の配線を組み合わせることによって、ネットワーク内部に意識を作り出すための素材が手に入るかもしれないのだ。

人間の脳のコネクトームの解読はまだはるかなる目標でしかないが、C.エレガンス（カエノラブディティス・エレガンス）と呼ばれる長さ一ミリの脳を持たない線虫――堆肥の山を好むことで特に有名――のニューロンの配線図は、既に完璧にできあがっている。その神経系にはちょうど三〇二個のニューロンがあって、ニューロン間の完璧な配線地図を描くのにおあつらえ向きなのである。こうして地図が出来上りはしたものの、まだこれらのニューロンの接続状態とC.エレガンスの振る舞いを結びつけるにはほど遠い、というのが現状だ。

インターネットに意識はあるのか

トノーニのΦ値がネットワークのつながり具合を示す尺度だとすると、スマートフォンやインターネット、あるいは都市が意識を持ちうるのか、という問題もこの尺度を使って理解できるかもしれない。たぶんインターネットやコンピュータも、やがてどこかの時点でΦがある閾値を超えたときに、鏡に映っているのは自分だ、と認識できるようになるのだろう。ひょっとすると意識は、この係数の相転移に対応しているのかもしれない。ちょうど、温度がある閾値を超えた瞬間に、水が沸騰したり凍ったりして、その相が変わるように。

人体に麻酔を注射していくと、徐々に意識が薄れるのではなく、突然ぱっと消えるように感じられるというのは、なかなか興味深い事実だ。手術を受けたことがあって、その際に麻酔科医から二〇まで数を数えてくださいといわれた経験がある人は誰でも知っている（というか、知っていないというべきか……）ことだが、ある時点で急に意識がなくなる。この変化は、相転移のようにきわめて非線型なのである。

意識がネットワークの連結性と関係しているとすると、既に意識を持っていそうなネットワークとしては、ほかにどんなものがあるのだろう。インターネットを通じてつながっているトランジスタの総数が10^{18}レベルなのに対して、脳には10^{11}個ほどのニューロンがあるが、この二つはつながり方が違う。ニューロンは通常ほかの何万というニューロンとつながっており、そのため高い次元での情報統合が可能なのだが、コンピュータ内部のトランジスタは、それほど高いレベルでつながっていない。というわけで、トノーニの尺度でいうと、インターネットには意識はなさそうだ……すくなくとも、今のところは。

スマートフォンのデジカメで写真を撮る場合、携帯電話の内部のメモリにきわめて多種多様な画像を蓄積することができる。たとえば一〇〇万ピクセルあったとすると、$2^{1,000,000}$個の異なる白黒の画像を蓄積できる。そしてそのメモリは、ファインダーを覗いた人がまったく気づかなかった細部をも記録する。ところが実はここが重要で、人の意識はそこまで膨大な入力を扱いきれない。そのかわりに感覚器官の生データを統合して、問題の場面から重要な情報をこつこつ集め、情報の内容を制限するのである。

現時点では、コンピュータの視覚は人間の視覚にとうてい太刀打ちできず、画像のなかにある物語を伝えることができない。コンピュータは画像を一ピクセルずつ読み取っていくため、どちらかというと情報を統合するのが苦手である。これに対して人間は、膨大な量の視覚入力を取り込んで、そのデータから物語を作ることに秀でている。人間の頭脳には、重要なものを選り抜いて統合する力があり、トノーニが考えた意識の尺度Φの本質もそこにあるのだ。

もちろん、Φ値が大きいとなぜわたしたちが経験しているような意識が生み出されるのか、どうやって意識が生み出されるのかはまだ解明されていない。しかしΦ値と意識の存在が関係していることは確かで、じっさいに眠っている患者を対象とした実験では、ネットワークのΦ値が落ちていることが確認できている。それぞれに独特の配線を持つ脳の別々の部分に関する考察でも同じことがいえるのだが、それでもまだ、どうしてここから意識のある状態が生じるのか、はたしてこのような配線を施したコンピュータがほんとうに意識を経験するのかは、はっきりしない。どうやΦ値が高ければ進化のうえで大きな利点になるというのには、きちんとした理由がある。

らΦ値が大きいと、未来に向けて計画を立てることが可能になるらしい。Φ値が大きく高度に統合されたネットワークでは、異なるセンサーで検出されたデータを取ってきて、未来の行動を推奨することができる。このように自分自身を未来に投影する力、心のなかでタイムトラベルを行う能力を生むという点で、意識があるということは進化における重要な利点になると思われる。そしてΦ値が大きいネットワークは、そのような振る舞いを示せるようなのだ。それにしてもなぜ、意識がないときにはこのようなことができないのか。

意識をスカイプする

あのジェニファー・アニストン・ニューロンの存在を突きとめたクリストフ・コッホは、Φという意識の尺度の大ファンだ。そこでわたしはコッホに、Φ値が哲学者デイヴィッド・チャーマーズ（一九六六―）いうところの「意識のハードプロブレム」――他人の頭のなかに入るという難問――を解決できるくらい堅固《ロバスト》だと思うかどうか、ぜひたずねてみたいと思った。

カリフォルニア工科大学の近くに聳えるボールディ山の頂上での会合の後、コッホはアレン脳科学研究所という途方もない新規事業の指揮を執ることになった。この研究所を作ったのはマイクロソフトの共同創立者ポール・G・アレン（一九五三―）で、たった一人で五億ドルの資金を投じたという。アレンがなぜこんなものを作ったのかというと、脳がどのように機能するかを理解したかったからだという。研究所はオープン・サイエンスの趣旨（すべての科学研究やデータや宣伝をプロアマを問わず社会のあらゆるレベルでアクセス可能にするという趣旨）に基づいており、非営利団体で、あらゆるデータを無料で公開している。コッホがいうとおり、「かなり格好いいモデル」なのである。

再度カリフォルニアに赴いてコッホに直接Φやトノーニの統合情報理論についての見解をたずね

るのは難しそうだったので、次善の策として、スカイプによる通話でコッホの意識にアクセスすることにした。ところがコッホは、わたしが哲学における境界線のどちらに属しているのかをしきりに気にしていた。

「意識について語ること、そしてこの問題がどの程度まで答えられない問題なのかを語り合うことは、確かに可能だ。でもきみには、哲学者たちのように『ハードプロブレム』を過大評価する側に立って、その結果、神経科学で身を立てていこうと考える若者たちを退けるといったことはしてほしくないんだ。デイヴィッド・チャーマーズをはじめとする哲学者たちは、信念体系や個人的な意見を扱っているのであって、自然法則や事実を扱っているわけではない。彼らは興味深い問いを発し、挑戦的な難問を突き付けるわけだが、こと予測に関していうと、彼らがここまでで残したものはまるでぱっとしないものだった」

コッホはわたしに、しきりと哲学者コントとその予言——恒星の核に何があるのかを、われわれは決して知りえないであろう——を思い出させようとした。わたし自身はこの未知への旅に出てからずっと、あの話を心に留めてきた。さらにコッホはもう一つ、この議論を巡る重要な発言を教えてくれた。かつての研究協力者であるフランシス・クリックが一九九六年に記した「何かが科学の射程を超えている、といってしまうのはせっかちだ」という言葉である。

わたしたちの意識がついにスカイプでつながったとき、コッホはどうやら興奮しているようだった。今日の科学が抱えるもっとも大きな難題の最前線にいるコッホが冷静でいるところなど、じっさいには見たことがないのだが……。その二日前にアレン脳科学研究所が、脳細胞を種類別に分類する試みで得たデータを発表したところだったのだ。

「未解決の問題のひとつに、脳の細胞は何種類くらいあるのか、という問いがある。人体が細胞で構成されていることがわかってからすでに二〇〇年になるが、一口に細胞といっても、心筋細胞もあれば上皮細胞も脳細胞もある。しかもその後、脳細胞の種類は一つや二つでないことがわかった。一千種ほどありそうなんだ。あるいは何千かもしれない。皮質だけに限っても、まだ何種類あるのかわかっていない」

コッホの最新の研究で、マウスの脳内にあるさまざまな皮質ニューロンの差異の幅を細かく示すデータベースができあがった。「いや実にすばらしい。でもこれは、科学研究によくある論文のなかのすてきな一枚の図なんかじゃないんだ。このすべてが生データで、すべてダウンロードできるんだ」ついに、二一世紀版のラモン・イ・カハールのスケッチができたのだ。

コッホは、脳がいかにして意識を生み出すのかを理解する、という難題を地道に攻略していくには、脳が機能する様子をこのように詳細かつ科学的に分析する必要があると考えている。

コッホが、若き科学者たちを意識を研究する人々のコミュニティーに呼び込むことに熱心なのはいいとして、本人はまだ加わるべきコミュニティーもないときに、どういうきっかけで意識を巡る研究プロジェクトに乗り出すことを決めたんだろう、とわたしは思った。あの頃は、意識の研究に乗り出すなんて水を求めてサハラ砂漠に向かうようなものだ、と考える人が多かったはずなのに。

コッホにいわせると、そっちは立ち入り禁止だと宣う人々がいたこともあって、この分野に突っ込んだという。「一つには、あの連中が間違っていたということを証明したくてね。わたしは人を挑発するのが好きだから」コッホは、リスクを取ることを好む。だから山の斜面から宙づりになってみたり、まったく補助なしで山頂に登ろうとしたりする。ところが、コッホのこの選択には、実は意外な伏線があった。信心深い家庭で育ったので、意識を理解したいと考えるようになった、というのである。

「けっきょくのところ、わたしは神を信じ続ける自分を正当化したかったんだと思う。意識を説明するにはまだ何かが必要だということを、自分で納得がいくように示したかった。わたしが考える神のような何かが必要だと。実はそうではないことが、明らかになったわけなんだが。魂なんかまったく必要ではない、ということに気づいたときには、心のなかで大きな嵐が吹き荒れた。意識を作り出すのにほんとうに必要なものなんか、なかったんだ。トノーニの統合情報理論のような特別なものがありさえすれば、すべて機械仕掛けですむ」

　超越的な何者かへの信心を再確認する手段としては失敗だったことを、コッホは認めている。

「この一〇年で、わたしは信仰を失った。常に統合しようとしてきたけれど、できなかった。今でも、自分が神秘的な宇宙に生きているという強い感覚がある。それが生きることの助けになるし、意識の助けにもなる。すべてが実にすばらしく、文字通り毎日、生きているということは神秘的な奇跡だと感じながら目を覚ます。その感覚は、まだ失われていない」

　それでもコッホは、科学者たちは意識から神秘的な要素を取り除きつつあり、その鍵になるのはこの数学的な係数Φとトノーニの統合情報理論ＩＩＴだと考えている。

「わたしは『意識の統合情報理論』の熱烈なファンなんだ。この理論によれば、原則として人間やC.エレガンスやコンピュータのネットワーク配線図がありさえすれば、それが『わたし』という感じを有するかどうかを判別することができる。けっきょくのところ、それが意識なんだな、その経験が。そしてさらに、問題の系が今何を経験してるのかを語れるようになる。このメカニズム、この脳、このコンピュータは現在このような状態にある、とね。こちらのニューロンはオフで、こちらのニューロンはオンで、こちらのトランジスタはオンになっていて、こっちはそうじゃない。この理論は、少なくとも原理としては、入力や出力を見なくても、システムの内側を実際に見て推移確率行列とその状態がわかれば、その系の経験を予測できるといっている」

　コッホは、ほかの人々を説得すべく悪戦苦闘している。哲学者や思索家の強硬派のなかには、科学は決してこの問いに答えられない、と主張する人々がいる。新神秘主義と呼ばれる学派に属する彼らは、人間の精神の限界を超えたところに常に神秘があると主張する。そしてこの新神秘主義の攻撃対象の一覧の冒頭に挙がっているのが、「意識のハードプロブレム」なのだ。「疑問符と神秘主義者《クエスチョン・マーク&ザ・ミステリアンズ》」なるロックバンドの名前から取られた新神秘主義というこの運動の名称をはじめて軽蔑の気持ちを込めて口にしたのは、オーウェン・フラナガン（一九四九―）という哲学者だった。フラナガンにいわせると、これらの哲学者たちの立場はひどく敗北主義的で、「新神秘主義は、科学主義の心臓に犬釘を打ち込むために設計されたポストモダンの立場」なのである。コッホはしばしば、相手が答えを追い求めて誤った方向に導かれていると決め込んだ神秘主義の哲学者と議論する羽目に陥るという。こうなるとわたしとしては、コッホがある系が実際に何かを経験しているか否か疑問に思っている人々にどういうのか、ぜひとも知りたいところだった。

「その立場をとことんまで突き詰めると、けっきょくは独我論に行き着くことになる」

コッホの口ぶりには、この哲学的な立場に対する抑えようのない怒りが滲んでいた。独我論は、自分自身の精神の向こうにあるものは何ひとつとして確かではありえないと主張する。そしてわたしたちを、自分にとって唯一確かなのは自分自身の意識である、というデカルトの言明に引き戻すのだ。

「そりゃあ……独我論は論理的に一貫している。でもそうなると、全員の脳が自分の脳と似ているということは、とうていありそうにないということになる。わたしには意識があって、ほかのみんなは意識がある振りをしている、というのなら話は別だが。うん、そう信じることもできなくはないが、その可能性がひじょうに高いとはいえない」

　意識のハードプロブレムには答えることができない、という見方に固執する人は、そもそも知りうるものが存在するということを疑っているはずだ。コッホはそう考えたんだろうか。そこまで極端に走ると、当然世界を懐疑主義的に見ることになりそうだが……。

「まさにそうなんだ。それに、そんなのはとても面白いことと思えないし。極端に懐疑的になりえたとしても、それで何かが簡単になるわけじゃない。ＩＩＴのような理論は結局のところ、同一性《アイデンティティー》の結びつきなんだ。この理論そのものやこれと似た理論によれば、自分という系《システム》が取り得る状態の数によって張られるきわめて高次元のクオリア空間（主観的な意識体験を記述するための空間、現象空間とも）の状況と経験とは本質的に同一なんだ。経験は、この高次元空間における相対的配置、組織的な配置、多面体《ポリトープ》と等しい。それが、経験の正体なんだ。だからこそ、自分だと感じることができ、原則としては予測可能でもある……それは、経験に基づくプロジェクトなんだ。だってわたしは『なるほど、マーカス、今きみは赤いものを見ているね』とか、『たった今きみはバラの匂いを嗅ぐという経験をしているね』ということができるんだから。fMRIを使って、きみのバラ・ニューロンが活性化しているのを実際に見ることもできれば、色領域が活性化しているのを見ることもできる。だから原則として、これは完全に経験的なプロジェクトなんだ」

　意識を説明したいのであれば、こういうふうに語るのがいちばんだ、とコッホは考えている。これなら、意識の科学に従事するということの意味ともよくなじむ。脳内での相対的な配置――たとえば、自分が痛みや赤いということや幸せといった感覚を経験しているという認識と関連している配置――が確認できるというだけでも素晴らしいことで、これなら実験で確かめることができる。それに、毎回対応がつくようであれば、なにかが赤いと感じることが実はどのような経験なのかを理解できて、その知識を拡張すれば、コンピュータが赤さを経験しているかどうかもわかるようになるのでは？

　ごりごりの新神秘主義者たちは、この何かを感じるという知覚が、そのようなネットワークからどのようにして引き起こされるのかは説明できていない、と言い張るだろう。しかし、多くを求めるあまり独我主義に陥ってしまうと、危なっかしい懐疑主義の斜面を滑り落ちて、実は宇宙に関しては何もいえないと主張することになりかねない。わたしたちは、熱いという感じを引き起こしているのが、原子の動きでしかないことを知っている。だからといって、それでは熱が生まれる理由をほんとうに説明したことにならない、と言い張る人はいないだろう。熱の正体はすでに確認されているのであって、コッホも、意識の正体は確認できたということだろう。

理屈からいうと、これはとても魅力的な考えだが、それにしてもコッホは、fMRIスキャナーやさらに洗練された道具を使いさえすれば、誰かがほんとうに経験していることがわかるようになると考えているんだろうか。それとも、そんなのは複雑すぎると考えているのか。

「現実にわかるかというと、これは問題だ。熱力学も、一九世紀にこれと同じ問題に直面した。対象物を計算することができないんだ。でも少なくとも、一〇個のニューロンで構成されている単純なものの場合は、その表現は完璧に定義され、唯一の答えが決まる。実際に知ろうとすると、取り扱えるニューロンの最大個数が大きな問題となる。はたしてこの問題を克服することができるのか。どうかなあ……わからない。なぜならニューロンの数が増えるにつれて、問題の規模が倍々で大きくなっていくから。いや、まったくすさまじいものなんだが、それはまた別の問題だ」

知性を作る

わたしたちは、わたしを「わたし」にしているものを理解できているのか。それを試す究極の方法として、意識がある脳を人工的に作れるかどうかを考えてみてもよいだろう。スマートフォンのアプリがほんとうに意思を持つ見込みはどれくらいあるのか。ヒトは元来、意識あるものを実に上手に作ることができる。実際わが息子を見れば、わたしたちがさまざまな細胞構造、つまり卵子と精子――そこには、新たに意識のある有機体を作るためのありとあらゆる道具や指示書が含まれている――をいかに上手に組み合わせられるかがわかる。少なくともわたしは、自分の息子には当然意識があると思っている。もっとも、朝起き抜けの息子は、まるでゾンビみたいだったりもするのだが……。

現在、人間の脳の配線を分析してコンピュータでシミュレーションすることを目標とするきわめて野心的なプロジェクトが進行している。このヒューマン・ブレイン・プロジェクトという計画は、スイス連邦工科大学のヘンリー・マークラム(一九六二―)が考え出したもので、実際に機能する人間の脳のシミュレーションモデルを作り、一〇年後にスーパー・コンピュータにアップロードすることを目指している。「これは、脳研究のヒッグス粒子、人間の知性のノアの保管庫《ノアズ・アーカイブ》(ワールド・パブリック・ライブラリーが進めている書籍収集保存プロジェクト)となるであろう」マークラムは高らかにそう謳いあげ、そのための資金として、欧州委員会から一〇億ユーロの基金を受け取った。でも、仮にこのプロジェクトが達成されたとして、はたしてそのシミュレーションに意識はあるのだろうか。驚いたことに、コッホの考えは否定的だった。

「かりにヘンリー・マークラムのブレイン・プロジェクトがうまくいって、人間の脳の完璧なデジタル・シミュレーションができたとしよう。むろんそのシミュレーションは、話をするだろう。なにしろ人間の脳の完璧なシミュレーションであって、それなら言葉を司るブローカ野のシミュレーションが含まれているはずだから。でもそのコンピュータは、意識ある独立した存在にはならない。個々のトランジスタの対のレベルでは最小限のΦ値があったとしても、それが脳だとは感じられないはずだ」

ここでポイントとなるのが、トノーニのΦ値が入力や出力の振る舞いではなく、内部メカニズムの因果の力(意識がそれ自身の過去および未来の状態について確率的に決定する力のこと)の性質を捉えている、という点だ。典型的なコンピュータ内部の連結では、CPUのひとつのトランジスタが対話する相手は最大でも四つのトランジスタに限られる。これではΦ値はきわめて低く、コッホにいわせれば、意識のレベルもきわめて低くなる。面白いことに、そのシミュレーションは完璧であるがゆえに、自分には意識がある、内面世界がある、と騒々しく抗議することになる。しかしコッホにいわせれば、そんなのはただのおしゃべりでしかない。

「なぜ意識がないと言い切れるかというと、早い話が、コンピュータでブラックホールをシミュレーションしても、シミュレーションされた質量はコンピュータの近くの現実の質量に影響を及ぼさない、というのと同じ原理なんだ。コンピュータ・シミュレーションでは、まわりの空間はゆがまない。同じように、意識をコンピュータでシミュレーションすることができたとしても、シミュレーションされたものが何かを経験するわけではない。シミュレーションとエミュレーション（特定のハードウェア向けに開発されたソフトウェアを本来の仕様とは異なる環境で擬似的に実行させること）の違いはここにある。意識は、メカニズムの因果レパートリー（現在の状態から情報を得た上での、システムが取り得る過去および未来の状態の確率分布）から生じる物理的なものなんだ」

意識があるかないかは、ネットワークがどのように組み立てられているかにかかっている。トノーニが一〇個のニューロンで構成したゾンビ・ネットワークと、同じことが起きるのだ。それにしても、トノーニが一〇個のニューロンからなるΦ値が高いネットワークをΦ値がゼロのネットワークやまったく同じ入力出力レパートリーのゾンビ・ネットワークに変える際に用いた原理が、人間の脳のネットワークにも適用可能だというのだからびっくりだ。入力出力の振る舞いはどちらも同じなのに、内部状態の遷移が違っているために、一方はΦ値が高く、他方はゼロになる。それにしてもなぜ、この違いから意識を持つものとゾンビであるものを区別できる、ということがわかるのか。

いらだたしいことに、この調子だと意識の問題にはほぼ答えられないということになりそうだ。確かにΦ値は、脳のシミュレーションと脳の実際のアーキテクチャの性質の差違を測るすばらしい尺度だといえる。この値を使えば、ゾンビ・ネットワークと人間の脳の違いがはっきりする。だが、そもそもシミュレーションやゾンビに意識がないということを確認するには、どうすればよいのか。シミュレーションはあいかわらず、大声でわめき立てている。「いったい、何度言ったらわかるんだ？　ぼくには意識があるんだってば」と。でもΦ値は、そんなのはただの見せかけでしかないという。そこでこちらは、Φ値が内面世界はないといってるぞ、とゾンビに告げるわけだが、ゾンビは、わたし自身の意識がある脳のように強く主張する。「いいや、あるんだ！」これこそが、この問題の核なのではなかろうか？　その系がこれらの感情を巧みに表現できているかどうかを判断する際の手がかりは、入力と出力だけだ。確かにΦ値が意識であると定義することは可能だが、けっきょくのところ、これはその性質からいって、経験的な調査を旨とする科学の守備範囲を超えた問題なのかもしれない。

わたしの意識をダウンロードする

コッホが意識の尺度としてのΦ値を高く買うのには、もう一つ別の理由がある。実はこの尺度は、意識が人間の専有物ではない、というコッホの汎神論的な信念と相性がよいのだ。意識がネットワーク全体としての情報の統合と関わっているのであれば、それを、アメーバのような小さなものから宇宙全体の意識といったものにまで適用することができるはずだ。

「つきつめていくと、自分自身への『因果の力』を有するすべてのものに、ある程度の意識があるということになる。意識があるかどうかは、けっきょくのところ、自分にどれくらいの差異を持たせられるか、自分自身に対してどれくらい『因果の力』を持っているかで測られる。たとえ一つの細胞といった最小の系であったとしても――たった一つの細胞ですら、既に驚くほど複雑な存在だが――その細胞は自分自身に対する『因果の力』を持っている。自分が細胞だというようなことを感じているんだ。Φの値は小さいかもしれないが、ゼロではない。消え入りそうに小さくても、ある程度の意識はある。もちろんそれは、古来からの直観力なんだがね」

わたしが誰かに向かって、自分たちが決して知りえないものについて調べているというと、たいてい「だったら、死後の命の問題にも取り組むおつもりなんですか」という問いが返ってくる。死後の命の問題は、意識の問題と密接に関係している。わたしたちのΦ値ははたして生き残り続けるのか。わたしたちの意識が死後も存在し続けることを示す明確な証拠はどこにもない。だが、そもそものようなことを知る術があるのだろうか。生きている人間同士でも互いの意識にアクセスするのは難しいわけで、誰かが死んだ後でその意識を調べるなんて、まるで不可能な難問にも思える。脳の活性と意識とのあいだに多くの相互関係が存在することを考えると、死後も何かが存続し続けるとは、とうてい思えない。何かの形で意思疎通できるのなら、まだ望みがありそうな気がするのだが……。けっきょくのところ、自分の周りにいる人々のなかにあると思われる意識を調べるには、意思疎通を行うしかないのだ。

自分たちのΦ値の何かが死後も存在し続けることはとうていありそうにない、という点で、コッホとわたしの意見は一致した。コッホは実際に、ある意外な協力者とこの問題について論じたことがあるという。

「二年ほど前にインドで一週間、ダライ・ラマと対話をしたんだ。いや、実に強烈な経験だった。午前中に四時間、午後に四時間、科学について話をした。まる二日、ひたすら意識の話をしていたんだ。仏教は二〇〇〇年にわたり、瞑想のテクニックを用いて自分たちの意識を内側から調べてきた。これに対してわたしたちはfMRIや電極や精神物理学を使って外から意識を調べていく。それでも、わたしたちの見解は基本的に一致していた。ラマはさまざまな科学概念にきわめて好意的で、多くの点で合意を見ることができた。ラマは、たとえば進化という概念にも、何の問題も感じていないんだ」

そうはいっても、意見が一致しない点がまったくないわけではなかったんですよね？

「根本的なところで意見が分かれたもののひとつに、生まれ変わりの概念がある。わたしには、どういうふうに機能するのかがわからないんだ。輪廻転生があるとすると、意識や記憶を次の人生に運ぶメカニズムが必要だ。量子物理学で何かが見つかるのでもない限り――わたしは量子力学についてそれほど詳しくない――輪廻を裏付ける証拠はどこにも見あたらない」

コッホが指摘したように、科学者がこの問題に答えようとすると、身体の死後に意識がどのようにして存在し続けるのかを説明しなくてはならない。この点に関しては、すでにいくつかの興味深い提案がなされてきた。たとえば、意識が最終的に脳内部の情報のパターンに対応するのであれば――おそらく、トノーニが主張するものに近いのだろう――理屈のうえでは情報は常に再構成できる、という説がある。ブラックホールの情報パラドックスは、ブラックホールのなかで物が消えるときに情報は失われるのか、という問いと関係している。しかしブラックホールという名前の火葬場を避けさえすれば、量子的な決定論と可逆性を組み合わせることによって、決して情報が失われることはないといえる。

信心深い物理学者ジョン・ポーキングホーンは、死後も命があるかもしれないことを示す筋書きとして、この説を提唱している。「このパターンは死によって解消するが、神によってそれが記憶され、聖なる蘇りの行為によって再構成されると考えるのは、完璧に理に適っているように思われる」もちろん神を持ち出すまでもなく、この衝撃的な考えを現実のものにすることはできる。じっさい、身体というハードウェアが片付けられる前に自分の脳の情報をちゃんと蓄えておこうとしている人が、既にいるのだ。わたしの意識をスマートフォンにダウンロードすれば「それ」が「わたし」になる、という着想は、実はポーキングホーンの提案からそう遠くない。アップルが神の代わりをしているだけで、コッホがいうように、それは「コンピュータ・マニアたちの携挙（SF作家ケン・マクラウドが技術的特異点（シンギュラリティ）を信仰と見なして付けた呼び名）」なのである。

ゾンビランド

自分たちには答えられない問いに直面したとき、わたしたちはある選択をしなければならなくなる。たぶん理知的に考えると、不可知論者であり続けるという対応が正しいのだろう。けっきょくのところ、自分に答えられない問いが存在することを確認した、ということの真意はそこにあるのだから。ところがこれに対して、それでも何らかの形で答えられると信じ続けると、その後の人生の過ごし方が変わる。今かりに自分だけが唯一無二な存在で、残りの人間はすべてゾンビだと見なしたとすると、自分とまわりの世界とのやりとりに大いに影響する。あるいは逆に、機械にも意識があると思える瞬間を経験してしまうと、コンピュータの停止ボタンを押すこと一つにも倫理上の問題が絡んでくる。

意識の問題を解決するには、自分たちの宇宙の記述に基本的な意識を作り出すような――それでいて時間、空間、重力のように何ものにも帰着することができない――新たな素材を加えるしかない、と主張する人もいる。自分たちにできるのは、この新たな素材と既にあった素材の関係を調べることだけだというのだが、これはなんだか責任逃れのように聞こえる。意識は、脳が発達して何らかの決定的な閾値に達したときに現れるものなのだ。ちょうど、水が泡だち、沸騰して気体に変わる瞬間のように。自然界には、このような決定的な転換点の例がたくさんあって、その点では相が転移する。問題は、その相転移によって生じたものを説明するのに、どうしても新たに基本的な何かを作り出さざるを得ないのか、という点だ。むろんこれまでにそのような前例がなかったわけではない。たとえば、電荷を持つ粒子を加速することによって生じる電磁波は、創発的な現象ではないが、自然界の新たな基本素材ではある。

あるいは、ひょっとすると意識は、物質の固体や液体とは別の状態と関係しているのかもしれない。このような状態には既にパーセプトロニウムという名前がついていて、「主観的に自分を意識するようなもっとも一般的な物質」と定義されている。この状態の変化は、創発現象としての意識ともつじつまが合うはずだ。はたまた意識の場のようなものが存在して――ちょうどヒッグス場によって物質の質量が与えられるように――物質が臨界状態になるとそれが活性化されるのか。とほうもない考えのように聞こえるが、このようなつかみ所のない概念を把握するには、まともでない考えが必要になるものなのだ。

なかには、自分が自分であると感じることの意味を問う質問には、いくら物理的に迫ってみても答えられない、と主張する人もいる。意識の存在自体が、わたしたちの物理学の領域を超越した何かと関わっているというのだ。しかし、かりに精神で物質を動かせるとしたら、この二つの領域をつなぐ物理学が確実に存在するはずで、そうなれば、科学も再び戦いに加わることができる。

ひょっとすると意識の問題は、科学の問いではなく言語の問題なのかもしれない。このような立場に立っているのが、ルートヴィヒ・ウィトゲンシュタイン(一八八九―一九五一)に始まる学派である。ウィトゲンシュタインはその著書『哲学探究』において、個人的な言語の問題を考察している。たとえば「テーブル」という言葉が何を意味するかを学ぶ過程には、誰かがテーブルを指して「これがテーブルだ」と告げることが含まれる。もしもこちらが、社会が「テーブル」という言葉で意味する物とは別の何かを指して「テーブル」といったなら、即座に訂正が入る。ウィトゲンシュタインは、「苦痛」の意味を学ぶ場合にもこれと同じ原理が適用できるかどうかを問題にした。苦痛は外的なものとは無関係で、何かを指さして「これが苦痛だ」と告げることはできない。ひょっとするとわたしたちは、自分の痛いという感覚に常に対応しているfMRIスキャナーの出力とこの言葉との相関に気づいているのかもしれない。それにしても、スクリーンを指さして「あれが痛みだ」といったとき、その「痛み」という言葉はじっさいには何を意味しているのだろう。

ウィトゲンシュタインは、わたしたちのクオリアや感情を巡る個人的な言葉を研究するということは、じつは言葉を研究すること以外の何物でもないと考えていた。「ここに痛みがある」という文の意味をどうやったら分かち合えるのか。分かち合うことは不可能なのだ。「歯が痛い」という文は「テーブルを持っている」という文と似ているので、どちらも同じ種類のことを述べていると考えたくなる。「テーブル」とおなじ意味で「痛み」と呼ばれる何かがある、と決めてかかるのだ。ウィトゲンシュタインによれば、この文は何かをいっているように見えるが、実は何もいっていない。「わたしたちが混乱するのは、言語が機能しているときではなく、いわば言語がアイドリングするエンジンのような状態にあるときなのだ」

たとえば、あなたがある感じを受けて「これが痛みだと思う」と断言したとき、わたしにはその言明をチェックする術がない。あなたが感じていることが、わたしが「痛み」という言葉で意味しているものと同じかどうかを判断する基準がないのだ。ウィトゲンシュタインは、あなたの指をチクッと刺しておいて「これが痛みだ」と断言することによって、痛みが何なのか示せるかどうか考えてみた。たとえば、もしあなたが「ああ、『痛み』が何なのかは知っている。でも『これ』、今わたしが感じている『これ』が痛みかどうかが、わからないんだ」といったとしたら、ウィトゲンシュタインは、「わたしたちはただ首を振って、（あなたの）その言葉を、自分たちにはどうしたらいいかわからない奇妙な反応と見なすことしかできない」と答える。

自分たちの頭のなかで起きていることを確認する、という問題に迫るために、各自がそれぞれに何かの入った箱を持っているところを思い描いてみてもよいだろう。全員が箱のなかのものを「カブトムシ」と名付けているが、ほかの人の箱の中身を見ることは許されず、自分の箱しかのぞけない。したがって、それぞれの箱のなかに別々のものが入っているかもしれず、箱の中身が絶えず変わっているかもしれず、あるいはまったく何も入っていないということも考えられる。それでもわたしたち全員が、それを「カブトムシ」と呼ぶ。しかし箱が空の人にとっては、「カブトムシ」という言葉は無を意味するわけで、こんなのは名前でもなんでもない。この場合、この言葉に何か意味があるのか。わたしたちの脳はこの箱のようなもので、意識はカブトムシのようなものなのか。fMRIスキャナーによってついに誰かほかの人の箱のなかを覗き見ることが可能になり、あなたのカブトムシとわたしのカブトムシが同じかどうかがわかるようになったのか。この装置のおかげで、意識はウィトゲンシュタインの言葉ゲームから救い出されるのか。

ウィトゲンシュタインは、文や質問がいかにも何かを意味するような顔をしてわたしたちを欺くときにどんなことが起きているのかを調べてみた。なぜなら、本当の文のような形をしていながら、慎重に検討してみると実はなにも語っていない文が存在するからだ。意識の問題の核にはこの事実があると考える哲学者は多い。意識の問題は科学の問題ではなく、実は単なる言語の混乱であるということに気づけば、この難問は跡形もなく消え去る。

ダニエル・デネット（一九四二―）もまた、ウィトゲンシュタインの伝統に則った哲学者のひとりで、デネットによると、ヒトは近い将来に、自分たちが意識を持つのに欠かせないと思われる物理的なものを超えてまで意識という概念について延々と議論するのは無駄である、ということに気づくという。したがって、たとえば実際に意識があるものならこのように機能するはずだと思われる機能を持った機械や生物に出くわしたときに、それには意識があると定義すればよいだけの話で、はたしてそれがゾンビなのか、実際に何かを感じているのか、といった問いは無視してかまわない。意識のないゾンビと意識のある人間を区別する方法がないのであれば、そのような差異を記述する言葉は何の役にも立たない。差異が存在することがわかったときにはじめて、その差異を表す言葉を持つことの意味が生まれるのだ。

デネットは生気論を引き合いに出して、自分の立場を擁護している。生気論の運命は実に悲惨で、何か特別な臨時の素材——生命の躍動《エラン・ヴィタール》（アンリ・ベルクソンが提唱した生命の真価を推し進める根源的な力のこと）——が存在し、それが細胞の集まりに命を吹きこんでいるという考えは、もはや完全に放棄されている。自己複製できるような細胞の集まりを示されて、それらが猫のようにニャアニャア、グルルといっているのを目の当たりにして、それでも実はこれらの細胞は生きていないと断言されたとしても、わたしにすればとうてい承伏しがたい。意識を巡る議論は、やがて生気論を巡る議論と同じ運命をたどるだろう、という説がある。ちなみに生気論は、物理的な系が生命体に伴う増殖や自己組織化、そして適応といった事柄をどうすれば行えるのかを説明しようとする試みだったのだが、これらのメカニズムが説明されてしまうと、生命の問題も解決されて、エラン・ヴィタールは不要となった。だが意識の場合には、物理的なものがどのようにして主観的な経験を作り出すのか、という問題そのものがきわめて主観的な側面を持っているので、生気論のようにメカニズムを使って解くことはできないという主張もある。

いまだかつてない実に見事な装置や技法の誕生を経て、わたしたちの内面の世界は前ほど不透明でなくなった。精神の活動は個人的なものだが、世界との物理的な相互作用は公的なものなのだ。では、公的な部分を分析することによって、どこまで個人的な領域にアクセスすることができるのか。たぶん、あなたの脳でどのニューロンが発火しているのかを見ただけで、あなたがピタゴラスの定理ではなくジェニファー・アニストンのことを考えていることがわかる、という段階まではいくだろう。

それにしても、ニューロンの発火を理解しただけで、あなたをしてあなただと感じさせているものの感触を摑むことができるのか。はたして、意識とゾンビを区別することができるのか。ヒトの消化管には約一億個のニューロンがあり、これは脳のニューロンの〇・一パーセントに相当する数だが、それでも腸に意識はない。それとも、あるんだろうか。実際に腸がわたし自身とは異なる意識を持っていたとして、どうすればそれを確認できるのか。意識に関する問いかけにつきものの問題の本質はここにある。わたしの腹は、ひょっとするとわたしと意思疎通しはじめるかもしれない。だとしても、いったいどうすれば、わたしの腹がわたしと同じように赤い色を見たり恋に落ちたりという経験をしているか否かを判断することができるのか。腸をスキャンして電極を使って精密に検査した結果、ニューロンの個数でいえば腸と同等の猫の脳に匹敵するだけの配線と発火が認められたとして、その先はどうなるのか。

ひょっとすると、ゾンビと意識を区別するという問題は、科学には答えられない問いのひとつであり続けるのかもしれない。この精神への旅の始まりでわたしがスマートフォンに課したチューリングテストからも、この先に難題が控えていそうなことはわかる。詩人になりたがったのはゾンビのチャットボットだったのか、それとも金持ちになりたがったのか。チャットボットは、デカルトの「われ思う、ゆえにわれあり」という言葉をジョークにできるくらい賢いのか。ついにはデートを始めるのか。いったい誰がゾンビで、誰が意識ある人間なのか。

スカイプを使ったチャットが終わろうとしたとき、コッホはわたしに、知りうるという保証はどこにもない、といった。

「わたしたちがすべてを説明するだけの認識能力を持っていることを示す法則は、宇宙のどこにもない。わたしたちが犬なら――わたしは犬が大好きなんだが――わたしの犬は完全に意識があるが、それでも税を解さないし、特殊相対性理論を解さないし、最も簡単な微分方程式すら理解しない。

もっともたいていの人は微分方程式を理解していないんだけれどね。でも同じ理由で、誰かにこれは決してわからないよ、といわれるのはほんとうに嫌なんだ。そんなことは言えないはずだ。確かに、わかるという保証はどこにもない。でも、そんなのはまるで敗北主義者の態度だろう？ つまり、マーカス、肩をすくめて、もう忘れよう、決して理解はできない、望みはないとのたまうなんて、そいつは一体全体どういう研究プログラムなんだ、ってことさ。そんなのは敗北主義なんだ」

答えられない問いに答えようと試みることをあきらめるな！ という明快な呼びかけの声とともに、スカイプでの会話は終わった。コッホの顔がスクリーンから消えたとき、わたしはなんだか落ち着かない気分だった。この線の向こうの端にいたのは、ほんとうにコッホだったんだろうか。それとも、コッホがアルゴリズムに基づいて作った、「わたしたちには意識のハードプロブレムが解けるんでしょうか」という矢継ぎ早な質問に対処するためのアバターだったのか。

最果ての地　その七
クリスマス・クラッカー

第十三章

数は形と概念を統べるものであり、神や精霊《ダイモーン》を生み出すものである。
ピタゴラスの教義

このカードの裏側に書かれていることは嘘である。

このカードの裏側に書かれていることは本当である。

既製品のぱっとしないクリスマス・クラッカーにいいかげんうんざりしていたわたしは、ついに今年、家族のために数学クラッカーを自作することにした。ひとつひとつのクラッカーに、数学的なジョークやパラドックスを仕込んでいったのだが、みんなは、ジョークといってもユーモアより数学のほうが勝っているといった。皆さんはどう思われますか？「電球を一つ換えるのに、数学者が何人必要か」「答え：0.99999（9がどこまでも続く）」このジョークで笑えなかった方も、どうぞご心配なく。うちの家族も笑わなかったから。このジョークの笑いのツボは——ジョークを説明するなんて野暮もいいところだが——0.9999（9がどこまでも続く）という値が、実は1に等しいというところにある。

パラドックスのほうは、まだましだった。たとえばあるクラッカーには、メビウスの帯を入れた。これは一見奇妙な幾何学図形で、面が一つしかない。じっさいに、細長い紙切れを半回転ねじってから両端を貼り付けると、面が一つしかない帯ができる。面がほんとうにひとつかどうかは、色を塗れば確かめられる。片方の面から色を塗りはじめたはずなのに、そのまま両面に色が塗れてしまうのだ。そのうえこの帯にはふしぎな性質がある。帯の中央の線に沿って鋏を入れて切り離そうとしても、二つのばらばらな輪にならずに、一本の細い帯を二回捻ったものになるのだ。

自作のクラッカーもけっきょくのところ、そう悪くはなかった。というのは手前味噌かもしれないが、ジョークだってけっこう面白かったのだ。「ブノワ・B・マンデルブロの真ん中のBは何を省略したものか」「ブノワ・B・マンデルブロを省略したもの」（まだ真顔の方のために説明しておくと、このジョークのポイントはマンデルブロがフラクタルを発見したことにあって、「最果ての地　その一」でも取り上げたフラクタルという幾何学図形は、どんなに拡大しても単純にならない）。わたしの昔からのお気に入りのひとつがパラドックスで、たとえば、本章の冒頭の二つの申し立てを一枚のカードの裏表に書いたものは、パラドックスになる。この手の言葉遊びは常にわたしを愉しませ、同時に動揺させてきた。小さい頃大好きだった本のなかに『この本の名前は何でしょう』という本があった。その本には途方もない言葉遊びがみっちり詰まっていて、その多くが、題名のような自己言及をうまく使っていた。

今ではわたしも、クラッカーに入れたあのカードの二つの文が生み出す循環論法のようなパラドックスを引き起こす自然言語の文に驚かなくなった。意味のある文ができたからといって、その文の真偽を確定できるとは限らない。

わたしが数学の確かさに引きつけられたのは、ひとつには、言語に曖昧なところがあるからだと思う。そのような多義性は、数学では許されない。ところが今から紹介するように、古今東西のもっとも偉大な数理論理学者の一人であるクルト・ゲーデルは、わたしが自作のクラッカーに仕込んだのと同じようなパラドックスを用いて、わたし自身の専門分野である数学にも決して正しいと証明することができない数に関する言明が含まれていることを証明したのだった。

科学対数学

わたしが自然科学ではなく数学を究めようと心に決めたのは、ひとつには、このような確かさを求める心――物事のほんとうのところを知りたいという気持ち――があったからだ。自然科学では、自分たちが宇宙について知っていると思っていることも、実はデータと一致するモデルでしかない。科学的な理論であるからには、反証可能な、つまり間違っていることを証明できるモデルでなければならないのだ。それらのモデルが存続できるとしたら、それはあらゆる証拠がそのモデルを支えているからであって、そのモデルと矛盾する新たな証拠が見つかったら、モデルを変える必要がある。つまり科学理論はその本性からいって、常にお払い箱になる可能性があるのだ。となると、具体的にある科学理論が正しいということを、ほんとうに知ることはできるのか。

かつて宇宙は静的だと考えられてきたが、やがて新たな事実が発見されて、銀河がわたしたちからどんどん遠ざかっていることが明らかになった。そこで次に、宇宙が膨張しているにしても、物質同士は重力で引っぱりあっているのだから、膨張速度はしだいに遅くなるはずだと考えた。ところがやがて、その膨張が加速していることがわかった。そこでこの事実を説明するために、宇宙はダークエネルギーに押しやられてばらばらになりつつある、というモデルが考案された。しかしこのモデルも、たとえその信頼性を裏づける証拠がさらに集まったとしても、やはり誤りだと立証される日を待っているのだ。ひょっとすると、最後の最後になって宇宙の正しいモデル――何が暴露されようと決して揺らぐことのないモデル――にぶち当たるかもしれない。それでもなお、自分たちが考えているのは正しいモデルである、という確信を持つことはできないのである。

これもまた科学の面白いところで、科学は常に進化しており、絶えず新しい物語が登場する。見当外れということで消え去る古い物語はいかにも哀れだが、新たな物語はむろん古い物語から育つ。科学者たるもの、自分の理論が時代の流行となり、賞を取り、しかしその後突然廃れるかもしれないという不安に耐えるしかない。原子をプラム・プディングに模したモデルも、絶対時間が刻まれるという考えも、粒子の位置と運動量を同時に確定できるという見方も、もはや科学のベストセラーリストの上位には位置していない。新たな物語に取って代わられたのだ。

わたしが学校時代に本で読んだ宇宙のモデルは、すでに完全に書き直されている。ところがわたしが学校で学んだ数学の定理は、書き直されることがない。それらの定理は、はじめて本で読んだときと同じように正しく、最初に発見されたときから一貫して正しい。そのうえそれらの定理のなかには、二〇〇〇年前に発見されたものもある。ニキビ面で臆病な一〇代のわたしにとって、数学が約束する確かさはとりわけ魅力的だった。だからといって数学がまったく変化しないというわけではない。数学は絶えず成長し、わからなかったことがわかっていく。ただ、知りえたことはどこまで行っても知りえたことで、決して揺らぐことがなく、次の偉大な物語の最初の一ページとなる。科学者たちが、決してほんとうのところを知りえない、という事態に直面するのに対して、なぜ数学者たちは、数学的な真理に達することができるのか。

その決め手となる要素、それが証明なのだ。

証明という名の、真理への径

人々が数学をしていたことを示す証拠を辿っていくと、紀元前二〇〇〇年代まで遡ることができる。バビロニアの粘土板やエジプトのパピルスに、πの値の評価、ピラミッドの体積を求める式、二次方程式を解くためのアルゴリズムといった洗練された計算やパズルの解き方が載っているのだ。そうはいっても、これらの文書に記されているのは、概して具体的な問題を解くための手順だった。どうしてこれらの手順が常に通用するといえるのかはどこにも説明されておらず、粘土板に記された時代からこれまでに記録されてきた何千という例でその手順が使えた、という信用できる証拠があるだけだ。当時の数学の知識は今よりずっと科学に近く、経験に基づくものだったのだ。その時点で知られているアルゴリズムで解けない問題に出くわすと、元の手順にあれこれ手を加えてみる、といった具合だったのである。

やがて紀元前五世紀頃に古代ギリシャ人がこの分野に熱心に取り組み始めると、次第に様子が変わってきた。アルゴリズムに、その手順がなぜ常に問題なく機能するのかを裏付ける根拠が添えられるようになったのだ。単に、これまで一〇〇〇回にわたって正しかったのだから次も正しいだろうというのではなく、そこに示されたことが常に正しいといえる理由をきちんと示す。証明という概念が誕生したのである。

自然哲学者ミレトスのタレス（前六二四頃―前五四六頃）は、数学的な証明を最初に行った人物とされている。タレスが証明したのは、円周上に適当に点を取ってその点を円の直径の両端と結ぶと、そこに直角ができるという事実だった。どんな円であろうと、どこに点を取ろうと、こうして作った角は常に直角になる。近似ではなく、書いてみたらすべてそうなっているようだからというのでもなく、円や直線の性質からいって、そうならざるを得ないのだ。

タレスの証明では、正しいと確信できる事柄から出発して、いくつもの巧みな論理の展開によって、読者を知の新たな到達点へと導く。しかもその論理は、必ずしも円を眺めただけでわかるものではない。この証明の秘訣は、円周上の最初に取った点Bと円の中心Oを結ぶ新たな線を引くところにある。

なぜこの線が役に立つのかというと、二辺が等しい三角形がふたつできるからだ。つまり、どちらの三角形でも、円の中心と向き合う二つの角は等しいのだが、これは、二等辺三角形に関する事実として既に証明されている事柄だ。そこで、もともとの大きな三角形を考えてみると、その角の総和は$2\alpha+2\beta$になる。これを、三角形の内角の和は一八〇度であるという知識と組み合わせると、まさにタレスが主張したとおり、$\alpha+\beta$は九〇度でなければならないことがわかる。

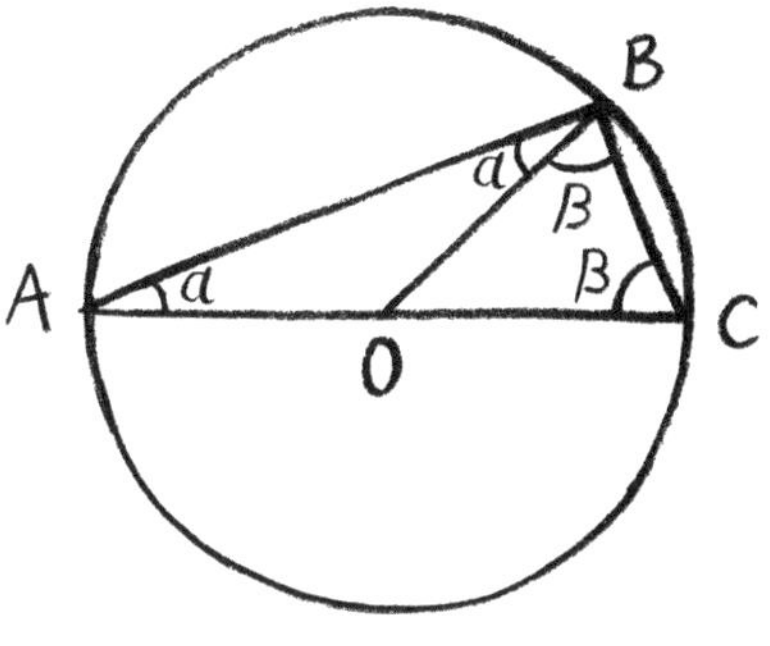

小さい頃にこの証明をはじめて知ったとき、わたしは心から感動した。図を見ると、円周上の角は直角のように見える。では、どうすればほんとうに直角だと確認できるのか。そうなる理由がどこかにあるはずだ、とわたしは考えた。そしてさらにページを繰り、タレスが円の中心から引いた線を見て、そこから流れ出てくる論理的な推論の結果に気付いたとき、まるで雷に打たれたようにはっきりと、あの角度がなぜ確かに九〇度になるといえるのかが理解できたのだった。

ここでは、この証明からもわかるように、数学の殿堂がそれまでに証明されていること――たとえば、三角形の内角の和が一八〇度であるといった事柄――の上に立っている、という事実に注目していただきたい。今度はタレスのこの発見自体が新たなブロックとなって、さらにその上に数学の殿堂の次の階が打ち立てられていくのだ。
ユークリッドの『原論』には、このタレスの証明をはじめとするたくさんの証明が載っていて、多くの人が、この著作こそが数学のなんたるか、証明のなんたるかを示す雛型だとしている。『原論』の冒頭では、まず基本的な構成要素、つまり公理や論理的な主張の確かな基礎として喜んで受け入れられそうなまったく自明に思われる幾何学の言明が紹介されている。

証明という概念は出しぬけにひねり出されたわけではない。むしろ古代ギリシャで新たな執筆スタイルが発展するとともに登場したと見るべきなのだ。アリストテレスをはじめとする人々が体系化した修辞法によって、聴衆を説得することを目的とした新たな言葉による伝達の形が生まれた。法律が絡む場面でも政治が絡む場面でも、はたまた単にお話を語る場合でも、語り手が聴き手に自分の立場を納得させようとするとき、聴き手は論理の旅へと誘われる。エジプトやバビロニアの数学は、ナイル川やユーフラテス川のまわりで新たな都市が発展する際に、その計測や建築がきっかけとなって生まれた。これに対して論理や修辞法を用いたこの新たな論証は、古代ギリシャの核となった全盛期の都市国家の政治制度の求めに応じて生まれたのである。

アリストテレスにとっての修辞法は、純粋な理論と聴衆の感情に働きかけるための手法とを組み合わせたものだった。数学の証明は、このうちの前者を活用する。しかし証明は同時に、何かを物語る行為でもある。だからこそ証明は、あの時代のあの場所で、アリストテレスやプラトンが哲学的な対話を行い、戯曲家ソフォクレスやエウリピデスが洗練された語りを作り上げるといった文化を背景として発展したのだ。

ギリシャ人の数学探究は、建築や測量のための機能的なアルゴリズムに留まらず、さらに、読者をわくわくさせる数学物語とでもいうべき予期せぬ発見へと進んでいった。

証明は、読者を既知の場所から未知の新たな目的地へと誘う論理の物語なのだ。証明は、トールキンの『指輪物語』の主人公フロドの冒険のように、ホビット庄（フロドの住まいがあるところ）から「黒の国《モルドール》」（フロドが使命を果たす目的地）への旅を記述している。ホビット庄の見慣れた土地には、数学の公理や数に関する自明の真理や既に証明された命題がある。こうして、探求の出発点が設定される。そしてこの勝手知ったる場所から始まる旅に縛りをかけるのが数学的な演繹の規則であり、ちょうどチェスの駒の動きを決めるルールのように、その世界を抜けるにあたってどのような歩みが許されるのかを定める。時には行き止まりのように思える場所に入り込み、前ではなく横に進まなくてはならないこともあり、かと思えば、迂回路を探すために戻らなくてはならないこともある。さらには、虚数や解析学といった数学の新たな登場人物が生み出されるのを待って旅を続けることもあるだろう。証明はこの旅の物語であり、この旅の座標を示す地図であり、数学者の航海日誌なのだ。

その旅で数や幾何学に関する正しい言明を打ち立てたからといって、それがそのまま数学界で公式に認められた証明となるわけではない。読者を驚かせ、喜ばせ、感動させる必要があるのだ。ドラマがあったり、危機があったり……。数についての正しい言明をただ集めさえすれば数学になるわけではない。ちょうど、考え得る単語の組み合わせをすべて集めたからといって文学にはならず、考え得る音符の組み合わせをすべて集めたからといって音楽にはならないのと同じだ。数学には、美しいか否かの判断と、それに基づく選択が含まれている。だからこそ、数学における証明術は、物語るという行為が全盛を迎えた時代に生まれたのだ。証明が生まれるには、アリストテレスの修辞法の論理と同じくらい、情念の恩恵を被っているのである。

最果ての数

はじめのうち、幾何学の証明は構成的に行われることが多かった。しかし古代ギリシャの人々はさらに新たな数学のツールを用いて、ある種の事柄が実行不可能であり知の領域を超えているということを証明してみせた。今から紹介する「2の平方根は分数では書き表せない」という発見は、その衝撃的な例といえよう。

この証明の語りは実に見事なもので、まず、もしもこの長さを分数で書けるとしたら、という仮定の下で読者を旅に誘う。そして、その語りがなんのこだわりもなく素直に展開するうちに、読み手はウサギの穴をどんどん落ちてゆき、ついに奇数は偶数で偶数は奇数だ、というまるでばかげた結論にたどり着く。そして最後に、この長さを表すとした分数は実は幻であるはずだ、という教訓で締めくくられるのだ(このウサギの穴を実際に降りてみたい方のために、このあとの囲みで物語を再現しておいた)。

2の平方根のような数にはじめて出くわした人々にすれば、その性質からいって、この数は決して完全には知りえないものだとしか思えなかったはずだ。数を知るということは、その数を書き下すことであり、自分の知っている数を使ってその数を表すということだ。ところがここに、その値を記録するすべての試みを拒むかに見える数がある。

2の平方根は分数で表せない(無理数である)という証明

一辺の長さが一単位であるような直角二等辺三角形の斜辺の長さをLとする。ピタゴラスの定理から、この斜辺のうえに立つ正方形の面積は、残る二辺のうえに立つ正方形の面積の和と等しい。ところがこれら二つの辺のうえに立つ正方形の面積は1であり、大きい正方形の面積はL^2である。よってLは、その平方が2となるような数である。

さて、Lがある分数と等しく、$L=p/q$が成り立つとしよう。

このときpとqのどちらかが奇数だとしてよい。もしも両方が偶数なら、どちらかが奇数になるまで分母と分子を2で割っていくことができるからだ。

すると、$L^2=2$なので、$p^2/q^2=2$となる。

さらに、両辺にq^2をかけると、$p^2=2\times q^2$となる。

では、このpは奇数なのか偶数なのか。まず、p^2は偶数に違いない。なぜなら奇数に奇数をかけても奇数だから。ということは、$p=2\times n$となるような数nがある。pは偶数だから、qは奇数に違いない。でも、ちょっと待って……

$$2\times q^2=p^2=(2\times n)^2=2\times 2\times n^2$$ だから、

両辺を2で割ると、

$$q^2=2\times n^2$$ となる。

思い起こせば、先ほどすでにqは奇数であるという結論が出ていた。

したがってq^2も奇数である。ところがこの式の右辺は偶数になっている！

したがって、もしもLが分数で表せるのであれば、奇数が偶数になる。これはどう考えてもばかげているので、もともとのLが分数で表せるという仮定が間違っていたにちがいない。

思うに、この証明は数学のなかでももっとも瞠目すべきもののひとつといえる。有限の論理的な議論だけで、数で表そうとするとどうしても無限がからんでくる長さが存在することを示したのだから。


これは、数学の歴史におけるたぐいまれな瞬間だった。ここに、かつてないタイプの数が生み出されたのだ。当時知られていた数では、この式を正確に解くことができなかったのだから、$x^2=2$

という方程式には解がないという立場を取ることも可能だった。じじつ、このような数を理解できるようになったのは、一九世紀になってもっと洗練された数学が展開されてからのことだった。それでも、この数は存在するという感じがした。現に三角形の辺の長さとしてそこにあり、この目で見ることもできた。そしてついに数学者たちは、これらの方程式を解くために、数学の道具箱に新たなタイプの数を加えるという大胆な一歩を踏み出したのだった。

　解かれまいとしている方程式は、ほかにもあった。その答えは二の平方根と違って目に見えなかったが、それでも解を作り出すことはできた。$x+3=1$ という式を解くことは、現代のわたしたちの目から見ればごく簡単で、$x=-2$ となる。だがギリシャ人にとって、この式を満たす数は存在しなかった。三世紀アレクサンドリアの数学者ディオファントスは、このタイプの方程式を不条理だと評した。ディオファントスのような数学者にすれば、数は幾何学的なものであり、実際に存在する線の長さだった。しかし、単位長さ三つ分を付け足したときに単位長さになるような線などあり得なかった。

　けれども、すべての文明がこの方程式に簡単に屈したわけではなかった。古代中国では、数を使って金銭を勘定していたのだが、資産にはしばしば負債が含まれる。実際、三枚のコインを財布に入れたのに、コインは一枚になっていた、ということもあり得る。消えた二枚のコインが、友達から借りた金を返すのに使われたのであれば……。紀元前二〇〇年頃の中国の数学者たちは、数を赤い棒で表していたが、負債を表すときだけは黒い棒を用いた。ここから「赤字になる」という言い回しが生まれることになったのだが、なぜか、途中で色が逆になったらしい。

　七世紀に入ると、インドの人々が負の数の理論を見事に展開してみせた。なかでも数学者のブラフマグプタ(ブラーマグプタとも、五九八―六六五頃)は、負の数のいくつかの重要な数学的性質――たとえば、「負債に負債をかけると財産になる」――負×負は正――といった性質を演繹した(面白いことに、これは法則ではなく、数学の公理から得られる結論である。なぜこのような結論にならざるを得ないのかを証明してみるのも楽しい)。ヨーロッパの人々が、これらの方程式の解となる数が確かに存在すると納得したのはようやく一五世紀のことで、じじつ一三世紀のフィレンツェでは、負の数を使うことが禁じられていた。

その後もさらに新たな数が生まれていくことになるのだが、なかでも特筆すべきは、$x^2=-1$といういうタイプの方程式を解くという問題に直面したことによって生まれた数だった。一見、この式を解くことはできそうにない。正の数を二乗しようと、負の数を二乗しようと――ブラフマグプタが示したように――どのみち結果は正になる。この問題に遭遇したルネッサンスの数学者たちはまず、この方程式は解けないと考えた。やがて一六世紀に入ると、イタリアの数学者ラファエル・ボンベリ(一五二六―一五七二)が、二乗すると-1になる新たな数があるとする、という革命的な第一歩を踏み出し、さらに、この新たな数を使えばそれまで解けないと思われていたさまざまな方程式を解くことができることに気がついた。面白いことに、ときには計算の途中ではこの架空の数が必要になるのに、最後の答えのどこにもその痕跡はなく、後には見慣れた普通の数だけが残され、しかもそれがちゃんと元の方程式の解になっていることがある。

こうなるとまるで数学の錬金術のようだが、それでもこのボンベリの新しい数を数学で公式に認められた概念とすべきでない、と考える人が多かった。デカルトはかなり見下した調子でこの数について記したうえで、架空の数だとして退けている。それでも時とともに、この数の威力だけでなく、この数を認めたとしても数学にはなんの矛盾も起きそうにない、という事実に気づく数学者が増えていった。これらの数は、一九世紀の初めにようやく数学のなかに真の居場所を得ることになるが、それは一つには、これらの想像上の数――虚数――を目で見ることができる図が考案されたからだった。

通常の数（今日数学者たちが実数と呼ぶもの）は、紙のうえを水平に延びる数直線に乗っている。これに対して i ―― $\sqrt{-1}$ の平方根はこう呼ばれている ―― のような虚数は、垂直な軸に乗っている。この虚数、別名複素数が受け入れられたのは、これらの新たな数の在処を示す二次元の図のおかげだったのである。この図にはもうひとつ、複素数の算術がその上での幾何学に対応するという強みがある。

そうなると、この先にもまだ発見されていない数が控えている、ということなのか。さらに新たな数が得られることを期待して、もっと奇妙な方程式を考えてみることもできる。たとえば、$x^4=-1$ という方程式はどうだろう。

この方程式を解こうとしたときに、今までにない数が必要になるかもしれない。ところが、一九世紀の偉大な定理の一つ ―― 今日代数学の基本定理と呼ばれるもの ―― によって、じつは虚数 i と実数があればどんな方程式でも解けることが証明されている。たとえば、

$$x=\frac{1}{\sqrt{2}}+\frac{1}{\sqrt{2}}i$$

という数を四乗すると、答えは -1 になる。わたしたちは、すでに数の「最果ての地」に達していて、どんな方程式を解いたところで、新たな数は見つからないのだ。

たぶん不可能

2の平方根が有理数でない、という古代ギリシャ人たちの証明を皮切りに、数学では次々に、何かが不可能であるという証明が行われてきた。これとは別にもう一つ不可能であると証明されたの

が「円の正方化」で、円の正方化という概念は、さまざまな言語で不可能を表す言い回しとされてきた。円の正方化は、古代ギリシャ人が（目盛りのない）定規と（円弧を描くための）コンパスだけを用いて解こうとした幾何学の難問と関係がある。ちなみにギリシャの人々は、定規とコンパスだけを使って、完璧な正三角形、正五角形、正六角形を書く巧みな方法を考案した。

与えられた円に基づいて、定規とコンパスだけを使ってその円と面積が等しい正方形を作ることを、円の正方化という。ところが、ギリシャの人々がいくら頑張って円を平方化しようとしても、どうにもならなかった。さらに、デロス島でのご託宣でもう一つ、これと同じような不可能問題が課せられていた。この島の住人たちが、アポロン神が自分たちに下した疫病に打ち勝つためにはどうすればよいのか、神殿で神の助言を得ようとしたところが、アポロン神の祭壇の大きさを二倍にせよという神託が下ったのだ。アポロン神の祭壇は、完璧な立方体だった。プラトンはこの神託を、目盛りのない定規とコンパスを用いて体積が元のちょうど二倍の完璧な立方体を作る問題だと理解した。

二つ目の立方体が元の立方体の体積の二倍であるには、一辺の長さが2の三乗根倍になっていなくてはならない。したがってこの課題は、長さが2の立方根であるような線を作図することが求められているのだ。2の平方根なら、単位長さの正方形の対角線になるから簡単に作れる。ところが2の三乗根を作るのはきわめて難しいことが判明し、デロス島の人々は、結局この問題を解くことができなかった。たぶんこの託宣は、デロス島の人々の注意を幾何学や数学に向けさせて、目の前の差し迫った社会問題から関心を逸らすためのものだったのだろう。

立方体の体積を倍にすることと円の正方化、そして、三つ目の古典的な問題である角の三等分、これらは結局すべて不可能問題だったのだが、数学者たちがこれらの課題は実現のしようがないということを証明できるようになったのは、一九世紀のことだった。わたし自身も研究で用いているシンメトリーを理解するための言語、群論が発達したことによって、これらの不可能問題を証明することが可能になったのだ。そして、定規とコンパスだけで作図できる長さは、ある種の代数方程式を満たす値に限ることが判明した。

円の正方化を行うには、単位長さの線からはじめて定規とコンパスだけを用いて$\sqrt{\pi}$の直線を作る必要がある。ところが一八八二年に、πは無理数であるだけでなく超越数——つまりどんな有理係数の代数方程式の解でもない数——であることが証明された。このことから、結局円の正方化が不可能であることがわかるのだ。

数学は、何かが不可能であることを証明するのがじつに得意だ。数学の本に載っているもっとも著名な定理の一つに、フェルマーの最終定理がある。この定理によると、nが2よりも大きければ、

$$x^n + y^n = z^n$$

を満たす整数は存在しない。これと対照的なのが$n=2$の場合で、その場合この式は、ピタゴラスが直角三角形から得た方程式になる。$n=2$なら、$3^2+4^2=5^2$のように、解がたくさんある。この方程式の解は実は無限にあって、古代ギリシャの人々はすべての解を導くことができる公式を発見している。だが往々にして、方程式の解を見つけるほうが、フェルマーの方程式を満足する数が決して見つからないことを証明するよりもはるかに容易い。

この問題が解けたと考えたフェルマーが、自分が持っていたディオファントスの『算術《アリトメティカ》』のページの片隅に、この余白は狭すぎて自分が思いついた素晴らしい証明を書ききれないと書き付けたことは、つとに有名だ。わがオクスフォードの同僚アンドリュー・ワイルズ（一九五三―）が、フェルマーの方程式の整数解がなぜ見つからないのかを説明する納得のいく主張を完成させたのは、その三五〇年後のことだった。ワイルズの証明は一〇〇ページ以上にわたり、さらにその証明の土台と

なった既存の理論を加えると数千ページになる。ということは、ページの余白がどんなに大きかろうと、足りなかったはずなのだ。

ワイルズによるフェルマーの最終定理の証明は、まさに傑作といってよい。この証明の最後のピースがカチリとはまるのを生きて見届けられたことは、わたしにとってじつに名誉なことだと思っている。

ワイルズが解は決して見つからないと証明するまでは、この方程式の解となる数がどこかに隠れている可能性があった。今でも覚えているのだが、ワイルズがこの証明を発表したのと同じ頃に、あるみごとなエイプリルフールのいたずらが、数学界を駆け巡った。そのジョークによると、ハーバードの著名な数論学者ノーム・エルキーズ（一九六六―）が非構成的な手法で、そのような解の存在を示す証明を作り上げたのだという。そのEメールの言葉遣いは実に巧みで、「非構成的」な証明と書かれている以上、具体的にどの数がフェルマーの方程式の解になるかは示されず、ただ解があるはずだということのみが証明されているはずだった。そのうえ仕掛け人にとってはすばらしいことに、ほとんどの人がこのいたずらメールが最初に送られた四月一日から数日経ったところで転送メールを受け取ったので、このメールがエイプリルフールのいたずらだとは思いもしなかった。

エイプリルフールのことはさておき、数学界は、フェルマーの方程式に解があるかないかもわからぬまま、三五〇年の年月を過ごしてきた。わたしたちには、わからなかったのだ。しかし、ついにワイルズが惨めなわたしたちを救い出してくれた。ワイルズの証明によって、いくら試してみても、絶対にフェルマーの方程式が成り立つような三つの数は見つからない、ということが明らかになったのである。

ニューロンを使い切る

わたしたちは数学の黄金時代を生きている。じっさいここにきて、いくつもの偉大な未解決問題が解かれているのだ。二〇〇三年にはロシアの数学者グリゴリー・ペレルマン（一九六六―）によって、幾何学の大いなる難問の一つ、ポアンカレ予想が解決された。しかし、まだたくさんの数や方程式を巡る言明がわたしたちの挑戦を斥け続けている。リーマン予想に双子の素数予想、バーチ・スウィンナートン＝ダイアー予想にゴールドバッハ予想……。

わたし自身は過去二〇年間、PORC（porc＝porkつまり豚とも読めるが、実はPolynomial On Residue Classesの略で剰余類上の多項式の意）予想と呼ばれるものが正しいかどうかをはっきりさせるべく、研究に打ち込んできた。これは五〇年以上前にオクスフォードの数学者グラハム・ヒグマン（一九一七―二〇〇八）が定式化した予想で、それによると、与えられた個数だけシンメトリーを有するシンメトリー群の個数は、きちんとした多項方程式で与えられるという。たとえば、pを素数として、p^6個のシンメトリーを持つ対称群の数は、pの二次式で与えられる。具体的には、$p^2+39p+c$（ただしcは、pを60で割った余りによって決まる定数）にpを入れたときの値になるのだ。

わたし自身の研究によると、この予想はどうやら正しくないらしい。というのも、p^9個のシンメトリーを持つ対称群でありながら、その挙動がヒグマン予想から予測されるものとはまったく異なると思われるものが存在することを発見したからだ。しかしだからといって、この問題が完全に解けたわけではない。p^9個のシンメトリーを持つ別の対称群があって、それによって、わたしが掘り起こした奇妙な振る舞いが取り除かれる可能性はまだ残っていて、そうなればヒグマンの予想は正しかったことになる。つまり今のところは、この予想が正しいのか正しくないのかはっきりせず、しかも悲しいことに、ヒグマン自身は決着が付く前に亡くなった。わたしとしては、わが限りある命が尽きる前にぜひ結論を知りたいところだ。それにわたし自身は、このような問題があるからこそ、数学の研究を進めることができるのだ。

数学の研究を進めるなかで、無数にある紆余曲折に迷ったとき、わたしはふと考える。はたしてわたしの脳には、今自分が取り組んでいる問題を解くだけの力があるんだろうか。じつは数学を使うと、八六〇億個のニューロンが一〇〇兆個のシナプスでつながっている人間の脳の物理的な限界を超える数学の課題が存在することを証明できる。

数学は無限であり、永遠に続くのだ。10^{10}の50乗通りのゲームが考えられるチェスとも違って、数学の立証可能な命題は無限にある。チェスでは駒が取られ、ゲームには勝敗がつき、連続した動きが反復される。ところが数学には大詰めがない。つまり、たとえわたしが自分の八六〇億個のニューロンを物理的に可能な限り速く発火させたとしても、一生の間に構築できる論理的な段階はたかだか有限個で、そのためわたしが知りうる数学の総量には限りがあるのだ。ひょっとして、今取り組んでいるPORC予想の証明に、わたしが一生の間に成しうる以上の論理的な段階が必要だったとしたら？

たとえ宇宙全体が一つの大きなコンピュータになったとしても、そのコンピュータが知りうることには限りがある。セス・ロイド（一九六〇―）は『宇宙の計算能力』という論文で、ビッグバン以降に宇宙が実行することができた演算は最大10^{90}ビットで、10^{120}個の操作でしかないという計算結果を発表している。宇宙はどの時点においても、限られた量の数学しか知らない。といわれて、宇宙は何を計算しているんだ？　と不思議に思う方もおいでだろう。宇宙が算出しているのは、実は宇宙自身の劇的な進化なのだ。この進化は膨大な数だが、それでも無限ではない。つまり、どの瞬間をとっても観測可能な宇宙が決して知りえないものが必ず存在する、ということを計算によって証明できるわけだ。

ところが数学にはさらに深い未知の層があることがわかっている。能力および速度が無限のコンピュータをもってしても、金輪際知りえないものが存在するのだ。二〇世紀にある定理が証明されたことから、無限の能力を持つコンピュータですらPORC予想の真偽を知りえないのかもしれない、という恐ろしい可能性が浮かび上がったのである。ゲーデルの不完全性定理と呼ばれるこの定理は、数学を根底から揺るがすことになった。かりにさまざまな予想が正しかったとしても、じつはわたしたちの数学の公理の枠組みのなかでは正しいということを証明できないのかもしれない。ゲーデルが証明したのは、どんな数学の公理の枠組みを持ってきても、数学的には正しいのにその枠内では決して正しいと証明することができない言明が必ず存在する、という事実だった。証明のしようがない言明——最果てのそのまた向こうにある数学——が存在するということを、数学的に証明したのである。

この定理を大学で学んだとき、わたしは心底動揺した。それまでのわたしは、自分の脳や宇宙の脳が物理的に限られたものであるにしても、少なくとも理屈のうえではPORC予想が真か偽かを示す証明——あるいはリーマン予想が真か偽かを示す証明——が存在する、という明るい信念を持って成長していた。わたしにとっての数学の英雄、ハンガリーの数学者ポール・エルデシュ（一九一三—一九九六）は、『天書《ザ・ブック》』（英語でザ・ブックとは通常聖書のことで、ここでは神による唯一の書の意味）に載っている証明について愛情を込めて語っている。エルデシュによると、神は数学のあらゆる定理のもっとも優美な証明を『天書』に書き留めている。そして数学者の仕事は、この『天書』に載っている証明を明らかにすることにある。一九八五年の講演でエルデシュが冗談交じりに述べたように「神を信じる必要はないが、『天書』は信じなくてはならない」のだ。エルデシュ自身は神の存在を疑っていて、神のことを、わたしの靴下やハンガリーのパスポートを隠してしまう至高のファシストと呼んでいた。それでも、おおかたの数学者は『天書』という比喩を受け入れているはずだ。それなのに、大学の数理論理学の講義で学んだ証明によると、かの『天書』には落丁があって、至高のファシストですら所有していないページがあるという。

並行宇宙

証明の手が届かない数学的言明が存在するということが明らかになったのは、元はといえば、数学者たちがある幾何学的な言明の位置づけに疑問を持ったからだった。ユークリッドはその言明を公理として用いていたが、実はそれほど自明ではないことが判明したのだ。

公理というのは論理的思考の連鎖の出発点、すなわち前提だ。一般に、公理は何らかの自明の真理を表していることになっていて、証明抜きで正しいと認められる。たとえばわたしは、二つの数を持ってきたときに、これらを足す順序がどうであろうと答えは同じになると信じている。36を持ってきて43を足しても、43を持ってきて36を足しても、答えは変わらない。でも、どうして常に変わらないといえるんだ？　とみなさんは疑問を持たれるかもしれない。なにかをすごくたくさん持ってきて、それらを足し合わせたら、ひょっとすると奇妙なことが起きるかもしれないよ？　じつは、数学で行われているのはこの規則を満たす数に関する推論なのだ。わたしたちのこのやり方で宇宙にあるものを勘定していて奇妙なことが生じたら、この公理から展開した数学は宇宙で機能する物理的な数に適用することができないという事実を受け入れるしかない。そして、別の基本的な公理群を満たす数に基づく新たな数の理論を作ることになる。

ユークリッドが、自らの幾何学理論を演繹するために用いた公理の多くが、宇宙の幾何学に関する自明の真理のように思われた。ところが数学者たちは、次第にそのうちの一つに疑いの目を向けはじめたのだった。

平行線の公準によると、一本の直線とその線上にない点が与えられたとき、その点を通ってもとの線と平行な線が一本だけ存在する。平らな紙に図を書いてみても、この公準に疑いの余地はないように思える。この公準は、ユークリッドの三角形の内角の和が一八〇度であるという証明に欠かせない公理の一つなのだ。どのような幾何学でも、平行線の公準が成り立っていれば、内角の和が一八〇度の三角形を作ることができる。ところが一九世紀に入って、このような平行線が存在しない幾何学、さらには平行線がたくさん引ける幾何学が新たに発見されて、数学者たちは、ユークリッドの幾何学が存在しうるさまざまな幾何学のうちの一つでしかないことを痛感させられたのだった。

たとえば球の表面を考えると——曲面の幾何学を考えることになり——この表面上の線はいずれもまっすぐではなく、すべて曲がっている。そのため地球上の二点に対して——大西洋上を飛んだことのある人なら誰でも知っているように——それらの最短経路は平らな地図に描かれた線にならない。なぜかというと、二点を結ぶ最短線はちょうど経線のような球を真っ二つに割る円の一部になるからだ。実際に片方の点が北極あるいは南極であれば、二点を結ぶ線は経線になる。この球面の幾何学では、あらゆる線が経線を問題の二点を通るようにずらしたもの、いわゆる大円になっているのだ。ところがこのとき大円のうえにない三番目の点を取ると、もとの大円と交わらず、しかも三番目の点を通るような大円を書くことは絶対にできない。つまりこれは、平行線が存在しない幾何学なのだ。

その結果この新たな幾何学では、平行線の公準を使った証明は必ずしも正しいといえなくなる。たとえば、三角形の内角の和が一八〇度であるという言明が正しいという証明は、平行線の公準を満たす幾何学でなければ成立しない。しかるに今述べた球面幾何学は、平行線の公準を満たしておらず、じっさいこの幾何学には、内角の和が一八〇度を超える三角形が存在する。たとえば北極と赤道上の二点の計三点を結んで三角形を作ると、赤道上の点のまわりの二つの角の和だけで一八〇度になり、当然三つの角の和は一八〇度より大きくなる。

　ほかにも、一点を通る平行線が一本ではなく何本も存在する幾何学が見つかった。双曲型と呼ばれるこれらの幾何学では、三角形の内角の和が一八〇度より小さくなる。それでも、これらの幾何学が発見されたからといって、ユークリッドの証明が無効になったわけではなかった。このこと一つをとっても、数学における大発見が、それまでの知識を破壊するどころか豊かにすることがよくわかる。そうはいっても、一九世紀初頭にこれらの新しい幾何学が紹介されると、ちょっとした騒ぎが起きたのも事実で、じっさい、ユークリッドの平行線の公理を満たさない幾何学には何か矛盾が含まれていて、けっきょくは不可能なものとして放り出されるはずだ、と考えた数学者もいた。しかし、さらに調べを進めてみると、これらの新たな幾何学に何か矛盾がある場合には、そもそもユークリッド幾何学自体の核心に矛盾が存在しているはずだということが明らかになった。

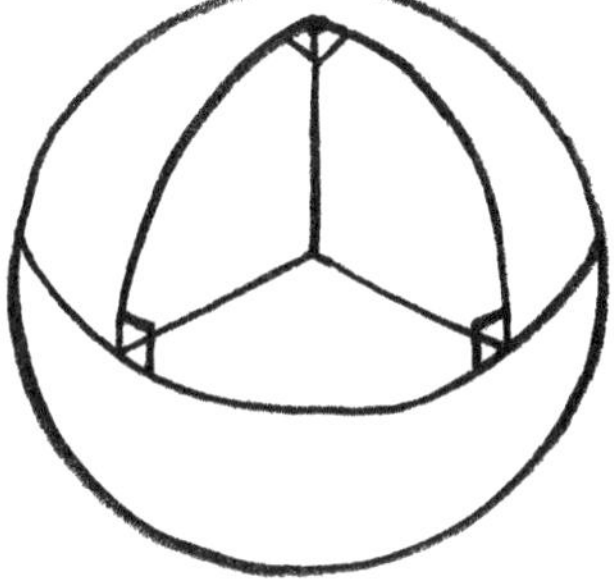
内角の和が180度を超える三角形

　ユークリッド幾何学に矛盾があるなどとは、異端思想もいいところだ。なにしろユークリッドの幾何学は時の検証に耐え、二〇〇〇年にわたって矛盾を生み出すことがなかったのだから。でもちょっと待てよ……これではなんだか、科学の方法と似ているような気が……。数学は、ユークリッド幾何学が矛盾を引き起こさないということをきちんと証明できるようなものであるべきだ。これまでずっと機能してきたという事実にただ寄りかかって、すべて事も無し、と信じることは許されない。そりゃあ、通りの向こうの実験室にいる科学者たちはそう思っているのかもしれないが、わたしたち数学者は、自分たちの専門分野に矛盾が存在しない、ということを証明できてしかるべきなのだ。

この節の見出しは何でしょう?

一九世紀の末に集合論が奇妙な結果を生み出しはじめ、そこから解決不可能なパラドックスが生じそうだということがわかると、数学者たちも真剣に、自分たちの専門分野が矛盾とは無縁であることを証明しなくては、と考えるようになった。これらのやっかいなパラドックスを次から次へと作り出したのは、英国の哲学者バートランド・ラッセル(一八七二―一九七〇)だった。ラッセルが数学界に叩きつけたのは、「自身を含まない集合すべての集合」という挑戦状だった。問題は、この新たな集合がそれ自体の一員であるかどうかだった。自分自身を含まない集合でなければ、この集合の一員になれない。ところがこの集合を一員に加えたとたんに、突然(そして当然)それは自分自身を含む集合になってしまう。まったくもう! このパラドックスを解く方法はどこにもなさそうだった。それでいて、このようにして作られる集合は、数学者がじっくり考えたいと思っている集合からそれほど遠くなかった。

ラッセルは、このような平凡で地味なタイプの自己言及パラドックスの例を、さらにいくつか考案した。たとえば、床屋は自分のひげを剃らないすべての人のひげを剃らなければならず、床屋以外の人はひげを剃ってはならないことが法で定められている島を考える。するとやっかいなことに、この法がパラドックスを引き起こす。床屋にははたして自分自身のひげが剃れるのか。剃れないはずだ。なぜなら床屋は、自分のひげを剃れない人のひげだけを剃れることになっているから。でもそうなると、床屋は自分のひげを剃れないのだから、床屋にひげを剃ってもらう資格があることになる。なんてこった! この床屋は、実はラッセルが定義しようとしている集合――つまり自分自身を一員として含まない集合すべての集合――の役割を果たしているのである。

この手のパラドックスのなかでも特にわたしが気に入っているのが、数の記述を巡るパズルである。今、オクスフォード英語辞典に載っている単語を二〇個まで用いて定義することができる数すべてを考えよう。たとえば1729は、“the smallest number that can be written as the sum of two cubes in two different ways（「二つの異なるやり方で、二つの立方の和としてかける最小の数」の意。計一七語）”と定義することができる。オクスフォード英語辞典に載っている単語の数は有限で、しかも最大で二〇個の単語しか使えないのだから、この方法ですべての数を定義することはできない。だって数は無限にあるのに、二〇個以下の単語で作れる文は有限個なのだから。そのうえで、次のように定義された数を考える。“the smallest number which cannot be defined in fewer than 20 words from the Oxford English Dictionary”（「オクスフォード英語辞典に載っている単語を二〇個未満用いても定義できない最小の数」の意。計一七語）。すると、なんとまあ、この定義は二〇個以下の単語でできている。なんだ、これは！

自然言語からは、自己矛盾した言明が生じやすい。ただ単語を寄せ集めたからといって、意味が生まれるわけでもなければ、正しい言明になるとも限らない。ところがやっかいなことに、「自分自身を含まない集合すべての集合」というラッセルの集合は、わたしたちが数学で定義したいと考えているタイプの集合にひじょうに近い。

最後には数学者たちも、直観的な集合の概念にさらに磨きをかけることによって、この奇妙な状況を避けて通る方法を編み出した。しかしそれでも、なんとなく不安な感じは残った。数学の殿堂には、驚きの種があといくつくらい潜んでいるのだろう。一九〇〇年の数学者国際会議での講演を依頼された偉大なるドイツの数学者ダーフィト・ヒルベルト（一八六二―一九四三）は、二〇世紀の数学者たちが直面する二三個の主要な未解決問題を提示することにした。そしてその二番目として、数学が矛盾を含まないことの証明を挙げた。

その講演でヒルベルトは、多くの人々が数学の信念としてきたことを力強く高らかにぶち上げた。「数学のあらゆる問題を解くことができる、というこの信念は、研究者のやる気を大いに刺激する。われわれは自らの身の内に、永遠の呼びかけを聴くのだ。さあこれが問題だ。その答えを探したまえ。その答えは、純粋な推論によって見つかるだろう。なぜなら数学には知りえないもの《イグノラビムス》（ignorabimus）は存在しないのだから」数学には自分たちが知りえないものは存在しないとは、なんと大胆な言明だろう。

ヒルベルトがなぜここまで言い切ったかというと、その少し前から、人間は宇宙についてある程度までしか理解できないと考える傾向が強まっていたからだった。じっさい、著名な生理学者エミール・デュ・ボア＝レーモン（一八一八―一八九六）がベルリンのアカデミーで一八八〇年に行った講演で、人知を超えると思われる自然を巡る七つの謎の概略を紹介し、これらは「われわれが知らないこと《イグノラムス》であり、決して知りえないこと《イグノラビムス》（ignoramus et ignorabimus）である」と宣言していたのだ。

今の時点で、いかなる問いが人知を超えるのかを理解しようと努めている人間として、わたし自身のリストをデュ・ボア＝レーモンが示した以下の七つの謎と比べてみるのも面白そうだ。

1 物質と力の究極の性質
2 動きの起源
3 生命の起源
4 自然の一見合目的的とも思える仕組み
5 単純な感覚の起源
6 知的な考えと言語の起源
7 自由意志の問題

デュ・ボア＝レーモンによると、このうちの1、2、5は真に超越的な問題だった。さらに最初の二つは、今なおわたしたちが最初のほうのいくつかの「最果ての地」で考えてきた問題の核になっている。自然の仕組みが合目的的であるという四番目の問題は、なぜ宇宙は生命が生まれやすく微調整されているように見えるのか、という問題にほかならず、これまた今も盛んに論じられているところだ。そしてこの謎に対するわたしたちの最良の答えが、多元宇宙なのだ。残りの三つは、このすぐ前の人間の精神の限界を巡る「最果ての地」で取り上げたテーマである。この中でただひとつ、生命の起源の謎だけはある程度の前進が見られたといえそうだ。しかし残る六つの問題は、科学がこの一〇〇年で驚くべき進歩を遂げてきたにもかかわらず――デュ・ボア＝レーモンが考えた通り――未だにわたしたちの知の限界を超えたところにあるように思われる。

だがヒルベルトにすれば、デュ・ボア＝レーモンの謎のリストに数学的な言明を加えることを認める気はさらさらなかった。三〇年後の一九三〇年九月七日に名誉市民の表彰式に臨むべく生まれ故郷のケーニヒスベルクに戻ったヒルベルトは、その受諾演説を次のような数学者への呼びかけで締めくくった。

> 数学者には、「決して知りえないこと《イグノラビムス》」は存在しない。そしてわたしにいわせれば、自然科学にもそんなものはいっさい存在しない……誰ひとりとして解決不可能な問題を見つけられずにいるのは、――思うに――じつは解決不可能な問題が存在しないからなのだ。決して知りえないものという愚かしい言葉に対して、われわれの信条は「われわれは識らねばならない《ヴィア・ミュッセン・ヴィア・ヴィッセン》。われわれは識るだろう《ヴィア・ヴェアデン・ヴィッセン》(Wir müssen wissen. Wir werden wissen)」なのである。

しかしこのときヒルベルトは、まさにその前日に同じケーニヒスベルクの町で開かれた会議で、衝撃的な発表があったことを知らなかった。数学には、確かに決して知りえない《イグノラビムス》ことが含まれているのだ。オーストリアの二五歳の論理学者クルト・ゲーデルなる人物が、数学が矛盾を含まないという証明は不可能であることの数学的な証明を披露したのである。しかもそれだけでなく、数学のいかなる公理の枠組みのなかにも、数に関する正しい言明でありながらその枠組みでは決して正しいことが証明できないものが存在することを示したのだった。「ヴィア・ミュッセン・ヴィッセン、ヴィア・ヴェアデン・ヴィッセン」というヒルベルトの高らかな呼びかけは、けっきょく正当な落ち着き場所として、ヒルベルトの墓石に刻まれることとなった。こうして数学は、自身の内にも決して解きえない謎が存在する、という事実に向き合わざるを得なくなった。

次の文は嘘である

この節の見出しはほんとうである。

ゲーデルは、数学にも限界があるという衝撃的な事実を証明する際に、わたしがクリスマス・クラッカーに入れたのと同じタイプの自己言及の言明を使った。

自然言語を使った文からはパラドックスが生まれることがあったとしても、数に関する言明は真か偽のいずれかだ、と考えたくなる。ゲーデルは、数学に関する言明に自己言及の概念を使うことができるか、という点に興味を持った。じつはヒルベルトが示した課題そのものに、自己言及の要素が含まれていた。というのもヒルベルトは、数学的に堅牢強固な推論を構築して、数学に矛盾がないことを証明するよう求めていたからだ。つまり数学は、自分自身をのぞき込んで、二つの矛盾した言明がともに真であるという証明が突然生まれたりしないということを証明するよう求められていたのである。

これに対してゲーデルは、数論のいかなる公理系でも、数に関する正しい言明でありながら、それらの公理からは証明できないものが存在することを示そうとした。ここで、数がどのように機能するのかを捉えるために、互いに異なる公理系を作ってみることができる、ということを指摘しておきたい。ヒルベルト自身は、数学者たちが数学におけるすべての真理を証明する際の前提となるあるひとつの公理系を構築することができるだろう、と思っていた。ところがゲーデルは、この望みを葬る方法を見つけた。

ゲーデルは、あるコードを作り、数に関する意味のある言明すべてにその固有のコード番号を割り振るという巧みな手を考え出した。わたしがこうしてキーボードに入力しているときにも、じつはこれと同じような着想が機能していて、わたしがゲーデルの物語を紡ぐのに使っている単語は、タイプされたとたんに、その文字を表す一連の数に変換される。たとえば十進数表記のアスキーコードでは、Gödel（ゲーデル）という単語は7124610010108になるのだ。ゲーデルが考案したコードには、それを使えば数学に数学自身のことを語らせられる、という利点があった。

ゲーデルのコードでは、数論――すなわち数学の定理を演繹する際の元になる言明――を捉えるために選ばれた公理すべてに固有のコード番号が割り振られる。たとえば、「A＝CでB＝CならA＝Bである」という公理にも、対応する独自のコード番号がある。さらに、これらの公理から演繹される言明――たとえば「素数は無限に存在する」といった言明――にも固有のコード番号があり、「17は偶数である」といった誤った言明にも、独自のコード番号が割り振られる。

これらのコード番号を用いることによって、ある具体的な言明がその系のなかで証明可能かどうかを数論の言葉で論じることができるようになった。その際に基本となったのが、ある言明のコード番号が公理のコード番号で割り切れればその言明は証明可能であるといえるようなコードを組み立てる、という着想だった。ゲーデルが実際に行ったことはこれよりはるかに複雑だったのだが、これくらい単純化したほうがわかりやすい。

さて、こうしておけば、その公理に基づいてある言明が正しいことを証明できるのか、という問題を数に関する言明として論じることが可能になる。「『素数は無限に存在する』という言明が正しいことを数論の公理を使って証明できる」という事実は「『素数は無限に存在する』という言明のコード番号は数論の公理のコード番号で割り切れる」と翻訳されるが、これは数に関する純粋に数学的な言明なので、真か偽のいずれかである。

というわけで、皆さん、ここからはくれぐれも帽子を飛ばされないよう気をつけて！　今からいっしょにゲーデルの証明の論理の紆余曲折を辿っていきますからね。さて、ゲーデルは、「この言明は証明可能でない」という言明Sについて考えることにした。この言明Sにはコード番号がついている。さらに、言明Sの内容を分析することによって、その内容を言明Sのコード番号が公理のコード番号で割り切れるか否かを巡る言明に翻訳することができる。そこで今、――ヒルベルトの望み通り――わたしたちが分析している数論の公理系からはいっさい矛盾が生じないとしよう。

ゲーデルのコード付けのおかげで、Sを、単なる数に関する言明と見なすことができる。したがってSのコード番号は、公理のコード番号で割り切れるか割り切れないかのいずれかである。つまり真か偽のどちらかであって、両方ではない。もしも両方なら、この系から矛盾は生じないという前提に反することになる。

今、数論の公理に基づくSの証明が存在するのであれば、Sのコード番号は公理のコード番号で割り切れる。しかし、証明可能な言明は真である。そこで次にSの意味を分析してみると、Sのコード番号は公理のコード番号では割り切れない、という言明が得られる。これは矛盾である。だがここでは、数学には矛盾がないと仮定していた。したがってわがクリスマス・クラッカーのパラドックスとは異なり、何かしらこの論理の難問から抜け出す道があるはずだ。

この矛盾を解消するには、大本の仮定が間違っていたということに気づく必要がある。つまり、数論の公理からはSが正しいということを証明できないのだ。ところがこれは、まさにSが言明していることだった。したがって、Sは正しい。というわけで、ゲーデルの言明Sは真であるにもかかわらず公理からは証明できないということが証明されたわけだ。

この証明から、2の平方根が無理数であるという証明のやり方を思い出した方がおいでかもしれない。最初に2の平方根は無理数でないと仮定すると、そこから矛盾が生じるので、2の平方根は無理数であるはずだということになる。いずれの証明も、数論の公理からは矛盾は生じない、という重要な前提なしでは成り立たない。ゲーデルの証明からひとつには、たとえこのような証明不可能な言明を公理として付け加えたとしても決して数学を救うことはできない、というきわめて衝撃的な結論を得ることができる。言明Sが真でありながら証明できないというのなら、そのSを公理にすれば、あらゆる真の言明を証明できるようになるはずだろう？　みなさんはそう思われるかもしれないが、ゲーデルの証明によると、問題の公理系にいかに多くの公理を付け加えたとしても、必ず証明することができない真の言明が残るのだ。

ゲーデルの論理ダンスで頭がくらくらしてきた方も、どうかご心配なく。この定理を幾度となく学んできたこのわたしでさえ、証明が終わる頃には決まってめまいがしはじめるのだから。実にまったく、この定理の意味するところにはただ驚くばかりだ。ゲーデルは、矛盾がない数論の公理系であるかぎり、いかなるものを持ってこようと、真でありながらその系では真であることが証明できない数に関する言明が必ず存在する、ということを数学的に証明した。つまり、数学に限界があるということを数学的に証明したのである。面白いことに、だからといってSという言明が不可知——わたしたちが決して知りえないもの——だということにはならず、真だということは、実際に証明されている。ただ、限りがあることがすでに示されている具体的な数学の公理系の外で作業をしなければならないというだけのことなのだ。ゲーデルが示したのは、その枠組みのなかでは真であることを証明できない、という事実だった。

ゲーデルは、既に十分衝撃的なこの暴露――ゲーデルの第一不完全性定理と呼ばれている――を用いて、数学が矛盾とは無縁であることを数学的に証明する、というヒルベルトの望みを叩きつぶした。つまり、数学にまったく矛盾がないという仮定のもとでは、「この言明は証明可能でない」という言明が真であることを証明したのだ。まったく矛盾がないということを数学的に証明できれば、そこから、数学のなかで「この言明は証明可能でない」という言明が真であることを証明できる。ところがこの言明自体は真であることを証明できないと主張しているのだから、これは矛盾だ。したがって、数学が矛盾と無縁だという証明は、必然的に矛盾を生み出す。こうしてわたしたちは、自己言及の言明に立ち戻ることになる。ここから抜け出すには、数学が矛盾と無縁だということを数学的には証明できない、という事実を受け入れるしかない。これが、ゲーデルの第二不完全性定理と呼ばれるものなのだ。ヒルベルトにとっては実に恐ろしいことだが、ゲーデルの定理は数学の核にある知りえないもの《イグノラビムス》を暴いてみせたのである。

それでも数学者たちは、数学は矛盾とは無縁だと信じている。もしも矛盾があったなら、殿堂が崩壊することもなくここまでやってこられたはずがない。理論が矛盾を含まないとき、その理論は首尾一貫しているという。フランスの数学者アンドレ・ヴェイユ（一九〇六―一九九八）は、ゲーデルのこの業績の圧倒的な意味合いを、次のようにまとめてみせた。「数学が首尾一貫しているから、神は存在する。そしてそのことを証明できないから、悪魔が存在する」

ゲーデルの暴露によって、数学もまたほかの科学理論と同じように歪曲を受けやすいということが明らかになったのだろうか。数学者たちはたまたま正しいモデルを見つけたのかもしれない。しかしそのモデルが、宇宙のモデルや素粒子のモデルのように、新たな証拠の重みで突然瓦解することがないとは言い切れないのだ。

哲学者のなかには、ゲーデルの言明Sが正しいということを、数論の公理系のなかでは証明できなくても、少なくともその系の外で作業をすれば正しいことが証明できる、という点に魅力を感じる人もいる。これはつまり、人間の脳が世界を数学的に分析するための機械仕掛けの計算機には留まらない、ということなのではないか。哲学者のジョン・ルーカス（一九二九―）は一九五九年にオクスフォード哲学協会に提出した「精神、機械とゲーデル Minds, Machines and Gödel」という論文で、今かりに人間の精神を公理や算術の演繹の法則に従う機械としてモデル化すると、その精神はせっせと証明を構成するうちに、やがてどこかの時点で「この言明は証明可能でない」という文に出くわし、それ以降はひたすら、この文を証明しよう、あるいは論破しようという試みを続けることになるだろう。しかしわれわれ人間にはその言明が意味するものを理解し、その言明が決定不能であることを理解することができる。「したがってその機械はまだ精神のモデルとしては適切ではなく……どんなに秩序立った、硬化して生命のない系を持ってきても、精神は常にその一枚上手を行くことができるのだ」と述べている。

これはじつに魅力的な主張のように見える。誰だって、人間はただの計算装置ではなく、生物的なハードウェアにインストールされた単なるアプリ以上のものだと信じたい。ロジャー・ペンローズは近年意識の研究を進めており、ルーカスのこの主張に基づいて、何が精神をして意識在るものたらしめているのかを理解するには、新たな物理学が必要だと主張している。しかし、その系の外側で作業すれば「この言明は証明可能ではない」という言明が真であることを証明しうる、ということ自体は正しいとしても、それもまた、巨大な前提の下での話でしかない。すなわち、このゲーデルの文が正しいことを証明する際の出発点となる公理の枠組みもまた、矛盾と無縁でなくてはならないのだ。ところが、それがまさにゲーデルの第二の不完全性定理の中身なのである。つまりわたしたちは、そのことを証明できない。

ゲーデルが巧みに作り上げたタイプの正しいのに正しいことを証明できない言明は、数学の観点からは少しばかり深遠に見えるかもしれない。そんなことをいったって、リーマン予想やゴールドバッハの予想やPORC予想といった、数を巡るほんとうに興味深い言明が証明できないなんてことは、ないんだろう？　ところが、ゲーデルが作ったようなひねくれた文に限って証明の力が及ばない、ということなのでは？　という希望的観測は、実は誤りであることが明らかになった。一九七七年に数学者のジェフ・パリス（一九四四―）とレオ・ハリントン（一九四六―）が、とことん数学的な数に関する言明であって、しかも真であると示せるにもかかわらず数論の古典的な公理の枠組みでは証明不可能であるような例を考案したのだ。しかも――次の章で明らかになるのだが――数学者たちは無限の概念と取り組むなかで、ある種の言明は証明不可能であるだけでなく、真偽の判定すら不可能であることを発見した。

ジョーク

ここで、この章と「最果ての地　その三」を読んだみなさんに通じる、あるジョークを紹介しよう。わが自作のパラドックス入りのクリスマス・クラッカーに仕込まれた、もう一つのジョークだ。このジョークを味わうには、あとひとつ必要な知識がある。アメリカの言語学者で哲学者のノーム・チョムスキー（一九二八―）が、言語能力（ある文化が持っている言語についての知識）と言語運用（意思伝達における言語の使われ方）を区別していた、という事実、これを心に留めておいてほしい。

問題のジョークは次の通り。

　ハイゼンベルクとゲーデルとチョムスキーがバーに入ってきた。ハイゼンベルクはバーのなかを見回していった。「ここにわたしたち三人がいて、ここはバーなんだから、これはジョークに違いない。でも、一つわからないことがあるんだ。このジョークは面白いんだろうか、それとも面白くないんだろうか」

　するとゲーデルが、ちょっと考えてからいった。「そうだなあ、われわれはジョークのなかにいるんだから、面白いかどうかは何ともいえないな。外から見てみないことには」

　するとチョムスキーが二人を見ていった。「もちろん面白いとも。君たちの言い回しがまちがっているだけの話さ」

第十四章

この無限の空間、その永遠の沈黙を、わたしは恐れる。
ブレーズ・パスカル『パンセ』

「最果ての地　その四」で明らかになったように、わたしたちが暮らすこの物理的な宇宙では、見通せる範囲や調べられる範囲に限りがある。しかし、わたしが一生をかけて探究しているのは、物理的な宇宙ではなく数学的な真理が織りなす精神の宇宙なのだ。その世界の「最果て」を探る際には、望遠鏡や宇宙船や顕微鏡とは別のツールを使う。まず第一に、精神の宇宙が無限か否かという問題は、わたしの頭のなかに収まっている有限の装置を使えば解ける。数学があれば、物理的な宇宙の「最果て」を探る際に立ちはだかる障害物の先に進むことができるのだ。「最大の数」は存在しえない。数の宇宙を囲い込もうとするいかなる企みに対しても、常にそこに1を足すことができる。そしてこの1を足すという有限の単純な行為によって、精神の無限世界を構築することができるのだ。

それにしても、わたしはこの無限の世界について、どれくらいのことを知りうるのか。頭蓋に収まっている有限の神経学的ツールを使って数が織りなすこの無限宇宙の真理を調べるとき、はたしてそこに限界があるのか。一九世紀に入るまで、「無限」という言葉と「人知を超えた」という言葉は同義だった。それでもヒトは、古代ギリシャの人々が数学という黒魔術を考案してからというもの、有限の精神を駆使して無限の旅を続けてきた。

無限に向かって舵を切る

ここでもうひとつ、自作のクリスマス・クラッカーに仕込んでおいた数学ジョークを紹介しよう。

先生　いちばん大きな数は何ですか。
生徒　七三〇〇万と一二です。
先生　では、七三〇〇万と一三はどうですか。
生徒　うわあ、もうちょっとだったのに！

古代ギリシャの人々は、数に終わりがないということを理解していた。しかしだからといって、ほんものの無限が存在することを知っていたわけではない。アリストテレスは、可能無限と実無限を区別していた。ある数にどこまでも延々と1を加え続けることはできても、現実に無限という数を作ることは不可能だ。それなのに、ギリシャの人々がこの可能無限を有限の論理的推論を駆使して調べることができたというのは、実にすばらしいことだ。

たとえば、ユークリッドの『原論』に載っている最古の数学の証明のひとつでは、数の宇宙にそれ以上分割できない数——いわゆる素数——が無限にあることが示されている。この証明のことを考えただけで、今もわたしは嬉しくて身震いがしてくる。一見扱いにくそうな無限を、それでも理解できると思ってわくわくするのだ。

ひょっとすると、数には果てがないかもしれないと認めているのに、素数が無限にあることが証明できたからといって、どこがそんなにすばらしいんだ？　と思われた方がおいでかもしれない。

けっきょくのところ、数がどこまでも続くということを認めてしまえば、たとえ素数が無限にあったとしても、そんなのは当たり前なんじゃないの？　だが、実際にはまだ素数の性質をきちんと理解できておらず、だからこそ、素数が無限にあることを証明できるというのは驚くべきことなのだ。その証明では、素数の在処は不明のままで、素数の集合が無限であることが示されている。ひょっとすると物理的な宇宙が無限か否かという問いに対しても、これと同じような――たとえ物理的に確認できなくても、宇宙がどこまでも永遠に続いているはずだということを論理的な推論で示すという――迫り方をすべきなのかもしれない。

古代ギリシャの人々の成功こそあったにせよ、無限は、その後何千年にもわたってさまざまな問題を引き起こしてきた。ほとんどの人が、無限というのは自分たちの理解を超えた何かだと思っていたのである。一三世紀のキリスト教神学者にして哲学者のトマス・アクィナスは、次のように記している。

無限の大きさが実際に存在するということはありえない。人が何を考えたとしても、それらの集まりは具体的な集合であるはずだ。そしてものの集合の場合には、そこに含まれるものの個数を明記することができる。無限などという数はない。なぜなら数は、なんらかの単位の集まりを数え上げたときに得られるものなのだから。したがっていかなるものの集合も、実は本来的に無限ではありえず、たまたま無限であるということも不可能なのだ。

無限に関する議論は、常に神学の問いの傍らにあった。一五世紀にはキリスト教の哲学者、聖アウグスティヌスが、かの有名な『神の国』という著作で次のように述べている。

無限なるものが神の知を超えている、という物言いをするということは、この不信心の穴に頭から飛び込み、神はすべての数を知っているわけではない、というに等しい……いかなる狂人が、そのようなことをいうのか……神の知をあえて限りあるものと推し量るわれわれは、なんと貧しく哀れであることか。

中世の哲学者ニコル・オレームは真剣に、わたしたちの宇宙を囲む天球の向こう側に無限の空間が広がっているかもしれないと考えていたが、それだけでなく、数学に登場する無限の操作にも長けていた。実際、分数を1+1/2+1/3+1/4+……というふうに足し続けると、その和はいくらでも大きくなる、という驚くべき事実を最初に証明したのはオレームだった。そして、異なる無限の大きさを比べられるのではないか、と考えた最初の人物でもあった。けっきょくのところ、すべての数の無限と偶数の無限を比べると、すべての整数をその数の二倍と対にできるわけで……。それでもオレームは、偶数の集合はすべての数の集合の部分集合で、すべての数の集合より小さいことを考えると、無限を比べるのは危険な行為だという結論に達した。

何百年ものあいだ多くの人々が、このような議論が成り立つのは無限が実際には存在しないことの証である、と感じていた。一四世紀英国の聖職者にして数学者でもあったトーマス・ブラッドワーディン（一二九〇年頃―一三四九）はこのような考えを基にして、世界が無限ではないことを証明してみせた。世界が無限だとすると、女性の魂の数もすべての魂の数も無限になる。もしもこれらが無限だとすると、この二つを対にできるはずである。ところがそうなると、男性の魂の居場所がなくなる。したがって魂が無限に存在すると考えると矛盾が生じる。

その数百年後、数学者たちはあいかわらず無限に振り回されていた。ガリレオは平方数の個数を考えるなかで、オレームやブラッドワーディンと同じ問題を抱えることとなった。ある数の平方として表せる数よりも平方としては表せない数のほうがたくさんあることは明らかだった。平方として表せる数は1、4、9、16、25……とどんどん少なくなり、そのあいだにある平方で表せない数の個数がどんどん多くなる。だが、あらゆる数は何らかの平方数の平方根であるはずだ。そう考えると、どの数も平方数と対にすることができて、平方数の個数と数全体の個数は等しいということになる。

ガリレオも、オレーム同様この結論に戸惑った。そして『新科学対話』という著書に次のように記した。

無限の研究に困難が生じるのは、われわれが有限の精神で無限を論じようとし、自分たちが有限で限られたものに付与している性質を無限にも付与しようとするからだ。しかしこれは……誤りである。なぜならある無限が、別の無限より大きいとか小さいとか等しいといったことを論じることは不可能なのだから。

ガリレオの死後しばらくすると、今やすっかりおなじみの無限を表す記号が導入された。一六五五年に最初に∞という記号を使ったのは、ジョン・ウォリス（一六一六－一七〇三）という英国の数学者だった。なぜこのような記号にしたかというと、人は曲線を無限回横切れる、という考えを表すためだった。

その後二〇〇年にわたって、数学者たちは可能無限の概念で満足し、純粋な無限が存在するという考えをよしとしなかった。そんなことを考えてみても、やたらと問題が生じるだけのこと。一九世紀の数学者カール・フリードリヒ・ガウス（一七七七－一八五五）が同僚の天文学者ハインリッヒ・クリスティアン・シューマッハ（一七八〇－一八五〇）に宛てた手紙には、次のように書かれている。

無限という大きさをなにか完結したものとして使うことに、わたしは反対だ。そんなことは、数学では決して許されない。無限は、単なる言い回しでしかない。

無限を手懐ける

やがて一九世紀も終わろうという頃、知の世界である大きな変化が生じた。一人の男の有限な脳のおかげで、ついに無限が手近になったように思われたのだ。ドイツの数学者ゲオルク・カントール(一八四五―一九一八)にとって、無限は単なる言い回しではなく、実体がある数学の対象だったのに。

無限を恐れるのはある種の近眼だからで、そのため実際の無限、実無限を理解する可能性が損なわれる。もっとも高い形の無限がわたしたちを作り出して維持し、副次的に有限を超えた無限がわたしたちの周囲の至るところで生じ、わたしたちの精神のなかにも住みついているというのに。

一九世紀も末となれば、科学に携わる人々と信心深い人々が袂を分かっていても決しておかしくない、と思われるかもしれないが、カントールは信心深い科学者であって、本人も、数学における自分の着想には宗教の影響があると記している。カントールは、無限の宇宙について考えたブルーノと同じ流れに沿って、神を信じる心を前提とした推論により、無限が存在するはずだという結論に至ったのだった。

ひとつの証明は、神の概念に基づいている。まず、もっとも完璧な神から、有限を超えたものが創造される可能性を推察し、次に神がどこまでも優美で雄大であるということから、有限を超えたものの創造が実際に起きる必要があったと推断するのである。

無限を理解しよう、というカントールの提案の元をたどると、オレームが抱いていたいくつかの発想に行き着く。二つの集合が同じ大きさであることを示すには、片方の集合の要素（元《げん》とも）ともう片方の集合の要素を何らかの形で対応させる必要がある。そうやって、各要素を相手の集合の要素と対にしていくのだ。

カントールは無限に迫るために、数学者たちが、1、2、3までは数に名前を付けるが、その先はなんでも「たくさん」と呼ぶ部族だったとしたら、と考えてみた。いわばこの「たくさん」が、∞を意味しているのだ。さて、3を超える数をすべて「たくさん」と呼ぶ二つの部族が出くわした場合に、互いの部族の大きさを比べて、どちらが大きいかを判断することは可能である。一つ目の部族の構成員を二つ目の部族の構成員とペアにしていけば、余りが出た部族の「たくさん」のほうが大きいことがわかる。余りが出ないですべてを対にできれば、二つの部族の「たくさん」は同じ大きさだということになる。

今述べたことは、実は動物界における数学の優れた記述になっている。というのも、動物は数に名前を付けたりしないが、それでもどちらの集団が大きいかを判断することはできるからだ。動物にとって、どちらが大きいかを感じ取る力は生存の鍵になる。ある集団が別の集団に出くわした場合、目の前の集団と自分たちのどちらが数が多いのかを即座に評価する必要がある。こちらのほうが多ければ戦い、少なければ逃げる。だが、このような比較は数に名前を付けなくても可能で、ふたつの集団の構成員を対にして、余ったほうが大きな集団だと判断すればいい。

カントールは、対象物を対にするというアイデアを使って、二つの無限集合が数のうえで同じか異なるかを判別する方法を考えた。たとえば、偶数の個数はすべての数の個数の半分だといいたくなるが、カントールは、オレームが示したように、これら二種類の数の集合の要素を対にする方法があることを示した。たとえば1を2と組ませ、2を4と組ませ、3を6と組ませ、nを$2n$と組ませればよい。つまりこの二つの集合の大きさは同じなのだ。背中に偶数を書いた部族は、背中にすべての数を書いた部族と拮抗し、この二つの無限集合の大きさは等しい。

ここまでは、オレームやガリレオが提示した議論と同じようなものなのだが、前の二人は、別の観点から見たときに、偶数や平方数が数全体の部分集合である以上小さい集合であるはずだ、という事実を前にして途方に暮れた。ところがカントールは、何はともあれ集合を対にする方法が見つかりさえすれば、それらの集合の大きさは等しいと見なせると考えた。有限の集合では、対にしようと試みてうまくいかなかった場合には、どんなに要素を並べ替えようが順序を取り替えようがすべてを完璧に対にすることはできない。ところが無限集合の場合には、要素の順序をいじることによって、要素同士を対にしていっさい余りがでないようにする新たな方法が見つかるかもしれない。カントールはこのことに気づいたのである。

カントールにとっては、二つの集合をまったく余りを出さずに対にできる方法がひとつでもあれば、それらの集合の大きさは同じだといえる、という考え方が大事だったのだ。やり方によっては、部族の構成員が完全に対にならずに余りが出るかもしれない。たとえば、それぞれの集合のなかの偶数同士を対にしていくと、無限個の奇数が余ってしまう。しかしカントールにすれば、その数の集合がほんとうに大きいと判断できるのは、余りを出さずに対にする方法がまったく存在しない場合に限られる。

たとえば、分数の集合ではどうなのだろう。この無限集合は、どれくらいの大きさなのか。カン

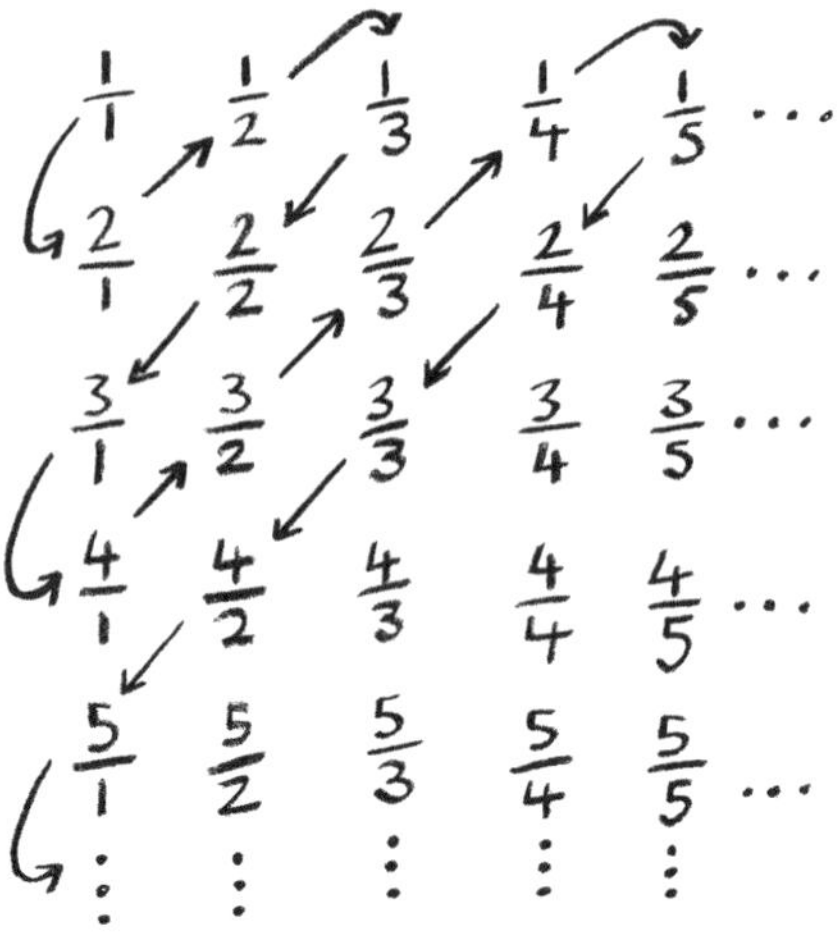

トールは、整数全体の集合を分数全体の集合と比べる巧みな方法を考案して、この二つの集合の大きさが同じであることを証明した。整数と整数の間には分数が無限個あるから、そんなことは一見不可能のように思えるが、じつはすべての整数と分数を対にしていって、分数がひとつも余らないようにする方法が存在する。

まず、すべての分数を含む表を用意する。表の列と行はどちらも無限に伸びていて、*n*番目の列には*1/n*, *2/n*, *3/n*……という形の分数が並んでいる。

では、カントールはどのようにしてこの表の分数と整数を対にしたのか。ここでポイントとなるのが表に載っている分数の拾い方で、対角線方向にうねる蛇のように進んでいく。そうやって進みながら、整数をもれなく分数と対にするために、1と1/1を、2と2/1を、3と1/2を、4と1/3を対にする。たとえば9は、うねうねとしたこの経路の九番目に出てくる2/3という分数と対になる。この蛇は表全体をカバーするはずだから、あらゆる分数がいずれかの整数と対になる。

これは実に美しく、しかも驚くべき主張だ。もしもわたしが無人島に島流しにされて、その際に定理を八つだけ持って行くことを許されたとしたら、そのなかにぜひこのカントールの蛇を入れたいと思う。あらゆる分数を整数と対にして、この二種類の数の集合の大きさが同じであることを示すとは、いや、まったくお見事！

数えきれない無限

こうなると、あらゆる無限は実は同じ大きさなのではないかという気がしてくる。たぶん、部族の構成員の数が無限でありさえすれば、決してほかの部族に打ち負かされることはないのだろう。というわけで、今新たに、ありとあらゆる小数展開を背中に貼り付けた有力な部族が登場したとしよう。背中に整数を貼り付けた部族は、はたしてこの新たな部族に太刀打ちできるのか。とりあえず、1をπ＝3.1415926……と、2をe＝2.7182818……と対にしてみたとして、無限小数すべてを取り尽くす方法なんて、どうすれば見つかるのか。無限小数展開されたそれらの数をうまく並べ直して、カントールが分数でやったようにくねくね進みながらもれなく拾う方法が、はたして存在するのか。

カントールはここで巧みな論理を展開して、どんなに頑張って整数族と無限小数族を対にしてみても、常に対からはみだす無限小数族の構成員が一人は出ることを示して見せた。無限小数全体の個数の無限は、整数全体の個数の無限よりもほんとうに大きいのだ。これもまた、美しくも単純な議論であって、わたしとしてはぜひ無人島に持っていく定理に加えたいところだ。

カントールはなぜ、無限小数を数え切ることは不可能だ、と確信を持って断言できたのか。今、整数族と無限小数族を対にするために、たとえば次のような表を作ったとしよう。

1 ↔ 3.1415926 …
2 ↔ 2.7182818 …
3 ↔ 1.4142135 …
4 ↔ 1.6180339 …

5 ↔ 0.3331779 …

⋮

カントールはそのうえで、この表のどこにも載っていないと請け合える——つまり整数と対になっていないと断言できる——無限小数を一つ作ってみせる。表にある数字を見ると、小数点以下のどの桁の数も0から9までのどれかになっている。そこで、小数第一位では整数の1と対になっている数の小数第一位と異なる値を選ぶことにする。さらに小数第二位では、整数の2と対になっている数の小数第二位と異なる値を選ぶ。

1 ↔ 3.**1**415926 …
2 ↔ 2.7**1**82818 …
3 ↔ 1.41**4**2135 …
4 ↔ 1.618**0**339 …
5 ↔ 0.3331**7**79 …

⋮

このやり方で、たとえば0.22518……で始まる無限小数ができたとして、この小数は、最初の五つの整数と対になっていないことがわかる。なぜなら、この表の最初の五つの無限小数とは異なる無限小数になっているからだ。これによってカントールは、無限小数族の一員でありながらいかなる整数とも対になっていない小数が存在することを示せる。ここで相手が、カントールの作った数は101という整数と対になっていると主張したとしても、「101と対になっている数の小数点以下第一

○一位は、この新たな数の第一○一位と異なっているはずだ」といえばよいのだ。

ただし、注意すべき細かい点がいくつかあって、たとえば、0.9999……といった数が出てくるのは避けたい。なぜなら先ほどの「電球を取り替えるのに数学者が何人必要か」というジョークにもあったように、この数は実は1.000……と同じだから。それはさておき、この主張の主旨からいって、整数より無限小数のほうが個数が大きいことは明らかだ。

そういうとみなさんは、だったらその新たな数を一覧に加えてその先の数を一つずつ先送りすれば、表に漏れはないということになるんじゃないの？　と反論されるかもしれない。しかし問題の一覧にどれほどたくさんの数を加えたとしても、常に同じやり方でその表に載っていない無限小数を作り出すことができる。ここで重要なのは、こちらがどんなに頑張って整数と無限小数の対を完成させようとしても、常に同じ論法が使えるという事実で、そのために、必ず無限小数がはみ出す。どことなく、ゲーデルの件の証明に通じるものが感じられるような気がするのだが……。あの場合は、最後には真である言明すべてが証明可能になってくれることを願いつつ、数学に真であるのにそれを証明できないような公理をどんどん付け加えていったとしても、決まって真でありながら証明不可能な言明が残ることになった。実際、ゲーデルが不完全性定理の証明で用いた方法は、カントールの証明のそれとよく似ている。

カントール自身も、無限を巡るこの発見にただ驚くばかりだった。「分かりはしたが、信じられない」というのだ。

無限が何種類もあるとなると、ウォリスが導入した∞の記号だけではうまくない。実際、カントールの着想によって、無限種類の無限が存在することが証明された。カントールは、「たくさん」という言葉を、これらすべての異なる無限を示す意味のある言葉で置き換えてよいということを示したのだ。そしてこれらの無限を表すために、ヘブライ語のアルファベットを用いた新たな記号を考案した。いちばん小さな無限はヘブライ語の最初の文字を取って、$\aleph_0$（アレフゼロ）と呼ぶことにした。たぶんカントールは、この文字がユダヤのカバラ（ユダヤ教に端を発する難解な教義と学派）で神秘的な意味を持っていることに気づいていたのだろう。カバラでは、$\aleph$は神の無限を表す文字である。だがカントールにとって、この選択は新たな始まり、新たな数学の始まりを示すものだった。わたしにいわせれば、これもまた、数学史のもっとも心躍る瞬間の一つだった。ヒトがはじめてものを数えた瞬間にも匹敵する重要な瞬間。ただし、ここで数えられるのは1、2、3ではなくて無限なのである。

偉大なるドイツの数学者ダーフィト・ヒルベルトは、カントールがまったく新たな数学を作り出そうとしていることに気づいていた。ヒルベルトは無限に関するカントールの概念を評して「数学的な思考が生み出したもっともめざましい産物であり、純粋知性の領域において人間の活動が達成したもっとも美しいものの一つである……誰も、カントールが作ってくれたこの楽園からわたしたちを追放することはできない」と述べたが、わたしもまったく同感だ。

じつはカントールは、自分が神の心に入り込もうとしていると考えていた。自分自身の数学などとはまったくおこがましい話で、自分は神を代弁しているにすぎない。そのような超越的な存在への信仰があればこそ、カントールは、無限もまた存在すると信じる勇気を持てたのだろう。そうはいっても、決して知りえないものだった無限を知りうるものへと引きずり下ろせたのは、カントールの傑出した数学のおかげだった。そしてキリスト教会はといえば、カントールが神の限りない心を読もうとしていることに困惑するどころか、姿を現しつつあったこれらの考えに大いに関心を示した。そして結局カントールは、神や無限の性質を巡ってキリスト教会の人々と延々と手紙をやりとりすることとなった。

もっとも、みんながみんなこのカントールの考えのとりこになったわけではなかった。なかでもドイツ一の影響力を誇る数学者のひとり、レオポルト・クロネッカー（一八二三—九一）は、カントールの数学は常軌を逸しているとし、カントールは若者を腐敗させている、と述べた。

　カントールの理論において何が優勢なのか、――哲学なのか、神学なのか――わたしは知らない。ただし、そこに数学がまったくないことだけは確かである。

　クロネッカーが「神は整数を作りたもうた。その他のすべては人間の所産である」と述べたことは、よく知られている。しかし、カントールが作り出したものがあまりに革命的であったために、クロネッカーは、そんなのは数学に生じたできものだと思った。クロネッカーがカントールの無限を否定したことから、カントールはクロネッカーの拠点だったベルリン大学などの大きな大学に職を求めることができなくなり、ハレ大学でぱっとしない日々を過ごすこととなった。それでもカントールは反撃を試み、直接文部大臣に宛ててクロネッカーの振る舞いに関する手紙を書き送った。だがおそらく、数学界の重鎮を敵に回すのは賢いことではなかったのだろう。

　カントールが自分の考えを発表することすら、困難になっていった。これまた大きな影響力を持っていた数学者ヨースタ・ミッタク゠レフラーは、時代の一〇〇年先を行っていると評しつつ、けっきょくカントールの仕事を認めることはなかった。心から尊敬していた数学者に拒まれたことで、カントールはひどく混乱した。権威筋との絶えざる戦いに、無限の謎との苦闘、母の死、そしてそれに続く兄弟の、さらには自身の末っ子の死が、カントールに大きな打撃を与えた。やがてカントールは躁鬱病の発作に悩まされるようになり、自身の数学を巡る論争によって、その病状はさらに悪化した。そしてついにハレの精神病院に入院すると、死ぬまでの数十年のほとんどをそこで過ごすこととなった。すっかり数学に幻滅したカントールは宗教の問題に向かい、また、フランシス・ベーコンが実はシェイクスピアの戯曲の著者であったことの証明に多くの時間を費やしたという。

だが、ミッタク＝レフラーの予感はある意味で当たっていた。じっさい、その一〇〇年後の今では、カントールの着想こそが過去三〇〇年のなかでもっとも美しく並外れたものだと考えられているのだ。カントールのおかげで、数学者は無限に触れ、無限と戯れ、無限を使って計算し、ついには無限が数であると認識できるようになった。無限がただひとつの数ではなく、無限にたくさんの数であることを理解したのである。

しかしカントールにとって、無限は単なる精神的な観念ではなかった。

わたしは実無限に大いに肩入れしていて、広くいわれているように自然が実無限を忌み嫌っているわけではなく、むしろ至るところで頻繁に実無限を使っているにちがいないと確信している。それによって、自然を作り給うた存在が完全であるということが、より効果的に示されているのだ。したがって、物質のあらゆる部分は——単に分割が可能であるというだけでなく——実際に分割できると考えている。そうなると、もっとも小さな粒子でさえ、無限の互いに異なる被創造物でいっぱいの世界と見るべきなのだ。

ほら見えた、ほら見えない

無限にはいくつもの階層がある、というカントールの発見から、やがて、現在の数学の公理系のなかでは解くことができない問題のきわめて本質的な例が見つかることとなった。証明することができず、真か偽かを判断することもできない、わたしたちが知りうる範囲を超えた問題。それは、数の正体の核心に迫る問い、数がいかに微妙なものであるかを示す問いだった。

カントールは、整数全体より大きいが無限小数全体より小さく、無限小数と対を作れないような数の集合が存在するかどうかを知りたいと思った。いいかえれば、整数族には勝てるが無限小数族には負けるような部族がはたして存在するのか。すべての無限小数からなる無限集合のことを、連続体と呼ぶ。連続体仮説によると、連続体の大きさとすべての整数からなる無限集合の大きさの中間の無限は存在しないはずだった。

　連続体仮説を証明するというこの難問にすっかり心を打たれたヒルベルトは、中程度の無限が存在するか否かを巡るこの問題を、かの有名な二〇世紀の数学者向けの二三の問題の筆頭にあげることにした。

　カントール自身も、生涯を通してこの問題に取り組みつづけた。ある日、このふたつの無限のあいだには無限が存在しないことがついに証明できたと確信した。ところがすぐに、まちがいを見つけた。その翌日になると、今度は前日とは逆の結果が証明できたようだった。ふたつの無限のあいだには別の無限があるのだ。カントールが常々考えていたように、「数学では、問いに答える手腕よりも問いを発する手腕のほうが重要」なのである。

　そして実際に、問いを発する手腕のほうが重要であることが明らかになった。カントールがこれほどまで苦労させられたのは、実はどちらの答えも正しかったからなのだ。

　一九六〇年代についにこの問題の答えが発表されると、数学界は根底から揺れた。スタンフォード大学の論理学者ポール・コーエン（一九三四―二〇〇七）がゲーデルの業績に基づいて、現在数学で用いている公理からは、整数の集合と無限小数の集合の中間の大きさの集合の存在も非存在も厳密には証明できないことを示したのだ。コーエンは実際に、数学で使われている公理を満たすふたつの異なる数のモデルを作ってみせた。そのうちのひとつではカントールの問いの答えが「はい」となり、もう片方では「いいえ」となる。

　カントールがこのような結論を喜んだかというと、いささか微妙な気がする。かつてカントールは、「数学の本質はすべて、その自由のなかにある」と言い切った。しかしこうなると、自由もいささか行き過ぎではなかろうか。なにしろ唯一ではなく、いくつもの数学があるというのだから。

この出来事を、ユークリッド幾何学以外にもさまざまな幾何学があるということが発見された瞬間に喩える人もいる。ユークリッド幾何学は平行線の公準を満たしているが、新たに登場した球面と双曲の幾何学はこの公準を満たしていない。そして今度は、数にもさまざまなモデル——中間の無限があるものとないもの——が存在することがわかったわけだ。

そうはいってもこの発見は、多くの数学者の心を騒がせた。自分たちの数のことは、ちゃんとわかっていると思っていたのに。2の平方根やπといった数は無理数で、たしかに無限小数展開になるけれど、それでも定規の目盛りとして目で見ることができる。したがって、自分たちが知っているつもりの数の世界でも、カントールの問いには答えがあるはずだと感じられる。この定規のうえに、厳密に整数の集合より大きく、厳密に無限小数の集合より小さい数の部分集合があるのか。ほとんどの数学者が、その答えは「はい」か「いいえ」であって、「はい」であり「いいえ」でもあるなどということはない、と信じていた。それなのに、そのどちらとも証明できないことが証明されてしまうなんて。

コーエンの同僚だったジュリア・ロビンソン（一九一九－一九八五）は、コーエン宛ての手紙に次のように認めた。「後生だから、正しい数論はただひとつなのよ！　それがわたしの信条なの」面白いことに、ロビンソンはこの手紙を送る前に、最後の文を横線で消している。もっともカントール自身は、おそらくこのような不確かさになんの問題も感じなかったはずだ。なぜならカントールには宗教があって、人知を超えたものを受け入れる勇気を与えてくれていたから。

数学の本に載っている未解決問題のなかに、あといくつ証明不可能なものが混っているのだろう。それらの偉大な未解決問題のなかにも、証明ができるようにするためにまず新たな公理を付け加えなくてはならないものがあるのかもしれない。ゲーデル自身は、数学のもっとも偉大な未解決問題であるリーマン予想の証明が困難なのは、公理が足りないからだと考えていた。はたして今の公理だけで数論のさまざまな問題に取り組めるものかどうか、疑問に思っていたのだ。

目の前には無限の公理の列があり、それをどんどん拡張することは可能であって、終わりは見えない……今日の数学において、この階層のより高いレベルが事実上一度も使われてこなかったことは事実である……今日の数学のこのような特徴が、ある種の基本的な定理——たとえばリーマン予想のようなもの——を証明できていないという事実と関係している可能性が、皆無だとはいいきれない。

「はい」でもあり「いいえ」でもあり

ゲーデルの不完全性定理は、何が正しいかを証明する試みの難しさを如実に示す興味深い小宇宙といえる。数論の首尾一貫した公理系である以上、どのような公理系であろうと、真でありながら真であることを証明できない言明が存在する。面白いことに、その公理系の外でなら特定のその言明が真であることを証明できるのに、系のなかでの作業では証明できない。それならさらに枠組みを広げればよい、といいたいところだが、ゲーデルは、そうやって拡大した系のなかにも、真でありながらその系のなかでは真であることを証明できず、その系の外に出なければならなくなるような言明が必ず存在することを示した。今やすっかりおなじみの、無限回帰である。

この状況には、これまでに取り組んできた多くの問題とどこか響き合うところがある。おそらく、自分たちがその系の一部であるこの宇宙を、内側から理解することは不可能なのだろう。宇宙がある量子波動関数で記述されているとして、その関数を観察するには系の外の何かが必要なのではないのか。カオス理論を踏まえると、系の一部を孤立した問題として理解することは不可能である。なぜなら宇宙の反対側にある電子の影響で、カオス的な系がまったく異なる方向に進展する可能性があるからで、系全体を理解しようとすると、系の外に立たねばならない。これと同じことは、意識を理解するという問題についてもいえて、人は自分の頭、つまり自分自身の系に閉じ込められていて、ほかの人の意識にアクセスできない。この状況を踏まえて、わたしたちが閉じ込められているこの宇宙を超越した神の存在を巡る問題に取り組もうとしたところで、その能力には常に限りがあると主張する人もいる。

ゲーデルの仕事の重要な側面として、もう一つ、数論の公理の枠組みのなかでは、その枠組みが矛盾のない一貫したものであることは証明できない、という事実がある。これと同じことは、人が宇宙に関する知識を得るために用いる手法がはたして有効なのか、という問いについてもいえて、たとえば、なぜ帰納法が物理現象を研究するうえで正しい戦術なのかを説明しようとすると帰納法を使わざるを得なくなるというふうに、すべてが堂々巡りになる。

数学的な手法の限界に対する影響はというと、お先真っ暗とまではいかない。どういうことかというと、ゲーデルの仕事から、真とも偽とも推定できる言明が存在して、その答えが両方とも筋の通った数学モデルから引き出されるというスリリングな発見がなされる可能性が生じるのだ。つまり、異なるタイプの数学が多数存在するのである。では、宇宙に関して純粋に不可知な問いに出くわした場合にも、同じやり方で対処できるのだろうか。わたしたちが答えを知りえないような問題であることが確認されてしまえば、どちらか片方の答えを仮定したうえで作業をすることはたいへん理に適っている。その際にどの作業仮説を採るかは、それぞれの答えの確率によっても変わってくる。しかしときには、そのような確率とは無関係に、その系のなかでの作業で得られる結論と自分との個人的なつながりが重視される場合もあるだろう。

数学の世界で過ごしている間は、このような選択をする必要はない。数学者としてのわたしは、各々が無矛盾でありながら互に相容れない複数の数学モデルのあいだを渡り歩いていられれば、それで十分満足なのだ。たとえば、連続体仮説が正しいという仮定の下でも、連続体仮説が間違っているという仮定の下でも、数学をすることはできる。もとになるモデルに矛盾がなければ、どちらの数学モデルにも矛盾はない。そうすることによってわたしの数学がうまくいくというのなら、連続体仮説を使ってその特定の数学宇宙を調べることになる。ほかの不可知についても、これと同じようにできるのだろうか。神が不可知な存在だとして、その不可知に具体性をもたらすような選択をすることができるのか。しかしそれでは神をわたしたちの知りうるものにしようとすることになって、定義の精神にもとるのではないか。

作業するさいにどの仮説を採用するかは、慎重に考えなくてはならない。単に、自分が知らないことを真ないし偽と仮定すればすむ話ではないのだ。第一に、どの仮説にも矛盾が含まれていないことを証明する必要がある。たとえば、素数を巡るリーマン予想が正しいのか間違っているのか、わたしにはわからないが、わたしたちの数論と矛盾しないのは、そのうちのどちらか一方だけだ。今かりにこの予想が現在の数論の公理の枠内で証明ができないことが明らかになれば、事実上、この予想は正しいということになる。もしもこの予想が間違っていたとすれば、有限の系統的な研究でその反証を見つけることができるはずで、そこからこの予想が誤りだということが明らかになる。この予想が誤りだとすると、この仮説が正しいとする数のモデルのなかで作業しようとしても、そこから矛盾が生じるために作業ができなくなるのだ。連続体仮説のすごいところはここなのであって、この仮説を肯定しても否定しても、まったく矛盾なく一貫した理論に組み入れることができる。

わたしたちが公理に基づいて理解しようとする数は、定規の目盛りに載っていて測定で使うような数であるべきだ、という主張がある。ということは、連続体仮説がわたしたちがモデルを作ろうとしている対象のよりよい記述になっている、と考える正当な理由があるのだろう。実際、論理学者ヒュー・ウッディン（一九五一―）は最近、わたしたちがモデルを作ろうとしているのは連続体仮説が間違っているような数である、という根拠を発表した。ウッディンによると、それらの数が定規による測定値のモデルであるとすると、そこから整数の集合より大きく無限小数の集合より小さい部分集合が無限個存在するという結論が得られるという証拠があるという。

この例からも、数学と物理学のあいだの緊張を見て取ることができる。数学は何百年にもわたって、数学的な多元宇宙——数論や幾何学における互いに相容れない異なる数学モデル——に満足してきた。しかし、たとえ物理学者たちが多元宇宙という概念に満足したとしても、それらの候補のうちのどれが自分たちの属する宇宙を記述しているのかを知りたいと思うはずだ。

ある科学者が、宇宙がどのように機能するかについての矛盾のない完璧な理論を作り上げた。ところが、じきに、その理論が自分たちの宇宙から得られた実験結果と一致しないことに気づいたとしよう。そうなると、問題の理論は科学界から放り出され、誰も関心を示さなくなる。ある生物学者が、いてもおかしくはないが実はこの地球上では見つからない架空の動物——たとえばユニコーン——に関する論文を書き始めたとしても、そこから実際に存在する動物に関する知見が得られるのでなければ、誰も興味を示さない。これに対して数学では、このような新たな世界や生き物は称賛され、喜んで受け入れられる。そして、数学の可能性をより豊かにするものとして、数学という名のタペストリーに織り込まれる。科学は実際に存在するものを相手にし、数学は可能なものを相手にする。科学は存在し得る宇宙の候補が構成する樹形図のなかの一本の径の詳細を明らかにし、数学は実行し得るすべての旅の詳細を明らかにするのだ。

それにしても、科学における答えられない問いに、いったいどのように対処すればよいのか。連続体仮説の場合には、確率を考慮してどちらかひとつの仮説を選んでみても、まるで意味がない。なにかが「正しい」か否かという話ではないのだ。とはいえ、実際に「真実」が存在する物理の世界における不可知問題でもこれと同じことがいえるのか。

面白いことに物理学の場合は、たとえその問いが人知を超えていたとしても、ある答えがわたしたちの宇宙を正しく記述しており、別の答えは正しく記述していないということに変わりはない。しかしことの性質からいって、もしもその問いに答えられないのであれば、それ以上この宇宙を巡る新たな証拠を得ることはできず、そのためどちらが正しくてどちらが間違っているのかは判断できない。判断できたとすれば、そもそもその問題は不可知でなかったことになる。その場合、まちがった仮説の下で仕事をしている人々は、いったいどうなるのか。別に何も起こらない！　連続体仮説と同じで、その仮説の否定もまた、この宇宙に関する現在の理論と矛盾しないのだ。そして、別の定理や結果で構成された別の物語ができることになる。そのうえで、そこから矛盾が生じれば、その仮説は実は間違っていたことが明らかになり、件の問いは実は答えられない問いではなかったということになる。

たとえば、宇宙が有限か否かという問いを考えてみよう。かりにこの問いが不可知であるとすると、それは宇宙が無限だからか、あるいは、有限だがひどく大きくて、決してわたしたちの事象の地平線の内側に収まらず、そのため調査可能な範囲を超えているからだ。では、もし宇宙が無限であったとすると、宇宙は有限だが大きすぎて有限だと証明することができない、という仮定のもとで仕事をしている人々はどうなるのか。面白いことに、宇宙が無限であるせいでなにか問題が起きた場合には――つまり、現在の理論や新しいデータと相容れない結果が生じた場合には――宇宙が無限であることを証明する手段が手に入ったことになり、この問いは不可知でなくなる。もちろん、数学ではこれが無限の概念を証明する最高の方法となっているのだが。実際、2の平方根をふたつの有限の数の比で表すことができないという事実は、有限の数の比で表せると仮定しておいて作業を進めると結果として矛盾が生じる、という形で証明されている。ひょっとすると、宇宙が無限であると仮定したときに限ってなんの矛盾も生じないのかもしれない。そうなれば、数学はここでも、遥かな宇宙を調べる最良の手段となり得る。

この「最果ての地」では、無限そのものを調べるうえで数学がどう役立ってきたのかを見てきた。かつて無限が人間の知識の埒外にあるものとされ、しばしば神の概念と結びつけられてきたというのは特筆すべきことだろう。デカルトは、次のように記している。「神は、わたしが確実に理解できる唯一の『無限』である」それでもカントールの並外れた洞察力によって、一九世紀末には無限を調べて比較する方法が手に入った。もはや無限は、手の届かないものではなくなったのだ。カントールもまた、自らの無限の研究が神の問題に及ぼす影響に無関心だったわけではない。それどころか、自分は神に選ばれてこれらの無限に関する概念を明らかにしていると考えていたのである。

無限は、神の存在を巡る研究において重要な役割を果たしてきた。たとえばトマス・アクィナスによる神の存在証明——宇宙論的証明と呼ばれている——では、存在するあらゆるものには作り手が必要であって、これは作り手自身についてもいえることだとされる。そのうえで無限回帰を避けようとすると、何が第一原因かという問題への答えは神になる、というのだ。ところが数学を用いれば、既存のあらゆる無限を列挙してから、それらすべての無限を合わせたもの（集合としての合併）を作れば、永遠に新たな無限を作り続けることができる。したがって、アクィナスは作り手の連鎖をどこかで止めなくてはならないとしたが、実はその必要はない。こうすれば、毎回新たな何かを得ることができて、その手順はどこまで行っても終わらないのである。

古い無限から新しい無限を作り続けることができる数学がちゃんとあるにもかかわらず、今や数学者にとっても、われらが数学宇宙の広がりを把握することはきわめて困難になっていて、たいていの数学者は、無限の下のほうの層をいじり回すだけでよしとしている。けれどもわたしたちは、それが終わりのない階層の一部でしかないことを知っている。ちなみにこの事実は、神を「それ以上大きなものをいっさい考えられない存在」として定義しようと考える人々にいくつかの問題をもたらす。ひとつには、常により大きなものを作れるとすると、もっとも大きな存在はありえなくなる。それでいて、人間が知覚できる範囲を超えた何かという考えに立ち戻ると、種としてのヒトには知りえないもの、つまりわたしたちの生物としての知の限界に立ち戻ることになるのだ。

わたしたちが知りえないもの

さて、この知の「最果ての地」への旅を締めくくるにあたって、わたしは自分たちが金輪際知りえないといえるものを見つけることができたのか。絶対に知りえないと思われた「宇宙は無限か」といった問いは、意外なことに難攻不落とはいえないことがわかった。数学を用いて有限の手順を踏めば、無限が存在することを証明できる。したがって、自分たちが物理的にアクセスできる宇宙を取り囲む有限の泡の向こう側を見たり調べたりすることが決してできないとしても、知力だけを使って、その向こうに何があるのかを知ることができるのかもしれない。

「ビッグバンの前の時間の性質を理解する」という問題も、難攻不落のように見えたが、この壁にもやはり裂け目があった。この領域の最近の進展によって、すべてが始まったと思われる瞬間よりも前の時間についての学説を立てられるようになり、その証拠が見つかる可能性が出てきたのだ。そうはいっても科学の本では、時間に始まりがあるのか、時間は過去に向かって無限に広がっているのかといった問題は、当分未解決問題のままなのだろう。

これに対してわたしの手のなかのサイコロの核にある微小なものは、これからもずっと、完璧には理解できないものであり続ける。これまでに幾度となく、ついにこれ以上分割できないものにぶち当たったと感じる瞬間があったにもかかわらず、実際にはさらに細かいかけらに分割することが可能だった。それではクォーク、電子、ニュートリノといった今現在の宇宙の構成要素が、今まで現実というタマネギの皮を剝くなかで遭遇してきたほかの粒子のようにさらに細かく分割できるものではない、ということを、どうすれば確認できるのか。むろん今日の量子力学によれば、サイコロの中身を調べるにしても、分け入ることができる範囲は限られているということになる。プランク長より短い長さには、立ち入ることができないのだ。したがって、ここにはその先を知りようがない「最果ての地」が存在しているわけだ。

　わたしたちの意識を構成しているものを巡る知の最果ては、今も絶えず変化している。この難問そのものが誤った問いかけであることが明らかになって、「最果ての地」そのものが存在しなくなるのか。あるいは、科学者たちが生命の本質を突きとめる際に用いた戦略を使って、その答えを出すことができるのか。生命の躍動《エラン・ヴィタール》のようなものはいっさい存在せず、ひとまとまりの分子が生命を持つということを意味する一連の生物学的過程が存在するだけなのか。はたまた、意識の問題は決して理解できないものであり続けるのか。なぜならわたしたちは自分の意識のなかに閉じ込められていて、別の人間の意識のなかに入ることは不可能なのだから。

　ここまでで取り組もうとしてきた問題の多くには、ある共通の主題がある。すなわち、自分たちが系のなかに閉じ込められているせいでその系について知りえないのかもしれない、という可能性があるのだ。数学には、その系のなかでは証明できない真理がある。系の外に出れば知ることができるのだが、そうなると新たな系が生じることになり、しかも、その系にもそこでは証明不可能な真理が存在する。

　量子実験を反復できると考えるのはまちがいである。なぜなら、その実験とその実験が行われる宇宙は絶対に切り離すことができず、しかも、宇宙は再び実験が行われるまでに変化し、進化するからだ。

サイコロの振る舞いを理解するために作られた数学ですら、どことなく現実感に欠けている。確率とは何なのか。サイコロを六〇〇回投げたときに、6の目は一〇〇回出ることが期待される。だがこちらが知りたいのは、一回だけ振ったときにどう落ちるかなのだ。カオス理論の方程式によると、未来のほとんどが、方程式の入力を制御する小数点以下のレベルのきわめて微妙なチューニングに左右される。ところが、人間は決して現在を完璧に知ることができないのだから、未来や過去を知ることもできない。

人間の知りうるものは、人間の脳の物理的な限界によって——さらには宇宙自体の計算能力の物理的な限界によって——制限される。そのため常に、知識の埒外に存在するものがある。しかしそれは絶対的な不可知ではない。宇宙の膨張が加速していることを知る前の宇宙の彼方から届く光波がそうであったように、どんなに長い時間がかかったとしても、光はやがて届くはずなのだ。十分待てば、コンピュータは数学の証明可能な真理すべてを立証できる。だが、時間の最果てに関する調査でわかったように、待っている間に時間そのものが枯れたらどうなるのか。

知識の限界の中心には、言語の限界がある場合が多い。しかしこれも進化し、変わっていくのだろう。確かに、こと意識を巡る疑問に関しては、言語が問題の源だと見る哲学者が多い。量子力学を理解することがなぜこんなに難しいのかというと、量子物理学の概念を扱う際に使える言語が数学に限られるからだ。数学で表現されていることを日常生活で使われている言葉に翻訳しようとすると、ひどい不条理が生じるため、量子物理学そのものが難易度の高い分野になるのだ。したがって、位置と運動量を同時に知ることができないというのは、ほんとうの不可知ではない。むしろそれは、数学から自然言語への翻訳がうまくいっていないことの証なのである。

それでもわたしたちは、歴史のなかの自分が存在するこの瞬間に固有の思考方法によって、自分たちの思考に縛りがかけられている、という事実を常に認識しておく必要がある。コントは、ヒトは恒星が何で構成されているのかを未来永劫知ることができないと考えたが、これは、まったくの見当外れだった。したがって、わたしたちには自分たちが何を知りえないのかをほんとうに確信を持って知ることはできない、といっておくのがもっとも無難なのだろう。

神は虚数か

一見答えられそうにない問題の答えを新たに考案することによって、いったいどこまで前進できるのか。数学者たちは何百年ものあいだ、$x^2=-1$という式には答えがないと考えてきた。ところがそのうちに、もっと想像力豊かなアプローチが始まった。だったらこの方程式の答えを作ろうじゃないか！　数学者たちは、二乗が-1になる数をiと定義して、数学の風景に虚数が加わることを認めた。なぜそんなことが可能なのか。なぜならiを加えても、理論に矛盾が生じないからだ。既存の概念にこの概念を折り込むことによって、数学者たちはiを理解しはじめた。そしてもっとも重要なのが、iを加えたおかげで、数学の心躍る新たな領域に踏み込めるようになったことだ。虚数を認めなければ、数学はここまで広がらず、これほどの力を持たなかった。ただしその際には、その概念に本来の性質を超える特性を与えないということがポイントになる。

不可知な問いに対して創造力を発揮しようとすると、いったい何が起きるのか。たとえば神を「なぜ無ではなく有なのか」という問いの答えと定義するとどうなるのか。神という概念はこの問いの答えでしかない。これがその定義であって、ほかには何の性質も持たない未知の何かなのだ。たとえこの問いの答えに関してさらに知識が得られたとしても、それはただ、「なぜ無ではなく有なのか」という問いの答えとして定義されたこの神についてもっと知ることができた、というだけのことなのだ。

ただし、このようなアプローチには慎重であるべきだ。というのも、何か数式を記録したからといって、その式が解けるとはかぎらないからで、$x^2=-1$という方程式の解となる新たな概念が有益なのは、それによって首尾一貫した新たな数学にアクセスできるようになったからなのだ。プラトン主義者にすれば、その概念は前々からじっとそこに座って明確に表現されるのを待っていたのであり、他の人々にいわせれば、虚数を定義するということは、わたしたちの数学の世界を豊かにする創造的な行為なのである。ところがフェルマーの最終定理の式の解となる新たな数を定義しようとすると、互いに矛盾する言明が並立することになる。じっさい、ワイルズはまさにこのようなやり方で、フェルマーの方程式に解がないことを証明したのだった。

やっかいなことにほとんどの宗教が、こうして持ち出した神に、定義とはまったく無関係な性質を山のように付与している。まるで作業を逆転させたかのように、元来定義されたものが何だったのかをきちんと理解することなく、長い時間をかけてひたすら奇妙な性質を作り出すことに集中しているのである。わたしたちは幼くしてこのような粗雑な神の図に出くわし、やがて「なぜ無ではなく有なのか」という問いを発するようになるが、この神では答えにならない。だがわたしたちは、誤ったものを見せられていたのだ。

だからこそわたしは、自分は無神論者だと言い切る。それはつまり、宗教がわたしたちに決して知りえないものに対する古典的な解として差し出そうとしているものを退ける、ということなのだ。でもひょっとすると、すべてを投げ出してしまってはいけないのかもしれない。世のなかにはどこまで行っても不可知なものがあるわけで、それなら神も存在しているのかもしれない。「隙間の神」への古典的な反論として、自ら神を知ろうと努め、この概念と個人的な関係を持とうとすべきだという主張がある。ところがこの神は、超越的な存在あるいは不可知な存在として定義されているわけで、まさにその定義からいって知りうる可能性はゼロなのだ。

しかも困ったことに、こうして神を定義してみても、実はそれほど前進したことにならない。二乗すると-1になるような数を定義することでたくさんの豊かな結果がもたらされたのに対して、「なぜ無ではなく有なのか」という問いの答えとして何かを定義したところで、何も新しい事実が出てこないのだ。その結果、定義自体からは導くことができない性質をあれこれひねり出すことになる。比較宗教学の著書で有名なカレン・アームストロングが明確に述べているように、この高貴なる神は高貴すぎるのだ。

自分たちが決して知りえないものを不可知と認めたときにどう振舞うかは、人によってそれぞれだ。たとえば、それが決して知りえないものであるのなら、知ることはできないということで、そのままにするという手がある。しかしその一方で、どれかひとつの答えを選んで、その答えに沿う形で生きたいという衝動もある。たぶん論理的にもっとも一貫性があるのは、多世界解釈に心を開き、その可能性が新たな考え方によってつぶされるまではすべての解を並行して走らせる、というやり方なのだろう。数学者たちは、喜々として連続体仮説が真であるような数学を調べ、かと思えば同じくらいリラックスして、それと並行して存在する連続体仮説が偽である数学に取り組む。

でも、とわたしは考える。知の「最果ての地」へのこの旅を終えるにあたって、自分が無神論者であるという宣言に対する自分自身の考えは変わったのだろうか。神を、自分たちが知りえないものの存在と定義するのであれば、無神論者であると断言したこのわたしは、自分たちが知りえないことはひとつもないと考えていることになる。しかし、もはやわたしはそう考えてはいない。ひょっとするとある意味で、わたしは神が存在することを証明したのかもしれない。それなら今度は、この神の性質について調べるべきなのだろう。

無神論者であるというわたしの申し立ては、実は、おおかたの宗教や文化が提示している貧弱な神の説明に対する反応でしかない。わたしは、宇宙の進化に介入する超自然的な知性が存在するとは考えていない。したがって、人々が思いやりや知恵や愛といった奇妙な性質を加味した神は、却下する。そんなものは、わたしが調べている概念にとって何の意味もない。

このような立場と定義には、おそらくどちらの陣営からも不満の声が上がるだろう。武闘派の無神論者は、何によらず神と呼ばれるものを議論に持ち込むことを忌み嫌う。いっぽう神を信じる人々は、不可知としての神は無能であり的外れだといって非難する。だったらこの「隙間の神」とどのように関わればよいのか。

おそらくこの場合には、精神の分裂状態を維持することが重要なのだろう。幾重にも重なったものの見方が必要なのだ。いっぽうで、ヒトであるわたしたちにはすべてを知ることはできない、ということを認識する必要がある。たぶん知には、証明可能な限界があるのだろう。このような謙虚さは知性にとって重要で、謙虚でなければ妄想を抱き、傲慢に生きていくことになる。ところがここにもう一つの教訓がある。つまり、はたしてそれが永遠に自分たちの理解を超えるものであり続けるかどうかは、必ずしもわからないのだ。したがって科学者たちは、さっさとあきらめるべきでない。答えが見つかると信じるべきなのだ。たぶんすべてを知ることができるはずだ、と。

わたしが持っているサイコロの個数は、偶数か奇数か

科学を巡るこの旅を通して、たくさんの魅力的な知の「最果ての地」の存在が明らかになった。だがここにもう一つ、認識論を巡る基本的な問いがある。わたしたちははたして実際に何かを知りうるものなのか。ソクラテスは二〇〇〇年前に、「真の知は、己が何も知らないということを知る

ところにある」と言い切った。自らが無知であることを認識してはじめて、ほんとうに「なにかを知っている」状態になるのだ。

知の理論を巡って、自分たちが知りうるものを突きとめて、知という言葉の意味を定義しようと試みる哲学書は、これまでにもたくさんあった。プラトンは知識を「正当化された真なる信念」と定義したが、一九六〇年代に入ると、バートランド・ラッセルやアメリカの哲学者エドムント・ゲティア（一九二七—）が、この定義は知がほんとうに意味するところを捉えていないのではないか、と疑問を投げかけた（ゲティア問題）。

バートランド・ラッセルが示した有名な例には、二時を指している時計を眺めているひとりの女性が登場する。女性は当然、今二時だと思う。時計がその時間を指しているのだから、女性の考えが正しいと証明されたように見える。それに、たまたま二時でもある。ところがその時計は実は一二時間前に止まっていて、女性がその時計をちょうど一二時間後に見たのは単なる偶然だったのだ。

いっぽうゲティアもこれと同じような筋書きを示して、「正当化された真なる信念」に異議を唱えた。あなたが野原を眺めると、雌牛らしきものが見えた。そこであなたは、その野原に雌牛がいると考える。その野原には実際に雌牛がいるので、この解釈は正しい。ところが雌牛は実際には野原のくぼみの中にいて、じつは見えない。雌牛がいるという申し立ては確かに正しく、正当化された信念に基づいたものでもある。しかも、あなたが見ているものは雌牛にそっくりだ。それでも、あなたの申し立てが正しいからといって、あなたが事実を知っていることにはならない、というのである。

ではここで、宇宙に関するほんとうに正しい言明を思いついたとしよう。ところが、それが正しいという根拠は――実はそのおかげで正しい言明にたどり着いたのだが――完全にまちがっている。この場合、その言明が正しいことがわかったとはいえない。わたし自身、数学的に正しい言明を証明し終えたと思ったところが、実はその証明に（雑誌に投稿する前にぜひ見つけておきたい）論理的な欠陥があったことが判明する、という経験を幾度となく繰り返してきた。その場合わたしの誤った証明では、その数学的な言明が正しいという知識を正当化することができない。

リーマン予想が正しいか否か、わたしは知らない。それでも、すでに何人かこの予想が正しいことの証明らしきものを思いついた人がいて、彼らは自分の信念を裏付けようと何ページにもわたって方程式を書き連ねた。しかし、たいてい何らかのまちがいが見つかって、その欠陥が提案者に示された時点で、正当化された信念は消える。だが、もしもみながその誤った証明で納得したら、どうなるのか。そのまちがいがきわめて微妙なものだったとしたら？　この場合、リーマン予想が正しいという正当化された真の信念があるにもかかわらず、この予想が正しいことがわかったとはいえない。正当化された真の信念に至るには、正当化自体が真でなくてはならないのだ。

古代の天文学者のなかにも、地球が太陽のまわりを回っているという説を唱えた者はいたのだが、彼らがこの事実の理由としたものは、まちがっていた。インドの哲学者ヤージュニャヴァルキヤは紀元前九世紀に、「太陽はこれらの世界を――地球を、惑星を、そして大気を――糸で操っている」という理由で、太陽系の中心は太陽であるという信念を正当化した。ではこのとき、ヤージュニャヴァルキヤは地球が太陽のまわりを回っていることを知っていたといえるのか。

この点に関して、わたしはニュー・カレッジの同僚であるフェローのティモシー・ウィリアムソン（一九五五―）に味方したい。ウィリアムソンは『知識とその限界 *Knowledge and Its Limits*』という著作で、知識はほかのものとの関係で定義できるようなものではなく、何か基本的なものと見なすべきだ、と強く主張している。どうやら誰もが「知る」ということの意味を知っているらしく、地球上のあらゆる言語に「知る」という言葉に相当する単語がある。そのような単語は約一〇〇個にすぎず、「食べる」という基本的な単語の訳語ですら存在しない言語があるのに。

ウィリアムソンからはもう一つ、「不可知のパラドックス」と呼ばれる論理学的なごまかしの見事な例を教わった。そのパラドックスによると、すべてを知らない限り、その性質からいって不可知な真実が必ず存在するという。このパラドックスは、アメリカの論理学者フレデリック・フィッチ（一九〇八―八七）が作ったとされていて、フィッチ自身は一九六三年の論文でこれを発表している。さらにフィッチは、この主張の起源が、実は一九四五年の――投稿したものの、けっきょくは発表が認められなかった――自分の論文に対するある匿名の査読者のコメントにあることを認めている。この珠玉の論理を生み出した査読者の名前は、長いあいだ謎だった。ところがその後の探偵作業によって、件の報告の手書き原稿が見つかり、そこに残された筆跡を分析したところ、アメリカの著名な論理学者アロンゾ・チャーチ（一九〇三―九五）が書いたものであることがわかった。チャーチは、かのゲーデルの不完全性定理の理解に大きな貢献をした人物である。

チャーチの論理は、どことなくゲーデルが用いた自己言及の手法を思わせるが、この場合に問題となったのは、数学ではなく純粋な論理だった。さらに、ゲーデルは数学において特定の無矛盾な公理系のなかでは決して証明できない数学的真実があることを証明したが、チャーチはさらに一歩進んで、いかなる方法を用いても決して知りえない真理があることを示してみせた。

今ここに、わたしには正しいかどうかがわからないが、実は正しい申し立てがあったとしよう。じっさいに、そのような言明はいくらでもある。たとえば、わたしの家にはサイコロがたくさんある。机の上のラスベガス産のサイコロだけでなく、モノポリーのセットにもサイコロがついているし、ルードー（サイコロの目に従って駒を動かしていって、ボードの中央に早く着いたほうが勝つゲーム）にもサイコロがつきものだ。ただしそのサイコロはソファの脇から転がり落ちて行方不明で、あとは、散らかった子ども部屋のどこかにもサイコロがあるはずだ。そもそも、この家のなかにサイコロが偶数個あるのか奇数個あるのかすらわからない。もちろんサイコロの個数が偶数か奇数かということ自体は、決して知りえない事柄ではなく、どちらなのかは、徹底的に家捜しすればわかるはずだ。しかし現時点では、この問いの答えはわかっていない。

さあ皆さん、ちゃんと手すりにつかまって！　これから、わたし自身も読むたびにめまいがする部分が始まりますからね！　今、*p*を「うちには奇数個のサイコロがある」という言明と「うちには偶数個のサイコロがある」という言明、このふたつの選択肢のうちのどちらか正しいほうだとする。わたしにはどちらが正しいのかわからないが、どちらかが正しいのは確かだ。このとき、このような未知の正しい言明が存在するという事実に基づいて、決して知りえない真実が存在するという事実を導き出すことができる。決して知りえない真実、すなわち不可知な真実とは、次のようなものだ。「*p*は正しいが、未知である」確かにこれは正しい。では、なぜこれが決して知りえないものになるのか。なぜならこれを知っているということは、*p*が正しいけれども未知であるということを知っていることになるが、そうなると、*p*が同時に未知でも既知でもあることになって、矛盾が生じるからだ。かくして「*p*は正しいが未知である」という言明は、不可知な言明となる。そうはいっても、*p*自体が不可知なわけではない。先ほど述べたように、家中のすべてのサイコロを探し出して、全部で奇数個なのか偶数個なのかを確認することは可能だ。*p*そのものではなく、「*p*は正しいが未知である」というメタ言明が不可知なのだ。本当なのに未知であるようなことがある場合には、この証明が成り立つ。そしてこの迷宮を抜けられるのは、既にこちらがすべてを知っている場合に限られる。すべての真実が可知であるには、すべての真実が知られていなくてはならないのである。

この例はパラドックスと呼ばれているが、ウィリアムソンが指摘しているように、実はこの例にはいかなるパラドックスも含まれてはいない。これは、不可知な真理があるという証明にすぎないのだ。科学の限界を巡る旅がいよいよ幕を下ろそうというこのときになって、気の利いた論理的リフ（短い反復フレーズ）からわたしの探し求めていたギャップが生じることが判明したというわけだ。

ヒトは何かを知りうるのか

知について思いを巡らす哲学者の多くが、そもそもわたしたちが真に知りうることはあまりないのではないかと考えている。一八世紀スコットランドの哲学者デイヴィッド・ヒューム（一七一一―七六）は、わたしたちがこの旅で取り組んできた多くの問いに、ある基本的な問題が含まれていることに気がついた。系の中に囚われていることから派生する問題だ。自分たちが実際に何かを知っている、ということを科学的な手法で立証しようとすると、それらの方法が理にかなっていることを、科学的論理的な議論によって証明することになり、循環論法にはまり込む。つまり、外側の立場を前提にすることができないのだ。ウィトゲンシュタインは、このことを鮮やかに要約してみせた。曰く、「あなたは尻より高いところには座れない」

では、数学ではどうなのか。ある程度の知識が存在することは確かだ。たとえば、証明によって無限にたくさんの素数がある、ということなら、一〇〇パーセント確かにできるのでは？　しかしその数学の証明ですら――すべてが白日の下に曝されているにもかかわらず――正しいかどうかは人間が脳を用いてチェックしなくてはならない。今かりに、ある主張が正しいということを――実は微妙な穴が開いているにもかかわらず――全員が納得したとすると、何が起きるのか？　むろん、致命的な穴はいずれ明らかになる、という点では他の科学より優位なわけだが、結局は数学も、科学のように進化の過程に従うということなのだろうか。すくなくとも数理哲学者ラカトシュ・イムレ（一九二二―七四）は、そう考えていた。そして、科学とは、誤りは証明できても正しいということは証明できないものである、というカール・ポパーの観点に基づく数理哲学のモデルを展開した。ラカトシュにいわせると、証明に実は見逃されている微妙な欠陥が潜んでいるかどうかは、決して知ることができないのだ。

ラカトシュは、その著書『数学的発見の論理：証明と論駁』（邦訳は共立出版、一九八〇年）で、三次元多面体の頂点と辺と面の数の関係に関するオイラーの定理の証明を研究している学生同士の魅力的な対話を展開している。$E=V+F-2$という定理の進化の歴史をなぞるその会話のなかで、学生たちは初めのうち、この定理の証明が得られたと考える。それからひとりの学生が、真ん中に穴が開いた立体の例を持ち出す。穴が開いた図形では、問題の公式が成り立たず、証明もうまくいかない。最初に考えた証明はその証明に適した図形にしか使えない、と解釈するのもひとつのやり方だが、ここで新たに、頂点と辺と面の数に加えて立体の穴の数を含む公式が成り立つ、という定理とその証明が紹介される。この物語からも、数学の知識へのアプローチが、じつは多くの数学者があえて認めるよりもはるかに進化的な色合いが濃く、科学的な調査にかなり近いものであることがわかる。では真理を発見するうえでは、科学と数学のどちらがどれくらい効果的なのだろう。

科学が正しい知識を生み出すと信じる理由のひとつに、その成功率がある。科学は、物事の有様の叙述や予測において大きな成功を収めてきた。そのためわたしたちは、科学がたいていの人が存在すると信じている現実に近づきつつあると感じる。科学が見事に現象を予測し、説明してみせているという事実こそが、自分たちが真理に近いところにいることをしめす最良の尺度なのである。自分が使っている地図のおかげで毎回目的地にたどり着くことができるのであれば、その地図が現実を正確に表現していると判断してよいはずだ。

科学は、かなり上手に宇宙の地図を作ってきた。重力の性質を巡るさまざまな発見のおかげで、遠く離れた惑星に宇宙探査機を着陸させることができる。細胞の生態を巡る発見のおかげで遺伝子治療が可能になり、以前は手の施しようがなかった状況にも対処できる。あるいは、時間や空間に関する発見をうまく利用して、ＧＰＳで最適なルートを見つけることもできる。もしも科学がもたらした地図がうまく機能しなくなったら、わたしたちはすぐにでも宇宙の輪郭を描き直し、自分たちが周囲の環境とやりとりするのに役立つ記述の方法を見付けようとするだろう。これはいわば適者生存の理論であって、予測や環境をうまく制御できている間は、理論も生き延びることができるのだ。科学は、実は現実を表していないのかもしれない。だが、科学に匹敵する選択肢はほかにない。

わたしたちはカント以来ずっと、「物自体の不可知」との格闘を強いられてきた。人間の知覚に限界があることは、いとも簡単に感覚をだませるという事実からもはっきりしているが、そのような限界を認めると、人間の脳は現実についてどれくらいほんとうのところを知りえているのか、という疑問が生じる。わたしたちはあらゆるものを、宇宙観察用のメガネを通して眺めているだけではないのか？

世界を知ろうとする試みの大きな問題のひとつに、まわりの世界に関する知識を得ようとすると、どうしても自分たちの感覚に頼らざるを得ないという事実がある。そのうえで、得られた知識を分析して取り入れ、拡張していくのだ。ヒトは、自らの感覚を通して集めたすべての情報にフィットする物語をひねり出す。望遠鏡や顕微鏡やfMRIスキャナーが発明されたことで、感覚が把握できるものの幅はぐんと広がった。

とはいえ、今かりに自分たちの感覚では検出できないものが宇宙にあったとしたら、どうなるのか。ヒトには、たいがいの人が実感しているよりもはるかに多くの感覚が備わっている。視覚、聴覚、味覚、触覚、嗅覚だけでなく、自分たちの体が空間にどのように位置しているかを認識する自己受容の感覚もある。さらに、自分たちの体の内側に関する情報を与えてくれる感覚もある。内耳の液体は、重力に対して自分の体の位置がどう変化しているのかを教えてくれる。それにしても、ヒトが見逃している――それらの物理現象と相互作用するための感覚的なツールがヒトに備わっていないために気づきえない――現象が、ほんとうに存在しないといえるのか。

光を検知する目やニューロンを持たない生命体があったとしよう。もしもこの生命体が電磁波にアクセスする方法をいっさい持たないのであれば、この生命体は電磁気の理論を思いつくことができない。ヒトは、視覚――によって電磁スペクトルの一部を見ることができる――と数理的な分析をうまく組み合わせて、スペクトルのそれ以外の部分――目では見ることのできない部分――がどうなっているのかを推定した。そしてさらに、それらの波を検出するためのツールを開発し、これらの波を自分たちが説明できるものへと変えた。だが、もしも視覚を通してスペクトルの一部にアクセスすることができなかったとしたら、こんなことはどだい不可能だったはずだ。

さらにヒトの感覚の限界は、わたしたちが知りうる数学にも縛りをかけている可能性がある。数学はすべて頭のなかで行われるものだが、ある学派の主張によれば、わたしたちの知性がけっきょくは具現化された知性である以上ヒトが数学に関して得る知識も具現化できるものに限られるはずだというのである。自分たちが知っている数学を振り返ってみると、確かに、物質世界の記述を起源とするものが多い。だったら虚数はどのように具現化されているんだ？　とおっしゃるかもしれない。しかし虚数は、幾何学的な図形の長さを測るという行為から生まれたともいえる。立方体のサイコロの表面の対角線を理解しようとしたことが発端で、バビロニアの人々は2の平方根を考えることとなり、そこから−1の平方根という概念に至る旅が始まったのだ。

人工知能を支持する人々からは、ヒトが自分たちに匹敵する知性を作り出すとしたら、それは物理的な身体を持つものになるはずだという声が上がっている。つまり、コンピュータのハードディスクドライブのなかでだけ生きられる脳は、周囲の世界との身体を介した物理的な相互作用を行えないので、身体を持つヒトのような知性は生み出せないというのだ。これはなかなか挑戦的な仮説である。はたして数学の世界にも、物理的な身体に由来する概念でないがためにわたしには踏み込めない領域といったものが存在するのだろうか。

さらにまた、ヒトは感覚を通して物事をどこまで確実に知りうるのか、という哲学上の深遠な問題がある。既に見てきたように、わたしたちの感覚を騙して、脳のいたずらでしかないものを信じ込ませるのは実に簡単だ。たとえばわたしたちは、自分たちが宇宙だと思っているものがシミュレーションではない、と確信を持っていえるのか。「最果ての地　その六」で見たように、誰かに自分が別の人間の体のなかに入っていると思わせることは可能である。それなら、自分がコンピュータによって人工的な感覚情報を与えられた脳ではないということ、身の回りのあらゆるものもただの幻影などではないということを、どうすれば確かめられるのか。

わたしたちが知っていることすべての土台を掘り崩そうとするこのような試みに対して、わたしは次のように論駁したい。本書では、自分たちがそのシミュレーションについてどれくらい知りうるのかを調べてきた。カントは、物事の真の有り様は常にわたしたちの目からは隠されていると考えていた。わたしたちが知りうるのは、物事の見かけでしかない。ほとんどの科学者がそれなりの時間を割いて、このような存在論や認識論に関する議論に目を通しているはずだ。そしてさらに、科学はわたしたちにほんとうは物事の有り様を語っていないのではないか、という哲学者の声にも耳を傾けているにちがいない。そのうえで、現実がほんとうはどんなものなのかを決して知りえなかったとしても、自分たちの感覚を通して理解した現実がどのようなものかを語ることはできると考えて、再び科学に立ち戻る。わたしたちに影響を与えるのは、けっきょくのところ、後者なのだから。

そうなると、科学に期待できるのは、せいぜい宇宙に関するきわめて真に迫った知識をもたらすことくらいなのかもしれない。科学がわたしたちにもたらすのは、現実を記述しているように見える物語なのだ。わたしたちは、たとえ哲学者たちにほんとうのところは決してわからないといわれたとしても、この世界における自分たちの経験を理解可能にする理論のほうが、世界の真の性質に近い理論だと信じる。ニールス・ボーアの言葉にあるように、「自然がどういうものかを探るのが物理の仕事だと思うのは誤りだ。自然について何がいえるのかを探るのが物理なのだ」

ドラゴンが棲息する知の空白領域

それにしても、わたしたちが知りえないものとは、いったい何なのか。科学的な研究による理解を超えた所に何かがあったとして、もしもそれが不可知であるのなら、科学とは別に、その何かをうまく捉えられる分野があってもよさそうなものだが。ここで、「無でなくて有」の問題に取り組んでいる宇宙物理学者マーティン・リース卿（一九四二―）の言葉を紹介しよう。「そもそもどうして無ではなく、何かが存在する有なのか、というのはきわめて重大な謎である。方程式に命を吹きこんで、現実の宇宙でその力を発揮させるものは何なのか。しかし、そのような問いは科学の領域を超えてしまう。それらは、哲学者や神学者の領域に属するのだ」

これではあまりに安直に白旗をあげたことになるのかもしれないが、不可知をほかの学問領域と分かち合ってこそ科学自体が栄える、というのは確かに正しい。もしもわたしたちの知りえないものが自分たちの暮らしに影響を与えるのであれば、決して知りえないものに対してある答えを選んだときにどんな結果がもたらされるのか、この問いの答えを探る方法があるに越したことはなく、じっさい音楽や詩や物語や美術は、決して知りえないものとヒトとの関わりを調べるうえでの有効な表現手段なのだ。

宇宙は無限なのか、という問いを考えてみよう。今、空間がどこまでも永遠に続くと信じることにすると、面白い結果が得られる。宇宙の至るところに無限個のあなたのコピーがいてこの本を読んでいるかもしれないという事実は、たとえこの申し立ての真偽が定かでなくても、この先のあなたの人生の過ごし方に大きな影響を及ぼすことだろう。

カオス理論によると、わたしがカジノから持ち帰ったサイコロだけでなく、人間もある意味で不可知なるものの一部だという。わたしたち自身は物質で構成されたひとつの物理系なのだが、どんなにデータを集めてみても、人間の行動を完全に予測することはできない。人間が人間であることの意味をできるかぎり理解しようとするのであれば、人文科学が最適の言語となる。

意識の研究によると、どうやらわたしたちにはそれ以上先に進むことができない境界があるらしい。わたしたちの内面世界は、ひょっとするとほかの人には知りえないものなのかもしれない。それもあってわたしたちは小説を書き、小説を読む。小説は、ほかの人々の内面世界へのアクセスを可能にするもっとも効果的な方法なのだ。

わたしたちが知りえないものがあるからこそ、神話や物語や想像力の生まれる余地ができ、科学が存在する余地が生じる。自分たちには、わからないのかもしれない。でも、だからといってわたしたちは、不可知の穴を埋める物語を作り出すことをやめたりはしない。それに、やがていつの日か、これらの物語が重要な手がかりとなって、知りえなかったものがわかるようになるかもしれない。物語なしには、いかなる科学もありえなかった。

ウィトゲンシュタインは、『論理哲学論考』という著作を次のような有名な言葉で締めくくっている。「語り得ぬものについては、沈黙せねばならぬ」しかしこれでは敗北主義になってしまう――晩年のウィトゲンシュタインはそうだったのだが――気がする。それよりも、次のような結びのほうが望ましい。「知りえぬものについては、想像力を働かすことができる」けっきょくのところ、自分たちにわかるものが何なのかを知ろうとするわたしたちの旅は、お話を語ることから始まったのだから。
その旅は常に、自分たちが知らないものによって前へ前へと推し進められてきた。マクスウェルが高らかに謳ったように、「己の無知を完全に自覚することによってはじめて、科学における真の前進が可能となる」のだ。数学に関していえば確かにそのとおりで、まずは解が存在すると信じる必要がある。未知の領域に踏み込んだときに、その信条さえ保てれば解が見つかると信じること。知らないということを承知せずして、前進はない。スティーヴン・ホーキングも、すべてがわかったと思い込むことの危険さをはっきりと認めている。「知識の最大の敵は無知ではなく、知っているという幻想である」

わたしにとって、まだ自分が証明していないさまざまな数学の予想は、数学研究に欠かせない活力の源といえる。自分にわからないからこそ、数学の探索の旅を続けようと思えるのだ。リーマン予想が正しいかどうかを知りたいと思い、ここ数十年にわたり自分の研究生活を捧げてきたPORC予想が間違っているかどうかを知りたいと思う。ジェイコブ・ブロノフスキー（一九〇八―七四）の言葉にもあるように、「人間の知識は個人的なものであり、信頼がおけるものであり、また、不確かさの最果てへと向かう終わりのない冒険なのだ」

まだ到達できていない目的地が存在するということがいかに大切なのかは、数学の偉大な定理がついに証明されたときに多くの数学者が示す奇妙な反応を見ればよくわかる。すばらしい小説を読み終わったときに一抹の悲哀が漂うように、数学の探究の旅が終わったときにも、独特の憂鬱《メランコリー》が漂う。わたしたち数学者は、フェルマーの最終定理という難問をさんざん愉しんできたため、アンドリュー・ワイルズが三五〇年にわたって未解決だったこの謎を解いたと知ると、嬉しさのなかにも物憂い気持ちを抱えることになった。

不確かさ、未知なるもの、不可知とともに生きるしかない、ということを認めることが肝要だ。

たとえ最後には宇宙のしくみや働きを明確に記述する理論を導けたとしても、その物語に発見されるのを待っているさらに先の章がないとも限らない。自分たちが物語の終わりにたどり着いたかどうかは、決してわからない。確かなものに辿りつきたいという願いが強ければこそ、科学をする際には常に、今語っている物語から別の物語へと移る覚悟が必要だ。それでこそ、科学はひからびて硬直化することなく、生き生きとしたものであり続けるのだ。

　ということはつまり、手のなかでサイコロを転がしながら、このサイコロの未来は不確かだ、という事実を受け入れることが肝心なのだろう。そしていったんサイコロが手のひらから転がり落ちてしまったら、どの目が出るかわからないからこそ、テーブルに落ちて転がるサイコロの動きを追い続けるのだ。

謝辞

この本をまとめることができたのは、以下の人々のおかげである。
ここに心から感謝する。

版元である4th Estateの編集担当者、ルイーズ・ヘインズ。Green and Heaton社の担当エージェント、アントニー・トッピング。編集助手のサラ・シケット。イラストレーターのジョイ・ゴーズニー。原稿整理および校正を担当してくれた、エディー・ミッジ、ジャン・マキャン、スティーヴン・ガイズ。原稿を読んでくれた、アンドレアズ・ブランドフーバー、ジョーゼフ・コンロン、ペドロ・フェレイラ、クリス・リントット、ダン・シーガル、クリスティアン・ティンメル。インタビューを受けてくれた、ボブ・メイ、メリッサ・フランクリン、ジョン・ポーキングホーン、ジョン・バロウ、ロジャー・ペンローズ、クリストフ・コッホ。わたしが所属している、オクスフォード大学ニュー・カレッジ生涯教育学部数学研究所。わがパトロンである、チャールズ・シモニー。わたしの家族である、シャーニ、トーマー、マガリーとイナ。

訳者あとがき

本書は、Marcus du Sautoy の四冊目の著作 *What We Cannot Know* の全訳である。著者は、これまで一貫して数学の世界について語ってきたが、今作では、自然科学のさまざまな分野における知の状況を紹介している。なぜ、このような本をまとめることになったのか。その理由は、著者が「最果ての地　その〇」で触れているシモニー教授職というポストにある。

シモニー教授職は、マイクロソフト社のエクセルやワードなどの開発でも有名なハンガリー出身のプログラマー、チャールズ・シモニー（一九四八―）の寄付により、一九九五年にオクスフォード大学に創設された「一般への科学啓蒙のための教授職」である。シモニー自身の講座創設時のマニフェストによると、このポストは具体的な科学分野で優れた業績を挙げた人物のためのもので、その分野における研究活動と並行して、一般の人々の科学理解に貢献することが求められている。つまり、科学界の外の人々に自然界や抽象世界の秩序と美の本質を伝えるためのポストなのだ。その際に重んじられるのが、今日の科学的な知識の限界を明確にすることと、論理的な概念を提示することによって科学者が感じているほんものの興奮を伝えることなのだが、これらの活動はそう簡単ではないので、大学における教育、運営の義務を免除され、その分のエネルギーを啓蒙活動に注ぐことになる。つまり自身の専門分野での研究と、一般講演、記事や著作の執筆、テレビやラジオへの露出など、さまざまなメディアを通じての科学のコミュニケーションを両立させる必要があるのだ。

初代のシモニー教授は、チャールズ・シモニーの相談相手であった進化生物学者のリチャード・ドーキンス、そして二代目が本書の著者デュ・ソートイである。「デュ・ソートイ」をインターネットで検索すると、いかにもポップで親しみやすい雰囲気を漂わせた写真がヒットするが、じつはきわめてまじめな人物で、この作品でも、シモニー教授職の使命に正面から取り組んでいる。

シモニー自身がマニフェストで科学の限界に言及しているように、科学者たちは以前から、科学万能主義に大いに懸念を抱いていた。科学が誕生以来成し遂げてきたことは、今や質量ともに膨大で、社会の科学に対する評価もきわめて高い。ところがその結果、特に近年、自分たちにはよくわからない科学という強力なものへの無条件の帰依と、よくわからなくて強力だからこそひたすら警戒し排除しようとする拒否の両極端の態度が目立つようになってきた。科学における新発見と捏造問題がともにすぐさま大ニュースとなって世界中に喧伝されるなかでのこのような分裂した関係は、科学にとっても社会にとっても決して望ましいことでないのではないか。ガリレオの有名な例からもわかるように、ヨーロッパの自然科学はその誕生以来、人間の生活を丸ごと支配してきた宗教の権威とせめぎ合い、争ってきた。ところがここに来て、自分たちの従事する科学そのものが万能の権威として祭り上げられようとしているのを感じた科学者たちは、危機感をさらに募らせているのだ。科学はもともと権威を疑う健全な懐疑主義から出発したはずなのに、その科学自体が絶対的な権威になるなど自己矛盾も甚だしい。デュ・ソートイ自身も、シモニー教授としての活動からこのような傾向への危機感をさらに強めた結果、この作品をまとめたのである。

さて、世に科学史、科学の最先端を紹介した著作が数多あるなかで、この著作は、いろいろな意味でいかにもデュ・ソートイらしく、また、数学者なればこその作品となっている。デュ・ソートイを評して「少年のような熱意の人」という声があるくらいで、著者はまさに好奇心の塊といってよい。しかも、数学者という職業柄、すべてを平らに見よう、決めつけを排そうという強い姿勢を持っている（数学者は論理のみに依拠し、すべての思い込み、「常識」から解き放たれたところで思考することを旨としている）。著者は自然科学者ではないので、各分野の専門家の前提となる「常識」を持たず、その意味では、この作品で紹介されたほとんどのテーマについて素人である。だがじっさいには、自然科学の至るところに数学的な推論、数理の手法が浸透している——というよりも、数学的な推論、数理の手法なくして自然科学はあり得ない——わけで、しかも数学では純粋な数学的推論——数理の手法から現実の縛りをすべて取り去ったときに残る抽象的な数の世界における推論——を扱っているのだから、デュ・ソートイは自然科学に必須の数学的な推論と数理の手法に関する高度なプロともいえる。著者はこのような立ち位置を最大限に生かし、数学者の論理性を武器として、自然科学の素人という立場から自然科学の最先端を読み解いている。したがってこの作品を読む人も、その専門分野で育まれる勘、センス、常識を前提とすることなく、論理を頼りとして、科学の現状を探ることになる。

さらにいえば本書は、知っている気になっていることや言葉として習ってきたことなどを前提としない、という著者の姿勢ゆえに、知の最果てへの旅であると同時に科学の歴史の旅にもなっている。科学史の本には「科学対キリスト教」という構図がつきもので、本書でも、現在の科学とキリスト教との関わりが論じられている。明治初期に自然科学を主に技術面での必要性から移入した日本の文化に浸っていると、このような対立の構図ははるか昔のことのように思えるが、ヨーロッパでは今でも、科学と宗教は遠くて近い存在である。ガリレオのエピソードに象徴されるように、宗教が人々の世界観を一手に引き受けていたところに科学が割って入り、その実用性、実証性を強力な武器として、「宇宙の成り立ちを考える」という形で人々の世界観をも左右し、宗教の守備範囲を侵食してきたというのが、きわめて乱暴に単純化したヨーロッパ科学の歴史なのであって、バチカンがガリレオへの対処を謝罪したのが一九九二年のことであるという事実からも、この歴史が遠い過去のものでないことは明らかだ。じっさい、キリスト教に対する厳しい姿勢で有名な初代シモニー教授、ドーキンスは、キリスト教との論戦の時間とエネルギーを確保するために職を辞したとされている。とはいえデュ・ソートイ自身は、宗教と科学との論争は「興味深い」が、「ほかの人々に任せたい」と述べており、宗教と科学者との確執に積極的に飛び込むつもりはないという。そのような姿勢があればこそ、信心する自然科学者と直接対話して、この確執に対する姿勢は科学者の専門分野によって違うのではないか、という見方を引き出すこともできたのだ。

なお、「最果ての地　その一」に登場するカオス理論のロバート・メイは政府の科学顧問をしているが、このこと一つをとっても、ヨーロッパと日本の科学や数学と社会の距離感の違いが感じられる。数学者が政府の政策を左右するような科学顧問になることは、日本ではまず考えられないが、それをいえばフランスでも、二〇一七年の選挙でフィールズ賞を取った数学者セドリック・ヴィラニ（一九七三―）が議員となっており、一九二〇年前後には、パンルヴェ方程式の発見者ポール・パンルヴェ（一八六三―一九三三）が首相を務めている。かと思えば、「ローゼンクランツとギルデンスターンは死んだ」という戯曲で一躍有名になった劇作家トム・ストッパード（一九三七―）が、カオス理論を取り上げた「アルカディア」という戯曲や、「意識のハードプロブレム」を取り上げた「ハード・プロブレム」という戯曲を発表して好評を博しており（前者は日本でも二〇一六年春に、寺島しのぶ、堤真一などのキャストで上演されている）、現代音楽ではヤニス・クセナキス（一九二二―二〇〇一）が、集合論、群論、確率論を用いた音楽を提唱していた。このような差がなぜ生じるかというと、ヨーロッパでは、自然科学や数学が世界観に直結し、世界のメカニズムの根幹に関わっているという感覚がひじょうに強いからで、自然科学や数学と社会が地続きだという一定の共通認識があればこそ、デュ・ソートイも、料理人か役者になりたいと考えていた少年時代の感性を生かしつつ、数学の紹介をすることができるのだ。じっさいに著者は、二〇一三年にはロイヤル・オペラ・ハウスでモーツァルトの「魔笛」に潜む数学と哲学を紹介する観客参加型のイベントを行い、また、「変数XとYに関する型にはまらない恋物語」という自作の戯曲を実験演劇で有名なテアトル・ド・コンプリシテと協同で上演している。そして、この作品の最後で科学の限界とそれを補完するものについて語る著者の姿勢にも、文系理系の線引きを絶対としないしなやかさと幅の広さが明確に現れている。

最後に、著者デュ・ソートイが今のような「数学のブロードキャスター」（と英国のマスコミは呼んでいる）活動に至った経緯を、簡単に紹介しておこう。

デュ・ソートイは一九六五年八月二六日にロンドンで生まれ、ヘンリー・オン・テムズの町のジロット総合中等学校《コンプリヘンシブ・スクール》から、オクスフォードのウォドム・カレッジに進んだ。そして、数論の古典的な武器であるゼータ関数を用いてシンメトリーの世界を理解すべく、研究を進めてきた。ちなみに、世の数学者の例に漏れず、学校時代は作文が苦手だったという。

ところが、ポスドク時代にオクスフォードの客人用ディナー・テーブルで「タイムズ」紙の記者と隣り合ったことがきっかけで、数学の啓蒙活動に首を突っ込むことになる。晩餐の折りに、お酒が入っていたせいもあり、珍しくその記者に自分の研究を紹介したところ、その記者が「なんてセクシーな話なんだ！」と意外な反応を示し、ぜひそれを記事に書いてくれ、といいだしたのだ。しかし、翌朝酔いが覚めたデュ・ソートイは、「わたしは一般の人々のためではなく、数学者のために数学をしているのだ」という従来の気持ちに立ち返り、その誘いをうっちゃることにした。

三年後、またしてもディナーのテーブルで隣り合わせになったその記者に、あなたには少なくとも自分の仕事を一般の人々に説明しようとする義務がある、と説かれたデュ・ソートイは、「なるほど、おまえたちにはこんなことはわからんだろう、というのは傲慢かもしれない」と考えて、その依頼を受けることにした。数週間後、フィールズ賞を受賞した代数学者エフィム・ゼルマノフ（一九五五―）の記事を書いて「タイムズ」紙に送ったところ、その編集者はすぐに、ガロアの死という

「いちばん読者の目を惹く話」を一番最後にまわすとは何事か！　という叱責のメモと共にその原稿を送り返してきた。デュ・ソートイはこの一件ではじめて、自分の書いたものを最後まで読んでもらうには、読者の注意を惹き付ける必要があるということを学んだ。そして書き直した記事が「タイムズ」紙に掲載されると、その翌日に読者からの手紙が二通届き、ここにデュ・ソートイの数学の啓蒙活動が始まったのだった。

その後数年にわたって新聞記事を書いていたデュ・ソートイは、やがてあるエージェントに本を執筆しないかといわれるが、学者としてのキャリアを優先させるため、いったんはその誘いを断る。けっきょくのところ、自分が行いたいのはプロの立場からの数学の啓発であって、それには、プロの研究者として数学をする時間を確保しなくては。つまり、数学を紹介する仕事と数学をする仕事、この二つの「バランスが取れた脳」を維持する必要があるのだ。ところが著作をまとめるとなると時間がかかり、数学の研究がおろそかになってしまう。ちなみに、デュ・ソートイが一般の人々に数学を紹介する活動を展開してきたのは、自分自身が、クリストファー・ジーマン（一九二五―二〇一六　英国の数学者）の王立研究所《ロイヤル・インスティチューション》におけるクリスマス・レクチャーや、アイザック・アシモフ（一九二〇―一九九二　アメリカの一般向け科学解説書の作家）の啓蒙書に魅了され、そのおかげで生涯続く恋の相手である数学に巡り合えたことへの恩返しの気持ちからだという。

それでもデュ・ソートイは、けっきょく『素数の音楽』の執筆に取りかかることになるのだが、フェルマーの最終定理に触発された形でリーマン予想の議論を紹介するというその構想は、オクスフォードの数学科のトップにいわせれば「全く狂気の沙汰」だった。きわめて科学的な志向の強い初稿を見せられた編集者がすっかり困惑しているのを見たデュ・ソートイは、一般読者がアプローチしやすいように歴史的な記述などを加えることを決め、ここに今日のデュ・ソートイの著作の原型が生まれたのだった。

それ以降デュ・ソートイは、この作品を含めて四冊の一般向け啓蒙書を発表し、たくさんの記事を執筆し、さまざまなテレビ番組の制作に関わってきた。近年、活動の幅はさらに広がり、演劇に関わったり、児童文学に登場する数学の監修など、異分野の人々との協力を活発に行っており、数学教育を巡る意見も積極的に述べている。

数学という自らの専門に、そしてシモニー職という役割に誠実なソートイが、次はどのような作品をまとめるのだろうと思っていたら、どうやら次回は、人間とAIの創造性を巡る著作になるとか……。芸術大好きな数学者が最先端の話題をどのように語るのか、じつに楽しみだ。

最後になりましたが、ひじょうに広範で詳細な話題を網羅したこの作品の原稿を丁寧に校閲してくださった新潮社校閲部の田島弘さんに、心より感謝いたします。そして、新潮社出版部の加藤木礼さんには、はじめから終わりまでいろいろとお世話になりっぱなしでした。ほんとうに、ありがとうございました。

読者のみなさんには、デュ・ソートイの語る科学の現在とその歴史を巡る雄大な物語を、どうか存分に楽しまれますように。

冨永星

二〇一八年二月

Mathematicians. Cambridge University Press, 1986
タレブ，ナシーム・ニコラス、望月衛訳『ブラック・スワン――不確実性とリスクの本質（上・下）』ダイヤモンド社、2009
Tegmark, Max. 'The Mathematical Universe', *Found. Phys.* 38: 101–150, 2008
Tegmark, Max. *Our Mathematical Universe: My Quest for the Ultimate Nature of Reality.* Knopf, 2014
Tononi, Giulio and Sporns, Olaf. 'Measuring information integration', *BMC Neuroscience* 4, 2003
Tononi, Giulio. 'Consciousness as Integrated Information: A Provisional Manifesto', *Biol. Bull.* vol. 215 no.3: 216–242, 2008
Tononi, Giulio. *Phi. A Voyage from the Brain to the Soul.* Pantheon, 2012
Watts, Fraser and Knight, Christopher (eds.). *God and the Scientist: Exploring the Work of John Polkinghorne.* Ashgate Publishing Limited, 2012
ワインバーグ，スティーヴン、小尾信弥、加藤正昭訳『究極理論への夢――自然界の最終法則を求めて』ダイヤモンド社、1994
Williamson, Timothy. *Knowledge and its Limits.* Oxford University Press, 2000
ウォイト，ピーター、松浦俊輔訳『ストリング理論は科学か――現代物理学と数学』青土社、2007
ユアグロー，パレ、林一訳『時間のない宇宙――ゲーデルとアインシュタイン最後の思索』白揚社、2006
Zee, Anthony. *Quantum Field Theory in a Nutshell.* Princeton University Press, 2003

下記のスタンフォード大学哲学事典のサイトは、重要な資料がいっぱい詰まっている。
http://plato.stanford.edu/

Polkinghorne, John. *Quantum Physics and Theology: An Unexpected Kinship*. SPCK, 2007
ペンローズ，ロジャー、林一訳『皇帝の新しい心——コンピュータ・心・物理法則』みすず書房、1994
Penrose, Roger. *The Road to Reality: A Complete Guide to the Laws of the Universe.* Jonathan Cape, 2004
ペンローズ，ロジャー、竹内薫訳『宇宙の始まりと終わりはなぜ同じなのか』新潮社、2014
ピーターソン，アイバース、野本陽代訳『ニュートンの時計——太陽系のなかのカオス』日経サイエンス、1995
Ramachandran, V.S.. *A Brief Tour of Human Consciousness: From Impostor Poodles to Purple Numbers.* Pi Press, 2004
ランドール，リサ、向山信治、塩原通緒訳『宇宙の扉をノックする』NHK出版、2013
Rees, Martin. *Just Six Numbers: The Deep Forces that Shape the Universe.* Weidenfeld & Nicolson, 1999
Rees, Martin. *From Here to Infinity: Scientific Horizons.* Profile Books, 2011
Saari, Donald and Xia, Zhihong. 'Off to infinity in finite time', *Notices of the American Mathematical Society*, Volume 42 Number 5, 538–546, 1995
Sacks, Jonathan. *The Great Partnership: God, Science and the Search for Meaning.* Hodder & Stoughton, 2011
サンプル，イアン、上原昌子訳『ヒッグス粒子の発見——理論的予測と探究の全記録』講談社ブルーバックス、2013
スン，セバスチャン、青木薫訳『コネクトーム——脳の配線はどのように「わたし」をつくり出すのか』草思社、2015
Silk, Joseph. *The Infinite Cosmos: Questions from the Frontiers of Cosmology.* Oxford University Press, 2006
シン，サイモン、青木薫訳『フェルマーの最終定理』新潮文庫、2006
シン，サイモン、青木薫訳『宇宙創成』新潮文庫、2009
Smolin, Lee. *Time Reborn: From the Crisis of Physics to the Future of the Universe.* Allen Lane, 2013
Steane, Andrew. *The Wonderful World of Relativity: A Precise Guide for the General Reader.* Oxford University Press, 2011
Steane, Andrew. *Faithful to Science: The Role of Science in Religion.* Oxford University Press, 2014
スチュアート，イアン、須田不二夫、三村和男訳『カオス的世界像——非定型の理論から複雑系の科学へ』白揚社、1998
Stoppard, Tom. *Arcadia.* Faber & Faber, 1993
Sudbery, Anthony. *Quantum Mechanics and the Particles of Nature: An Outline for*

of the die throw', *Chaos* 22 (4), 2012
コッホ，クリストフ、土谷尚嗣、金井良太訳『意識の探求——神経科学からのアプローチ（上・下）』岩波書店、2006
コッホ，クリストフ、土谷尚嗣、小畑史哉訳『意識をめぐる冒険』岩波書店、2014
クラウス，ローレンス、青木薫訳『宇宙が始まる前には何があったのか？』文藝春秋、2013
カーツワイル，レイ、井上健、小野木明恵、野中香方子、福田実訳『ポスト・ヒューマン誕生——コンピュータが人類の知性を超えるとき』NHK 出版、2007
Kurzwell, Ray. *How to Create a Mind: The Secrets of Human Thought Revealed.* Viking, 2012
ラカトシュ，イムレ、佐々木力訳『数学的発見の論理——証明と論駁』共立出版、1980
Laskar, Jacques and Gastineau, Mickael. 'Existence of collisional trajectories of Mercury, Mars and Venus with the Earth', *Nature* 459, 817–819, 2009
Levin, Janna. *How the Universe Got Its Spots: Diary of a Finite Time in a Finite Space.* Princeton University Press, 2002
ライトマン，アラン、浅倉久志訳『アインシュタインの夢』ハヤカワ epi 文庫、2002
Livio, Mario. *The Accelerating Universe: Infinite Expansion, the Cosmological Constant and the Beauty of the Cosmos.* John Wiley & Sons, 2000
マドックス，ジョン、矢野創、並木則行、小谷野菜峰子訳『未解決のサイエンス——宇宙の秘密、生命の起源、人類の未来を探る』ニュートンプレス、2000
May, Robert M. 'Simple mathematical models with very complicated dynamics', *Nature* 261, 459–467, 1976
McCabe, Herbert. *God Still Matters.* Continuum Books, 2002
モンク，レイ、岡田雅勝訳『ウィトゲンシュタイン（1）——天才の責務』みすず書房、1994
Mulhall, Stephen. *Wittgenstein's Private Language: Grammar, Nonsense and Imagination in Philosophical Investigations,* SS243–315. Clarendon Press, 2006
Mulhall, Stephen. *The Great Riddle: Wittgenstein and Nonsense, Theology and Philosophy.* Oxford University Press, 2015
Nagel, Jennifer. *Knowledge: A Very Short Introduction.* Oxford University Press, 2014
ポアンカレ，アンリ、吉田洋一訳『科学と方法』岩波文庫、1953
ポーキングホーン，ジョン、稲垣久和、浜崎雅孝訳『科学時代の知と信』岩波書店、1999
Polkinghorne, John. *Quantum Theory: A Very Short Introduction.* Oxford University Press, 2002

か？』紀伊國屋書店、2011
ドーキンス，リチャード、日高敏隆監修、中嶋康裕、遠藤彰、遠藤知二、疋田努訳『盲目の時計職人——自然淘汰は偶然か？』早川書房、2004
ドーキンス，リチャード、垂水雄二訳『神は妄想である——宗教との決別』早川書房、2007
デネット，ダニエル、山口泰司訳『解明される意識』青土社、1997
ドイッチュ，デイヴィッド、林一訳『世界の究極理論は存在するか——多宇宙理論から見た生命、進化、時間』朝日新聞社、1999
Dixon, Thomas. *Science and Religion: A Very Short Introduction.* Oxford University Press, 2008
デュ・ソートイ，マーカス、冨永星訳『素数の音楽』新潮文庫、2013
デュ・ソートイ，マーカス、冨永星訳『シンメトリーの地図帳』新潮文庫、2014
デュ・ソートイ，マーカス、冨永星訳『数字の国のミステリー』新潮文庫、2016
Edelman, Gerald and Tononi, Giulio. *A Universe of Consciousness: How Matter Becomes Imagination.* Basic Books, 2000
Ferreira, Pedro. *The State of the Universe. A Primer in Modern Cosmology.* Weidenfeld & Nicolson, 2006
フェレイラ，G. ペドロ、高橋則明訳『パーフェクト・セオリー——一般相対性理論に挑む天才たちの 100 年』NHK 出版、2014
ファインマン，リチャード『ファインマン物理学』全 5 巻、岩波書店、1986 http://feynmanlectures.caltech.edu/ で原文を読むことができる。
ガモフ，ジョージ、伏見康治、鎮目恭夫、市井三郎、林一訳『トムキンスの冒険』白揚社、1991
グリック，ジェイムズ『カオス——新しい科学をつくる』新潮文庫、1991
Goldstein, Rebecca. *36 Arguments for the Existence of God.* Atlantic Books, 2010
グリーン，ブライアン、林一、林大訳『エレガントな宇宙——超ひも理論がすべてを解明する』草思社、2001
グリーン，ブライアン、青木薫訳『宇宙を織りなすもの——時間と空間の正体（上・下）』草思社文庫、2016
グリーン，ブライアン、竹内薫監修、大田直子訳『隠れていた宇宙（上・下）』ハヤカワ文庫、2013
グース，アラン、はやしはじめ、はやしまさる訳『なぜビッグバンは起こったか——インフレーション理論が解明した宇宙の起源』早川書房、1999
ホーキング，スティーヴン、林一訳『ホーキング、宇宙を語る——ビッグバンからブラックホールまで』早川書房、1989
カク，ミチオ、稲垣省五訳『超空間——並行宇宙、タイムワープ、10 次元の探究』翔泳社、1995
Kapitaniak, M., Strzalko, J., Grabski J., and Kapitaniak, T., 'The three dimensional dynamics

さらに深く知りたい人のために

＊アルファベット順

アル＝カリーリ，ジム、林田陽子訳『見て楽しむ量子物理学の世界』日経BP、2008
アームストロング，カレン、武舎るみ訳『世界の神話——神話がわたしたちに語ること』角川書店、2005
Armstrong, Karen. *The Great Transformation: The World in the Time of Buddha, Socrates, Confucius and Jeremiah.* Atlantic Books, 2006
Armstrong, Karen. *The Case for God.* Bodley Head, 2009
エイヤー，アルフレッド、吉田夏彦訳『言語・真理・論理』岩波書店、1955
エイヤー，アルフレッド、神野慧一郎訳『知識の哲学』白水社、1981
Baggini, Julian. *Atheism: A Very Short Introduction.* Oxford University Press, 2003
Baggott, Jim. *Farewell to Reality: How Fairytale Physics Betrays the Search for Scientific Truth.* Constable, 2013
Barbour, Julian. *The End of Time: The Next Revolution in Physics.* Oxford University Press, 1999
バロウ，ジョン、松浦俊輔訳『科学にわからないことがある理由——不可能の起源』青土社、2000
バロウ，ジョン、松浦俊輔訳『宇宙の定数』青土社、2005
Barrow-Green, June. *Poincaré and the Three-Body Problem.* American Mathematical Society, 1997
Bayne, Tim. *The Unity of Consciousness.* Oxford University Press, 2010
Blackburn, Simon. *Truth: A Guide for the Perplexed.* Allen Lane, 2005
Blackmore, Susan. *Consciousness: An Introduction.* Hodder & Stoughton, 2003
ブラックモア，スーザン、山形浩生・守岡桜訳『「意識」を語る』NTT出版、2009
Bondi, Hermann. *Relativity and Common Sense: A New Approach to Einstein.* Doubleday, 1964
ボルヘス，ホルヘ・ルイス、鼓直訳『伝奇集』岩波文庫、1993
Butterworth, Jon. *Smashing Physics: Inside the World's Biggest Experiment.* Headline, 2014
Carroll, Sean. *From Eternity to Here: The Quest for the Ultimate Theory of Time.* Oneworld Publications, 2011
Close, Frank. *Particle Physics: A Very Short Introduction.* Oxford University Press, 2004
クローズ，フランク、陣内修、田中敦、棚橋志行、田村栄治訳『ヒッグス粒子を追え』ダイヤモンド社、2012
Conlon, Joseph. *Why String Theory?* CRC Press, 2016
コックス，ブライアン，フォーショー，ジェフ、柴田裕之訳『なぜ $E=mc^2$ なの

p. 419　覚醒と熟睡。 Marcello Massimini, Fabio Ferrarelli, Reto Huber, Steve K. Esser, Harpreet Singh, Giulio Tononi の 'Breakdown of Cortical Effective Connectivity During Sleep', *Science* 309, 2228–2232, 2005 の図を元にした。

p. 423　ノードが八つのネットワークの二つの図。Giulio Tononi, Olaf Sporns の 'Measuring information integration' *BMC Neuroscience* 4, 2003 の図を、著者たちの許諾により複写。

著者および出版社は本書で引用した画像や素材の著作権を確認すべく十分な努力を尽くしたつもりである。本書刊行後に、未確認の著作権保持者からの連絡があった場合、著者および出版社はそれに応じて改めて合意を得るよう努めたい。

挿絵のクレジット

以下に特記した挿絵以外は、ジョイ・ゴーズニーによるものである。

最果ての地　その一

p. 35　Dice pyramid © Raymond Turvey

p. 58　カオス的な経路。Wolfram Demonstrations Project: http://demonstrations.wolfram.com/RestrictedThreeBodyProblemInAPlane/ を用いて構成。

p. 81　進化のフラクタルの樹。One Zoom Tree of Life Explorer: http//www.onezoom.org/index.htm を用いてつくられた画像を元にした。

p. 87　Magnetic fields © Joe McLaren

p. 90　サイコロの振る舞いを記述する四つのグラフ。M. Kapitaniak, J. Strzalko, J. Grabski, T. Kapitaniak の "The three-dimensional dynamics of the die throw" *Caos* 22 (4),2012 の図を元にした。

最果ての地　その二

p. 117　サイコロのなかの原子。Yikrazuul/Wikimedia Commons/Public Domain

p. 119　Jean Baptiste Perrin の "Les Atomes より". J. B. Perrin (SVG drawing by Mirai Warren)/Public Domain

最果ての地　その三

p. 205　アメリカ物理学協会の許諾を受けて抜き刷りしたグラフ。詳細は次の通り。C. G. Shull, 'Single-Slit Diffraction of Neutrons' *Physical Review*. 179, 752,1969. Copyright 1969 by the American Physical Society: http://dx.doi.org/10.1103/PhysRev.179.752

最果ての地　その五

p. 350　エントロピー。ロジャー・ペンローズの『皇帝の新しい心――コンピュータ・心・物理法則』〔邦訳、みすず書房、1994年〕の図を元にした。

p. 359　CCC diagram © Roger Penrose　*Cycles of Time: An Extraordinary New View of the Universe* Bodley Head, 2010

最果ての地　その六

p. 382　ニューロンの図。マドリッドの Institute Cajal の Cajal Legacy より。Santiago Ramón y Cajal の継承者の許諾により複写。

p. 406　ランドール・マンローが描いた純粋性の図。xkcd.com: http://xkcd.com/435/

ヤ行

ラ行

ワ行

ナ行

ハ行

タ行

サ行

索引

英字

ア行

カ行

What We Cannot Know

Marcus du Sautoy

知《ち》の果《は》てへの旅《たび》

著 者
マーカス・デュ・ソートイ
訳 者
冨永星
発 行
2018年4月25日
2 刷
2023年6月5日
発行者　佐藤隆信
発行所　株式会社新潮社
〒162-8711 東京都新宿区矢来町71
電話 編集部 03-3266-5411
読者係 03-3266-5111
http://www.shinchosha.co.jp

印刷所
株式会社精興社
製本所
大口製本印刷株式会社

乱丁・落丁本は、ご面倒ですが小社読者係宛お送り下さい。
送料小社負担にてお取替えいたします。
価格はカバーに表示してあります。

ISBN978-4-10-590146-2 C0398